テーマ・ジャンルからさがす

ライトノベル・ライト文芸

2017.7-2017.12

ストーリー/乗り物/自然・環境/
場所・建物・施設/学校・学園・学生/
文化・芸能・スポーツ/暮らし・生活/ご当地もの

An Index

of

Young Adult Novels :

references by themes and genres

Published in 2017.7-2017.12

刊行にあたって

　本書は小社の既刊「テーマ・ジャンルからさがす ライトノベル・ライト文芸 2017.1-2017.6①ストーリー/乗り物/自然・環境/場所・建物・施設/学校・学園・学生/文化・芸能・スポーツ/暮らし・生活/ご当地もの」の続刊として、新たに編纂されたものである。

　2017 年(平成 29 年)7 月〜12 月に日本国内で刊行されたライトノベル・ライト文芸の中から 1,384 冊を採録し、テーマ・ジャンル別に分類したもので、テーマ・ジャンルからライトノベル・ライト文芸を引ける索引となっている。

　テーマ・ジャンルは「ストーリー」「乗り物」「自然・環境」「場所・建物・施設」「学校・学園・学生」「文化・芸能・スポーツ」「暮らし・生活」「ご当地もの」「キャラクター・立場」「職業」「人間関係」「アイテム・能力」「作品情報」の 13 項目に大分類し、「ストーリー/乗り物/自然・環境/場所・建物・施設/学校・学園・学生/文化・芸能・スポーツ/暮らし・生活/ご当地もの」「キャラクター・立場/職業/人間関係/アイテム・能力/作品情報」の 2 分冊にまとめた。大分類の下には、例として「ストーリー」の場合は、「SF」「仕事」「群像劇」「政治・行政・政府」などに中分類し、さらに小分類・細分類が必要ならば、「SF＞タイムトラベル・タイムスリップ・タイムループ」「仕事＞就職活動・求人・転職」などに分類している。

　ライトノベル・ライト文芸に複数のテーマが存在する場合は、各々の大分類のテーマ・ジャンルに分類。さらに大分類の中でもライトノベル・ライト文芸に複数のテーマが存在する場合は、例として「暮らし・生活」という大分類に対して、「イベント・行事＞バレンタイン」にも「食べもの・飲みもの＞お菓子」にも副出していることもある。

　本書は、特定の乗り物が出てくる作品名が知りたい、異世界転生が書かれている作品が知りたい、特定の土地のことが描かれた作品を探している、好きな本に似たジャンルの作品を探しているなど、様々な用途や目的に沿って作品を見つけられる索引となっている。選書やレファレンスの参考資料として利用していただくだけでなく、新たな作品に思いがけず出会えるようなきっかけとなれば幸いである。

　姉妹刊の「テーマ・ジャンルからさがす ライトノベル・ライト文芸 2017.7-2017.12 ②キャラクター・立場/職業/人間関係/アイテム・能力/作品情報」と合わせて活用いただけることを願ってやまない。

2019 年 8 月

DBジャパン編集部

凡例

1. 本書の内容

　本書は国内で刊行された文学作品のうち、ライトノベルとライト文芸を対象とした、テーマ・ジャンルから作品が引ける索引である。

　各作品は以下のように定義した。

・ライトノベル
表紙は人物を中心としたアニメ調のイラストが使用され、主にファンタジー要素（非日常性、非現実性）を含んだ内容の作品
・ライト文芸
表紙に人物を中心としたアニメ調のイラストが使用され、比較的「ライトノベル」よりも現実、現代設定に近い内容の作品

　具体的には以下の出版社、カッコ内のレーベルの全作品または一部作品を対象とした。（五十音順）

- アース・スターエンターテイメント（EARTH STAR NOVEL）
- 朝日新聞出版（朝日文庫）
- アルファポリス（アルファポリス文庫、アルファライト文庫、レジーナ文庫、レジーナブックス）
- 一迅社（一迅社文庫アイリス）
- 英和出版社（UG novels）
- SB クリエイティブ（GA 文庫）
- オーバーラップ（オーバーラップ文庫）
- KADOKAWA（MF ブックス、MF 文庫 J、角川スニーカー文庫、角川ビーンズ文庫、角川ホラー文庫、角川文庫、カドカワ BOOKS、KCG 文庫、電撃文庫、ノベルゼロ、ビーズログ文庫、ビーズログ文庫アリス、富士見 DRAGON BOOK、富士見 L 文庫、富

士見ファンタジア文庫、ファミ通文庫、メディアワークス文庫)

- 角川春樹事務所（ハルキ文庫）
- 河出書房新社（河出文庫）
- 京都アニメーション（KA エスマ文庫）
- 幻冬舎（幻冬舎文庫）
- 光文社（光文社文庫）
- 講談社（K ラノベブックス、講談社 BOX、講談社 X 文庫、講談社タイガ、
  講談社ラノベ文庫）
- コスミック出版（コスミック文庫 α）
- 三交社（スカイハイ文庫）
- 実業之日本社(J ノベルライト、J ノベルライト文庫、実業之日本社ジュニア文庫、
  実業之日本社文庫)
- 主婦と生活社（PASH!ブックス）
- 主婦の友社（ヒーロー文庫）
- 集英社（JUMP j BOOKS、小説 JUMP j BOOKS、コバルト文庫、集英社オレンジ文庫、
  集英社文庫、ダッシュエックス文庫）
- 小学館（ガガガ文庫、小学館ルルル文庫）
- 祥伝社（祥伝社文庫）
- 新紀元社（MORNING STAR BOOKS）
- 新潮社（新潮文庫 nex）
- スターツ出版（スターツ出版文庫、ベリーズ文庫）
- 星海社（星海社 FICTIONS）
- 宝島社（宝島社文庫）
- ツギクル（ツギクルブックス）
- TO ブックス（TO 文庫）
- 東京創元社（創元推理文庫）
- 徳間書店（徳間文庫）
- 白好出版（ホワイトブックス）

- 早川書房（ハヤカワ文庫 JA）

- 一二三書房（オトメイトノベル、Saga Forest）

- フィールドワイ（ファルコム BOOKS）

- 双葉社（モンスター文庫、双葉文庫）

- フロンティアワークス（アリアンローズ）

- 文藝春秋（文春文庫）

- ポニーキャニオン（ぽにきゃん BOOKS）

- ホビージャパン（HJ 文庫）

- ポプラ社（ポプラ文庫ピュアフル）

- マイクロマガジン社（GC NOVELS、BOOK BLAST）

- マイナビ出版（ファン文庫）

- マッグガーデン（マッグガーデン・ノベルズ）

- 林檎プロモーション（FREEDOM NOVEL）

　テーマ・ジャンルは「ストーリー」「乗り物」「自然・環境」「場所・建物・施設」「学校・学園・学生」「文化・芸能・スポーツ」「暮らし・生活」「ご当地もの」「キャラクター・立場」「職業」「人間関係」「アイテム・能力」「作品情報」の 13 項目に大分類し、「ストーリー/乗り物/自然・環境/場所・建物・施設/学校・学園・学生/文化・芸能・スポーツ/暮らし・生活/ご当地もの」「キャラクター・立場/職業/人間関係/アイテム・能力/作品情報」の 2 分冊にまとめた。

　本書はその一冊、「テーマ・ジャンルからさがすライトノベル・ライト文芸 2017.7-2017.12 ①ストーリー/乗り物/自然・環境/場所・建物・施設/学校・学園・学生/文化・芸能・スポーツ/暮らし・生活/ご当地もの」である。

2. 採録の対象

　2017 年(平成 29 年)7 月～12 月に日本国内で刊行されたライトノベル・ライト文芸の中から 1,384 冊を採録した。

3. 記載項目

書名 / 作者名;/ 出版者（レーベル名）/ 刊行年月　【時代背景】【挿絵情報】
※時代背景タグと挿絵情報は全タイトルに分類
（例）

ストーリー＞あやかし・憑依・擬人化

「あやかしお宿の勝負めし出します。」　友麻碧著 KADOKAWA（富士見 L 文庫）　2017 年 11 月　【異世界・架空の世界】【肌の露出が多めの挿絵なし】

「あやかし屋台なごみ亭 3」　篠宮あすか著 双葉社（双葉文庫）　2017 年 8 月　【異世界・架空の世 界】【肌の露出が多めの挿絵なし】

「あやかし会社の社長にされそう。」水沢あきと著 KADOKAWA(メディアワークス文庫) 2017 年 10 月【現代】【肌の露出が多めの挿絵なし】

場所・建物・施設＞飲食店・居酒屋・カフェ

「ONE PIECE novel： 麦わらストーリーズ」 尾田栄一郎著;大崎知仁著 集英社（小説 JUMP j BOOKS）　2017 年 11 月　【異世界・架空の世界】【肌の露出が多めの挿絵なし】

「あやかし屋台なごみ亭 3」　篠宮あすか著 双葉社（双葉文庫）　2017 年 8 月　【異世界・架空の世 界】【肌の露出が多めの挿絵なし】

「アリクイのいんぼう ： 家守とミルクセーキと三文じゃない判」　鳩見すた著 KADOKAWA（メディ アワークス文庫）　2017 年 8 月　【現代】【肌の露出が多めの挿絵なし】

文化・芸能・スポーツ＞スポーツ＞ダンス・踊り

「スピンガール！＝ Spin-Girl！：海浜千葉高校競技ポールダンス部」　神戸遥真著 KADOKAWA　（メディアワークス文庫）　2017 年 9 月　【現代】【肌の露出が多めの挿絵なし】

「チアーズ！」　赤松中学著 KADOKAWA（MF 文庫 J）　2017 年 9 月　【現代】【肌の露出が多めの挿 絵なし】

「後宮で、女の戦いはじめました。」 汐邑雛著 KADOKAWA（ビーズログ文庫）　2017 年 9 月　【異 世界・架空の世界】【肌の露出が多めの挿絵なし/キスシーンの挿絵あり】

1) 大分類「ストーリー」の下を、「異世界転生」「冒険・旅」「SF」「サイバー」「ミステリー・サスペンス・謎解き」などに分類し、さらに中・小・細分類が必要ならば「冒険・旅>クエスト・攻略」「SF>タイムトラベル・タイムスリップ・タイムループ」「サイバー>VR・AR」などに分類した。

2) 1つの作品に複数のテーマが存在する場合は各々の大分類のテーマ・ジャンルに分類し、さらに大分類の中でも複数のテーマが存在する場合には、例として「暮らし・生活>食べもの・飲みもの」にも「暮らし・生活>イベント・行事>クリスマス」にも副出した。

3) 各作品には下記の【時代背景】からいずれかのタグを必ず分類した。
・異世界・架空の世界…現代とは異なる世界が舞台になった作品
・近未来・遠未来…現代よりも先の未来が舞台になった作品
・現代…現代が舞台になった作品
・歴史・時代…過去の時代・人物・出来事が題材となっている作品

4) 各作品には、下記の【挿絵情報】からいずれかのタグを必ず分類した。
・挿絵なし…挿絵が入っていない作品
・肌の露出が多めの挿絵なし…挿絵自体はあるが、肌の露出が多い挿絵は入っていない作品
・肌の露出が多めの挿絵あり…裸に近い描写や、肌の露出度が高いファッションなど、肌の露出が多い挿絵が入っている作品

　また、下記の【挿絵情報】タグは該当作品のみ分類した。

・キスシーンの挿絵あり…キスシーン、もしくはキスを想起させるようなシーンが挿絵として入っている作品

・性描写の挿絵あり…性描写、もしくは性描写を想起させるような挿絵が入っている作品

4. 排列

1）テーマ・ジャンル別大分類見出しの下は中・小・細分類見出しの五十音順。

2）テーマ・ジャンル別中・小・細分類見出しの下は書名の英数字・記号→ひらかな・カタカナの五十音順→漢字順。

5. テーマ・ジャンル別分類見出し索引

　巻末にテーマ・ジャンル別の中分類から大分類の見出し、小分類から大分類＞中分類の見出し、細分類から大分類＞中分類＞小分類の見出しを引けるように索引を掲載した。

（例）

あやかし・憑依・擬人化→ストーリー＞あやかし・憑依・擬人化

飲食店・居酒屋・カフェ→場所・建物・施設＞飲食店・居酒屋・カフェ

コスプレ→文化・芸能・スポーツ＞文化・芸能＞ファッション＞コスプレ

サッカー→文化・芸能・スポーツ＞スポーツ＞サッカー

革命・改造・改革→ストーリー＞革命・改造・改革

バイク→乗り物＞バイク

6. 分類解説表

　巻末に分類の解説表を掲載。

　　（並び順は五十音順とした。）

テーマ・ジャンル別分類見出し目次

【ストーリー】

悪魔祓い・怨霊祓い・悪霊調伏	1
あやかし・憑依・擬人化	1
異空間	6
育成・プロデュース	7
遺産・相続	11
異世界転移・召喚	11
異世界転生	21
SF	29
SF＞タイムトラベル・タイムスリップ・タイムループ・ワープ	32
怨恨・憎悪	34
落ちもの	35
恩返し	36
カースト	36
開拓・復興・再建	37
香り・匂い	38
革命・改造・改革	38
ガチャ	39
監禁・軟禁	39
感染	39
記憶喪失・忘却	40
偽装＞恋人・配偶者のふり	41
偽装＞性別	43
虐待・いじめ	44
ギャンブル	44
救出・救助	45
金銭トラブル・貧困	51
群像劇	52
契約	54
ゲーム・アニメ	54
ゲーム・アニメ＞MMORPG	58
ゲーム・アニメ＞カードゲーム	59
検視	59
恋人・配偶者作り・縁結び	59
拷問・処刑・殺人	61
国内問題	65
国防	65
コメディ	67
再起・回復	80
サイバー	80

サイバー＞インターネット・SNS・メール・ブログ	80
サイバー＞AI	81
サイバー＞人造人間・人工生命・クローン	82
サイバー＞VR・AR	83
サイバー＞VRMMO	83
サイバー＞VRMMORPG	84
栽培・飼育	84
サバイバル	85
死・別れ	86
試合・競争・コンテスト・競合	86
事故	92
事故＞交通事故・ひき逃げ	92
仕事	93
仕事＞裏稼業・副業	104
仕事＞経営もの	104
仕事＞就職活動・求人・転職	107
自殺・自殺未遂・自殺志願	109
自然・人的災害	109
実験	110
実験＞人体実験	110
失踪・誘拐	110
自分探し・居場所探し	113
使命・任務	115
使命・任務＞撲滅運動・退治・駆除	123
宗教	128
修行・トレーニング・試練	129
人類消滅・人類滅亡	134
スキャンダル	134
頭脳・心理戦	135
スローライフ	135
政治・行政・政府	137
政治・行政・政府＞外交	139
政治・行政・政府＞情報機関・諜報機関	139
青春	139
成長・成り上がり	148
前世	160
戦争・テロ	162
捜査・捜索・潜入	170
捜査・捜索・潜入＞プロファイリング	173
脱出	173

(1)

ダンジョン・迷宮	174	遺産・相続	11
チート	178	異世界転移・召喚	11
ディストピア	186	異世界転生	21
デビュー・ストーリー	186	SF	29
転生・転移・よみがえり・リプレイ	189	SF＞タイムトラベル・タイムスリップ・タイムループ・ワープ	32
独裁	192		
トラウマ	192	怨恨・憎悪	34
日常	192	落ちもの	35
妊娠・出産	199	恩返し	36
願い	199	カースト	36
覗き見・盗撮・盗聴	199	開拓・復興・再建	37
呪い	199	香り・匂い	38
発明	201	革命・改造・改革	38
バトル・奇襲・戦闘・抗争	201	ガチャ	39
パラレルワールド	224	監禁・軟禁	39
引きこもり・寄生	225	感染	39
秘密結社	226	記憶喪失・忘却	40
病気・医療	226	偽装＞恋人・配偶者のふり	41
復讐・逆襲	229	偽装＞性別	43
勉強	230	虐待・いじめ	44
勉強＞カンニング	231	ギャンブル	44
勉強＞試験・受験	231	救出・救助	45
変身・変形・変装	232	金銭トラブル・貧困	51
変身・変形・変装＞魔装	234	群像劇	52
冒険・旅	234	契約	54
冒険・旅＞クエスト・攻略	246	ゲーム・アニメ	54
ほのぼの	249	ゲーム・アニメ＞MMORPG	58
ホラー・オカルト・グロテスク	254	ゲーム・アニメ＞カードゲーム	59
身代わり・代役・代行	257	検視	59
ミステリー・サスペンス・謎解き	258	恋人・配偶者作り・縁結び	59
メルヘン	269	拷問・処刑・殺人	61
問題解決	270	国内問題	65
友情	280	国防	65
夢	286	コメディ	67
欲望	286	再起・回復	80
予言・予報	287	サイバー	80
料理	287	サイバー＞インターネット・SNS・メール・ブログ	80
ルール・マナー・法律	291		
霊界	291	サイバー＞AI	81
悪魔祓い・怨霊祓い・悪霊調伏	1	サイバー＞人造人間・人工生命・クローン	82
あやかし・憑依・擬人化	1		
異空間	6	サイバー＞VR・AR	83
育成・プロデュース	7	サイバー＞VRMMO	83

サイバー＞VRMMORPG	84	日常	192
栽培・飼育	84	妊娠・出産	199
サバイバル	85	願い	199
死・別れ	86	覗き見・盗撮・盗聴	199
試合・競争・コンテスト・競合	86	呪い	199
事故	92	発明	201
事故＞交通事故・ひき逃げ	92	バトル・奇襲・戦闘・抗争	201
仕事	93	パラレルワールド	224
仕事＞裏稼業・副業	104	引きこもり・寄生	225
仕事＞経営もの	104	秘密結社	226
仕事＞就職活動・求人・転職	107	病気・医療	226
自殺・自殺未遂・自殺志願	109	復讐・逆襲	229
自然・人的災害	109	勉強	230
実験	110	勉強＞カンニング	231
実験＞人体実験	110	勉強＞試験・受験	231
失踪・誘拐	110	変身・変形・変装	232
自分探し・居場所探し	113	変身・変形・変装＞魔装	234
使命・任務	115	冒険・旅	234
使命・任務＞撲滅運動・退治・駆除	123	冒険・旅＞クエスト・攻略	246
宗教	128	ほのぼの	249
修行・トレーニング・試練	129	ホラー・オカルト・グロテスク	254
人類消滅・人類滅亡	134	身代わり・代役・代行	257
スキャンダル	134	ミステリー・サスペンス・謎解き	258
頭脳・心理戦	135	メルヘン	269
スローライフ	135	問題解決	270
政治・行政・政府	137	友情	280
政治・行政・政府＞外交	139	夢	286
政治・行政・政府＞情報機関・諜報機関	139	欲望	286
		予言・予報	287
青春	139	料理	287
成長・成り上がり	148	ルール・マナー・法律	291
前世	160	霊界	291
戦争・テロ	162		
捜査・捜索・潜入	170	【乗り物】	
捜査・捜索・潜入＞プロファイリング	173		
脱出	173	自転車・ロードバイク	292
ダンジョン・迷宮	174	自動車・バス	292
チート	178	戦車・戦艦・戦闘機	292
ディストピア	186	電車・新幹線・機関車	293
デビュー・ストーリー	186	乗り物一般	293
転生・転移・よみがえり・リプレイ	189	バイク	293
独裁	192	飛行機	294
トラウマ	192	船・潜水艦	294

メカ・人型兵器	295	宴会場・パーティー会場	308
自転車・ロードバイク	292	音楽室	309
自動車・バス	292	温泉・浴室・銭湯	309
戦車・戦艦・戦闘機	292	会社	310
電車・新幹線・機関車	293	会社＞出版社	312
乗り物一般	293	会社＞ブラック企業	312
バイク	293	カルチャーセンター	313
飛行機	294	基地	313
船・潜水艦	294	球場	313
メカ・人型兵器	295	宮廷・城・後宮	313
		研究所・研究室	317
【自然・環境】		拘置所・留置場・監獄	318
		小売店・専門店	318
池・沼	296	孤児院・養護施設	319
宇宙・地球・天体	296	古代遺跡	319
海・川	297	古道具屋・リサイクルショップ	320
季節＞夏	298	裁判所	320
季節＞春	299	島・人工島	320
季節＞冬	299	修道院・教会	322
砂漠	300	集落	322
自然・環境一般	300	書店・古書店	322
植物・樹木	300	水族館	322
空・星・月	301	葬儀場	322
天気	301	邸宅・豪邸・館	322
森・山	302	寺・神社・神殿	323
池・沼	296	洞窟	325
宇宙・地球・天体	296	道場・土俵	325
海・川	297	図書館・図書室	325
季節＞夏	298	廃墟・廃校	326
季節＞春	299	博物館	326
季節＞冬	299	美術館・ギャラリー・美術室	326
砂漠	300	百貨店・デパート・スーパーマー	327
自然・環境一般	300	ケット・複合商業施設	
植物・樹木	300	病院・保健室・施術所・診療所	327
空・星・月	301	美容室	328
天気	301	ビル	328
森・山	302	別荘	328
		牧場	328
【場所・建物・施設】		ホテル・宿・旅館	328
		マンション・アパート・団地	330
一軒家	305	港町	330
飲食店・居酒屋・カフェ	305	役所・庁舎	330
駅	308	屋根裏	331

遊園地	331	牧場	328
郵便局	331	ホテル・宿・旅館	328
寮	331	マンション・アパート・団地	330
一軒家	305	港町	330
飲食店・居酒屋・カフェ	305	役所・庁舎	330
駅	308	屋根裏	331
宴会場・パーティー会場	308	遊園地	331
音楽室	309	郵便局	331
温泉・浴室・銭湯	309	寮	331
会社	310		
会社＞出版社	312		

【学校・学園・学生】

会社＞ブラック企業	312		
カルチャーセンター	313	高校・高等専門学校・高校生・高専生	332
基地	313		
球場	313	校則	350
宮廷・城・後宮	313	小学校・小学生	350
研究所・研究室	317	進路	351
拘置所・留置場・監獄	318	生徒会・委員会	352
小売店・専門店	318	専門学校・大学・専門学校生・大学生・大学院生	353
孤児院・養護施設	319		
古代遺跡	319	その他学校・学園・学生	358
古道具屋・リサイクルショップ	320	中学校・中学生	363
裁判所	320	転校・転校生	365
島・人工島	320	部活・サークル	365
修道院・教会	322	魔法・魔術学校	368
集落	322	高校・高等専門学校・高校生・高専生	332
書店・古書店	322		
水族館	322	校則	350
葬儀場	322	小学校・小学生	350
邸宅・豪邸・館	322	進路	351
寺・神社・神殿	323	生徒会・委員会	352
洞窟	325	専門学校・大学・専門学校生・大学生・大学院生	353
道場・土俵	325		
図書館・図書室	325	その他学校・学園・学生	358
廃墟・廃校	326	中学校・中学生	363
博物館	326	転校・転校生	365
美術館・ギャラリー・美術室	326	部活・サークル	365
百貨店・デパート・スーパーマーケット・複合商業施設	327	魔法・魔術学校	368

【文化・芸能・スポーツ】

病院・保健室・施術所・診療所	327		
美容室	328	スポーツ＞ウエイトリフティング	371
ビル	328	スポーツ＞サッカー	371
別荘	328		

スポーツ＞スポーツ一般	371	
スポーツ＞相撲	371	
スポーツ＞ダンス・踊り	371	
スポーツ＞テニス・バドミントン・卓球	371	
スポーツ＞トライアスロン	372	
スポーツ＞バレーボール・バスケットボール	372	
スポーツ＞フィギュアスケート	372	
スポーツ＞ボート	372	
スポーツ＞ボーリング	372	
スポーツ＞野球	373	
スポーツ＞陸上競技・マラソン・駅伝	373	
文化・芸能＞囲碁・将棋	373	
文化・芸能＞映画・テレビ・番組	373	
文化・芸能＞絵本	374	
文化・芸能＞演劇	374	
文化・芸能＞音楽	374	
文化・芸能＞音楽＞歌	375	
文化・芸能＞音楽＞楽器	376	
文化・芸能＞音楽＞バンド・オーケストラ	376	
文化・芸能＞学問＞西洋史	377	
文化・芸能＞華道	377	
文化・芸能＞歌舞伎	377	
文化・芸能＞芸能界	377	
文化・芸能＞香道	377	
文化・芸能＞写真	377	
文化・芸能＞書道	378	
文化・芸能＞チア	378	
文化・芸能＞茶道	378	
文化・芸能＞日本文化一般	378	
文化・芸能＞俳句・短歌・川柳・和歌	378	
文化・芸能＞美術・芸術	378	
文化・芸能＞美術・芸術＞アンティーク	379	
文化・芸能＞美術・芸術＞刺繍	379	
文化・芸能＞ファッション	379	
文化・芸能＞ファッション＞着物	380	
文化・芸能＞ファッション＞コスプレ	380	
文化・芸能＞ファッション＞水着	381	
文化・芸能＞ファッション＞スーツ	381	

文化・芸能＞ファッション＞男装・女装	381	
文化・芸能＞文学・本	382	
文化・芸能＞文学・本＞古事記・日本書紀	383	
文化・芸能＞文学・本＞万葉集	384	
文化・芸能＞漫画	384	
文化・芸能＞落語・漫才	384	
スポーツ＞ウエイトリフティング	371	
スポーツ＞サッカー	371	
スポーツ＞スポーツ一般	371	
スポーツ＞相撲	371	
スポーツ＞ダンス・踊り	371	
スポーツ＞テニス・バドミントン・卓球	371	
スポーツ＞トライアスロン	372	
スポーツ＞バレーボール・バスケットボール	372	
スポーツ＞フィギュアスケート	372	
スポーツ＞ボート	372	
スポーツ＞ボーリング	372	
スポーツ＞野球	373	
スポーツ＞陸上競技・マラソン・駅伝	373	
文化・芸能＞囲碁・将棋	373	
文化・芸能＞映画・テレビ・番組	373	
文化・芸能＞絵本	374	
文化・芸能＞演劇	374	
文化・芸能＞音楽	374	
文化・芸能＞音楽＞歌	375	
文化・芸能＞音楽＞楽器	376	
文化・芸能＞音楽＞バンド・オーケストラ	376	
文化・芸能＞学問＞西洋史	377	
文化・芸能＞華道	377	
文化・芸能＞歌舞伎	377	
文化・芸能＞芸能界	377	
文化・芸能＞香道	377	
文化・芸能＞写真	377	
文化・芸能＞書道	378	
文化・芸能＞チア	378	
文化・芸能＞茶道	378	
文化・芸能＞日本文化一般	378	

文化・芸能＞俳句・短歌・川柳・和歌	378
文化・芸能＞美術・芸術	378
文化・芸能＞美術・芸術＞アンティーク	379
文化・芸能＞美術・芸術＞刺繍	379
文化・芸能＞ファッション	379
文化・芸能＞ファッション＞着物	380
文化・芸能＞ファッション＞コスプレ	380
文化・芸能＞ファッション＞水着	381
文化・芸能＞ファッション＞スーツ	381
文化・芸能＞ファッション＞男装・女装	381
文化・芸能＞文学・本	382
文化・芸能＞文学・本＞古事記・日本書紀	383
文化・芸能＞文学・本＞万葉集	384
文化・芸能＞漫画	384
文化・芸能＞落語・漫才	384

【暮らし・生活】

イベント・行事＞お正月	385
イベント・行事＞お茶会・パーティー	385
イベント・行事＞お花見	385
イベント・行事＞お祭り	385
イベント・行事＞合宿	386
イベント・行事＞クリスマス	386
イベント・行事＞コミックマーケット	386
イベント・行事＞体育祭・運動会	386
イベント・行事＞七夕	387
イベント・行事＞誕生日・記念日	387
イベント・行事＞ツーリング	387
イベント・行事＞デート	387
イベント・行事＞夏休み・バカンス・長期休暇	388
イベント・行事＞花火	389
イベント・行事＞バレンタイン	389
イベント・行事＞舞踏会	390
イベント・行事＞文化祭	390
イベント・行事＞旅行	391
イベント・行事＞旅行＞修学旅行	391
イベント・行事＞旅行＞新婚旅行	391

園芸・菜園	392
家具	392
生活用品・電化製品	392
食べもの・飲みもの	392
食べもの・飲みもの＞お菓子	394
食べもの・飲みもの＞お酒	394
食べもの・飲みもの＞スープ	395
食べもの・飲みもの＞茶・コーヒー	395
食べもの・飲みもの＞パン	396
郵便・郵便ポスト	396
ルームシェア・同棲	396
イベント・行事＞お正月	385
イベント・行事＞お茶会・パーティー	385
イベント・行事＞お花見	385
イベント・行事＞お祭り	385
イベント・行事＞合宿	386
イベント・行事＞クリスマス	386
イベント・行事＞コミックマーケット	386
イベント・行事＞体育祭・運動会	386
イベント・行事＞七夕	387
イベント・行事＞誕生日・記念日	387
イベント・行事＞ツーリング	387
イベント・行事＞デート	387
イベント・行事＞夏休み・バカンス・長期休暇	388
イベント・行事＞花火	389
イベント・行事＞バレンタイン	389
イベント・行事＞舞踏会	390
イベント・行事＞文化祭	390
イベント・行事＞旅行	391
イベント・行事＞旅行＞修学旅行	391
イベント・行事＞旅行＞新婚旅行	391
園芸・菜園	392
家具	392
生活用品・電化製品	392
食べもの・飲みもの	392
食べもの・飲みもの＞お菓子	394
食べもの・飲みもの＞お酒	394
食べもの・飲みもの＞スープ	395
食べもの・飲みもの＞茶・コーヒー	395
食べもの・飲みもの＞パン	396
郵便・郵便ポスト	396
ルームシェア・同棲	396

【ご当地もの】

愛知県＞安城市	399
アメリカ合衆国 ＞ワシントンD.C.	399
イギリス	399
イギリス＞ロンドン	399
石川県＞金沢市	399
岩手県	399
岩手県＞盛岡市	399
近江	400
大阪府	400
大阪府＞大阪市	400
オーストリア＞ウィーン	400
岡山県	400
沖縄県＞那覇市	400
尾張	400
神奈川県	400
神奈川県＞足柄下郡＞箱根	401
神奈川県＞鎌倉市	401
神奈川県＞藤沢市＞江の島	401
神奈川県＞横浜市	401
岐阜県＞郡上市	401
京都府	401
京都府＞京都市	402
京都府＞京都市＞左京区	402
熊本県	402
熊本県＞阿蘇市	403
群馬県	403
群馬県＞吾妻郡＞草津町	403
群馬県＞吾妻郡＞長野原町	403
埼玉県＞川越市	403
埼玉県＞さいたま市	403
静岡県	403
静岡県＞熱海市	403
静岡県＞浜松市	403
島根県＞出雲市	404
駿河	404
千葉県	404
千葉県＞千葉市	404
中国	404
天竺	404
東京都	404
東京都＞板橋区＞赤塚	406
東京都＞葛飾区	406
東京都＞渋谷区＞渋谷	406
東京都＞新宿区	406
東京都＞新宿区＞西新宿	406
東京都＞世田谷区＞下北沢	406
東京都＞台東区＞浅草	406
東京都＞多摩市	407
東京都＞千代田区	407
東京都＞千代田区＞神保町	407
東京都＞千代田区＞丸の内	407
東京都＞中野区	407
東京都＞練馬区	407
東京都＞武蔵野市	407
東京都＞武蔵野市＞吉祥寺	407
鳥取県	407
長野県	408
長野県＞松本市	408
奈良県	408
バチカン市国	408
兵庫県＞芦屋市	408
兵庫県＞神戸市	408
広島県	408
広島県＞尾道市	408
広島県＞呉市	409
フィリピン＞マニラ市	409
福井県	409
福岡県＞福岡市	409
福岡県＞福岡市＞博多区	409
フランス＞パリ	409
北海道	409
北海道＞旭川市	410
北海道＞上川郡＞東川町	410
北海道＞釧路市	410
北海道＞札幌市	410
三重県＞伊勢市	410
宮城県	410
山梨県＞南アルプス市	411
愛知県＞安城市	399
アメリカ合衆国 ＞ワシントンD.C.	399
イギリス	399
イギリス＞ロンドン	399
石川県＞金沢市	399

岩手県	399	東京都＞千代田区	407
岩手県＞盛岡市	399	東京都＞千代田区＞神保町	407
近江	400	東京都＞千代田区＞丸の内	407
大阪府	400	東京都＞中野区	407
大阪府＞大阪市	400	東京都＞練馬区	407
オーストリア＞ウィーン	400	東京都＞武蔵野市	407
岡山県	400	東京都＞武蔵野市＞吉祥寺	407
沖縄県＞那覇市	400	鳥取県	407
尾張	400	長野県	408
神奈川県	400	長野県＞松本市	408
神奈川県＞足柄下郡＞箱根	401	奈良県	408
神奈川県＞鎌倉市	401	バチカン市国	408
神奈川県＞藤沢市＞江の島	401	兵庫県＞芦屋市	408
神奈川県＞横浜市	401	兵庫県＞神戸市	408
岐阜県＞郡上市	401	広島県	408
京都府	401	広島県＞尾道市	408
京都府＞京都市	402	広島県＞呉市	409
京都府＞京都市＞左京区	402	フィリピン＞マニラ市	409
熊本県	402	福井県	409
熊本県＞阿蘇市	403	福岡県＞福岡市	409
群馬県	403	福岡県＞福岡市＞博多区	409
群馬県＞吾妻郡＞草津町	403	フランス＞パリ	409
群馬県＞吾妻郡＞長野原町	403	北海道	409
埼玉県＞川越市	403	北海道＞旭川市	410
埼玉県＞さいたま市	403	北海道＞上川郡＞東川町	410
静岡県	403	北海道＞釧路市	410
静岡県＞熱海市	403	北海道＞札幌市	410
静岡県＞浜松市	403	三重県＞伊勢市	410
島根県＞出雲市	404	宮城県	410
駿河	404	山梨県＞南アルプス市	411
千葉県	404		
千葉県＞千葉市	404		
中国	404		
天竺	404		
東京都	404		
東京都＞板橋区＞赤塚	406		
東京都＞葛飾区	406		
東京都＞渋谷区＞渋谷	406		
東京都＞新宿区	406		
東京都＞新宿区＞西新宿	406		
東京都＞世田谷区＞下北沢	406		
東京都＞台東区＞浅草	406		
東京都＞多摩市	407		

【ストーリー】

悪魔祓い・怨霊祓い・悪霊調伏

「桜花傾国物語」東芙美子著 講談社(講談社X文庫) 2017年9月【歴史・時代】【肌の露出が多めの挿絵あり】

「桜花傾国物語 [2]」東芙美子著 講談社(講談社X文庫) 2017年12月【歴史・時代】【肌の露出が多めの挿絵なし】

「週末陰陽師 [2]」遠藤遼著 三交社(スカイハイ文庫) 2017年9月【現代】【肌の露出が多めの挿絵なし】

「出会ってひと突きで絶頂除霊!」赤城大空著 小学館(ガガガ文庫) 2017年10月【異世界・架空の世界】【肌の露出が多めの挿絵あり】

「忘却のアイズオルガン = Die Vergessenen Eisig Organ 2」宮野美嘉著 小学館(ガガガ文庫) 2017年12月【異世界・架空の世界】【肌の露出が多めの挿絵なし】

「忘却のアイズオルガン = Die Vergessenen Eisig Organ.」宮野美嘉著 小学館(ガガガ文庫) 2017年8月【異世界・架空の世界】【肌の露出が多めの挿絵なし】

「夜見師 2」中村ふみ著 KADOKAWA(角川ホラー文庫) 2017年7月【現代】【挿絵なし】

「幽冥食堂「あおやぎ亭」の交遊録」篠原美季著 講談社(講談社X文庫) 2017年7月【現代】【肌の露出が多めの挿絵なし】

あやかし・憑依・擬人化

「100回泣いても変わらないので恋することにした。」堀川アサコ著 新潮社(新潮文庫) 2017年7月【現代】【挿絵なし】

「あのねこのまちあのねこのまち 1」紫野一歩著 講談社(講談社ラノベ文庫) 2017年8月【現代】【肌の露出が多めの挿絵なし】

「あのねこのまちあのねこのまち 2」紫野一歩著 講談社(講談社ラノベ文庫) 2017年11月【異世界・架空の世界】【肌の露出が多めの挿絵なし】

「あやかしお宿の勝負めし出します。」友麻碧著 KADOKAWA(富士見L文庫) 2017年11月【異世界・架空の世界】【肌の露出が多めの挿絵なし】

「あやかし屋台なごみ亭 3」篠宮あすか著 双葉社(双葉文庫) 2017年8月【異世界・架空の世界】【肌の露出が多めの挿絵なし】

「あやかし会社の社長にされそう。」水沢あきと著 KADOKAWA(メディアワークス文庫) 2017年10月【現代】【肌の露出が多めの挿絵なし】

「アヤカシ絵師の奇妙な日常」相原鵺著 KADOKAWA(メディアワークス文庫) 2017年9月【現代】【肌の露出が多めの挿絵なし】

ストーリー

「あやかし寝具店：あなたの夢解き、致します」空高志著 三交社（スカイハイ文庫）2017年10月【現代】【肌の露出が多めの挿絵なし】

「あやかし双子のお医者さん 4」椎名蓮月著 KADOKAWA（富士見L文庫）2017年10月【現代】【挿絵なし】

「あやかし姫は愛されたい 2」岸根紅華著 オーバーラップ（オーバーラップ文庫）2017年12月【異世界・架空の世界】【肌の露出が多めの挿絵あり】

「あやかし夫婦は、もう一度恋をする。」友麻碧著 KADOKAWA（富士見L文庫）2017年11月【現代】【挿絵なし】

「おせっかい屋のお鈴さん」堀川アサコ著 KADOKAWA（角川文庫）2017年9月【現代】【挿絵なし】

「おとなりの晴明さん：陰陽師は左京区にいる」仲町六絵著 KADOKAWA（メディアワークス文庫）2017年10月【現代/異世界・架空の世界/歴史・時代】【肌の露出が多めの挿絵なし】

「お迎えに上がりました。：国土交通省国土政策局幽冥推進課」竹林七草著 集英社（集英社文庫）2017年8月【現代】【肌の露出が多めの挿絵なし】

「お世話になっております。陰陽課です 4」峰守ひろかず著 KADOKAWA（メディアワークス文庫）2017年9月【現代】【肌の露出が多めの挿絵なし】

「お点前頂戴いたします：泡沫亭あやかし茶の湯」神田夏生著 KADOKAWA（メディアワークス文庫）2017年11月【現代】【肌の露出が多めの挿絵なし】

「カゲロウデイズ 8」じん（自然の敵P）著 KADOKAWA（KCG文庫）2017年12月【異世界・架空の世界】【肌の露出が多めの挿絵なし】

「カスミとオボロ [2]」丸木文華著 集英社（集英社オレンジ文庫）2017年7月【歴史・時代】【肌の露出が多めの挿絵なし】

「キノの旅：the Beautiful World 21」時雨沢恵一著 KADOKAWA（電撃文庫）2017年10月【異世界・架空の世界】【肌の露出が多めの挿絵なし】

「けがれの汀で恋い慕え」結城光流著 KADOKAWA（角川ビーンズ文庫）2017年10月【歴史・時代】【挿絵なし】

「さくらとともに舞う」ひなた華月著 講談社（講談社ラノベ文庫）2017年9月【異世界・架空の世界】【肌の露出が多めの挿絵なし】

「スピリット・マイグレーション 6」ヘロー天気著 アルファポリス（アルファライト文庫）2017年8月【異世界・架空の世界】【肌の露出が多めの挿絵なし】

「ダンジョンはいいぞ! = Dungeon is so good!」狐谷まどか著 TOブックス 2017年10月【異世界・架空の世界】【肌の露出が多めの挿絵あり】

「ぬばたまおろち、しらたまおろち」白鷺あおい著 東京創元社（創元推理文庫）2017年9月【現代】【挿絵なし】

ストーリー

「パラミリタリ・カンパニー：萌える侵略者 2」榊一郎著 講談社(講談社ラノベ文庫) 2017年9月
【現代】【肌の露出が多めの挿絵あり】

「ひとり旅の神様 2」五十嵐雄策著 KADOKAWA(メディアワークス文庫) 2017年7月【現代】
【肌の露出が多めの挿絵なし】

「ワールドエネミー 2」細音啓著 KADOKAWA(ノベルゼロ) 2017年8月【異世界・架空の世界】
【肌の露出が多めの挿絵あり】

「綾志別町役場妖怪課 [2]」青柳碧人著 KADOKAWA(角川文庫) 2017年9月【異世界・架空
の世界】【挿絵なし】

「異世界の果てで開拓ごはん！：座敷わらしと目指す快適スローライフ」滝口流著
KADOKAWA(カドカワBOOKS) 2017年11月【異世界・架空の世界】【肌の露出が多めの挿絵
あり】

「厭世マニュアル」阿川せんり著 KADOKAWA(角川文庫) 2017年8月【現代】【挿絵なし】

「下僕ハーレムにチェックメイトです！2」赤福大和著 講談社(講談社ラノベ文庫) 2017年11月
【異世界・架空の世界】【肌の露出が多めの挿絵あり/キスシーンの挿絵あり/性描写の挿絵あ
り】

「華舞鬼町おばけ写真館：祖父のカメラとほかほかおにぎり」蒼月海里著 KADOKAWA(角川
ホラー文庫) 2017年8月【現代/異世界・架空の世界】【肌の露出が多めの挿絵なし】

「華舞鬼町おばけ写真館 [2]」蒼月海里著 KADOKAWA(角川ホラー文庫) 2017年12月【現
代/異世界・架空の世界】【肌の露出が多めの挿絵なし】

「怪談彼女 6」永遠月心悟著 集英社(JUMP j BOOKS) 2017年10月【現代】【肌の露出が多め
の挿絵あり】

「鬼姫と流れる星々」小松エメル著 ポプラ社(ポプラ文庫ピュアフル) 2017年11月【歴史・時
代】【肌の露出が多めの挿絵なし】

「京都の甘味処は神様専用です 2」桑野和明著 双葉社(双葉文庫) 2017年10月【現代】【挿
絵なし】

「京都烏丸御池のお祓い本舗」望月麻衣著 双葉社(双葉文庫) 2017年10月【現代】【肌の露
出が多めの挿絵なし】

「京都伏見のあやかし甘味帖：おねだり狐との町屋暮らし」柏てん著 宝島社(宝島社文庫)
2017年8月【現代】【挿絵なし】

「欠けゆく都市の機械月姫(ムーンドール)」永菜葉一著 KADOKAWA(角川スニーカー文庫)
2017年7月【異世界・架空の世界】【肌の露出が多めの挿絵なし/キスシーンの挿絵あり】

「月とうさぎのフォークロア。St.3」徒埜けんしん著 SBクリエイティブ(GA文庫) 2017年10月【現
代】【肌の露出が多めの挿絵あり】

「現代編・近くば寄って目にも見よ」結城光流著 KADOKAWA(角川ビーンズ文庫) 2017年11
月【現代】【肌の露出が多めの挿絵なし】

ストーリー

「限界集落・オブ・ザ・デッド = GENKAISHYURAKU OF THE DEAD」ロッキン神経痛著 KADOKAWA（カドカワBOOKS）2017年12月【異世界・架空の世界】【肌の露出が多めの挿絵なし】

「黒猫王子の喫茶店 [2]」高橋由太著 KADOKAWA（角川文庫）2017年10月【現代】【挿絵なし】

「佐々木探偵事務所には、猫又の斑さんがいる。」杜奏みなや著 KADOKAWA（メディアワークス文庫）2017年11月【現代】【肌の露出が多めの挿絵なし】

「最強ゴーレムの召喚士：異世界の剣士を仲間にしました。」こる著 一迅社（一迅社文庫アイリス）2017年10月【異世界・架空の世界】【肌の露出が多めの挿絵なし】

「彩菊あやかし算法帖」青柳碧人著 実業之日本社（実業之日本社文庫）2017年8月【歴史・時代】【肌の露出が多めの挿絵なし】

「彩菊あやかし算法帖 [2]」青柳碧人著 実業之日本社 2017年9月【歴史・時代】【肌の露出が多めの挿絵なし】

「殺生伝 3」神永学著 幻冬舎（幻冬舎文庫）2017年12月【歴史・時代】【肌の露出が多めの挿絵なし】

「思い出の品、売ります買います九十九古物商店」皆藤黒助著 KADOKAWA（角川文庫）2017年7月【現代】【挿絵なし】

「死にかけ探偵と殺せない殺し屋」真坂マサル著 KADOKAWA（メディアワークス文庫）2017年11月【現代】【肌の露出が多めの挿絵なし】

「寺嫁さんのおもてなし：和カフェであやかし癒やします」華藤えれな著 KADOKAWA（富士見L文庫）2017年9月【現代】【肌の露出が多めの挿絵なし】

「自称!平凡魔族の英雄ライフ：B級魔族なのにチートダンジョンを作ってしまった結果 2」あまうい白一著 講談社（Kラノベブックス）2017年9月【異世界・架空の世界】【肌の露出が多めの挿絵あり】

「週末陰陽師 [2]」遠藤遼著 三交社（スカイハイ文庫）2017年9月【現代】【肌の露出が多めの挿絵なし】

「出雲のあやかしホテルに就職します 3」硝子町玻璃著 双葉社（双葉文庫）2017年11月【異世界・架空の世界】【挿絵なし】

「信長の弟：織田信行として生きて候 第2巻」ツマビラカズジ著 マイクロマガジン社（GC NOVELS）2017年11月【歴史・時代】【肌の露出が多めの挿絵なし】

「真夜中の本屋戦争 = WAR IN THE MIDNIGHT BOOKSTORE 2」藤春都著 白好出版（ホワイトブックス）2017年9月【現代】【肌の露出が多めの挿絵あり】

「神様たちのお伊勢参り 2」竹村優希著 双葉社（双葉文庫）2017年11月【異世界・架空の世界】【肌の露出が多めの挿絵なし】

「神様の定食屋 2」中村颯希著 双葉社（双葉文庫）2017年12月【現代】【挿絵なし】

ストーリー

「神様の名前探し」山本風碧著 双葉社(双葉文庫) 2017年10月【現代】【肌の露出が多めの挿絵なし】

「絶対城先輩の妖怪学講座 10」峰守ひろかず著 KADOKAWA(メディアワークス文庫) 2017年8月【現代】【肌の露出が多めの挿絵なし】

「先生とそのお布団」石川博品著 小学館(ガガガ文庫) 2017年11月【現代】【肌の露出が多めの挿絵なし】

「天明の月 3」前田珠子著 集英社(コバルト文庫) 2017年12月【異世界・架空の世界】【挿絵なし】

「東京「物ノ怪」訪問録：河童の懸場帖」桔梗楓著 マイナビ出版(ファン文庫) 2017年10月【現代】【挿絵なし】

「東京レイヴンズ 15」あざの耕平著 KADOKAWA(富士見ファンタジア文庫) 2017年9月【現代/歴史・時代】【肌の露出が多めの挿絵なし】

「奈良町あやかし万葉茶房」遠藤遼著 双葉社(双葉文庫) 2017年11月【現代】【肌の露出が多めの挿絵なし】

「白いしっぽと私の日常」クロサキリク著 ポニーキャニオン(ぽにきゃんBOOKS) 2017年12月【現代】【肌の露出が多めの挿絵なし】

「縛りプレイ英雄記 2」語部マサユキ著 KADOKAWA(角川スニーカー文庫) 2017年7月【異世界・架空の世界】【肌の露出が多めの挿絵あり】

「飯テロ：真夜中に読めない20人の美味しい物語」名取佐和子著;日向夏著;ほしおさなえ著;富士見L文庫編集部編 KADOKAWA(富士見L文庫) 2017年12月【現代】【肌の露出が多めの挿絵なし】

「尾道茶寮夜咄堂 [2]」加藤泰幸著 宝島社(宝島社文庫) 2017年7月【現代】【挿絵なし】

「百貨店トワイライト」あさぎ千夜春著 三交社(スカイハイ文庫) 2017年7月【現代】【肌の露出が多めの挿絵なし】

「百々とお狐の見習い巫女生活」千冬著 三交社(スカイハイ文庫) 2017年9月【現代】【肌の露出が多めの挿絵なし】

「放課後、君はさくらのなかで」竹岡葉月著 集英社(集英社オレンジ文庫) 2017年9月【現代】【肌の露出が多めの挿絵なし】

「魔法少女のスカウトマン = Scout Man of Magical Girl」天羽伊吹清著 KADOKAWA(電撃文庫) 2017年12月【現代/異世界・架空の世界】【肌の露出が多めの挿絵あり】

「夢幻戦舞曲 2」瑞智士記著 KADOKAWA(MF文庫J) 2017年12月【近未来・遠未来】【肌の露出が多めの挿絵なし】

「明治・妖(あやかし)モダン」畠中恵著 朝日新聞出版(朝日文庫) 2017年7月【歴史・時代】【挿絵なし】

ストーリー

「明治あやかし新聞：怠惰な記者の裏稼業 2」さとみ桜著 KADOKAWA（メディアワークス文庫）2017年9月【現代】【挿絵なし】

「木津音紅葉はあきらめない」梨沙著 集英社（集英社オレンジ文庫）2017年10月【現代】【肌の露出が多めの挿絵なし】

「夜と会う。：放課後の僕と廃墟の死神」蒼月海里著 新潮社（新潮文庫）2017年8月【現代】【肌の露出が多めの挿絵なし】

「野生のラスボスが現れた! = wild final boss appeared! 5」炎頭著 アース・スターエンターテイメント（EARTH STAR NOVEL）2017年9月【異世界・架空の世界】【肌の露出が多めの挿絵なし】

「野生のラスボスが現れた! = wild final boss appeared! 6」炎頭著 アース・スターエンターテイメント（EARTH STAR NOVEL）2017年12月【異世界・架空の世界】【肌の露出が多めの挿絵なし】

「幽落町おばけ駄菓子屋異話：夢四夜」蒼月海里著 KADOKAWA（角川ホラー文庫）2017年10月【異世界・架空の世界】【肌の露出が多めの挿絵なし】

「妖怪のご縁結びます。お見合い寺天泣堂」梅谷百著 KADOKAWA（メディアワークス文庫）2017年10月【現代】【肌の露出が多めの挿絵なし】

「妖埼庵夜話 [6]」榎田ユウリ著 KADOKAWA（角川ホラー文庫）2017年7月【現代】【挿絵なし】

「裏世界ピクニック 2」宮澤伊織著 早川書房（ハヤカワ文庫 JA）2017年10月【現代/異世界・架空の世界】【肌の露出が多めの挿絵なし】

「瑠璃花舞姫録：召しませ、舞姫様っ!」くりたかのこ著 KADOKAWA（ビーズログ文庫）2017年12月【異世界・架空の世界】【肌の露出が多めの挿絵なし/キスシーンの挿絵あり】

「六道先生の原稿は順調に遅れています」峰守ひろかず著 KADOKAWA（富士見L文庫）2017年7月【現代】【挿絵なし】

「涅槃月ブルース」桑原水菜著 集英社（コバルト文庫）2017年8月【歴史・時代】【肌の露出が多めの挿絵なし】

「筐底のエルピス 5」オキシタケヒコ著 小学館（ガガガ文庫）2017年8月【近未来・遠未来】【肌の露出が多めの挿絵なし】

異空間

「アウトブレイク・カンパニー = Outbreak Company：萌える侵略者 18」榊一郎著 講談社（講談社ラノベ文庫）2017年8月【異世界・架空の世界】【肌の露出が多めの挿絵なし】

「アカネヒメ物語」村山早紀著 徳間書店（徳間文庫）2017年12月【現代】【挿絵なし】

「アヤカシ絵師の奇妙な日常」相原舞著 KADOKAWA（メディアワークス文庫）2017年9月【現代】【肌の露出が多めの挿絵なし】

ストーリー

「いすみ写真館の想い出ポートレイト ＝ ISUMI PHOTO STUDIO Memories Portrait Photography」周防ツカサ著 KADOKAWA(メディアワークス文庫) 2017年9月【現代】【肌の露出が多めの挿絵なし】

「お迎えに上がりました。：国土交通省国土政策局幽冥推進課」竹林七草著 集英社(集英社文庫) 2017年8月【現代】【肌の露出が多めの挿絵なし】

「タイムシフト：君と見た海、君がいた空」午後12時の男著 集英社(ダッシュエックス文庫) 2017年10月【現代】【肌の露出が多めの挿絵なし】

「バーサス・フェアリーテイル：バッドエンドな運命のヒロインを救い出せ 2」八街歩著 KADOKAWA(富士見ファンタジア文庫) 2017年12月【現代】【肌の露出が多めの挿絵あり】

「パラミリタリ・カンパニー：萌える侵略者 2」榊一郎著 講談社(講談社ラノベ文庫) 2017年9月【現代】【肌の露出が多めの挿絵あり】

「パラミリタリ・カンパニー：萌える侵略者 3」榊一郎著 講談社(講談社ラノベ文庫) 2017年12月【現代】【肌の露出が多めの挿絵あり/キスシーンの挿絵あり】

「人なき世界を、魔女と京都へ。」津田夕也著 KADOKAWA(ファミ通文庫) 2017年12月【現代】【肌の露出が多めの挿絵あり/キスシーンの挿絵あり】

「繕い屋：月のチーズとお菓子の家」矢崎存美著 講談社(講談社タイガ) 2017年12月【現代/異世界・架空の世界】【挿絵なし】

「打ち上げ花火、下から見るか?横から見るか?」岩井俊二原作;大根仁著 KADOKAWA(角川スニーカー文庫) 2017年8月【現代】【肌の露出が多めの挿絵なし】

「大学デビューに失敗したぼっち、魔境に生息す。」睦月著 TOブックス 2017年10月【現代/異世界・架空の世界】【肌の露出が多めの挿絵なし】

「不可抗力のラビット・ラン：ブギーポップ・ダウトフル」上遠野浩平著 KADOKAWA(電撃文庫) 2017年7月【現代】【肌の露出が多めの挿絵なし】

「夜と会う。：放課後の僕と廃墟の死神」蒼月海里著 新潮社(新潮文庫) 2017年8月【現代】【肌の露出が多めの挿絵なし】

「幽冥食堂「あおやぎ亭」の交遊録」篠原美季著 講談社(講談社X文庫) 2017年7月【現代】【肌の露出が多めの挿絵なし】

「裏世界ピクニック 2」宮澤伊織著 早川書房(ハヤカワ文庫 JA) 2017年10月【現代/異世界・架空の世界】【肌の露出が多めの挿絵なし】

育成・プロデュース

「29とJK 3」裕時悠示著 SBクリエイティブ(GA文庫) 2017年9月【現代】【肌の露出が多めの挿絵あり】

「3年B組ネクロマンサー先生」SOW著 SBクリエイティブ(GA文庫) 2017年11月【異世界・架空の世界】【肌の露出が多めの挿絵あり】

ストーリー

「アウトサイド・アカデミア!!:《留年組》は最強なので、チートな教師と卒業します」神秋昌史著
KADOKAWA(角川スニーカー文庫) 2017年9月【現代】【肌の露出が多めの挿絵あり】

「アルバトロスは羽ばたかない」七河迦南著 東京創元社(創元推理文庫) 2017年11月【現代】
【挿絵なし】

「カンスト勇者の超魔教導(オーバーレイズ):将来有望な魔王と姫を弟子にしてみた」はむば
ね著 ホビージャパン(HJ文庫) 2017年10月【異世界・架空の世界】【肌の露出が多めの挿絵あ
り】

「こんな僕(クズ)が荒川さんに告白(コク)ろうなんて、おこがましくてできません。」清水苺著 講
談社(講談社ラノベ文庫) 2017年9月【現代】【肌の露出が多めの挿絵あり】

「セーブ&ロードのできる宿屋さん:カンスト転生者が宿屋で新人育成を始めたようです 4」稲
荷竜著 集英社(ダッシュエックス文庫) 2017年8月【異世界・架空の世界】【肌の露出が多めの
挿絵なし】

「ぜったい転職したいんです!! 2」山川進著 SBクリエイティブ(GA文庫) 2017年7月【異世界・
架空の世界】【肌の露出が多めの挿絵あり】

「ダンジョンを経営しています:ベルウッドダンジョン株式会社西方支部繁盛記」アマラ著 宝島
社 2017年12月【異世界・架空の世界】【肌の露出が多めの挿絵なし】

「ニートの少女〈17〉に時給650円でレベル上げさせているオンライン」瀬尾つかさ著
KADOKAWA(角川スニーカー文庫) 2017年12月【現代】【肌の露出が多めの挿絵あり】

「はぐれ魔導教士の無限英雄方程式(アンリミテッド) 2」原雷火著 KADOKAWA(ファミ通文庫)
2017年7月【異世界・架空の世界】【肌の露出が多めの挿絵なし】

「マンガハウス!」桜井美奈著 光文社(光文社文庫) 2017年10月【現代】【挿絵なし】

「モンスター・ファクトリー 2」アロハ座長著 KADOKAWA(富士見ファンタジア文庫) 2017年11
月【異世界・架空の世界】【肌の露出が多めの挿絵あり】

「やりなおし英雄の教育日誌」涼暮皐著 ホビージャパン(HJ文庫) 2017年9月【異世界・架空
の世界】【肌の露出が多めの挿絵なし】

「ようこそ実力至上主義の教室へ 7」衣笠彰梧著 KADOKAWA(MF文庫J) 2017年10月【現
代】【肌の露出が多めの挿絵なし】

「ライブダンジョン! = LIVE DUNGEON! 3」dy冷凍著 KADOKAWA(カドカワBOOKS) 2017年8
月【異世界・架空の世界】【肌の露出が多めの挿絵なし】

「りゅうおうのおしごと! 6 ドラマCD付き限定特装版」白鳥士郎著 SBクリエイティブ(GA文庫)
2017年7月【現代】【肌の露出が多めの挿絵なし】

「ワールド・ティーチャー:異世界式教育エージェント 6」ネコ光一著 オーバーラップ(オー
バーラップ文庫) 2017年7月【異世界・架空の世界】【肌の露出が多めの挿絵なし/キスシーン
の挿絵あり】

「ワールド・ティーチャー:異世界式教育エージェント 7」ネコ光一著 オーバーラップ(オー
バーラップ文庫) 2017年11月【異世界・架空の世界】【肌の露出が多めの挿絵あり】

ストーリー

「異世界でカフェを開店しました。3」甘沢林檎著 アルファポリス（レジーナ文庫. レジーナブックス）2017年9月【異世界・架空の世界】【肌の露出が多めの挿絵なし】

「異世界堂のミア = Mia with the mysterious mansion：お持ち帰りは亜人メイドですか?」天那光汰著 宝島社 2017年7月【異世界・架空の世界】【肌の露出が多めの挿絵あり】

「押しかけ犬耳奴隷が、ニートな大英雄のお世話をするようです。1」青猫草々 オーバーラップ（オーバーラップ文庫）2017年7月【異世界・架空の世界】【肌の露出が多めの挿絵なし】

「王都の学園に強制連行された最強のドラゴンライダーは超が付くほど田舎者」八茶橋らっく著 KADOKAWA（カドカワBOOKS）2017年10月【異世界・架空の世界】【肌の露出が多めの挿絵あり】

「乙女ゲームの世界でヒロインの姉としてフラグを折っています。」藤原惟光著 KADOKAWA（ビーズログ文庫アリス）2017年7月【異世界・架空の世界】【肌の露出が多めの挿絵なし】

「俺、「城」を育てる：可愛いあの子は無敵の要塞になりたいようです」富哉とみあ著 KADOKAWA（ファミ通文庫）2017年9月【異世界・架空の世界】【肌の露出が多めの挿絵なし】

「寄生してレベル上げたんだが、育ちすぎたかもしれない 4」伊垣久大著 KADOKAWA（カドカワBOOKS）2017年10月【異世界・架空の世界】【肌の露出が多めの挿絵なし】

「京の絵草紙屋満天堂空蝉の夢」三好昌子著 宝島社（宝島社文庫）2017年9月【歴史・時代】【挿絵なし】

「月とうさぎのフォークロア。St.3」徒埜けんしん著 SBクリエイティブ（GA文庫）2017年10月【現代】【肌の露出が多めの挿絵あり】

「最強の司令官は楽をして暮らしたい：安楽椅子隊長イツツジ」あらいりゅうじ著 KADOKAWA（ノベルゼロ）2017年7月【近未来・遠未来】【肌の露出が多めの挿絵なし】

「最強賢者の子育て日記：うちの娘が世界一かわいい件について」羽田遼亮著 KADOKAWA（カドカワBOOKS）2017年7月【異世界・架空の世界】【肌の露出が多めの挿絵なし】

「最弱魔王の成り上がり：集いし最強の魔族」草薙アキ著 KADOKAWA（ファミ通文庫）2017年11月【異世界・架空の世界】【肌の露出が多めの挿絵あり】

「彩菊あやかし算法帖」青柳碧人著 実業之日本社（実業之日本社文庫）2017年8月【歴史・時代】【肌の露出が多めの挿絵なし】

「始まりの魔法使い 2」石之宮カント著 KADOKAWA（富士見ファンタジア文庫）2017年9月【異世界・架空の世界】【肌の露出が多めの挿絵あり】

「社畜の品格」古木和真著 KADOKAWA（富士見L文庫）2017年8月【現代】【挿絵なし】

「真面目系クズくんと、真面目にクズやってるクズちゃん#クズ活」持崎湯葉著 講談社（講談社ラノベ文庫）2017年9月【現代】【肌の露出が多めの挿絵あり】

「神様の子守はじめました。6」霜月りつ著 コスミック出版（コスミック文庫α）2017年7月【現代】【挿絵なし】

ストーリー

「神様の子守はじめました。7」霜月りつ著 コスミック出版(コスミック文庫α) 2017年11月【現代】【挿絵なし】

「人間の顔は食べづらい」白井智之著 KADOKAWA(角川文庫) 2017年8月【近未来・遠未来】【肌の露出が多めの挿絵なし】

「先生!、、、好きになってもいいですか?：映画ノベライズ」河原和音原作;岡本千紘著 集英社(集英社オレンジ文庫) 2017年9月【現代】【肌の露出が多めの挿絵なし】

「先生とそのお布団」石川博品著 小学館(ガガガ文庫) 2017年11月【現代】【肌の露出が多めの挿絵なし】

「大学デビューに失敗したぼっち、魔境に生息す。」睦月著 TOブックス 2017年10月【現代/異世界・架空の世界】【肌の露出が多めの挿絵なし】

「賭博師は祈らない 2」周藤蓮著 KADOKAWA(電撃文庫) 2017年8月【現代】【肌の露出が多めの挿絵あり】

「美少女作家と目指すミリオンセラアアアアアアアッ!!」春日部タケル著 KADOKAWA(角川スニーカー文庫) 2017年7月【現代】【肌の露出が多めの挿絵あり】

「美少女作家と目指すミリオンセラアアアアアアアッ!! 2」春日部タケル著 KADOKAWA(角川スニーカー文庫) 2017年11月【現代】【肌の露出が多めの挿絵あり】

「美人上司とダンジョンに潜るのは残業ですか?」七菜なな著 KADOKAWA(ノベルゼロ) 2017年9月【現代/異世界・架空の世界】【肌の露出が多めの挿絵なし】

「美人上司とダンジョンに潜るのは残業ですか? 2」七菜なな著 KADOKAWA(ノベルゼロ) 2017年12月【現代/異世界・架空の世界】【肌の露出が多めの挿絵あり】

「復活魔王はお見通し? 3」高崎三吉著 主婦の友社(ヒーロー文庫) 2017年9月【異世界・架空の世界】【肌の露出が多めの挿絵なし】

「放課後ヒロインプロジェクト!」藤並みなと著 KADOKAWA(角川ビーンズ文庫) 2017年9月【現代】【肌の露出が多めの挿絵なし】

「本好きの下剋上：司書になるためには手段を選んでいられません 第3部[4]」香月美夜著 TOブックス 2017年7月【異世界・架空の世界】【肌の露出が多めの挿絵なし】

「魔術王と聖剣姫の規格外英雄譚」三門鉄狼著 SBクリエイティブ(GA文庫) 2017年7月【異世界・架空の世界】【肌の露出が多めの挿絵あり】

「魔術士オーフェンはぐれ旅：約束の地で：Season 4:The Pre Episode」秋田禎信著 TOブックス(TO文庫) 2017年10月【異世界・架空の世界】【肌の露出が多めの挿絵なし】

「魔法塾：生涯777連敗の魔術師だった私がニート講師のおかげで飛躍できました。」壱日千次著 KADOKAWA(MF文庫J) 2017年10月【現代】【肌の露出が多めの挿絵あり】

「淋しき王は天を堕とす：千年の、或ル師弟」守野伊音著 KADOKAWA(角川ビーンズ文庫) 2017年12月【異世界・架空の世界】【肌の露出が多めの挿絵なし/キスシーンの挿絵あり】

ストーリー

「老いた剣聖は若返り、そして騎士養成学校の教官となる = SWORD MASTER BECOME AN INSTRUCTOR OF A TRAINING SCHOOL 1」文字書男著 マイクロマガジン社(GC NOVELS) 2017年7月【異世界・架空の世界】【肌の露出が多めの挿絵なし】

遺産・相続

「探偵が早すぎる 下」井上真偽著 講談社(講談社タイガ) 2017年7月【異世界・架空の世界】【挿絵なし】

「美の奇人たち = The Great Eccentric of Art : 森之宮芸大前アパートの攻防」美奈川護著 KADOKAWA(メディアワークス文庫) 2017年8月【現代】【肌の露出が多めの挿絵なし】

「百年の秘密:欧州妖異譚 16」篠原美季著 講談社(講談社X文庫) 2017年9月【現代】【肌の露出が多めの挿絵なし】

異世界転移・召喚

「29歳独身は異世界で自由に生きた……かった。 = The 29 years old single in another dimension wished a life of liberty…… 7」リュート著 KADOKAWA(カドカワBOOKS) 2017年7月【異世界・架空の世界】【肌の露出が多めの挿絵あり】

「29歳独身は異世界で自由に生きた……かった。 = The 29 years old single in another dimension wished a life of liberty…… 8」リュート著 KADOKAWA(カドカワBOOKS) 2017年11月【異世界・架空の世界】【肌の露出が多めの挿絵あり】

「Q.もしかして、異世界を救った英雄さんですか? 2」弥生志郎著 KADOKAWA(MF文庫J) 2017年9月【現代/異世界・架空の世界】【肌の露出が多めの挿絵あり】

「アイテムチートな奴隷ハーレム建国記 5」猫又ぬこ著 ホビージャパン(HJ文庫) 2017年8月【異世界・架空の世界】【肌の露出が多めの挿絵あり】

「アウトブレイク・カンパニー = Outbreak Company : 萌える侵略者 18」榊一郎著 講談社(講談社ラノベ文庫) 2017年8月【異世界・架空の世界】【肌の露出が多めの挿絵なし】

「アビス・コーリング:元廃課金ゲーマーが最低最悪のソシャゲ異世界に召喚されたら」槻影著 KADOKAWA(ファミ通文庫) 2017年12月【現代/異世界・架空の世界】【肌の露出が多めの挿絵なし】

「アラフォーおっさん異世界へ!!でも時々実家に帰ります」平尾正和著 KADOKAWA(カドカワBOOKS) 2017年10月【異世界・架空の世界】【肌の露出が多めの挿絵なし】

「アラフォー営業マン、異世界に起つ!:女神パワーで人生二度目の成り上がり」澄守彩著 講談社(Kラノベブックス) 2017年9月【異世界・架空の世界】【肌の露出が多めの挿絵なし】

「アラフォー営業マン、異世界に起つ!:女神パワーで人生二度目の成り上がり 2」澄守彩著 講談社(Kラノベブックス) 2017年12月【異世界・架空の世界】【肌の露出が多めの挿絵あり】

「エイルン・ラストコード:架空世界より戦場へ 7」東龍乃助著 KADOKAWA(MF文庫J) 2017年10月【異世界・架空の世界】【肌の露出が多めの挿絵なし】

11

ストーリー

「おことばですが、魔法医さま。2」時田唯著 KADOKAWA(電撃文庫) 2017年9月【異世界・架空の世界】【肌の露出が多めの挿絵あり】

「おっさんのリメイク冒険日記：オートキャンプから始まる異世界満喫ライフ」緋色優希著 ツギクル(ツギクルブックス) 2017年7月【異世界・架空の世界】【肌の露出が多めの挿絵なし】

「おっさんのリメイク冒険日記：オートキャンプから始まる異世界満喫ライフ 2」緋色優希著 ツギクル(ツギクルブックス) 2017年11月【異世界・架空の世界】【肌の露出が多めの挿絵なし】

「オレの恩返し：ハイスペック村づくり 3」ハーナ殿下著 アース・スターエンターテイメント(EARTH STAR NOVEL) 2017年7月【異世界・架空の世界】【肌の露出が多めの挿絵なし】

「お前〈ら〉ホントに異世界好きだよな：彼の幼馴染は自称メインヒロイン」エドワード・スミス著 KADOKAWA(電撃文庫) 2017年11月【現代/異世界・架空の世界】【肌の露出が多めの挿絵あり】

「カチコミかけたら異世界でした：最強勇者パーティは任侠一家!?」イマーム著 SBクリエイティブ(GA文庫) 2017年7月【現代】【肌の露出が多めの挿絵あり】

「ガチャを回して仲間を増やす最強の美少女軍団を作り上げろ = You increase families and make beautiful girl army corps,and put it up 3」ちんくるり著 マイクロマガジン社(GC NOVELS) 2017年10月【異世界・架空の世界】【肌の露出が多めの挿絵あり】

「カンスト勇者の超魔教導(オーバーレイズ)：将来有望な魔王と姫を弟子にしてみた」はむばね著 ホビージャパン(HJ文庫) 2017年10月【異世界・架空の世界】【肌の露出が多めの挿絵あり】

「カンナのカンナ [2]」ナカノムラアヤスケ著 宝島社 2017年7月【異世界・架空の世界】【肌の露出が多めの挿絵あり/キスシーンの挿絵あり】

「クラスが異世界召喚されたなか俺だけ残ったんですが 1」サザンテラス著 双葉社(モンスター文庫) 2017年10月【現代/異世界・架空の世界】【肌の露出が多めの挿絵なし】

「クロス・コネクト：あるいは垂水夕凪の入れ替わり完全ゲーム攻略」久追遥希著 KADOKAWA(MF文庫J) 2017年12月【現代】【肌の露出が多めの挿絵なし】

「ゲス勇者のダンジョンハーレム 1」三島千廣著 双葉社(モンスター文庫) 2017年8月【現代/異世界・架空の世界】【肌の露出が多めの挿絵あり】

「ゲス勇者のダンジョンハーレム 2」三島千廣著 双葉社(モンスター文庫) 2017年12月【異世界・架空の世界】【肌の露出が多めの挿絵あり/キスシーンの挿絵あり】

「ジェネシスオンライン：異世界で廃レベリング 3」ガチャ空著 KADOKAWA(MFブックス) 2017年8月【異世界・架空の世界】【肌の露出が多めの挿絵なし】

「ジェノサイド・リアリティー：異世界迷宮を最強チートで勝ち抜く」風来山著 SBクリエイティブ(GA文庫) 2017年7月【異世界・架空の世界】【肌の露出が多めの挿絵あり】

「セブンスブレイブ：チート?NO!もっといいモノさ! 4」乃塚一翔著 アルファポリス(アルファライト文庫) 2017年8月【異世界・架空の世界】【肌の露出が多めの挿絵なし/キスシーンの挿絵あり】

ストーリー

「セブンスブレイブ : チート?NO!もっといいモノさ! 5」乃塚一翔著 アルファポリス(アルファライト文庫) 2017年10月【異世界・架空の世界】【肌の露出が多めの挿絵なし】

「ダンジョンシーカー 1」サカモト666著 アルファポリス(アルファライト文庫) 2017年12月【異世界・架空の世界】【肌の露出が多めの挿絵なし】

「チート魔術で運命をねじ伏せる 5」月夜涙著 双葉社(モンスター文庫) 2017年8月【異世界・架空の世界】【肌の露出が多めの挿絵あり/キスシーンの挿絵あり】

「チート魔術で運命をねじ伏せる 6」月夜涙著 双葉社(モンスター文庫) 2017年12月【異世界・架空の世界】【肌の露出が多めの挿絵あり/キスシーンの挿絵あり】

「デスマーチからはじまる異世界狂想曲 = Death Marching to the Parallel World Rhapsody 11」愛七ひろ著 KADOKAWA(カドカワBOOKS) 2017年8月【異世界・架空の世界】【肌の露出が多めの挿絵なし】

「デスマーチからはじまる異世界狂想曲 = Death Marching to the Parallel World Rhapsody 12」愛七ひろ著 KADOKAWA(カドカワBOOKS) 2017年12月【異世界・架空の世界】【肌の露出が多めの挿絵なし】

「トカゲ主夫。: 星喰いドラゴンと地球ごはん : Harumi with Dragon」山田まる著 アース・スターエンターテイメント(EARTH STAR NOVEL) 2017年8月【現代/異世界・架空の世界】【肌の露出が多めの挿絵なし】

「ななしのワーズワード 4」奈久遠著 林檎プロモーション(FREEDOM NOVEL) 2017年8月【異世界・架空の世界】【肌の露出が多めの挿絵なし】

「なんか、妹の部屋にダンジョンが出来たんですが = Suddenly,the dungeon appeared in my sweet sister's room… 1」薄味メロン著 アース・スターエンターテイメント(EARTH STAR NOVEL) 2017年8月【現代/異世界・架空の世界】【肌の露出が多めの挿絵なし】

「ハズレ奇術師の英雄譚 2」雨宮和希著 双葉社(モンスター文庫) 2017年10月【異世界・架空の世界】【肌の露出が多めの挿絵なし】

「フリーライフ〜異世界何でも屋奮闘記〜 2」気がつけば毛玉著 KADOKAWA(角川スニーカー文庫) 2017年10月【異世界・架空の世界】【肌の露出が多めの挿絵あり】

「ポーション、わが身を助ける 4」岩船晶著 主婦の友社(ヒーロー文庫) 2017年9月【異世界・架空の世界】【肌の露出が多めの挿絵なし】

「マジメな妹萌えブタが英雄でモテて神対応されるファンタジア」みかみてれん著 KADOKAWA(角川スニーカー文庫) 2017年11月【異世界・架空の世界】【肌の露出が多めの挿絵あり】

「メルヘン・メドヘン 2」松智洋著;StoryWorks著 集英社(ダッシュエックス文庫) 2017年7月【異世界・架空の世界】【肌の露出が多めの挿絵あり】

「メルヘン・メドヘン 3」松智洋著;StoryWorks著 集英社(ダッシュエックス文庫) 2017年12月【現代/異世界・架空の世界】【肌の露出が多めの挿絵あり】

ストーリー

「モンスターのご主人様 10」日暮眠都著 双葉社(モンスター文庫) 2017年9月【異世界・架空の世界】【肌の露出が多めの挿絵なし】

「レア・クラスチェンジ! = Rare Class Change : 魔物使いちゃんとレア従魔の異世界ゆる旅 4」黒杉くろん著 TOブックス 2017年7月【異世界・架空の世界】【肌の露出が多めの挿絵なし】

「レベル1だけどユニークスキルで最強です」三木なずな著 講談社(Kラノベブックス) 2017年9月【異世界・架空の世界】【肌の露出が多めの挿絵なし】

「レベル1だけどユニークスキルで最強です 2」三木なずな著 講談社(Kラノベブックス) 2017年12月【異世界・架空の世界】【肌の露出が多めの挿絵なし】

「ワールドオーダー 4」河和時久著 主婦の友社(ヒーロー文庫) 2017年9月【異世界・架空の世界】【肌の露出が多めの挿絵あり】

「悪役令嬢なのでラスボスを飼ってみました」永瀬さらさ著 KADOKAWA(角川ビーンズ文庫) 2017年9月【異世界・架空の世界】【肌の露出が多めの挿絵なし】

「暗殺者である俺のステータスが勇者よりも明らかに強いのだが 1」赤井まつり著 オーバーラップ(オーバーラップ文庫) 2017年11月【異世界・架空の世界】【肌の露出が多めの挿絵あり】

「伊達エルフ政宗 4」森田季節著 SBクリエイティブ(GA文庫) 2017年8月【異世界・架空の世界/歴史・時代】【肌の露出が多めの挿絵なし】

「異世界Cマート繁盛記 6」新木伸著 集英社(ダッシュエックス文庫) 2017年10月【異世界・架空の世界】【肌の露出が多めの挿絵なし】

「異世界おもてなしご飯 : 聖女召喚と黄金プリン」忍丸著 KADOKAWA(カドカワBOOKS) 2017年9月【異世界・架空の世界】【肌の露出が多めの挿絵なし/キスシーンの挿絵あり】

「異世界クエストは放課後に! : クールな先輩がオレの前だけ笑顔になるようです」空埜一樹著 ホビージャパン(HJ文庫) 2017年12月【異世界・架空の世界】【肌の露出が多めの挿絵あり】

「異世界チート魔術師(マジシャン) 6」内田健著 主婦の友社(ヒーロー文庫) 2017年7月【異世界・架空の世界】【肌の露出が多めの挿絵なし】

「異世界で『黒の癒し手』って呼ばれています 1」ふじま美耶著 アルファポリス(レジーナ文庫.レジーナブックス) 2017年11月【異世界・架空の世界】【肌の露出が多めの挿絵なし】

「異世界でアイテムコレクター 4」時野洋輔著 新紀元社(MORNING STAR BOOKS) 2017年8月【異世界・架空の世界】【肌の露出が多めの挿絵あり】

「異世界でカフェを開店しました。3」甘沢林檎著 アルファポリス(レジーナ文庫. レジーナブックス) 2017年9月【異世界・架空の世界】【肌の露出が多めの挿絵なし】

「異世界でカフェを開店しました。4」甘沢林檎著 アルファポリス(レジーナ文庫. レジーナブックス) 2017年12月【異世界・架空の世界】【肌の露出が多めの挿絵なし】

「異世界ですが魔物栽培しています。3」雪月花著 KADOKAWA(ファミ通文庫) 2017年10月【異世界・架空の世界】【肌の露出が多めの挿絵あり】

ストーリー

「異世界で孤児院を開いたけど、なぜか誰一人巣立とうとしない件」初枝れんげ著 TOブックス 2017年9月【現代/異世界・架空の世界】【肌の露出が多めの挿絵あり】

「異世界で竜が許嫁です 2」山崎里佳著 KADOKAWA(角川ビーンズ文庫) 2017年12月【異世界・架空の世界】【肌の露出が多めの挿絵なし】

「異世界トリップしたその場で食べられちゃいました」五十鈴スミレ著 KADOKAWA(ビーズログ文庫) 2017年9月【異世界・架空の世界】【肌の露出が多めの挿絵なし】

「異世界ならニートが働くと思った? 6」刈野ミカタ著 KADOKAWA(MF文庫J) 2017年11月【異世界・架空の世界】【肌の露出が多めの挿絵あり】

「異世界に召喚されてハケンの聖女になりました」乙川れい著 KADOKAWA(ビーズログ文庫) 2017年8月【現代/異世界・架空の世界】【肌の露出が多めの挿絵なし/キスシーンの挿絵あり】

「異世界に来たみたいだけど如何すれば良いのだろう = WHAT SHOULD I DO IN DIFFERENT WORLD? 3」舞著 マイクロマガジン社(GC NOVELS) 2017年11月【異世界・架空の世界】【肌の露出が多めの挿絵なし】

「異世界の果てで開拓ごはん! : 座敷わらしと目指す快適スローライフ」滝口流著 KADOKAWA(カドカワBOOKS) 2017年11月【異世界・架空の世界】【肌の露出が多めの挿絵あり】

「異世界取り違え王妃」小田マキ著 アルファポリス(レジーナ文庫. レジーナブックス) 2017年8月【異世界・架空の世界】【肌の露出が多めの挿絵あり】

「異世界修学旅行 6」岡本タクヤ著 小学館(ガガガ文庫) 2017年8月【異世界・架空の世界】【肌の露出が多めの挿絵なし】

「異世界銭湯 : 松の湯へようこそ」大場鳩太郎著 アース・スターエンターテイメント(EARTH STAR NOVEL) 2017年8月【現代/異世界・架空の世界】【肌の露出が多めの挿絵なし】

「異世界転移したのでチートを生かして魔法剣士やることにする = I'VE TRANSFERRED TO THE DIFFERENT WORLD,SO I BECOME A MAGIC SWORDSMAN BY CHEATING 5」進行諸島著 マイクロマガジン社(GC NOVELS) 2017年8月【異世界・架空の世界】【肌の露出が多めの挿絵なし】

「異世界魔王と召喚少女の奴隷魔術 8」むらさきゆきや著 講談社(講談社ラノベ文庫) 2017年8月【異世界・架空の世界】【肌の露出が多めの挿絵あり】

「異世界魔法は遅れてる! 8」樋辻臥命著 オーバーラップ(オーバーラップ文庫) 2017年8月【異世界・架空の世界】【肌の露出が多めの挿絵あり】

「異世界迷宮でハーレムを 8」蘇我捨恥著 主婦の友社(ヒーロー文庫) 2017年12月【異世界・架空の世界】【肌の露出が多めの挿絵なし】

「異世界落語 3」朱雀新吾著;柳家喬太郎落語監修 主婦の友社(ヒーロー文庫) 2017年8月【異世界・架空の世界】【肌の露出が多めの挿絵なし】

「異端の神言遣い : 俺たちはパワーワードで異世界を革命する 2」佐藤了著 KADOKAWA(ファミ通文庫) 2017年7月【異世界・架空の世界】【肌の露出が多めの挿絵あり】

ストーリー

「隠れオタな俺氏はなぜヤンキー知識で異世界無双できるのか?」一条景明著 KADOKAWA (電撃文庫) 2017年9月【異世界・架空の世界】【肌の露出が多めの挿絵あり】

「俺たちは異世界に行ったらまず真っ先に物理法則を確認する 3」藍月要著 KADOKAWA (ファミ通文庫) 2017年11月【異世界・架空の世界】【肌の露出が多めの挿絵なし】

「俺と蛙さんの異世界放浪記 6」くずもち著 アルファポリス(アルファライト文庫) 2017年7月 【異世界・架空の世界】【肌の露出が多めの挿絵なし】

「俺と蛙さんの異世界放浪記 7」くずもち著 アルファポリス(アルファライト文庫) 2017年9月 【異世界・架空の世界】【肌の露出が多めの挿絵なし】

「俺のチートは神をも軽く凌駕する = My "Cheat" is Surpassingly Beyond GOD」黄昏時著 宝島社 2017年12月【異世界・架空の世界】【肌の露出が多めの挿絵なし】

「俺の部屋ごと異世界へ!ネットとAmozonの力で無双する 2」月夜涙著 双葉社(モンスター文庫) 2017年7月【異世界・架空の世界】【肌の露出が多めの挿絵なし】

「俺の部屋ごと異世界へ!ネットとAmozonの力で無双する 3」月夜涙著 双葉社(モンスター文庫) 2017年12月【異世界・架空の世界】【肌の露出が多めの挿絵あり】

「俺んちに来た女騎士と田舎暮らしすることになった件」裂田著 宝島社 2017年8月【現代】【肌の露出が多めの挿絵なし】

「巻き込まれ異世界召喚記 2」結城ヒロ著 KADOKAWA(MF文庫J) 2017年8月【異世界・架空の世界】【肌の露出が多めの挿絵なし】

「帰ってきた元勇者 9」ニシ著 ポニーキャニオン(ぽにきゃんBOOKS) 2017年9月【異世界・架空の世界】【肌の露出が多めの挿絵あり/キスシーンの挿絵あり】

「金色の文字使い(ワードマスター):勇者四人に巻き込まれたユニークチート 11」十本スイ著 KADOKAWA(富士見ファンタジア文庫) 2017年10月【異世界・架空の世界】【肌の露出が多めの挿絵あり】

「金色の文字使い(ワードマスター):勇者四人に巻き込まれたユニークチート 12」十本スイ著 KADOKAWA(富士見ファンタジア文庫) 2017年12月【現代/異世界・架空の世界】【肌の露出が多めの挿絵なし】

「賢者の弟子を名乗る賢者 = She professed herself pupil of the wise man 8」りゅうせんひろつぐ著 マイクロマガジン社(GC NOVELS) 2017年11月【異世界・架空の世界】【肌の露出が多めの挿絵あり】

「高1ですが異世界で城主はじめました 12」鏡裕之著 ホビージャパン(HJ文庫) 2017年10月 【異世界・架空の世界】【肌の露出が多めの挿絵あり】

「国王陛下の大迷惑な求婚」市尾彩佳著 アルファポリス(レジーナ文庫.レジーナブックス) 2017年10月【異世界・架空の世界】【肌の露出が多めの挿絵なし】

「酷幻想をアイテムチートで生き抜く = He survives the real fantasy world by cheating at the items 06」風来山著 マイクロマガジン社(GC NOVELS) 2017年12月【異世界・架空の世界】 【肌の露出が多めの挿絵あり】

ストーリー

「黒鋼の英雄王機ヴァナルガンド：巨大勇者、異世界に降り立つ」ひびき遊著 KADOKAWA
(MF文庫J) 2017年8月【異世界・架空の世界】【肌の露出が多めの挿絵あり】

「骨の髄まで異世界をしゃぶるのが鈴木なのよー!!」望月充っ著 集英社(ダッシュエックス文
庫) 2017年8月【異世界・架空の世界】【肌の露出が多めの挿絵なし】

「最強の鑑定士って誰のこと？ = Who is the strongest appraiser? : 満腹ごはんで異世界生活」
港瀬つかさ著 KADOKAWA(カドカワBOOKS) 2017年7月【異世界・架空の世界】【肌の露出
が多めの挿絵なし】

「最強の鑑定士って誰のこと？ = Who is the strongest appraiser? : 満腹ごはんで異世界生活
2」港瀬つかさ著 KADOKAWA(カドカワBOOKS) 2017年10月【異世界・架空の世界】【肌の露
出が多めの挿絵なし】

「最強の種族が人間だった件 4」柑橘ゆずら著 集英社(ダッシュエックス文庫) 2017年7月【異
世界・架空の世界】【肌の露出が多めの挿絵あり】

「最新のゲームは凄すぎだろ 6」浮世草子著 主婦の友社(ヒーロー文庫) 2017年10月【現代/
異世界・架空の世界】【肌の露出が多めの挿絵あり】

「宰相閣下とパンダと私 1」黒辺あゆみ著 アルファポリス(レジーナ文庫. レジーナブックス)
2017年10月【異世界・架空の世界】【肌の露出が多めの挿絵なし】

「宰相閣下とパンダと私 2」黒辺あゆみ著 アルファポリス(レジーナ文庫. レジーナブックス)
2017年11月【異世界・架空の世界】【肌の露出が多めの挿絵なし/キスシーンの挿絵あり】

「始まりの魔法使い 2」石之宮カント著 KADOKAWA(富士見ファンタジア文庫) 2017年9月
【異世界・架空の世界】【肌の露出が多めの挿絵あり】

「時空魔法で異世界と地球を行ったり来たり 3」かつ著 双葉社(モンスター文庫) 2017年9月
【異世界・架空の世界】【肌の露出が多めの挿絵あり/キスシーンの挿絵あり】

「捨てられた勇者は魔王となりて死に戻る 1」悠島蘭著 双葉社(モンスター文庫) 2017年12月
【現代/異世界・架空の世界】【肌の露出が多めの挿絵あり/キスシーンの挿絵あり】

「捨てられ勇者は帰宅中：隠しスキルで異世界を駆け抜ける」ななめ44°著 TOブックス 2017
年8月【異世界・架空の世界】【肌の露出が多めの挿絵あり】

「盾の勇者の成り上がり 18」アネコユサギ著 KADOKAWA(MFブックス) 2017年7月【異世界・
架空の世界】【肌の露出が多めの挿絵なし】

「女神の勇者を倒すゲスな方法 3」笹木さくま著 KADOKAWA(ファミ通文庫) 2017年9月【異
世界・架空の世界】【肌の露出が多めの挿絵なし】

「召喚されすぎた最強勇者の再召喚(リユニオン)」菊池九五著 集英社(ダッシュエックス文庫)
2017年8月【異世界・架空の世界】【肌の露出が多めの挿絵あり】

「少年Nのいない世界 03」石川宏千花著 講談社(講談社タイガ) 2017年11月【異世界・架空
の世界】【挿絵なし】

「信長の弟：織田信行として生きて候 第2巻」ツマビラカズジ著 マイクロマガジン社(GC
NOVELS) 2017年11月【歴史・時代】【肌の露出が多めの挿絵なし】

17

ストーリー

「神眼の勇者 7」ファースト著 双葉社(モンスター文庫) 2017年11月【異世界・架空の世界】【肌の露出が多めの挿絵なし】

「神名ではじめる異世界攻略：屍を越えていこうよ」佐々原史緒著 KADOKAWA(ファミ通文庫) 2017年11月【現代/異世界・架空の世界】【肌の露出が多めの挿絵あり】

「神話伝説の英雄の異世界譚 8」奉著 オーバーラップ(オーバーラップ文庫) 2017年7月【異世界・架空の世界】【肌の露出が多めの挿絵あり】

「水の理 2」古流望著 林檎プロモーション(FREEDOM NOVEL) 2017年8月【異世界・架空の世界】【肌の露出が多めの挿絵なし】

「数字で救う!弱小国家 = Survival Strategy Thinking with Game Theory for Save the Weak：電卓で戦争する方法を求めよ。ただし敵は剣と火薬で武装しているものとする。」長田信織著 KADOKAWA(電撃文庫) 2017年8月【異世界・架空の世界】【肌の露出が多めの挿絵あり】

「世界を救った姫巫女は」六つ花えいこ著 アルファポリス(レジーナ文庫. レジーナブックス) 2017年12月【異世界・架空の世界】【肌の露出が多めの挿絵なし】

「成長チートでなんでもできるようになったが、無職だけは辞められないようです 4」時野洋輔著 新紀元社(MORNING STAR BOOKS) 2017年10月【異世界・架空の世界】【肌の露出が多めの挿絵あり】

「生産職を極め過ぎたら伝説の武器が俺の嫁になりました」あまうい白一著 KADOKAWA(ファミ通文庫) 2017年12月【現代/異世界・架空の世界】【肌の露出が多めの挿絵あり】

「聖女様の宝石箱(ジュエリーボックス)：ダイヤモンドではじめる異世界改革」文野あかね著 KADOKAWA(角川ビーンズ文庫) 2017年12月【異世界・架空の世界】【肌の露出が多めの挿絵なし】

「絶対に働きたくないダンジョンマスターが惰眠をむさぼるまで 6」鬼影スパナ著 オーバーラップ(オーバーラップ文庫) 2017年11月【異世界・架空の世界】【肌の露出が多めの挿絵あり】

「戦刻ナイトブラッド：上杉の陣～掌中の珠～」『戦刻ナイトブラッド』プロジェクト原作;三津留ゆう著 KADOKAWA(角川ビーンズ文庫) 2017年10月【異世界・架空の世界】【肌の露出が多めの挿絵なし】

「槍の勇者のやり直し 1」アネコユサギ著 KADOKAWA(MFブックス) 2017年9月【異世界・架空の世界】【肌の露出が多めの挿絵なし】

「即死チートが最強すぎて、異世界のやつらがまるで相手にならないんですが。3」藤孝剛志著 アース・スターエンターテイメント(EARTH STAR NOVEL) 2017年7月【異世界・架空の世界】【肌の露出が多めの挿絵なし】

「大江戸科学捜査八丁堀のおゆう [4]」山本巧次著 宝島社(宝島社文庫) 2017年10月【現代/歴史・時代】【肌の露出が多めの挿絵なし】

「大国チートなら異世界征服も楽勝ですよ? 3」櫨末高彰著 KADOKAWA(MF文庫J) 2017年10月【異世界・架空の世界】【肌の露出が多めの挿絵あり】

ストーリー

「奪う者奪われる者 8」mino著 KADOKAWA(ファミ通文庫) 2017年7月【異世界・架空の世界】【肌の露出が多めの挿絵なし】

「奪う者奪われる者 9」mino著 KADOKAWA(ファミ通文庫) 2017年12月【異世界・架空の世界】【肌の露出が多めの挿絵あり】

「男女比1:30:世界の黒一点アイドル」ヒラガナ著 ポニーキャニオン(ぽにきゃんBOOKS) 2017年11月【異世界・架空の世界】【肌の露出が多めの挿絵なし】

「知識チートVS時間ループ」葛西伸哉著 ホビージャパン(HJ文庫) 2017年12月【異世界・架空の世界】【肌の露出が多めの挿絵あり】

「田舎のホームセンター男の自由な異世界生活 1」うさぴょん著 KADOKAWA(MFブックス) 2017年10月【異世界・架空の世界】【肌の露出が多めの挿絵なし】

「塔の管理をしてみよう 7」早秋著 新紀元社(MORNING STAR BOOKS) 2017年11月【異世界・架空の世界】【肌の露出が多めの挿絵あり】

「二十歳(はたち)の君がいた世界」沢木まひろ著 宝島社(宝島社文庫) 2017年12月【異世界・架空の世界】【挿絵なし】

「日本国召喚 2」みのろう著 ポニーキャニオン(ぽにきゃんBOOKS) 2017年8月【異世界・架空の世界】【肌の露出が多めの挿絵なし】

「日本国召喚 3」みのろう著 ポニーキャニオン(ぽにきゃんBOOKS) 2017年11月【異世界・架空の世界】【肌の露出が多めの挿絵なし】

「八男って、それはないでしょう! 12」Y.A著 KADOKAWA(MFブックス) 2017年12月【異世界・架空の世界】【肌の露出が多めの挿絵なし】

「美女と賢者と魔人の剣 3」片遊佐牽太著 ポニーキャニオン(ぽにきゃんBOOKS) 2017年11月【異世界・架空の世界】【肌の露出が多めの挿絵なし/キスシーンの挿絵あり】

「百均で異世界スローライフ 2」小鳥遊郁著 フロンティアワークス(アリアンローズ) 2017年9月【異世界・架空の世界】【肌の露出が多めの挿絵なし】

「百錬の覇王と聖約の戦乙女(ヴァルキュリア) 14」鷹山誠一著 ホビージャパン(HJ文庫) 2017年11月【異世界・架空の世界】【肌の露出が多めの挿絵あり】

「復讐を誓った白猫は竜王の膝の上で惰眠をむさぼる 3」クレハ著 フロンティアワークス(アリアンローズ) 2017年7月【異世界・架空の世界】【肌の露出が多めの挿絵あり】

「復讐を誓った白猫は竜王の膝の上で惰眠をむさぼる 4」クレハ著 フロンティアワークス(アリアンローズ) 2017年12月【異世界・架空の世界】【肌の露出が多めの挿絵あり】

「放課後は、異世界喫茶でコーヒーを 2」風見鶏著 KADOKAWA(富士見ファンタジア文庫) 2017年12月【現代/異世界・架空の世界】【肌の露出が多めの挿絵なし】

「冒険者クビにされたので、嫌がらせで隣にスイーツ店ぶっ建ててみる:THE SWEET,DELICIOUS AND HONORLESS BATTLE OF THE FIRED ADVENTURER WITH THE CUTE GIRL 1」瀬戸メグル著 アース・スターエンターテイメント(EARTH STAR NOVEL) 2017年7月【現代/異世界・架空の世界】【肌の露出が多めの挿絵あり】

ストーリー

「魔王さまと行く!ワンランク上の異世界ツアー!! 3」猫又ぬこ著 ホビージャパン(HJ文庫) 2017年7月【異世界・架空の世界】【肌の露出が多めの挿絵なし】

「魔王さまと行く!ワンランク上の異世界ツアー!! 4」猫又ぬこ著 ホビージャパン(HJ文庫) 2017年11月【異世界・架空の世界】【肌の露出が多めの挿絵あり】

「魔王軍最強の魔術師は人間だった 3」羽田遼亮著 双葉社(モンスター文庫) 2017年7月【異世界・架空の世界】【肌の露出が多めの挿絵なし】

「魔王軍最強の魔術師は人間だった 4」羽田遼亮著 双葉社(モンスター文庫) 2017年12月【異世界・架空の世界】【肌の露出が多めの挿絵なし】

「魔王失格!」羽鳥紘著 アルファポリス(レジーナ文庫. レジーナブックス) 2017年11月【現代/異世界・架空の世界】【肌の露出が多めの挿絵なし】

「魔王様、リトライ! 1」神埼黒音著 双葉社(モンスター文庫) 2017年7月【現代/異世界・架空の世界】【肌の露出が多めの挿絵なし】

「魔王様、リトライ! 2」神埼黒音著 双葉社(モンスター文庫) 2017年11月【異世界・架空の世界】【肌の露出が多めの挿絵なし】

「野生のラスボスが現れた! = wild final boss appeared! 5」炎頭著 アース・スターエンターテイメント(EARTH STAR NOVEL) 2017年9月【異世界・架空の世界】【肌の露出が多めの挿絵なし】

「野生のラスボスが現れた! = wild final boss appeared! 6」炎頭著 アース・スターエンターテイメント(EARTH STAR NOVEL) 2017年12月【異世界・架空の世界】【肌の露出が多めの挿絵なし】

「勇者のセガレ 2」和ケ原聡司著 KADOKAWA(電撃文庫) 2017年8月【現代】【肌の露出が多めの挿絵あり】

「勇者召喚が似合わない僕らのクラス = Our class doesn't suit to be summoned heroes 2」白神怜司著 KADOKAWA(カドカワBOOKS) 2017年10月【異世界・架空の世界】【肌の露出が多めの挿絵なし】

「勇者召喚に巻き込まれたけど、異世界は平和でした 2」灯台著 新紀元社(MORNING STAR BOOKS) 2017年11月【異世界・架空の世界】【肌の露出が多めの挿絵なし】

「傭兵団の料理番 4」川井昂著 主婦の友社(ヒーロー文庫) 2017年11月【異世界・架空の世界】【肌の露出が多めの挿絵なし】

「幼女さまとゼロ級守護者さま」すかぢ著 SBクリエイティブ(GA文庫) 2017年12月【異世界・架空の世界】【肌の露出が多めの挿絵なし】

「用務員さんは勇者じゃありませんので 8」棚花尋平著 KADOKAWA(MFブックス) 2017年8月【異世界・架空の世界】【肌の露出が多めの挿絵なし】

「老後に備えて異世界で8万枚の金貨を貯めます = Saving 80,000 gold coins in the different world for my old age 2」FUNA著 講談社(Kラノベブックス) 2017年11月【異世界・架空の世界】【肌の露出が多めの挿絵なし】

ストーリー

異世界転生

「『金の星亭』繁盛記：異世界の宿屋に転生しました」高井うしお著 KADOKAWA(カドカワ
BOOKS) 2017年12月【異世界・架空の世界】【肌の露出が多めの挿絵なし】

「10年ごしの引きニートを辞めて外出したら 5」坂東太郎著 オーバーラップ(オーバーラップ文
庫) 2017年10月【現代/異世界・架空の世界】【肌の露出が多めの挿絵なし】

「HP9999999999の最強なる覇王様 = The Most Powerful High King who has HP9999999999」
ダイヤモンド著 TOブックス 2017年8月【異世界・架空の世界】【肌の露出が多めの挿絵あり】

「Re:ビルド!! : 生産チート持ちだけど、まったり異世界生活を満喫します」シンギョウガク著 ツギ
クル(ツギクルブックス) 2017年12月【異世界・架空の世界】【肌の露出が多めの挿絵あり】

「あの愚か者にも脚光を! : この素晴らしい世界に祝福を!エクストラ 2」暁なつめ原作;昼熊著
KADOKAWA(角川スニーカー文庫) 2017年12月【異世界・架空の世界】【肌の露出が多めの
挿絵あり】

「アラフォー社畜のゴーレムマスター 2」高見梁川著 双葉社(モンスター文庫) 2017年11月
【異世界・架空の世界】【肌の露出が多めの挿絵あり】

「お前みたいなヒロインがいてたまるか! 4」白猫著 フロンティアワークス(アリアンローズ) 2017
年11月【異世界・架空の世界】【肌の露出が多めの挿絵なし】

「ガールズシンフォニー〜少女交響詩〜」深見真著 KADOKAWA(ファミ通文庫) 2017年8月
【異世界・架空の世界】【肌の露出が多めの挿絵あり】

「ギルドのチートな受付嬢 6」夏にコタツ著 双葉社(モンスター文庫) 2017年11月【異世界・架
空の世界】【肌の露出が多めの挿絵なし】

「くじ引き特賞:無双ハーレム権 6」三木なずな著 SBクリエイティブ(GA文庫) 2017年8月【異
世界・架空の世界】【肌の露出が多めの挿絵あり】

「この手の中を、守りたい : 異世界で宿屋始めました 1」カヤ著 フロンティアワークス(アリアン
ローズ) 2017年7月【現代/異世界・架空の世界】【肌の露出が多めの挿絵なし】

「この手の中を、守りたい 2」カヤ著 フロンティアワークス(アリアンローズ) 2017年10月【異世
界・架空の世界】【肌の露出が多めの挿絵なし】

「この素晴らしい世界に祝福を! 12」暁なつめ著 KADOKAWA(角川スニーカー文庫) 2017年
8月【異世界・架空の世界】【肌の露出が多めの挿絵あり】

「この素晴らしい世界に祝福を! 13」暁なつめ著 KADOKAWA(角川スニーカー文庫) 2017年
12月【異世界・架空の世界】【肌の露出が多めの挿絵なし】

「サキュバスに転生したのでミルクをしぼります 1」木野裕喜著 双葉社(モンスター文庫) 2017
年8月【異世界・架空の世界】【肌の露出が多めの挿絵あり】

「サキュバスに転生したのでミルクをしぼります 2」木野裕喜著 双葉社(モンスター文庫) 2017
年12月【異世界・架空の世界】【肌の露出が多めの挿絵あり】

ストーリー

「スピリット・マイグレーション 6」ヘロー天気著 アルファポリス(アルファライト文庫) 2017年8月
【異世界・架空の世界】【肌の露出が多めの挿絵なし】

「すまん、資金ブーストよりチートなスキル持ってる奴おる? 4」えきさいたー著 集英社(ダッシュ
エックス文庫) 2017年10月【異世界・架空の世界】【肌の露出が多めの挿絵あり】

「セーブ&ロードのできる宿屋さん : カンスト転生者が宿屋で新人育成を始めたようです 4」稲
荷竜著 集英社(ダッシュエックス文庫) 2017年8月【異世界・架空の世界】【肌の露出が多めの
挿絵なし】

「せっかくチートを貰って異世界に転移したんだから、好きなように生きてみたい 1」ムンムン著
マイクロマガジン社(GC NOVELS) 2017年12月【異世界・架空の世界】【肌の露出が多めの挿
絵あり】

「せっかくチートを貰って異世界に転移したんだから、好きなように生きてみたい 2」ムンムン著
マイクロマガジン社(GC NOVELS) 2017年12月【異世界・架空の世界】【肌の露出が多めの挿
絵あり/キスシーンの挿絵あり/性描写の挿絵あり】

「そのオーク、前世(もと)ヤクザにて 4」機村械人著 SBクリエイティブ(GA文庫) 2017年9月【異
世界・架空の世界】【肌の露出が多めの挿絵なし/キスシーンの挿絵あり】

「ダンジョンの魔王は最弱っ!? 7」日曜著 新紀元社(MORNING STAR BOOKS) 2017年8月
【異世界・架空の世界】【肌の露出が多めの挿絵なし】

「ダンジョンの魔王は最弱っ!? 8」日曜著 新紀元社(MORNING STAR BOOKS) 2017年12月
【異世界・架空の世界】【肌の露出が多めの挿絵なし】

「ダンジョン村のパン屋さん = The bakery in Dungeon Village ダンジョン村道行き編」丁謡著
KADOKAWA(カドカワBOOKS) 2017年7月【異世界・架空の世界】【肌の露出が多めの挿絵な
し】

「チートあるけどまったり暮らしたい : のんびり魔道具作ってたいのに」なんじゃもんじゃ著 宝島
社 2017年9月【異世界・架空の世界】【肌の露出が多めの挿絵あり】

「チートだけど宿屋はじめました。 1」nyonnyon著 双葉社(モンスター文庫) 2017年10月【異世
界・架空の世界】【肌の露出が多めの挿絵なし】

「どうやら私の身体は完全無敵のようですね 1」ちゃつふさ著 マイクロマガジン社(GC
NOVELS) 2017年9月【異世界・架空の世界】【肌の露出が多めの挿絵なし】

「どうやら私の身体は完全無敵のようですね 2」ちゃつふさ著 マイクロマガジン社(GC
NOVELS) 2017年12月【異世界・架空の世界】【肌の露出が多めの挿絵なし】

「トカゲといっしょ 1」岩舘野良猫著 双葉社(モンスター文庫) 2017年11月【異世界・架空の世
界】【肌の露出が多めの挿絵あり/キスシーンの挿絵あり】

「ドラゴンさんは友達が欲しい! = Dragon want a Friend! 4」道草家守著 アース・スターエンター
テイメント(EARTH STAR NOVEL) 2017年11月【異世界・架空の世界】【肌の露出が多めの挿
絵なし】

ストーリー

「ドロップ!!：香りの令嬢物語 4」紫水ゆきこ著 フロンティアワークス(アリアンローズ) 2017年9月【異世界・架空の世界】【肌の露出が多めの挿絵なし】

「ナイツ&マジック 8」天酒之瓢著 主婦の友社(ヒーロー文庫) 2017年10月【異世界・架空の世界】【肌の露出が多めの挿絵なし】

「ネクストライフ 12」相野仁著 主婦の友社(ヒーロー文庫) 2017年9月【異世界・架空の世界】【肌の露出が多めの挿絵あり】

「ネクストライフ 13」相野仁著 主婦の友社(ヒーロー文庫) 2017年12月【異世界・架空の世界】【肌の露出が多めの挿絵あり】

「ポーション頼みで生き延びます! 2」FUNA著 講談社(Kラノベブックス) 2017年10月【異世界・架空の世界】【肌の露出が多めの挿絵なし】

「ぼっち転生記 5」ファースト著 双葉社(モンスター文庫) 2017年8月【異世界・架空の世界】【肌の露出が多めの挿絵なし】

「ぼっち転生記 6」ファースト著 双葉社(モンスター文庫) 2017年12月【異世界・架空の世界】【肌の露出が多めの挿絵なし】

「マギクラフト・マイスター 12」秋ぎつね著 KADOKAWA(MFブックス) 2017年7月【異世界・架空の世界】【肌の露出が多めの挿絵なし】

「マギクラフト・マイスター 13」秋ぎつね著 KADOKAWA(MFブックス) 2017年11月【異世界・架空の世界】【肌の露出が多めの挿絵なし】

「マメシバ頼りの魔獣使役者(モンスターセプター)ライフ 2」鳥村居子著 KADOKAWA(ファミ通文庫) 2017年8月【異世界・架空の世界】【肌の露出が多めの挿絵なし/キスシーンの挿絵あり】

「マヨの王：某大手マヨネーズ会社社員の孫と女騎士、異世界で《密売王》となる」伊藤ヒロ著 集英社(ダッシュエックス文庫) 2017年11月【現代/異世界・架空の世界】【肌の露出が多めの挿絵なし】

「やりなおし転生：＊俺の異世界冒険譚」makuro著 アース・スターエンターテイメント(EARTH STAR NOVEL) 2017年12月【異世界・架空の世界】【肌の露出が多めの挿絵なし】

「レイズ・オン・ファンタジー：ギャンブラーは異世界を謳歌する」河本ほむら著 KADOKAWA(富士見ファンタジア文庫) 2017年12月【異世界・架空の世界】【肌の露出が多めの挿絵あり/キスシーンの挿絵あり】

「レジェンド＝legend 9」神無月紅著 KADOKAWA(カドカワBOOKS) 2017年9月【異世界・架空の世界】【肌の露出が多めの挿絵なし】

「ロード・オブ・リライト：最強スキル《魔眼》で始める反英雄譚」十本スイ著 KADOKAWA(富士見ファンタジア文庫) 2017年12月【異世界・架空の世界】【肌の露出が多めの挿絵あり】

「ワンワン物語：金持ちの犬にしてとは言ったが、フェンリルにしろとは言ってねえ!」犬魔人著 KADOKAWA(角川スニーカー文庫) 2017年11月【異世界・架空の世界】【肌の露出が多めの挿絵あり】

ストーリー

「悪役令嬢としてヒロインと婚約者をくっつけようと思うのですが、うまくいきません…。」枳莎著 KADOKAWA(ビーズログ文庫アリス) 2017年9月【異世界・架空の世界】【肌の露出が多めの挿絵なし】

「悪役令嬢の取り巻きやめようと思います 3」星窓ぽんきち著 フロンティアワークス(アリアンローズ) 2017年11月【異世界・架空の世界】【肌の露出が多めの挿絵なし】

「悪役令嬢は隣国の王太子に溺愛される 4」ぷにちゃん著 KADOKAWA(ビーズログ文庫) 2017年10月【異世界・架空の世界】【肌の露出が多めの挿絵なし】

「異世界チート開拓記 1」ファースト著 双葉社(モンスター文庫) 2017年7月【異世界・架空の世界】【肌の露出が多めの挿絵あり】

「異世界チート開拓記 2」ファースト著 双葉社(モンスター文庫) 2017年10月【異世界・架空の世界】【肌の露出が多めの挿絵なし】

「異世界でダークエルフ嫁とゆるく営む暗黒大陸開拓記」斧名田マニマニ著 集英社(ダッシュエックス文庫) 2017年11月【異世界・架空の世界】【肌の露出が多めの挿絵あり】

「異世界で魔王の花嫁〈未定〉になりました。」長岡マキ子著 KADOKAWA(ビーズログ文庫) 2017年11月【異世界・架空の世界】【肌の露出が多めの挿絵なし】

「異世界に転生したので日本式城郭をつくってみた。」リューク著 一二三書房(Saga Forest) 2017年8月【現代/異世界・架空の世界】【肌の露出が多めの挿絵なし】

「異世界は幸せ(テンプレ)に満ち溢れている 3」羽智遊紀著 TOブックス 2017年12月【異世界・架空の世界】【肌の露出が多めの挿絵なし】

「異世界建国記」桜木桜著 KADOKAWA(ファミ通文庫) 2017年8月【異世界・架空の世界】【肌の露出が多めの挿絵なし】

「異世界建国記 2」桜木桜著 KADOKAWA(ファミ通文庫) 2017年12月【異世界・架空の世界】【肌の露出が多めの挿絵なし】

「異世界拷問姫 5」綾里けいし著 KADOKAWA(MF文庫J) 2017年10月【異世界・架空の世界】【肌の露出が多めの挿絵なし】

「異世界混浴物語 5」日々花長春著 オーバーラップ(オーバーラップ文庫) 2017年7月【異世界・架空の世界】【肌の露出が多めの挿絵あり】

「異世界召喚は二度目です 5」岸本和葉著 双葉社(モンスター文庫) 2017年8月【異世界・架空の世界】【肌の露出が多めの挿絵なし】

「異世界転生戦記：チートなスキルをもらい生きて行く」黒羽著 徳間書店 2017年12月【異世界・架空の世界】【肌の露出が多めの挿絵あり】

「異世界薬局 5」高山理図著 KADOKAWA(MFブックス) 2017年8月【異世界・架空の世界】【肌の露出が多めの挿絵なし】

「引きこもりだった男の異世界アサシン生活 = HIKIKOMORI'S LIFE AS ASSASSIN IN ANOTHER DIMENSION」服部正蔵著 TOブックス 2017年7月【異世界・架空の世界】【肌の露出が多めの挿絵なし】

ストーリー

「引きこもりだった男の異世界アサシン生活 = HIKIKOMORI'S LIFE AS ASSASSIN IN ANOTHER DIMENSION 2」服部正蔵著 TOブックス 2017年11月【異世界・架空の世界】【肌の露出が多めの挿絵なし】

「乙女ゲームの世界でヒロインの姉としてフラグを折っています。」藤原惟光著 KADOKAWA (ビーズログ文庫アリス) 2017年7月【異世界・架空の世界】【肌の露出が多めの挿絵なし】

「俺、冒険者!：無双スキルは平面魔法 2」みそたくあん著 KADOKAWA(MFブックス) 2017年9月【異世界・架空の世界】【肌の露出が多めの挿絵なし】

「俺の異世界姉妹が自重しない! 3」緋色の雨著 双葉社(モンスター文庫) 2017年12月【異世界・架空の世界】【肌の露出が多めの挿絵なし】

「下町で、看板娘はじめました。」汐邑雛著 KADOKAWA(ビーズログ文庫) 2017年10月【異世界・架空の世界】【肌の露出が多めの挿絵なし】

「嫁エルフ。2」あさのハジメ著 KADOKAWA(MF文庫J) 2017年7月【異世界・架空の世界】【肌の露出が多めの挿絵あり/キスシーンの挿絵あり/性描写の挿絵あり】

「甘く優しい世界で生きるには 8」深木著 KADOKAWA(MFブックス) 2017年7月【異世界・架空の世界】【肌の露出が多めの挿絵なし】

「規格外れの英雄に育てられた、常識外れの魔法剣士 2」kt60著 双葉社(モンスター文庫) 2017年7月【異世界・架空の世界】【肌の露出が多めの挿絵なし】

「規格外れの英雄に育てられた、常識外れの魔法剣士 3」kt60著 双葉社(モンスター文庫) 2017年12月【異世界・架空の世界】【肌の露出が多めの挿絵あり】

「起きたら20年後なんですけど!：悪役令嬢のその後のその後 1」遠野九重著 フロンティアワークス(アリアンローズ) 2017年12月【異世界・架空の世界】【肌の露出が多めの挿絵なし】

「隅でいいです。構わないでくださいよ。3」まこ著 フロンティアワークス(アリアンローズ) 2017年9月【異世界・架空の世界】【肌の露出が多めの挿絵なし】

「軍オタが魔法世界に転生したら、現代兵器で軍隊ハーレムを作っちゃいました!? 11」明鏡シスイ著 KADOKAWA(富士見ファンタジア文庫) 2017年8月【異世界・架空の世界】【肌の露出が多めの挿絵あり】

「軍オタが魔法世界に転生したら、現代兵器で軍隊ハーレムを作っちゃいました!? 12」明鏡シスイ著 KADOKAWA(富士見ファンタジア文庫) 2017年12月【異世界・架空の世界】【肌の露出が多めの挿絵あり】

「結界師への転生 1」片岡直太郎著 双葉社(モンスター文庫) 2017年9月【現代/異世界・架空の世界】【肌の露出が多めの挿絵あり】

「元最強の剣士は、異世界魔法に憧れる = In past life,he was the invincible swordman.In this life,he longs for the magic of another world 1」紅月シン小説 マイクロマガジン社(GC NOVELS) 2017年10月【異世界・架空の世界】【肌の露出が多めの挿絵なし】

「現代編・近くば寄って目にも見よ」結城光流著 KADOKAWA(角川ビーンズ文庫) 2017年11月【現代】【肌の露出が多めの挿絵なし】

ストーリー

「後宮で、女の戦いはじめました。」汐邑雛著 KADOKAWA(ビーズログ文庫) 2017年9月【異世界・架空の世界】【肌の露出が多めの挿絵なし/キスシーンの挿絵あり】

「康太の異世界ごはん 3」中野在太著 主婦の友社(ヒーロー文庫) 2017年11月【異世界・架空の世界】【肌の露出が多めの挿絵なし】

「黒の召喚士 5」迷井豆腐著 オーバーラップ(オーバーラップ文庫) 2017年8月【異世界・架空の世界】【肌の露出が多めの挿絵なし】

「最強の魔狼は静かに暮らしたい:転生したらフェンリルだった件」伊瀬ネキセ著 集英社(ダッシュエックス文庫) 2017年7月【現代/異世界・架空の世界】【肌の露出が多めの挿絵なし】

「最強呪族転生 = Reincarnation of sherman : チート魔術師のスローライフ 4」猫子著 アース・スターエンターテイメント(EARTH STAR NOVEL) 2017年11月【異世界・架空の世界】【肌の露出が多めの挿絵なし】

「最底辺からニューゲーム!:あえて奴隷になって異世界を実力だけで駆け上がります」藤木わしろ著 ホビージャパン(HJ文庫) 2017年7月【異世界・架空の世界】【肌の露出が多めの挿絵なし】

「最底辺からニューゲーム! 2」藤木わしろ著 ホビージャパン(HJ文庫) 2017年11月【異世界・架空の世界】【肌の露出が多めの挿絵なし】

「算数で読み解く異世界魔法 = Decipher by Arithmetic the Magic of Another World 2」扇屋悠著 TOブックス 2017年9月【異世界・架空の世界】【肌の露出が多めの挿絵なし】

「使徒戦記:ことなかれ貴族と薔薇姫の英雄伝 1」タンバ著 双葉社(モンスター文庫) 2017年11月【異世界・架空の世界】【肌の露出が多めの挿絵あり】

「私、能力は平均値でって言ったよね! : God bless me? 6」FUNA著 アース・スターエンターテイメント(EARTH STAR NOVEL) 2017年10月【異世界・架空の世界】【肌の露出が多めの挿絵あり】

「私がヒロインだけど、その役は譲ります」増田みりん著 KADOKAWA(ビーズログ文庫アリス) 2017年8月【異世界・架空の世界】【肌の露出が多めの挿絵なし】

「私はご都合主義な解決担当の王女である」まめちょろ著 KADOKAWA(ビーズログ文庫) 2017年10月【異世界・架空の世界】【肌の露出が多めの挿絵なし】

「私は敵になりません! 6」佐槻奏多著 主婦と生活社(PASH!ブックス) 2017年9月【異世界・架空の世界】【肌の露出が多めの挿絵なし】

「自重しない元勇者の強くて楽しいニューゲーム 3」新木伸著 集英社(ダッシュエックス文庫) 2017年7月【異世界・架空の世界】【肌の露出が多めの挿絵あり】

「自重しない元勇者の強くて楽しいニューゲーム 4」新木伸著 集英社(ダッシュエックス文庫) 2017年12月【異世界・架空の世界】【肌の露出が多めの挿絵あり】

「織田家の長男に生まれました」大沼田伊勢彦著 宝島社 2017年12月【歴史・時代】【肌の露出が多めの挿絵なし】

ストーリー

「神童セフィリアの下剋上プログラム」足高たかみ著 TOブックス 2017年9月【異世界・架空の世界】【肌の露出が多めの挿絵なし】

「進化の実：知らないうちに勝ち組人生 7」美紅著 双葉社（モンスター文庫）2017年12月【異世界・架空の世界】【肌の露出が多めの挿絵なし】

「人狼への転生、魔王の副官 07」漂月著 アース・スターエンターテイメント（EARTH STAR NOVEL）2017年8月【異世界・架空の世界】【肌の露出が多めの挿絵なし】

「人狼への転生、魔王の副官 08」漂月著 アース・スターエンターテイメント（EARTH STAR NOVEL）2017年12月【異世界・架空の世界】【肌の露出が多めの挿絵なし】

「世界最強の後衛：迷宮国の新人探索者」とーわ著 KADOKAWA（カドカワBOOKS）2017年11月【異世界・架空の世界】【肌の露出が多めの挿絵あり】

「生まれ変わったら第二王子とか中途半端だし面倒くさい」みりぐらむ著 主婦と生活社（PASH!ブックス）2017年12月【異世界・架空の世界】【肌の露出が多めの挿絵なし】

「精霊幻想記 8」北山結莉著 ホビージャパン（HJ文庫）2017年9月【異世界・架空の世界】【肌の露出が多めの挿絵あり】

「聖剣が人間に転生してみたら、勇者に偏愛されて困っています。2」富樫聖夜著 KADOKAWA（ビーズログ文庫）2017年12月【異世界・架空の世界】【肌の露出が多めの挿絵なし】

「聖者無双：サラリーマン、異世界で生き残るために歩む道 3」ブロッコリーライオン著 マイクロマガジン社（GC NOVELS）2017年7月【異世界・架空の世界】【肌の露出が多めの挿絵なし】

「槍の勇者のやり直し 2」アネコユサギ著 KADOKAWA（MFブックス）2017年11月【異世界・架空の世界】【肌の露出が多めの挿絵なし】

「村人ですが何か？ = I am a villager,what about it? 3」白石新著 マイクロマガジン社（GC NOVELS）2017年7月【異世界・架空の世界】【肌の露出が多めの挿絵なし】

「濁った瞳のリリアンヌ 2」天界著 新紀元社（MORNING STAR BOOKS）2017年12月【異世界・架空の世界】【肌の露出が多めの挿絵なし】

「蜘蛛ですが、なにか？ 7」馬場翁著 KADOKAWA（カドカワBOOKS）2017年10月【異世界・架空の世界】【肌の露出が多めの挿絵なし】

「通常攻撃が全体攻撃で二回攻撃のお母さんは好きですか？ 3」井中だちま著 KADOKAWA（富士見ファンタジア文庫）2017年8月【異世界・架空の世界】【肌の露出が多めの挿絵あり】

「転職アサシンさん、闇ギルドへようこそ! 3」真代屋秀晃著 KADOKAWA（電撃文庫）2017年7月【異世界・架空の世界】【肌の露出が多めの挿絵あり】

「転生したらスライムだった件 = Regarding Reincarnated to Slime 11」伏瀬著 マイクロマガジン社（GC NOVELS）2017年12月【異世界・架空の世界】【肌の露出が多めの挿絵あり】

「転生したらドラゴンの卵だった：最強以外目指さねぇ 5」猫子著 アース・スターエンターテイメント（EARTH STAR NOVEL）2017年10月【異世界・架空の世界】【肌の露出が多めの挿絵なし】

ストーリー

「転生したら剣でした = I became the sword by transmigrating 3」棚架ユウ著 マイクロマガジン社(GC NOVELS) 2017年7月【異世界・架空の世界】【肌の露出が多めの挿絵なし】

「転生したら剣でした = I became the sword by transmigrating 4」棚架ユウ著 マイクロマガジン社(GC NOVELS) 2017年11月【異世界・架空の世界】【肌の露出が多めの挿絵なし】

「転生して田舎でスローライフをおくりたい = I want to enjoy slow Living [3]」錬金王著 宝島社 2017年7月【異世界・架空の世界】【肌の露出が多めの挿絵あり】

「転生して田舎でスローライフをおくりたい = I want to enjoy slow Living [4]」錬金王著 宝島社 2017年12月【異世界・架空の世界】【肌の露出が多めの挿絵なし】

「転生貴族の異世界冒険録 = Wonderful adventure in Another world! : 自重を知らない神々の使徒 2」夜州著 一二三書房(Saga Forest) 2017年11月【異世界・架空の世界】【肌の露出が多めの挿絵なし】

「努力しすぎた世界最強の武闘家は、魔法世界を余裕で生き抜く。2」わんこそば著 集英社(ダッシュエックス文庫) 2017年8月【異世界・架空の世界】【肌の露出が多めの挿絵なし】

「努力しすぎた世界最強の武闘家は、魔法世界を余裕で生き抜く。3」わんこそば著 集英社(ダッシュエックス文庫) 2017年11月【異世界・架空の世界】【肌の露出が多めの挿絵あり】

「東京レイヴンズ 15」あざの耕平著 KADOKAWA(富士見ファンタジア文庫) 2017年9月【現代/歴史・時代】【肌の露出が多めの挿絵なし】

「豚公爵に転生したから、今度は君に好きと言いたい 3」合田拍子著 KADOKAWA(富士見ファンタジア文庫) 2017年8月【異世界・架空の世界】【肌の露出が多めの挿絵あり】

「二度目の地球で街づくり : 開拓者はお爺ちゃん 1」舞著 アース・スターエンターテイメント(EARTH STAR NOVEL) 2017年9月【異世界・架空の世界】【肌の露出が多めの挿絵あり】

「復讐完遂者の人生二周目異世界譚 3」御鷹穂積著 マイクロマガジン社(GC NOVELS) 2017年10月【異世界・架空の世界】【肌の露出が多めの挿絵なし】

「復讐完遂者の人生二周目異世界譚 4」御鷹穂積著 マイクロマガジン社(GC NOVELS) 2017年12月【異世界・架空の世界】【肌の露出が多めの挿絵なし】

「辺境貴族は理想のスローライフを求める」セイ著 宝島社 2017年9月【異世界・架空の世界】【肌の露出が多めの挿絵なし】

「没落予定なので、鍛冶職人を目指す 5」CK著 KADOKAWA(カドカワBOOKS) 2017年8月【異世界・架空の世界】【肌の露出が多めの挿絵なし】

「没落予定なので、鍛冶職人を目指す 6」CK著 KADOKAWA(カドカワBOOKS) 2017年12月【異世界・架空の世界】【肌の露出が多めの挿絵なし】

「魔王になったので、ダンジョン造って人外娘とほのぼのする」流優著 KADOKAWA(カドカワBOOKS) 2017年11月【異世界・架空の世界】【肌の露出が多めの挿絵あり】

「魔王城のシェフ 2」水城水城著 KADOKAWA(ファミ通文庫) 2017年8月【異世界・架空の世界】【肌の露出が多めの挿絵あり】

ストーリー

「魔王城のシェフ 3」水城水城著 KADOKAWA(ファミ通文庫) 2017年12月【異世界・架空の世界】【肌の露出が多めの挿絵あり】

「魔眼のご主人様。= My Master with Evil Eye 2」黒森白兎著 TOブックス 2017年10月【異世界・架空の世界】【肌の露出が多めの挿絵あり】

「魔拳のデイドリーマー 1」西和尚著 アルファポリス(アルファライト文庫) 2017年8月【異世界・架空の世界】【肌の露出が多めの挿絵あり】

「魔拳のデイドリーマー 2」西和尚著 アルファポリス(アルファライト文庫) 2017年10月【異世界・架空の世界】【肌の露出が多めの挿絵あり】

「魔導少女に転生した俺の双剣が有能すぎる 3」岩波零著 KADOKAWA(MF文庫J) 2017年7月【現代】【肌の露出が多めの挿絵あり】

「魔力の使えない魔術師 4」高梨ひかる著 主婦の友社(ヒーロー文庫) 2017年12月【異世界・架空の世界】【肌の露出が多めの挿絵なし】

「無職転生：異世界行ったら本気だす 15」理不尽な孫の手著 KADOKAWA(MFブックス) 2017年7月【異世界・架空の世界】【肌の露出が多めの挿絵なし】

「無職転生：異世界行ったら本気だす 16」理不尽な孫の手著 KADOKAWA(MFブックス) 2017年10月【異世界・架空の世界】【肌の露出が多めの挿絵なし】

「無属性魔法の救世主(メサイア) 3」武藤健太著 主婦の友社(ヒーロー文庫) 2017年7月【異世界・架空の世界】【肌の露出が多めの挿絵なし】

「淋しき王は天を堕とす：千年の、或ル師弟」守野伊音著 KADOKAWA(角川ビーンズ文庫) 2017年12月【異世界・架空の世界】【肌の露出が多めの挿絵なし/キスシーンの挿絵あり】

「輪廻剣聖：持ち手を探して奴隷少女とゆく異世界の旅」多宇部貞人著 集英社(ダッシュエックス文庫) 2017年9月【異世界・架空の世界】【肌の露出が多めの挿絵あり】

「狼領主のお嬢様 = Princess of The wolf lord 2」守野伊音著 KADOKAWA(カドカワBOOKS) 2017年11月【異世界・架空の世界】【肌の露出が多めの挿絵なし/キスシーンの挿絵】

「閻魔大王のレストラン」つるみ犬丸著 KADOKAWA(メディアワークス文庫) 2017年8月【異世界・架空の世界】【肌の露出が多めの挿絵なし】

SF

「D-五人の刺客：吸血鬼ハンター 32」菊地秀行著 朝日新聞出版版(朝日文庫) 2017年9月【近未来・遠未来】【肌の露出が多めの挿絵なし】

「ID-0 2」ID-0Project原作;菅浩江著 早川書房(ハヤカワ文庫 JA) 2017年7月【近未来・遠未来】【挿絵なし】

「SF飯:宇宙港デルタ3の食料事情」銅大著 早川書房(ハヤカワ文庫 JA) 2017年11月【異世界・架空の世界】【肌の露出が多めの挿絵なし】

「アリスマ王の愛した魔物」小川一水著 早川書房(ハヤカワ文庫 JA) 2017年12月【異世界・架空の世界】【挿絵なし】

ストーリー

「うそつき、うそつき」清水杜氏彦著 早川書房(ハヤカワ文庫 JA) 2017年10月【近未来・遠未来】【挿絵なし】

「ウルトラハッピーディストピアジャパン：人工知能ハビタのやさしい侵略」一田和樹著 星海社(星海社FICTIONS) 2017年7月【現代/異世界・架空の世界】【肌の露出が多めの挿絵なし】

「この終末、ぼくらは100日だけの恋をする」似鳥航一著 KADOKAWA(メディアワークス文庫) 2017年12月【現代/異世界・架空の世界】【肌の露出が多めの挿絵なし】

「サン娘：Girl's Battle Bootlog」矢立肇原作;金田一秋良著 マイクロマガジン社(BOOK BLAST) 2017年10月【異世界・架空の世界】【肌の露出が多めの挿絵なし】

「ストライクフォール = STRIKE FALL 3」長谷敏司著 小学館(ガガガ文庫) 2017年11月【異世界・架空の世界】【肌の露出が多めの挿絵なし】

「タイムシフト：君と見た海、君がいた空」午後12時の男著 集英社(ダッシュエックス文庫) 2017年10月【現代】【肌の露出が多めの挿絵なし】

「テスタメントシュピーゲル 3下」冲方丁著 KADOKAWA(角川スニーカー文庫) 2017年7月【近未来・遠未来】【肌の露出が多めの挿絵なし】

「ハウリングソウル = HOWLING SOUL：流星と少女 1」凸田凹著 マイクロマガジン社(BOOK BLAST) 2017年9月【現代/異世界・架空の世界】【肌の露出が多めの挿絵なし】

「ひとりぼっちのソューズ：君と月と恋、ときどき猫のお話」七瀬夏扉著 KADOKAWA(富士見L文庫) 2017年12月【現代】【肌の露出が多めの挿絵なし】

「ペガサスの解は虚栄か? = Did Pegasus Answer the Vanity?」森博嗣著 講談社(講談社タイガ) 2017年10月【近未来・遠未来】【挿絵なし】

「マギクラフト・マイスター 12」秋ぎつね著 KADOKAWA(MFブックス) 2017年7月【異世界・架空の世界】【肌の露出が多めの挿絵なし】

「マギクラフト・マイスター 13」秋ぎつね著 KADOKAWA(MFブックス) 2017年11月【異世界・架空の世界】【肌の露出が多めの挿絵なし】

「ミリオン・クラウン 1」竜ノ湖太郎著 KADOKAWA(角川スニーカー文庫) 2017年10月【近未来・遠未来】【肌の露出が多めの挿絵なし】

「暗黒のゼーヴェノア 1」佐藤英一原作;サテライト原作;竹田裕一郎著 マイクロマガジン社(BOOK BLAST) 2017年8月【近未来・遠未来】【肌の露出が多めの挿絵あり】

「横浜駅SF = YOKOHAMA STATION FABLE [2]」柞刈湯葉著 KADOKAWA(カドカワBOOKS) 2017年8月【異世界・架空の世界】【肌の露出が多めの挿絵なし】

「黄昏のブッシャリオン = BUSSHARION OF THE TWILIGHT」碌星らせん著 KADOKAWA(カドカワBOOKS) 2017年9月【異世界・架空の世界】【肌の露出が多めの挿絵なし】

「火星ゾンビ = Zombie of Mars」藤咲淳一著 マイクロマガジン社(BOOK BLAST) 2017年8月【現代/異世界・架空の世界】【肌の露出が多めの挿絵なし】

ストーリー

「銀河連合日本 6」柗本保羽著 星海社(星海社FICTIONS) 2017年10月【現代/異世界・架空の世界】【肌の露出が多めの挿絵なし】

「桜色のレプリカ 1」翅田大介著 ホビージャパン(HJ文庫) 2017年8月【現代】【肌の露出が多めの挿絵あり】

「桜色のレプリカ 2」翅田大介著 ホビージャパン(HJ文庫) 2017年8月【現代】【肌の露出が多めの挿絵あり】

「七都市物語 新版」田中芳樹著 早川書房(ハヤカワ文庫 JA) 2017年11月【近未来・遠未来】【肌の露出が多めの挿絵なし】

「新約とある魔術の禁書目録(インデックス) 19」鎌池和馬著 KADOKAWA(電撃文庫) 2017年10月【異世界・架空の世界】【肌の露出が多めの挿絵あり】

「親しい君との見知らぬ記憶」久遠侑著 KADOKAWA(ファミ通文庫) 2017年12月【現代】【肌の露出が多めの挿絵なし】

「聖刻(ワース)-BEYOND-」新田祐助著 朝日新聞出版(朝日文庫) 2017年12月【異世界・架空の世界】【肌の露出が多めの挿絵あり】

「青い花は未来で眠る」乾ルカ著 KADOKAWA(角川文庫) 2017年8月【現代】【挿絵なし】

「青の騎士(ブルーナイト)ベルゼルガ物語『K'』」はままさのり著 朝日新聞出版(朝日文庫) 2017年8月【異世界・架空の世界】【肌の露出が多めの挿絵なし】

「青の騎士(ブルーナイト)ベルゼルガ物語絶叫の騎士」はままさのり著 朝日新聞出版(朝日文庫) 2017年8月【異世界・架空の世界】【肌の露出が多めの挿絵なし】

「戦闘員、派遣します!」暁なつめ著 KADOKAWA(角川スニーカー文庫) 2017年11月【異世界・架空の世界】【肌の露出が多めの挿絵あり】

「蒼穹のアルトシエル」犬魔人著 KADOKAWA(角川スニーカー文庫) 2017年7月【異世界・架空の世界】【肌の露出が多めの挿絵あり】

「天空の約束」川端裕人著 集英社(集英社文庫) 2017年10月【現代】【挿絵なし】

「透明人間の異常な愛情」天祢涼著 講談社(講談社タイガ) 2017年11月【現代】【肌の露出が多めの挿絵なし】

「半透明のラブレター」春田モカ著 スターツ出版(スターツ出版文庫) 2017年9月【現代】【挿絵なし】

「美森まんじゃしろのサオリさん」小川一水著 光文社(光文社文庫) 2017年11月【現代】【肌の露出が多めの挿絵なし】

「魔人執行官(デモーニック・マーシャル) = Demonic Marshal 3」佐島勤著 KADOKAWA(電撃文庫) 2017年10月【近未来・遠未来】【肌の露出が多めの挿絵なし】

「魔法科高校の劣等生 = The irregular at magic high school 23」佐島勤著 KADOKAWA(電撃文庫) 2017年8月【近未来・遠未来】【肌の露出が多めの挿絵なし】

ストーリー

「筐底のエルピス 5」オキシタケヒコ著 小学館（ガガガ文庫）2017年8月【近未来・遠未来】【肌の露出が多めの挿絵なし】

SF＞タイムトラベル・タイムスリップ・タイムループ・ワープ

「70年分の夏を君に捧ぐ」櫻井千姫著 スターツ出版（スターツ出版文庫）2017年11月【現代/歴史・時代】【挿絵なし】

「アウトブレイク・カンパニー = Outbreak Company：萌える侵略者 18」榊一郎著 講談社（講談社ラノベ文庫）2017年8月【異世界・架空の世界】【肌の露出が多めの挿絵なし】

「アシガール：小説」森本梢子原作;せひらあやみ著 集英社（集英社オレンジ文庫）2017年9月【現代/歴史・時代】【肌の露出が多めの挿絵なし】

「いつかのクリスマスの日、きみは時の果てに消えて」瀬尾つかさ著 KADOKAWA（ファミ通文庫）2017年11月【現代】【肌の露出が多めの挿絵なし】

「おきらく女魔導士とメイド人形の開拓記：私は楽して生きたいの!」佐々木さざめき著 ツギクル（ツギクルブックス）2017年9月【異世界・架空の世界】【肌の露出が多めの挿絵あり】

「きみと繰り返す、あの夏の世界」和泉あや著 スターツ出版（スターツ出版文庫）2017年7月【現代】【挿絵なし】

「クズと天使の二周目生活(セカンドライフ)」天津向著 小学館（ガガガ文庫）2017年10月【現代】【肌の露出が多めの挿絵あり】

「スノウラビット」伊吹契著 星海社（星海社FICTIONS）2017年10月【歴史・時代】【挿絵なし】

「ゼロ能力者の英雄伝説：最強スキルはセーブ＆ロード」東国不動著 TOブックス 2017年11月【異世界・架空の世界】【肌の露出が多めの挿絵あり】

「どこよりも遠い場所にいる君へ」阿部暁子著 集英社（集英社オレンジ文庫）2017年10月【現代】【肌の露出が多めの挿絵なし】

「ババチャリの神様」皆藤黒助著 双葉社（双葉文庫）2017年8月【現代】【挿絵なし】

「ぼくたちのリメイク 3」木緒なち著 KADOKAWA（MF文庫J）2017年11月【現代】【肌の露出が多めの挿絵なし】

「もう一度、日曜日の君へ」羽根川牧人著 KADOKAWA（富士見L文庫）2017年7月【現代】【挿絵なし】

「やりなおし英雄の教育日誌」涼暮阜著 ホビージャパン（HJ文庫）2017年9月【異世界・架空の世界】【肌の露出が多めの挿絵なし】

「異世界堂のミア = Mia with the mysterious mansion：お持ち帰りは亜人メイドですか?」天那光汰著 宝島社 2017年7月【異世界・架空の世界】【肌の露出が多めの挿絵あり】

「英雄世界の英雄譚(オリジナル)」空埜一樹著 集英社（ダッシュエックス文庫）2017年8月【異世界・架空の世界】【肌の露出が多めの挿絵あり】

32

ストーリー

「俺の彼女と幼なじみが修羅場すぎる 13」裕時悠示著 SBクリエイティブ(GA文庫) 2017年9月【現代】【肌の露出が多めの挿絵なし】

「夏空のモノローグ」秋月鈴音著;アイディアファクトリー株式会社;デザインファクトリー株式会社監修 一二三書房(オトメイトノベル) 2017年7月【現代】【肌の露出が多めの挿絵なし】

「機械仕掛けのデイブレイク 2」高橋びすい著 講談社(講談社ラノベ文庫) 2017年12月【近未来・遠未来】【肌の露出が多めの挿絵あり】

「起きたら20年後なんですけど!:悪役令嬢のその後のその後 1」遠野九重著 フロンティアワークス(アリアンローズ) 2017年12月【異世界・架空の世界】【肌の露出が多めの挿絵なし】

「君が何度死んでも」椙本孝思著 アルファポリス(アルファポリス文庫) 2017年12月【現代】【挿絵なし】

「君と夏と、約束と。」麻中郷矢著 SBクリエイティブ(GA文庫) 2017年12月【現代】【肌の露出が多めの挿絵なし】

「算額タイムトンネル」向井湘吾著 講談社(講談社タイガ) 2017年12月【現代】【挿絵なし】

「時をかける社畜」灰音憲二著 KADOKAWA(富士見L文庫) 2017年7月【現代】【挿絵なし】

「呪われた伯爵と月愛づる姫君:おとぎ話の魔女」山咲黒著 KADOKAWA(ビーズログ文庫) 2017年12月【異世界・架空の世界】【肌の露出が多めの挿絵なし】

「少女クロノクル。= GIRL'S CHRONO-CLE」ハセガワケイスケ著 KADOKAWA(電撃文庫) 2017年7月【現代】【肌の露出が多めの挿絵なし】

「晴れたらいいね」藤岡陽子著 光文社(光文社文庫) 2017年8月【現代/歴史・時代】【挿絵なし】

「戦国小町苦労譚 6」夾竹桃著 アース・スターエンターテイメント(EARTH STAR NOVEL) 2017年9月【歴史・時代】【肌の露出が多めの挿絵なし】

「戦国小町苦労譚 7」夾竹桃著 アース・スターエンターテイメント(EARTH STAR NOVEL) 2017年12月【歴史・時代】【肌の露出が多めの挿絵なし】

「銭(インチキ)の力で、戦国の世を駆け抜ける。5」Y.A著 KADOKAWA(MFブックス) 2017年11月【歴史・時代】【肌の露出が多めの挿絵なし】

「槍の勇者のやり直し 1」アネコユサギ著 KADOKAWA(MFブックス) 2017年9月【異世界・架空の世界】【肌の露出が多めの挿絵なし】

「槍の勇者のやり直し 2」アネコユサギ著 KADOKAWA(MFブックス) 2017年11月【異世界・架空の世界】【肌の露出が多めの挿絵なし】

「打ち上げ花火、下から見るか?横から見るか?」岩井俊二原作;大根仁著 KADOKAWA(角川スニーカー文庫) 2017年8月【現代】【肌の露出が多めの挿絵なし】

「大江戸科学捜査八丁堀のおゆう [4]」山本巧次著 宝島社(宝島社文庫) 2017年10月【現代/歴史・時代】【肌の露出が多めの挿絵なし】

ストーリー

「追伸ソラゴトに微笑んだ君へ 3」田辺屋敷著 KADOKAWA（富士見ファンタジア文庫）2017年11月【現代】【肌の露出が多めの挿絵なし】

「二周目の僕は君と恋をする」瑞智士記著 KADOKAWA（ファミ通文庫）2017年7月【現代】【肌の露出が多めの挿絵なし】

「二十歳（はたち）の君がいた世界」沢木まひろ著 宝島社（宝島社文庫）2017年12月【異世界・架空の世界】【挿絵なし】

「二度目の地球で街づくり：開拓者はお爺ちゃん 1」舞著 アース・スターエンターテイメント（EARTH STAR NOVEL）2017年9月【異世界・架空の世界】【肌の露出が多めの挿絵あり】

「平兵士は過去を夢見る 1」丘野優著 アルファポリス（アルファライト文庫）2017年12月【異世界・架空の世界】【肌の露出が多めの挿絵なし】

「僕が殺された未来」春畑行成著 宝島社（宝島社文庫）2017年8月【現代】【肌の露出が多めの挿絵なし】

「僕の知らないラブコメ」樫本燕著 KADOKAWA（MF文庫J）2017年11月【現代】【肌の露出が多めの挿絵あり/キスシーンの挿絵あり/性描写の挿絵あり】

「魔拳のデイドリーマー 1」西和尚著 アルファポリス（アルファライト文庫）2017年8月【異世界・架空の世界】【肌の露出が多めの挿絵あり】

「魔拳のデイドリーマー 2」西和尚著 アルファポリス（アルファライト文庫）2017年10月【異世界・架空の世界】【肌の露出が多めの挿絵あり】

「無職転生：異世界行ったら本気だす 15」理不尽な孫の手著 KADOKAWA（MFブックス）2017年7月【異世界・架空の世界】【肌の露出が多めの挿絵なし】

「無職転生：異世界行ったら本気だす 16」理不尽な孫の手著 KADOKAWA（MFブックス）2017年10月【異世界・架空の世界】【肌の露出が多めの挿絵なし】

怨恨・憎悪

「たぶん、出会わなければよかった嘘つきな君に」栗俣力也原案;佐藤青南著 祥伝社（祥伝社文庫）2017年12月【現代】【挿絵なし】

「軍オタが魔法世界に転生したら、現代兵器で軍隊ハーレムを作っちゃいました!? 12」明鏡シスイ著 KADOKAWA（富士見ファンタジア文庫）2017年12月【異世界・架空の世界】【肌の露出が多めの挿絵あり】

「殺生伝 3」神永学著 幻冬舎（幻冬舎文庫）2017年12月【歴史・時代】【肌の露出が多めの挿絵なし】

「声も出せずに死んだんだ」長谷川也著 KADOKAWA（角川文庫）2017年11月【現代】【挿絵なし】

「妖琦庵夜話 [6]」榎田ユウリ著 KADOKAWA（角川ホラー文庫）2017年7月【現代】【挿絵なし】

ストーリー

落ちもの

「アシガール：小説」森本梢子原作;せひらあやみ著 集英社(集英社オレンジ文庫) 2017年9月【現代/歴史・時代】【肌の露出が多めの挿絵なし】

「いつかのクリスマスの日、きみは時の果てに消えて」瀬尾つかさ著 KADOKAWA(ファミ通文庫) 2017年11月【現代】【肌の露出が多めの挿絵なし】

「がらくた少女と人喰い煙突」矢樹純著 河出書房新社(河出文庫) 2017年9月【現代】【挿絵なし】

「トカゲ主夫。：星喰いドラゴンと地球ごはん：Harumi with Dragon」山田まる著 アース・スターエンターテイメント(EARTH STAR NOVEL) 2017年8月【現代/異世界・架空の世界】【肌の露出が多めの挿絵なし】

「悪役令嬢なのでラスボスを飼ってみました」永瀬さらさ著 KADOKAWA(角川ビーンズ文庫) 2017年9月【異世界・架空の世界】【肌の露出が多めの挿絵なし】

「応えろ生きてる星」竹宮ゆゆこ著 文藝春秋(文春文庫) 2017年11月【現代】【挿絵なし】

「押しかけ犬耳奴隷が、ニートな大英雄のお世話をするようです。1」青猫草々著 オーバーラップ(オーバーラップ文庫) 2017年7月【異世界・架空の世界】【肌の露出が多めの挿絵なし】

「押しかけ犬耳奴隷が、ニートな大英雄のお世話をするようです。1」青猫草々著 オーバーラップ(オーバーラップ文庫) 2017年7月【異世界・架空の世界】【肌の露出が多めの挿絵なし】

「俺んちに来た女騎士と田舎暮らしすることになった件」裂田著 宝島社 2017年8月【現代】【肌の露出が多めの挿絵なし】

「火星ゾンビ = Zombie of Mars」藤咲淳一著 マイクロマガジン社(BOOK BLAST) 2017年8月【現代/異世界・架空の世界】【肌の露出が多めの挿絵なし】

「群青の竜騎士 1」尾野灯著 主婦の友社(ヒーロー文庫) 2017年11月【異世界・架空の世界】【肌の露出が多めの挿絵なし】

「皇女の騎士：壊れた世界と姫君の楽園」やのゆい著 KADOKAWA(ファミ通文庫) 2017年11月【異世界・架空の世界】【肌の露出が多めの挿絵あり】

「今からあなたを脅迫します [2]」藤石波矢著 講談社(講談社タイガ) 2017年8月【現代】【挿絵なし】

「司書子さんとタンテイさん：木苺はわたしと犬のもの」冬木洋子著 マイナビ出版(ファン文庫) 2017年11月【現代】【肌の露出が多めの挿絵なし】

「獣人隊長の〈仮〉婚約事情：突然ですが、狼隊長の仮婚約者になりました」百門一新著 一迅社(一迅社文庫アイリス) 2017年11月【異世界・架空の世界】【肌の露出が多めの挿絵あり/キスシーンの挿絵あり】

「女神の勇者を倒すゲスな方法 3」笹木さくま著 KADOKAWA(ファミ通文庫) 2017年9月【異世界・架空の世界】【肌の露出が多めの挿絵なし】

ストーリー

「親しい君との見知らぬ記憶」久遠侑著 KADOKAWA(ファミ通文庫) 2017年12月【現代】【肌の露出が多めの挿絵なし】

「生産職を極め過ぎたら伝説の武器が俺の嫁になりました」あまうい白一著 KADOKAWA(ファミ通文庫) 2017年12月【現代/異世界・架空の世界】【肌の露出が多めの挿絵あり】

「蒼穹のアルトシエル 2」犬魔人著 KADOKAWA(角川スニーカー文庫) 2017年9月【異世界・架空の世界】【肌の露出が多めの挿絵あり/キスシーンの挿絵あり】

「中野ブロードウェイ脱出ゲーム」渡辺浩弐著 KADOKAWA(角川ホラー文庫) 2017年11月【現代】【挿絵なし】

「転生したら剣でした = I became the sword by transmigrating 3」棚架ユウ著 マイクロマガジン社(GC NOVELS) 2017年7月【異世界・架空の世界】【肌の露出が多めの挿絵なし】

「転生したら剣でした = I became the sword by transmigrating 4」棚架ユウ著 マイクロマガジン社(GC NOVELS) 2017年11月【異世界・架空の世界】【肌の露出が多めの挿絵なし】

「東京レイヴンズ 15」あざの耕平著 KADOKAWA(富士見ファンタジア文庫) 2017年9月【現代/歴史・時代】【肌の露出が多めの挿絵なし】

「百貨店トワイライト」あさぎ千夜春著 三交社(スカイハイ文庫) 2017年7月【現代】【肌の露出が多めの挿絵なし】

「辺境貴族は理想のスローライフを求める」セイ著 宝島社 2017年9月【異世界・架空の世界】【肌の露出が多めの挿絵なし】

「落ちてきた龍王(ナーガ)と滅びゆく魔女の国 12」舞阪洸著 KADOKAWA(MF文庫J) 2017年10月【異世界・架空の世界】【肌の露出が多めの挿絵あり】

「恋虫」白土夏海著 KADOKAWA(角川文庫) 2017年10月【異世界・架空の世界】【挿絵なし】

恩返し

「佐々木探偵事務所には、猫又の斑さんがいる。」杜奏みなや著 KADOKAWA(メディアワークス文庫) 2017年11月【現代】【肌の露出が多めの挿絵なし】

カースト

「クラスでバカにされてるオタクなぼくが、気づいたら不良たちから崇拝されててガクブル 2」諏訪錦著 アルファポリス(アルファポリス文庫) 2017年10月【現代】【肌の露出が多めの挿絵なし】

「陰キャになりたい陽乃森さん = Hinomori wanna be an In-cha,or"Last In-cha standing" Step12」岬鷺宮著 KADOKAWA(電撃文庫) 2017年10月【現代】【肌の露出が多めの挿絵あり】

「人なき世界を、魔女と京都へ。」津田夕也著 KADOKAWA(ファミ通文庫) 2017年12月【現代】【肌の露出が多めの挿絵あり/キスシーンの挿絵あり】

ストーリー

開拓・復興・再建

「10年ごしの引きニートを辞めて外出したら5」坂東太郎著 オーバーラップ（オーバーラップ文庫）2017年10月【現代/異世界・架空の世界】【肌の露出が多めの挿絵なし】

「ウルトラハッピーディストピアジャパン：人工知能ハビタのやさしい侵略」一田和樹著 星海社（星海社FICTIONS）2017年7月【現代/異世界・架空の世界】【肌の露出が多めの挿絵なし】

「おきらく女魔導士とメイド人形の開拓記：私は楽して生きたいの！」佐々木さざめき著 ツギクル（ツギクルブックス）2017年9月【異世界・架空の世界】【肌の露出が多めの挿絵あり】

「ゲーム・プレイング・ロール ver.2」木村心一著 KADOKAWA（角川スニーカー文庫）2017年10月【異世界・架空の世界】【肌の露出が多めの挿絵あり】

「てのひら開拓村で異世界建国記：増えてく嫁たちとのんびり無人島ライフ2」星崎崑著 KADOKAWA（MF文庫J）2017年10月【異世界・架空の世界】【肌の露出が多めの挿絵あり】

「トカゲといっしょ1」岩舘野良猫著 双葉社（モンスター文庫）2017年11月【異世界・架空の世界】【肌の露出が多めの挿絵あり/キスシーンの挿絵あり】

「のど自慢殺人事件」高木敦史著 祥伝社（祥伝社文庫）2017年10月【現代】【肌の露出が多めの挿絵なし】

「フロンティアダイアリー = FRONTIER DIARY：元貴族の異世界辺境生活日記」鬼ノ城ミヤ著 一二三書房（Saga Forest）2017年10月【異世界・架空の世界】【肌の露出が多めの挿絵なし】

「マギクラフト・マイスター13」秋ぎつね著 KADOKAWA（MFブックス）2017年11月【異世界・架空の世界】【肌の露出が多めの挿絵なし】

「ミリオン・クラウン1」竜ノ湖太郎著 KADOKAWA（角川スニーカー文庫）2017年10月【近未来・遠未来】【肌の露出が多めの挿絵なし】

「異世界チート開拓記1」ファースト著 双葉社（モンスター文庫）2017年7月【異世界・架空の世界】【肌の露出が多めの挿絵あり】

「異世界チート開拓記2」ファースト著 双葉社（モンスター文庫）2017年10月【異世界・架空の世界】【肌の露出が多めの挿絵なし】

「異世界でダークエルフ嫁とゆるく営む暗黒大陸開拓記」斧名田マニマニ著 集英社（ダッシュエックス文庫）2017年11月【異世界・架空の世界】【肌の露出が多めの挿絵あり】

「異世界に来たみたいだけど如何すれば良いのだろう = WHAT SHOULD I DO IN DIFFERENT WORLD? 3」舞著 マイクロマガジン社（GC NOVELS）2017年11月【異世界・架空の世界】【肌の露出が多めの挿絵なし】

「異世界の果てで開拓ごはん！：座敷わらしと目指す快適スローライフ」滝口流著 KADOKAWA（カドカワBOOKS）2017年11月【異世界・架空の世界】【肌の露出が多めの挿絵あり】

「黄昏のブッシャリオン = BUSSHARION OF THE TWILIGHT」碌星らせん著 KADOKAWA（カドカワBOOKS）2017年9月【異世界・架空の世界】【肌の露出が多めの挿絵なし】

ストーリー

「起きたら20年後なんですけど！：悪役令嬢のその後のその後 1」遠野九重著 フロンティアワークス（アリアンローズ）2017年12月【異世界・架空の世界】【肌の露出が多めの挿絵なし】

「逆成長チートで世界最強 2」佐竹アキノリ著 主婦の友社（ヒーロー文庫）2017年8月【異世界・架空の世界】【肌の露出が多めの挿絵なし】

「始まりの魔法使い 2」石之宮カント著 KADOKAWA（富士見ファンタジア文庫）2017年9月【異世界・架空の世界】【肌の露出が多めの挿絵あり】

「信長の弟：織田信行として生きて候 第2巻」ツマビラカズジ著 マイクロマガジン社（GC NOVELS）2017年11月【歴史・時代】【肌の露出が多めの挿絵なし】

「世界樹の上に村を作ってみませんか 3」氷純著 KADOKAWA（MFブックス）2017年10月【異世界・架空の世界】【肌の露出が多めの挿絵なし】

「戦国小町苦労譚 6」夾竹桃著 アース・スターエンターテイメント（EARTH STAR NOVEL）2017年9月【歴史・時代】【肌の露出が多めの挿絵なし】

「第七異世界のラダッシュ村 2」蝉川夏哉著 星海社（星海社FICTIONS）2017年7月【異世界・架空の世界/近未来・遠未来】【肌の露出が多めの挿絵なし】

「淡海乃海 水面が揺れる時：三英傑に嫌われた不運な男、朽木基綱の逆襲」イスラーフィール著 TOブックス 2017年12月【歴史・時代】【肌の露出が多めの挿絵なし】

「緋色の玉座 2」高橋祐一著 KADOKAWA（角川スニーカー文庫）2017年9月【異世界・架空の世界/歴史・時代】【肌の露出が多めの挿絵なし】

「魔術士オーフェンはぐれ旅：キエサルヒマの終端：Season 2:The Sequel」秋田禎信著 TOブックス（TO文庫）2017年9月【異世界・架空の世界】【肌の露出が多めの挿絵なし】

「勇者の武器屋経営 3」至道流星著 星海社（星海社FICTIONS）2017年11月【異世界・架空の世界】【肌の露出が多めの挿絵なし】

香り・匂い

「後宮香妃物語 [2]」伊藤たつき著 KADOKAWA（角川ビーンズ文庫）2017年9月【異世界・架空の世界】【肌の露出が多めの挿絵なし】

「調香師レオナール・ヴェイユの優雅な日常」小瀬木麻美著 ポプラ社（ポプラ文庫ピュアフル）2017年11月【現代】【挿絵なし】

革命・改造・改革

「『金の星亭』繁盛記：異世界の宿屋に転生しました」高井うしお著 KADOKAWA（カドカワBOOKS）2017年12月【異世界・架空の世界】【肌の露出が多めの挿絵なし】

「ロード・オブ・リライト：最強スキル《魔眼》で始める反英雄譚」十本スイ著 KADOKAWA（富士見ファンタジア文庫）2017年12月【異世界・架空の世界】【肌の露出が多めの挿絵あり】

「異端の神言遣い：俺たちはパワーワードで異世界を革命する 2」佐藤了著 KADOKAWA（ファミ通文庫）2017年7月【異世界・架空の世界】【肌の露出が多めの挿絵あり】

ストーリー

「侯爵令嬢は手駒を演じる 4」橘千秋著 フロンティアワークス(アリアンローズ) 2017年10月【異世界・架空の世界】【肌の露出が多めの挿絵なし】

「青薔薇姫のやりなおし革命記 = Princess Blue Rose and Rebuilding Kingdom」枢呂紅著 主婦と生活社(PASH!ブックス) 2017年12月【異世界・架空の世界】【肌の露出が多めの挿絵なし】

「放課後ヒロインプロジェクト!」藤並みなと著 KADOKAWA(角川ビーンズ文庫) 2017年9月【現代】【肌の露出が多めの挿絵なし】

ガチャ

「アビス・コーリング：元廃課金ゲーマーが最低最悪のソシャゲ異世界に召喚されたら」槻影著 KADOKAWA(ファミ通文庫) 2017年12月【現代/異世界・架空の世界】【肌の露出が多めの挿絵なし】

「ガチャを回して仲間を増やす最強の美少女軍団を作り上げろ = You increase families and make beautiful girl army corps,and put it up 3」ちんくるり著 マイクロマガジン社(GC NOVELS) 2017年10月【異世界・架空の世界】【肌の露出が多めの挿絵あり】

「くじ引き特賞:無双ハーレム権 7 ドラマCD付き限定特装版」三木なずな著 SBクリエイティブ(GA文庫) 2017年12月【異世界・架空の世界】【肌の露出が多めの挿絵あり】

「幸運なバカたちが学園を回す 1」藍藤遊著 KADOKAWA(MF文庫J) 2017年9月【現代】【肌の露出が多めの挿絵なし】

「今日から俺はロリのヒモ! 5」暁雪著 KADOKAWA(MF文庫J) 2017年12月【現代】【肌の露出が多めの挿絵なし】

「女騎士これくしょん：ガチャで出た女騎士と同居することになった。」三門鉄狼著 講談社(講談社ラノベ文庫) 2017年9月【現代/異世界・架空の世界】【肌の露出が多めの挿絵あり】

監禁・軟禁

「LOOP THE LOOP飽食の館 上」Kate著 双葉社(双葉文庫) 2017年12月【現代】【肌の露出が多めの挿絵なし】

「謎の館へようこそ：新本格30周年記念アンソロジー 黒」はやみねかおる著;恩田陸著;高田崇史著;綾崎隼著;白井智之著;井上真偽著;文芸第三出版部編 講談社(講談社タイガ) 2017年10月【現代】【挿絵なし】

「副社長は束縛ダーリン」藍里まめ著 スターツ出版(ベリーズ文庫) 2017年11月【現代】【挿絵なし】

感染

「人間の顔は食べづらい」白井智之著 KADOKAWA(角川文庫) 2017年8月【近未来・遠未来】【肌の露出が多めの挿絵なし】

ストーリー

記憶喪失・忘却

「……なんでそんな、ばかなこと聞くの?」鈴木大輔著 KADOKAWA(角川文庫) 2017年9月
【現代】【挿絵なし】

「Burn.」加藤シゲアキ著 KADOKAWA(角川文庫) 2017年7月【現代】【挿絵なし】

「あなたのいない記憶」辻堂ゆめ著 宝島社(宝島社文庫) 2017年11月【現代】【挿絵なし】

「きみと繰り返す、あの夏の世界」和泉あや著 スターツ出版(スターツ出版文庫) 2017年7月
【現代】【挿絵なし】

「クレシェンド」竹本健治著 KADOKAWA(角川文庫) 2017年11月【現代】【挿絵なし】

「セブンキャストのひきこもり魔術王 5」岬かつみ著 KADOKAWA(富士見ファンタジア文庫)
2017年9月【異世界・架空の世界】【肌の露出が多めの挿絵なし】

「そのオーク、前世(もと)ヤクザにて 4」機村械人著 SBクリエイティブ(GA文庫) 2017年9月【異
世界・架空の世界】【肌の露出が多めの挿絵なし/キスシーンの挿絵あり】

「バーサス・フェアリーテイル:バッドエンドな運命のヒロインを救い出せ」八街歩著
KADOKAWA(富士見ファンタジア文庫) 2017年7月【異世界・架空の世界】【肌の露出が多め
の挿絵あり/キスシーンの挿絵あり】

「ハラサキ」野城亮著 KADOKAWA(角川ホラー文庫) 2017年10月【現代/異世界・架空の世
界】【挿絵なし】

「フカミ喫茶店の謎解きアンティーク」涙鳴著 スターツ出版(スターツ出版文庫) 2017年11月
【現代】【挿絵なし】

「ミリオン・クラウン 1」竜ノ湖太郎著 KADOKAWA(角川スニーカー文庫) 2017年10月【近未
来・遠未来】【肌の露出が多めの挿絵なし】

「もう一度、日曜日の君へ」羽根川牧人著 KADOKAWA(富士見L文庫) 2017年7月【現代】
【挿絵なし】

「茜色の記憶」みのりfrom三月のパンタシア著 スターツ出版(スターツ出版文庫) 2017年8月
【現代】【挿絵なし】

「異人館画廊 [5]」谷瑞恵著 集英社(集英社オレンジ文庫) 2017年12月【現代】【肌の露出が
多めの挿絵なし】

「君と夏と、約束と。」麻中郷矢著 SBクリエイティブ(GA文庫) 2017年12月【現代】【肌の露出
が多めの挿絵なし】

「幻肢」島田荘司著 文藝春秋(文春文庫) 2017年8月【現代】【挿絵なし】

「今日からは、愛のひと」朱川湊人著 光文社(光文社文庫) 2017年12月【現代】【挿絵なし】

「最弱無敗の神装機竜(バハムート) 14」明月千里著 SBクリエイティブ(GA文庫) 2017年12月
【異世界・架空の世界】【肌の露出が多めの挿絵なし】

ストーリー

「蛇王再臨」田中芳樹著 光文社(光文社文庫) 2017年11月【異世界・架空の世界】【肌の露出が多めの挿絵なし】

「終末の魔女ですけどお兄ちゃんに二回も恋をするのはおかしいですか?」妹尾尻尾著 集英社(ダッシュエックス文庫) 2017年11月【異世界・架空の世界】【肌の露出が多めの挿絵あり】

「神様の御用人 7」浅葉なつ著 KADOKAWA(メディアワークス文庫) 2017年8月【現代/異世界・架空の世界】【肌の露出が多めの挿絵なし】

「人狼への転生、魔王の副官 08」漂月著 アース・スターエンターテイメント(EARTH STAR NOVEL) 2017年12月【異世界・架空の世界】【肌の露出が多めの挿絵なし】

「青薔薇姫のやりなおし革命記 = Princess Blue Rose and Rebuilding Kingdom」枢呂紅著 主婦と生活社(PASH!ブックス) 2017年12月【異世界・架空の世界】【肌の露出が多めの挿絵なし】

「蒼穹のアルトシエル」犬魔人著 KADOKAWA(角川スニーカー文庫) 2017年7月【異世界・架空の世界】【肌の露出が多めの挿絵あり】

「田中 = TANAKA THE WIZARD : 年齢イコール彼女いない歴の魔法使い 6」ぶんころり著 マイクロマガジン社(GC NOVELS) 2017年12月【異世界・架空の世界】【肌の露出が多めの挿絵なし/キスシーンの挿絵あり】

「半透明のラブレター」春田モカ著 スターツ出版(スターツ出版文庫) 2017年9月【現代】【挿絵なし】

「復讐完遂者の人生二周目異世界譚 3」御鷹穂積著 マイクロマガジン社(GC NOVELS) 2017年10月【異世界・架空の世界】【肌の露出が多めの挿絵なし】

「忘却のアイズオルガン = Die Vergessenen Eisig Organ 2」宮野美嘉著 小学館(ガガガ文庫) 2017年12月【異世界・架空の世界】【肌の露出が多めの挿絵なし】

「忘却のアイズオルガン = Die Vergessenen Eisig Organ.」宮野美嘉著 小学館(ガガガ文庫) 2017年8月【異世界・架空の世界】【肌の露出が多めの挿絵なし】

「僕の知らないラブコメ」樫本燕著 KADOKAWA(MF文庫J) 2017年11月【現代】【肌の露出が多めの挿絵あり/キスシーンの挿絵あり/性描写の挿絵あり】

「毎年、記憶を失う彼女の救いかた」望月拓海著 講談社(講談社タイガ) 2017年12月【現代】【挿絵なし】

「夢幻戦舞曲」瑞智士記著 KADOKAWA(MF文庫J) 2017年8月【異世界・架空の世界】【肌の露出が多めの挿絵なし】

「錬金術師は終わらぬ夢をみる : ゆがみの王国のセラフィーヌ」一原みう著 集英社(コバルト文庫) 2017年7月【歴史・時代】【肌の露出が多めの挿絵なし】

偽装>恋人・配偶者のふり

「うさみみ少女はオレの嫁!?」間宮夏生著 KADOKAWA(電撃文庫) 2017年11月【現代】【肌の露出が多めの挿絵あり】

ストーリー

「クールな御曹司と愛され政略結婚」西ナナヲ著 スターツ出版(ベリーズ文庫) 2017年9月【現代】【挿絵なし】

「クールな上司とトキメキ新婚!?ライフ」北条歩来著 スターツ出版(ベリーズ文庫) 2017年7月【現代】【挿絵なし】

「クールな伯爵様と箱入り令嬢の麗しき新婚生活」小日向史煌著 スターツ出版(ベリーズ文庫) 2017年10月【異世界・架空の世界】【挿絵なし】

「クール上司の甘すぎ捕獲宣言!」葉崎あかり著 スターツ出版(ベリーズ文庫) 2017年11月【現代】【挿絵なし】

「スイート・ルーム・シェア：御曹司と溺甘同居」和泉あや著 スターツ出版(ベリーズ文庫) 2017年11月【現代】【挿絵なし】

「ニセモノだけど恋だった」齋藤ゆうこ著 宝島社(宝島社文庫) 2017年11月【現代】【挿絵なし】

「ひみつの小説家の偽装結婚：恋の始まりは遺言状!?」仲村つばき著 集英社(コバルト文庫) 2017年10月【現代】【肌の露出が多めの挿絵なし】

「ぼんくら陰陽師の鬼嫁 3」秋田みやび著 KADOKAWA(富士見L文庫) 2017年12月【現代】【挿絵なし】

「ポンコツ王太子と結婚破棄したら、一途な騎士に溺愛されました」灯乃著 スターツ出版(ベリーズ文庫) 2017年8月【異世界・架空の世界】【挿絵なし】

「意地悪同期にさらわれました!」鳴瀬菜々子著 スターツ出版(ベリーズ文庫) 2017年7月【現代】【挿絵なし】

「異世界で魔王の花嫁〈未定〉になりました。」長岡マキ子著 KADOKAWA(ビーズログ文庫) 2017年11月【異世界・架空の世界】【肌の露出が多めの挿絵なし】

「異世界で竜が許嫁です 2」山崎里佳著 KADOKAWA(角川ビーンズ文庫) 2017年12月【異世界・架空の世界】【肌の露出が多めの挿絵なし】

「嘘つき恋人セレナーデ」永瀬さらさ著 KADOKAWA(角川ビーンズ文庫) 2017年7月【異世界・架空の世界】【肌の露出が多めの挿絵なし】

「応えろ生きてる星」竹宮ゆゆこ著 文藝春秋(文春文庫) 2017年11月【現代】【挿絵なし】

「騎士団長は若奥様限定!?溺愛至上主義」小春りん著 スターツ出版(ベリーズ文庫) 2017年11月【異世界・架空の世界】【挿絵なし】

「契約結婚はじめました。：椿屋敷の偽夫婦 2」白川紺子著 集英社(集英社オレンジ文庫) 2017年11月【現代】【挿絵なし】

「後宮刷華伝：ひもとく花嫁は依依恋恋たる謎を梓に鏤む」はるおかりの著 集英社(コバルト文庫) 2017年10月【歴史・時代】【肌の露出が多めの挿絵なし】

「公爵夫妻の幸福な結末」芝原歌織著 講談社(講談社X文庫) 2017年11月【異世界・架空の世界】【肌の露出が多めの挿絵なし】

ストーリー

「砂の城風の姫」中村ふみ著 講談社(講談社X文庫) 2017年7月【異世界・架空の世界】【肌の露出が多めの挿絵なし】

「寺嫁さんのおもてなし：和カフェであやかし癒やします」華藤えれな著 KADOKAWA(富士見L文庫) 2017年9月【現代】【肌の露出が多めの挿絵なし】

「造られしイノチとキレイなセカイ 4」緋月薙著 ホビージャパン(HJ文庫) 2017年9月【異世界・架空の世界】【肌の露出が多めの挿絵あり】

「寵愛婚-華麗なる王太子殿下は今日も新妻への独占欲が隠せない」惣領莉沙著 スターツ出版(ベリーズ文庫) 2017年8月【異世界・架空の世界】【挿絵なし】

「寵妃花伝 傲慢な皇帝陛下は新妻中毒」あさぎ千夜春著 スターツ出版(ベリーズ文庫) 2017年9月【異世界・架空の世界】【挿絵なし】

「朝から晩まで!?国王陛下の甘い束縛命令」真彩著 スターツ出版(ベリーズ文庫) 2017年11月【異世界・架空の世界】【挿絵なし】

「溺愛CEOといきなり新婚生活!?」北条歩来著 スターツ出版(ベリーズ文庫) 2017年12月【現代】【挿絵なし】

「天都宮帝室の然々な事情：二五六番目の皇女、天降りて大きな瓜と小さな恋を育てること」我鳥彩子著 集英社(コバルト文庫) 2017年8月【異世界・架空の世界】【肌の露出が多めの挿絵なし】

「伯爵夫妻の甘い秘めごと：政略結婚ですが、猫かわいがりされてます」坂野真夢著 スターツ出版(ベリーズ文庫) 2017年12月【異世界・架空の世界】【挿絵なし】

「氷竜王と六花の姫 [2]」小野はるか著 KADOKAWA(角川ビーンズ文庫) 2017年12月【異世界・架空の世界】【肌の露出が多めの挿絵なし】

「変装令嬢と家出騎士：縁談が断れなくてツライです。」秋杜フユ著 集英社(コバルト文庫) 2017年9月【現代】【肌の露出が多めの挿絵なし】

「僕の文芸部にビッチがいるなんてありえない。10」赤福大和著 講談社(講談社ラノベ文庫) 2017年9月【現代】【肌の露出が多めの挿絵あり】

「魔術破りのリベンジ・マギア 2」子子子子子子著 ホビージャパン(HJ文庫) 2017年9月【異世界・架空の世界】【肌の露出が多めの挿絵なし/キスシーンの挿絵あり】

「令嬢エリザベスの華麗なる身代わり生活」江本マシメサ著 KADOKAWA(ビーズログ文庫) 2017年9月【異世界・架空の世界】【肌の露出が多めの挿絵なし】

「冷徹なカレは溺甘オオカミ」春川メル著 スターツ出版(ベリーズ文庫) 2017年7月【現代】【挿絵なし】

偽装＞性別

「桜花傾国物語」東芙美子著 講談社(講談社X文庫) 2017年9月【歴史・時代】【肌の露出が多めの挿絵あり】

「桜花傾国物語 [2]」東芙美子著 講談社(講談社X文庫) 2017年12月【歴史・時代】【肌の露出が多めの挿絵なし】

虐待・いじめ

「おやつカフェでひとやすみ [2]」瀬王みかる著 集英社(集英社オレンジ文庫) 2017年10月【現代】【挿絵なし】

「キミは一人じゃないじゃん、と僕の中の一人が言った」比嘉智康著 KADOKAWA(ファミ通文庫) 2017年8月【現代】【肌の露出が多めの挿絵なし】

「ジュンのための6つの小曲」古谷田奈月著 新潮社(新潮文庫) 2017年10月【現代】【挿絵なし】

「ハートの主張」HoneyWorks原案;香坂茉里著 KADOKAWA(角川ビーンズ文庫) 2017年10月【現代】【肌の露出が多めの挿絵なし】

「ローウェル骨董店の事件簿 [3]」椹野道流著 KADOKAWA(角川文庫) 2017年11月【歴史・時代】【挿絵なし】

「異世界で孤児院を開いたけど、なぜか誰一人巣立とうとしない件」初枝れんげ著 TOブックス 2017年9月【現代/異世界・架空の世界】【肌の露出が多めの挿絵あり】

「厭世マニュアル」阿川せんり著 KADOKAWA(角川文庫) 2017年8月【現代】【挿絵なし】

「軍オタが魔法世界に転生したら、現代兵器で軍隊ハーレムを作っちゃいました!? 12」明鏡シスイ著 KADOKAWA(富士見ファンタジア文庫) 2017年12月【異世界・架空の世界】【肌の露出が多めの挿絵あり】

「後宮で、女の戦いはじめました。」汐邑雛著 KADOKAWA(ビーズログ文庫) 2017年9月【異世界・架空の世界】【肌の露出が多めの挿絵なし/キスシーンの挿絵あり】

「私のクラスの生徒が、一晩で24人死にました。」日向奈くらら著 KADOKAWA(角川ホラー文庫) 2017年11月【現代】【挿絵なし】

「時給三〇〇円の死神」藤まる著 双葉社(双葉文庫) 2017年12月【現代】【挿絵なし】

「弱キャラ友崎くん = The Low Tier Character"TOMOZAKI-kun" Lv.5」屋久ユウキ著 小学館(ガガガ文庫) 2017年11月【現代】【肌の露出が多めの挿絵なし】

「少女手帖」紙上ユキ著 集英社(集英社オレンジ文庫) 2017年9月【現代】【肌の露出が多めの挿絵なし】

「妖琦庵夜話 [6]」榎田ユウリ著 KADOKAWA(角川ホラー文庫) 2017年7月【現代】【挿絵なし】

ギャンブル

「すまん、資金ブーストよりチートなスキル持ってる奴おる? 4」えきさいたー著 集英社(ダッシュエックス文庫) 2017年10月【異世界・架空の世界】【肌の露出が多めの挿絵あり】

ストーリー

「レイズ・オン・ファンタジー：ギャンブラーは異世界を謳歌する」河本ほむら著 KADOKAWA
（富士見ファンタジア文庫）2017年12月【異世界・架空の世界】【肌の露出が多めの挿絵あり／
キスシーンの挿絵あり】

「賭博師は祈らない 2」周藤蓮著 KADOKAWA(電撃文庫) 2017年8月【現代】【肌の露出が
多めの挿絵あり】

救出・救助

「RWBY the Session」MontyOumRoosterTeethProductions原作;伊崎喬助著 小学館（ガガガ文
庫）2017年7月【近未来・遠未来】【肌の露出が多めの挿絵あり】

「あやかし双子のお医者さん 4」椎名蓮月著 KADOKAWA(富士見L文庫) 2017年10月【現
代】【挿絵なし】

「いつかのクリスマスの日、きみは時の果てに消えて」瀬尾つかさ著 KADOKAWA(ファミ通文
庫) 2017年11月【現代】【肌の露出が多めの挿絵なし】

「いづれ神話の放課後戦争(ラグナロク) 8」なめこ印著 KADOKAWA(富士見ファンタジア文
庫) 2017年12月【異世界・架空の世界】【肌の露出が多めの挿絵あり】

「キミと僕の最後の戦場、あるいは世界が始まる聖戦 3」細音啓著 KADOKAWA(富士見ファン
タジア文庫) 2017年12月【異世界・架空の世界】【肌の露出が多めの挿絵なし】

「クールな伯爵様と箱入り令嬢の麗しき新婚生活」小日向史煌著 スターツ出版（ベリーズ文庫）
2017年10月【異世界・架空の世界】【挿絵なし】

「くじ引き特賞:無双ハーレム権 6」三木なずな著 SBクリエイティブ(GA文庫) 2017年8月【異
世界・架空の世界】【肌の露出が多めの挿絵あり】

「くじ引き特賞:無双ハーレム権 7 ドラマCD付き限定特装版」三木なずな著 SBクリエイティブ
(GA文庫) 2017年12月【異世界・架空の世界】【肌の露出が多めの挿絵あり】

「クラスが異世界召喚されたなか俺だけ残ったんですが 1」サザンテラス著 双葉社(モンスター
文庫) 2017年10月【現代/異世界・架空の世界】【肌の露出が多めの挿絵なし】

「クラスでバカにされてるオタクなぼくが、気づいたら不良たちから崇拝されててガクブル 2」諏
訪錦著 アルファポリス(アルファポリス文庫) 2017年10月【現代】【肌の露出が多めの挿絵なし】

「グランクレスト戦記 9」水野良著 KADOKAWA(富士見ファンタジア文庫) 2017年10月【異世
界・架空の世界】【肌の露出が多めの挿絵なし】

「くるすの残光 [5]」仁木英之著 祥伝社(祥伝社文庫) 2017年10月【歴史・時代】【挿絵なし】

「ゴールデンコンビ：婚活刑事&シンママ警察通訳人」加藤実秋著 祥伝社(祥伝社文庫)
2017年9月【現代】【挿絵なし】

「この勇者が俺TUEEEくせに慎重すぎる 3」土日月著 KADOKAWA(カドカワBOOKS) 2017年
11月【異世界・架空の世界】【肌の露出が多めの挿絵なし】

「これは経費で落ちません!：経理部の森若さん 3」青木祐子著 集英社(集英社オレンジ文
庫) 2017年10月【現代】【挿絵なし】

ストーリー

「スタイリッシュ武器屋 2」弘松涼著 主婦の友社(ヒーロー文庫) 2017年10月【異世界・架空の世界】【肌の露出が多めの挿絵なし】

「スノウラビット」伊吹契著 星海社(星海社FICTIONS) 2017年10月【歴史・時代】【挿絵なし】

「セブンスブレイブ：チート?NO!もっといいモノさ! 4」乃塚一翔著 アルファポリス(アルファライト文庫) 2017年8月【異世界・架空の世界】【肌の露出が多めの挿絵なし/キスシーンの挿絵あり】

「ダンジョンの魔王は最弱っ!? 7」日曜著 新紀元社(MORNING STAR BOOKS) 2017年8月【異世界・架空の世界】【肌の露出が多めの挿絵なし】

「ニューゲームにチートはいらない! 2」三木なずな著 SBクリエイティブ(GA文庫) 2017年12月【異世界・架空の世界】【肌の露出が多めの挿絵なし】

「ノーブルウィッチーズ 7」島田フミカネ原作;ProjektWorldWitches原作;南房秀久著 KADOKAWA(角川スニーカー文庫) 2017年11月【異世界・架空の世界】【肌の露出が多めの挿絵あり】

「ハンドレッド＝Hundred 14」箕崎准著 SBクリエイティブ(GA文庫) 2017年12月【異世界・架空の世界】【肌の露出が多めの挿絵あり】

「ヘヴィーオブジェクト最も賢明な思考放棄＝HEAVY OBJECT Project Whiz Kid」鎌池和馬著 KADOKAWA(電撃文庫) 2017年9月【異世界・架空の世界/近未来・遠未来】【肌の露出が多めの挿絵あり】

「ほんとうの花を見せにきた」桜庭一樹著 文藝春秋(文春文庫) 2017年11月【現代】【挿絵なし】

「やがて恋するヴィヴィ・レイン＝How Vivi Lane Falls in Love 4」犬村小六著 小学館(ガガガ文庫) 2017年9月【異世界・架空の世界】【肌の露出が多めの挿絵あり】

「やりなおし英雄の教育日誌」涼暮皐著 ホビージャパン(HJ文庫) 2017年9月【異世界・架空の世界】【肌の露出が多めの挿絵なし】

「ライヴ」山田悠介著 幻冬舎(幻冬舎文庫) 2017年7月【現代】【挿絵なし】

「ルーントルーパーズ：自衛隊漂流戦記 4」浜松春日著 アルファポリス(アルファライト文庫) 2017年7月【異世界・架空の世界】【肌の露出が多めの挿絵なし】

「レア・クラスチェンジ!＝Rare Class Change：魔物使いちゃんとレア従魔の異世界ゆる旅 4」黒杉くろん著 TOブックス 2017年7月【異世界・架空の世界】【肌の露出が多めの挿絵なし】

「異世界が嫌いでもエルフの神様になれますか?：Disファンタジー・ディスコード」囲恭之介著 KADOKAWA(電撃文庫) 2017年10月【異世界・架空の世界】【肌の露出が多めの挿絵あり】

「異世界チート魔術師(マジシャン) 6」内田健著 主婦の友社(ヒーロー文庫) 2017年7月【異世界・架空の世界】【肌の露出が多めの挿絵なし】

「異世界でスキルを解体したらチートな嫁が増殖しました：概念交差のストラクチャー 4」千月さかき著 KADOKAWA(カドカワBOOKS) 2017年9月【異世界・架空の世界】【肌の露出が多めの挿絵あり/キスシーンの挿絵あり】

ストーリー

「異世界で竜が許嫁です 2」山崎里佳著 KADOKAWA(角川ビーンズ文庫) 2017年12月【異世界・架空の世界】【肌の露出が多めの挿絵なし】

「異世界拷問姫 5」綾里けいし著 KADOKAWA(MF文庫J) 2017年10月【異世界・架空の世界】【肌の露出が多めの挿絵なし】

「異世界魔法は遅れてる! 8」樋辻臥命著 オーバーラップ(オーバーラップ文庫) 2017年8月【異世界・架空の世界】【肌の露出が多めの挿絵あり】

「雨宿りの星たちへ」小春りん著 スターツ出版(スターツ出版文庫) 2017年10月【現代】【挿絵なし】

「英雄伝説空の軌跡 3」日本ファルコム株式会社原作;はせがわみやび著 フィールドワイ(ファルコムBOOKS) 2017年8月【異世界・架空の世界】【肌の露出が多めの挿絵なし/キスシーンの挿絵あり】

「王都の学園に強制連行された最強のドラゴンライダーは超が付くほど田舎者」八茶橋らっく著 KADOKAWA(カドカワBOOKS) 2017年10月【異世界・架空の世界】【肌の露出が多めの挿絵あり】

「暇人、魔王の姿で異世界へ:時々チートなぶらり旅 5」藍敦著 KADOKAWA(ファミ通文庫) 2017年7月【異世界・架空の世界】【肌の露出が多めの挿絵なし】

「花嫁が囚われる童話(メルヒェン):桜桃の花嫁の契約書」長尾彩子著 集英社(コバルト文庫) 2017年7月【異世界・架空の世界】【肌の露出が多めの挿絵なし/キスシーンの挿絵あり】

「過保護な騎士団長の絶対愛」夢野美紗著 スターツ出版(ベリーズ文庫) 2017年12月【異世界・架空の世界】【挿絵なし】

「怪談彼女 6」永遠月心悟著 集英社(JUMP j BOOKS) 2017年10月【現代】【肌の露出が多めの挿絵あり】

「寄生してレベル上げたんだが、育ちすぎたかもしれない 4」伊垣久大著 KADOKAWA(カドカワBOOKS) 2017年10月【異世界・架空の世界】【肌の露出が多めの挿絵なし】

「偽りの英雄が英雄エルフちゃんを守ります!」秋月煌介著 KADOKAWA(MF文庫J) 2017年8月【異世界・架空の世界】【肌の露出が多めの挿絵なし】

「京の絵草紙屋満天堂空蝉の夢」三好昌子著 宝島社(宝島社文庫) 2017年9月【歴史・時代】【挿絵なし】

「境界線上のホライゾン = Horizon on the Middle of Nowhere 10上」川上稔著 KADOKAWA(電撃文庫) 2017年10月【異世界・架空の世界/歴史・時代】【肌の露出が多めの挿絵なし】

「業焔の大魔導士:まだファイアーボールしか使えない魔法使いだけど異世界最強」鬱沢色素著 講談社(講談社ラノベ文庫) 2017年12月【異世界・架空の世界】【肌の露出が多めの挿絵あり】

「金色の文字使い(ワードマスター):勇者四人に巻き込まれたユニークチート 12」十本スイ著 KADOKAWA(富士見ファンタジア文庫) 2017年12月【現代/異世界・架空の世界】【肌の露出が多めの挿絵なし】

ストーリー

「君が何度死んでも」椎本孝思著 アルファポリス(アルファポリス文庫) 2017年12月【現代】【挿絵なし】

「群青の竜騎士 1」尾野灯著 主婦の友社(ヒーロー文庫) 2017年11月【異世界・架空の世界】【肌の露出が多めの挿絵なし】

「月の都海の果て」中村ふみ著 講談社(講談社X文庫) 2017年11月【異世界・架空の世界】【肌の露出が多めの挿絵なし】

「黒の星眷使い：世界最強の魔法使いの弟子 5」左リュウ著 KADOKAWA(MFブックス) 2017年7月【異世界・架空の世界】【肌の露出が多めの挿絵なし】

「今日からは、愛のひと」朱川湊人著 光文社(光文社文庫) 2017年12月【現代】【挿絵なし】

「婚約破棄の次は偽装婚約。さて、その次は……。3」瑞本千紗著 フロンティアワークス(アリアンローズ) 2017年12月【異世界・架空の世界】【肌の露出が多めの挿絵なし】

「再演世界の英雄大戦(ネクストエンドロール)：神殺しの錬金術師と背徳の聖処女」三原みつき著 KADOKAWA(富士見ファンタジア文庫) 2017年11月【異世界・架空の世界】【肌の露出が多めの挿絵あり】

「最強の種族が人間だった件 4」柑橘ゆすら著 集英社(ダッシュエックス文庫) 2017年7月【異世界・架空の世界】【肌の露出が多めの挿絵あり】

「最弱無敗の神装機竜(バハムート) 13」明月千里著 SBクリエイティブ(GA文庫) 2017年9月【異世界・架空の世界】【肌の露出が多めの挿絵あり】

「最底辺からニューゲーム! 2」藤木わしろ著 ホビージャパン(HJ文庫) 2017年11月【異世界・架空の世界】【肌の露出が多めの挿絵なし】

「殺生伝 3」神永学著 幻冬舎(幻冬舎文庫) 2017年12月【歴史・時代】【肌の露出が多めの挿絵なし】

「算数で読み解く異世界魔法 = Decipher by Arithmetic the Magic of Another World 2」扇屋悠著 TOブックス 2017年9月【異世界・架空の世界】【肌の露出が多めの挿絵なし】

「死を見る僕と、明日死ぬ君の事件録」古宮九時著 KADOKAWA(メディアワークス文庫) 2017年11月【現代】【肌の露出が多めの挿絵なし】

「鹿の王 3」上橋菜穂子著 KADOKAWA(角川文庫) 2017年7月【異世界・架空の世界】【肌の露出が多めの挿絵なし】

「鹿の王 4」上橋菜穂子著 KADOKAWA(角川文庫) 2017年7月【異世界・架空の世界】【肌の露出が多めの挿絵なし】

「七星のスバル = Seven Senses of the Re'Union 6」田尾典丈著 小学館(ガガガ文庫) 2017年9月【異世界・架空の世界】【挿絵なし】

「呪われた伯爵と月愛づる姫君：おとぎ話の魔女」山咲黒著 KADOKAWA(ビーズログ文庫) 2017年12月【異世界・架空の世界】【肌の露出が多めの挿絵なし】

ストーリー

「終末の魔女ですけどお兄ちゃんに二回も恋をするのはおかしいですか?」妹尾尻尾著 集英社(ダッシュエックス文庫) 2017年11月【異世界・架空の世界】【肌の露出が多めの挿絵あり】

「処刑タロット」土橋真二郎著 KADOKAWA(電撃文庫) 2017年11月【現代】【肌の露出が多めの挿絵あり/キスシーンの挿絵あり】

「心中探偵:蜜約または闇夜の解釈」森晶麿著 幻冬舎(幻冬舎文庫) 2017年11月【現代】【肌の露出が多めの挿絵なし】

「真面目系クズくんと、真面目にクズやってるクズちゃん#クズ活」持崎湯葉著 講談社(講談社ラノベ文庫) 2017年9月【現代】【肌の露出が多めの挿絵あり】

「神名ではじめる異世界攻略:屍を越えていこうよ」佐々原史緒著 KADOKAWA(ファミ通文庫) 2017年11月【現代/異世界・架空の世界】【肌の露出が多めの挿絵あり】

「世界が終わる街」似鳥鶏著 河出書房新社(河出文庫) 2017年10月【現代】【挿絵なし】

「世界を救った姫巫女は」六つ花えいこ著 アルファポリス(レジーナ文庫. レジーナブックス) 2017年12月【異世界・架空の世界】【肌の露出が多めの挿絵なし】

「精霊の乙女ルベト[2]」相田美紅著 講談社(講談社X文庫) 2017年9月【異世界・架空の世界】【肌の露出が多めの挿絵なし】

「聖王国の笑わないヒロイン 1」青生恵著 主婦の友社(ヒーロー文庫) 2017年10月【異世界・架空の世界】【肌の露出が多めの挿絵なし】

「絶対城先輩の妖怪学講座 10」峰守ひろかず著 KADOKAWA(メディアワークス文庫) 2017年8月【現代】【肌の露出が多めの挿絵なし】

「繕い屋:月のチーズとお菓子の家」矢崎存美著 講談社(講談社タイガ) 2017年12月【現代/異世界・架空の世界】【挿絵なし】

「槍の勇者のやり直し 1」アネコユサギ著 KADOKAWA(MFブックス) 2017年9月【異世界・架空の世界】【肌の露出が多めの挿絵なし】

「蒼穹のアルトシエル 2」犬魔人著 KADOKAWA(角川スニーカー文庫) 2017年9月【異世界・架空の世界】【肌の露出が多めの挿絵あり/キスシーンの挿絵あり】

「堕天の狗神-SLASHDØG-:ハイスクールD×D Universe 1」石踏一榮著 KADOKAWA(富士見ファンタジア文庫) 2017年11月【異世界・架空の世界】【肌の露出が多めの挿絵あり】

「知識チートVS時間ループ」葛西伸哉著 ホビージャパン(HJ文庫) 2017年12月【異世界・架空の世界】【肌の露出が多めの挿絵あり】

「寵妃花伝 傲慢な皇帝陛下は新妻中毒」あさぎ千夜春著 スターツ出版(ベリーズ文庫) 2017年9月【異世界・架空の世界】【挿絵なし】

「転生吸血鬼さんはお昼寝がしたい = A transmigration vampire would like to take a nap 5」ちょきんぎょ。著 アース・スターエンターテイメント(EARTH STAR NOVEL) 2017年11月【異世界・架空の世界】【肌の露出が多めの挿絵なし】

ストーリー

「転生勇者の成り上がり 2」雨宮和希著 オーバーラップ（オーバーラップ文庫）2017年10月
【異世界・架空の世界】【肌の露出が多めの挿絵なし】

「賭博師は祈らない 2」周藤蓮著 KADOKAWA（電撃文庫）2017年8月【現代】【肌の露出が
多めの挿絵あり】

「白の皇国物語 13」白沢戌亥著 アルファポリス（アルファライト文庫）2017年11月【異世界・架
空の世界】【肌の露出が多めの挿絵なし】

「非凡・平凡・シャボン！3」若桜なお著 フロンティアワークス（アリアンローズ）2017年12月【異
世界・架空の世界】【肌の露出が多めの挿絵なし】

「氷竜王と六花の姫 [2]」小野はるか著 KADOKAWA（角川ビーンズ文庫）2017年12月【異世
界・架空の世界】【肌の露出が多めの挿絵なし】

「文学少年と書を喰う少女」渡辺仙州著 ポプラ社（ポプラ文庫ピュアフル）2017年7月【歴史・
時代】【挿絵なし】

「宝くじで40億当たったんだけど異世界に移住する 7」すずの木くろ著 双葉社（モンスター文
庫）2017年8月【異世界・架空の世界】【肌の露出が多めの挿絵なし】

「魔王になったので、ダンジョン造って人外娘とほのぼのする」流優著 KADOKAWA（カドカワ
BOOKS）2017年11月【異世界・架空の世界】【肌の露出が多めの挿絵あり】

「魔拳のデイドリーマー 1」西和尚著 アルファポリス（アルファライト文庫）2017年8月【異世界・
架空の世界】【肌の露出が多めの挿絵あり】

「魔導の矜持」佐藤さくら著 東京創元社（創元推理文庫）2017年11月【異世界・架空の世界】
【挿絵なし】

「魔法？そんなことより筋肉だ！2」どらねこ著 KADOKAWA（MFブックス）2017年9月【異世界・
架空の世界】【肌の露出が多めの挿絵なし】

「明治あやかし新聞：怠惰な記者の裏稼業 2」さとみ桜著 KADOKAWA（メディアワークス文
庫）2017年9月【現代】【挿絵なし】

「迷宮料理人ナギの冒険 2」ゆうきりん著 KADOKAWA（電撃文庫）2017年8月【異世界・架空
の世界】【肌の露出が多めの挿絵あり】

「幼馴染の山吹さん」道草よもぎ著 KADOKAWA（電撃文庫）2017年10月【現代】【肌の露出
が多めの挿絵あり】

「落第騎士の英雄譚（キャバルリィ）11」海空りく著 SBクリエイティブ（GA文庫）2017年10月【異
世界・架空の世界】【肌の露出が多めの挿絵あり】

「裏世界ピクニック 2」宮澤伊織著 早川書房（ハヤカワ文庫 JA）2017年10月【現代/異世界・
架空の世界】【肌の露出が多めの挿絵なし】

「龍の眠る石：欧州妖異譚 17」篠原美季著 講談社（講談社X文庫）2017年11月【現代】【肌
の露出が多めの挿絵なし】

ストーリー

「輪廻剣聖：持ち手を探して奴隷少女とゆく異世界の旅」多宇部貞人著 集英社（ダッシュエックス文庫）2017年9月【異世界・架空の世界】【肌の露出が多めの挿絵あり】

「霊感少女は箱の中 2」甲田学人著 KADOKAWA（電撃文庫）2017年8月【現代】【肌の露出が多めの挿絵なし】

「六畳間の侵略者!? 26」健速著 ホビージャパン（HJ文庫）2017年7月【現代/異世界・架空の世界】【肌の露出が多めの挿絵なし】

「巫女華伝 [2]」岐川新著 KADOKAWA（角川ビーンズ文庫）2017年7月【歴史・時代】【肌の露出が多めの挿絵なし】

金銭トラブル・貧困

「6番線に春は来る。そして今日、君はいなくなる。」大澤めぐみ著 KADOKAWA（角川スニーカー文庫）2017年11月【現代】【肌の露出が多めの挿絵なし】

「SF飯:宇宙港デルタ3の食料事情」銅大著 早川書房（ハヤカワ文庫 JA）2017年11月【異世界・架空の世界】【肌の露出が多めの挿絵なし】

「あの愚か者にも脚光を!：この素晴らしい世界に祝福を!エクストラ：素晴らしきかな、名脇役」暁なつめ原作;昼熊著 KADOKAWA（角川スニーカー文庫）2017年8月【異世界・架空の世界】【肌の露出が多めの挿絵あり】

「乙女なでしこ恋手帖 [2]」深山くのえ著 小学館（小学館ルルル文庫）2017年11月【歴史・時代】【肌の露出が多めの挿絵なし/キスシーンの挿絵あり】

「京都の甘味処は神様専用です 2」桑野和明著 双葉社（双葉文庫）2017年10月【現代】【挿絵なし】

「宰相閣下とパンダと私 1」黒辺あゆみ著 アルファポリス（レジーナ文庫. レジーナブックス）2017年10月【異世界・架空の世界】【肌の露出が多めの挿絵なし】

「宰相閣下とパンダと私 2」黒辺あゆみ著 アルファポリス（レジーナ文庫. レジーナブックス）2017年11月【異世界・架空の世界】【肌の露出が多めの挿絵なし/キスシーンの挿絵あり】

「探偵が早すぎる 下」井上真偽著 講談社（講談社タイガ）2017年7月【異世界・架空の世界】【挿絵なし】

「男装令嬢とふぞろいの主たち」羽倉せい著 KADOKAWA（角川ビーンズ文庫）2017年11月【異世界・架空の世界】【肌の露出が多めの挿絵なし】

「百年の秘密：欧州妖異譚 16」篠原美季著 講談社（講談社X文庫）2017年9月【現代】【肌の露出が多めの挿絵なし】

「勇者の武器屋経営 2」至道流星著 星海社（星海社FICTIONS）2017年9月【異世界・架空の世界】【肌の露出が多めの挿絵なし】

ストーリー

群像劇

「6番線に春は来る。そして今日、君はいなくなる。」大澤めぐみ著 KADOKAWA(角川スニーカー文庫) 2017年11月【現代】【肌の露出が多めの挿絵なし】

「Just Because!」鴨志田一著 KADOKAWA(メディアワークス文庫) 2017年11月【現代】【肌の露出が多めの挿絵なし】

「クラスでバカにされてるオタクなぼくが、気づいたら不良たちから崇拝されててガクブル 2」諏訪錦著 アルファポリス(アルファポリス文庫) 2017年10月【現代】【肌の露出が多めの挿絵なし】

「グランクレスト戦記 9」水野良著 KADOKAWA(富士見ファンタジア文庫) 2017年10月【異世界・架空の世界】【肌の露出が多めの挿絵なし】

「くるすの残光 [5]」仁木英之著 祥伝社(祥伝社文庫) 2017年10月【歴史・時代】【挿絵なし】

「ストライクフォール = STRIKE FALL 3」長谷敏司著 小学館(ガガガ文庫) 2017年11月【異世界・架空の世界】【肌の露出が多めの挿絵なし】

「テスタメントシュピーゲル 3下」冲方丁著 KADOKAWA(角川スニーカー文庫) 2017年7月【近未来・遠未来】【肌の露出が多めの挿絵なし】

「のど自慢殺人事件」高木敦史著 祥伝社(祥伝社文庫) 2017年10月【現代】【肌の露出が多めの挿絵なし】

「ハイキュー!!ショーセツバン!! 9」古舘春一著;星希代子著 集英社(JUMP j BOOKS) 2017年12月【現代】【肌の露出が多めの挿絵なし】

「やはり俺の青春ラブコメはまちがっている。12」渡航著 小学館(ガガガ文庫) 2017年9月【現代】【肌の露出が多めの挿絵なし】

「異世界食堂 4」犬塚惇平著 主婦の友社(ヒーロー文庫) 2017年7月【現代/異世界・架空の世界】【肌の露出が多めの挿絵なし】

「俺はバイクと放課後に:走り納め川原湯温泉」菅沼拓三著 徳間書店(徳間文庫) 2017年11月【現代】【肌の露出が多めの挿絵なし】

「俺はバイクと放課後に [2]」菅沼拓三著 徳間書店(徳間文庫) 2017年12月【現代】【肌の露出が多めの挿絵なし】

「響け!ユーフォニアム 北宇治高校吹奏楽部、波乱の第二楽章 後編」武田綾乃著 宝島社(宝島社文庫) 2017年10月【現代】【挿絵なし】

「響け!ユーフォニアム 北宇治高校吹奏楽部、波乱の第二楽章 前編」武田綾乃著 宝島社(宝島社文庫) 2017年9月【現代】【挿絵なし】

「幻想風紀委員会:物語のゆがみ、取り締まります。」高里椎奈著 KADOKAWA(ビーズログ文庫アリス) 2017年8月【現代】【肌の露出が多めの挿絵あり】

「最強の司令官は楽をして暮らしたい:安楽椅子隊長イツツジ」あらいりゅうじ著 KADOKAWA(ノベルゼロ) 2017年7月【近未来・遠未来】【肌の露出が多めの挿絵なし】

ストーリー

「殺生伝 3」神永学著 幻冬舎(幻冬舎文庫) 2017年12月【歴史・時代】【肌の露出が多めの挿絵なし】

「死にたがりビバップ : Take The Curry Train!」うさぎやすぽん著 KADOKAWA(角川スニーカー文庫) 2017年8月【異世界・架空の世界】【肌の露出が多めの挿絵なし】

「私、能力は平均値でって言ったよね! : God bless me? 6」FUNA著 アース・スターエンターテイメント(EARTH STAR NOVEL) 2017年10月【異世界・架空の世界】【肌の露出が多めの挿絵あり】

「私の愛しいモーツァルト : 悪妻コンスタンツェの告白」一原みう著 集英社(集英社オレンジ文庫) 2017年11月【歴史・時代】【挿絵なし】

「七星のスバル = Seven Senses of the Re'Union 6」田尾典丈著 小学館(ガガガ文庫) 2017年9月【異世界・架空の世界】【挿絵なし】

「小説おそ松さん = Light novel Osomatsusan タテ松 メタルチャーム6種付き限定版」赤塚不二夫原作;石原宙小説;おそ松さん製作委員会監修 集英社(Jump J books) 2017年11月【現代】【肌の露出が多めの挿絵なし】

「少年Nのいない世界 03」石川宏千花著 講談社(講談社タイガ) 2017年11月【異世界・架空の世界】【挿絵なし】

「織田信奈の野望 : 全国版 19」春日みかげ著 KADOKAWA(富士見ファンタジア文庫) 2017年9月【歴史・時代】【肌の露出が多めの挿絵あり/キスシーンの挿絵あり】

「心中探偵 : 蜜約または闇夜の解釈」森晶麿著 幻冬舎(幻冬舎文庫) 2017年11月【現代】【肌の露出が多めの挿絵なし】

「新約とある魔術の禁書目録(インデックス) 19」鎌池和馬著 KADOKAWA(電撃文庫) 2017年10月【異世界・架空の世界】【肌の露出が多めの挿絵あり】

「聖刻(ワース)-BEYOND-」新田祐助著 朝日新聞出版(朝日文庫) 2017年12月【異世界・架空の世界】【肌の露出が多めの挿絵あり】

「誰でもなれる!ラノベ主人公 = ANYONE CAN BE THE HERO OF LIGHT NOVEL : オマエそれ大阪でも同じこと言えんの?」真代屋秀晃著 KADOKAWA(電撃文庫) 2017年10月【現代】【肌の露出が多めの挿絵なし】

「天と地と姫と 5」春日みかげ著 KADOKAWA(富士見ファンタジア文庫) 2017年10月【歴史・時代】【肌の露出が多めの挿絵なし】

「天明の月 2」前田珠子著 集英社(コバルト文庫) 2017年9月【異世界・架空の世界】【肌の露出が多めの挿絵なし】

「博多豚骨ラーメンズ 7」木崎ちあき著 KADOKAWA(メディアワークス文庫) 2017年7月【現代】【肌の露出が多めの挿絵なし】

「博多豚骨ラーメンズ 8」木崎ちあき著 KADOKAWA(メディアワークス文庫) 2017年12月【現代】【肌の露出が多めの挿絵なし】

ストーリー

「風ケ丘五十円玉祭りの謎」青崎有吾著 東京創元社(創元推理文庫) 2017年7月【現代】【肌の露出が多めの挿絵なし】

「妹さえいればいい。8」平坂読著 小学館(ガガガ文庫) 2017年9月【現代】【肌の露出が多めの挿絵あり】

「明日から本気出す人たち」中村一著 KADOKAWA(メディアワークス文庫) 2017年7月【現代】【肌の露出が多めの挿絵なし】

「友食い教室 = THE FRIENDS-EATER CLASSROOM」柑橘ゆすら小説 集英社(JUMP j BOOKS) 2017年12月【現代】【肌の露出が多めの挿絵なし】

「龍の眠る石：欧州妖異譚 17」篠原美季著 講談社(講談社X文庫) 2017年11月【現代】【肌の露出が多めの挿絵なし】

「霊感少女は箱の中 2」甲田学人著 KADOKAWA(電撃文庫) 2017年8月【現代】【肌の露出が多めの挿絵なし】

契約

「タイガの森の狩り暮らし = Hunting Life In Taiga Forests：契約夫婦の東欧ごはん」江本マシメサ著 主婦と生活社(PASH!ブックス) 2017年12月【異世界・架空の世界】【肌の露出が多めの挿絵なし】

「鬼姫と流れる星々」小松エメル著 ポプラ社(ポプラ文庫ピュアフル) 2017年11月【歴史・時代】【肌の露出が多めの挿絵なし】

「契約結婚はじめました。：椿屋敷の偽夫婦 2」白川紺子著 集英社(集英社オレンジ文庫) 2017年11月【現代】【挿絵なし】

ゲーム・アニメ

「〈Infinite Dendrogram〉-インフィニット・デンドログラム- 4」海道左近著 ホビージャパン(HJ文庫) 2017年7月【現代/異世界・架空の世界】【肌の露出が多めの挿絵なし】

「29歳独身は異世界で自由に生きた……かった。= The 29 years old single in another dimension wished a life of liberty…… 8」リュート著 KADOKAWA(カドカワBOOKS) 2017年11月【異世界・架空の世界】【肌の露出が多めの挿絵あり】

「Eクラス冒険者は果てなき騎士の夢を見る：先生、ステータス画面が読めないんだけど」夏柘楽緒著 KADOKAWA(ファミ通文庫) 2017年10月【異世界・架空の世界】【肌の露出が多めの挿絵なし】

「GMが異世界にログインしました。04」暁月著 マイクロマガジン社(GC NOVELS) 2017年11月【異世界・架空の世界】【肌の露出が多めの挿絵あり/キスシーンの挿絵あり/性描写の挿絵あり】

「Only Sense Online 13」アロハ座長著 KADOKAWA(富士見ファンタジア文庫) 2017年9月【異世界・架空の世界】【肌の露出が多めの挿絵なし】

ストーリー

「Re:ビルド!!：生産チート持ちだけど、まったり異世界生活を満喫します」シンギョウガク著 ツギクル（ツギクルブックス）2017年12月【異世界・架空の世界】【肌の露出が多めの挿絵あり】

「VRMMOの支援職人トッププレイヤーの仕掛人」二階堂風都著 宝島社 2017年12月【異世界・架空の世界】【肌の露出が多めの挿絵なし】

「アビス・コーリング：元廃課金ゲーマーが最低最悪のソシャゲ異世界に召喚されたら」槻影著 KADOKAWA（ファミ通文庫）2017年12月【現代/異世界・架空の世界】【肌の露出が多めの挿絵なし】

「お前みたいなヒロインがいてたまるか! 4」白猫著 フロンティアワークス（アリアンローズ）2017年11月【異世界・架空の世界】【肌の露出が多めの挿絵なし】

「ガチャを回して仲間を増やす最強の美少女軍団を作り上げろ = You increase families and make beautiful girl army corps,and put it up 3」ちんくるり著 マイクロマガジン社（GC NOVELS）2017年10月【異世界・架空の世界】【肌の露出が多めの挿絵あり】

「キラプリおじさんと幼女先輩 2」岩沢藍著 KADOKAWA（電撃文庫）2017年8月【現代】【肌の露出が多めの挿絵なし】

「クラウは食べることにした」藤井論理著 KADOKAWA（角川スニーカー文庫）2017年8月【現代/異世界・架空の世界】【肌の露出が多めの挿絵あり】

「クラスのギャルとゲーム実況 part.2」琴平稜著 KADOKAWA（富士見ファンタジア文庫）2017年8月【現代】【肌の露出が多めの挿絵あり】

「クロス・コネクト：あるいは垂水タ凪の入れ替わり完全ゲーム攻略」久追遥希著 KADOKAWA（MF文庫J）2017年12月【現代】【肌の露出が多めの挿絵なし】

「ゲーマーズ!DLC」葵せきな著 KADOKAWA（富士見ファンタジア文庫）2017年9月【現代】【肌の露出が多めの挿絵なし】

「ゲーム・プレイング・ロール ver.2」木村心一著 KADOKAWA（角川スニーカー文庫）2017年10月【異世界・架空の世界】【肌の露出が多めの挿絵あり】

「ジェノサイド・リアリティー：異世界迷宮を最強チートで勝ち抜く」風来山著 SBクリエイティブ（GA文庫）2017年7月【異世界・架空の世界】【肌の露出が多めの挿絵あり】

「セーブ&ロードのできる宿屋さん：カンスト転生者が宿屋で新人育成を始めたようです 4」稲荷竜著 集英社（ダッシュエックス文庫）2017年8月【異世界・架空の世界】【肌の露出が多めの挿絵なし】

「ソードアート・オンライン 20」川原礫著 KADOKAWA（電撃文庫）2017年9月【異世界・架空の世界】【肌の露出が多めの挿絵なし】

「チート魔術で運命をねじ伏せる 5」月夜涙著 双葉社（モンスター文庫）2017年8月【異世界・架空の世界】【肌の露出が多めの挿絵あり/キスシーンの挿絵あり】

「チート魔術で運命をねじ伏せる 6」月夜涙著 双葉社（モンスター文庫）2017年12月【異世界・架空の世界】【肌の露出が多めの挿絵あり/キスシーンの挿絵あり】

ストーリー

「ちょっとゲームで学園の覇権とってくる」うれま庄司著 KADOKAWA（富士見ファンタジア文庫）2017年8月【現代】【肌の露出が多めの挿絵あり】

「デーモンルーラー：定時に帰りたい男のやりすぎレベリング」一江左かさね著 KADOKAWA（カドカワBOOKS）2017年8月【現代/異世界・架空の世界】【肌の露出が多めの挿絵なし】

「デスゲームから始めるMMOスローライフ 3」草薙アキ著 KADOKAWA（富士見ファンタジア文庫）2017年8月【異世界・架空の世界】【肌の露出が多めの挿絵あり】

「ドロップ!!：香りの令嬢物語 4」紫水ゆきこ著 フロンティアワークス（アリアンローズ）2017年9月【異世界・架空の世界】【肌の露出が多めの挿絵なし】

「ネクストライフ 12」相野仁著 主婦の友社（ヒーロー文庫）2017年9月【異世界・架空の世界】【肌の露出が多めの挿絵あり】

「ネクストライフ 13」相野仁著 主婦の友社（ヒーロー文庫）2017年12月【異世界・架空の世界】【肌の露出が多めの挿絵あり】

「ネトゲの嫁は女の子じゃないと思った? Lv.15」聴猫芝居著 KADOKAWA（電撃文庫）2017年10月【現代】【肌の露出が多めの挿絵あり/キスシーンの挿絵あり】

「プリースト!プリースト!!」清松みゆき著;グループSNE著 KADOKAWA（富士見DRAGON BOOK）2017年7月【異世界・架空の世界】【肌の露出が多めの挿絵なし】

「悪役令嬢なのでラスボスを飼ってみました」永瀬さらさ著 KADOKAWA（角川ビーンズ文庫）2017年9月【異世界・架空の世界】【肌の露出が多めの挿絵なし】

「悪役令嬢の取り巻きやめようと思います 3」星窓ぽんきち著 フロンティアワークス（アリアンローズ）2017年11月【異世界・架空の世界】【肌の露出が多めの挿絵なし】

「悪役令嬢は隣国の王太子に溺愛される 4」ぷにちゃん著 KADOKAWA（ビーズログ文庫）2017年10月【異世界・架空の世界】【肌の露出が多めの挿絵なし】

「暗殺拳はチートに含まれますか?：彼女と目指す最強ゲーマー」渡葉たびびと著 KADOKAWA（富士見ファンタジア文庫）2017年12月【現代/異世界・架空の世界】【肌の露出が多めの挿絵なし】

「委員長は××がお好き」穂兎ここあ著 KADOKAWA（ビーズログ文庫アリス）2017年9月【現代】【肌の露出が多めの挿絵なし】

「異世界が嫌いでもエルフの神様になれますか?：Disファンタジー・ディスコード」囲恭之介著 KADOKAWA（電撃文庫）2017年10月【異世界・架空の世界】【肌の露出が多めの挿絵あり】

「外資系秘書ノブコのオタク帝国の逆襲」泉ハナ著 祥伝社（祥伝社文庫）2017年11月【現代】【肌の露出が多めの挿絵なし】

「起きたら20年後なんですけど!：悪役令嬢のその後のその後 1」遠野九重著 フロンティアワークス（アリアンローズ）2017年12月【異世界・架空の世界】【肌の露出が多めの挿絵なし】

「隅でいいです。構わないでくださいよ。3」まこ著 フロンティアワークス（アリアンローズ）2017年9月【異世界・架空の世界】【肌の露出が多めの挿絵なし】

ストーリー

「剣と魔法と裁判所＝SWORD AND MAGIC AND COURTHOUSE 2」蘇之一行著 KADOKAWA(電撃文庫) 2017年11月【現代】【肌の露出が多めの挿絵なし】

「賢者の剣 5」陽山純樹著 主婦の友社(ヒーロー文庫) 2017年11月【異世界・架空の世界】【肌の露出が多めの挿絵なし】

「最新のゲームは凄すぎるだろ 6」浮世草子著 主婦の友社(ヒーロー文庫) 2017年10月【現代/異世界・架空の世界】【肌の露出が多めの挿絵あり】

「冴えない彼女(ヒロイン)の育てかた 13」丸戸史明著 KADOKAWA(富士見ファンタジア文庫) 2017年10月【現代】【肌の露出が多めの挿絵なし】

「私は敵になりません! 6」佐槻奏多著 主婦と生活社(PASH!ブックス) 2017年9月【異世界・架空の世界】【肌の露出が多めの挿絵なし】

「自重しない元勇者の強くて楽しいニューゲーム 3」新木伸著 集英社(ダッシュエックス文庫) 2017年7月【異世界・架空の世界】【肌の露出が多めの挿絵あり】

「自重しない元勇者の強くて楽しいニューゲーム 4」新木伸著 集英社(ダッシュエックス文庫) 2017年12月【異世界・架空の世界】【肌の露出が多めの挿絵あり】

「自称Fランクのお兄さまがゲームで評価される学園の頂点に君臨するそうですよ? 2」三河ごーすと著 KADOKAWA(MF文庫J) 2017年8月【異世界・架空の世界】【肌の露出が多めの挿絵あり】

「渋谷のロリはだいたいトモダチ 1」あまさきみりと著 KADOKAWA(角川スニーカー文庫) 2017年12月【近未来・遠未来】【肌の露出が多めの挿絵あり】

「女騎士これくしょん:ガチャで出た女騎士と同居することになった。」三門鉄狼著 講談社(講談社ラノベ文庫) 2017年9月【現代/異世界・架空の世界】【肌の露出が多めの挿絵あり】

「神ならざる者に捧ぐ鎮魂歌」北沢慶著;グループSNE著 KADOKAWA(富士見DRAGON BOOK) 2017年8月【異世界・架空の世界】【肌の露出が多めの挿絵なし】

「聖王国の笑わないヒロイン 1」青生恵著 主婦の友社(ヒーロー文庫) 2017年10月【異世界・架空の世界】【肌の露出が多めの挿絵なし】

「中古でも恋がしたい! 11」田尾典丈著 SBクリエイティブ(GA文庫) 2017年12月【現代】【肌の露出が多めの挿絵なし】

「通常攻撃が全体攻撃で二回攻撃のお母さんは好きですか? 3」井中だちま著 KADOKAWA(富士見ファンタジア文庫) 2017年8月【異世界・架空の世界】【肌の露出が多めの挿絵あり】

「導かれし田舎者たち」河端ジュン一著;グループSNE著 KADOKAWA(富士見DRAGON BOOK) 2017年8月【異世界・架空の世界】【肌の露出が多めの挿絵なし】

「導かれし田舎者たち 2」河端ジュン一著;グループSNE著 KADOKAWA(富士見DRAGON BOOK) 2017年12月【異世界・架空の世界】【肌の露出が多めの挿絵なし】

「豚公爵に転生したから、今度は君に好きと言いたい 3」合田拍子著 KADOKAWA(富士見ファンタジア文庫) 2017年8月【異世界・架空の世界】【肌の露出が多めの挿絵あり】

ストーリー

「豚公爵に転生したから、今度は君に好きと言いたい 4」合田拍子著 KADOKAWA（富士見ファンタジア文庫）2017年12月【異世界・架空の世界】【肌の露出が多めの挿絵あり】

「非オタの彼女が俺の持ってるエロゲに興味津々なんだが…… 6」滝沢慧著 KADOKAWA（富士見ファンタジア文庫）2017年9月【現代】【肌の露出が多めの挿絵あり】

「美人上司とダンジョンに潜るのは残業ですか?」七菜なな著 KADOKAWA（ノベルゼロ）2017年9月【現代/異世界・架空の世界】【肌の露出が多めの挿絵なし】

「美人上司とダンジョンに潜るのは残業ですか? 2」七菜なな著 KADOKAWA（ノベルゼロ）2017年12月【現代/異世界・架空の世界】【肌の露出が多めの挿絵あり】

「僕がモンスターになった日」れるりり原案;時田とおる著 KADOKAWA（角川ビーンズ文庫）2017年10月【現代】【肌の露出が多めの挿絵なし】

「没落予定なので、鍛冶職人を目指す 5」CK著 KADOKAWA（カドカワBOOKS）2017年8月【異世界・架空の世界】【肌の露出が多めの挿絵なし】

「没落予定なので、鍛冶職人を目指す 6」CK著 KADOKAWA（カドカワBOOKS）2017年12月【異世界・架空の世界】【肌の露出が多めの挿絵なし】

「魔王様、リトライ! 1」神埼黒音著 双葉社（モンスター文庫）2017年7月【現代/異世界・架空の世界】【肌の露出が多めの挿絵なし】

「魔王様、リトライ! 2」神埼黒音著 双葉社（モンスター文庫）2017年11月【異世界・架空の世界】【肌の露出が多めの挿絵なし】

「野生のラスボスが現れた! = wild final boss appeared! 5」炎頭著 アース・スターエンターテイメント（EARTH STAR NOVEL）2017年9月【異世界・架空の世界】【肌の露出が多めの挿絵なし】

「野生のラスボスが現れた! = wild final boss appeared! 6」炎頭著 アース・スターエンターテイメント（EARTH STAR NOVEL）2017年12月【異世界・架空の世界】【肌の露出が多めの挿絵なし】

「友食い教室 = THE FRIENDS-EATER CLASSROOM」柑橘ゆすら小説 集英社（JUMP j BOOKS）2017年12月【現代】【肌の露出が多めの挿絵なし】

ゲーム・アニメ＞MMORPG

「あらゆる手段を尽くしてトッププレイヤーになりたい、他人のカネで。そうだ、盗賊しよう。1」三毛乱二郎著 KADOKAWA（MFブックス）2017年8月【現代/異世界・架空の世界】【肌の露出が多めの挿絵なし】

「あらゆる手段を尽くしてトッププレイヤーになりたい、他人のカネで。そうだ、盗賊しよう。2」三毛乱二郎著 KADOKAWA（MFブックス）2017年11月【現代/異世界・架空の世界】【肌の露出が多めの挿絵なし】

「ジェネシスオンライン：異世界で廃レベリング 3」ガチャ空著 KADOKAWA（MFブックス）2017年8月【異世界・架空の世界】【肌の露出が多めの挿絵なし】

ストーリー

「デスゲームから始めるMMOスローライフ 4」草薙アキ著 KADOKAWA(富士見ファンタジア文庫) 2017年11月【異世界・架空の世界】【肌の露出が多めの挿絵あり】

「デスマーチからはじまる異世界狂想曲 = Death Marching to the Parallel World Rhapsody 12」愛七ひろ著 KADOKAWA(カドカワBOOKS) 2017年12月【異世界・架空の世界】【肌の露出が多めの挿絵なし】

「ニートの少女〈17〉に時給650円でレベル上げさせているオンライン」瀬尾つかさ著 KADOKAWA(角川スニーカー文庫) 2017年12月【現代】【肌の露出が多めの挿絵あり】

「生産職を極め過ぎたら伝説の武器が俺の嫁になりました」あまうい白一著 KADOKAWA(ファミ通文庫) 2017年12月【現代/異世界・架空の世界】【肌の露出が多めの挿絵あり】

「明かせぬ正体：乞食に堕とされた最強の糸使い 2」ポルカ著 一二三書房(Saga Forest) 2017年7月【異世界・架空の世界】【肌の露出が多めの挿絵なし】

ゲーム・アニメ＞カードゲーム

「アイテムチートな奴隷ハーレム建国記 5」猫又ぬこ著 ホビージャパン(HJ文庫) 2017年8月【異世界・架空の世界】【肌の露出が多めの挿絵あり】

「キラプリおじさんと幼女先輩 3」岩沢藍著 KADOKAWA(電撃文庫) 2017年12月【現代】【肌の露出が多めの挿絵なし】

検視

「ローウェル骨董店の事件簿 [3]」椹野道流著 KADOKAWA(角川文庫) 2017年11月【歴史・時代】【挿絵なし】

恋人・配偶者作り・縁結び

「AIに負けた夏」土橋真二郎著 KADOKAWA(メディアワークス文庫) 2017年7月【現代】【肌の露出が多めの挿絵なし】

「Bの戦場 3」ゆきた志旗著 集英社(集英社オレンジ文庫) 2017年12月【現代】【肌の露出が多めの挿絵なし】

「あまのじゃくな氷室さん：好感度100%から始める毒舌女子の落としかた」広ノ祥人著 KADOKAWA(MF文庫J) 2017年12月【現代】【肌の露出が多めの挿絵なし】

「イジワル副社長の溺愛にタジタジです」佐倉伊織著 スターツ出版(ベリーズ文庫) 2017年7月【現代】【挿絵なし】

「からくりピエロ」40mP著 KADOKAWA(角川ビーンズ文庫) 2017年9月【現代】【挿絵なし】

「だれがエルフのお嫁さま? = Who is wife of the elf? 2」上月司著 KADOKAWA(電撃文庫) 2017年9月【異世界・架空の世界】【肌の露出が多めの挿絵あり】

「デート・ア・ライブアンコール 7」橘公司著 KADOKAWA(富士見ファンタジア文庫) 2017年12月【現代】【肌の露出が多めの挿絵あり】

ストーリー

「にわか令嬢は王太子殿下の雇われ婚約者」香月航著 一迅社（一迅社文庫アイリス）2017年7月【異世界・架空の世界】【肌の露出が多めの挿絵なし/キスシーンの挿絵あり】

「悪役令嬢なのでラスボスを飼ってみました」永瀬さらさ著 KADOKAWA（角川ビーンズ文庫）2017年9月【異世界・架空の世界】【肌の露出が多めの挿絵なし】

「異世界取り違え王妃」小田マキ著 アルファポリス（レジーナ文庫．レジーナブックス）2017年8月【異世界・架空の世界】【肌の露出が多めの挿絵あり】

「引きこもりだった男の異世界アサシン生活 = HIKIKOMORI'S LIFE AS ASSASSIN IN ANOTHER DIMENSION 2」服部正蔵著 TOブックス 2017年11月【異世界・架空の世界】【肌の露出が多めの挿絵なし】

「俺を好きなのはお前だけかよ 6」駱駝著 KADOKAWA（電撃文庫）2017年8月【現代】【肌の露出が多めの挿絵あり】

「君との恋は、画面の中で」半透めい著 オーバーラップ（オーバーラップ文庫）2017年9月【現代】【肌の露出が多めの挿絵なし】

「幻想砦のおしかけ魔女：すべては愛しの騎士と結婚するため!」かいとーこ著 一迅社（一迅社文庫アイリス）2017年12月【異世界・架空の世界】【肌の露出が多めの挿絵なし/キスシーンの挿絵あり】

「後宮香妃物語［2］」伊藤たつき著 KADOKAWA（角川ビーンズ文庫）2017年9月【異世界・架空の世界】【肌の露出が多めの挿絵なし】

「婚約破棄の次は偽装婚約。さて、その次は……。2」瑞本千紗著 フロンティアワークス（アリアンローズ）2017年8月【異世界・架空の世界】【肌の露出が多めの挿絵なし】

「婚約破棄の次は偽装婚約。さて、その次は……。3」瑞本千紗著 フロンティアワークス（アリアンローズ）2017年12月【異世界・架空の世界】【肌の露出が多めの挿絵なし】

「妻を殺してもバレない確率」桜川ヒロ著 宝島社（宝島社文庫）2017年10月【近未来・遠未来】【挿絵なし】

「冴えない彼女(ヒロイン)の育てかた 13」丸戸史明著 KADOKAWA（富士見ファンタジア文庫）2017年10月【現代】【肌の露出が多めの挿絵なし】

「思い出の品、売ります買います九十九古物商店」皆藤黒助著 KADOKAWA（角川文庫）2017年7月【現代】【挿絵なし】

「死神令嬢と死にたがりの魔法使い」七海ちよ著 KADOKAWA（ビーズログ文庫）2017年11月【異世界・架空の世界】【肌の露出が多めの挿絵なし】

「私はご都合主義な解決担当の王女である」まめちょろ著 KADOKAWA（ビーズログ文庫）2017年10月【異世界・架空の世界】【肌の露出が多めの挿絵なし】

「侍女に求婚はご法度です!」内野月化著 アルファポリス（レジーナ文庫．レジーナブックス）2017年7月【異世界・架空の世界】【肌の露出が多めの挿絵なし】

ストーリー

「獣人隊長の〈仮〉婚約事情：突然ですが、狼隊長の仮婚約者になりました」百門一新著 一迅社（一迅社文庫アイリス）2017年11月【異世界・架空の世界】【肌の露出が多めの挿絵あり/キスシーンの挿絵あり】

「重装令嬢モアネット[2]」さき著 KADOKAWA（角川ビーンズ文庫）2017年8月【異世界・架空の世界】【肌の露出が多めの挿絵なし】

「女王陛下と呼ばないで」柏てん著 KADOKAWA（角川ビーンズ文庫）2017年9月【現代】【肌の露出が多めの挿絵なし】

「絶対彼女作らせるガール!」まほろ勇太著 KADOKAWA（MF文庫J）2017年11月【現代】【肌の露出が多めの挿絵なし】

「造られしイノチとキレイなセカイ 4」緋月薙著 ホビージャパン（HJ文庫）2017年9月【異世界・架空の世界】【肌の露出が多めの挿絵あり】

「第三王子は発光ブツにつき、直視注意!」山田桐子著 一迅社（一迅社文庫アイリス）2017年9月【異世界・架空の世界】【肌の露出が多めの挿絵なし/キスシーンの挿絵あり】

「誰かこの状況を説明してください! 8」徒然花著 フロンティアワークス（アリアンローズ）2017年10月【異世界・架空の世界】【肌の露出が多めの挿絵なし】

「二年半待て」新津きよみ著 徳間書店（徳間文庫）2017年8月【現代】【挿絵なし】

「農業男子とマドモアゼル：イチゴと恋の実らせ方」甘沢林檎著 KADOKAWA（富士見L文庫）2017年10月【現代】【肌の露出が多めの挿絵なし】

「魔王は服の着方がわからない」長岡マキ子著;MB企画協力・監修 KADOKAWA（富士見ファンタジア文庫）2017年10月【現代】【肌の露出が多めの挿絵あり】

「木津音紅葉はあきらめない」梨沙著 集英社（集英社オレンジ文庫）2017年10月【現代】【肌の露出が多めの挿絵なし】

「妖怪のご縁結びます。お見合い寺天泣堂」梅谷百著 KADOKAWA（メディアワークス文庫）2017年10月【現代】【肌の露出が多めの挿絵なし】

「狼領主のお嬢様 = Princess of The wolf lord 2」守野伊音著 KADOKAWA（カドカワBOOKS）2017年11月【異世界・架空の世界】【肌の露出が多めの挿絵なし/キスシーンの挿絵】

「凰姫演義：救国はお見合いから!?」中臣悠月著 KADOKAWA（角川ビーンズ文庫）2017年12月【異世界・架空の世界】【肌の露出が多めの挿絵なし】

拷問・処刑・殺人

「100回泣いても変わらないので恋することにした。」堀川アサコ著 新潮社（新潮文庫）2017年7月【現代】【挿絵なし】

「GSOグローイング・スキル・オンライン」tera著 ツギクル（ツギクルブックス）2017年8月【異世界・架空の世界】【肌の露出が多めの挿絵なし】

「LOOP THE LOOP飽食の館 上」Kate著 双葉社（双葉文庫）2017年12月【現代】【肌の露出が多めの挿絵なし】

ストーリー

「アルバトロスは羽ばたかない」七河迦南著 東京創元社(創元推理文庫) 2017年11月【現代】
【挿絵なし】

「きみのために青く光る」似鳥鶏著 KADOKAWA(角川文庫) 2017年7月【現代】【挿絵なし】

「クトゥルーの呼び声 = [The Call of Cthulhu Others]」H・P・ラヴクラフト著;森瀬繚訳 星海社
(星海社FICTIONS) 2017年11月【異世界・架空の世界】【挿絵なし】

「ゴールデンコンビ : 婚活刑事&シンママ警察通訳人」加藤実秋著 祥伝社(祥伝社文庫)
2017年9月【現代】【挿絵なし】

「サイメシスの迷宮 : 完璧な死体」アイダサキ著 講談社(講談社タイガ) 2017年9月【現代】【挿
絵なし】

「さよなら神様」麻耶雄嵩著 文藝春秋(文春文庫) 2017年7月【現代】【挿絵なし】

「ジョジョの奇妙な冒険ダイヤモンドは砕けない第一章 : 映画ノベライズ」荒木飛呂彦原作;江
良至脚本;浜崎達也小説 集英社(JUMP j BOOKS) 2017年7月【現代】【肌の露出が多めの挿
絵なし】

「スノウラビット」伊吹契著 星海社(星海社FICTIONS) 2017年10月【歴史・時代】【挿絵なし】

「ゼロの日に叫ぶ」似鳥鶏著 河出書房新社(河出文庫) 2017年9月【現代/歴史・時代】【肌の
露出が多めの挿絵なし】

「ダブル・フォールト」真保裕一著 集英社(集英社文庫) 2017年10月【現代】【挿絵なし】

「たぶん、出会わなければよかった嘘つきな君に」栗俣力也原案;佐藤青南著 祥伝社(祥伝社
文庫) 2017年12月【現代】【挿絵なし】

「デッドマンズショウ」柴田勝家著 講談社(講談社タイガ) 2017年7月【現代】【挿絵なし】

「トリック・トリップ・バケーション = Trick Trip Vacation : 虹の館の殺人パーティー」中村あき著
星海社(星海社FICTIONS) 2017年11月【現代】【肌の露出が多めの挿絵なし】

「のど自慢殺人事件」高木敦史著 祥伝社(祥伝社文庫) 2017年10月【現代】【肌の露出が多
めの挿絵なし】

「ビューティフル・ソウル : 終わる世界に響く唄」坂上秋成著 講談社(講談社ラノベ文庫) 2017
年8月【近未来・遠未来】【肌の露出が多めの挿絵なし】

「ユリシーズ0 : ジャンヌ・ダルクと姫騎士団長殺し」春日みかげ著 集英社(ダッシュエックス文
庫) 2017年10月【歴史・時代】【肌の露出が多めの挿絵なし】

「ラスト・ロスト・ジュブナイル = Last Lost Juvenile : 交錯のパラレルワールド」中村あき著 星海
社(星海社FICTIONS) 2017年12月【現代】【肌の露出が多めの挿絵なし】

「ワースト・インプレッション : 刑事・理恩と拾得の事件簿」滝田務雄著 双葉社(双葉文庫)
2017年12月【現代】【挿絵なし】

「伊達エルフ政宗 4」森田季節著 SBクリエイティブ(GA文庫) 2017年8月【異世界・架空の世
界/歴史・時代】【肌の露出が多めの挿絵なし】

ストーリー

「異世界拷問姫 5」綾里けいし著 KADOKAWA(MF文庫J) 2017年10月【異世界・架空の世界】【肌の露出が多めの挿絵なし】

「宇宙探偵ノーグレイ」田中啓文著 河出書房新社(河出文庫) 2017年11月【異世界・架空の世界】【挿絵なし】

「化石少女」麻耶雄嵩著 徳間書店(徳間文庫) 2017年11月【現代】【挿絵なし】

「奇妙な遺産：村主准教授のミステリアスな講座」大村友貴美著 光文社(光文社文庫) 2017年9月【現代】【挿絵なし】

「機巧銃と魔導書(グリモワール)」かずきふみ著 SBクリエイティブ(GA文庫) 2017年12月【異世界・架空の世界】【肌の露出が多めの挿絵なし】

「吸血鬼の誕生祝」赤川次郎著 集英社(集英社オレンジ文庫) 2017年7月【現代】【挿絵なし】

「京の絵草紙屋満天堂空蝉の夢」三好昌子著 宝島社(宝島社文庫) 2017年9月【歴史・時代】【挿絵なし】

「最強をこじらせたレベルカンスト剣聖女ベアトリーチェの弱点：その名は『ぶーぶー』5」鎌池和馬著 KADOKAWA(電撃文庫) 2017年8月【異世界・架空の世界】【肌の露出が多めの挿絵あり】

「殺人鬼探偵の捏造美学」御影瑛路著 講談社(講談社タイガ) 2017年11月【現代】【挿絵なし】

「使用人探偵シズカ：横濱異人館殺人事件」月原渉著 新潮社(新潮文庫) 2017年10月【歴史・時代】【挿絵なし】

「死にかけ探偵と殺せない殺し屋」真坂マサル著 KADOKAWA(メディアワークス文庫) 2017年11月【現代】【肌の露出が多めの挿絵なし】

「死神と善悪の輪舞曲(ロンド)」横田アサヒ著 三交社(スカイハイ文庫) 2017年12月【現代】【挿絵なし】

「私のクラスの生徒が、一晩で24人死にました。」日向奈くらら著 KADOKAWA(角川ホラー文庫) 2017年11月【現代】【挿絵なし】

「紫鳳伝：王殺しの刀」藤野恵美著 徳間書店(徳間文庫) 2017年12月【異世界・架空の世界】【挿絵なし】

「世界の終わりに問う賛歌」白樺みひゃえる著 小学館(ガガガ文庫) 2017年7月【異世界・架空の世界】【肌の露出が多めの挿絵なし】

「葬送学者R.I.P.」吉川英梨著 河出書房新社(河出文庫) 2017年11月【現代】【挿絵なし】

「大江戸科学捜査八丁堀のおゆう[4]」山本巧次著 宝島社(宝島社文庫) 2017年10月【現代/歴史・時代】【肌の露出が多めの挿絵なし】

「謎の館へようこそ：新本格30周年記念アンソロジー 黒」はやみねかおる著;恩田陸著;高田崇史著;綾崎隼著;白井智之著;井上真偽著;文芸第三出版部編 講談社(講談社タイガ) 2017年10月【現代】【挿絵なし】

ストーリー

「謎の館へようこそ：新本格30周年記念アンソロジー 白」東川篤哉著;一肇著;古野まほろ著;青崎有吾著;周木律著;澤村伊智著;文芸第三出版部編 講談社(講談社タイガ) 2017年9月【現代】【挿絵なし】

「二度目の勇者は復讐の道を嗤い歩む 4」木塚ネロ著 KADOKAWA(MFブックス) 2017年10月【異世界・架空の世界】【肌の露出が多めの挿絵なし】

「博多豚骨ラーメンズ 7」木崎ちあき著 KADOKAWA(メディアワークス文庫) 2017年7月【現代】【肌の露出が多めの挿絵なし】

「博多豚骨ラーメンズ 8」木崎ちあき著 KADOKAWA(メディアワークス文庫) 2017年12月【現代】【肌の露出が多めの挿絵なし】

「彼女はもどらない」降田天著 宝島社(宝島社文庫) 2017年7月【現代】【挿絵なし】

「不思議の国のサロメ 新装版」赤川次郎著 徳間書店(徳間文庫) 2017年7月【現代】【挿絵なし】

「捕食」美輪和音著 東京創元社(創元推理文庫) 2017年8月【現代】【挿絵なし】

「放課後に死者は戻る」秋吉理香子著 双葉社(双葉文庫) 2017年11月【現代】【挿絵なし】

「僕が殺された未来」春畑行成著 宝島社(宝島社文庫) 2017年8月【現代】【肌の露出が多めの挿絵なし】

「僕の瞳に映る僕」織部泰助著 KADOKAWA(メディアワークス文庫) 2017年7月【現代】【肌の露出が多めの挿絵なし】

「魔人執行官(デモーニック・マーシャル) = Demonic Marshal 3」佐島勤著 KADOKAWA(電撃文庫) 2017年10月【近未来・遠未来】【肌の露出が多めの挿絵なし】

「無気力探偵 2」楠谷佑著 マイナビ出版(ファン文庫) 2017年12月【現代】【挿絵なし】

「名探偵・森江春策」芦辺拓著 東京創元社(創元推理文庫) 2017年8月【現代】【挿絵なし】

「名探偵の証明」市川哲也著 東京創元社(創元推理文庫) 2017年12月【現代】【挿絵なし】

「明治・妖(あやかし)モダン」畠中恵著 朝日新聞出版(朝日文庫) 2017年7月【歴史・時代】【挿絵なし】

「友食い教室 = THE FRIENDS-EATER CLASSROOM」柑橘ゆすら小説 集英社(JUMP j BOOKS) 2017年12月【現代】【肌の露出が多めの挿絵なし】

「幽冥食堂「あおやぎ亭」の交遊録」篠原美季著 講談社(講談社X文庫) 2017年7月【現代】【肌の露出が多めの挿絵なし】

「妖奇庵夜話 [6]」榎田ユウリ著 KADOKAWA(角川ホラー文庫) 2017年7月【現代】【挿絵なし】

「陽気な死体は、ぼくの知らない空を見ていた」田中静人著 宝島社(宝島社文庫) 2017年8月【現代】【挿絵なし】

ストーリー

「乱歩城：人間椅子の国」黒史郎著 光文社(光文社文庫) 2017年7月【異世界・架空の世界】【挿絵なし】

「輪廻剣聖：持ち手を探して奴隷少女とゆく異世界の旅」多宇部貞人著 集英社(ダッシュエックス文庫) 2017年9月【異世界・架空の世界】【肌の露出が多めの挿絵あり】

「狼領主のお嬢様 = Princess of The wolf lord 2」守野伊音著 KADOKAWA(カドカワBOOKS) 2017年11月【異世界・架空の世界】【肌の露出が多めの挿絵なし/キスシーンの挿絵】

「甦る殺人者：天久鷹央の事件カルテ」知念実希人著 新潮社(新潮文庫) 2017年11月【現代】【挿絵なし】

国内問題

「クロニクル・レギオン 7」丈月城著 集英社(ダッシュエックス文庫) 2017年7月【異世界・架空の世界】【肌の露出が多めの挿絵あり】

「弓と剣 = BOW AND SWORD 2」淳A著 TOブックス 2017年7月【異世界・架空の世界】【肌の露出が多めの挿絵なし】

「結界師への転生 1」片岡直太朗著 双葉社(モンスター文庫) 2017年9月【現代/異世界・架空の世界】【肌の露出が多めの挿絵あり】

「神眼の勇者 7」ファースト著 双葉社(モンスター文庫) 2017年11月【異世界・架空の世界】【肌の露出が多めの挿絵なし】

「聖女様の宝石箱(ジュエリーボックス)：ダイヤモンドではじめる異世界改革」文野あかね著 KADOKAWA(角川ビーンズ文庫) 2017年12月【異世界・架空の世界】【肌の露出が多めの挿絵なし】

「魔王軍最強の魔術師は人間だった 4」羽田遼亮著 双葉社(モンスター文庫) 2017年12月【異世界・架空の世界】【肌の露出が多めの挿絵なし】

「魔導の矜持」佐藤さくら著 東京創元社(創元推理文庫) 2017年11月【異世界・架空の世界】【挿絵なし】

「無敵無双の神滅兵装：チート過ぎて退学になったが世界を救うことにした」年中麦茶太郎著 英和出版社(UG novels) 2017年12月【異世界・架空の世界】【肌の露出が多めの挿絵なし】

国防

「ID-0 2」ID-0Project原作;菅浩江著 早川書房(ハヤカワ文庫 JA) 2017年7月【近未来・遠未来】【挿絵なし】

「エルフ・インフレーション 5」細川晃著 主婦の友社(ヒーロー文庫) 2017年8月【異世界・架空の世界】【肌の露出が多めの挿絵なし】

「おこぼれ姫と円卓の騎士 [17]」石田リンネ著 KADOKAWA(ビーズログ文庫) 2017年7月【異世界・架空の世界】【肌の露出が多めの挿絵なし/キスシーンの挿絵あり】

ストーリー

「ガーリー・エアフォース = GIRLY AIR FORCE 8」夏海公司著 KADOKAWA(電撃文庫) 2017年11月【現代】【肌の露出が多めの挿絵なし】

「クオリディア・コード 3」渡航著 集英社(ダッシュエックス文庫) 2017年10月【近未来・遠未来】【肌の露出が多めの挿絵なし】

「クロニクル・レギオン 7」丈月城著 集英社(ダッシュエックス文庫) 2017年7月【異世界・架空の世界】【肌の露出が多めの挿絵あり】

「ハウリングソウル = HOWLING SOUL : 流星と少女 1」凸田凹著 マイクロマガジン社(BOOK BLAST) 2017年9月【現代/異世界・架空の世界】【肌の露出が多めの挿絵なし】

「ミリオン・クラウン 1」竜ノ湖太郎著 KADOKAWA(角川スニーカー文庫) 2017年10月【近未来・遠未来】【肌の露出が多めの挿絵なし】

「レイン 14」吉野匠著 アルファポリス(アルファライト文庫) 2017年7月【異世界・架空の世界】【肌の露出が多めの挿絵なし】

「引きこもり英雄と神獣剣姫の隷属契約 2」永野水貴著 KADOKAWA(MF文庫J) 2017年9月【異世界・架空の世界】【肌の露出が多めの挿絵あり】

「銀河連合日本 6」松本保羽著 星海社(星海社FICTIONS) 2017年10月【現代/異世界・架空の世界】【肌の露出が多めの挿絵なし】

「幻想戦線」暁一翔著 集英社(ダッシュエックス文庫) 2017年9月【異世界・架空の世界】【肌の露出が多めの挿絵なし】

「高1ですが異世界で城主はじめました 12」鏡裕之著 ホビージャパン(HJ文庫) 2017年10月【異世界・架空の世界】【肌の露出が多めの挿絵あり】

「最強の司令官は楽をして暮らしたい : 安楽椅子隊長イツツジ」あらいりゅうじ著 KADOKAWA(ノベルゼロ) 2017年7月【近未来・遠未来】【肌の露出が多めの挿絵なし】

「最新のゲームは凄すぎだろ 6」浮世草子著 主婦の友社(ヒーロー文庫) 2017年10月【現代/異世界・架空の世界】【肌の露出が多めの挿絵あり】

「七都市物語 新版」田中芳樹著 早川書房(ハヤカワ文庫 JA) 2017年11月【近未来・遠未来】【肌の露出が多めの挿絵なし】

「織田信奈の野望 : 全国版 19」春日みかげ著 KADOKAWA(富士見ファンタジア文庫) 2017年9月【歴史・時代】【肌の露出が多めの挿絵あり/キスシーンの挿絵あり】

「神話伝説の英雄の異世界譚 8」奉著 オーバーラップ(オーバーラップ文庫) 2017年7月【異世界・架空の世界】【肌の露出が多めの挿絵あり】

「数字で救う!弱小国家 = Survival Strategy Thinking with Game Theory for Save the Weak : 電卓で戦争する方法を求めよ。ただし敵は剣と火薬で武装しているものとする。」長田信織著 KADOKAWA(電撃文庫) 2017年8月【異世界・架空の世界】【肌の露出が多めの挿絵あり】

「世界の終わりに問う賛歌」白樺みひゃえる著 小学館(ガガガ文庫) 2017年7月【異世界・架空の世界】【肌の露出が多めの挿絵なし】

ストーリー

「千年戦争アイギス 白の帝国編3」むらさきゆきや著 KADOKAWA(ファミ通文庫) 2017年9月
【異世界・架空の世界】【肌の露出が多めの挿絵あり】

「即死チートが最強すぎて、異世界のやつらがまるで相手にならないんですが。3」藤孝剛志
著 アース・スターエンターテイメント(EARTH STAR NOVEL) 2017年7月【異世界・架空の世
界】【肌の露出が多めの挿絵なし】

「奪う者奪われる者 8」mino著 KADOKAWA(ファミ通文庫) 2017年7月【異世界・架空の世
界】【肌の露出が多めの挿絵なし】

「天と地と姫と 5」春日みかげ著 KADOKAWA(富士見ファンタジア文庫) 2017年10月【歴史・
時代】【肌の露出が多めの挿絵なし】

「転生魔術師の英雄譚 4」佐竹アキノリ著 主婦の友社(ヒーロー文庫) 2017年12月【異世界・
架空の世界】【肌の露出が多めの挿絵あり】

「白の皇国物語 13」白沢戌亥著 アルファポリス(アルファライト文庫) 2017年11月【異世界・架
空の世界】【肌の露出が多めの挿絵なし】

「緋色の玉座 2」高橋祐一著 KADOKAWA(角川スニーカー文庫) 2017年9月【異世界・架空
の世界/歴史・時代】【肌の露出が多めの挿絵なし】

「百錬の覇王と聖約の戦乙女(ヴァルキュリア) 14」鷹山誠一著 ホビージャパン(HJ文庫) 2017
年11月【異世界・架空の世界】【肌の露出が多めの挿絵あり】

「魔弾の王と戦姫(ヴァナディース) 17」川口士著 KADOKAWA(MF文庫J) 2017年7月【異世
界・架空の世界】【肌の露出が多めの挿絵あり】

「魔弾の王と戦姫(ヴァナディース) 18」川口士著 KADOKAWA(MF文庫J) 2017年11月【異世
界・架空の世界】【肌の露出が多めの挿絵なし/キスシーンの挿絵あり】

「魔法科高校の劣等生 = The irregular at magic high school 23」佐島勤著 KADOKAWA(電
撃文庫) 2017年8月【近未来・遠未来】【肌の露出が多めの挿絵なし】

「凰姫演義 : 救国はお見合いから!?」中臣悠月著 KADOKAWA(角川ビーンズ文庫) 2017年
12月【異世界・架空の世界】【肌の露出が多めの挿絵なし】

コメディ

「29とJK 3」裕時悠示著 SBクリエイティブ(GA文庫) 2017年9月【現代】【肌の露出が多めの挿
絵あり】

「3年B組ネクロマンサー先生」SOW著 SBクリエイティブ(GA文庫) 2017年11月【異世界・架空
の世界】【肌の露出が多めの挿絵あり】

「Bの戦場 3」ゆきた志旗著 集英社(集英社オレンジ文庫) 2017年12月【現代】【肌の露出が
多めの挿絵なし】

「HP9999999999の最強なる覇王様 = The Most Powerful High King who has HP9999999999」
ダイヤモンド著 TOブックス 2017年8月【異世界・架空の世界】【肌の露出が多めの挿絵あり】

ストーリー

「Q.もしかして、異世界を救った英雄さんですか? 2」弥生志郎著 KADOKAWA(MF文庫J)
2017年9月【現代/異世界・架空の世界】【肌の露出が多めの挿絵あり】

「RE:これが異世界のお約束です!」鹿角フェフ著 ポニーキャニオン(ぽにきゃんBOOKS) 2017
年7月【異世界・架空の世界】【肌の露出が多めの挿絵あり】

「アシガール:小説」森本梢子原作;せひらあやみ著 集英社(集英社オレンジ文庫) 2017年9
月【現代/歴史・時代】【肌の露出が多めの挿絵なし】

「あの愚か者にも脚光を!:この素晴らしい世界に祝福を!エクストラ:素晴らしきかな、名脇役」
暁なつめ原作;昼熊著 KADOKAWA(角川スニーカー文庫) 2017年8月【異世界・架空の世
界】【肌の露出が多めの挿絵あり】

「アビス・コーリング:元廃課金ゲーマーが最低最悪のソシャゲ異世界に召喚されたら」槻影著
 KADOKAWA(ファミ通文庫) 2017年12月【現代/異世界・架空の世界】【肌の露出が多めの挿
絵なし】

「あまのじゃくな氷室さん:好感度100%から始める毒舌女子の落としかた」広ノ祥人著
KADOKAWA(MF文庫J) 2017年12月【現代】【肌の露出が多めの挿絵なし】

「アラフォーおっさん異世界へ!!でも時々実家に帰ります」平尾正和著 KADOKAWA(カドカワ
BOOKS) 2017年10月【異世界・架空の世界】【肌の露出が多めの挿絵なし】

「アラフォー営業マン、異世界に起つ!:女神パワーで人生二度目の成り上がり」澄守彩著 講
談社(Kラノベブックス) 2017年9月【異世界・架空の世界】【肌の露出が多めの挿絵なし】

「アラフォー営業マン、異世界に起つ!:女神パワーで人生二度目の成り上がり 2」澄守彩著
講談社(Kラノベブックス) 2017年12月【異世界・架空の世界】【肌の露出が多めの挿絵あり】

「アラフォー賢者の異世界生活日記 4」寿安清著 KADOKAWA(MFブックス) 2017年8月【異
世界・架空の世界】【肌の露出が多めの挿絵なし】

「ありふれた職業で世界最強 零1」白米良著 オーバーラップ(オーバーラップ文庫) 2017年12
月【異世界・架空の世界】【肌の露出が多めの挿絵あり】

「あんたなんかと付き合えるわけないじゃん!ムリ!ムリ!大好き!」内堀優一著 ホビージャパン(HJ
文庫) 2017年9月【現代】【肌の露出が多めの挿絵なし】

「ヴぁんぷちゃんとゾンビくん:吸血姫は恋したい」空伏空人著 KADOKAWA(角川スニーカー
文庫) 2017年12月【異世界・架空の世界】【肌の露出が多めの挿絵あり】

「うさみみ少女はオレの嫁!?」間宮夏生著 KADOKAWA(電撃文庫) 2017年11月【現代】【肌
の露出が多めの挿絵あり】

「オーク先生のJKハーレムにようこそ!」東亮太著 KADOKAWA(角川スニーカー文庫) 2017年
12月【異世界・架空の世界】【肌の露出が多めの挿絵あり】

「おせっかい屋のお鈴さん」堀川アサコ著 KADOKAWA(角川文庫) 2017年9月【現代】【挿絵
なし】

「オッサン〈36〉がアイドルになる話」もちだもちこ著 主婦と生活社(PASH!ブックス) 2017年7月
【現代】【肌の露出が多めの挿絵なし】

68

ストーリー

「オッサン〈36〉がアイドルになる話 2」もちだもちこ著 主婦と生活社(PASH!ブックス) 2017年11月【現代】【肌の露出が多めの挿絵なし】

「かみこい! 2」火海坂猫著 SBクリエイティブ(GA文庫) 2017年7月【現代】【肌の露出が多めの挿絵なし】

「カンピオーネ! = Campione 21」丈月城著 集英社(ダッシュエックス文庫) 2017年11月【現代】【肌の露出が多めの挿絵なし/キスシーンの挿絵あり/性描写の挿絵あり】

「キミと僕の最後の戦場、あるいは世界が始まる聖戦 2」細音啓著 KADOKAWA(富士見ファンタジア文庫) 2017年7月【異世界・架空の世界】【肌の露出が多めの挿絵あり】

「キラプリおじさんと幼女先輩 2」岩沢藍著 KADOKAWA(電撃文庫) 2017年8月【現代】【肌の露出が多めの挿絵なし】

「キラプリおじさんと幼女先輩 3」岩沢藍著 KADOKAWA(電撃文庫) 2017年12月【現代】【肌の露出が多めの挿絵なし】

「くずクマさんとハチミツJK 3」鳥川さいか著 KADOKAWA(MF文庫J) 2017年11月【現代】【肌の露出が多めの挿絵なし/キスシーンの挿絵あり】

「クズと天使の二周目生活(セカンドライフ)」天津向著 小学館(ガガガ文庫) 2017年10月【現代】【肌の露出が多めの挿絵あり】

「クラスのギャルとゲーム実況 part.2」琴平稜著 KADOKAWA(富士見ファンタジア文庫) 2017年8月【現代】【肌の露出が多めの挿絵あり】

「ゲーマーズ! 8」葵せきな著 KADOKAWA(富士見ファンタジア文庫) 2017年7月【現代】【肌の露出が多めの挿絵あり】

「ゲーマーズ!DLC」葵せきな著 KADOKAWA(富士見ファンタジア文庫) 2017年9月【現代】【肌の露出が多めの挿絵なし】

「ゲーム・プレイング・ロール ver.2」木村心一著 KADOKAWA(角川スニーカー文庫) 2017年10月【異世界・架空の世界】【肌の露出が多めの挿絵あり】

「この素晴らしい世界に祝福を! 13」暁なつめ著 KADOKAWA(角川スニーカー文庫) 2017年12月【異世界・架空の世界】【肌の露出が多めの挿絵なし】

「この勇者が俺TUEEEくせに慎重すぎる 3」土日月著 KADOKAWA(カドカワBOOKS) 2017年11月【異世界・架空の世界】【肌の露出が多めの挿絵なし】

「こんな僕(クズ)が荒川さんに告白(コク)ろうなんて、おこがましくてできません。」清水苺著 講談社(講談社ラノベ文庫) 2017年9月【現代】【肌の露出が多めの挿絵あり】

「サキュバスに転生したのでミルクをしぼります 1」木野裕喜著 双葉社(モンスター文庫) 2017年8月【異世界・架空の世界】【肌の露出が多めの挿絵あり】

「サキュバスに転生したのでミルクをしぼります 2」木野裕喜著 双葉社(モンスター文庫) 2017年12月【異世界・架空の世界】【肌の露出が多めの挿絵あり】

ストーリー

「シャドウ・ガール 1」文野さと著 アルファポリス(レジーナ文庫.レジーナブックス) 2017年7月
【異世界・架空の世界】【肌の露出が多めの挿絵なし】

「シャドウ・ガール 2」文野さと著 アルファポリス(レジーナ文庫.レジーナブックス) 2017年8月
【異世界・架空の世界】【肌の露出が多めの挿絵なし】

「セーラー服とシャーロキエンヌ:穴井戸栄子の華麗なる事件簿」古野まほろ著 KADOKAWA
(角川文庫) 2017年8月【現代】【挿絵なし】

「セックス・ファンタジー = SEX FANTASY」鏡遊著 KADOKAWA(ノベルゼロ) 2017年11月
【異世界・架空の世界】【肌の露出が多めの挿絵あり】

「ぜったい転職したいんです!! 2」山川進著 SBクリエイティブ(GA文庫) 2017年7月【異世界・
架空の世界】【肌の露出が多めの挿絵あり】

「タイムシフト:君と見た海、君がいた空」午後12時の男著 集英社(ダッシュエックス文庫)
2017年10月【現代】【肌の露出が多めの挿絵なし】

「たとえばラストダンジョン前の村の少年が序盤の街で暮らすような物語 3」サトウとシオ著 SBク
リエイティブ(GA文庫) 2017年9月【異世界・架空の世界】【肌の露出が多めの挿絵あり】

「だれがエルフのお嫁さま? = Who is wife of the elf? 2」上月司著 KADOKAWA(電撃文庫)
2017年9月【異世界・架空の世界】【肌の露出が多めの挿絵あり】

「ダンジョンを経営しています:ベルウッドダンジョン株式会社西方支部繁盛記」アマラ著 宝島
社 2017年12月【異世界・架空の世界】【肌の露出が多めの挿絵なし】

「ダンボールに捨てられていたのはスライムでした 1」伊達祐一著 主婦の友社(ヒーロー文庫)
2017年12月【異世界・架空の世界】【肌の露出が多めの挿絵なし】

「チートあるけどまったり暮らしたい:のんびり魔道具作ってたいのに」なんじゃもんじゃ著 宝島
社 2017年9月【異世界・架空の世界】【肌の露出が多めの挿絵あり】

「チートを作れるのは俺だけ:無能力だけど世界最強」三木なずな著 TOブックス 2017年11月
【異世界・架空の世界】【肌の露出が多めの挿絵なし】

「ちょっとゲームで学園の覇権とってくる」うれま庄司著 KADOKAWA(富士見ファンタジア文
庫) 2017年8月【現代】【肌の露出が多めの挿絵あり】

「ディヴィジョン・マニューバ 2」妹尾尻尾著 講談社(講談社ラノベ文庫) 2017年12月【異世
界・架空の世界】【肌の露出が多めの挿絵なし】

「デート・ア・ライブアンコール 7」橘公司著 KADOKAWA(富士見ファンタジア文庫) 2017年12
月【現代】【肌の露出が多めの挿絵あり】

「デスゲームから始めるMMOスローライフ 3」草薙アキ著 KADOKAWA(富士見ファンタジア文
庫) 2017年8月【異世界・架空の世界】【肌の露出が多めの挿絵あり】

「ニートの少女〈17〉に時給650円でレベル上げさせているオンライン」瀬尾つかさ著
KADOKAWA(角川スニーカー文庫) 2017年12月【現代】【肌の露出が多めの挿絵あり】

ストーリー

「にわか令嬢は王太子殿下の雇われ婚約者」香月航著 一迅社(一迅社文庫アイリス) 2017年7月【異世界・架空の世界】【肌の露出が多めの挿絵なし/キスシーンの挿絵あり】

「バーサス・フェアリーテイル：バッドエンドな運命のヒロインを救い出せ 2」八街歩著 KADOKAWA(富士見ファンタジア文庫) 2017年12月【現代】【肌の露出が多めの挿絵あり】

「ハイスクールD×D DX.4」石踏一榮著 KADOKAWA(富士見ファンタジア文庫) 2017年7月【異世界・架空の世界】【肌の露出が多めの挿絵なし】

「バブみネーター」壱日千次著 KADOKAWA(MF文庫J) 2017年9月【現代】【肌の露出が多めの挿絵あり】

「パラミリタリ・カンパニー：萌える侵略者 2」榊一郎著 講談社(講談社ラノベ文庫) 2017年9月【現代】【肌の露出が多めの挿絵あり】

「パラミリタリ・カンパニー：萌える侵略者 3」榊一郎著 講談社(講談社ラノベ文庫) 2017年12月【現代】【肌の露出が多めの挿絵あり/キスシーンの挿絵あり】

「ブラッククローバー騎士団の書」田畠裕基著;ジョニー音田著 集英社(JUMP j BOOKS) 2017年10月【異世界・架空の世界】【肌の露出が多めの挿絵なし】

「ポンコツ王太子と結婚破棄したら、一途な騎士に溺愛されました」灯乃著 スターツ出版(ベリーズ文庫) 2017年8月【異世界・架空の世界】【挿絵なし】

「ぽんしゅでGO!：僕らの巫女とほろ酔い列車旅」豊田巧著 集英社(ダッシュエックス文庫) 2017年12月【現代】【肌の露出が多めの挿絵なし】

「マジメな妹萌えブタが英雄でモテて神対応されるファンタジア」みかみてれん著 KADOKAWA(角川スニーカー文庫) 2017年11月【異世界・架空の世界】【肌の露出が多めの挿絵あり】

「マヨの王：某大手マヨネーズ会社社員の孫と女騎士、異世界で《密売王》となる」伊藤ヒロ著 集英社(ダッシュエックス文庫) 2017年11月【現代/異世界・架空の世界】【肌の露出が多めの挿絵なし】

「やはり俺の青春ラブコメはまちがっている。12」渡航著 小学館(ガガガ文庫) 2017年9月【現代】【肌の露出が多めの挿絵なし】

「やりなおし英雄の教育日誌」涼暮皐著 ホビージャパン(HJ文庫) 2017年9月【異世界・架空の世界】【肌の露出が多めの挿絵なし】

「りゅうおうのおしごと! 6 ドラマCD付き限定特装版」白鳥士郎著 SBクリエイティブ(GA文庫) 2017年7月【現代】【肌の露出が多めの挿絵なし】

「レーゼンシア帝国繁栄紀 2」七条剛著 SBクリエイティブ(GA文庫) 2017年8月【異世界・架空の世界】【肌の露出が多めの挿絵あり】

「レンタルJK犬見さん。= Rental JK Inumi san.」三河ごーすと著 KADOKAWA(電撃文庫) 2017年7月【現代】【肌の露出が多めの挿絵なし】

「ワースト・インプレッション：刑事・理恩と拾得の事件簿」滝田務雄著 双葉社(双葉文庫) 2017年12月【現代】【挿絵なし】

ストーリー

「ワキヤくんの主役理論」涼暮皐著 KADOKAWA(MF文庫J) 2017年9月【現代】【肌の露出が多めの挿絵なし】

「ワキヤくんの主役理論 2」涼暮皐著 KADOKAWA(MF文庫J) 2017年12月【現代】【肌の露出が多めの挿絵なし】

「ワンワン物語：金持ちの犬にしてとは言ったが、フェンリルにしろとは言ってねえ！」犬魔人著 KADOKAWA(角川スニーカー文庫) 2017年11月【異世界・架空の世界】【肌の露出が多めの挿絵あり】

「悪役令嬢なのでラスボスを飼ってみました」永瀬さらさ著 KADOKAWA(角川ビーンズ文庫) 2017年9月【異世界・架空の世界】【肌の露出が多めの挿絵なし】

「悪役令嬢の取り巻きやめようと思います 3」星窓ぼんきち著 フロンティアワークス(アリアンローズ) 2017年11月【異世界・架空の世界】【肌の露出が多めの挿絵なし】

「委員長は××がお好き」穂兎ここあ著 KADOKAWA(ビーズログ文庫アリス) 2017年9月【現代】【肌の露出が多めの挿絵なし】

「意地悪同期にさらわれました！」鳴瀬菜々子著 スターツ出版(ベリーズ文庫) 2017年7月【現代】【挿絵なし】

「異世界クエストは放課後に！：クールな先輩がオレの前だけ笑顔になるようです」空埜一樹著 ホビージャパン(HJ文庫) 2017年12月【異世界・架空の世界】【肌の露出が多めの挿絵あり】

「異世界は幸せ(テンプレ)に満ち溢れている 3」羽智遊紀著 TOブックス 2017年12月【異世界・架空の世界】【肌の露出が多めの挿絵なし】

「異世界修学旅行 6」岡本タクヤ著 小学館(ガガガ文庫) 2017年8月【異世界・架空の世界】【肌の露出が多めの挿絵なし】

「異世界堂のミア = Mia with the mysterious mansion：お持ち帰りは亜人メイドですか？」天那光汰著 宝島社 2017年7月【異世界・架空の世界】【肌の露出が多めの挿絵あり】

「異世界薬局 5」高山理図著 KADOKAWA(MFブックス) 2017年8月【異世界・架空の世界】【肌の露出が多めの挿絵なし】

「陰キャになりたい陽乃森さん = Hinomori wanna be an In-cha,or"Last In-cha standing" Step12」岬鷺宮著 KADOKAWA(電撃文庫) 2017年10月【現代】【肌の露出が多めの挿絵あり】

「嘘つき戦姫、迷宮をゆく 1」佐藤真登著 主婦の友社(ヒーロー文庫) 2017年9月【異世界・架空の世界】【肌の露出が多めの挿絵あり】

「英雄教室 9」新木伸著 集英社(ダッシュエックス文庫) 2017年9月【異世界・架空の世界】【肌の露出が多めの挿絵なし】

「王都の学園に強制連行された最強のドラゴンライダーは超が付くほど田舎者」八茶橋らっく著 KADOKAWA(カドカワBOOKS) 2017年10月【異世界・架空の世界】【肌の露出が多めの挿絵あり】

ストーリー

「俺、ツインテールになります。13」水沢夢著 小学館（ガガガ文庫）2017年8月【異世界・架空の世界】【肌の露出が多めの挿絵あり】

「俺が好きなのは妹だけど妹じゃない 4」恵比須清司著 KADOKAWA（富士見ファンタジア文庫）2017年8月【現代】【肌の露出が多めの挿絵あり】

「俺と蛙さんの異世界放浪記 6」くずもち著 アルファポリス（アルファライト文庫）2017年7月【異世界・架空の世界】【肌の露出が多めの挿絵なし】

「俺と蛙さんの異世界放浪記 7」くずもち著 アルファポリス（アルファライト文庫）2017年9月【異世界・架空の世界】【肌の露出が多めの挿絵なし】

「俺の異世界姉妹が自重しない! 3」緋色の雨著 双葉社（モンスター文庫）2017年12月【異世界・架空の世界】【肌の露出が多めの挿絵なし】

「俺の青春を生け贄に、彼女の前髪をオープン 3」凪木エコ著 KADOKAWA（富士見ファンタジア文庫）2017年10月【現代】【肌の露出が多めの挿絵あり】

「俺の彼女と幼なじみが修羅場すぎる 13」裕時悠示著 SBクリエイティブ（GA文庫）2017年9月【現代】【肌の露出が多めの挿絵なし】

「俺の部屋ごと異世界へ!ネットとAmozonの力で無双する 2」月夜涙著 双葉社（モンスター文庫）2017年7月【異世界・架空の世界】【肌の露出が多めの挿絵なし】

「俺の部屋ごと異世界へ!ネットとAmozonの力で無双する 3」月夜涙著 双葉社（モンスター文庫）2017年12月【異世界・架空の世界】【肌の露出が多めの挿絵あり】

「俺の立ち位置はココじゃない!」宇津田晴著 小学館（ガガガ文庫）2017年11月【現代】【肌の露出が多めの挿絵なし】

「俺を好きなのはお前だけかよ 6」駱駝著 KADOKAWA（電撃文庫）2017年8月【現代】【肌の露出が多めの挿絵あり】

「俺を好きなのはお前だけかよ 7」駱駝著 KADOKAWA（電撃文庫）2017年11月【現代】【肌の露出が多めの挿絵なし】

「下僕ハーレムにチェックメイトです! 2」赤福大和著 講談社（講談社ラノベ文庫）2017年11月【異世界・架空の世界】【肌の露出が多めの挿絵あり/キスシーンの挿絵あり/性描写の挿絵あり】

「化石少女」麻耶雄嵩著 徳間書店（徳間文庫）2017年11月【現代】【挿絵なし】

「可愛ければ変態でも好きになってくれますか? 3」花間燈著 KADOKAWA（MF文庫J）2017年9月【現代】【肌の露出が多めの挿絵あり】

「嫁エルフ。2」あさのハジメ著 KADOKAWA（MF文庫J）2017年7月【異世界・架空の世界】【肌の露出が多めの挿絵あり/キスシーンの挿絵あり/性描写の挿絵あり】

「外資系秘書ノブコのオタク帝国の逆襲」泉ハナ著 祥伝社（祥伝社文庫）2017年11月【現代】【肌の露出が多めの挿絵なし】

ストーリー

「機械仕掛けのデイブレイク 2」高橋びすい著 講談社(講談社ラノベ文庫) 2017年12月【近未来・遠未来】【肌の露出が多めの挿絵あり】

「帰ってきた元勇者 9」ニシ著 ポニーキャニオン(ぽにきゃんBOOKS) 2017年9月【異世界・架空の世界】【肌の露出が多めの挿絵あり/キスシーンの挿絵あり】

「騎士団長は若奥様限定!?溺愛至上主義」小春りん著 スターツ出版(ベリーズ文庫) 2017年11月【異世界・架空の世界】【挿絵なし】

「勤労魔導士が、かわいい嫁と暮らしたら?：はい、しあわせです!」空埜一樹著 ホビージャパン(HJ文庫) 2017年11月【異世界・架空の世界】【肌の露出が多めの挿絵なし】

「隅でいいです。構わないでくださいよ。3」まこ著 フロンティアワークス(アリアンローズ) 2017年9月【異世界・架空の世界】【肌の露出が多めの挿絵なし】

「剣の求婚 1」天都しずる著 アルファポリス(レジーナ文庫. レジーナブックス) 2017年8月【異世界・架空の世界】【肌の露出が多めの挿絵なし】

「剣の求婚 2」天都しずる著 アルファポリス(レジーナ文庫. レジーナブックス) 2017年9月【異世界・架空の世界】【肌の露出が多めの挿絵なし】

「嫌われエースの数奇な恋路」田辺ユウ著 KADOKAWA(電撃文庫) 2017年9月【現代】【肌の露出が多めの挿絵なし】

「幻想砦のおしかけ魔女：すべては愛しの騎士と結婚するため!」かいと一こ著 一迅社(一迅社文庫アイリス) 2017年12月【異世界・架空の世界】【肌の露出が多めの挿絵なし/キスシーンの挿絵あり】

「幸運なバカたちが学園を回す 1」藍藤遊著 KADOKAWA(MF文庫J) 2017年9月【現代】【肌の露出が多めの挿絵なし】

「黒騎士さんは働きたくない 3」雨木シュウスケ著 集英社(ダッシュエックス文庫) 2017年8月【異世界・架空の世界】【肌の露出が多めの挿絵あり】

「黒鋼の英雄王機ヴァナルガンド：巨大勇者、異世界に降り立つ」ひびき遊著 KADOKAWA(MF文庫J) 2017年8月【異世界・架空の世界】【肌の露出が多めの挿絵あり】

「黒猫王子の喫茶店 [2]」高橋由太著 KADOKAWA(角川文庫) 2017年10月【現代】【挿絵なし】

「骨の髄まで異世界をしゃぶるのが鈴木なのよー!!」望月充っ著 集英社(ダッシュエックス文庫) 2017年8月【異世界・架空の世界】【肌の露出が多めの挿絵なし】

「今日からは、愛のひと」朱川湊人著 光文社(光文社文庫) 2017年12月【現代】【挿絵なし】

「今日から俺はロリのヒモ! 4」暁雪著 KADOKAWA(MF文庫J) 2017年7月【現代】【肌の露出が多めの挿絵あり】

「今日から俺はロリのヒモ! 5」暁雪著 KADOKAWA(MF文庫J) 2017年12月【現代】【肌の露出が多めの挿絵なし】

ストーリー

「佐伯さんと、ひとつ屋根の下 : I'll have Sherbet! 3」九曜著 KADOKAWA(ファミ通文庫) 2017年10月【現代】【肌の露出が多めの挿絵あり】

「最強ゴーレムの召喚士 : 異世界の剣士を仲間にしました。」こる著 一迅社(一迅社文庫アイリス) 2017年10月【異世界・架空の世界】【肌の露出が多めの挿絵なし】

「最強パーティは残念ラブコメで全滅する!? : 恋愛至上の冒険生活」鏡遊著 KADOKAWA(富士見ファンタジア文庫) 2017年8月【異世界・架空の世界】【肌の露出が多めの挿絵あり】

「最強呪族転生 = Reincarnation of sherman : チート魔術師のスローライフ 4」猫子著 アース・スターエンターテイメント(EARTH STAR NOVEL) 2017年11月【異世界・架空の世界】【肌の露出が多めの挿絵なし】

「最強魔法使いの弟子〈予定〉は諦めが悪いです」佐伯さん著 主婦と生活社(PASH!ブックス) 2017年7月【異世界・架空の世界】【肌の露出が多めの挿絵なし】

「冴えない彼女(ヒロイン)の育てかた 13」丸戸史明著 KADOKAWA(富士見ファンタジア文庫) 2017年10月【現代】【肌の露出が多めの挿絵なし】

「桜色のレプリカ 1」翅田大介著 ホビージャパン(HJ文庫) 2017年8月【現代】【肌の露出が多めの挿絵あり】

「桜色のレプリカ 2」翅田大介著 ホビージャパン(HJ文庫) 2017年8月【現代】【肌の露出が多めの挿絵あり】

「山本五十子の決断」如月真弘著 KADOKAWA(富士見ファンタジア文庫) 2017年10月【現代/異世界・架空の世界/歴史・時代】【肌の露出が多めの挿絵あり】

「死にたがりビバップ : Take The Curry Train!」うさぎやすぽん著 KADOKAWA(角川スニーカー文庫) 2017年8月【異世界・架空の世界】【肌の露出が多めの挿絵なし】

「私、魔王。-なぜか勇者に溺愛されています。」ぷにちゃん著 主婦と生活社(PASH!ブックス) 2017年10月【異世界・架空の世界】【肌の露出が多めの挿絵なし】

「時空魔法で異世界と地球を行ったり来たり 3」かつ著 双葉社(モンスター文庫) 2017年9月【異世界・架空の世界】【肌の露出が多めの挿絵あり/キスシーンの挿絵あり】

「若者の黒魔法離れが深刻ですが、就職してみたら待遇いいし、社長も使い魔もかわいくて最高です! 2」森田季節著 集英社(ダッシュエックス文庫) 2017年9月【異世界・架空の世界】【肌の露出が多めの挿絵あり】

「弱キャラ友崎くん = The Low Tier Character"TOMOZAKI-kun" Lv.5」屋久ユウキ著 小学館(ガガガ文庫) 2017年11月【現代】【肌の露出が多めの挿絵なし】

「獣人隊長の〈仮〉婚約事情 : 突然ですが、狼隊長の仮婚約者になりました」百門一新著 一迅社(一迅社文庫アイリス) 2017年11月【異世界・架空の世界】【肌の露出が多めの挿絵あり/キスシーンの挿絵あり】

「重装令嬢モアネット[2]」さき著 KADOKAWA(角川ビーンズ文庫) 2017年8月【異世界・架空の世界】【肌の露出が多めの挿絵なし】

ストーリー

「小説おそ松さん = Light novel Osomatsusan タテ松 メタルチャーム6種付き限定版」赤塚不二夫原作;石原宙小説;おそ松さん製作委員会監修 集英社(Jump J books) 2017年11月【現代】【肌の露出が多めの挿絵なし】

「小説おそ松さん タテ松」赤塚不二夫原作;石原宙小説;おそ松さん製作委員会監修 集英社(小説JUMP j BOOKS) 2017年11月【異世界・架空の世界】【肌の露出が多めの挿絵なし】

「真面目系クズくんと、真面目にクズやってるクズちゃん#クズ活」持崎湯葉著 講談社(講談社ラノベ文庫) 2017年9月【現代】【肌の露出が多めの挿絵あり】

「神獣(わたし)たちと一緒なら世界最強イケちゃいますよ?」福山陽士著 KADOKAWA(富士見ファンタジア文庫) 2017年7月【異世界・架空の世界】【肌の露出が多めの挿絵あり】

「厨病激発ボーイ5」れるりり原案;藤並みなと著 KADOKAWA(角川ビーンズ文庫) 2017年8月【現代】【肌の露出が多めの挿絵なし】

「世界最強の人見知りと魔物が消えそうな黄昏迷宮 2」葉村哲著 KADOKAWA(MF文庫J) 2017年8月【異世界・架空の世界】【肌の露出が多めの挿絵あり】

「生協のルイーダさん : あるバイトの物語」百舌涼一著 集英社(集英社文庫) 2017年9月【現代】【挿絵なし】

「聖剣が人間に転生してみたら、勇者に偏愛されて困っています。2」富樫聖夜著 KADOKAWA(ビーズログ文庫) 2017年12月【異世界・架空の世界】【肌の露出が多めの挿絵なし】

「斉木楠雄のΨ難 : 映画ノベライズ」麻生周一原作;福田雄一脚本;宮本深礼小説 集英社(JUMP j BOOKS) 2017年10月【異世界・架空の世界】【肌の露出が多めの挿絵なし】

「昔勇者で今は骨 = A Skeleton who was The Brave」佐伯庸介著 KADOKAWA(電撃文庫) 2017年12月【異世界・架空の世界】【肌の露出が多めの挿絵なし】

「絶対彼女作らせるガール!」まほろ勇太著 KADOKAWA(MF文庫J) 2017年11月【現代】【肌の露出が多めの挿絵なし】

「戦闘員、派遣します!」暁なつめ著 KADOKAWA(角川スニーカー文庫) 2017年11月【異世界・架空の世界】【肌の露出が多めの挿絵あり】

「第三王子は発光ブツにつき、直視注意!」山田桐子著 一迅社(一迅社文庫アイリス) 2017年9月【異世界・架空の世界】【肌の露出が多めの挿絵なし/キスシーンの挿絵あり】

「誰かこの状況を説明してください! 8」徒然花著 フロンティアワークス(アリアンローズ) 2017年10月【異世界・架空の世界】【肌の露出が多めの挿絵なし】

「探偵ファミリーズ」天祢涼著 実業之日本社(実業之日本社文庫) 2017年8月【現代】【挿絵なし】

「男女比1:30 : 世界の黒一点アイドル」ヒラガナ著 ポニーキャニオン(ぽにきゃんBOOKS) 2017年11月【異世界・架空の世界】【肌の露出が多めの挿絵なし】

「男装王女の久遠なる輿入れ」朝前みちる著 KADOKAWA(ビーズログ文庫) 2017年11月【異世界・架空の世界】【肌の露出が多めの挿絵なし/キスシーンの挿絵あり】

ストーリー

「地方騎士ハンスの受難 2」アマラ著 アルファポリス(アルファライト文庫) 2017年9月【異世界・架空の世界】【肌の露出が多めの挿絵あり】

「中古でも恋がしたい! 11」田尾典丈著 SBクリエイティブ(GA文庫) 2017年12月【現代】【肌の露出が多めの挿絵なし】

「通常攻撃が全体攻撃で二回攻撃のお母さんは好きですか? 3」井中だちま著 KADOKAWA(富士見ファンタジア文庫) 2017年8月【異世界・架空の世界】【肌の露出が多めの挿絵あり】

「天都宮帝室の然々な事情:二五六番目の皇女、天降りて大きな瓜と小さな恋を育てること」我鳥彩子著 集英社(コバルト文庫) 2017年8月【異世界・架空の世界】【肌の露出が多めの挿絵なし】

「天都宮帝室の然々な事情 [2]」我鳥彩子著 集英社(コバルト文庫) 2017年11月【異世界・架空の世界】【肌の露出が多めの挿絵なし】

「転職アサシンさん、闇ギルドへようこそ! 3」真代屋秀晃著 KADOKAWA(電撃文庫) 2017年7月【異世界・架空の世界】【肌の露出が多めの挿絵あり】

「転生して田舎でスローライフをおくりたい = I want to enjoy slow Living [4]」錬金王著 宝島社 2017年12月【異世界・架空の世界】【肌の露出が多めの挿絵なし】

「田中 = TANAKA THE WIZARD:年齢イコール彼女いない歴の魔法使い 5」ぶんころり著 マイクロマガジン社(GC NOVELS) 2017年8月【異世界・架空の世界】【肌の露出が多めの挿絵あり】

「努力しすぎた世界最強の武闘家は、魔法世界を余裕で生き抜く。2」わんこそば著 集英社(ダッシュエックス文庫) 2017年8月【異世界・架空の世界】【肌の露出が多めの挿絵なし】

「努力しすぎた世界最強の武闘家は、魔法世界を余裕で生き抜く。3」わんこそば著 集英社(ダッシュエックス文庫) 2017年11月【異世界・架空の世界】【肌の露出が多めの挿絵あり】

「突然ですが、お兄ちゃんと結婚しますっ! 2」塀流通留著 KADOKAWA(MF文庫J) 2017年7月【現代】【肌の露出が多めの挿絵あり】

「肉食系御曹司の餌食になりました」藍里まめ著 スターツ出版(ベリーズ文庫) 2017年8月【現代】【挿絵なし】

「忍物語」西尾維新著 講談社(講談社BOX) 2017年7月【現代】【肌の露出が多めの挿絵なし】

「縛りプレイ英雄記 2」語部マサユキ著 KADOKAWA(角川スニーカー文庫) 2017年7月【異世界・架空の世界】【肌の露出が多めの挿絵あり】

「飯テロ:真夜中に読めない20人の美味しい物語」名取佐和子著;日向夏著;ほしおさなえ著;富士見L文庫編集部編 KADOKAWA(富士見L文庫) 2017年12月【現代】【肌の露出が多めの挿絵なし】

「緋弾のアリア 26」赤松中学著 KADOKAWA(MF文庫J) 2017年9月【現代】【肌の露出が多めの挿絵あり】

ストーリー

「非凡・平凡・シャボン! 3」若桜なお著 フロンティアワークス(アリアンローズ) 2017年12月【異世界・架空の世界】【肌の露出が多めの挿絵なし】

「美少女作家と目指すミリオンセラアアアアアアアッ!!」春日部タケル著 KADOKAWA(角川スニーカー文庫) 2017年7月【現代】【肌の露出が多めの挿絵あり】

「美少女作家と目指すミリオンセラアアアアアアアッ!! 2」春日部タケル著 KADOKAWA(角川スニーカー文庫) 2017年11月【現代】【肌の露出が多めの挿絵あり】

「物理的に孤立している俺の高校生活 = My Highschool Life is Physically Isolated 3」森田季節著 小学館(ガガガ文庫) 2017年10月【現代】【肌の露出が多めの挿絵なし】

「文句の付けようがないラブコメ 7」鈴木大輔著 集英社(ダッシュエックス文庫) 2017年12月【現代】【肌の露出が多めの挿絵なし】

「編集さんとJK作家の正しいつきあい方 2」あさのハジメ著 KADOKAWA(富士見ファンタジア文庫) 2017年7月【現代】【肌の露出が多めの挿絵あり】

「編集長殺し = Killing Editor In chief」川岸殴魚著 小学館(ガガガ文庫) 2017年12月【現代】【肌の露出が多めの挿絵なし】

「辺境貴族は理想のスローライフを求める」セイ著 宝島社 2017年9月【異世界・架空の世界】【肌の露出が多めの挿絵なし】

「放課後ヒロインプロジェクト!」藤並みなと著 KADOKAWA(角川ビーンズ文庫) 2017年9月【現代】【肌の露出が多めの挿絵なし】

「僕の知らないラブコメ」樫本燕著 KADOKAWA(MF文庫J) 2017年11月【現代】【肌の露出が多めの挿絵あり/キスシーンの挿絵あり/性描写の挿絵あり】

「僕の文芸部にビッチがいるなんてありえない。10」赤福大和著 講談社(講談社ラノベ文庫) 2017年9月【現代】【肌の露出が多めの挿絵あり】

「僕はリア充絶対爆発させるマン」浅岡旭著 KADOKAWA(富士見ファンタジア文庫) 2017年11月【現代】【肌の露出が多めの挿絵あり】

「没落予定なので、鍛冶職人を目指す 5」CK著 KADOKAWA(カドカワBOOKS) 2017年8月【異世界・架空の世界】【肌の露出が多めの挿絵なし】

「没落予定なので、鍛冶職人を目指す 6」CK著 KADOKAWA(カドカワBOOKS) 2017年12月【異世界・架空の世界】【肌の露出が多めの挿絵なし】

「魔王、配信中!? 2」南篠豊著 講談社(講談社ラノベ文庫) 2017年11月【現代】【肌の露出が多めの挿絵なし】

「魔王は服の着方がわからない」長岡マキ子著;MB企画協力・監修 KADOKAWA(富士見ファンタジア文庫) 2017年10月【現代】【肌の露出が多めの挿絵あり】

「魔王城のシェフ 2」水城水城著 KADOKAWA(ファミ通文庫) 2017年8月【異世界・架空の世界】【肌の露出が多めの挿絵あり】

ストーリー

「魔王様、リトライ! 1」神埼黒音著 双葉社(モンスター文庫) 2017年7月【現代/異世界・架空の世界】【肌の露出が多めの挿絵なし】

「魔王様、リトライ! 2」神埼黒音著 双葉社(モンスター文庫) 2017年11月【異世界・架空の世界】【肌の露出が多めの挿絵なし】

「魔装学園H×H(ハイブリッド・ハート) 12」久慈マサムネ著 KADOKAWA(角川スニーカー文庫) 2017年11月【異世界・架空の世界】【肌の露出が多めの挿絵あり】

「魔導少女に転生した俺の双剣が有能すぎる 3」岩波零著 KADOKAWA(MF文庫J) 2017年7月【現代】【肌の露出が多めの挿絵あり】

「魔法使いにはさせませんよ!」朝日乃ケイ著 SBクリエイティブ(GA文庫) 2017年10月【現代/異世界・架空の世界】【肌の露出が多めの挿絵あり】

「魔法塾:生涯777連敗の魔術師だった私がニート講師のおかげで飛躍できました。」壱日千次著 KADOKAWA(MF文庫J) 2017年10月【現代】【肌の露出が多めの挿絵あり】

「魔法薬師が二番弟子を愛でる理由:専属お食事係に任命されました」逢坂なつめ著 KADOKAWA(カドカワBOOKS) 2017年12月【異世界・架空の世界】【肌の露出が多めの挿絵なし】

「魔力融資が返済できない魔導師はぜったい絶対服従ですよ?:じゃあ、可愛がってくださいね?」真野真央著 KADOKAWA(MF文庫J) 2017年10月【異世界・架空の世界】【肌の露出が多めの挿絵なし】

「妹さえいればいい。8」平坂読著 小学館(ガガガ文庫) 2017年9月【現代】【肌の露出が多めの挿絵あり】

「勇者召喚に巻き込まれたけど、異世界は平和でした 2」灯台著 新紀元社(MORNING STAR BOOKS) 2017年11月【異世界・架空の世界】【肌の露出が多めの挿絵なし】

「友人キャラは大変ですか? = Is it tough being "a friend"? 3」伊達康著 小学館(ガガガ文庫) 2017年8月【現代】【肌の露出が多めの挿絵あり】

「悠久の愚者アズリーの、賢者のすゝめ = The principle of a philosopher by eternal fool "Asley" 7」壱弐参著 アース・スターエンターテイメント(EARTH STAR NOVEL) 2017年11月【異世界・架空の世界】【肌の露出が多めの挿絵なし】

「幼馴染の山吹さん」道草よもぎ著 KADOKAWA(電撃文庫) 2017年10月【現代】【肌の露出が多めの挿絵あり】

「雷帝のメイド」なこはる著 アース・スターエンターテイメント(EARTH STAR NOVEL) 2017年9月【異世界・架空の世界】【肌の露出が多めの挿絵あり】

「落ちてきた龍王(ナーガ)と滅びゆく魔女の国 12」舞阪洸著 KADOKAWA(MF文庫J) 2017年10月【異世界・架空の世界】【肌の露出が多めの挿絵あり】

「淋しき王は天を堕とす:千年の、或ル師弟」守野伊音著 KADOKAWA(角川ビーンズ文庫) 2017年12月【異世界・架空の世界】【肌の露出が多めの挿絵なし/キスシーンの挿絵あり】

ストーリー

「麗人賢者の薬屋さん＝A BEAUTIFUL SAGE APOTHECARY」江本マシメサ著 宝島社 2017年11月【近未来・遠未来】【肌の露出が多めの挿絵なし/キスシーンの挿絵あり】

再起・回復

「応えろ生きてる星」竹宮ゆゆこ著 文藝春秋(文春文庫) 2017年11月【現代】【挿絵なし】

サイバー

「ID-0 2」ID-0Project原作;菅浩江著 早川書房(ハヤカワ文庫JA) 2017年7月【近未来・遠未来】【挿絵なし】

「ウルトラハッピーディストピアジャパン：人工知能ハビタのやさしい侵略」一田和樹著 星海社(星海社FICTIONS) 2017年7月【現代/異世界・架空の世界】【肌の露出が多めの挿絵なし】

「パラミリタリ・カンパニー：萌える侵略者 2」榊一郎著 講談社(講談社ラノベ文庫) 2017年9月【現代】【肌の露出が多めの挿絵あり】

「パラミリタリ・カンパニー：萌える侵略者 3」榊一郎著 講談社(講談社ラノベ文庫) 2017年12月【現代】【肌の露出が多めの挿絵あり/キスシーンの挿絵あり】

「青の騎士(ブルーナイト)ベルゼルガ物語『K’』」はままさのり著 朝日新聞出版(朝日文庫) 2017年8月【異世界・架空の世界】【肌の露出が多めの挿絵なし】

「青の騎士(ブルーナイト)ベルゼルガ物語絶叫の騎士」はままさのり著 朝日新聞出版(朝日文庫) 2017年8月【異世界・架空の世界】【肌の露出が多めの挿絵なし】

「内通と破滅と僕の恋人：珈琲店ブラックスノウのサイバー事件簿」一田和樹著 集英社(集英社文庫) 2017年11月【現代】【挿絵なし】

サイバー＞インターネット・SNS・メール・ブログ

「10年ごしの引きニートを辞めて外出したら 5」坂東太郎著 オーバーラップ(オーバーラップ文庫) 2017年10月【現代/異世界・架空の世界】【肌の露出が多めの挿絵なし】

「14歳とイラストレーター 3」むらさきゆきや著 KADOKAWA(MF文庫J) 2017年7月【現代】【肌の露出が多めの挿絵あり】

「29歳独身は異世界で自由に生きた……かった。＝The 29 years old single in another dimension wished a life of liberty…… 8」リュート著 KADOKAWA(カドカワBOOKS) 2017年11月【異世界・架空の世界】【肌の露出が多めの挿絵あり】

「Occultic;Nine：超常科学NVL 3」志倉千代丸著 オーバーラップ(オーバーラップ文庫) 2017年9月【現代】【肌の露出が多めの挿絵なし】

「あらゆる手段を尽くしてトッププレイヤーになりたい、他人のカネで。そうだ、盗賊しよう。2」三毛乱二郎著 KADOKAWA(MFブックス) 2017年11月【現代/異世界・架空の世界】【肌の露出が多めの挿絵なし】

「ウルトラハッピーディストピアジャパン：人工知能ハビタのやさしい侵略」一田和樹著 星海社(星海社FICTIONS) 2017年7月【現代/異世界・架空の世界】【肌の露出が多めの挿絵なし】

ストーリー

「この世界にiをこめて＝With all my love in this world」佐野徹夜著 KADOKAWA(メディアワークス文庫) 2017年10月【現代】【肌の露出が多めの挿絵なし】

「ゼロの日に叫ぶ」似鳥鶏著 河出書房新社(河出文庫) 2017年9月【現代/歴史・時代】【肌の露出が多めの挿絵なし】

「モノクローム・レクイエム」小島正樹著 徳間書店(徳間文庫) 2017年9月【現代】【挿絵なし】

「異世界が嫌いでもエルフの神様になれますか？：Disファンタジー・ディスコード」囲恭之介著 KADOKAWA(電撃文庫) 2017年10月【異世界・架空の世界】【肌の露出が多めの挿絵あり】

「俺が大統領になればこの国、楽勝で栄える：アラフォーひきこもりからの大統領戦記」至道流星著 KADOKAWA(ノベルゼロ) 2017年10月【現代】【肌の露出が多めの挿絵あり】

「俺の部屋ごと異世界へ！ネットとAmozonの力で無双する 2」月夜涙著 双葉社(モンスター文庫) 2017年7月【異世界・架空の世界】【肌の露出が多めの挿絵なし】

「俺の部屋ごと異世界へ！ネットとAmozonの力で無双する 3」月夜涙著 双葉社(モンスター文庫) 2017年12月【異世界・架空の世界】【肌の露出が多めの挿絵あり】

「君との恋は、画面の中で」半透めい著 オーバーラップ(オーバーラップ文庫) 2017年9月【現代】【肌の露出が多めの挿絵なし】

「十年後の僕らはまだ物語の終わりを知らない」尼野ゆたか著 KADOKAWA(富士見L文庫) 2017年11月【現代】【挿絵なし】

「声も出せずに死んだんだ」長谷川也著 KADOKAWA(角川文庫) 2017年11月【現代】【挿絵なし】

「内通と破滅と僕の恋人：珈琲店ブラックスノウのサイバー事件簿」一田和樹著 集英社(集英社文庫) 2017年11月【現代】【挿絵なし】

「彼女はもどらない」降田天著 宝島社(宝島社文庫) 2017年7月【現代】【挿絵なし】

「僕の呪われた恋は君に届かない」麻沢奏著 双葉社(双葉文庫) 2017年7月【現代】【挿絵なし】

「僕の知らない、いつかの君へ」木村咲著 スターツ出版(スターツ出版文庫) 2017年12月【現代】【挿絵なし】

「魔王、配信中!? 2」南篠豊著 講談社(講談社ラノベ文庫) 2017年11月【現代】【肌の露出が多めの挿絵なし】

「裏世界ピクニック 2」宮澤伊織著 早川書房(ハヤカワ文庫 JA) 2017年10月【現代/異世界・架空の世界】【肌の露出が多めの挿絵なし】

サイバー＞AI

「AIに負けた夏」土橋真二郎著 KADOKAWA(メディアワークス文庫) 2017年7月【現代】【肌の露出が多めの挿絵なし】

ストーリー

「アリスマ王の愛した魔物」小川一水著 早川書房（ハヤカワ文庫 JA）2017年12月【異世界・架空の世界】【挿絵なし】

「ウルトラハッピーディストピアジャパン：人工知能ハビタのやさしい侵略」一田和樹著 星海社（星海社FICTIONS）2017年7月【現代/異世界・架空の世界】【肌の露出が多めの挿絵なし】

「たったひとつの冴えた殺りかた」三条ツバメ著 ホビージャパン（HJ文庫）2017年7月【異世界・架空の世界】【肌の露出が多めの挿絵なし】

「デスクトップアーミー = DESKTOP ARMY [3]」手島史詞著 実業之日本社（Jノベルライト）2017年12月【近未来・遠未来】【肌の露出が多めの挿絵なし】

「ヘヴィーオブジェクト最も賢明な思考放棄 = HEAVY OBJECT Project Whiz Kid」鎌池和馬著 KADOKAWA（電撃文庫）2017年9月【異世界・架空の世界/近未来・遠未来】【肌の露出が多めの挿絵あり】

「ペガサスの解は虚栄か? = Did Pegasus Answer the Vanity?」森博嗣著 講談社（講談社タイガ）2017年10月【近未来・遠未来】【挿絵なし】

「暗殺拳はチートに含まれますか?：彼女と目指す最強ゲーマー」渡葉たびびと著 KADOKAWA（富士見ファンタジア文庫）2017年12月【現代/異世界・架空の世界】【肌の露出が多めの挿絵なし】

「機械仕掛けのデイブレイク 2」高橋びすい著 講談社（講談社ラノベ文庫）2017年12月【近未来・遠未来】【肌の露出が多めの挿絵あり】

「黒鋼の英雄王機ヴァナルガンド：巨大勇者、異世界に降り立つ」ひびき遊著 KADOKAWA（MF文庫J）2017年8月【異世界・架空の世界】【肌の露出が多めの挿絵あり】

「戦うパン屋と機械じかけの看板娘(オートマタンウェイトレス) 7」SOW著 ホビージャパン（HJ文庫）2017年9月【現代】【肌の露出が多めの挿絵なし】

サイバー＞人造人間・人工生命・クローン

「AIに負けた夏」土橋真二郎著 KADOKAWA（メディアワークス文庫）2017年7月【現代】【肌の露出が多めの挿絵なし】

「エイルン・ラストコード：架空世界より戦場へ 7」東龍乃助著 KADOKAWA（MF文庫J）2017年10月【異世界・架空の世界】【肌の露出が多めの挿絵なし】

「バブみネーター」壱日千次著 KADOKAWA（MF文庫J）2017年9月【現代】【肌の露出が多めの挿絵あり】

「ペガサスの解は虚栄か? = Did Pegasus Answer the Vanity?」森博嗣著 講談社（講談社タイガ）2017年10月【近未来・遠未来】【挿絵なし】

「異世界が嫌いでもエルフの神様になれますか?：Disファンタジー・ディスコード」囲恭之介著 KADOKAWA（電撃文庫）2017年10月【異世界・架空の世界】【肌の露出が多めの挿絵あり】

「最強賢者の子育て日記：うちの娘が世界一かわいい件について」羽田遼亮著 KADOKAWA（カドカワBOOKS）2017年7月【異世界・架空の世界】【肌の露出が多めの挿絵なし】

ストーリー

「人間の顔は食べづらい」白井智之著 KADOKAWA(角川文庫) 2017年8月【近未来・遠未来】【肌の露出が多めの挿絵なし】

「即死チートが最強すぎて、異世界のやつらがまるで相手にならないんですが。3」藤孝剛志著 アース・スターエンターテイメント(EARTH STAR NOVEL) 2017年7月【異世界・架空の世界】【肌の露出が多めの挿絵なし】

サイバー＞VR・AR

「アクセル・ワールド 22」川原礫著 KADOKAWA(電撃文庫) 2017年11月【近未来・遠未来】【肌の露出が多めの挿絵あり】

「ちょっとゲームで学園の覇権とってくる」うれま庄司著 KADOKAWA(富士見ファンタジア文庫) 2017年8月【現代】【肌の露出が多めの挿絵あり】

「暗殺拳はチートに含まれますか？：彼女と目指す最強ゲーマー」渡葉たびびと著 KADOKAWA(富士見ファンタジア文庫) 2017年12月【現代/異世界・架空の世界】【肌の露出が多めの挿絵なし】

「渋谷のロリはだいたいトモダチ 1」あまさきみりと著 KADOKAWA(角川スニーカー文庫) 2017年12月【近未来・遠未来】【肌の露出が多めの挿絵あり】

「青春デバッガーと恋する妄想#拡散中」旭蓑雄著 KADOKAWA(電撃文庫) 2017年11月【現代】【肌の露出が多めの挿絵なし】

サイバー＞VRMMO

「〈Infinite Dendrogram〉-インフィニット・デンドログラム- 4」海道左近著 ホビージャパン(HJ文庫) 2017年7月【現代/異世界・架空の世界】【肌の露出が多めの挿絵なし】

「〈Infinite Dendrogram〉-インフィニット・デンドログラム- 5」海道左近著 ホビージャパン(HJ文庫) 2017年10月【現代/異世界・架空の世界】【肌の露出が多めの挿絵なし】

「VRMMOの支援職人トッププレイヤーの仕掛人」二階堂風都著 宝島社 2017年12月【異世界・架空の世界】【肌の露出が多めの挿絵なし】

「VRMMO学園で楽しい魔改造のススメ：最弱ジョブで最強ダメージ出してみた 2」ハヤケン著 ホビージャパン(HJ文庫) 2017年10月【現代/異世界・架空の世界】【肌の露出が多めの挿絵なし】

「アクセル・ワールド 22」川原礫著 KADOKAWA(電撃文庫) 2017年11月【近未来・遠未来】【肌の露出が多めの挿絵あり】

「くまクマ熊ベアー 7」くまなの著 主婦と生活社(PASH!ブックス) 2017年8月【異世界・架空の世界】【肌の露出が多めの挿絵あり】

「クラウン・オブ・リザードマン 2」雨木シュウスケ著 KADOKAWA(富士見ファンタジア文庫) 2017年10月【異世界・架空の世界】【肌の露出が多めの挿絵なし】

「デーモンロード・ニュービー：VRMMO世界の生産職魔王」山和平著 SBクリエイティブ(GA文庫) 2017年8月【現代/異世界・架空の世界】【肌の露出が多めの挿絵なし】

ストーリー

「処刑タロット」土橋真二郎著 KADOKAWA(電撃文庫) 2017年11月【現代】【肌の露出が多めの挿絵あり/キスシーンの挿絵あり】

「痛いのは嫌なので防御力に極振りしたいと思います。」夕蜜柑著 KADOKAWA(カドカワBOOKS) 2017年9月【異世界・架空の世界】【肌の露出が多めの挿絵なし】

「痛いのは嫌なので防御力に極振りしたいと思います。2」夕蜜柑著 KADOKAWA(カドカワBOOKS) 2017年12月【異世界・架空の世界】【肌の露出が多めの挿絵なし】

サイバー＞VRMMORPG

「GSOグローイング・スキル・オンライン」tera著 ツギクル(ツギクルブックス) 2017年8月【異世界・架空の世界】【肌の露出が多めの挿絵なし】

「Only Sense Online 13」アロハ座長著 KADOKAWA(富士見ファンタジア文庫) 2017年9月【異世界・架空の世界】【肌の露出が多めの挿絵なし】

「Only Sense Online白銀の女神(ミューズ) 3」アロハ座長著 KADOKAWA(富士見ファンタジア文庫) 2017年11月【現代/異世界・架空の世界】【肌の露出が多めの挿絵なし】

「ソードアート・オンライン 20」川原礫著 KADOKAWA(電撃文庫) 2017年9月【異世界・架空の世界】【肌の露出が多めの挿絵なし】

「デスゲームから始めるMMOスローライフ 3」草薙アキ著 KADOKAWA(富士見ファンタジア文庫) 2017年8月【異世界・架空の世界】【肌の露出が多めの挿絵あり】

「異世界魔王と召喚少女の奴隷魔術 8」むらさきゆきや著 講談社(講談社ラノベ文庫) 2017年8月【異世界・架空の世界】【肌の露出が多めの挿絵あり】

「最新のゲームは凄すぎだろ 6」浮世草子著 主婦の友社(ヒーロー文庫) 2017年10月【現代/異世界・架空の世界】【肌の露出が多めの挿絵あり】

「七星のスバル = Seven Senses of the Re'Union 6」田尾典丈著 小学館(ガガガ文庫) 2017年9月【異世界・架空の世界】【挿絵なし】

栽培・飼育

「おいしいベランダ。[4]」竹岡葉月著 KADOKAWA(富士見L文庫) 2017年11月【現代】【肌の露出が多めの挿絵なし】

「サキュバスに転生したのでミルクをしぼります 1」木野裕喜著 双葉社(モンスター文庫) 2017年8月【異世界・架空の世界】【肌の露出が多めの挿絵あり】

「異世界ですが魔物栽培しています。3」雪月花著 KADOKAWA(ファミ通文庫) 2017年10月【異世界・架空の世界】【肌の露出が多めの挿絵あり】

「異世界の果てで開拓ごはん！：座敷わらしと目指す快適スローライフ」滝口流著 KADOKAWA(カドカワBOOKS) 2017年11月【異世界・架空の世界】【肌の露出が多めの挿絵あり】

ストーリー

「水族館ガール 2」木宮条太郎作;げみ絵 実業之日本社(実業之日本社ジュニア文庫) 2017年7月【現代】【挿絵なし】

「水族館ガール 4」木宮条太郎著 実業之日本社(実業之日本社文庫) 2017年7月【現代】【挿絵なし】

「天都宮帝室の然々な事情:二五六番目の皇女、天降りて大きな瓜と小さな恋を育てること」我鳥彩子著 集英社(コバルト文庫) 2017年8月【異世界・架空の世界】【肌の露出が多めの挿絵なし】

サバイバル

「1パーセントの教室」松村涼哉著 KADOKAWA(電撃文庫) 2017年12月【現代】【肌の露出が多めの挿絵なし】

「エノク第二部隊の遠征ごはん 1」江本マシメサ著 マイクロマガジン社(GC NOVELS) 2017年9月【異世界・架空の世界】【肌の露出が多めの挿絵なし】

「ジェノサイド・リアリティー:異世界迷宮を最強チートで勝ち抜く」風来山著 SBクリエイティブ(GA文庫) 2017年7月【異世界・架空の世界】【肌の露出が多めの挿絵あり】

「タイガの森の狩り暮らし = Hunting Life In Taiga Forests:契約夫婦の東欧ごはん」江本マシメサ著 主婦と生活社(PASH!ブックス) 2017年12月【異世界・架空の世界】【肌の露出が多めの挿絵なし】

「トカゲといっしょ 1」岩舘野良猫著 双葉社(モンスター文庫) 2017年11月【異世界・架空の世界】【肌の露出が多めの挿絵あり/キスシーンの挿絵あり】

「ビューティフル・ソウル:終わる世界に響く唄」坂上秋成著 講談社(講談社ラノベ文庫) 2017年8月【近未来・遠未来】【肌の露出が多めの挿絵なし】

「ラスト・ロスト・ジュブナイル = Last Lost Juvenile:交錯のパラレルワールド」中村あき著 星海社(星海社FICTIONS) 2017年12月【現代】【肌の露出が多めの挿絵なし】

「俺の部屋ごと異世界へ!ネットとAmozonの力で無双する 2」月夜涙著 双葉社(モンスター文庫) 2017年7月【異世界・架空の世界】【肌の露出が多めの挿絵なし】

「俺の部屋ごと異世界へ!ネットとAmozonの力で無双する 3」月夜涙著 双葉社(モンスター文庫) 2017年12月【異世界・架空の世界】【肌の露出が多めの挿絵あり】

「月とうさぎのフォークロア。St.3」徒埜けんしん著 SBクリエイティブ(GA文庫) 2017年10月【現代】【肌の露出が多めの挿絵あり】

「最強パーティは残念ラブコメで全滅する!? 2」鏡遊著 KADOKAWA(富士見ファンタジア文庫) 2017年11月【異世界・架空の世界】【肌の露出が多めの挿絵あり】

「処刑タロット」土橋真二郎著 KADOKAWA(電撃文庫) 2017年11月【現代】【肌の露出が多めの挿絵あり/キスシーンの挿絵あり】

「大学デビューに失敗したぼっち、魔境に生息す。」睦月著 TOブックス 2017年10月【現代/異世界・架空の世界】【肌の露出が多めの挿絵なし】

ストーリー

「蜘蛛ですが、なにか? 7」馬場翁著 KADOKAWA(カドカワBOOKS) 2017年10月【異世界・架空の世界】【肌の露出が多めの挿絵なし】

「二度目の地球で街づくり:開拓者はお爺ちゃん 1」舞著 アース・スターエンターテイメント(EARTH STAR NOVEL) 2017年9月【異世界・架空の世界】【肌の露出が多めの挿絵あり】

「日本国召喚 2」みのろう著 ポニーキャニオン(ぽにきゃんBOOKS) 2017年8月【異世界・架空の世界】【肌の露出が多めの挿絵なし】

「日本国召喚 3」みのろう著 ポニーキャニオン(ぽにきゃんBOOKS) 2017年11月【異世界・架空の世界】【肌の露出が多めの挿絵なし】

「友食い教室 = THE FRIENDS-EATER CLASSROOM」柑橘ゆすら小説 集英社(JUMP j BOOKS) 2017年12月【現代】【肌の露出が多めの挿絵なし】

死・別れ

「……なんでそんな、ばかなこと聞くの?」鈴木大輔著 KADOKAWA(角川文庫) 2017年9月【現代】【挿絵なし】

「あなたは嘘を見抜けない」菅原和也著 講談社(講談社タイガ) 2017年7月【現代】【挿絵なし】

「いつかきみに七月の雪を見せてあげる」五十嵐雄策著 KADOKAWA(メディアワークス文庫) 2017年10月【現代】【肌の露出が多めの挿絵なし】

「この世界にiをこめて = With all my love in this world」佐野徹夜著 KADOKAWA(メディアワークス文庫) 2017年10月【現代】【肌の露出が多めの挿絵なし】

「もうひとつの命」入間人間著 KADOKAWA(メディアワークス文庫) 2017年12月【現代】【肌の露出が多めの挿絵なし】

「永劫回帰ステルス:九十九号室にワトスンはいるのか?」若木未生著 講談社(講談社タイガ) 2017年7月【現代】【挿絵なし】

「声も出せずに死んだんだ」長谷川也著 KADOKAWA(角川文庫) 2017年11月【現代】【挿絵なし】

「探偵が早すぎる 下」井上真偽著 講談社(講談社タイガ) 2017年7月【異世界・架空の世界】【挿絵なし】

「百鬼一歌:月下の死美女」瀬川貴次著 講談社(講談社タイガ) 2017年8月【歴史・時代】【肌の露出が多めの挿絵なし】

「別れの夜には猫がいる。新装版」永嶋恵美著 徳間書店(徳間文庫) 2017年7月【現代】【挿絵なし】

試合・競争・コンテスト・競合

「14歳とイラストレーター 3」むらさきゆきや著 KADOKAWA(MF文庫J) 2017年7月【現代】【肌の露出が多めの挿絵あり】

ストーリー

「2.43：清陰高校男子バレー部 代表決定戦編1」壁井ユカコ著 集英社（集英社文庫）2017年11月【現代】【肌の露出が多めの挿絵なし】

「2.43：清陰高校男子バレー部 代表決定戦編2」壁井ユカコ著 集英社（集英社文庫）2017年12月【現代】【肌の露出が多めの挿絵なし】

「DOUBLES!!-ダブルス- 4th Set」天沢夏月著 KADOKAWA（メディアワークス文庫）2017年9月【現代】【肌の露出が多めの挿絵なし】

「DOUBLES!!-ダブルス- Final Set」天沢夏月著 KADOKAWA（メディアワークス文庫）2017年11月【現代】【肌の露出が多めの挿絵なし】

「Only Sense Online 13」アロハ座長著 KADOKAWA（富士見ファンタジア文庫）2017年9月【異世界・架空の世界】【肌の露出が多めの挿絵なし】

「VRMMO学園で楽しい魔改造のススメ：最弱ジョブで最強ダメージ出してみた 2」ハヤケン著 ホビージャパン（HJ文庫）2017年10月【現代/異世界・架空の世界】【肌の露出が多めの挿絵なし】

「アサシンズプライド 7」天城ケイ著 KADOKAWA（富士見ファンタジア文庫）2017年10月【異世界・架空の世界】【肌の露出が多めの挿絵あり】

「エール!!：栄冠は君に輝く」石原ひな子著 KADOKAWA（富士見L文庫）2017年8月【現代】【挿絵なし】

「おかしな転生 7」古流望著 TOブックス 2017年8月【異世界・架空の世界】【肌の露出が多めの挿絵なし】

「お前みたいなヒロインがいてたまるか! 4」白猫著 フロンティアワークス（アリアンローズ）2017年11月【異世界・架空の世界】【肌の露出が多めの挿絵なし】

「キラプリおじさんと幼女先輩 3」岩沢藍著 KADOKAWA（電撃文庫）2017年12月【現代】【肌の露出が多めの挿絵なし】

「くずクマさんとハチミツJK 3」鳥川さいか著 KADOKAWA（MF文庫J）2017年11月【現代】【肌の露出が多めの挿絵なし/キスシーンの挿絵あり】

「クラウン・オブ・リザードマン 2」雨木シュウスケ著 KADOKAWA（富士見ファンタジア文庫）2017年10月【異世界・架空の世界】【肌の露出が多めの挿絵なし】

「グランプリ」高千穂遙著 早川書房（ハヤカワ文庫 JA）2017年11月【現代】【肌の露出が多めの挿絵なし】

「スケートボーイズ」碧野圭著 実業之日本社（実業之日本社文庫）2017年11月【現代】【挿絵なし】

「ストライクフォール = STRIKE FALL 3」長谷敏司著 小学館（ガガガ文庫）2017年11月【異世界・架空の世界】【肌の露出が多めの挿絵なし】

「セブンキャストのひきこもり魔術王 5」岬かつみ著 KADOKAWA（富士見ファンタジア文庫）2017年9月【異世界・架空の世界】【肌の露出が多めの挿絵なし】

ストーリー

「ダイブ!波乗りリストランテ」山本賀代著 マイナビ出版(ファン文庫) 2017年9月【現代】【挿絵なし】

「ダブル・フォールト」真保裕一著 集英社(集英社文庫) 2017年10月【現代】【挿絵なし】

「チアーズ!」赤松中学著 KADOKAWA(MF文庫J) 2017年9月【現代】【肌の露出が多めの挿絵なし】

「チートあるけどまったり暮らしたい:のんびり魔道具作ってたいのに」なんじゃもんじゃ著 宝島社 2017年9月【異世界・架空の世界】【肌の露出が多めの挿絵あり】

「デスゲームから始めるMMOスローライフ 4」草薙アキ著 KADOKAWA(富士見ファンタジア文庫) 2017年11月【異世界・架空の世界】【肌の露出が多めの挿絵あり】

「デスマーチからはじまる異世界狂想曲 = Death Marching to the Parallel World Rhapsody 12」愛七ひろ著 KADOKAWA(カドカワBOOKS) 2017年12月【異世界・架空の世界】【肌の露出が多めの挿絵なし】

「なれる!SE 16」夏海公司著 KADOKAWA(電撃文庫) 2017年8月【現代】【肌の露出が多めの挿絵あり】

「のど自慢殺人事件」高木敦史著 祥伝社(祥伝社文庫) 2017年10月【現代】【肌の露出が多めの挿絵なし】

「ハイキュー!! : 劇場版総集編 [3]」古舘春一原作;吉成郁子小説 集英社(JUMP J BOOKS) 2017年9月【現代】【肌の露出が多めの挿絵なし】

「ハイキュー!! : 劇場版総集編 [4]」古舘春一原作;吉成郁子小説 集英社(JUMP J BOOKS) 2017年9月【現代】【肌の露出が多めの挿絵なし】

「ハイキュー!!ショーセツバン!! 9」古舘春一;星希代子著 集英社(JUMP j BOOKS) 2017年12月【現代】【肌の露出が多めの挿絵なし】

「ヒマワリ:unUtopial World 5」林トモアキ著 KADOKAWA(角川スニーカー文庫) 2017年11月【異世界・架空の世界】【肌の露出が多めの挿絵なし】

「フラワーナイトガール [7]」是鐘リュウジ著 KADOKAWA(ファミ通文庫) 2017年10月【異世界・架空の世界】【肌の露出が多めの挿絵あり】

「マメシバ頼りの魔獣使役者(モンスターセプター)ライフ 2」鳥村居子著 KADOKAWA(ファミ通文庫) 2017年8月【異世界・架空の世界】【肌の露出が多めの挿絵なし/キスシーンの挿絵あり】

「メルヘン・メドヘン 2」松智洋著;StoryWorks著 集英社(ダッシュエックス文庫) 2017年7月【異世界・架空の世界】【肌の露出が多めの挿絵あり】

「メルヘン・メドヘン 3」松智洋著;StoryWorks著 集英社(ダッシュエックス文庫) 2017年12月【現代/異世界・架空の世界】【肌の露出が多めの挿絵あり】

「ユリシーズ0 : ジャンヌ・ダルクと姫騎士団長殺し」春日みかげ著 集英社(ダッシュエックス文庫) 2017年10月【歴史・時代】【肌の露出が多めの挿絵なし】

「ライヴ」山田悠介著 幻冬舎(幻冬舎文庫) 2017年7月【現代】【挿絵なし】

ストーリー

「りゅうおうのおしごと! 6 ドラマCD付き限定特装版」白鳥士郎著 SBクリエイティブ(GA文庫) 2017年7月【現代】【肌の露出が多めの挿絵なし】

「レイズ・オン・ファンタジー：ギャンブラーは異世界を謳歌する」河本ほむら著 KADOKAWA(富士見ファンタジア文庫) 2017年12月【異世界・架空の世界】【肌の露出が多めの挿絵あり/キスシーンの挿絵あり】

「レベル1だけどユニークスキルで最強です 2」三木なずな著 講談社(Kラノベブックス) 2017年12月【異世界・架空の世界】【肌の露出が多めの挿絵なし】

「ワールド・ティーチャー：異世界式教育エージェント 7」ネコ光一著 オーバーラップ(オーバーラップ文庫) 2017年11月【異世界・架空の世界】【肌の露出が多めの挿絵あり】

「わたしの魔術コンサルタント 2」羽場楽人著 KADOKAWA(電撃文庫) 2017年9月【現代】【肌の露出が多めの挿絵あり】

「悪役令嬢の取り巻きやめようと思います 3」星窓ぽんきち著 フロンティアワークス(アリアンローズ) 2017年11月【異世界・架空の世界】【肌の露出が多めの挿絵なし】

「異世界で竜が許嫁です 2」山崎里佳著 KADOKAWA(角川ビーンズ文庫) 2017年12月【異世界・架空の世界】【肌の露出が多めの挿絵なし】

「嘘つき恋人セレナーデ」永瀬さらさ著 KADOKAWA(角川ビーンズ文庫) 2017年7月【異世界・架空の世界】【肌の露出が多めの挿絵なし】

「王家の裁縫師レリン：春呼ぶ出逢いと糸の花」藤咲実佳著 KADOKAWA(角川ビーンズ文庫) 2017年11月【異世界・架空の世界】【肌の露出が多めの挿絵なし】

「王族に転生したから暴力を使ってでも専制政治を守り抜く!」井戸正善著 講談社(Kラノベブックス) 2017年8月【異世界・架空の世界】【肌の露出が多めの挿絵なし】

「俺と蛙さんの異世界放浪記 7」くずもち著 アルファポリス(アルファライト文庫) 2017年9月【異世界・架空の世界】【肌の露出が多めの挿絵なし】

「俺の立ち位置はココじゃない!」宇津田晴著 小学館(ガガガ文庫) 2017年11月【現代】【肌の露出が多めの挿絵なし】

「夏は終わらない：雲は湧き、光あふれて」須賀しのぶ著 集英社(集英社オレンジ文庫) 2017年7月【現代】【肌の露出が多めの挿絵なし】

「火ノ丸相撲四十八手 2」川田著;久麻當郎著 集英社(JUMP j BOOKS) 2017年11月【現代】【肌の露出が多めの挿絵あり】

「学戦都市アスタリスク 12.」三屋咲ゆう著 KADOKAWA(MF文庫J) 2017年8月【近未来・遠未来】【肌の露出が多めの挿絵なし】

「鑑定能力で調合師になります 7」空野進著 主婦の友社(ヒーロー文庫) 2017年9月【異世界・架空の世界】【肌の露出が多めの挿絵なし】

「鬼姫と流れる星々」小松エメル著 ポプラ社(ポプラ文庫ピュアフル) 2017年11月【歴史・時代】【肌の露出が多めの挿絵なし】

ストーリー

「響け!ユーフォニアム 北宇治高校吹奏楽部、波乱の第二楽章 後編」武田綾乃著 宝島社(宝島社文庫) 2017年10月【現代】【挿絵なし】

「響け!ユーフォニアム 北宇治高校吹奏楽部、波乱の第二楽章 前編」武田綾乃著 宝島社(宝島社文庫) 2017年9月【現代】【挿絵なし】

「空戦魔導士候補生の教官 14」諸星悠著 KADOKAWA(富士見ファンタジア文庫) 2017年7月【異世界・架空の世界】【肌の露出が多めの挿絵あり】

「幻獣王の心臓 [3]」氷川一歩著 講談社(講談社X文庫) 2017年8月【現代】【肌の露出が多めの挿絵なし】

「今日から俺はロリのヒモ! 4」暁雪著 KADOKAWA(MF文庫J) 2017年7月【現代】【肌の露出が多めの挿絵あり】

「再召喚された勇者は一般人として生きていく? = WILL THE BRAVE SUMMONED AGAIN LIVE AS AN ORDINARY PERSON? [3]」かたなかじ著 宝島社 2017年7月【異世界・架空の世界】【肌の露出が多めの挿絵なし】

「彩菊あやかし算法帖」青柳碧人著 実業之日本社(実業之日本社文庫) 2017年8月【歴史・時代】【肌の露出が多めの挿絵なし】

「算額タイムトンネル」向井湘吾著 講談社(講談社タイガ) 2017年12月【現代】【挿絵なし】

「自重しない元勇者の強くて楽しいニューゲーム 3」新木伸著 集英社(ダッシュエックス文庫) 2017年7月【異世界・架空の世界】【肌の露出が多めの挿絵あり】

「自称Fランクのお兄さまがゲームで評価される学園の頂点に君臨するそうですよ? 2」三河ごーすと著 KADOKAWA(MF文庫J) 2017年8月【異世界・架空の世界】【肌の露出が多めの挿絵あり】

「鹿の王 4」上橋菜穂子著 KADOKAWA(角川文庫) 2017年7月【異世界・架空の世界】【肌の露出が多めの挿絵なし】

「手のひらの恋と世界の王の娘たち 2」岩田洋季著 KADOKAWA(電撃文庫) 2017年7月【異世界・架空の世界】【肌の露出が多めの挿絵あり】

「春華とりかえ抄 : 榮国物語」一石月下著 KADOKAWA(富士見L文庫) 2017年9月【現代】【挿絵なし】

「神獣(わたし)たちと一緒なら世界最強イケちゃいますよ? 2」福山陽士著 KADOKAWA(富士見ファンタジア文庫) 2017年11月【異世界・架空の世界】【肌の露出が多めの挿絵あり】

「精霊使いの剣舞(ブレイドダンス)精霊舞踏祭(エレメンタル・フェスタ)」志瑞祐著 KADOKAWA(MF文庫J) 2017年10月【異世界・架空の世界】【肌の露出が多めの挿絵あり】

「全日本探偵道コンクール」古野まほろ著 KADOKAWA(角川文庫) 2017年11月【現代】【挿絵なし】

「走れ、健次郎」菊池幸見著 祥伝社(祥伝社文庫) 2017年12月【現代】【肌の露出が多めの挿絵なし】

ストーリー

「大国チートなら異世界征服も楽勝ですよ? 3」櫨末高彰著 KADOKAWA(MF文庫J) 2017年
10月【異世界・架空の世界】【肌の露出が多めの挿絵あり】

「超人高校生たちは異世界でも余裕で生き抜くようです! 6」海空りく著 SBクリエイティブ(GA文庫) 2017年12月【異世界・架空の世界】【肌の露出が多めの挿絵あり】

「通常攻撃が全体攻撃で二回攻撃のお母さんは好きですか? 3」井中だちま著 KADOKAWA(富士見ファンタジア文庫) 2017年8月【異世界・架空の世界】【肌の露出が多めの挿絵あり】

「天才外科医が異世界で闇医者を始めました。5」柊むう著 双葉社(モンスター文庫) 2017年10月【異世界・架空の世界】【肌の露出が多めの挿絵なし】

「転生したら剣でした = I became the sword by transmigrating 4」棚架ユウ著 マイクロマガジン社(GC NOVELS) 2017年11月【異世界・架空の世界】【肌の露出が多めの挿絵なし】

「転生して田舎でスローライフをおくりたい = I want to enjoy slow Living [3]」錬金王著 宝島社 2017年7月【異世界・架空の世界】【肌の露出が多めの挿絵あり】

「兎田士郎の勝負な週末」日向唯稀著;兎田颯太郎著 コスミック出版(コスミック文庫α) 2017年8月【現代】【挿絵なし】

「豚公爵に転生したから、今度は君に好きと言いたい 3」合田拍子著 KADOKAWA(富士見ファンタジア文庫) 2017年8月【異世界・架空の世界】【肌の露出が多めの挿絵あり】

「不思議の国のサロメ 新装版」赤川次郎著 徳間書店(徳間文庫) 2017年7月【現代】【挿絵なし】

「物理的に孤立している俺の高校生活 = My Highschool Life is Physically Isolated 3」森田季節著 小学館(ガガガ文庫) 2017年10月【現代】【肌の露出が多めの挿絵なし】

「放課後音楽室」麻沢奏著 スターツ出版(スターツ出版文庫) 2017年10月【現代】【挿絵なし】

「魔王、配信中!? 2」南篠豊著 講談社(講談社ラノベ文庫) 2017年11月【現代】【肌の露出が多めの挿絵なし】

「魔王城のシェフ 2」水城水城著 KADOKAWA(ファミ通文庫) 2017年8月【異世界・架空の世界】【肌の露出が多めの挿絵あり】

「魔術学園領域の拳王(バーサーカー) 3」下等妙人著 KADOKAWA(富士見ファンタジア文庫) 2017年10月【異世界・架空の世界】【肌の露出が多めの挿絵なし】

「魔導GPX(グランプリ)ウィザード・フォーミュラ 02」竹井10日著 KADOKAWA(角川スニーカー文庫) 2017年8月【異世界・架空の世界】【肌の露出が多めの挿絵あり】

「魔導少女に転生した俺の双剣が有能すぎる 3」岩波零著 KADOKAWA(MF文庫J) 2017年7月【現代】【肌の露出が多めの挿絵あり】

「魔法?そんなことより筋肉だ! 2」どらねこ著 KADOKAWA(MFブックス) 2017年9月【異世界・架空の世界】【肌の露出が多めの挿絵なし】

「名探偵の証明」市川哲也著 東京創元社(創元推理文庫) 2017年12月【現代】【挿絵なし】

ストーリー

「明治・妖(あやかし)モダン」畠中恵著 朝日新聞出版(朝日文庫) 2017年7月【歴史・時代】【挿絵なし】

「勇者の武器屋経営 2」至道流星著 星海社(星海社FICTIONS) 2017年9月【異世界・架空の世界】【肌の露出が多めの挿絵なし】

「悠久の愚者アズリーの、賢者のすゝめ = The principle of a philosopher by eternal fool "Asley" 7」壱弐参著 アース・スターエンターテイメント(EARTH STAR NOVEL) 2017年11月【異世界・架空の世界】【肌の露出が多めの挿絵なし】

「落第騎士の英雄譚(キャバルリィ) 11」海空りく著 SBクリエイティブ(GA文庫) 2017年10月【異世界・架空の世界】【肌の露出が多めの挿絵あり】

「六畳間の侵略者!? 27」健速著 ホビージャパン(HJ文庫) 2017年11月【現代】【肌の露出が多めの挿絵なし】

事故

「いつかきみに七月の雪を見せてあげる」五十嵐雄策著 KADOKAWA(メディアワークス文庫) 2017年10月【現代】【肌の露出が多めの挿絵なし】

「サキュバスに転生したのでミルクをしぼります 1」木野裕喜著 双葉社(モンスター文庫) 2017年8月【異世界・架空の世界】【肌の露出が多めの挿絵あり】

「サキュバスに転生したのでミルクをしぼります 2」木野裕喜著 双葉社(モンスター文庫) 2017年12月【異世界・架空の世界】【肌の露出が多めの挿絵あり】

「セーラー服とシャーロキエンヌ : 穴井戸栄子の華麗なる事件簿」古野まほろ著 KADOKAWA(角川文庫) 2017年8月【現代】【挿絵なし】

「ラスト・ロスト・ジュブナイル = Last Lost Juvenile : 交錯のパラレルワールド」中村あき著 星海社(星海社FICTIONS) 2017年12月【現代】【肌の露出が多めの挿絵なし】

「君が何度死んでも」椎本孝思著 アルファポリス(アルファポリス文庫) 2017年12月【現代】【挿絵なし】

「時給三〇〇円の死神」藤まる著 双葉社(双葉文庫) 2017年12月【現代】【挿絵なし】

「青い花は未来で眠る」乾ルカ著 KADOKAWA(角川文庫) 2017年8月【現代】【挿絵なし】

「二十歳(はたち)の君がいた世界」沢木まひろ著 宝島社(宝島社文庫) 2017年12月【異世界・架空の世界】【挿絵なし】

事故＞交通事故・ひき逃げ

「Burn.」加藤シゲアキ著 KADOKAWA(角川文庫) 2017年7月【現代】【挿絵なし】

「椅子を作る人」山路こいし著 新紀元社(MORNING STAR BOOKS) 2017年8月【現代】【肌の露出が多めの挿絵なし】

「幻肢」島田荘司著 文藝春秋(文春文庫) 2017年8月【現代】【挿絵なし】

ストーリー

「黒猫の回帰あるいは千夜航路」森晶麿著 早川書房(ハヤカワ文庫 JA) 2017年9月【現代】【挿絵なし】

「最強の魔狼は静かに暮らしたい：転生したらフェンリルだった件」伊瀬ネキセ著 集英社(ダッシュエックス文庫) 2017年7月【現代/異世界・架空の世界】【肌の露出が多めの挿絵なし】

「詩葉さんは別ノ詩を詠みはじめる」樫田レオ著 KADOKAWA(ファミ通文庫) 2017年8月【現代】【肌の露出が多めの挿絵なし】

「謎の館へようこそ：新本格30周年記念アンソロジー 黒」はやみねかおる著;恩田陸著;高田崇史著;綾崎隼著;白井智之著;井上真偽著;文芸第三出版部編 講談社(講談社タイガ) 2017年10月【現代】【挿絵なし】

「二周目の僕は君と恋をする」瑞智士記著 KADOKAWA(ファミ通文庫) 2017年7月【現代】【肌の露出が多めの挿絵なし】

「毎年、記憶を失う彼女の救いかた」望月拓海著 講談社(講談社タイガ) 2017年12月【現代】【挿絵なし】

仕事

「※妹を可愛がるのも大切なお仕事です。」弥生志郎著 KADOKAWA(MF文庫J) 2017年7月【現代】【肌の露出が多めの挿絵あり】

「14歳とイラストレーター 3」むらさきゆきや著 KADOKAWA(MF文庫J) 2017年7月【現代】【肌の露出が多めの挿絵あり】

「14歳とイラストレーター 4」むらさきゆきや著 KADOKAWA(MF文庫J) 2017年11月【現代】【肌の露出が多めの挿絵あり】

「BABEL：復讐の贈与者」日野草著 KADOKAWA(角川文庫) 2017年7月【現代】【挿絵なし】

「Bの戦場 3」ゆきた志旗著 集英社(集英社オレンジ文庫) 2017年12月【現代】【肌の露出が多めの挿絵なし】

「Only Sense Online 13」アロハ座長著 KADOKAWA(富士見ファンタジア文庫) 2017年9月【異世界・架空の世界】【肌の露出が多めの挿絵なし】

「RAIL WARS!：日本國有鉄道公安隊 14」豊田巧著 実業之日本社(Jノベルライト文庫) 2017年12月【現代】【肌の露出が多めの挿絵なし】

「RE:これが異世界のお約束です!」鹿角フェフ著 ポニーキャニオン(ぽにきゃんBOOKS) 2017年7月【異世界・架空の世界】【肌の露出が多めの挿絵あり】

「SF飯:宇宙港デルタ3の食料事情」銅大著 早川書房(ハヤカワ文庫 JA) 2017年11月【異世界・架空の世界】【肌の露出が多めの挿絵あり】

「あやかしお宿の勝負めし出します。」友麻碧著 KADOKAWA(富士見L文庫) 2017年11月【異世界・架空の世界】【肌の露出が多めの挿絵なし】

「あやかし会社の社長にされそう。」水沢あきと著 KADOKAWA(メディアワークス文庫) 2017年10月【現代】【肌の露出が多めの挿絵なし】

ストーリー

「アラフォー営業マン、異世界に起つ！：女神パワーで人生二度目の成り上がり」澄守彩著 講談社（Kラノベブックス）2017年9月【異世界・架空の世界】【肌の露出が多めの挿絵なし】

「アラフォー営業マン、異世界に起つ！：女神パワーで人生二度目の成り上がり 2」澄守彩著 講談社（Kラノベブックス）2017年12月【異世界・架空の世界】【肌の露出が多めの挿絵あり】

「アリクイのいんぼう：家守とミルクセーキと三文じゃない判」鳩見すた著 KADOKAWA（メディアワークス文庫）2017年8月【現代】【肌の露出が多めの挿絵なし】

「アリクイのいんぼう [2]」鳩見すた著 KADOKAWA（メディアワークス文庫）2017年12月【現代】【肌の露出が多めの挿絵なし】

「ありふれた職業で世界最強 零1」白米良著 オーバーラップ（オーバーラップ文庫）2017年12月【異世界・架空の世界】【肌の露出が多めの挿絵あり】

「アルバトロスは羽ばたかない」七河迦南著 東京創元社（創元推理文庫）2017年11月【現代】【挿絵なし】

「イジワル御曹司のギャップに参ってます！」伊月ジュイ著 スターツ出版（ベリーズ文庫）2017年8月【現代】【挿絵なし】

「イジワル社長は溺愛旦那様！?」あさぎ千夜春著 スターツ出版（ベリーズ文庫）2017年10月【現代】【挿絵なし】

「イジワル副社長と秘密のロマンス」真崎奈南著 スターツ出版（ベリーズ文庫）2017年11月【現代】【挿絵なし】

「イジワル副社長の溺愛にタジタジです」佐倉伊織著 スターツ出版（ベリーズ文庫）2017年7月【現代】【挿絵なし】

「うそつき、うそつき」清水杜氏彦著 早川書房（ハヤカワ文庫JA）2017年10月【近未来・遠未来】【挿絵なし】

「うちの聖女さまは腹黒すぎるだろ。」上野遊著 KADOKAWA（電撃文庫）2017年12月【異世界・架空の世界】【肌の露出が多めの挿絵あり】

「エディター！：編集ガールの取材手帖」上倉えり著 KADOKAWA（富士見L文庫）2017年7月【現代】【挿絵なし】

「エノク第二部隊の遠征ごはん 2」江本マシメサ著 マイクロマガジン社（GC NOVELS）2017年12月【異世界・架空の世界】【肌の露出が多めの挿絵あり】

「エプロン男子：今晩、出張シェフがうかがいます 2nd」山本瑤著 集英社（集英社オレンジ文庫）2017年11月【現代】【挿絵なし】

「エリート外科医の一途な求愛」水守恵蓮著 スターツ出版（ベリーズ文庫）2017年11月【現代】【挿絵なし】

「エリート上司に翻弄されてます！」霜月悠太著 スターツ出版（ベリーズ文庫）2017年10月【現代】【挿絵なし】

ストーリー

「エリート上司の甘い誘惑」砂原雑音著 スターツ出版(ベリーズ文庫) 2017年9月【現代】【挿絵なし】

「お飾り聖女は前線で戦いたい」さき著 KADOKAWA(角川ビーンズ文庫) 2017年11月【異世界・架空の世界】【肌の露出が多めの挿絵なし/キスシーンの挿絵あり】

「お世話になっております。陰陽課です 4」峰守ひろかず著 KADOKAWA(メディアワークス文庫) 2017年9月【現代】【肌の露出が多めの挿絵なし】

「お弁当代行屋さんの届けもの」妃川螢著 KADOKAWA(富士見L文庫) 2017年9月【現代】【挿絵なし】

「がらくた屋と月の夜話」谷瑞恵著 幻冬舎(幻冬舎文庫) 2017年11月【現代】【肌の露出が多めの挿絵なし】

「キャスター探偵愛優一郎の友情」愁堂れな著 集英社(集英社オレンジ文庫) 2017年8月【現代】【挿絵なし】

「クールな御曹司と愛され政略結婚」西ナナヲ著 スターツ出版(ベリーズ文庫) 2017年9月【現代】【挿絵なし】

「クールな上司とトキメキ新婚!?ライフ」北条歩来著 スターツ出版(ベリーズ文庫) 2017年7月【現代】【挿絵なし】

「クール上司の甘すぎ捕獲宣言!」葉崎あかり著 スターツ出版(ベリーズ文庫) 2017年11月【現代】【挿絵なし】

「クズと天使の二周目生活(セカンドライフ)」天津向著 小学館(ガガガ文庫) 2017年10月【現代】【肌の露出が多めの挿絵あり】

「ゲーム・プレイング・ロール ver.2」木村心一著 KADOKAWA(角川スニーカー文庫) 2017年10月【異世界・架空の世界】【肌の露出が多めの挿絵あり】

「このたび王の守護獣お世話係になりました」柏てん著 一迅社(一迅社文庫アイリス) 2017年10月【異世界・架空の世界】【肌の露出が多めの挿絵なし】

「これは経費で落ちません!：経理部の森若さん 3」青木祐子著 集英社(集英社オレンジ文庫) 2017年10月【現代】【挿絵なし】

「サイメシスの迷宮：完璧な死体」アイダサキ著 講談社(講談社タイガ) 2017年9月【現代】【挿絵なし】

「サキュバスに転生したのでミルクをしぼります 2」木野裕喜著 双葉社(モンスター文庫) 2017年12月【異世界・架空の世界】【肌の露出が多めの挿絵あり】

「ジンカン：宮内庁神祇鑑定人・九鬼隗一郎」三田誠著 講談社(講談社タイガ) 2017年12月【現代】【挿絵なし】

「スイート・ルーム・シェア：御曹司と溺甘同居」和泉あや著 スターツ出版(ベリーズ文庫) 2017年11月【現代】【挿絵なし】

ストーリー

「スープ屋しずくの謎解き朝ごはん [3]」友井羊著 宝島社(宝島社文庫) 2017年11月【現代】【挿絵なし】

「スタイリッシュ武器屋 2」弘松涼著 主婦の友社(ヒーロー文庫) 2017年10月【異世界・架空の世界】【肌の露出が多めの挿絵なし】

「スパダリ副社長の溺愛がとまりません!」花音莉亜著 スターツ出版(ベリーズ文庫) 2017年9月【現代】【挿絵なし】

「ゼロの日に叫ぶ」似鳥鶏著 河出書房新社(河出文庫) 2017年9月【現代/歴史・時代】【肌の露出が多めの挿絵なし】

「ダイブ!波乗りリストランテ」山本賀代著 マイナビ出版(ファン文庫) 2017年9月【現代】【挿絵なし】

「たとえばラストダンジョン前の村の少年が序盤の街で暮らすような物語 3」サトウとシオ著 SBクリエイティブ(GA文庫) 2017年9月【異世界・架空の世界】【肌の露出が多めの挿絵あり】

「デーモンルーラー:定時に帰りたい男のやりすぎレベリング」一江左かさね著 KADOKAWA(カドカワBOOKS) 2017年8月【現代/異世界・架空の世界】【肌の露出が多めの挿絵なし】

「とどけるひと:別れの手紙の郵便屋さん」半田畔著 KADOKAWA(富士見L文庫) 2017年8月【現代】【挿絵なし】

「ひとり旅の神様 2」五十嵐雄策著 KADOKAWA(メディアワークス文庫) 2017年7月【現代】【肌の露出が多めの挿絵なし】

「ひみつの小説家の偽装結婚:恋の始まりは遺言状!?」仲村つばき著 集英社(コバルト文庫) 2017年10月【現代】【肌の露出が多めの挿絵なし】

「ブラック企業に勤めております。[3]」要はる著 集英社(集英社オレンジ文庫) 2017年10月【現代】【肌の露出が多めの挿絵なし】

「フロンティアダイアリー = FRONTIER DIARY:元貴族の異世界辺境生活日記」鬼ノ城ミヤ著 一二三書房(Saga Forest) 2017年10月【異世界・架空の世界】【肌の露出が多めの挿絵なし】

「ぽんしゅでGO!:僕らの巫女とほろ酔い列車旅」豊田巧著 集英社(ダッシュエックス文庫) 2017年12月【現代】【肌の露出が多めの挿絵なし】

「マージナル・オペレーション改 03」芝村裕吏著 星海社(星海社FICTIONS) 2017年12月【現代】【肌の露出が多めの挿絵なし】

「マギクラフト・マイスター 12」秋ぎつね著 KADOKAWA(MFブックス) 2017年7月【異世界・架空の世界】【肌の露出が多めの挿絵なし】

「マギクラフト・マイスター 13」秋ぎつね著 KADOKAWA(MFブックス) 2017年11月【異世界・架空の世界】【肌の露出が多めの挿絵なし】

「モノクローム・レクイエム」小島正樹著 徳間書店(徳間文庫) 2017年9月【現代】【挿絵なし】

「ラノベ作家になりたくて震える。」嵯峨伊緒著 KADOKAWA(電撃文庫) 2017年9月【現代】【肌の露出が多めの挿絵なし】

ストーリー

「リーマン、教祖に挑む」天祢涼著 双葉社(双葉文庫) 2017年9月【現代】【肌の露出が多めの
挿絵なし】

「レストラン・タブリエの幸せマリアージュ：シャルドネと涙のオマールエビ」浜野稚子著 マイナ
ビ出版(ファン文庫) 2017年7月【現代】【肌の露出が多めの挿絵なし】

「レベルリセッター：クリスと迷宮の秘密 2」ブロッコリーライオン著 一二三書房(Saga Forest)
2017年9月【異世界・架空の世界】【肌の露出が多めの挿絵なし】

「レンタルJK犬見さん。= Rental JK Inumi san.」三河ごーすと著 KADOKAWA(電撃文庫)
2017年7月【現代】【肌の露出が多めの挿絵なし】

「ワースト・インプレッション：刑事・理恩と拾得の事件簿」滝田務雄著 双葉社(双葉文庫)
2017年12月【現代】【挿絵なし】

「綾志別町役場妖怪課 [2]」青柳碧人著 KADOKAWA(角川文庫) 2017年9月【異世界・架空
の世界】【挿絵なし】

「暗黒のゼーヴェノア 1」佐藤英一原作;サテライト原作;竹田裕一郎著 マイクロマガジン社
(BOOK BLAST) 2017年8月【近未来・遠未来】【肌の露出が多めの挿絵あり】

「意地悪同期にさらわれました!」鳴瀬菜々子著 スターツ出版(ベリーズ文庫) 2017年7月【現
代】【挿絵なし】

「異世界でカフェを開店しました。3」甘沢林檎著 アルファポリス(レジーナ文庫. レジーナブッ
クス) 2017年9月【異世界・架空の世界】【肌の露出が多めの挿絵なし】

「異世界に召喚されてハケンの聖女になりました」乙川れい著 KADOKAWA(ビーズログ文庫)
 2017年8月【現代/異世界・架空の世界】【肌の露出が多めの挿絵なし/キスシーンの挿絵あり】

「異世界居酒屋「のぶ」4杯目」蝉川夏哉著 宝島社(宝島社文庫) 2017年11月【異世界・架空
の世界】【肌の露出が多めの挿絵なし】

「異世界堂のミア = Mia with the mysterious mansion：お持ち帰りは亜人メイドですか?」天那
光汰著 宝島社 2017年7月【異世界・架空の世界】【肌の露出が多めの挿絵あり】

「宇宙探偵ノーグレイ」田中啓文著 河出書房新社(河出文庫) 2017年11月【異世界・架空の
世界】【挿絵なし】

「英雄の忘れ形見 2」風見祐輝著 主婦の友社(ヒーロー文庫) 2017年11月【異世界・架空の
世界】【肌の露出が多めの挿絵なし】

「黄昏古書店の家政婦さん [2]」南潔著 マイナビ出版(ファン文庫) 2017年12月【現代】【挿絵
なし】

「俺と蛙さんの異世界放浪記 7」くずもち著 アルファポリス(アルファライト文庫) 2017年9月
【異世界・架空の世界】【肌の露出が多めの挿絵なし】

「俺様Dr.に愛されすぎて」夏雪なつめ著 スターツ出版(ベリーズ文庫) 2017年12月【現代】
【挿絵なし】

ストーリー

「俺様副社長のとろ甘な業務命令」未華空央著 スターツ出版（ベリーズ文庫）2017年9月【現代】【挿絵なし】

「家政婦ですがなにか？：蔵元・和泉家のお手伝い日誌」高山ちあき著 集英社（集英社オレンジ文庫）2017年8月【現代】【挿絵なし】

「歌うエスカルゴ」津原泰水著 角川春樹事務所（ハルキ文庫）2017年11月【現代】【肌の露出が多めの挿絵なし】

「花屋「ゆめゆめ」で花香る思い出を」編乃肌著 マイナビ出版（ファン文庫）2017年8月【現代】【挿絵なし】

「花野に眠る：秋葉図書館の四季」森谷明子著 東京創元社（創元推理文庫）2017年8月【現代】【挿絵なし】

「怪奇編集部『トワイライト』2」瀬川貴次著 集英社（集英社オレンジ文庫）2017年11月【現代】【肌の露出が多めの挿絵なし】

「外資系秘書ノブコのオタク帝国の逆襲」泉ハナ著 祥伝社（祥伝社文庫）2017年11月【現代】【肌の露出が多めの挿絵なし】

「丸の内で就職したら、幽霊物件担当でした。」竹村優希著 KADOKAWA（角川文庫）2017年10月【現代】【挿絵なし】

「騎士団長は若奥様限定!?溺愛至上主義」小春りん著 スターツ出版（ベリーズ文庫）2017年11月【異世界・架空の世界】【挿絵なし】

「鬼社長のお気に入り!?」夢野美紗著 スターツ出版（ベリーズ文庫）2017年7月【現代】【挿絵なし】

「京都の甘味処は神様専用です 2」桑野和明著 双葉社（双葉文庫）2017年10月【現代】【挿絵なし】

「京都烏丸御池のお祓い本舗」望月麻衣著 双葉社（双葉文庫）2017年10月【現代】【肌の露出が多めの挿絵なし】

「京都伏見のあやかし甘味帖：おねだり狐との町屋暮らし」柏てん著 宝島社（宝島社文庫）2017年8月【現代】【挿絵なし】

「強引な次期社長に独り占めされてます！」佳月弥生著 スターツ出版（ベリーズ文庫）2017年12月【現代】【挿絵なし】

「極上な御曹司にとろ甘に愛されています」滝井みらん著 スターツ出版（ベリーズ文庫）2017年12月【現代】【挿絵なし】

「勤労魔導士が、かわいい嫁と暮らしたら？：はい、しあわせです！」空埜一樹著 ホビージャパン（HJ文庫）2017年11月【異世界・架空の世界】【肌の露出が多めの挿絵なし】

「金曜日の本屋さん [3]」名取佐和子著 角川春樹事務所（ハルキ文庫）2017年8月【現代】【挿絵なし】

ストーリー

「駆除人 5」花黒子著 KADOKAWA(MFブックス) 2017年9月【異世界・架空の世界】【肌の露出が多めの挿絵なし】

「駆除人 6」花黒子著 KADOKAWA(MFブックス) 2017年12月【異世界・架空の世界】【肌の露出が多めの挿絵なし】

「軍師/詐欺師は紙一重 2」神野オキナ著 講談社(講談社ラノベ文庫) 2017年9月【異世界・架空の世界】【肌の露出が多めの挿絵あり】

「幻想古書店で珈琲を [5]」蒼月海里著 角川春樹事務所(ハルキ文庫) 2017年9月【現代】【肌の露出が多めの挿絵なし】

「後宮に日輪は蝕す」篠原悠希著 KADOKAWA(角川文庫) 2017年11月【異世界・架空の世界】【挿絵なし】

「後宮刷華伝：ひもとく花嫁は依依恋恋たる謎を梓に鏤む」はるおかりの著 集英社(コバルト文庫) 2017年10月【歴史・時代】【肌の露出が多めの挿絵なし】

「御曹司と溺愛付き!?ハラハラ同居」佐倉伊織著 スターツ出版(ベリーズ文庫) 2017年9月【現代】【挿絵なし】

「国境線の魔術師：休暇願を出したら、激務の職場へ飛ばされた」青山有著 宝島社 2017年12月【異世界・架空の世界】【肌の露出が多めの挿絵なし】

「黒猫の回帰あるいは千夜航路」森晶麿著 早川書房(ハヤカワ文庫 JA) 2017年9月【現代】【挿絵なし】

「黒猫王子の喫茶店 [2]」高橋由太著 KADOKAWA(角川文庫) 2017年10月【現代】【挿絵なし】

「詐騎士 外伝[3]」かいとーこ著 アルファポリス(レジーナ文庫. レジーナブックス) 2017年10月【異世界・架空の世界】【肌の露出が多めの挿絵なし】

「最強ゴーレムの召喚士：異世界の剣士を仲間にしました。」こる著 一迅社(一迅社文庫アイリス) 2017年10月【異世界・架空の世界】【肌の露出が多めの挿絵なし】

「最強の鑑定士って誰のこと? = Who is the strongest appraiser? : 満腹ごはんで異世界生活 2」港瀬つかさ著 KADOKAWA(カドカワBOOKS) 2017年10月【異世界・架空の世界】【肌の露出が多めの挿絵なし】

「最強の司令官は楽をして暮らしたい：安楽椅子隊長イツツジ」あらいりゅうじ著 KADOKAWA(ノベルゼロ) 2017年7月【近未来・遠未来】【肌の露出が多めの挿絵なし】

「最底辺からニューゲーム! 2」藤木わしろ著 ホビージャパン(HJ文庫) 2017年11月【異世界・架空の世界】【肌の露出が多めの挿絵なし】

「宰相閣下とパンダと私 1」黒辺あゆみ著 アルファポリス(レジーナ文庫. レジーナブックス) 2017年10月【異世界・架空の世界】【肌の露出が多めの挿絵なし】

「宰相閣下とパンダと私 2」黒辺あゆみ著 アルファポリス(レジーナ文庫. レジーナブックス) 2017年11月【異世界・架空の世界】【肌の露出が多めの挿絵なし/キスシーンの挿絵あり】

ストーリー

「撮影現場は止まらせない！：制作部女子・万理の謎解き」藤石波矢著 KADOKAWA（角川文庫）2017年11月【現代】【挿絵なし】

「思い出の品、売ります買います九十九古物商店」皆藤黒助著 KADOKAWA（角川文庫）2017年7月【現代】【挿絵なし】

「時をかける社畜」灰音憲二著 KADOKAWA（富士見L文庫）2017年7月【現代】【挿絵なし】

「時給三〇〇円の死神」藤まる著 双葉社（双葉文庫）2017年12月【現代】【挿絵なし】

「次期社長と甘キュン!?お試し結婚」黒乃梓著 スターツ出版（ベリーズ文庫）2017年10月【現代】【挿絵なし】

「次期社長の甘い求婚」田崎くるみ著 スターツ出版（ベリーズ文庫）2017年8月【現代】【挿絵なし】

「社畜の品格」古木和真著 KADOKAWA（富士見L文庫）2017年8月【現代】【挿絵なし】

「若者の黒魔法離れが深刻ですが、就職してみたら待遇いいし、社長も使い魔もかわいくて最高です！2」森田季節著 集英社（ダッシュエックス文庫）2017年9月【異世界・架空の世界】【肌の露出が多めの挿絵あり】

「週末陰陽師 [2]」遠藤遼著 三交社（スカイハイ文庫）2017年9月【現代】【肌の露出が多めの挿絵なし】

「出雲のあやかしホテルに就職します 3」硝子町玻璃著 双葉社（双葉文庫）2017年11月【異世界・架空の世界】【挿絵なし】

「小さな魔女と野良犬騎士 3」麻倉英理也著 主婦の友社（ヒーロー文庫）2017年12月【異世界・架空の世界】【肌の露出が多めの挿絵なし】

「新宿コネクティブ 2」内堀優一著 ホビージャパン（HJ文庫）2017年10月【現代】【肌の露出が多めの挿絵なし】

「真夜中の本屋戦争 = WAR IN THE MIDNIGHT BOOKSTORE 2」藤春都著 白好出版（ホワイトブックス）2017年9月【現代】【肌の露出が多めの挿絵あり】

「神様たちのお伊勢参り 2」竹村優希著 双葉社（双葉文庫）2017年11月【異世界・架空の世界】【肌の露出が多めの挿絵なし】

「神様のごちそう」石田空著 マイナビ出版（ファン文庫）2017年8月【現代/異世界・架空の世界】【挿絵なし】

「神様の居酒屋お伊勢」梨木れいあ著 スターツ出版（スターツ出版文庫）2017年12月【現代】【挿絵なし】

「神様の子守はじめました。6」霜月りつ著 コスミック出版（コスミック文庫α）2017年7月【現代】【挿絵なし】

「神様の子守はじめました。7」霜月りつ著 コスミック出版（コスミック文庫α）2017年11月【現代】【挿絵なし】

100

ストーリー

「人間の顔は食べづらい」白井智之著 KADOKAWA(角川文庫) 2017年8月【近未来・遠未来】【肌の露出が多めの挿絵なし】

「図書館は、いつも静かに騒がしい」端島凛著 三交社(スカイハイ文庫) 2017年7月【現代】【肌の露出が多めの挿絵なし】

「水族館ガール 2」木宮条太郎作;げみ絵 実業之日本社(実業之日本社ジュニア文庫) 2017年7月【現代】【挿絵なし】

「水族館ガール 4」木宮条太郎著 実業之日本社(実業之日本社文庫) 2017年7月【現代】【挿絵なし】

「翠玉姫演義 2」柊平ハルモ著 KADOKAWA(富士見L文庫) 2017年10月【歴史・時代】【挿絵なし】

「生協のルイーダさん：あるバイトの物語」百舌涼一著 集英社(集英社文庫) 2017年9月【現代】【挿絵なし】

「昔勇者で今は骨 = A Skeleton who was The Brave」佐伯庸介著 KADOKAWA(電撃文庫) 2017年12月【異世界・架空の世界】【肌の露出が多めの挿絵なし】

「先生とそのお布団」石川博品著 小学館(ガガガ文庫) 2017年11月【現代】【肌の露出が多めの挿絵なし】

「千剣の魔術師と呼ばれた剣士：最強の傭兵は禁忌の双子と過去を追う」高光晶著 KADOKAWA(角川スニーカー文庫) 2017年12月【異世界・架空の世界】【肌の露出が多めの挿絵なし】

「戦闘員、派遣します!」暁なつめ著 KADOKAWA(角川スニーカー文庫) 2017年11月【異世界・架空の世界】【肌の露出が多めの挿絵あり】

「相棒はドM刑事(デカ) 3」神埜明美著 集英社(集英社文庫) 2017年7月【現代】【挿絵なし】

「装幀室のおしごと。：本の表情つくりませんか? 2」範乃秋晴著 KADOKAWA(メディアワークス文庫) 2017年7月【現代】【肌の露出が多めの挿絵なし】

「大江戸科学捜査八丁堀のおゆう [4]」山本巧次著 宝島社(宝島社文庫) 2017年10月【現代/歴史・時代】【肌の露出が多めの挿絵なし】

「探偵ファミリーズ」天祢涼著 実業之日本社(実業之日本社文庫) 2017年8月【現代】【挿絵なし】

「寵姫志願!?ワケあって腹黒皇子に買われたら、溺愛されました」一ノ瀬千景著 スターツ出版(ベリーズ文庫) 2017年7月【異世界・架空の世界】【挿絵なし】

「調香師レオナール・ヴェイユの優雅な日常」小瀬木麻美著 ポプラ社(ポプラ文庫ピュアフル) 2017年11月【現代】【挿絵なし】

「鳥居の向こうは、知らない世界でした。2」友麻碧著 幻冬舎(幻冬舎文庫) 2017年7月【異世界・架空の世界】【挿絵なし】

ストーリー

「溺あま御曹司は甘ふわ女子にご執心」望月いく著 スターツ出版（ベリーズ文庫）2017年10月【現代】【挿絵なし】

「溺愛CEOといきなり新婚生活!?」北条歩来著 スターツ出版（ベリーズ文庫）2017年12月【現代】【挿絵なし】

「溺愛副社長と社外限定!?ヒミツ恋愛」紅カオル著 スターツ出版（ベリーズ文庫）2017年8月【現代】【挿絵なし】

「塔の管理をしてみよう 7」早秋著 新紀元社（MORNING STAR BOOKS）2017年11月【異世界・架空の世界】【肌の露出が多めの挿絵あり】

「東京「物ノ怪」訪問録：河童の懸場帖」桔梗楓著 マイナビ出版（ファン文庫）2017年10月【現代】【挿絵なし】

「憧れの作家は人間じゃありませんでした 2」澤村御影著 KADOKAWA（角川文庫）2017年9月【現代】【挿絵なし】

「奈良まちはじまり朝ごはん」いぬじゅん著 スターツ出版（スターツ出版文庫）2017年9月【現代】【肌の露出が多めの挿絵なし】

「肉食系御曹司の餌食になりました」藍里まめ著 スターツ出版（ベリーズ文庫）2017年8月【現代】【挿絵なし】

「農業男子とマドモアゼル：イチゴと恋の実らせ方」甘沢林檎著 KADOKAWA（富士見L文庫）2017年10月【現代】【肌の露出が多めの挿絵なし】

「白バイガール［3］」佐藤青南著 実業之日本社（実業之日本社文庫）2017年11月【現代】【挿絵なし】

「彼女はもどらない」降田天著 宝島社（宝島社文庫）2017年7月【現代】【挿絵なし】

「彼方の友へ」伊吹有喜著 実業之日本社 2017年11月【異世界・架空の世界】【挿絵なし】

「緋弾のアリア 26」赤松中学著 KADOKAWA（MF文庫J）2017年9月【現代】【肌の露出が多めの挿絵あり】

「美少女作家と目指すミリオンセラアアアアアアアッ!!」春日部タケル著 KADOKAWA（角川スニーカー文庫）2017年7月【現代】【肌の露出が多めの挿絵あり】

「美少女作家と目指すミリオンセラアアアアアアアッ!! 2」春日部タケル著 KADOKAWA（角川スニーカー文庫）2017年11月【現代】【肌の露出が多めの挿絵あり】

「不惑ガール」越智月子著 実業之日本社（実業之日本社文庫）2017年12月【現代】【挿絵なし】

「副社長とふたり暮らし＝愛育される日々」葉月りゅう著 スターツ出版（ベリーズ文庫）2017年8月【現代】【挿絵なし】

「副社長と愛され同居はじめます」砂原雑音著 スターツ出版（ベリーズ文庫）2017年12月【現代】【挿絵なし】

ストーリー

「副社長は束縛ダーリン」藍里まめ著 スターツ出版（ベリーズ文庫）2017年11月【現代】【挿絵なし】

「編集長殺し＝Killing Editor In chief」川岸殴魚著 小学館（ガガガ文庫）2017年12月【現代】【肌の露出が多めの挿絵なし】

「弁当屋さんのおもてなし [2]」喜多みどり著 KADOKAWA（角川文庫）2017年10月【現代】【肌の露出が多めの挿絵なし】

「宝石商リチャード氏の謎鑑定 [5]」辻村七子著 集英社（集英社オレンジ文庫）2017年8月【現代】【肌の露出が多めの挿絵なし】

「僕の知らない、いつかの君へ」木村咲著 スターツ出版（スターツ出版文庫）2017年12月【現代】【挿絵なし】

「没落予定なので、鍛冶職人を目指す 5」CK著 KADOKAWA（カドカワBOOKS）2017年8月【異世界・架空の世界】【肌の露出が多めの挿絵なし】

「本好きの下剋上：司書になるためには手段を選んでいられません 第3部[4]」香月美夜著 TOブックス 2017年7月【異世界・架空の世界】【肌の露出が多めの挿絵なし】

「本好きの下剋上：司書になるためには手段を選んでいられません 第3部[5]」香月美夜著 TOブックス 2017年10月【異世界・架空の世界】【肌の露出が多めの挿絵なし】

「万国菓子舗お気に召すまま [4]」溝口智子著 マイナビ出版（ファン文庫）2017年11月【現代】【挿絵なし】

「無職転生：異世界行ったら本気だす 16」理不尽な孫の手著 KADOKAWA（MFブックス）2017年10月【異世界・架空の世界】【肌の露出が多めの挿絵なし】

「明治・妖（あやかし）モダン」畠中恵著 朝日新聞出版（朝日文庫）2017年7月【歴史・時代】【挿絵なし】

「明日から本気出す人たち」中村一著 KADOKAWA（メディアワークス文庫）2017年7月【現代】【肌の露出が多めの挿絵なし】

「夜明けのカノープス」穂高明著 実業之日本社（実業之日本社文庫）2017年10月【現代】【挿絵なし】

「勇者、辞めます：次の職場は魔王城」クオンタム著 KADOKAWA（カドカワBOOKS）2017年12月【異世界・架空の世界】【肌の露出が多めの挿絵なし】

「勇者と勇者と勇者と勇者＝A Hero,Heroes and A Hero 5」川岸殴魚著 小学館（ガガガ文庫）2017年7月【異世界・架空の世界】【肌の露出が多めの挿絵あり】

「璃子のパワーストーン事件目録：ラピスラズリは謎色に」篠原昌裕著 宝島社（宝島社文庫）2017年11月【現代】【挿絵なし】

「臨界シンドローム：不条心理カウンセラー・雪丸十門診療奇談」堀井拓馬著 KADOKAWA（角川ホラー文庫）2017年9月【現代】【挿絵なし】

ストーリー

「輪廻剣聖：持ち手を探して奴隷少女とゆく異世界の旅」多宇部貞人著 集英社(ダッシュエックス文庫) 2017年9月【異世界・架空の世界】【肌の露出が多めの挿絵あり】

「冷徹なカレは溺甘オオカミ」春川メル著 スターツ出版(ベリーズ文庫) 2017年7月【現代】【挿絵なし】

「麗人賢者の薬屋さん ＝ A BEAUTIFUL SAGE APOTHECARY」江本マシメサ著 宝島社 2017年11月【近未来・遠未来】【肌の露出が多めの挿絵なし/キスシーンの挿絵あり】

「恋虫」白土夏海著 KADOKAWA(角川文庫) 2017年10月【異世界・架空の世界】【挿絵なし】

「狼社長の溺愛から逃げられません!」きたみまゆ著 スターツ出版(ベリーズ文庫) 2017年10月【現代】【挿絵なし】

「六道先生の原稿は順調に遅れています」峰守ひろかず著 KADOKAWA(富士見L文庫) 2017年7月【現代】【挿絵なし】

「茉莉花官吏伝 2」石田リンネ著 KADOKAWA(ビーズログ文庫) 2017年12月【異世界・架空の世界】【肌の露出が多めの挿絵なし】

仕事＞裏稼業・副業

「今からあなたを脅迫します [2]」藤石波矢著 講談社(講談社タイガ) 2017年8月【現代】【挿絵なし】

「博多豚骨ラーメンズ 7」木崎ちあき著 KADOKAWA(メディアワークス文庫) 2017年7月【現代】【肌の露出が多めの挿絵なし】

「博多豚骨ラーメンズ 8」木崎ちあき著 KADOKAWA(メディアワークス文庫) 2017年12月【現代】【肌の露出が多めの挿絵なし】

「明治あやかし新聞：怠惰な記者の裏稼業 2」さとみ桜著 KADOKAWA(メディアワークス文庫) 2017年9月【現代】【挿絵なし】

仕事＞経営もの

「『金の星亭』繁盛記：異世界の宿屋に転生しました」高井うしお著 KADOKAWA(カドカワBOOKS) 2017年12月【異世界・架空の世界】【肌の露出が多めの挿絵なし】

「あのねこのまちあのねこのまち 2」紫野一歩著 講談社(講談社ラノベ文庫) 2017年11月【異世界・架空の世界】【肌の露出が多めの挿絵なし】

「あやかし屋台なごみ亭 3」篠宮あすか著 双葉社(双葉文庫) 2017年8月【異世界・架空の世界】【肌の露出が多めの挿絵なし】

「あやかし会社の社長にされそう。」水沢あきと著 KADOKAWA(メディアワークス文庫) 2017年10月【現代】【肌の露出が多めの挿絵なし】

「いつかの恋にきっと似ている」木村咲著 スターツ出版(スターツ出版文庫) 2017年10月【現代】【挿絵なし】

ストーリー

「この手の中を、守りたい : 異世界で宿屋始めました 1」カヤ著 フロンティアワークス(アリアンローズ) 2017年7月【現代/異世界・架空の世界】【肌の露出が多めの挿絵なし】

「この手の中を、守りたい 2」カヤ著 フロンティアワークス(アリアンローズ) 2017年10月【異世界・架空の世界】【肌の露出が多めの挿絵なし】

「ダンジョンの魔王は最弱っ!? 7」日曜著 新紀元社(MORNING STAR BOOKS) 2017年8月【異世界・架空の世界】【肌の露出が多めの挿絵なし】

「ダンジョンの魔王は最弱っ!? 8」日曜著 新紀元社(MORNING STAR BOOKS) 2017年12月【異世界・架空の世界】【肌の露出が多めの挿絵なし】

「ダンジョンを経営しています : ベルウッドダンジョン株式会社西方支部繁盛記」アマラ著 宝島社 2017年12月【異世界・架空の世界】【肌の露出が多めの挿絵なし】

「チートだけど宿屋はじめました。 1」nyonnyon著 双葉社(モンスター文庫) 2017年10月【異世界・架空の世界】【肌の露出が多めの挿絵なし】

「ドラゴンは寂しいと死んじゃいます = The dragon is lonely and dies : レベッカたんのにいたんは人類最強の傭兵 3」藤原ゴンザレス著 アース・スターエンターテイメント(EARTH STAR NOVEL) 2017年12月【異世界・架空の世界】【肌の露出が多めの挿絵なし】

「フリーライフ異世界何でも屋奮闘記」気がつけば毛玉著 KADOKAWA(角川スニーカー文庫) 2017年7月【異世界・架空の世界】【肌の露出が多めの挿絵なし】

「ゆきうさぎのお品書き [5]」小湊悠貴著 集英社(集英社オレンジ文庫) 2017年12月【現代】【挿絵なし】

「ようこそモンスターズギルド = Monsters' Guild : 最強集団、何でも屋はじめました」十一屋翠著 ツギクル(ツギクルブックス) 2017年10月【異世界・架空の世界】【肌の露出が多めの挿絵なし】

「ローウェル骨董店の事件簿 [3]」樋野道流著 KADOKAWA(角川文庫) 2017年11月【歴史・時代】【挿絵なし】

「悪役令嬢なのでラスボスを飼ってみました」永瀬さらさ著 KADOKAWA(角川ビーンズ文庫) 2017年9月【異世界・架空の世界】【肌の露出が多めの挿絵なし】

「異世界Cマート繁盛記 6」新木伸著 集英社(ダッシュエックス文庫) 2017年10月【異世界・架空の世界】【肌の露出が多めの挿絵なし】

「異世界で孤児院を開いたけど、なぜか誰一人巣立とうとしない件」初枝れんげ著 TOブックス 2017年9月【現代/異世界・架空の世界】【肌の露出が多めの挿絵あり】

「異世界食堂 4」犬塚惇平著 主婦の友社(ヒーロー文庫) 2017年7月【現代/異世界・架空の世界】【肌の露出が多めの挿絵なし】

「黄昏のブッシャリオン = BUSSHARION OF THE TWILIGHT」碌星らせん著 KADOKAWA(カドカワBOOKS) 2017年9月【異世界・架空の世界】【肌の露出が多めの挿絵なし】

「黄昏古書店の家政婦さん [2]」南潔著 マイナビ出版(ファン文庫) 2017年12月【現代】【挿絵なし】

ストーリー

「喫茶『猫の木』の秘密。：猫マスターの思い出アップルパイ」植原翠著 マイナビ出版(ファン文庫) 2017年9月【現代】【挿絵なし】

「皇女の騎士：壊れた世界と姫君の楽園」やのゆい著 KADOKAWA(ファミ通文庫) 2017年11月【異世界・架空の世界】【肌の露出が多めの挿絵あり】

「再臨勇者の復讐譚：勇者やめて元魔王と組みます 4」羽咲うさぎ著 双葉社(モンスター文庫) 2017年9月【異世界・架空の世界】【肌の露出が多めの挿絵あり】

「始まりの魔法使い 2」石之宮カント著 KADOKAWA(富士見ファンタジア文庫) 2017年9月【異世界・架空の世界】【肌の露出が多めの挿絵あり】

「深煎りの魔女とカフェ・アルトの客人たち：ロンドンに薫る珈琲の秘密」天見ひつじ著 宝島社(宝島社文庫) 2017年10月【歴史・時代】【挿絵なし】

「翠玉姫演義 2」柊平ハルモ著 KADOKAWA(富士見L文庫) 2017年10月【歴史・時代】【挿絵なし】

「聖剣、解体しちゃいました = I have taken the holy sword apart.」心裡著 アース・スターエンターテイメント(EARTH STAR NOVEL) 2017年12月【異世界・架空の世界】【肌の露出が多めの挿絵あり】

「絶対に働きたくないダンジョンマスターが惰眠をむさぼるまで 6」鬼影スパナ著 オーバーラップ(オーバーラップ文庫) 2017年11月【異世界・架空の世界】【肌の露出が多めの挿絵あり】

「戦うパン屋と機械じかけの看板娘(オートマタンウェイトレス) 7」SOW著 ホビージャパン(HJ文庫) 2017年9月【現代】【肌の露出が多めの挿絵なし】

「脱サラした元勇者は手加減をやめてチート能力で金儲けすることにしました」年中麦茶太郎著 SBクリエイティブ(GA文庫) 2017年12月【異世界・架空の世界】【肌の露出が多めの挿絵なし】

「彼女が花を咲かすとき」天祢涼著 光文社(光文社文庫) 2017年12月【異世界・架空の世界】【挿絵なし】

「必勝ダンジョン運営方法 7」雪だるま著 双葉社(モンスター文庫) 2017年9月【異世界・架空の世界】【肌の露出が多めの挿絵なし】

「百均で異世界スローライフ 2」小鳥遊郁著 フロンティアワークス(アリアンローズ) 2017年9月【異世界・架空の世界】【肌の露出が多めの挿絵なし】

「本日はコンビニ日和。」雨野マサキ著 KADOKAWA(メディアワークス文庫) 2017年12月【現代】【肌の露出が多めの挿絵なし】

「魔王討伐したあと、目立ちたくないのでギルドマスターになった」朱月十話著 KADOKAWA(富士見ファンタジア文庫) 2017年7月【異世界・架空の世界】【肌の露出が多めの挿絵あり】

「魔王討伐したあと、目立ちたくないのでギルドマスターになった 2」朱月十話著 KADOKAWA(富士見ファンタジア文庫) 2017年10月【異世界・架空の世界】【肌の露出が多めの挿絵あり】

「勇者の武器屋経営 2」至道流星著 星海社(星海社FICTIONS) 2017年9月【異世界・架空の世界】【肌の露出が多めの挿絵なし】

ストーリー

「勇者の武器屋経営 3」至道流星著 星海社(星海社FICTIONS) 2017年11月【異世界・架空の世界】【肌の露出が多めの挿絵なし】

「幽冥食堂「あおやぎ亭」の交遊録」篠原美季著 講談社(講談社X文庫) 2017年7月【現代】【肌の露出が多めの挿絵なし】

「幽落町おばけ駄菓子屋異話：夢四夜」蒼月海里著 KADOKAWA(角川ホラー文庫) 2017年10月【異世界・架空の世界】【肌の露出が多めの挿絵なし】

「老後に備えて異世界で8万枚の金貨を貯めます = Saving 80,000 gold coins in the different world for my old age 2」FUNA著 講談社(Kラノベブックス) 2017年11月【異世界・架空の世界】【肌の露出が多めの挿絵なし】

「俠(おとこ)飯 4」福澤徹三著 文藝春秋(文春文庫) 2017年7月【現代】【肌の露出が多めの挿絵なし】

仕事＞就職活動・求人・転職

「あやかし会社の社長にされそう。」水沢あきと著 KADOKAWA(メディアワークス文庫) 2017年10月【現代】【肌の露出が多めの挿絵なし】

「エディター！：編集ガールの取材手帖」上倉えり著 KADOKAWA(富士見L文庫) 2017年7月【現代】【挿絵なし】

「エノク第二部隊の遠征ごはん 1」江本マシメサ著 マイクロマガジン社(GC NOVELS) 2017年9月【異世界・架空の世界】【肌の露出が多めの挿絵なし】

「オール・ジョブ・ザ・ワールド」百瀬祐一郎著 KADOKAWA(富士見ファンタジア文庫) 2017年9月【異世界・架空の世界】【肌の露出が多めの挿絵なし】

「お迎えに上がりました。：国土交通省国土政策局幽冥推進課」竹林七草著 集英社(集英社文庫) 2017年8月【現代】【肌の露出が多めの挿絵なし】

「このたび王の守護獣お世話係になりました」柏てん著 一迅社(一迅社文庫アイリス) 2017年10月【異世界・架空の世界】【肌の露出が多めの挿絵なし】

「この勇者が俺TUEEEくせに慎重すぎる 3」土日月著 KADOKAWA(カドカワBOOKS) 2017年11月【異世界・架空の世界】【肌の露出が多めの挿絵なし】

「ジンカン：宮内庁神祇鑑定人・九鬼隤一郎」三田誠著 講談社(講談社タイガ) 2017年12月【現代】【挿絵なし】

「ぜったい転職したいんです!! 2」山川進著 SBクリエイティブ(GA文庫) 2017年7月【異世界・架空の世界】【肌の露出が多めの挿絵あり】

「トカゲといっしょ 1」岩舘野良猫著 双葉社(モンスター文庫) 2017年11月【異世界・架空の世界】【肌の露出が多めの挿絵あり/キスシーンの挿絵あり】

「歌うエスカルゴ」津原泰水著 角川春樹事務所(ハルキ文庫) 2017年11月【現代】【肌の露出が多めの挿絵なし】

ストーリー

「丸の内で就職したら、幽霊物件担当でした。」竹村優希著 KADOKAWA(角川文庫) 2017年
10月【現代】【挿絵なし】

「鬼社長のお気に入り!?」夢野美紗著 スターツ出版(ベリーズ文庫) 2017年7月【現代】【挿絵
なし】

「幻想古書店で珈琲を[5]」蒼月海里著 角川春樹事務所(ハルキ文庫) 2017年9月【現代】
【肌の露出が多めの挿絵なし】

「御曹司と溺愛付き!?ハラハラ同居」佐倉伊織著 スターツ出版(ベリーズ文庫) 2017年9月【現
代】【挿絵なし】

「神様の居酒屋お伊勢」梨木れいあ著 スターツ出版(スターツ出版文庫) 2017年12月【現代】
【挿絵なし】

「図書館は、いつも静かに騒がしい」端島凛著 三交社(スカイハイ文庫) 2017年7月【現代】
【肌の露出が多めの挿絵なし】

「溺あま御曹司は甘ふわ女子にご執心」望月いく著 スターツ出版(ベリーズ文庫) 2017年10月
【現代】【挿絵なし】

「転職の神殿を開きました 4」土鍋著 双葉社(モンスター文庫) 2017年7月【異世界・架空の世
界】【肌の露出が多めの挿絵なし】

「転職の神殿を開きました 5」土鍋著 双葉社(モンスター文庫) 2017年12月【異世界・架空の
世界】【肌の露出が多めの挿絵なし】

「奈良まちはじまり朝ごはん」いぬじゅん著 スターツ出版(スターツ出版文庫) 2017年9月【現
代】【肌の露出が多めの挿絵なし】

「二年半待て」新津きよみ著 徳間書店(徳間文庫) 2017年8月【現代】【挿絵なし】

「農業男子とマドモアゼル : イチゴと恋の実らせ方」甘沢林檎著 KADOKAWA(富士見L文庫)
2017年10月【現代】【肌の露出が多めの挿絵なし】

「彼方の友へ」伊吹有喜著 実業之日本社 2017年11月【異世界・架空の世界】【挿絵なし】

「宝石商リチャード氏の謎鑑定[5]」辻村七子著 集英社(集英社オレンジ文庫) 2017年8月
【現代】【肌の露出が多めの挿絵なし】

「放課後の厨房(チューボー)男子」秋川滝美著 幻冬舎(幻冬舎文庫) 2017年9月【現代】【肌
の露出が多めの挿絵なし】

「勇者、辞めます : 次の職場は魔王城」クオンタム著 KADOKAWA(カドカワBOOKS) 2017年
12月【異世界・架空の世界】【肌の露出が多めの挿絵なし】

「勇者と勇者と勇者と勇者 = A Hero,Heroes and A Hero 5」川岸殴魚著 小学館(ガガガ文庫)
2017年7月【異世界・架空の世界】【肌の露出が多めの挿絵あり】

「勇者の武器屋経営 2」至道流星著 星海社(星海社FICTIONS) 2017年9月【異世界・架空の
世界】【肌の露出が多めの挿絵なし】

ストーリー

「勇者の武器屋経営 3」至道流星著 星海社(星海社FICTIONS) 2017年11月【異世界・架空の世界】【肌の露出が多めの挿絵なし】

「雷帝のメイド」なこはる著 アース・スターエンターテイメント(EARTH STAR NOVEL) 2017年9月【異世界・架空の世界】【肌の露出が多めの挿絵あり】

自殺・自殺未遂・自殺志願

「ずっとあなたが好きでした」歌野晶午著 文藝春秋(文春文庫) 2017年12月【現代】【挿絵なし】

「バビロン 3」野﨑まど著 講談社(講談社タイガ) 2017年11月【近未来・遠未来】【肌の露出が多めの挿絵なし】

「ベイビー、グッドモーニング」河野裕著 KADOKAWA(角川文庫) 2017年8月【現代】【挿絵なし】

「もうひとつの命」入間人間著 KADOKAWA(メディアワークス文庫) 2017年12月【現代】【肌の露出が多めの挿絵なし】

「幻肢」島田荘司著 文藝春秋(文春文庫) 2017年8月【現代】【挿絵なし】

「校舎五階の天才たち」神宮司いずみ著 講談社(講談社タイガ) 2017年9月【現代】【挿絵なし】

「死なないで 新装版」赤川次郎著 双葉社(双葉文庫) 2017年12月【現代】【挿絵なし】

「死にたがりビバップ : Take The Curry Train!」うさぎやすぽん著 KADOKAWA(角川スニーカー文庫) 2017年8月【異世界・架空の世界】【肌の露出が多めの挿絵なし】

「心中探偵 : 蜜約または闇夜の解釈」森晶麿著 幻冬舎(幻冬舎文庫) 2017年11月【現代】【肌の露出が多めの挿絵なし】

「名探偵の証明」市川哲也著 東京創元社(創元推理文庫) 2017年12月【現代】【挿絵なし】

「伶也と」椰月美智子著 文藝春秋(文春文庫) 2017年12月【現代】【挿絵なし】

自然・人的災害

「いつかのクリスマスの日、きみは時の果てに消えて」瀬尾つかさ著 KADOKAWA(ファミ通文庫) 2017年11月【現代】【肌の露出が多めの挿絵なし】

「オリンポスの郵便ポスト = The Post at Mount Olympus 2」藻野多摩夫著 KADOKAWA(電撃文庫) 2017年7月【異世界・架空の世界】【肌の露出が多めの挿絵あり】

「されど罪人は竜と踊る = Dances with the Dragons 20」浅井ラボ著 小学館(ガガガ文庫) 2017年9月【異世界・架空の世界】【肌の露出が多めの挿絵なし】

「暗黒のゼーヴェノア 1」佐藤英一原作;サテライト原作;竹田裕一郎著 マイクロマガジン社(BOOK BLAST) 2017年8月【近未来・遠未来】【肌の露出が多めの挿絵あり】

ストーリー

「火星ゾンビ = Zombie of Mars」藤咲淳一著 マイクロマガジン社（BOOK BLAST）2017年8月【現代/異世界・架空の世界】【肌の露出が多めの挿絵なし】

「花野に眠る : 秋葉図書館の四季」森谷明子著 東京創元社（創元推理文庫）2017年8月【現代】【挿絵なし】

「七都市物語 新版」田中芳樹著 早川書房（ハヤカワ文庫 JA）2017年11月【近未来・遠未来】【肌の露出が多めの挿絵なし】

「神域のカンピオーネス : トロイア戦争」丈月城著 集英社（ダッシュエックス文庫）2017年12月【異世界・架空の世界】【肌の露出が多めの挿絵なし】

「晴れたらいいね」藤岡陽子著 光文社（光文社文庫）2017年8月【現代/歴史・時代】【挿絵なし】

実験

「ハードボイルド・スクールデイズ : 織原ミツキと田中マンキー」鳥畑良著 KADOKAWA（ノベルゼロ）2017年12月【現代】【肌の露出が多めの挿絵あり】

「英雄伝説空の軌跡 3」日本ファルコム株式会社原作;はせがわみやび著 フィールドワイ（ファルコムBOOKS）2017年8月【異世界・架空の世界】【肌の露出が多めの挿絵なし/キスシーンの挿絵あり】

「麗人賢者の薬屋さん = A BEAUTIFUL SAGE APOTHECARY」江本マシメサ著 宝島社 2017年11月【近未来・遠未来】【肌の露出が多めの挿絵なし/キスシーンの挿絵あり】

実験＞人体実験

「終末の魔女ですけどお兄ちゃんに二回も恋をするのはおかしいですか?」妹尾尻尾著 集英社（ダッシュエックス文庫）2017年11月【異世界・架空の世界】【肌の露出が多めの挿絵あり】

「彼女を愛した遺伝子」松尾佑一著 新潮社（新潮文庫）2017年11月【現代】【肌の露出が多めの挿絵なし】

失踪・誘拐

「あの愚か者にも脚光を! : この素晴らしい世界に祝福を!エクストラ : 素晴らしきかな、名脇役」暁なつめ原作;昼熊著 KADOKAWA（角川スニーカー文庫）2017年8月【異世界・架空の世界】【肌の露出が多めの挿絵あり】

「キミと僕の最後の戦場、あるいは世界が始まる聖戦 3」細音啓著 KADOKAWA（富士見ファンタジア文庫）2017年12月【異世界・架空の世界】【肌の露出が多めの挿絵なし】

「きみはぼくの宝物 : 史上最悪の夏休み」木下半太著 幻冬舎（幻冬舎文庫）2017年8月【現代】【挿絵なし】

「この終末、ぼくらは100日だけの恋をする」似鳥航一著 KADOKAWA（メディアワークス文庫）2017年12月【現代/異世界・架空の世界】【肌の露出が多めの挿絵なし】

ストーリー

「シャドウ・ガール 2」文野さと著 アルファポリス(レジーナ文庫. レジーナブックス) 2017年8月 【異世界・架空の世界】【肌の露出が多めの挿絵なし】

「スタイリッシュ武器屋 2」弘松涼著 主婦の友社(ヒーロー文庫) 2017年10月【異世界・架空の 世界】【肌の露出が多めの挿絵なし】

「トカゲといっしょ 1」岩舘野良猫著 双葉社(モンスター文庫) 2017年11月【異世界・架空の世 界】【肌の露出が多めの挿絵あり/キスシーンの挿絵あり】

「ハラサキ」野城亮著 KADOKAWA(角川ホラー文庫) 2017年10月【現代/異世界・架空の世 界】【挿絵なし】

「ペガサスの解は虚栄か? = Did Pegasus Answer the Vanity?」森博嗣著 講談社(講談社タイ ガ) 2017年10月【近未来・遠未来】【挿絵なし】

「ラスト・ロスト・ジュブナイル = Last Lost Juvenile : 交錯のパラレルワールド」中村あき著 星海 社(星海社FICTIONS) 2017年12月【現代】【肌の露出が多めの挿絵なし】

「悪役令嬢後宮物語 6」涼風著 フロンティアワークス(アリアンローズ) 2017年11月【異世界・ 架空の世界】【肌の露出が多めの挿絵なし】

「闇にあかく点るのは、鬼の灯(あかり)か君の瞳。」ごとうしのぶ著 KADOKAWA(角川文庫) 2017年11月【現代】【挿絵なし】

「王宮メロ甘戯曲国王陛下は独占欲の塊です」桃城猫緒著 スターツ出版(ベリーズ文庫) 2017年10月【異世界・架空の世界】【挿絵なし】

「王太子殿下は囚われ姫を愛したくてたまらない」pinori著 スターツ出版(ベリーズ文庫) 2017 年7月【異世界・架空の世界】【挿絵なし】

「俺が大統領になればこの国、楽勝で栄える : アラフォーひきこもりからの大統領戦記」至道流 星著 KADOKAWA(ノベルゼロ) 2017年10月【現代】【肌の露出が多めの挿絵あり】

「下僕ハーレムにチェックメイトです! 2」赤福大和著 講談社(講談社ラノベ文庫) 2017年11月 【異世界・架空の世界】【肌の露出が多めの挿絵あり/キスシーンの挿絵あり/性描写の挿絵 あり】

「過保護な騎士団長の絶対愛」夢野美紗著 スターツ出版(ベリーズ文庫) 2017年12月【異世 界・架空の世界】【挿絵なし】

「公爵夫妻の幸福な結末」芝原歌織著 講談社(講談社X文庫) 2017年11月【異世界・架空の 世界】【肌の露出が多めの挿絵なし】

「国王陛下は無垢な姫君を甘やかに寵愛する」若菜モモ著 スターツ出版(ベリーズ文庫) 2017年9月【異世界・架空の世界】【挿絵なし】

「黒猫の回帰あるいは千夜航路」森晶麿著 早川書房(ハヤカワ文庫 JA) 2017年9月【現代】 【挿絵なし】

「砂の城風の姫」中村ふみ著 講談社(講談社X文庫) 2017年7月【異世界・架空の世界】【肌 の露出が多めの挿絵なし】

ストーリー

「思い出は満たされないまま」乾緑郎著 集英社(集英社文庫) 2017年7月【現代】【挿絵なし】

「死なないで 新装版」赤川次郎著 双葉社(双葉文庫) 2017年12月【現代】【挿絵なし】

「私のクラスの生徒が、一晩で24人死にました。」日向奈くらら著 KADOKAWA(角川ホラー文庫) 2017年11月【現代】【挿絵なし】

「治癒魔法の間違った使い方：戦場を駆ける回復要員 6」くろかた著 KADOKAWA(MFブックス) 2017年9月【異世界・架空の世界】【肌の露出が多めの挿絵なし】

「自称魔王にさらわれました：聖属性の私がいないと勇者が病んじゃうって、それホントですか?」真弓りの著 KADOKAWA(角川ビーンズ文庫) 2017年8月【異世界・架空の世界】【肌の露出が多めの挿絵なし】

「鹿の王 3」上橋菜穂子著 KADOKAWA(角川文庫) 2017年7月【異世界・架空の世界】【肌の露出が多めの挿絵なし】

「小説魔法使いの嫁 = The Ancient Magus Bride 金糸篇」ヤマザキコレ執筆;三田誠執筆;蒼月海里執筆;桜井光執筆;佐藤さくら執筆;藤咲淳一執筆;三輪清宗執筆;五代ゆう執筆;ヤマザキコレ監修 マッグガーデン(マッグガーデン・ノベルズ) 2017年9月【現代】【肌の露出が多めの挿絵なし】

「神獣(わたし)たちと一緒なら世界最強イケちゃいますよ? 2」福山陽士著 KADOKAWA(富士見ファンタジア文庫) 2017年11月【異世界・架空の世界】【肌の露出が多めの挿絵あり】

「精霊の乙女ルベト [2]」相田美紅著 講談社(講談社X文庫) 2017年9月【異世界・架空の世界】【肌の露出が多めの挿絵なし】

「声も出せずに死んだんだ」長谷川也著 KADOKAWA(角川文庫) 2017年11月【現代】【挿絵なし】

「調教師は魔物に囲まれて生きていきます。= Trainer is surrounded by Monsters」七篠龍著 アース・スターエンターテイメント(EARTH STAR NOVEL) 2017年11月【異世界・架空の世界】【肌の露出が多めの挿絵なし】

「二十歳(はたち)の君がいた世界」沢木まひろ著 宝島社(宝島社文庫) 2017年12月【異世界・架空の世界】【挿絵なし】

「猫にされた君と私の一か月」相川悠紀著 双葉社(双葉文庫) 2017年9月【現代】【挿絵なし】

「白の皇国物語 13」白沢戌亥著 アルファポリス(アルファライト文庫) 2017年11月【異世界・架空の世界】【肌の露出が多めの挿絵なし】

「白バイガール [3]」佐藤青南著 実業之日本社(実業之日本社文庫) 2017年11月【現代】【挿絵なし】

「彼女を愛した遺伝子」松尾佑一著 新潮社(新潮文庫) 2017年11月【現代】【肌の露出が多めの挿絵なし】

「不思議の国のサロメ 新装版」赤川次郎著 徳間書店(徳間文庫) 2017年7月【現代】【挿絵なし】

ストーリー

「捕食」美輪和音著 東京創元社(創元推理文庫) 2017年8月【現代】【挿絵なし】

「僕が殺された未来」春畑行成著 宝島社(宝島社文庫) 2017年8月【現代】【肌の露出が多めの挿絵なし】

「没落予定なので、鍛冶職人を目指す 6」CK著 KADOKAWA(カドカワBOOKS) 2017年12月【異世界・架空の世界】【肌の露出が多めの挿絵なし】

「本好きの下剋上：司書になるためには手段を選んでいられません 第3部[5]」香月美夜著 TOブックス 2017年10月【異世界・架空の世界】【肌の露出が多めの挿絵なし】

「魔導師は平凡を望む 19」広瀬煉著 フロンティアワークス(アリアンローズ) 2017年8月【異世界・架空の世界】【肌の露出が多めの挿絵なし】

「魔法?そんなことより筋肉だ! 2」どらねこ著 KADOKAWA(MFブックス) 2017年9月【異世界・架空の世界】【肌の露出が多めの挿絵なし】

「龍の眠る石：欧州妖異譚 17」篠原美季著 講談社(講談社X文庫) 2017年11月【現代】【肌の露出が多めの挿絵なし】

自分探し・居場所探し

「100回泣いても変わらないので恋することにした。」堀川アサコ著 新潮社(新潮文庫) 2017年7月【現代】【挿絵なし】

「10年ごしの引きニートを辞めて外出したら 5」坂東太郎著 オーバーラップ(オーバーラップ文庫) 2017年10月【現代/異世界・架空の世界】【肌の露出が多めの挿絵なし】

「6番線に春は来る。そして今日、君はいなくなる。」大澤めぐみ著 KADOKAWA(角川スニーカー文庫) 2017年11月【現代】【肌の露出が多めの挿絵なし】

「お飾り聖女は前線で戦いたい」さき著 KADOKAWA(角川ビーンズ文庫) 2017年11月【異世界・架空の世界】【肌の露出が多めの挿絵なし/キスシーンの挿絵あり】

「がらくた屋と月の夜話」谷瑞恵著 幻冬舎(幻冬舎文庫) 2017年11月【現代】【肌の露出が多めの挿絵なし】

「カンスト勇者の超魔教導(オーバーレイズ)：将来有望な魔王と姫を弟子にしてみた」はむばね著 ホビージャパン(HJ文庫) 2017年10月【異世界・架空の世界】【肌の露出が多めの挿絵あり】

「きみに届け。はじまりの歌」沖田円著 スターツ出版(スターツ出版文庫) 2017年12月【現代】【挿絵なし】

「キミは一人じゃないじゃん、と僕の中の一人が言った」比嘉智康著 KADOKAWA(ファミ通文庫) 2017年8月【現代】【肌の露出が多めの挿絵なし】

「ジャナ研の憂鬱な事件簿 2」酒井田寛太郎著 小学館(ガガガ文庫) 2017年10月【現代】【肌の露出が多めの挿絵なし】

「ジュンのための6つの小曲」古谷田奈月著 新潮社(新潮文庫) 2017年10月【現代】【挿絵なし】

113

ストーリー

「トカゲ主夫。：星喰いドラゴンと地球ごはん：Harumi with Dragon」山田まる著 アース・スター エンターテイメント（EARTH STAR NOVEL）2017年8月【現代/異世界・架空の世界】【肌の露出が多めの挿絵なし】

「なぜ僕の世界を誰も覚えていないのか？：運命の剣」細音啓著 KADOKAWA（MF文庫J）2017年7月【異世界・架空の世界】【肌の露出が多めの挿絵なし】

「ニセモノだけど恋だった」齋藤ゆうこ著 宝島社（宝島社文庫）2017年11月【現代】【挿絵なし】

「ハートの主張」HoneyWorks原案;香坂茉里著 KADOKAWA（角川ビーンズ文庫）2017年10月【現代】【肌の露出が多めの挿絵なし】

「パンツあたためますか？」石山雄規著 KADOKAWA（角川スニーカー文庫）2017年8月【現代】【肌の露出が多めの挿絵なし】

「モノクロの君に恋をする」坂上秋成著 新潮社（新潮文庫）2017年7月【現代】【挿絵なし】

「やはり俺の青春ラブコメはまちがっている。12」渡航著 小学館（ガガガ文庫）2017年9月【現代】【肌の露出が多めの挿絵なし】

「リア充にもオタクにもなれない俺の青春 = Between R and O,Neither R nor O. Who am I?」弘前龍著 KADOKAWA（電撃文庫）2017年9月【現代】【肌の露出が多めの挿絵あり】

「悪の2代目になんてなりません!」西台もか著 KADOKAWA（ビーズログ文庫アリス）2017年9月【現代】【肌の露出が多めの挿絵なし/キスシーンの挿絵あり】

「応えろ生きてる星」竹宮ゆゆこ著 文藝春秋（文春文庫）2017年11月【現代】【挿絵なし】

「俺の立ち位置はココじゃない!」宇津田晴著 小学館（ガガガ文庫）2017年11月【現代】【肌の露出が多めの挿絵なし】

「家政婦ですがなにか？：蔵元・和泉家のお手伝い日誌」高山ちあき著 集英社（集英社オレンジ文庫）2017年8月【現代】【挿絵なし】

「血界戦線 [2]」内藤泰弘著;秋田禎信著 集英社（JUMP j BOOKS）2017年10月【異世界・架空の世界】【肌の露出が多めの挿絵なし】

「嫌われエースの数奇な恋路」田辺ユウ著 KADOKAWA（電撃文庫）2017年9月【現代】【肌の露出が多めの挿絵なし】

「妻を殺してもバレない確率」桜川ヒロ著 宝島社（宝島社文庫）2017年10月【近未来・遠未来】【挿絵なし】

「死を見る僕と、明日死ぬ君の事件録」古宮九時著 KADOKAWA（メディアワークス文庫）2017年11月【現代】【肌の露出が多めの挿絵なし】

「私がヒロインだけど、その役は譲ります」増田みりん著 KADOKAWA（ビーズログ文庫アリス）2017年8月【異世界・架空の世界】【肌の露出が多めの挿絵なし】

「寺嫁さんのおもてなし：和カフェであやかし癒やします」華藤えれな著 KADOKAWA（富士見L文庫）2017年9月【現代】【肌の露出が多めの挿絵なし】

ストーリー

「少女手帖」紙上ユキ著 集英社(集英社オレンジ文庫) 2017年9月【現代】【肌の露出が多めの挿絵なし】

「少年Nのいない世界 03」石川宏千花著 講談社(講談社タイガ) 2017年11月【異世界・架空の世界】【挿絵なし】

「数字で救う!弱小国家 = Survival Strategy Thinking with Game Theory for Save the Weak : 電卓で戦争する方法を求めよ。ただし敵は剣と火薬で武装しているものとする。」長田信織著 KADOKAWA(電撃文庫) 2017年8月【異世界・架空の世界】【肌の露出が多めの挿絵あり】

「斉木楠雄のΨ難 : 映画ノベライズ」麻生周一原作;福田雄一脚本;宮本深礼小説 集英社 (JUMP j BOOKS) 2017年10月【異世界・架空の世界】【肌の露出が多めの挿絵なし】

「通学鞄 : 君と僕の部屋」みゆ著 集英社(コバルト文庫) 2017年12月【現代】【肌の露出が多めの挿絵なし】

「奈良まちはじまり朝ごはん」いぬじゅん著 スターツ出版(スターツ出版文庫) 2017年9月【現代】【肌の露出が多めの挿絵なし】

「奈良町あやかし万葉茶房」遠藤遼著 双葉社(双葉文庫) 2017年11月【現代】【肌の露出が多めの挿絵なし】

「白いしっぽと私の日常」クロサキリク著 ポニーキャニオン(ぽにきゃんBOOKS) 2017年12月【現代】【肌の露出が多めの挿絵なし】

「美少年椅子」西尾維新著 講談社(講談社タイガ) 2017年10月【現代】【肌の露出が多めの挿絵なし】

「宝石商リチャード氏の謎鑑定 [5]」辻村七子著 集英社(集英社オレンジ文庫) 2017年8月【現代】【肌の露出が多めの挿絵なし】

「魔王、配信中!? 2」南篠豊著 講談社(講談社ラノベ文庫) 2017年11月【現代】【肌の露出が多めの挿絵なし】

「魔法塾 : 生涯777連敗の魔術師だった私がニート講師のおかげで飛躍できました。」壱日千次著 KADOKAWA(MF文庫J) 2017年10月【現代】【肌の露出が多めの挿絵あり】

「夜見師 2」中村ふみ著 KADOKAWA(角川ホラー文庫) 2017年7月【現代】【挿絵なし】

「雷帝のメイド」なこはる著 アース・スターエンターテイメント(EARTH STAR NOVEL) 2017年9月【異世界・架空の世界】【肌の露出が多めの挿絵あり】

「煌翼の姫君 : 男装令嬢と獅子の騎士団」白洲梓著 集英社(コバルト文庫) 2017年7月【異世界・架空の世界】【肌の露出が多めの挿絵なし】

使命・任務

「TAKER : 復讐の贈与者」日野草著 KADOKAWA(角川文庫) 2017年11月【現代】【肌の露出が多めの挿絵なし】

「アクセル・ワールド 22」川原礫著 KADOKAWA(電撃文庫) 2017年11月【近未来・遠未来】【肌の露出が多めの挿絵あり】

ストーリー

「アサシンズプライド 7」天城ケイ著 KADOKAWA（富士見ファンタジア文庫）2017年10月【異世界・架空の世界】【肌の露出が多めの挿絵あり】

「あやかしお宿の勝負めし出します。」友麻碧著 KADOKAWA（富士見L文庫）2017年11月【異世界・架空の世界】【肌の露出が多めの挿絵なし】

「アラフォー賢者の異世界生活日記 4」寿安清著 KADOKAWA（MFブックス）2017年8月【異世界・架空の世界】【肌の露出が多めの挿絵なし】

「ヴァチカン図書館の裏蔵書」篠原美季著 新潮社（新潮文庫）2017年9月【現代】【肌の露出が多めの挿絵なし】

「うそつき、うそつき」清水杜氏彦著 早川書房（ハヤカワ文庫JA）2017年10月【近未来・遠未来】【挿絵なし】

「オークブリッジ邸の笑わない貴婦人 3」太田紫織著 新潮社（新潮文庫）2017年9月【現代】【肌の露出が多めの挿絵なし】

「オール・ジョブ・ザ・ワールド」百瀬祐一郎著 KADOKAWA（富士見ファンタジア文庫）2017年9月【異世界・架空の世界】【肌の露出が多めの挿絵なし】

「おとなりの晴明さん：陰陽師は左京区にいる」仲町六絵著 KADOKAWA（メディアワークス文庫）2017年10月【現代/異世界・架空の世界/歴史・時代】【肌の露出が多めの挿絵なし】

「お前〈ら〉ホントに異世界好きだよな：彼の幼馴染は自称メインヒロイン」エドワード・スミス著 KADOKAWA（電撃文庫）2017年11月【現代/異世界・架空の世界】【肌の露出が多めの挿絵あり】

「カチコミかけたら異世界でした：最強勇者パーティは任侠一家!?」イマーム著 SBクリエイティブ（GA文庫）2017年7月【現代】【肌の露出が多めの挿絵あり】

「キネマ探偵カレイドミステリー [2]」斜線堂有紀著 KADOKAWA（メディアワークス文庫）2017年8月【現代】【肌の露出が多めの挿絵なし】

「きみはぼくの宝物：史上最悪の夏休み」木下半太著 幻冬舎（幻冬舎文庫）2017年8月【現代】【挿絵なし】

「クラスが異世界召喚されたなか俺だけ残ったんですが 1」サザンテラス著 双葉社（モンスター文庫）2017年10月【現代/異世界・架空の世界】【肌の露出が多めの挿絵なし】

「さよならレター」皐月コハル著 スターツ出版（スターツ出版文庫）2017年11月【現代】【挿絵なし】

「シャドウ・ガール 1」文野さと著 アルファポリス（レジーナ文庫．レジーナブックス）2017年7月【異世界・架空の世界】【肌の露出が多めの挿絵なし】

「シャドウ・ガール 2」文野さと著 アルファポリス（レジーナ文庫．レジーナブックス）2017年8月【異世界・架空の世界】【肌の露出が多めの挿絵なし】

「ゼロから始める魔法の書 10」虎走かける著 KADOKAWA（電撃文庫）2017年8月【異世界・架空の世界】【肌の露出が多めの挿絵なし】

116

ストーリー

「ゼロの日に叫ぶ」似鳥鶏著 河出書房新社(河出文庫) 2017年9月【現代/歴史・時代】【肌の露出が多めの挿絵なし】

「そして僕等の初恋に会いに行く」西田俊也著 KADOKAWA(角川文庫) 2017年12月【現代】【挿絵なし】

「そのオーク、前世(もと)ヤクザにて 4」機村械人著 SBクリエイティブ(GA文庫) 2017年9月【異世界・架空の世界】【肌の露出が多めの挿絵なし/キスシーンの挿絵あり】

「そのスライム、ボスモンスターにつき注意：最低スライムのダンジョン経営物語 1」時野洋輔著 双葉社(モンスター文庫) 2017年12月【異世界・架空の世界】【肌の露出が多めの挿絵なし】

「ダンジョンを経営しています：ベルウッドダンジョン株式会社西方支部繁盛記」アマラ著 宝島社 2017年12月【異世界・架空の世界】【肌の露出が多めの挿絵なし】

「ななしのワーズワード 4」奈久遠著 林檎プロモーション(FREEDOM NOVEL) 2017年8月【異世界・架空の世界】【肌の露出が多めの挿絵なし】

「バーサス・フェアリーテイル：バッドエンドな運命のヒロインを救い出せ 2」八街歩著 KADOKAWA(富士見ファンタジア文庫) 2017年12月【現代】【肌の露出が多めの挿絵あり】

「ハウリングソウル = HOWLING SOUL：流星と少女 1」凸田凹著 マイクロマガジン社(BOOK BLAST) 2017年9月【現代/異世界・架空の世界】【肌の露出が多めの挿絵なし】

「はぐれ魔導教士の無限英雄方程式(アンリミテッド) 2」原雷火著 KADOKAWA(ファミ通文庫) 2017年7月【異世界・架空の世界】【肌の露出が多めの挿絵なし】

「バブみネーター」壱日千次著 KADOKAWA(MF文庫J) 2017年9月【現代】【肌の露出が多めの挿絵あり】

「フェアリーテイル・クロニクル：空気読まない異世界ライフ 15」埴輪星人著 KADOKAWA(MFブックス) 2017年8月【異世界・架空の世界】【肌の露出が多めの挿絵なし】

「フェアリーテイル・クロニクル：空気読まない異世界ライフ 16」埴輪星人著 KADOKAWA(MFブックス) 2017年12月【異世界・架空の世界】【肌の露出が多めの挿絵あり】

「フカミ喫茶店の謎解きアンティーク」涙鳴著 スターツ出版(スターツ出版文庫) 2017年11月【現代】【挿絵なし】

「ブラック企業に勤めております。[3]」要はる著 集英社(集英社オレンジ文庫) 2017年10月【現代】【肌の露出が多めの挿絵なし】

「ヘヴィーオブジェクト最も賢明な思考放棄 = HEAVY OBJECT Project Whiz Kid」鎌池和馬著 KADOKAWA(電撃文庫) 2017年9月【異世界・架空の世界/近未来・遠未来】【肌の露出が多めの挿絵あり】

「ペガサスの解は虚栄か? = Did Pegasus Answer the Vanity?」森博嗣著 講談社(講談社タイガ) 2017年10月【近未来・遠未来】【挿絵なし】

「マージナル・オペレーション改 03」芝村裕吏著 星海社(星海社FICTIONS) 2017年12月【現代】【肌の露出が多めの挿絵なし】

ストーリー

「マイダスタッチ = MIDAS TOUCH : 内閣府超常経済犯罪対策課 3」ますもとたくや著 小学館 (ガガガ文庫) 2017年9月【現代】【肌の露出が多めの挿絵なし/キスシーンの挿絵あり】

「マメシバ頼りの魔獣使役者(モンスターセプター)ライフ 2」鳥村居子著 KADOKAWA(ファミ通文庫) 2017年8月【異世界・架空の世界】【肌の露出が多めの挿絵なし/キスシーンの挿絵あり】

「やがて恋するヴィヴィ・レイン = How Vivi Lane Falls in Love 4」犬村小六著 小学館(ガガガ文庫) 2017年9月【異世界・架空の世界】【肌の露出が多めの挿絵あり】

「ライオットグラスパー : 異世界でスキル盗ってます 7」飛鳥けい著 KADOKAWA(MFブックス) 2017年12月【異世界・架空の世界】【肌の露出が多めの挿絵なし】

「リーマン、教祖に挑む」天祢涼著 双葉社(双葉文庫) 2017年9月【現代】【肌の露出が多めの挿絵なし】

「ワースト・インプレッション : 刑事・理恩と拾得の事件簿」滝田務雄著 双葉社(双葉文庫) 2017年12月【現代】【挿絵なし】

「暗殺姫は籠の中」小桜けい著 アルファポリス(レジーナ文庫. レジーナブックス) 2017年12月【異世界・架空の世界】【肌の露出が多めの挿絵なし】

「異世界おもてなしご飯 : 聖女召喚と黄金プリン」忍丸著 KADOKAWA(カドカワBOOKS) 2017年9月【異世界・架空の世界】【肌の露出が多めの挿絵なし/キスシーンの挿絵あり】

「異世界クエストは放課後に! : クールな先輩がオレの前だけ笑顔になるようです」空埜一樹著 ホビージャパン(HJ文庫) 2017年12月【異世界・架空の世界】【肌の露出が多めの挿絵あり】

「異世界でアイテムコレクター 4」時野洋輔著 新紀元社(MORNING STAR BOOKS) 2017年8月【異世界・架空の世界】【肌の露出が多めの挿絵あり】

「異世界で孤児院を開いたけど、なぜか誰一人巣立とうとしない件」初枝れんげ著 TOブックス 2017年9月【現代/異世界・架空の世界】【肌の露出が多めの挿絵あり】

「異世界で竜が許嫁です 2」山崎里佳著 KADOKAWA(角川ビーンズ文庫) 2017年12月【異世界・架空の世界】【肌の露出が多めの挿絵なし】

「異世界建国記」桜木桜著 KADOKAWA(ファミ通文庫) 2017年8月【異世界・架空の世界】【肌の露出が多めの挿絵なし】

「異世界転生戦記 : チートなスキルをもらい生きて行く」黒羽著 徳間書店 2017年12月【異世界・架空の世界】【肌の露出が多めの挿絵あり】

「異世界堂のミア = Mia with the mysterious mansion : お持ち帰りは亜人メイドですか?」天那光汰著 宝島社 2017年7月【異世界・架空の世界】【肌の露出が多めの挿絵あり】

「宇宙探偵ノーグレイ」田中啓文著 河出書房新社(河出文庫) 2017年11月【異世界・架空の世界】【挿絵なし】

「嘘恋シーズン : #天王寺学園男子寮のヒミツ」あさば深雪著 KADOKAWA(角川ビーンズ文庫) 2017年8月【現代】【肌の露出が多めの挿絵なし】

ストーリー

「押しかけ犬耳奴隷が、ニートな大英雄のお世話をするようです。1」青猫草々著 オーバーラップ(オーバーラップ文庫) 2017年7月【異世界・架空の世界】【肌の露出が多めの挿絵なし】

「黄昏のブッシャリオン = BUSSHARION OF THE TWILIGHT」碟星らせん著 KADOKAWA(カドカワBOOKS) 2017年9月【異世界・架空の世界】【肌の露出が多めの挿絵なし】

「俺と蛙さんの異世界放浪記 6」くずもち著 アルファポリス(アルファライト文庫) 2017年7月【異世界・架空の世界】【肌の露出が多めの挿絵なし】

「俺のチートは神をも軽く凌駕する = My "Cheat" is Surpassingly Beyond GOD」黄昏時著 宝島社 2017年12月【異世界・架空の世界】【肌の露出が多めの挿絵なし】

「下町アパートのふしぎ管理人 [2]」大城密著 KADOKAWA(角川文庫) 2017年7月【現代】【挿絵なし】

「下僕ハーレムにチェックメイトです! 2」赤福大和著 講談社(講談社ラノベ文庫) 2017年11月【異世界・架空の世界】【肌の露出が多めの挿絵あり/キスシーンの挿絵あり/性描写の挿絵あり】

「過保護な騎士団長の絶対愛」夢野美紗著 スターツ出版(ベリーズ文庫) 2017年12月【異世界・架空の世界】【挿絵なし】

「赫光(あか)の護法枢機卿(カルディナーレ)」嬉野秋彦著 KADOKAWA(ファミ通文庫) 2017年8月【異世界・架空の世界】【肌の露出が多めの挿絵あり】

「赫光(あか)の護法枢機卿(カルディナーレ) 2」嬉野秋彦著 KADOKAWA(ファミ通文庫) 2017年11月【異世界・架空の世界】【肌の露出が多めの挿絵あり】

「学園交渉人 : 法条真誠の華麗なる逆転劇」柚本悠斗著 SBクリエイティブ(GA文庫) 2017年7月【現代】【肌の露出が多めの挿絵なし】

「鑑定能力で調合師になります 7」空野進著 主婦の友社(ヒーロー文庫) 2017年9月【異世界・架空の世界】【肌の露出が多めの挿絵なし】

「寄生してレベル上げたんだが、育ちすぎたかもしれない 4」伊垣久大著 KADOKAWA(カドカワBOOKS) 2017年10月【異世界・架空の世界】【肌の露出が多めの挿絵なし】

「帰ってきた元勇者 9」ニシ著 ポニーキャニオン(ぽにきゃんBOOKS) 2017年9月【異世界・架空の世界】【肌の露出が多めの挿絵あり/キスシーンの挿絵あり】

「弓と剣 = BOW AND SWORD 2」淳A著 TOブックス 2017年7月【異世界・架空の世界】【肌の露出が多めの挿絵なし】

「京の絵草紙屋満天堂空蝉の夢」三好昌子著 宝島社(宝島社文庫) 2017年9月【歴史・時代】【挿絵なし】

「京都の甘味処は神様専用です 2」桑野和明著 双葉社(双葉文庫) 2017年10月【現代】【挿絵なし】

「京都烏丸御池のお祓い本舗」望月麻衣著 双葉社(双葉文庫) 2017年10月【現代】【肌の露出が多めの挿絵なし】

ストーリー

「金色の文字使い(ワードマスター):勇者四人に巻き込まれたユニークチート 11」十本スイ著 KADOKAWA(富士見ファンタジア文庫) 2017年10月【異世界・架空の世界】【肌の露出が多めの挿絵あり】

「欠けゆく都市の機械月姫(ムーンドール)」永菜葉一著 KADOKAWA(角川スニーカー文庫) 2017年7月【異世界・架空の世界】【肌の露出が多めの挿絵なし/キスシーンの挿絵あり】

「賢者の剣 5」陽山純樹著 主婦の友社(ヒーロー文庫) 2017年11月【異世界・架空の世界】【肌の露出が多めの挿絵なし】

「国境線の魔術師:休暇願を出したら、激務の職場へ飛ばされた」青山有著 宝島社 2017年12月【異世界・架空の世界】【肌の露出が多めの挿絵なし】

「黒き魔眼のストレンジャー = Kuroki Magan no stranger [2]」佐藤清十郎著 宝島社 2017年8月【異世界・架空の世界】【肌の露出が多めの挿絵あり】

「黒猫王子の喫茶店 [2]」高橋由太著 KADOKAWA(角川文庫) 2017年10月【現代】【挿絵なし】

「詐騎士 外伝[3]」かいとーこ著 アルファポリス(レジーナ文庫. レジーナブックス) 2017年10月【異世界・架空の世界】【肌の露出が多めの挿絵なし】

「再演世界の英雄大戦(ネクストエンドロール):神殺しの錬金術師と背徳の聖処女」三原みつき著 KADOKAWA(富士見ファンタジア文庫) 2017年11月【異世界・架空の世界】【肌の露出が多めの挿絵あり】

「最強の司令官は楽をして暮らしたい:安楽椅子隊長イツツジ」あらいりゅうじ著 KADOKAWA(ノベルゼロ) 2017年7月【近未来・遠未来】【肌の露出が多めの挿絵なし】

「最強魔法師の隠遁計画 3」イズシロ著 ホビージャパン(HJ文庫) 2017年8月【異世界・架空の世界】【肌の露出が多めの挿絵なし】

「最強魔法師の隠遁計画 4」イズシロ著 ホビージャパン(HJ文庫) 2017年12月【異世界・架空の世界】【肌の露出が多めの挿絵あり】

「桜色のレプリカ 1」翅田大介著 ホビージャパン(HJ文庫) 2017年8月【現代】【肌の露出が多めの挿絵あり】

「桜色のレプリカ 2」翅田大介著 ホビージャパン(HJ文庫) 2017年8月【現代】【肌の露出が多めの挿絵あり】

「始まりの魔法使い 2」石之宮カント著 KADOKAWA(富士見ファンタジア文庫) 2017年9月【異世界・架空の世界】【肌の露出が多めの挿絵あり】

「珠華杏林医治伝:乙女の大志は未来を癒す」小田菜摘著 集英社(コバルト文庫) 2017年12月【異世界・架空の世界】【肌の露出が多めの挿絵なし】

「春華とりかえ抄:榮国物語」一石月下著 KADOKAWA(富士見L文庫) 2017年9月【現代】【挿絵なし】

「女神の勇者を倒すゲスな方法 3」笹木さくま著 KADOKAWA(ファミ通文庫) 2017年9月【異世界・架空の世界】【肌の露出が多めの挿絵なし】

ストーリー

「新宿コネクティブ 2」内堀優一著 ホビージャパン(HJ文庫) 2017年10月【現代】【肌の露出が多めの挿絵なし】

「神域のカンピオーネス:トロイア戦争」丈月城著 集英社(ダッシュエックス文庫) 2017年12月【異世界・架空の世界】【肌の露出が多めの挿絵なし】

「神様の御用人 7」浅葉なつ著 KADOKAWA(メディアワークス文庫) 2017年8月【現代/異世界・架空の世界】【肌の露出が多めの挿絵なし】

「世界最強の人見知りと魔物が消えそうな黄昏迷宮 2」葉村哲著 KADOKAWA(MF文庫J) 2017年8月【異世界・架空の世界】【肌の露出が多めの挿絵あり】

「精霊の乙女ルベト [2]」相田美紅著 講談社(講談社X文庫) 2017年9月【異世界・架空の世界】【肌の露出が多めの挿絵なし】

「精霊幻想記 8」北山結莉著 ホビージャパン(HJ文庫) 2017年9月【異世界・架空の世界】【肌の露出が多めの挿絵あり】

「聖女様の宝石箱(ジュエリーボックス):ダイヤモンドではじめる異世界改革」文野あかね著 KADOKAWA(角川ビーンズ文庫) 2017年12月【異世界・架空の世界】【肌の露出が多めの挿絵なし】

「昔勇者で今は骨 = A Skeleton who was The Brave」佐伯庸介著 KADOKAWA(電撃文庫) 2017年12月【異世界・架空の世界】【肌の露出が多めの挿絵なし】

「繕い屋:月のチーズとお菓子の家」矢崎存美著 講談社(講談社タイガ) 2017年12月【現代/異世界・架空の世界】【挿絵なし】

「探偵ファミリーズ」天祢涼著 実業之日本社(実業之日本社文庫) 2017年8月【現代】【挿絵なし】

「探偵日誌は未来を記す:西新宿瀬良探偵事務所の秘密」希多美咲著 集英社(集英社オレンジ文庫) 2017年8月【現代】【挿絵なし】

「男装王女の久遠なる輿入れ」朝前みちる著 KADOKAWA(ビーズログ文庫) 2017年11月【異世界・架空の世界】【肌の露出が多めの挿絵なし/キスシーンの挿絵あり】

「朝から晩まで!?国王陛下の甘い束縛命令」真彩著 スターツ出版(ベリーズ文庫) 2017年11月【異世界・架空の世界】【挿絵なし】

「調香師レオナール・ヴェイユの優雅な日常」小瀬木麻美著 ポプラ社(ポプラ文庫ピュアフル) 2017年11月【現代】【挿絵なし】

「天明の月 2」前田珠子著 集英社(コバルト文庫) 2017年9月【異世界・架空の世界】【肌の露出が多めの挿絵なし】

「天明の月 3」前田珠子著 集英社(コバルト文庫) 2017年12月【異世界・架空の世界】【挿絵なし】

「白の皇国物語 13」白沢戌亥著 アルファポリス(アルファライト文庫) 2017年11月【異世界・架空の世界】【肌の露出が多めの挿絵なし】

121

ストーリー

「白バイガール [3]」佐藤青南著 実業之日本社(実業之日本社文庫) 2017年11月【現代】【挿絵なし】

「八男って、それはないでしょう! 12」Y.A著 KADOKAWA(MFブックス) 2017年12月【異世界・架空の世界】【肌の露出が多めの挿絵なし】

「比翼のバルカローレ : 蓮見律子の推理交響楽」杉井光著 講談社(講談社タイガ) 2017年8月【現代】【挿絵なし】

「百年の秘密 : 欧州妖異譚 16」篠原美季著 講談社(講談社X文庫) 2017年9月【現代】【肌の露出が多めの挿絵なし】

「氷竜王と六花の姫 [2]」小野はるか著 KADOKAWA(角川ビーンズ文庫) 2017年12月【異世界・架空の世界】【肌の露出が多めの挿絵なし】

「別れの夜には猫がいる。新装版」永嶋恵美著 徳間書店(徳間文庫) 2017年7月【現代】【挿絵なし】

「本好きの下剋上 : 司書になるためには手段を選んでいられません 第3部[4]」香月美夜著 TOブックス 2017年7月【異世界・架空の世界】【肌の露出が多めの挿絵なし】

「本好きの下剋上 : 司書になるためには手段を選んでいられません 第3部[5]」香月美夜著 TOブックス 2017年10月【異世界・架空の世界】【肌の露出が多めの挿絵なし】

「本日はコンビニ日和。」雨野マサキ著 KADOKAWA(メディアワークス文庫) 2017年12月【現代】【肌の露出が多めの挿絵なし】

「魔王討伐したあと、目立ちたくないのでギルドマスターになった」朱月十話著 KADOKAWA(富士見ファンタジア文庫) 2017年7月【異世界・架空の世界】【肌の露出が多めの挿絵あり】

「魔王討伐したあと、目立ちたくないのでギルドマスターになった 2」朱月十話著 KADOKAWA(富士見ファンタジア文庫) 2017年10月【異世界・架空の世界】【肌の露出が多めの挿絵あり】

「魔術監獄のマリアンヌ = Marianne in Magician's Prison」松山剛著 KADOKAWA(電撃文庫) 2017年12月【異世界・架空の世界】【肌の露出が多めの挿絵なし】

「魔装学園H×H(ハイブリッド・ハート) 12」久慈マサムネ著 KADOKAWA(角川スニーカー文庫) 2017年11月【異世界・架空の世界】【肌の露出が多めの挿絵あり】

「魔法?そんなことより筋肉だ! 3」どらねこ著 KADOKAWA(MFブックス) 2017年12月【異世界・架空の世界】【肌の露出が多めの挿絵なし】

「魔法塾 : 生涯777連敗の魔術師だった私がニート講師のおかげで飛躍できました。」壱日千次著 KADOKAWA(MF文庫J) 2017年10月【現代】【肌の露出が多めの挿絵あり】

「迷宮料理人ナギの冒険 2」ゆうきりん著 KADOKAWA(電撃文庫) 2017年8月【異世界・架空の世界】【肌の露出が多めの挿絵あり】

「厄災王女と不運を愛する騎士の二律背反(アンビヴァレント)」藍川竜樹著 集英社(コバルト文庫) 2017年8月【異世界・架空の世界】【肌の露出が多めの挿絵なし/キスシーンの挿絵あり】

ストーリー

「勇者のセガレ 2」和ケ原聡司著 KADOKAWA(電撃文庫) 2017年8月【現代】【肌の露出が多めの挿絵あり】

「幽冥食堂「あおやぎ亭」の交遊録」篠原美季著 講談社(講談社X文庫) 2017年7月【現代】【肌の露出が多めの挿絵なし】

「幼馴染の山吹さん」道草よもぎ著 KADOKAWA(電撃文庫) 2017年10月【現代】【肌の露出が多めの挿絵あり】

「雷帝のメイド」なこはる著 アース・スターエンターテイメント(EARTH STAR NOVEL) 2017年9月【異世界・架空の世界】【肌の露出が多めの挿絵あり】

「龍の眠る石：欧州妖異譚 17」篠原美季著 講談社(講談社X文庫) 2017年11月【現代】【肌の露出が多めの挿絵なし】

「瑠璃花舞姫録：召しませ、舞姫様っ!」くりたかのこ著 KADOKAWA(ビーズログ文庫) 2017年12月【異世界・架空の世界】【肌の露出が多めの挿絵なし/キスシーンの挿絵あり】

「令嬢エリザベスの華麗なる身代わり生活」江本マシメサ著 KADOKAWA(ビーズログ文庫) 2017年9月【異世界・架空の世界】【肌の露出が多めの挿絵なし】

「霊感少女は箱の中 2」甲田学人著 KADOKAWA(電撃文庫) 2017年8月【現代】【肌の露出が多めの挿絵なし】

「恋と悪魔と黙示録 [9]」糸森環著 一迅社(一迅社文庫アイリス) 2017年8月【異世界・架空の世界】【肌の露出が多めの挿絵なし/キスシーンの挿絵あり】

「恋衣花草紙 [2]」小田菜摘著 KADOKAWA(ビーズログ文庫) 2017年8月【歴史・時代】【肌の露出が多めの挿絵なし/キスシーンの挿絵あり】

「狼と羊皮紙：新説狼と香辛料 3」支倉凍砂著 KADOKAWA(電撃文庫) 2017年9月【異世界・架空の世界】【肌の露出が多めの挿絵あり】

「老いた剣聖は若返り、そして騎士養成学校の教官となる = SWORD MASTER BECOME AN INSTRUCTOR OF A TRAINING SCHOOL 1」文字書男著 マイクロマガジン社(GC NOVELS) 2017年7月【異世界・架空の世界】【肌の露出が多めの挿絵なし】

「甦る殺人者：天久鷹央の事件カルテ」知念実希人著 新潮社(新潮文庫) 2017年11月【現代】【挿絵なし】

「筐底のエルピス 5」オキシタケヒコ著 小学館(ガガガ文庫) 2017年8月【近未来・遠未来】【肌の露出が多めの挿絵なし】

「閻魔大王のレストラン」つるみ犬丸著 KADOKAWA(メディアワークス文庫) 2017年8月【異世界・架空の世界】【肌の露出が多めの挿絵なし】

使命・任務＞撲滅運動・退治・駆除

「3年B組ネクロマンサー先生」SOW著 SBクリエイティブ(GA文庫) 2017年11月【異世界・架空の世界】【肌の露出が多めの挿絵あり】

123

ストーリー

「RWBY the Session」MontyOumRoosterTeethProductions原作;伊崎喬助著 小学館(ガガガ文庫) 2017年7月【近未来・遠未来】【肌の露出が多めの挿絵あり】

「あのねこのまちあのねこのまち 2」紫野一歩著 講談社(講談社ラノベ文庫) 2017年11月【異世界・架空の世界】【肌の露出が多めの挿絵なし】

「アヤカシ絵師の奇妙な日常」相原槑著 KADOKAWA(メディアワークス文庫) 2017年9月【現代】【肌の露出が多めの挿絵なし】

「ヴぁんぷちゃんとゾンビくん : 吸血姫は恋したい」空伏空人著 KADOKAWA(角川スニーカー文庫) 2017年12月【異世界・架空の世界】【肌の露出が多めの挿絵あり】

「エイルン・ラストコード : 架空世界より戦場へ 7」東龍乃助著 KADOKAWA(MF文庫J) 2017年10月【異世界・架空の世界】【肌の露出が多めの挿絵なし】

「カンスト勇者の超魔教導(オーバーレイズ) : 将来有望な魔王と姫を弟子にしてみた」はむばね著 ホビージャパン(HJ文庫) 2017年10月【異世界・架空の世界】【肌の露出が多めの挿絵あり】

「グランクレスト戦記 9」水野良著 KADOKAWA(富士見ファンタジア文庫) 2017年10月【異世界・架空の世界】【肌の露出が多めの挿絵なし】

「くるすの残光 [5]」仁木英之著 祥伝社(祥伝社文庫) 2017年10月【歴史・時代】【挿絵なし】

「ゴブリンスレイヤー = GOBLIN SLAYER! 6 ドラマCD付き限定特装版」蝸牛くも著 SBクリエイティブ(GA文庫) 2017年9月【異世界・架空の世界】【肌の露出が多めの挿絵なし】

「その最強、神の依頼で異世界へ 2」速峰淳著 主婦の友社(ヒーロー文庫) 2017年11月【異世界・架空の世界】【肌の露出が多めの挿絵あり】

「その者。のちに… 06」ナハアト著 アース・スターエンターテイメント(EARTH STAR NOVEL) 2017年10月【異世界・架空の世界】【肌の露出が多めの挿絵なし】

「デーモンルーラー : 定時に帰りたい男のやりすぎレベリング」一江左かさね著 KADOKAWA(カドカワBOOKS) 2017年8月【現代/異世界・架空の世界】【肌の露出が多めの挿絵なし】

「ナイツ&マジック 8」天酒之瓢著 主婦の友社(ヒーロー文庫) 2017年10月【異世界・架空の世界】【肌の露出が多めの挿絵なし】

「バトルガールハイスクール PART.2」コロプラ原作・監修;八奈川景晶著 KADOKAWA(富士見ファンタジア文庫) 2017年8月【近未来・遠未来】【肌の露出が多めの挿絵なし】

「パラミリタリ・カンパニー : 萌える侵略者 2」榊一郎著 講談社(講談社ラノベ文庫) 2017年9月【現代】【肌の露出が多めの挿絵あり】

「パラミリタリ・カンパニー : 萌える侵略者 3」榊一郎著 講談社(講談社ラノベ文庫) 2017年12月【現代】【肌の露出が多めの挿絵あり/キスシーンの挿絵あり】

「ビューティフル・ソウル : 終わる世界に響く唄」坂上秋成著 講談社(講談社ラノベ文庫) 2017年8月【近未来・遠未来】【肌の露出が多めの挿絵なし】

ストーリー

「ぼんくら陰陽師の鬼嫁 3」秋田みやび著 KADOKAWA(富士見L文庫) 2017年12月【現代】
【挿絵なし】

「やりなおし転生：*俺の異世界冒険譚」makuro著 アース・スターエンターテイメント(EARTH
STAR NOVEL) 2017年12月【異世界・架空の世界】【肌の露出が多めの挿絵なし】

「ライオットグラスパー：異世界でスキル盗ってます 7」飛鳥けい著 KADOKAWA(MFブックス)
2017年12月【異世界・架空の世界】【肌の露出が多めの挿絵なし】

「レジェンド ＝ legend 9」神無月紅著 KADOKAWA(カドカワBOOKS) 2017年9月【異世界・架
空の世界】【肌の露出が多めの挿絵なし】

「ワールドエネミー 2」細音啓著 KADOKAWA(ノベルゼロ) 2017年8月【異世界・架空の世界】
【肌の露出が多めの挿絵あり】

「綾志別町役場妖怪課 [2]」青柳碧人著 KADOKAWA(角川文庫) 2017年9月【異世界・架空
の世界】【挿絵なし】

「暗黒のゼーヴェノア 1」佐藤英一原作;サテライト原作;竹田裕一郎著 マイクロマガジン社
(BOOK BLAST) 2017年8月【近未来・遠未来】【肌の露出が多めの挿絵あり】

「異世界チート魔術師(マジシャン) 6」内田健著 主婦の友社(ヒーロー文庫) 2017年7月【異世
界・架空の世界】【肌の露出が多めの挿絵なし】

「乙女ゲームの世界でヒロインの姉としてフラグを折っています。」藤原惟光著 KADOKAWA
(ビーズログ文庫アリス) 2017年7月【異世界・架空の世界】【肌の露出が多めの挿絵なし】

「俺のチートは神をも軽く凌駕する ＝ My "Cheat" is Surpassingly Beyond GOD」黄昏時著 宝
島社 2017年12月【異世界・架空の世界】【肌の露出が多めの挿絵なし】

「火星ゾンビ ＝ Zombie of Mars」藤咲淳一著 マイクロマガジン社(BOOK BLAST) 2017年8月
【現代/異世界・架空の世界】【肌の露出が多めの挿絵なし】

「怪談彼女 6」永遠月心悟著 集英社(JUMP j BOOKS) 2017年10月【現代】【肌の露出が多め
の挿絵あり】

「寄生してレベル上げたんだが、育ちすぎたかもしれない 4」伊垣久大著 KADOKAWA(カドカ
ワBOOKS) 2017年10月【異世界・架空の世界】【肌の露出が多めの挿絵なし】

「貴方がわたしを好きになる自信はありませんが、わたしが貴方を好きになる自信はあります」
鈴木大輔著 集英社(ダッシュエックス文庫) 2017年12月【近未来・遠未来】【肌の露出が多め
の挿絵なし】

「強くてニューサーガ 1」阿部正行著 アルファポリス(アルファライト文庫) 2017年11月【異世
界・架空の世界】【肌の露出が多めの挿絵なし】

「駆除人 5」花黒子著 KADOKAWA(MFブックス) 2017年9月【異世界・架空の世界】【肌の露
出が多めの挿絵なし】

「駆除人 6」花黒子著 KADOKAWA(MFブックス) 2017年12月【異世界・架空の世界】【肌の
露出が多めの挿絵なし】

ストーリー

「血界戦線 [2]」内藤泰弘著;秋田禎信著 集英社(JUMP j BOOKS) 2017年10月【異世界・架空の世界】【肌の露出が多めの挿絵なし】

「剣の求婚 1」天都しずる著 アルファポリス(レジーナ文庫. レジーナブックス) 2017年8月【異世界・架空の世界】【肌の露出が多めの挿絵なし】

「剣の求婚 2」天都しずる著 アルファポリス(レジーナ文庫. レジーナブックス) 2017年9月【異世界・架空の世界】【肌の露出が多めの挿絵なし】

「剣風斬花のソーサリーライム : 変奏神話群」千羽十訊著 SBクリエイティブ(GA文庫) 2017年11月【異世界・架空の世界】【肌の露出が多めの挿絵あり】

「賢者の孫Extra Story : 伝説の英雄達の誕生」吉岡剛著 KADOKAWA(ファミ通文庫) 2017年11月【異世界・架空の世界】【肌の露出が多めの挿絵なし】

「幻想風紀委員会 : 物語のゆがみ、取り締まります。」高里椎奈著 KADOKAWA(ビーズログ文庫アリス) 2017年8月【現代】【肌の露出が多めの挿絵あり】

「限界集落・オブ・ザ・デッド = GENKAISHYURAKU OF THE DEAD」ロッキン神経痛著 KADOKAWA(カドカワBOOKS) 2017年12月【異世界・架空の世界】【肌の露出が多めの挿絵なし】

「高1ですが異世界で城主はじめました 12」鏡裕之著 ホビージャパン(HJ文庫) 2017年10月【異世界・架空の世界】【肌の露出が多めの挿絵あり】

「黒騎士さんは働きたくない 3」雨木シュウスケ著 集英社(ダッシュエックス文庫) 2017年8月【異世界・架空の世界】【肌の露出が多めの挿絵あり】

「最強呪族転生 = Reincarnation of sherman : チート魔術師のスローライフ 4」猫子著 アース・スターエンターテイメント(EARTH STAR NOVEL) 2017年11月【異世界・架空の世界】【肌の露出が多めの挿絵なし】

「彩菊あやかし算法帖 [2]」青柳碧人著 実業之日本社 2017年9月【歴史・時代】【肌の露出が多めの挿絵なし】

「殺生伝 3」神永学著 幻冬舎(幻冬舎文庫) 2017年12月【歴史・時代】【肌の露出が多めの挿絵なし】

「自称魔王にさらわれました : 聖属性の私がいないと勇者が病んじゃうって、それホントですか?」真弓りの著 KADOKAWA(角川ビーンズ文庫) 2017年8月【異世界・架空の世界】【肌の露出が多めの挿絵なし】

「十二騎士団の反逆軍師(リヴェンジャー) : デュシア・クロニクル」大黒尚人著 KADOKAWA(富士見ファンタジア文庫) 2017年10月【異世界・架空の世界】【肌の露出が多めの挿絵あり】

「聖剣、解体しちゃいました = I have taken the holy sword apart.」心裡著 アース・スターエンターテイメント(EARTH STAR NOVEL) 2017年12月【異世界・架空の世界】【肌の露出が多めの挿絵あり】

ストーリー

「聖剣が人間に転生してみたら、勇者に偏愛されて困っています。2」富樫聖夜著 KADOKAWA(ビーズログ文庫) 2017年12月【異世界・架空の世界】【肌の露出が多めの挿絵なし】

「声も出せずに死んだんだ」長谷川也著 KADOKAWA(角川文庫) 2017年11月【現代】【挿絵なし】

「斉木楠雄のΨ難 : 映画ノベライズ」麻生周一原作;福田雄一脚本;宮本深礼小説 集英社 (JUMP j BOOKS) 2017年10月【異世界・架空の世界】【肌の露出が多めの挿絵なし】

「戦闘員、派遣します!」暁なつめ著 KADOKAWA(角川スニーカー文庫) 2017年11月【異世界・架空の世界】【肌の露出が多めの挿絵あり】

「相棒はドM刑事(デカ) 3」神埜明美著 集英社(集英社文庫) 2017年7月【現代】【挿絵なし】

「村人Aと帝国第七特殊連隊(ドラゴンパピー) 1」二村ケイト著 オーバーラップ(オーバーラップ文庫) 2017年12月【異世界・架空の世界】【肌の露出が多めの挿絵あり】

「大伝説の勇者の伝説 17」鏡貴也著 KADOKAWA(富士見ファンタジア文庫) 2017年10月【異世界・架空の世界】【肌の露出が多めの挿絵あり】

「男装令嬢とドM執事の無謀なる帝国攻略 = Crossdressed Lady and the "M" Butler Conquer this Impregnable Empire」一石月下著 KADOKAWA(カドカワBOOKS) 2017年9月【異世界・架空の世界】【肌の露出が多めの挿絵なし】

「知識チートVS時間ループ」葛西伸哉著 ホビージャパン(HJ文庫) 2017年12月【異世界・架空の世界】【肌の露出が多めの挿絵あり】

「地方騎士ハンスの受難 2」アマラ著 アルファポリス(アルファライト文庫) 2017年9月【異世界・架空の世界】【肌の露出が多めの挿絵あり】

「転生少女の履歴書 5」唐澤和希著 主婦の友社(ヒーロー文庫) 2017年10月【異世界・架空の世界】【肌の露出が多めの挿絵なし】

「二度目の地球で街づくり:開拓者はお爺ちゃん 1」舞著 アース・スターエンターテイメント (EARTH STAR NOVEL) 2017年9月【異世界・架空の世界】【肌の露出が多めの挿絵あり】

「美少年椅子」西尾維新著 講談社(講談社タイガ) 2017年10月【現代】【肌の露出が多めの挿絵なし】

「百々とお狐の見習い巫女生活」千冬著 三交社(スカイハイ文庫) 2017年9月【現代】【肌の露出が多めの挿絵なし】

「百錬の覇王と聖約の戦乙女(ヴァルキュリア) 14」鷹山誠一著 ホビージャパン(HJ文庫) 2017年11月【異世界・架空の世界】【肌の露出が多めの挿絵あり】

「平兵士は過去を夢見る 1」丘野優著 アルファポリス(アルファライト文庫) 2017年12月【異世界・架空の世界】【肌の露出が多めの挿絵なし】

「墓守は意外とやることが多い 1」やとぎ著 一二三書房(Saga Forest) 2017年7月【異世界・架空の世界】【肌の露出が多めの挿絵なし】

ストーリー

「墓守は意外とやることが多い 2」やとぎ著 一二三書房(Saga Forest) 2017年12月【異世界・架空の世界】【肌の露出が多めの挿絵なし】

「忘却のアイズオルガン = Die Vergessenen Eisig Organ.」宮野美嘉著 小学館(ガガガ文庫) 2017年8月【異世界・架空の世界】【肌の露出が多めの挿絵なし】

「僕がモンスターになった日」れるりり原案;時田とおる著 KADOKAWA(角川ビーンズ文庫) 2017年10月【現代】【肌の露出が多めの挿絵なし】

「僕が殺された未来」春畑行成著 宝島社(宝島社文庫) 2017年8月【現代】【肌の露出が多めの挿絵なし】

「魔剣少女は眠らない!」藤澤さなえ著;グループSNE著 KADOKAWA(富士見DRAGON BOOK) 2017年7月【異世界・架空の世界】【肌の露出が多めの挿絵なし】

「魔拳のデイドリーマー 1」西和尚著 アルファポリス(アルファライト文庫) 2017年8月【異世界・架空の世界】【肌の露出が多めの挿絵あり】

「魔拳のデイドリーマー 2」西和尚著 アルファポリス(アルファライト文庫) 2017年10月【異世界・架空の世界】【肌の露出が多めの挿絵あり】

「魔人執行官(デモーニック・マーシャル) = Demonic Marshal 3」佐島勤著 KADOKAWA(電撃文庫) 2017年10月【近未来・遠未来】【肌の露出が多めの挿絵なし】

「夜と会う。: 放課後の僕と廃墟の死神」蒼月海里著 新潮社(新潮文庫) 2017年8月【現代】【肌の露出が多めの挿絵なし】

「夜見師 2」中村ふみ著 KADOKAWA(角川ホラー文庫) 2017年7月【現代】【挿絵なし】

「恋虫」白土夏海著 KADOKAWA(角川文庫) 2017年10月【異世界・架空の世界】【挿絵なし】

「錬金術師と異端審問官はあいいれない」藍川竜樹著 集英社(コバルト文庫) 2017年10月【異世界・架空の世界】【肌の露出が多めの挿絵なし/キスシーンの挿絵あり】

宗教

「BLEACH Can't Fear Your Own World 1」久保帯人著;成田良悟著 集英社(JUMP j BOOKS) 2017年8月【異世界・架空の世界】【肌の露出が多めの挿絵なし】

「クトゥルーの呼び声 = [The Call of Cthulhu Others]」H・P・ラヴクラフト著;森瀬繚訳 星海社 (星海社FICTIONS) 2017年11月【異世界・架空の世界】【挿絵なし】

「けがれの汀で恋い慕え」結城光流著 KADOKAWA(角川ビーンズ文庫) 2017年10月【歴史・時代】【挿絵なし】

「リーマン、教祖に挑む」天祢涼著 双葉社(双葉文庫) 2017年9月【現代】【肌の露出が多めの挿絵なし】

「翠玉姫演義 2」柊平ハルモ著 KADOKAWA(富士見L文庫) 2017年10月【歴史・時代】【挿絵なし】

「世界が終わる街」似鳥鶏著 河出書房新社(河出文庫) 2017年10月【現代】【挿絵なし】

ストーリー

修行・トレーニング・試練

「2.43：清陰高校男子バレー部 代表決定戦編1」壁井ユカコ著 集英社（集英社文庫）2017年11月【現代】【肌の露出が多めの挿絵なし】

「2.43：清陰高校男子バレー部 代表決定戦編2」壁井ユカコ著 集英社（集英社文庫）2017年12月【現代】【肌の露出が多めの挿絵なし】

「29歳独身は異世界で自由に生きた……かった。= The 29 years old single in another dimension wished a life of liberty…… 8」リュート著 KADOKAWA（カドカワBOOKS）2017年11月【異世界・架空の世界】【肌の露出が多めの挿絵あり】

「Eクラス冒険者は果てなき騎士の夢を見る：先生、ステータス画面が読めないんだけど」夏柘楽緒著 KADOKAWA（ファミ通文庫）2017年10月【異世界・架空の世界】【肌の露出が多めの挿絵なし】

「RAIL WARS!：日本國有鉄道公安隊 14」豊田巧著 実業之日本社（Jノベルライト文庫）2017年12月【現代】【肌の露出が多めの挿絵なし】

「Re:ゼロから始める異世界生活 14」長月達平著 KADOKAWA（MF文庫J）2017年9月【異世界・架空の世界】【肌の露出が多めの挿絵なし】

「アラフォー賢者の異世界生活日記 4」寿安清著 KADOKAWA（MFブックス）2017年8月【異世界・架空の世界】【肌の露出が多めの挿絵なし】

「アラフォー賢者の異世界生活日記 5」寿安清著 KADOKAWA（MFブックス）2017年11月【異世界・架空の世界】【肌の露出が多めの挿絵なし】

「アラフォー社畜のゴーレムマスター 2」高見梁川著 双葉社（モンスター文庫）2017年11月【異世界・架空の世界】【肌の露出が多めの挿絵あり】

「あらゆる手段を尽くしてトッププレイヤーになりたい、他人のカネで。そうだ、盗賊しよう。2」三毛乱二郎著 KADOKAWA（MFブックス）2017年11月【現代/異世界・架空の世界】【肌の露出が多めの挿絵なし】

「オール・ジョブ・ザ・ワールド」百瀬祐一郎著 KADOKAWA（富士見ファンタジア文庫）2017年9月【異世界・架空の世界】【肌の露出が多めの挿絵なし】

「カンスト勇者の超魔教導（オーバーレイズ）：将来有望な魔王と姫を弟子にしてみた」はむばね著 ホビージャパン（HJ文庫）2017年10月【異世界・架空の世界】【肌の露出が多めの挿絵あり】

「カンナのカンナ [2]」ナカノムラアヤスケ著 宝島社 2017年7月【異世界・架空の世界】【肌の露出が多めの挿絵あり/キスシーンの挿絵あり】

「クラウン・オブ・リザードマン 2」雨木シュウスケ著 KADOKAWA（富士見ファンタジア文庫）2017年10月【異世界・架空の世界】【肌の露出が多めの挿絵なし】

「さくらとともに舞う」ひなた華月著 講談社（講談社ラノベ文庫）2017年9月【異世界・架空の世界】【肌の露出が多めの挿絵なし】

ストーリー

「シャドウ・ガール 1」文野さと著 アルファポリス(レジーナ文庫.レジーナブックス) 2017年7月【異世界・架空の世界】【肌の露出が多めの挿絵なし】

「スケートボーイズ」碧野圭著 実業之日本社(実業之日本社文庫) 2017年11月【現代】【挿絵なし】

「スタイリッシュ武器屋 2」弘松涼著 主婦の友社(ヒーロー文庫) 2017年10月【異世界・架空の世界】【肌の露出が多めの挿絵なし】

「ストライクフォール = STRIKE FALL 3」長谷敏司著 小学館(ガガガ文庫) 2017年11月【異世界・架空の世界】【肌の露出が多めの挿絵なし】

「セーブ&ロードのできる宿屋さん : カンスト転生者が宿屋で新人育成を始めたようです 4」稲荷竜著 集英社(ダッシュエックス文庫) 2017年8月【異世界・架空の世界】【肌の露出が多めの挿絵なし】

「ダンジョンはいいぞ! = Dungeon is so good!」狐谷まどか著 TOブックス 2017年10月【異世界・架空の世界】【肌の露出が多めの挿絵あり】

「ニューゲームにチートはいらない!」三木なずな著 SBクリエイティブ(GA文庫) 2017年8月【異世界・架空の世界】【肌の露出が多めの挿絵なし/キスシーンの挿絵あり】

「ハイキュー!! : 劇場版総集編 [3]」古舘春一原作;吉成郁子小説 集英社(JUMP J BOOKS) 2017年9月【現代】【肌の露出が多めの挿絵なし】

「ハイキュー!! : 劇場版総集編 [4]」古舘春一原作;吉成郁子小説 集英社(JUMP J BOOKS) 2017年9月【現代】【肌の露出が多めの挿絵なし】

「ハイキュー!!ショーセツバン!! 9」古舘春一著;星希代子著 集英社(JUMP j BOOKS) 2017年12月【現代】【肌の露出が多めの挿絵なし】

「ハズレ奇術師の英雄譚 2」雨宮和希著 双葉社(モンスター文庫) 2017年10月【異世界・架空の世界】【肌の露出が多めの挿絵なし】

「プリースト!プリースト!!」清松みゆき著;グループSNE著 KADOKAWA(富士見DRAGON BOOK) 2017年7月【異世界・架空の世界】【肌の露出が多めの挿絵なし】

「メルヘン・メドヘン 2」松智洋著;StoryWorks著 集英社(ダッシュエックス文庫) 2017年7月【異世界・架空の世界】【肌の露出が多めの挿絵あり】

「メルヘン・メドヘン 3」松智洋著;StoryWorks著 集英社(ダッシュエックス文庫) 2017年12月【現代/異世界・架空の世界】【肌の露出が多めの挿絵あり】

「やりなおし転生 : *俺の異世界冒険譚」makuro著 アース・スターエンターテイメント(EARTH STAR NOVEL) 2017年12月【異世界・架空の世界】【肌の露出が多めの挿絵なし】

「ロード・オブ・リライト : 最強スキル《魔眼》で始める反英雄譚」十本スイ著 KADOKAWA(富士見ファンタジア文庫) 2017年12月【異世界・架空の世界】【肌の露出が多めの挿絵あり】

「異世界おもてなしご飯 : 聖女召喚と黄金プリン」忍丸著 KADOKAWA(カドカワBOOKS) 2017年9月【異世界・架空の世界】【肌の露出が多めの挿絵なし/キスシーンの挿絵あり】

ストーリー

「異世界でスキルを解体したらチートな嫁が増殖しました：概念交差のストラクチャー 4」千月さかき著 KADOKAWA(カドカワBOOKS) 2017年9月【異世界・架空の世界】【肌の露出が多めの挿絵あり/キスシーンの挿絵あり】

「異世界で竜が許嫁です 2」山崎里佳著 KADOKAWA(角川ビーンズ文庫) 2017年12月【異世界・架空の世界】【肌の露出が多めの挿絵なし】

「異世界の果てで開拓ごはん！：座敷わらしと目指す快適スローライフ」滝口流著 KADOKAWA(カドカワBOOKS) 2017年11月【異世界・架空の世界】【肌の露出が多めの挿絵あり】

「異世界支配のスキルテイカー：ゼロから始める奴隷ハーレム 7」柑橘ゆすら著 講談社(講談社ラノベ文庫) 2017年9月【異世界・架空の世界】【肌の露出が多めの挿絵あり】

「異世界堂のミア ＝ Mia with the mysterious mansion：お持ち帰りは亜人メイドですか?」天那光汰著 宝島社 2017年7月【異世界・架空の世界】【肌の露出が多めの挿絵あり】

「異世界魔王と召喚少女の奴隷魔術 8」むらさきゆきや著 講談社(講談社ラノベ文庫) 2017年8月【異世界・架空の世界】【肌の露出が多めの挿絵あり】

「俺が好きなのは妹だけど妹じゃない 4」恵比須清司著 KADOKAWA(富士見ファンタジア文庫) 2017年8月【現代】【肌の露出が多めの挿絵あり】

「俺の立ち位置はココじゃない!」宇津田晴著 小学館(ガガガ文庫) 2017年11月【現代】【肌の露出が多めの挿絵なし】

「下町で、看板娘はじめました。」汐邑雛著 KADOKAWA(ビーズログ文庫) 2017年10月【異世界・架空の世界】【肌の露出が多めの挿絵なし】

「火ノ丸相撲四十八手 2」川田著;久麻當郎著 集英社(JUMP j BOOKS) 2017年11月【現代】【肌の露出が多めの挿絵あり】

「規格外れの英雄に育てられた、常識外れの魔法剣士 2」kt60著 双葉社(モンスター文庫) 2017年7月【異世界・架空の世界】【肌の露出が多めの挿絵なし】

「京都寺町三条のホームズ 8」望月麻衣著 双葉社(双葉文庫) 2017年9月【現代】【肌の露出が多めの挿絵なし】

「響け!ユーフォニアム 北宇治高校吹奏楽部、波乱の第二楽章 後編」武田綾乃著 宝島社(宝島社文庫) 2017年10月【現代】【挿絵なし】

「響け!ユーフォニアム 北宇治高校吹奏楽部、波乱の第二楽章 前編」武田綾乃著 宝島社(宝島社文庫) 2017年9月【現代】【挿絵なし】

「金色の文字使い(ワードマスター)：勇者四人に巻き込まれたユニークチート 11」十本スイ著 KADOKAWA(富士見ファンタジア文庫) 2017年10月【異世界・架空の世界】【肌の露出が多めの挿絵あり】

「結界師への転生 1」片岡直太郎著 双葉社(モンスター文庫) 2017年9月【現代/異世界・架空の世界】【肌の露出が多めの挿絵あり】

ストーリー

「剣風斬花のソーサリーライム：変奏神話群」千羽十訊著 SBクリエイティブ（GA文庫）2017年11月【異世界・架空の世界】【肌の露出が多めの挿絵あり】

「後宮で、女の戦いはじめました。」汐邑雛著 KADOKAWA（ビーズログ文庫）2017年9月【異世界・架空の世界】【肌の露出が多めの挿絵なし/キスシーンの挿絵あり】

「御曹司と溺愛付き!?ハラハラ同居」佐倉伊織著 スターツ出版（ベリーズ文庫）2017年9月【現代】【挿絵なし】

「最強魔法使いの弟子〈予定〉は諦めが悪いです」佐伯さん著 主婦と生活社（PASH!ブックス）2017年7月【異世界・架空の世界】【肌の露出が多めの挿絵なし】

「最後の晩ごはん [9]」椹野道流著 KADOKAWA（角川文庫）2017年12月【現代】【肌の露出が多めの挿絵なし】

「算数で読み解く異世界魔法 = Decipher by Arithmetic the Magic of Another World 2」扇屋悠著 TOブックス 2017年9月【異世界・架空の世界】【肌の露出が多めの挿絵なし】

「弱キャラ友崎くん = The Low Tier Character"TOMOZAKI-kun" Lv.5」屋久ユウキ著 小学館（ガガガ文庫）2017年11月【現代】【肌の露出が多めの挿絵なし】

「渋谷のロリはだいたいトモダチ 1」あまさきみりと著 KADOKAWA（角川スニーカー文庫）2017年12月【近未来・遠未来】【肌の露出が多めの挿絵あり】

「出雲のあやかしホテルに就職します 3」硝子町玻璃著 双葉社（双葉文庫）2017年11月【異世界・架空の世界】【挿絵なし】

「出会ってひと突きで絶頂除霊!」赤城大空著 小学館（ガガガ文庫）2017年10月【異世界・架空の世界】【肌の露出が多めの挿絵あり】

「神ならざる者に捧ぐ鎮魂歌」北沢慶著;グループSNE著 KADOKAWA（富士見DRAGON BOOK）2017年8月【異世界・架空の世界】【肌の露出が多めの挿絵なし】

「厨房ガール!」井上尚登著 KADOKAWA（角川文庫）2017年7月【現代】【挿絵なし】

「水族館ガール 4」木宮条太郎著 実業之日本社（実業之日本社文庫）2017年7月【現代】【挿絵なし】

「精霊使いの剣舞（ブレイドダンス）精霊舞踏祭（エレメンタル・フェスタ）」志瑞祐著 KADOKAWA（MF文庫J）2017年10月【異世界・架空の世界】【肌の露出が多めの挿絵あり】

「聖剣、解体しちゃいました = I have taken the holy sword apart.」心裡著 アース・スターエンターテイメント（EARTH STAR NOVEL）2017年12月【異世界・架空の世界】【肌の露出が多めの挿絵あり】

「聖者無双：サラリーマン、異世界で生き残るために歩む道 3」ブロッコリーライオン著 マイクロマガジン社（GC NOVELS）2017年7月【異世界・架空の世界】【肌の露出が多めの挿絵なし】

「聖女の魔力は万能です = The power of the saint is all around 2」橘由華著 KADOKAWA（カドカワBOOKS）2017年9月【異世界・架空の世界】【肌の露出が多めの挿絵なし】

ストーリー

「青の聖騎士伝説 = LEGEND OF THE BLUE PALADIN」深沢美潮著 KADOKAWA(電撃文庫) 2017年7月【異世界・架空の世界】【肌の露出が多めの挿絵なし】

「青の聖騎士伝説 2」深沢美潮著 KADOKAWA(電撃文庫) 2017年8月【異世界・架空の世界】【肌の露出が多めの挿絵なし】

「先生とそのお布団」石川博品著 小学館(ガガガ文庫) 2017年11月【現代】【肌の露出が多めの挿絵なし】

「千年戦争アイギス 白の帝国編3」むらさきゆきや著 KADOKAWA(ファミ通文庫) 2017年9月【異世界・架空の世界】【肌の露出が多めの挿絵あり】

「戦女神(ヴァルキュリア)の聖蜜 2」草薙アキ著 講談社(講談社ラノベ文庫) 2017年12月【異世界・架空の世界】【肌の露出が多めの挿絵あり】

「双子喫茶と悪魔の料理書 2」望月唯一著 講談社(講談社ラノベ文庫) 2017年11月【現代】【肌の露出が多めの挿絵あり】

「走れ、健次郎」菊池幸見著 祥伝社(祥伝社文庫) 2017年12月【現代】【肌の露出が多めの挿絵なし】

「村人Aはお布団スキルで世界を救う:快眠するたび勇者に近づく物語」クリスタルな洋介著 TOブックス 2017年12月【異世界・架空の世界】【肌の露出が多めの挿絵なし】

「転生魔術師の英雄譚 3」佐竹アキノリ著 主婦の友社(ヒーロー文庫) 2017年7月【異世界・架空の世界】【肌の露出が多めの挿絵なし】

「転生勇者の成り上がり 2」雨宮和希著 オーバーラップ(オーバーラップ文庫) 2017年10月【異世界・架空の世界】【肌の露出が多めの挿絵なし】

「塔の管理をしてみよう 7」早秋著 新紀元社(MORNING STAR BOOKS) 2017年11月【異世界・架空の世界】【肌の露出が多めの挿絵あり】

「東京レイヴンズ 15」あざの耕平著 KADOKAWA(富士見ファンタジア文庫) 2017年9月【現代/歴史・時代】【肌の露出が多めの挿絵なし】

「東京廃区の戦女三師団(トリスケリオン) 3」舞阪洸著 KADOKAWA(富士見ファンタジア文庫) 2017年7月【現代】【肌の露出が多めの挿絵あり】

「導かれし田舎者たち」河端ジュン一著;グループSNE著 KADOKAWA(富士見DRAGON BOOK) 2017年8月【異世界・架空の世界】【肌の露出が多めの挿絵なし】

「導かれし田舎者たち 2」河端ジュン一著;グループSNE著 KADOKAWA(富士見DRAGON BOOK) 2017年12月【異世界・架空の世界】【肌の露出が多めの挿絵なし】

「突然ですが、お兄ちゃんと結婚しますっ! 2」塀流通留著 KADOKAWA(MF文庫J) 2017年7月【現代】【肌の露出が多めの挿絵あり】

「豚公爵に転生したから、今度は君に好きと言いたい 3」合田拍子著 KADOKAWA(富士見ファンタジア文庫) 2017年8月【異世界・架空の世界】【肌の露出が多めの挿絵あり】

ストーリー

「農民関連のスキルばっか上げてたら何故か強くなった。2」しょぼんぬ著 双葉社(モンスター文庫) 2017年9月【異世界・架空の世界】【肌の露出が多めの挿絵なし】

「百々とお狐の見習い巫女生活」千冬著 三交社(スカイハイ文庫) 2017年9月【現代】【肌の露出が多めの挿絵なし】

「放課後音楽室」麻沢奏著 スターツ出版(スターツ出版文庫) 2017年10月【現代】【挿絵なし】

「魔王、配信中!? 2」南篠豊著 講談社(講談社ラノベ文庫) 2017年11月【現代】【肌の露出が多めの挿絵なし】

「魔王城のシェフ 2」水城水城著 KADOKAWA(ファミ通文庫) 2017年8月【異世界・架空の世界】【肌の露出が多めの挿絵あり】

「魔拳のデイドリーマー 1」西和尚著 アルファポリス(アルファライト文庫) 2017年8月【異世界・架空の世界】【肌の露出が多めの挿絵あり】

「魔拳のデイドリーマー 2」西和尚著 アルファポリス(アルファライト文庫) 2017年10月【異世界・架空の世界】【肌の露出が多めの挿絵あり】

「魔術王と聖剣姫の規格外英雄譚」三門鉄狼著 SBクリエイティブ(GA文庫) 2017年7月【異世界・架空の世界】【肌の露出が多めの挿絵あり】

「魔導少女に転生した俺の双剣が有能すぎる 3」岩波零著 KADOKAWA(MF文庫J) 2017年7月【現代】【肌の露出が多めの挿絵あり】

「勇者のセガレ 2」和ケ原聡司著 KADOKAWA(電撃文庫) 2017年8月【現代】【肌の露出が多めの挿絵あり】

「勇者召喚が似合わない僕らのクラス = Our class doesn't suit to be summoned heroes 2」白神怜司著 KADOKAWA(カドカワBOOKS) 2017年10月【異世界・架空の世界】【肌の露出が多めの挿絵なし】

「落第騎士の英雄譚(キャバルリィ) 11」海空りく著 SBクリエイティブ(GA文庫) 2017年10月【異世界・架空の世界】【肌の露出が多めの挿絵あり】

「竜騎士のお気に入り 2」織川あさぎ著 一迅社(一迅社文庫アイリス) 2017年7月【異世界・架空の世界】【肌の露出が多めの挿絵なし】

「竜騎士のお気に入り 3」織川あさぎ著 一迅社(一迅社文庫アイリス) 2017年12月【異世界・架空の世界】【肌の露出が多めの挿絵なし】

人類消滅・人類滅亡

「デスクトップアーミー = DESKTOP ARMY [3]」手島史詞著 実業之日本社(Jノベルライト) 2017年12月【近未来・遠未来】【肌の露出が多めの挿絵なし】

スキャンダル

「エディター! : 編集ガールの取材手帖」上倉えり著 KADOKAWA(富士見L文庫) 2017年7月【現代】【挿絵なし】

ストーリー

頭脳・心理戦

「LOOP THE LOOP飽食の館 上」Kate著 双葉社(双葉文庫) 2017年12月【現代】【肌の露出が多めの挿絵なし】

「TAKER：復讐の贈与者」日野草著 KADOKAWA(角川文庫) 2017年11月【現代】【肌の露出が多めの挿絵なし】

「ウォーター&ビスケットのテーマ 1」河野裕著;河端ジュン一著 KADOKAWA(角川スニーカー文庫) 2017年9月【異世界・架空の世界】【肌の露出が多めの挿絵なし】

「リーマン、教祖に挑む」天祢涼著 双葉社(双葉文庫) 2017年9月【現代】【肌の露出が多めの挿絵なし】

「異世界ならニートが働くと思った? 6」刈野ミカタ著 KADOKAWA(MF文庫J) 2017年11月【異世界・架空の世界】【肌の露出が多めの挿絵あり】

「異世界落語 3」朱雀新吾著;柳家喬太郎落語監修 主婦の友社(ヒーロー文庫) 2017年8月【異世界・架空の世界】【肌の露出が多めの挿絵なし】

「彩菊あやかし算法帖 [2]」青柳碧人著 実業之日本社 2017年9月【歴史・時代】【肌の露出が多めの挿絵なし】

「自称Fランクのお兄さまがゲームで評価される学園の頂点に君臨するそうですよ? 2」三河ごーすと著 KADOKAWA(MF文庫J) 2017年8月【異世界・架空の世界】【肌の露出が多めの挿絵あり】

「信長の弟：織田信行として生きて候 第2巻」ツマビラカズジ著 マイクロマガジン社(GC NOVELS) 2017年11月【歴史・時代】【肌の露出が多めの挿絵なし】

「全日本探偵道コンクール」古野まほろ著 KADOKAWA(角川文庫) 2017年11月【現代】【挿絵なし】

「知識チートVS時間ループ」葛西伸哉著 ホビージャパン(HJ文庫) 2017年12月【異世界・架空の世界】【肌の露出が多めの挿絵あり】

スローライフ

「RE:これが異世界のお約束です!」鹿角フェフ著 ポニーキャニオン(ぽにきゃんBOOKS) 2017年7月【異世界・架空の世界】【肌の露出が多めの挿絵あり】

「おきらく女魔導士とメイド人形の開拓記：私は楽して生きたいの!」佐々木さざめき著 ツギクル(ツギクルブックス) 2017年9月【異世界・架空の世界】【肌の露出が多めの挿絵あり】

「がんばりすぎなあなたにご褒美を!：堕落勇者は頑張らない」兎月竜之介著 KADOKAWA(MF文庫J) 2017年7月【異世界・架空の世界】【肌の露出が多めの挿絵あり】

「タイガの森の狩り暮らし = Hunting Life In Taiga Forests：契約夫婦の東欧ごはん」江本マシメサ著 主婦と生活社(PASH!ブックス) 2017年12月【異世界・架空の世界】【肌の露出が多めの挿絵なし】

ストーリー

「デスゲームから始めるMMOスローライフ 3」草薙アキ著 KADOKAWA（富士見ファンタジア文庫）2017年8月【異世界・架空の世界】【肌の露出が多めの挿絵あり】

「ドラゴンは寂しいと死んじゃいます ＝ The dragon is lonely and dies：レベッカたんのにいたんは人類最強の傭兵 3」藤原ゴンザレス著 アース・スターエンターテイメント（EARTH STAR NOVEL）2017年12月【異世界・架空の世界】【肌の露出が多めの挿絵なし】

「フリーライフ～異世界何でも屋奮闘記～ 2」気がつけば毛玉著 KADOKAWA（角川スニーカー文庫）2017年10月【異世界・架空の世界】【肌の露出が多めの挿絵あり】

「モンスター・ファクトリー：左遷騎士が始める魔物牧場物語」アロハ座長著 KADOKAWA（富士見ファンタジア文庫）2017年9月【異世界・架空の世界】【肌の露出が多めの挿絵あり】

「異世界Cマート繁盛記 6」新木伸著 集英社（ダッシュエックス文庫）2017年10月【異世界・架空の世界】【肌の露出が多めの挿絵なし】

「異世界でダークエルフ嫁とゆるく営む暗黒大陸開拓記」斧名田マニマニ著 集英社（ダッシュエックス文庫）2017年11月【異世界・架空の世界】【肌の露出が多めの挿絵あり】

「異世界の果てで開拓ごはん！：座敷わらしと目指す快適スローライフ」滝口流著 KADOKAWA（カドカワBOOKS）2017年11月【異世界・架空の世界】【肌の露出が多めの挿絵あり】

「俺んちに来た女騎士と田舎暮らしすることになった件」裂田著 宝島社 2017年8月【現代】【肌の露出が多めの挿絵なし】

「最強の鑑定士って誰のこと？ ＝ Who is the strongest appraiser？：満腹ごはんで異世界生活」港瀬つかさ著 KADOKAWA（カドカワBOOKS）2017年7月【異世界・架空の世界】【肌の露出が多めの挿絵なし】

「最強の鑑定士って誰のこと？ ＝ Who is the strongest appraiser？：満腹ごはんで異世界生活 2」港瀬つかさ著 KADOKAWA（カドカワBOOKS）2017年10月【異世界・架空の世界】【肌の露出が多めの挿絵なし】

「最強の種族が人間だった件 4」柑橘ゆすら著 集英社（ダッシュエックス文庫）2017年7月【異世界・架空の世界】【肌の露出が多めの挿絵あり】

「始まりの魔法使い 2」石之宮カント著 KADOKAWA（富士見ファンタジア文庫）2017年9月【異世界・架空の世界】【肌の露出が多めの挿絵あり】

「第七異世界のラダッシュ村 2」蝉川夏哉著 星海社（星海社FICTIONS）2017年7月【異世界・架空の世界／近未来・遠未来】【肌の露出が多めの挿絵なし】

「転生して田舎でスローライフをおくりたい ＝ I want to enjoy slow Living [3]」錬金王著 宝島社 2017年7月【異世界・架空の世界】【肌の露出が多めの挿絵あり】

「転生して田舎でスローライフをおくりたい ＝ I want to enjoy slow Living [4]」錬金王著 宝島社 2017年12月【異世界・架空の世界】【肌の露出が多めの挿絵なし】

「百均で異世界スローライフ 2」小鳥遊郁著 フロンティアワークス（アリアンローズ）2017年9月【異世界・架空の世界】【肌の露出が多めの挿絵なし】

ストーリー

「魔王の娘を嫁に田舎暮らしを始めたが、幸せになってはダメらしい。」手島史詞著 SBクリエイティブ（GA文庫）2017年10月【異世界・架空の世界】【肌の露出が多めの挿絵あり】

政治・行政・政府

「R.E.D.警察庁特殊防犯対策官室」古野まほろ著 新潮社（新潮文庫）2017年9月【現代】【挿絵なし】

「アウトブレイク・カンパニー = Outbreak Company : 萌える侵略者 18」榊一郎著 講談社（講談社ラノベ文庫）2017年8月【異世界・架空の世界】【肌の露出が多めの挿絵なし】

「ガールズトーク縁と花：境界線上のホライゾン」川上稔著 KADOKAWA（電撃文庫）2017年7月【異世界・架空の世界】【肌の露出が多めの挿絵あり】

「くるすの残光 [5]」仁木英之著 祥伝社（祥伝社文庫）2017年10月【歴史・時代】【挿絵なし】

「されど罪人は竜と踊る = Dances with the Dragons 20」浅井ラボ著 小学館（ガガガ文庫）2017年9月【異世界・架空の世界】【肌の露出が多めの挿絵なし】

「ジンカン：宮内庁神祇鑑定人・九鬼隈一郎」三田誠著 講談社（講談社タイガ）2017年12月【現代】【挿絵なし】

「ポーション頼みで生き延びます! 2」FUNA著 講談社（Kラノベブックス）2017年10月【異世界・架空の世界】【肌の露出が多めの挿絵なし】

「マヨの王：某大手マヨネーズ会社社員の孫と女騎士、異世界で《密売王》となる」伊藤ヒロ著 集英社（ダッシュエックス文庫）2017年11月【現代/異世界・架空の世界】【肌の露出が多めの挿絵なし】

「レーゼンシア帝国繁栄紀 2」七条剛著 SBクリエイティブ（GA文庫）2017年8月【異世界・架空の世界】【肌の露出が多めの挿絵あり】

「異世界に転生したので日本式城郭をつくってみた。」リューク著 一二三書房（Saga Forest）2017年8月【現代/異世界・架空の世界】【肌の露出が多めの挿絵なし】

「異世界建国記 2」桜木桜著 KADOKAWA（ファミ通文庫）2017年12月【異世界・架空の世界】【肌の露出が多めの挿絵なし】

「一華後宮料理帖 第4品」三川みり著 KADOKAWA（角川ビーンズ文庫）2017年7月【異世界・架空の世界】【肌の露出が多めの挿絵なし】

「花冠の王国の花嫌い姫 [5]」長月遥著 KADOKAWA（ビーズログ文庫）2017年7月【異世界・架空の世界】【肌の露出が多めの挿絵なし】

「銀河連合日本 6」柗本保羽著 星海社（星海社FICTIONS）2017年10月【現代/異世界・架空の世界】【肌の露出が多めの挿絵なし】

「現実主義勇者の王国再建記 = Re:CONSTRUCTION THE ELFRIEDEN KINGDOM TALES OF REALISTIC BRAVE 5」どぜう丸著 オーバーラップ（オーバーラップ文庫）2017年10月【異世界・架空の世界】【肌の露出が多めの挿絵なし】

ストーリー

「最強をこじらせたレベルカンスト剣聖女ベアトリーチェの弱点：その名は『ぶーぶー』5」鎌池和馬著 KADOKAWA(電撃文庫) 2017年8月【異世界・架空の世界】【肌の露出が多めの挿絵あり】

「桜花傾国物語」東芙美子著 講談社(講談社X文庫) 2017年9月【歴史・時代】【肌の露出が多めの挿絵あり】

「桜花傾国物語 [2]」東芙美子著 講談社(講談社X文庫) 2017年12月【歴史・時代】【肌の露出が多めの挿絵なし】

「鹿の王 4」上橋菜穂子著 KADOKAWA(角川文庫) 2017年7月【異世界・架空の世界】【肌の露出が多めの挿絵なし】

「信長の弟：織田信行として生きて候 第2巻」ツマビラカズジ著 マイクロマガジン社(GC NOVELS) 2017年11月【歴史・時代】【肌の露出が多めの挿絵なし】

「翠玉姫演義 2」柊平ハルモ著 KADOKAWA(富士見L文庫) 2017年10月【歴史・時代】【挿絵なし】

「淡海乃海 水面が揺れる時：三英傑に嫌われた不運な男、朽木基綱の逆襲」イスラーフィール著 TOブックス 2017年12月【歴史・時代】【肌の露出が多めの挿絵なし】

「天鏡のアルデラミン = Alderamin on the Sky：ねじ巻き精霊戦記 13」宇野朴人著 KADOKAWA(電撃文庫) 2017年12月【異世界・架空の世界】【肌の露出が多めの挿絵なし】

「転生魔術師の英雄譚 3」佐竹アキノリ著 主婦の友社(ヒーロー文庫) 2017年7月【異世界・架空の世界】【肌の露出が多めの挿絵なし】

「白の皇国物語 12」白沢戌亥著 アルファポリス(アルファライト文庫) 2017年7月【異世界・架空の世界】【肌の露出が多めの挿絵なし】

「魔王軍最強の魔術師は人間だった 3」羽田遼亮著 双葉社(モンスター文庫) 2017年7月【異世界・架空の世界】【肌の露出が多めの挿絵なし】

「魔王軍最強の魔術師は人間だった 4」羽田遼亮著 双葉社(モンスター文庫) 2017年12月【異世界・架空の世界】【肌の露出が多めの挿絵なし】

「魔弾の王と戦姫(ヴァナディース) 18」川口士著 KADOKAWA(MF文庫J) 2017年11月【異世界・架空の世界】【肌の露出が多めの挿絵なし/キスシーンの挿絵あり】

「勇者の武器屋経営 3」至道流星著 星海社(星海社FICTIONS) 2017年11月【異世界・架空の世界】【肌の露出が多めの挿絵なし】

「茉莉花官吏伝：皇帝の恋心、花知らず」石田リンネ著 KADOKAWA(ビーズログ文庫) 2017年7月【異世界・架空の世界】【肌の露出が多めの挿絵なし】

「茉莉花官吏伝 2」石田リンネ著 KADOKAWA(ビーズログ文庫) 2017年12月【異世界・架空の世界】【肌の露出が多めの挿絵なし】

「黎明国花伝 [3]」喜咲冬子著 KADOKAWA(富士見L文庫) 2017年8月【異世界・架空の世界】【挿絵なし】

ストーリー

政治・行政・政府＞外交

「神話伝説の英雄の異世界譚 8」奉著 オーバーラップ（オーバーラップ文庫）2017年7月【異世界・架空の世界】【肌の露出が多めの挿絵あり】

「魔法科高校の劣等生 = The irregular at magic high school 23」佐島勤著 KADOKAWA（電撃文庫）2017年8月【近未来・遠未来】【肌の露出が多めの挿絵なし】

「巫女華伝 [2]」岐川新著 KADOKAWA（角川ビーンズ文庫）2017年7月【歴史・時代】【肌の露出が多めの挿絵なし】

政治・行政・政府＞情報機関・諜報機関

「エイルン・ラストコード：架空世界より戦場へ 7」東龍乃助著 KADOKAWA（MF文庫J）2017年10月【異世界・架空の世界】【肌の露出が多めの挿絵なし】

「マージナル・オペレーション改 03」芝村裕吏著 星海社（星海社FICTIONS）2017年12月【現代】【肌の露出が多めの挿絵なし】

「暗黒のゼーヴェノア 1」佐藤英一原作;サテライト原作;竹田裕一郎著 マイクロマガジン社（BOOK BLAST）2017年8月【近未来・遠未来】【肌の露出が多めの挿絵あり】

「俺が大統領になればこの国、楽勝で栄える：アラフォーひきこもりからの大統領戦記」至道流星著 KADOKAWA（ノベルゼロ）2017年10月【現代】【肌の露出が多めの挿絵あり】

「最強の司令官は楽をして暮らしたい：安楽椅子隊長イツツジ」あらいりゅうじ著 KADOKAWA（ノベルゼロ）2017年7月【近未来・遠未来】【肌の露出が多めの挿絵なし】

「寵姫志願!?ワケあって腹黒皇子に買われたら、溺愛されました」一ノ瀬千景著 スターツ出版（ベリーズ文庫）2017年7月【異世界・架空の世界】【挿絵なし】

「魔法科高校の劣等生 = The irregular at magic high school 23」佐島勤著 KADOKAWA（電撃文庫）2017年8月【近未来・遠未来】【肌の露出が多めの挿絵なし】

青春

「……なんでそんな、ばかなこと聞くの?」鈴木大輔著 KADOKAWA（角川文庫）2017年9月【現代】【挿絵なし】

「※妹を可愛がるのも大切なお仕事です。」弥生志郎著 KADOKAWA（MF文庫J）2017年7月【現代】【肌の露出が多めの挿絵あり】

「14歳とイラストレーター 3」むらさきゆきや著 KADOKAWA（MF文庫J）2017年7月【現代】【肌の露出が多めの挿絵あり】

「14歳とイラストレーター 4」むらさきゆきや著 KADOKAWA（MF文庫J）2017年11月【現代】【肌の露出が多めの挿絵あり】

「2.43：清陰高校男子バレー部 代表決定戦編1」壁井ユカコ著 集英社（集英社文庫）2017年11月【現代】【肌の露出が多めの挿絵なし】

ストーリー

「2.43：清陰高校男子バレー部 代表決定戦編2」壁井ユカコ著 集英社（集英社文庫）2017年12月【現代】【肌の露出が多めの挿絵なし】

「6番線に春は来る。そして今日、君はいなくなる。」大澤めぐみ著 KADOKAWA（角川スニーカー文庫）2017年11月【現代】【肌の露出が多めの挿絵なし】

「86-エイティシックス- Ep.2」安里アサト著 KADOKAWA（電撃文庫）2017年7月【異世界・架空の世界】【肌の露出が多めの挿絵なし】

「DOUBLES!!-ダブルス- 4th Set」天沢夏月著 KADOKAWA（メディアワークス文庫）2017年9月【現代】【肌の露出が多めの挿絵なし】

「DOUBLES!!-ダブルス- Final Set」天沢夏月著 KADOKAWA（メディアワークス文庫）2017年11月【現代】【肌の露出が多めの挿絵なし】

「Just Because!」鴨志田一著 KADOKAWA（メディアワークス文庫）2017年11月【現代】【肌の露出が多めの挿絵なし】

「Q.もしかして、異世界を救った英雄さんですか? 2」弥生志郎著 KADOKAWA（MF文庫J）2017年9月【現代/異世界・架空の世界】【肌の露出が多めの挿絵あり】

「あまのじゃくな氷室さん：好感度100%から始める毒舌女子の落としかた」広ノ祥人著 KADOKAWA（MF文庫J）2017年12月【現代】【肌の露出が多めの挿絵なし】

「あんたなんかと付き合えるわけないじゃん!ムリ!ムリ!大好き!」内堀優一著 ホビージャパン（HJ文庫）2017年9月【現代】【肌の露出が多めの挿絵なし】

「いい部屋あります。」長野まゆみ著 KADOKAWA（角川文庫）2017年10月【現代】【挿絵なし】

「イジワルな出会い」HoneyWorks原案;香坂茉里著 KADOKAWA（角川ビーンズ文庫）2017年11月【現代】【肌の露出が多めの挿絵なし】

「いつかきみに七月の雪を見せてあげる」五十嵐雄策著 KADOKAWA（メディアワークス文庫）2017年10月【現代】【肌の露出が多めの挿絵なし】

「ヴぁんぷちゃんとゾンビくん：吸血姫は恋したい」空伏空人著 KADOKAWA（角川スニーカー文庫）2017年12月【異世界・架空の世界】【肌の露出が多めの挿絵あり】

「エール!!：栄冠は君に輝く」石原ひな子著 KADOKAWA（富士見L文庫）2017年8月【現代】【挿絵なし】

「お人好しの放課後：御出学園帰宅部の冒険」阿藤玲著 東京創元社（創元推理文庫）2017年8月【現代】【挿絵なし】

「ガールズトーク縁と花：境界線上のホライゾン」川上稔著 KADOKAWA（電撃文庫）2017年7月【異世界・架空の世界】【肌の露出が多めの挿絵あり】

「カゲロウデイズ 8」じん（自然の敵P）著 KADOKAWA（KCG文庫）2017年12月【異世界・架空の世界】【肌の露出が多めの挿絵なし】

ストーリー

「カブキブ!7」榎田ユウリ著 KADOKAWA(角川文庫) 2017年11月【現代】【肌の露出が多めの挿絵なし】

「からくりピエロ」40mP著 KADOKAWA(角川ビーンズ文庫) 2017年9月【現代】【挿絵なし】

「きみと繰り返す、あの夏の世界」和泉あや著 スターツ出版(スターツ出版文庫) 2017年7月【現代】【挿絵なし】

「きみに届け。はじまりの歌」沖田円著 スターツ出版(スターツ出版文庫) 2017年12月【現代】【挿絵なし】

「きみのために青く光る」似鳥鶏著 KADOKAWA(角川文庫) 2017年7月【現代】【挿絵なし】

「きみはぼくの宝物:史上最悪の夏休み」木下半太著 幻冬舎(幻冬舎文庫) 2017年8月【現代】【挿絵なし】

「キミは一人じゃないじゃん、と僕の中の一人が言った」比嘉智康著 KADOKAWA(ファミ通文庫) 2017年8月【現代】【肌の露出が多めの挿絵なし】

「キラプリおじさんと幼女先輩3」岩沢藍著 KADOKAWA(電撃文庫) 2017年12月【現代】【肌の露出が多めの挿絵なし】

「クラスでバカにされてるオタクなぼくが、気づいたら不良たちから崇拝されててガクブル2」諏訪錦著 アルファポリス(アルファポリス文庫) 2017年10月【現代】【肌の露出が多めの挿絵なし】

「ゲーマーズ!8」葵せきな著 KADOKAWA(富士見ファンタジア文庫) 2017年7月【現代】【肌の露出が多めの挿絵あり】

「ゲーマーズ!DLC」葵せきな著 KADOKAWA(富士見ファンタジア文庫) 2017年9月【現代】【肌の露出が多めの挿絵なし】

「この終末、ぼくらは100日だけの恋をする」似鳥航一著 KADOKAWA(メディアワークス文庫) 2017年12月【現代/異世界・架空の世界】【肌の露出が多めの挿絵なし】

「こんな僕(クズ)が荒川さんに告白(コク)ろうなんて、おこがましくてできません。」清水苺著 講談社(講談社ラノベ文庫) 2017年9月【現代】【肌の露出が多めの挿絵あり】

「さよならレター」皐月コハル著 スターツ出版(スターツ出版文庫) 2017年11月【現代】【挿絵なし】

「サンリオ男子=SANRIO BOYS:俺たちの冬休み」サンリオ原作・著作・監修;静月遠火著 KADOKAWA(メディアワークス文庫) 2017年12月【現代】【肌の露出が多めの挿絵なし】

「サン娘:Girl's Battle Bootlog」矢立肇原作;金田一秋良著 マイクロマガジン社(BOOK BLAST) 2017年10月【異世界・架空の世界】【肌の露出が多めの挿絵なし】

「ジャナ研の憂鬱な事件簿2」酒井田寛太郎著 小学館(ガガガ文庫) 2017年10月【現代】【肌の露出が多めの挿絵なし】

「ジュンのための6つの小曲」古谷田奈月著 新潮社(新潮文庫) 2017年10月【現代】【挿絵なし】

ストーリー

「スーパーカブ 2」トネ・コーケン著 KADOKAWA（角川スニーカー文庫）2017年10月【現代】
【肌の露出が多めの挿絵なし】

「スケートボーイズ」碧野圭著 実業之日本社（実業之日本社文庫）2017年11月【現代】【挿絵なし】

「ずっとあなたが好きでした」歌野晶午著 文藝春秋（文春文庫）2017年12月【現代】【挿絵なし】

「スピンガール！ = Spin-Girl! : 海浜千葉高校競技ポールダンス部」神戸遥真著 KADOKAWA（メディアワークス文庫）2017年9月【現代】【肌の露出が多めの挿絵なし】

「そして僕等の初恋に会いに行く」西田俊也著 KADOKAWA（角川文庫）2017年12月【現代】【挿絵なし】

「そのスライム、ボスモンスターにつき注意 : 最低スライムのダンジョン経営物語 1」時野洋輔著 双葉社（モンスター文庫）2017年12月【異世界・架空の世界】【肌の露出が多めの挿絵なし】

「その絆は対角線 : 日曜は憧れの国」円居挽著 東京創元社（創元推理文庫）2017年10月【現代】【肌の露出が多めの挿絵なし】

「タイムシフト : 君と見た海、君がいた空」午後12時の男著 集英社（ダッシュエックス文庫）2017年10月【現代】【肌の露出が多めの挿絵なし】

「チアーズ！」赤松中学著 KADOKAWA（MF文庫J）2017年9月【現代】【肌の露出が多めの挿絵なし】

「ティーンズ・エッジ・ロックンロール」熊谷達也著 実業之日本社（実業之日本社文庫）2017年10月【現代】【挿絵なし】

「どこよりも遠い場所にいる君へ」阿部暁子著 集英社（集英社オレンジ文庫）2017年10月【現代】【肌の露出が多めの挿絵なし】

「ニセモノだけど恋だった」齋藤ゆうこ著 宝島社（宝島社文庫）2017年11月【現代】【挿絵なし】

「バーサス・フェアリーテイル : バッドエンドな運命のヒロインを救い出せ」八街歩著 KADOKAWA（富士見ファンタジア文庫）2017年7月【異世界・架空の世界】【肌の露出が多めの挿絵あり/キスシーンの挿絵あり】

「ハートの主張」HoneyWorks原案;香坂茉里著 KADOKAWA（角川ビーンズ文庫）2017年10月【現代】【肌の露出が多めの挿絵なし】

「ハードボイルド・スクールデイズ : 織原ミツキと田中マンキー」鳥畑良著 KADOKAWA（ノベルゼロ）2017年12月【現代】【肌の露出が多めの挿絵あり】

「ハイキュー!! : 劇場版総集編 [3]」古舘春一原作;吉成郁子小説 集英社（JUMP J BOOKS）2017年9月【現代】【肌の露出が多めの挿絵なし】

「ハイキュー!! : 劇場版総集編 [4]」古舘春一原作;吉成郁子小説 集英社（JUMP J BOOKS）2017年9月【現代】【肌の露出が多めの挿絵なし】

ストーリー

「ハイキュー!!ショーセツバン!! 9」古舘春一著;星希代子著 集英社(JUMP j BOOKS) 2017年12月【現代】【肌の露出が多めの挿絵なし】

「ハイスクールD×D 24」石踏一榮著 KADOKAWA(富士見ファンタジア文庫) 2017年11月【現代】【肌の露出が多めの挿絵あり】

「ババチャリの神様」皆藤黒助著 双葉社(双葉文庫) 2017年8月【現代】【挿絵なし】

「パラミリタリ・カンパニー:萌える侵略者 2」榊一郎著 講談社(講談社ラノベ文庫) 2017年9月【現代】【肌の露出が多めの挿絵あり】

「パンツあたためますか?」石山雄規著 KADOKAWA(角川スニーカー文庫) 2017年8月【現代】【肌の露出が多めの挿絵なし】

「ひきこもり姫を歌わせたいっ!」水坂不適合著 小学館(ガガガ文庫) 2017年7月【現代】【肌の露出が多めの挿絵なし】

「フラワーナイトガール [7]」是鐘リュウジ著 KADOKAWA(ファミ通文庫) 2017年10月【異世界・架空の世界】【肌の露出が多めの挿絵あり】

「ぼくたちのリメイク 3」木緒なち著 KADOKAWA(MF文庫J) 2017年11月【現代】【肌の露出が多めの挿絵なし】

「ほんとうの花を見せにきた」桜庭一樹著 文藝春秋(文春文庫) 2017年11月【現代】【挿絵なし】

「モノクロの君に恋をする」坂上秋成著 新潮社(新潮文庫) 2017年7月【現代】【挿絵なし】

「やはり俺の青春ラブコメはまちがっている。12」渡航著 小学館(ガガガ文庫) 2017年9月【現代】【肌の露出が多めの挿絵なし】

「ラノベ作家になりたくて震える。」嵯峨伊緒著 KADOKAWA(電撃文庫) 2017年9月【現代】【肌の露出が多めの挿絵なし】

「リア充にもオタクにもなれない俺の青春 = Between R and O,Neither R nor O. Who am I?」弘前龍著 KADOKAWA(電撃文庫) 2017年9月【現代】【肌の露出が多めの挿絵あり】

「りゅうおうのおしごと! 6 ドラマCD付き限定特装版」白鳥士郎著 SBクリエイティブ(GA文庫) 2017年7月【現代】【肌の露出が多めの挿絵なし】

「ワキヤくんの主役理論」涼暮皐著 KADOKAWA(MF文庫J) 2017年9月【現代】【肌の露出が多めの挿絵なし】

「ワキヤくんの主役理論 2」涼暮皐著 KADOKAWA(MF文庫J) 2017年12月【現代】【肌の露出が多めの挿絵なし】

「茜色の記憶」みのりfrom三月のパンタシア著 スターツ出版(スターツ出版文庫) 2017年8月【現代】【挿絵なし】

「悪の2代目になんてなりません!」西台もか著 KADOKAWA(ビーズログ文庫アリス) 2017年9月【現代】【肌の露出が多めの挿絵なし/キスシーンの挿絵あり】

ストーリー

「悪役令嬢としてヒロインと婚約者をくっつけようと思うのですが、うまくいきません…。」枳莎著 KADOKAWA(ビーズログ文庫アリス) 2017年9月【異世界・架空の世界】【肌の露出が多めの挿絵なし】

「委員長は××がお好き」穂兎ここあ著 KADOKAWA(ビーズログ文庫アリス) 2017年9月【現代】【肌の露出が多めの挿絵なし】

「異世界クエストは放課後に!:クールな先輩がオレの前だけ笑顔になるようです」空埜一樹著 ホビージャパン(HJ文庫) 2017年12月【異世界・架空の世界】【肌の露出が多めの挿絵あり】

「異世界は幸せ(テンプレ)に満ち溢れている 3」羽智遊紀著 TOブックス 2017年12月【異世界・架空の世界】【肌の露出が多めの挿絵なし】

「陰キャになりたい陽乃森さん = Hinomori wanna be an In-cha,or"Last In-cha standing" Step12」岬鷺宮著 KADOKAWA(電撃文庫) 2017年10月【現代】【肌の露出が多めの挿絵あり】

「嘘恋シーズン:#天王寺学園男子寮のヒミツ」あさば深雪著 KADOKAWA(角川ビーンズ文庫) 2017年8月【現代】【肌の露出が多めの挿絵なし】

「運命の彼は、キミですか?」秋吉理帆著 KADOKAWA(角川ビーンズ文庫) 2017年12月【現代】【肌の露出が多めの挿絵なし】

「英雄教室 9」新木伸著 集英社(ダッシュエックス文庫) 2017年9月【異世界・架空の世界】【肌の露出が多めの挿絵なし】

「厭世マニュアル」阿川せんり著 KADOKAWA(角川文庫) 2017年8月【現代】【挿絵なし】

「黄泉がえりの町で、君と」雪富千晶紀著 KADOKAWA(角川ホラー文庫) 2017年7月【現代】【肌の露出が多めの挿絵なし】

「俺の青春を生け贄に、彼女の前髪をオープン 3」凪木エコ著 KADOKAWA(富士見ファンタジア文庫) 2017年10月【現代】【肌の露出が多めの挿絵あり】

「俺の立ち位置はココじゃない!」宇津田晴著 小学館(ガガガ文庫) 2017年11月【現代】【肌の露出が多めの挿絵なし】

「俺はバイクと放課後に:走り納め川原湯温泉」菅沼拓三著 徳間書店(徳間文庫) 2017年11月【現代】【肌の露出が多めの挿絵なし】

「俺はバイクと放課後に [2]」菅沼拓三著 徳間書店(徳間文庫) 2017年12月【現代】【肌の露出が多めの挿絵なし】

「俺を好きなのはお前だけかよ 6」駱駝著 KADOKAWA(電撃文庫) 2017年8月【現代】【肌の露出が多めの挿絵あり】

「夏空のモノローグ」秋月鈴音著;アイディアファクトリー株式会社;デザインファクトリー株式会社監修 一二三書房(オトメイトノベル) 2017年7月【現代】【肌の露出が多めの挿絵なし】

「火ノ丸相撲四十八手 2」川田著;久麻當郎著 集英社(JUMP j BOOKS) 2017年11月【現代】【肌の露出が多めの挿絵あり】

144

ストーリー

「花屋「ゆめゆめ」で花香る思い出を」編乃肌著 マイナビ出版(ファン文庫) 2017年8月【現代】【挿絵なし】

「巻き込まれ異世界召喚記 2」結城ヒロ著 KADOKAWA(MF文庫J) 2017年8月【異世界・架空の世界】【肌の露出が多めの挿絵なし】

「季節はうつる、メリーゴーランドのように」岡崎琢磨著 KADOKAWA(角川文庫) 2017年9月【現代】【挿絵なし】

「京都なぞとき四季報：町を歩いて不思議なバーへ」円居挽著 KADOKAWA(角川文庫) 2017年12月【現代】【肌の露出が多めの挿絵なし】

「響け!ユーフォニアム 北宇治高校吹奏楽部、波乱の第二楽章 後編」武田綾乃著 宝島社(宝島社文庫) 2017年10月【現代】【挿絵なし】

「響け!ユーフォニアム 北宇治高校吹奏楽部、波乱の第二楽章 前編」武田綾乃著 宝島社(宝島社文庫) 2017年9月【現代】【挿絵なし】

「空色バウムクーヘン」吉野万理子著 徳間書店(徳間文庫) 2017年9月【現代】【挿絵なし】

「君が何度死んでも」椙本孝思著 アルファポリス(アルファポリス文庫) 2017年12月【現代】【挿絵なし】

「君に恋をするなんて、ありえないはずだった [2]」筬田かつら著 宝島社(宝島社文庫) 2017年7月【現代】【肌の露出が多めの挿絵なし】

「君の嘘と、やさしい死神」青谷真未著 ポプラ社(ポプラ文庫ピュアフル) 2017年11月【現代】【挿絵なし】

「嫌われエースの数奇な恋路」田辺ユウ著 KADOKAWA(電撃文庫) 2017年9月【現代】【肌の露出が多めの挿絵なし】

「幻肢」島田荘司著 文藝春秋(文春文庫) 2017年8月【現代】【挿絵なし】

「交換ウソ日記」櫻いいよ著 スターツ出版(スターツ出版文庫) 2017年8月【現代】【挿絵なし】

「幸運なバカたちが学園を回す 1」藍藤遊著 KADOKAWA(MF文庫J) 2017年9月【現代】【肌の露出が多めの挿絵なし】

「校舎五階の天才たち」神宮司いずみ著 講談社(講談社タイガ) 2017年9月【現代】【挿絵なし】

「紅霞後宮物語 第0幕2」雪村花菜著 KADOKAWA(富士見L文庫) 2017年9月【異世界・架空の世界】【挿絵なし】

「今夜、きみは火星にもどる」小嶋陽太郎著 KADOKAWA(角川文庫) 2017年10月【現代】【挿絵なし】

「佐伯さんと、ひとつ屋根の下：I'll have Sherbet! 3」九曜著 KADOKAWA(ファミ通文庫) 2017年10月【現代】【肌の露出が多めの挿絵あり】

「最後の晩ごはん [9]」椹野道流著 KADOKAWA(角川文庫) 2017年12月【現代】【肌の露出が多めの挿絵なし】

145

ストーリー

「妻を殺してもバレない確率」桜川ヒロ著 宝島社（宝島社文庫）2017年10月【近未来・遠未来】【挿絵なし】

「死を見る僕と、明日死ぬ君の事件録」古宮九時著 KADOKAWA（メディアワークス文庫）2017年11月【現代】【肌の露出が多めの挿絵なし】

「私がヒロインだけど、その役は譲ります」増田みりん著 KADOKAWA（ビーズログ文庫アリス）2017年8月【異世界・架空の世界】【肌の露出が多めの挿絵なし】

「私の好きなひと」西ナナヲ著 スターツ出版（スターツ出版文庫）2017年8月【現代】【挿絵なし】

「私の大阪八景 改版」田辺聖子著 KADOKAWA（角川文庫）2017年8月【歴史・時代】【挿絵なし】

「詩葉さんは別ノ詩を詠みはじめる」樫田レオ著 KADOKAWA（ファミ通文庫）2017年8月【現代】【肌の露出が多めの挿絵なし】

「七星のスバル = Seven Senses of the Re'Union 6」田尾典丈著 小学館（ガガガ文庫）2017年9月【異世界・架空の世界】【挿絵なし】

「社畜の品格」古木和真著 KADOKAWA（富士見L文庫）2017年8月【現代】【挿絵なし】

「十年後の僕らはまだ物語の終わりを知らない」尼野ゆたか著 KADOKAWA（富士見L文庫）2017年11月【現代】【挿絵なし】

「渋谷のロリはだいたいトモダチ 1」あまさきみりと著 KADOKAWA（角川スニーカー文庫）2017年12月【近未来・遠未来】【肌の露出が多めの挿絵あり】

「少女クロノクル。= GIRL'S CHRONO-CLE」ハセガワケイスケ著 KADOKAWA（電撃文庫）2017年7月【現代】【肌の露出が多めの挿絵なし】

「少女手帖」紙上ユキ著 集英社（集英社オレンジ文庫）2017年9月【現代】【肌の露出が多めの挿絵なし】

「真夜中プリズム」沖田円著 スターツ出版（スターツ出版文庫）2017年7月【現代】【挿絵なし】

「厨病激発ボーイ 5」れるりり原案;藤並みなと著 KADOKAWA（角川ビーンズ文庫）2017年8月【現代】【肌の露出が多めの挿絵なし】

「晴れたらいいね」藤岡陽子著 光文社（光文社文庫）2017年8月【現代/歴史・時代】【挿絵なし】

「声も出せずに死んだんだ」長谷川也著 KADOKAWA（角川文庫）2017年11月【現代】【挿絵なし】

「青春デバッガーと恋する妄想#拡散中」旭蓑雄著 KADOKAWA（電撃文庫）2017年11月【現代】【肌の露出が多めの挿絵なし】

「斉木楠雄のΨ難：映画ノベライズ」麻生周一原作;福田雄一脚本;宮本深礼小説 集英社（JUMP j BOOKS）2017年10月【異世界・架空の世界】【肌の露出が多めの挿絵なし】

ストーリー

「絶対彼女作らせるガール!」まほろ勇太著 KADOKAWA(MF文庫J) 2017年11月【現代】【肌の露出が多めの挿絵なし】

「先生!:、、、好きになってもいいですか?:映画ノベライズ」河原和音原作;岡本千紘著 集英社(集英社オレンジ文庫) 2017年9月【現代】【肌の露出が多めの挿絵なし】

「打ち上げ花火、下から見るか?横から見るか?」岩井俊二原作;大根仁著 KADOKAWA(角川スニーカー文庫) 2017年8月【現代】【肌の露出が多めの挿絵なし】

「誰でもなれる!ラノベ主人公 = ANYONE CAN BE THE HERO OF LIGHT NOVEL : オマエそれ大阪でも同じこと言えんの?」真代屋秀晃著 KADOKAWA(電撃文庫) 2017年10月【現代】【肌の露出が多めの挿絵なし】

「中二病でも恋がしたい! 4」虎虎著 京都アニメーション(KAエスマ文庫) 2017年12月【現代/異世界・架空の世界】【肌の露出が多めの挿絵なし/キスシーンの挿絵あり】

「通学鞄 : 君と僕の部屋」みゆ著 集英社(コバルト文庫) 2017年12月【現代】【肌の露出が多めの挿絵なし】

「天使の3P! = Here comes the three angels ×10」蒼山サグ著 KADOKAWA(電撃文庫) 2017年7月【現代】【肌の露出が多めの挿絵あり】

「転生者の私に挑んでくる無謀で有望な少女の話 1」小東のら著 主婦の友社(ヒーロー文庫) 2017年12月【現代】【肌の露出が多めの挿絵なし】

「奈良町あやかし万葉茶房」遠藤遼著 双葉社(双葉文庫) 2017年11月【現代】【肌の露出が多めの挿絵なし】

「二周目の僕は君と恋をする」瑞智士記著 KADOKAWA(ファミ通文庫) 2017年7月【現代】【肌の露出が多めの挿絵なし】

「忍物語」西尾維新著 講談社(講談社BOX) 2017年7月【現代】【肌の露出が多めの挿絵なし】

「白いしっぽと私の日常」クロサキリク著 ポニーキャニオン(ぽにきゃんBOOKS) 2017年12月【現代】【肌の露出が多めの挿絵なし】

「白バイガール [3]」佐藤青南著 実業之日本社(実業之日本社文庫) 2017年11月【現代】【挿絵なし】

「半透明のラブレター」春田モカ著 スターツ出版(スターツ出版文庫) 2017年9月【現代】【挿絵なし】

「彼方の友へ」伊吹有喜著 実業之日本社 2017年11月【異世界・架空の世界】【挿絵なし】

「腐女子な妹ですみません 2」九重木春著 KADOKAWA(ビーズログ文庫アリス) 2017年8月【現代】【肌の露出が多めの挿絵なし/キスシーンの挿絵あり】

「風ケ丘五十円玉祭りの謎」青崎有吾著 東京創元社(創元推理文庫) 2017年7月【現代】【肌の露出が多めの挿絵なし】

ストーリー

「物理的に孤立している俺の高校生活 = My Highschool Life is Physically Isolated 3」森田季節著 小学館（ガガガ文庫）2017年10月【現代】【肌の露出が多めの挿絵なし】

「放課後、君はさくらのなかで」竹岡葉月著 集英社（集英社オレンジ文庫）2017年9月【現代】【肌の露出が多めの挿絵なし】

「放課後に死者は戻る」秋吉理香子著 双葉社（双葉文庫）2017年11月【現代】【挿絵なし】

「暴血覚醒（ブライト・ブラッド）2」中村ヒロ著 SBクリエイティブ（GA文庫）2017年9月【現代】【肌の露出が多めの挿絵あり】

「僕が殺された未来」春畑行成著 宝島社（宝島社文庫）2017年8月【現代】【肌の露出が多めの挿絵なし】

「僕とキミの15センチ：ショートストーリーズ」井上堅二ほか著 KADOKAWA（ファミ通文庫）2017年10月【現代】【肌の露出が多めの挿絵なし】

「僕の呪われた恋は君に届かない」麻沢奏著 双葉社（双葉文庫）2017年7月【現代】【挿絵なし】

「僕の知らない、いつかの君へ」木村咲著 スターツ出版（スターツ出版文庫）2017年12月【現代】【挿絵なし】

「僕はリア充絶対爆発させるマン」浅岡旭著 KADOKAWA（富士見ファンタジア文庫）2017年11月【現代】【肌の露出が多めの挿絵あり】

「本日はコンビニ日和。」雨野マサキ著 KADOKAWA（メディアワークス文庫）2017年12月【現代】【肌の露出が多めの挿絵なし】

「魔王は服の着方がわからない」長岡マキ子著;MB企画協力・監修 KADOKAWA（富士見ファンタジア文庫）2017年10月【現代】【肌の露出が多めの挿絵あり】

「妹さえいればいい。8」平坂読著 小学館（ガガガ文庫）2017年9月【現代】【肌の露出が多めの挿絵あり】

「勇者と勇者と勇者と勇者 = A Hero,Heroes and A Hero 5」川岸殴魚著 小学館（ガガガ文庫）2017年7月【異世界・架空の世界】【肌の露出が多めの挿絵あり】

「友食い教室 = THE FRIENDS-EATER CLASSROOM」柑橘ゆすら小説 集英社（JUMP j BOOKS）2017年12月【現代】【肌の露出が多めの挿絵なし】

「幼馴染の山吹さん」道草よもぎ著 KADOKAWA（電撃文庫）2017年10月【現代】【肌の露出が多めの挿絵あり】

「恋愛予報：三角カンケイ警報・発令中!」西本紘奈著 KADOKAWA（角川ビーンズ文庫）2017年7月【現代】【肌の露出が多めの挿絵なし】

成長・成り上がり

「※妹を可愛がるのも大切なお仕事です。」弥生志郎著 KADOKAWA（MF文庫J）2017年7月【現代】【肌の露出が多めの挿絵あり】

ストーリー

「100回泣いても変わらないので恋することにした。」堀川アサコ著 新潮社（新潮文庫）2017年7月【現代】【挿絵なし】

「10年ごしの引きニートを辞めて外出したら5」坂東太郎著 オーバーラップ（オーバーラップ文庫）2017年10月【現代/異世界・架空の世界】【肌の露出が多めの挿絵なし】

「14歳とイラストレーター 3」むらさきゆきや著 KADOKAWA（MF文庫J）2017年7月【現代】【肌の露出が多めの挿絵あり】

「14歳とイラストレーター 4」むらさきゆきや著 KADOKAWA（MF文庫J）2017年11月【現代】【肌の露出が多めの挿絵あり】

「6番線に春は来る。そして今日、君はいなくなる。」大澤めぐみ著 KADOKAWA（角川スニーカー文庫）2017年11月【現代】【肌の露出が多めの挿絵なし】

「86-エイティシックス- Ep.2」安里アサト著 KADOKAWA（電撃文庫）2017年7月【異世界・架空の世界】【肌の露出が多めの挿絵なし】

「Burn.」加藤シゲアキ著 KADOKAWA（角川文庫）2017年7月【現代】【挿絵なし】

「Bの戦場 3」ゆきた志旗著 集英社（集英社オレンジ文庫）2017年12月【現代】【肌の露出が多めの挿絵なし】

「JORGE JOESTAR」荒木飛呂彦原作;舞城王太郎著 集英社（JUMP j BOOKS）2017年12月【歴史・時代】【肌の露出が多めの挿絵なし】

「Only Sense Online 13」アロハ座長著 KADOKAWA（富士見ファンタジア文庫）2017年9月【異世界・架空の世界】【肌の露出が多めの挿絵なし】

「Re:ゼロから始める異世界生活 14」長月達平著 KADOKAWA（MF文庫J）2017年9月【異世界・架空の世界】【肌の露出が多めの挿絵なし】

「RWBY the Session」MontyOumRoosterTeethProductions原作;伊崎喬助著 小学館（ガガガ文庫）2017年7月【近未来・遠未来】【肌の露出が多めの挿絵あり】

「アサシンズプライド 7」天城ケイ著 KADOKAWA（富士見ファンタジア文庫）2017年10月【異世界・架空の世界】【肌の露出が多めの挿絵あり】

「アラフォー営業マン、異世界に起つ！：女神パワーで人生二度目の成り上がり」澄守彩著 講談社（Kラノベブックス）2017年9月【異世界・架空の世界】【肌の露出が多めの挿絵なし】

「アラフォー営業マン、異世界に起つ！：女神パワーで人生二度目の成り上がり 2」澄守彩著 講談社（Kラノベブックス）2017年12月【異世界・架空の世界】【肌の露出が多めの挿絵あり】

「アラフォー社畜のゴーレムマスター 2」高見梁川著 双葉社（モンスター文庫）2017年11月【異世界・架空の世界】【肌の露出が多めの挿絵あり】

「あらゆる手段を尽くしてトッププレイヤーになりたい、他人のカネで。そうだ、盗賊しよう。1」三毛乱二郎著 KADOKAWA（MFブックス）2017年8月【現代/異世界・架空の世界】【肌の露出が多めの挿絵なし】

ストーリー

「あらゆる手段を尽くしてトッププレイヤーになりたい、他人のカネで。そうだ、盗賊しよう。2」三毛乱二郎著 KADOKAWA(MFブックス) 2017年11月【現代/異世界・架空の世界】【肌の露出が多めの挿絵なし】

「イジワルな出会い」HoneyWorks原案;香坂茉里著 KADOKAWA(角川ビーンズ文庫) 2017年11月【現代】【肌の露出が多めの挿絵なし】

「うそつき、うそつき」清水杜氏彦著 早川書房(ハヤカワ文庫 JA) 2017年10月【近未来・遠未来】【挿絵なし】

「うちの執事に願ったならば 2」高里椎奈著 KADOKAWA(角川文庫) 2017年8月【異世界・架空の世界】【挿絵なし】

「うちの執事に願ったならば 3」高里椎奈著 KADOKAWA(角川文庫) 2017年11月【異世界・架空の世界】【挿絵なし】

「エール!! : 栄冠は君に輝く」石原ひな子著 KADOKAWA(富士見L文庫) 2017年8月【現代】【挿絵なし】

「エノク第二部隊の遠征ごはん 2」江本マシメサ著 マイクロマガジン社(GC NOVELS) 2017年12月【異世界・架空の世界】【肌の露出が多めの挿絵あり】

「オークブリッジ邸の笑わない貴婦人 3」太田紫織著 新潮社(新潮文庫) 2017年9月【現代】【肌の露出が多めの挿絵なし】

「オール・ジョブ・ザ・ワールド」百瀬祐一郎著 KADOKAWA(富士見ファンタジア文庫) 2017年9月【異世界・架空の世界】【肌の露出が多めの挿絵なし】

「おきらく女魔導士とメイド人形の開拓記 : 私は楽して生きたいの!」佐々木さざめき著 ツギクル(ツギクルブックス) 2017年9月【異世界・架空の世界】【肌の露出が多めの挿絵あり】

「オッサン〈36〉がアイドルになる話」もちだもちこ著 主婦と生活社(PASH!ブックス) 2017年7月【現代】【肌の露出が多めの挿絵なし】

「オッサン〈36〉がアイドルになる話 2」もちだもちこ著 主婦と生活社(PASH!ブックス) 2017年11月【現代】【肌の露出が多めの挿絵なし】

「オリンポスの郵便ポスト = The Post at Mount Olympus 2」藻野多摩夫著 KADOKAWA(電撃文庫) 2017年7月【異世界・架空の世界】【肌の露出が多めの挿絵あり】

「お飾り聖女は前線で戦いたい」さき著 KADOKAWA(角川ビーンズ文庫) 2017年11月【異世界・架空の世界】【肌の露出が多めの挿絵なし/キスシーンの挿絵あり】

「カブキブ! 7」榎田ユウリ著 KADOKAWA(角川文庫) 2017年11月【現代】【肌の露出が多めの挿絵なし】

「きみのために青く光る」似鳥鶏著 KADOKAWA(角川文庫) 2017年7月【現代】【挿絵なし】

「キラプリおじさんと幼女先輩 2」岩沢藍著 KADOKAWA(電撃文庫) 2017年8月【現代】【肌の露出が多めの挿絵なし】

150

ストーリー

「クラスのギャルとゲーム実況 part.2」琴平稜著 KADOKAWA(富士見ファンタジア文庫) 2017年8月【現代】【肌の露出が多めの挿絵あり】

「ゴールデンコンビ：婚活刑事&シンママ警察通訳人」加藤実秋著 祥伝社(祥伝社文庫) 2017年9月【現代】【挿絵なし】

「この手の中を、守りたい：異世界で宿屋始めました 1」カヤ著 フロンティアワークス(アリアンローズ) 2017年7月【現代/異世界・架空の世界】【肌の露出が多めの挿絵なし】

「この手の中を、守りたい 2」カヤ著 フロンティアワークス(アリアンローズ) 2017年10月【異世界・架空の世界】【肌の露出が多めの挿絵なし】

「さくらとともに舞う」ひなた華月著 講談社(講談社ラノベ文庫) 2017年9月【異世界・架空の世界】【肌の露出が多めの挿絵なし】

「ジュンのための6つの小曲」古谷田奈月著 新潮社(新潮文庫) 2017年10月【現代】【挿絵なし】

「スーパーカブ 2」トネ・コーケン著 KADOKAWA(角川スニーカー文庫) 2017年10月【現代】【肌の露出が多めの挿絵なし】

「スケートボーイズ」碧野圭著 実業之日本社(実業之日本社文庫) 2017年11月【現代】【挿絵なし】

「ストライクフォール = STRIKE FALL 3」長谷敏司著 小学館(ガガガ文庫) 2017年11月【異世界・架空の世界】【肌の露出が多めの挿絵なし】

「スピンガール! = Spin-Girl! : 海浜千葉高校競技ポールダンス部」神戸遥真著 KADOKAWA(メディアワークス文庫) 2017年9月【現代】【肌の露出が多めの挿絵なし】

「セブンス 5」三嶋与夢著 主婦の友社(ヒーロー文庫) 2017年10月【異世界・架空の世界】【肌の露出が多めの挿絵あり】

「その絆は対角線：日曜は憧れの国」円居挽著 東京創元社(創元推理文庫) 2017年10月【現代】【肌の露出が多めの挿絵なし】

「ダイブ!波乗りリストランテ」山本賀代著 マイナビ出版(ファン文庫) 2017年9月【現代】【挿絵なし】

「ダンジョンを経営しています：ベルウッドダンジョン株式会社西方支部繁盛記」アマラ著 宝島社 2017年12月【異世界・架空の世界】【肌の露出が多めの挿絵なし】

「ダンボールに捨てられていたのはスライムでした 1」伊達祐一著 主婦の友社(ヒーロー文庫) 2017年12月【異世界・架空の世界】【肌の露出が多めの挿絵なし】

「チアーズ!」赤松中学著 KADOKAWA(MF文庫J) 2017年9月【現代】【肌の露出が多めの挿絵なし】

「とどけるひと：別れの手紙の郵便屋さん」半田畔著 KADOKAWA(富士見L文庫) 2017年8月【現代】【挿絵なし】

ストーリー

「なれる!SE 16」夏海公司著 KADOKAWA（電撃文庫）2017年8月【現代】【肌の露出が多めの挿絵あり】

「ハイキュー!!：劇場版総集編 [3]」古舘春一原作;吉成郁子小説 集英社（JUMP J BOOKS）2017年9月【現代】【肌の露出が多めの挿絵なし】

「ハイキュー!!：劇場版総集編 [4]」古舘春一原作;吉成郁子小説 集英社（JUMP J BOOKS）2017年9月【現代】【肌の露出が多めの挿絵なし】

「ハイキュー!!ショーセツバン!! 9」古舘春一著;星希代子著 集英社（JUMP j BOOKS）2017年12月【現代】【肌の露出が多めの挿絵なし】

「ハズレ奇術師の英雄譚 2」雨宮和希著 双葉社（モンスター文庫）2017年10月【異世界・架空の世界】【肌の露出が多めの挿絵なし】

「ひきこもり姫を歌わせたいっ!」水坂不適合著 小学館（ガガガ文庫）2017年7月【現代】【肌の露出が多めの挿絵なし】

「ブラック企業に勤めております。[3]」要はる著 集英社（集英社オレンジ文庫）2017年10月【現代】【肌の露出が多めの挿絵なし】

「ぼくたちのリメイク 2」木緒なち著 KADOKAWA（MF文庫J）2017年7月【現代】【肌の露出が多めの挿絵あり/キスシーンの挿絵あり】

「もってけ屋敷と僕の読書日記」三川みり著 新潮社（新潮文庫）2017年12月【現代】【肌の露出が多めの挿絵なし】

「モノクロの君に恋をする」坂上秋成著 新潮社（新潮文庫）2017年7月【現代】【挿絵なし】

「やはり俺の青春ラブコメはまちがっている。12」渡航著 小学館（ガガガ文庫）2017年9月【現代】【肌の露出が多めの挿絵なし】

「ゆきうさぎのお品書き [5]」小湊悠貴著 集英社（集英社オレンジ文庫）2017年12月【現代】【挿絵なし】

「ようこそ実力至上主義の教室へ 7」衣笠彰梧著 KADOKAWA（MF文庫J）2017年10月【現代】【肌の露出が多めの挿絵なし】

「ラノベ作家になりたくて震える。」嵯峨伊緒著 KADOKAWA（電撃文庫）2017年9月【現代】【肌の露出が多めの挿絵なし】

「りゅうおうのおしごと! 6 ドラマCD付き限定特装版」白鳥士郎著 SBクリエイティブ（GA文庫）2017年7月【現代】【肌の露出が多めの挿絵なし】

「レベルリセッター：クリスと迷宮の秘密 2」ブロッコリーライオン著 一二三書房（Saga Forest）2017年9月【異世界・架空の世界】【肌の露出が多めの挿絵なし】

「レンタルJK犬見さん。= Rental JK Inumi san.」三河ごーすと著 KADOKAWA（電撃文庫）2017年7月【現代】【肌の露出が多めの挿絵なし】

「ロード・オブ・リライト：最強スキル《魔眼》で始める反英雄譚」十本スイ著 KADOKAWA（富士見ファンタジア文庫）2017年12月【異世界・架空の世界】【肌の露出が多めの挿絵あり】

ストーリー

「ロクでなし魔術講師と禁忌教典(アカシックレコード) 9」羊太郎著 KADOKAWA(富士見ファンタジア文庫) 2017年8月【異世界・架空の世界】【肌の露出が多めの挿絵なし】

「ワールド・ティーチャー：異世界式教育エージェント 6」ネコ光一著 オーバーラップ(オーバーラップ文庫) 2017年7月【異世界・架空の世界】【肌の露出が多めの挿絵なし/キスシーンの挿絵あり】

「異世界に転生したので日本式城郭をつくってみた。」リューク著 一二三書房(Saga Forest) 2017年8月【現代/異世界・架空の世界】【肌の露出が多めの挿絵なし】

「異世界を制御魔法で切り開け! 3」佐竹アキノリ著 アルファポリス(アルファライト文庫) 2017年10月【異世界・架空の世界】【肌の露出が多めの挿絵なし】

「異世界を制御魔法で切り開け! 4」佐竹アキノリ著 アルファポリス(アルファライト文庫) 2017年12月【異世界・架空の世界】【肌の露出が多めの挿絵なし】

「異世界修学旅行 6」岡本タクヤ著 小学館(ガガガ文庫) 2017年8月【異世界・架空の世界】【肌の露出が多めの挿絵なし】

「異世界召喚は二度目です 5」岸本和葉著 双葉社(モンスター文庫) 2017年8月【異世界・架空の世界】【肌の露出が多めの挿絵なし】

「異世界魔王と召喚少女の奴隷魔術 8」むらさきゆきや著 講談社(講談社ラノベ文庫) 2017年8月【異世界・架空の世界】【肌の露出が多めの挿絵あり】

「異世界迷宮の最深部を目指そう 9」割内タリサ著 オーバーラップ(オーバーラップ文庫) 2017年9月【異世界・架空の世界】【肌の露出が多めの挿絵なし】

「嘘つき戦姫、迷宮をゆく 1」佐藤真登著 主婦の友社(ヒーロー文庫) 2017年9月【異世界・架空の世界】【肌の露出が多めの挿絵あり】

「嘘つき恋人セレナーデ」永瀬さらさ著 KADOKAWA(角川ビーンズ文庫) 2017年7月【異世界・架空の世界】【肌の露出が多めの挿絵なし】

「英雄世界の英雄譚(オリジナル)」空埜一樹著 集英社(ダッシュエックス文庫) 2017年8月【異世界・架空の世界】【肌の露出が多めの挿絵あり】

「押しかけ犬耳奴隷が、ニートな大英雄のお世話をするようです。1」青猫草々著 オーバーラップ(オーバーラップ文庫) 2017年7月【異世界・架空の世界】【肌の露出が多めの挿絵なし】

「押しかけ犬耳奴隷が、ニートな大英雄のお世話をするようです。1」青猫草々著 オーバーラップ(オーバーラップ文庫) 2017年7月【異世界・架空の世界】【肌の露出が多めの挿絵なし】

「乙女ゲームの世界でヒロインの姉としてフラグを折っています。」藤原惟光著 KADOKAWA(ビーズログ文庫アリス) 2017年7月【異世界・架空の世界】【肌の露出が多めの挿絵なし】

「俺、ツインテールになります。13」水沢夢著 小学館(ガガガ文庫) 2017年8月【異世界・架空の世界】【肌の露出が多めの挿絵あり】

「下町で、看板娘はじめました。」汐邑雛著 KADOKAWA(ビーズログ文庫) 2017年10月【異世界・架空の世界】【肌の露出が多めの挿絵なし】

ストーリー

「何度でも永遠」岡本千紘著 集英社(集英社オレンジ文庫) 2017年11月【現代】【肌の露出が多めの挿絵なし】

「夏は終わらない:雲は湧き、光あふれて」須賀しのぶ著 集英社(集英社オレンジ文庫) 2017年7月【現代】【肌の露出が多めの挿絵なし】

「火ノ丸相撲四十八手 2」川田著;久麻當郎著 集英社(JUMP j BOOKS) 2017年11月【現代】【肌の露出が多めの挿絵あり】

「花嫁が囚われる童話(メルヒェン):桜桃の花嫁の契約書」長尾彩子著 集英社(コバルト文庫) 2017年7月【異世界・架空の世界】【肌の露出が多めの挿絵なし/キスシーンの挿絵あり】

「灰と幻想のグリムガル level.11」十文字青著 オーバーラップ(オーバーラップ文庫) 2017年7月【異世界・架空の世界】【肌の露出が多めの挿絵なし】

「学園交渉人:法条真誠の華麗なる逆転劇」柚本悠斗著 SBクリエイティブ(GA文庫) 2017年7月【現代】【肌の露出が多めの挿絵なし】

「学戦都市アスタリスク 12.」三屋咲ゆう著 KADOKAWA(MF文庫J) 2017年8月【近未来・遠未来】【肌の露出が多めの挿絵なし】

「奇跡の還る場所」風森章羽著 講談社(講談社タイガ) 2017年9月【現代】【挿絵なし】

「機巧少女(マシンドール)は傷つかない 16下」海冬レイジ著 KADOKAWA(MF文庫J) 2017年7月【異世界・架空の世界】【肌の露出が多めの挿絵なし】

「機巧少女(マシンドール)は傷つかない 16上」海冬レイジ著 KADOKAWA(MF文庫J) 2017年7月【異世界・架空の世界】【肌の露出が多めの挿絵なし】

「弓と剣 = BOW AND SWORD 2」淳A著 TOブックス 2017年7月【異世界・架空の世界】【肌の露出が多めの挿絵なし】

「空色バウムクーヘン」吉野万理子著 徳間書店(徳間文庫) 2017年9月【現代】【挿絵なし】

「君が何度死んでも」椙本孝思著 アルファポリス(アルファポリス文庫) 2017年12月【現代】【挿絵なし】

「結界師への転生 1」片岡直太郎著 双葉社(モンスター文庫) 2017年9月【現代/異世界・架空の世界】【肌の露出が多めの挿絵あり】

「月とうさぎのフォークロア。St.3」徒埜けんしん著 SBクリエイティブ(GA文庫) 2017年10月【現代】【肌の露出が多めの挿絵あり】

「嫌われエースの数奇な恋路」田辺ユウ著 KADOKAWA(電撃文庫) 2017年9月【現代】【肌の露出が多めの挿絵なし】

「後宮で、女の戦いはじめました。」汐邑雛著 KADOKAWA(ビーズログ文庫) 2017年9月【異世界・架空の世界】【肌の露出が多めの挿絵なし/キスシーンの挿絵あり】

「後宮香妃物語 [2]」伊藤たつき著 KADOKAWA(角川ビーンズ文庫) 2017年9月【異世界・架空の世界】【肌の露出が多めの挿絵なし】

ストーリー

「黒剣(くろがね)のクロニカ 03」芝村裕吏著 星海社(星海社FICTIONS) 2017年9月【異世界・架空の世界】【肌の露出が多めの挿絵なし】

「婚約破棄(すて)られ悪役令嬢は流浪の王の寵愛を求む」空飛ぶひよこ著 一迅社(一迅社文庫アイリス) 2017年9月【異世界・架空の世界】【肌の露出が多めの挿絵なし/キスシーンの挿絵あり】

「最強魔法使いの弟子〈予定〉は諦めが悪いです」佐伯さん著 主婦と生活社(PASH!ブックス) 2017年7月【異世界・架空の世界】【肌の露出が多めの挿絵なし】

「最底辺からニューゲーム!：あえて奴隷になって異世界を実力だけで駆け上がります」藤木わしろ著 ホビージャパン(HJ文庫) 2017年7月【異世界・架空の世界】【肌の露出が多めの挿絵なし】

「最底辺からニューゲーム! 2」藤木わしろ著 ホビージャパン(HJ文庫) 2017年11月【異世界・架空の世界】【肌の露出が多めの挿絵なし】

「桜花傾国物語」東芙美子著 講談社(講談社X文庫) 2017年9月【歴史・時代】【肌の露出が多めの挿絵あり】

「桜花傾国物語 [2]」東芙美子著 講談社(講談社X文庫) 2017年12月【歴史・時代】【肌の露出が多めの挿絵なし】

「司書子さんとタンテイさん：木苺はわたしと犬のもの」冬木洋子著 マイナビ出版(ファン文庫) 2017年11月【現代】【肌の露出が多めの挿絵なし】

「始まりの魔法使い 2」石之宮カント著 KADOKAWA(富士見ファンタジア文庫) 2017年9月【異世界・架空の世界】【肌の露出が多めの挿絵あり】

「思い出の品、売ります買います九十九古物商店」皆藤黒助著 KADOKAWA(角川文庫) 2017年7月【現代】【挿絵なし】

「私の大阪八景 改版」田辺聖子著 KADOKAWA(角川文庫) 2017年8月【歴史・時代】【挿絵なし】

「侍女が嘘をつく童話(メルヒェン)：野苺の侍女の観察録」長尾彩子著 集英社(コバルト文庫) 2017年11月【異世界・架空の世界】【肌の露出が多めの挿絵なし】

「寺嫁さんのおもてなし：和カフェであやかし癒やします」華藤えれな著 KADOKAWA(富士見L文庫) 2017年9月【現代】【肌の露出が多めの挿絵なし】

「時めきたるは、月の竜王：竜宮輝夜記」糸森環著 KADOKAWA(角川ビーンズ文庫) 2017年10月【異世界・架空の世界】【肌の露出が多めの挿絵なし】

「時をかける社畜」灰音憲二著 KADOKAWA(富士見L文庫) 2017年7月【現代】【挿絵なし】

「捨てられた勇者は魔王となりて死に戻る 1」悠島蘭著 双葉社(モンスター文庫) 2017年12月【現代/異世界・架空の世界】【肌の露出が多めの挿絵あり/キスシーンの挿絵あり】

「社畜の品格」古木和真著 KADOKAWA(富士見L文庫) 2017年8月【現代】【挿絵なし】

ストーリー

「若者の黒魔法離れが深刻ですが、就職してみたら待遇いいし、社長も使い魔もかわいくて最高です! 2」森田季節著 集英社(ダッシュエックス文庫) 2017年9月【異世界・架空の世界】【肌の露出が多めの挿絵あり】

「弱キャラ友崎くん = The Low Tier Character "TOMOZAKI-kun" Lv.5」屋久ユウキ著 小学館(ガガガ文庫) 2017年11月【現代】【肌の露出が多めの挿絵なし】

「終末なにしてますか?もう一度だけ、会えますか? #05」枯野瑛著 KADOKAWA(角川スニーカー文庫) 2017年10月【異世界・架空の世界】【肌の露出が多めの挿絵なし】

「十二騎士団の反逆軍師(リヴェンジャー):デュシア・クロニクル」大黒尚人著 KADOKAWA(富士見ファンタジア文庫) 2017年10月【異世界・架空の世界】【肌の露出が多めの挿絵あり】

「出雲のあやかしホテルに就職します 3」硝子町玻璃著 双葉社(双葉文庫) 2017年11月【異世界・架空の世界】【挿絵なし】

「盾の勇者の成り上がり 18」アネコユサギ著 KADOKAWA(MFブックス) 2017年7月【異世界・架空の世界】【肌の露出が多めの挿絵なし】

「消えていく君の言葉を探してる。」霧友正規著 KADOKAWA(富士見L文庫) 2017年8月【現代】【挿絵なし】

「織田信奈の野望:全国版 19」春日みかげ著 KADOKAWA(富士見ファンタジア文庫) 2017年9月【歴史・時代】【肌の露出が多めの挿絵あり/キスシーンの挿絵あり】

「神様の子守はじめました。6」霜月りつ著 コスミック出版(コスミック文庫α) 2017年7月【現代】【挿絵なし】

「神様の子守はじめました。7」霜月りつ著 コスミック出版(コスミック文庫α) 2017年11月【現代】【挿絵なし】

「神様の定食屋 2」中村颯希著 双葉社(双葉文庫) 2017年12月【現代】【挿絵なし】

「神話伝説の英雄の異世界譚 8」奉著 オーバーラップ(オーバーラップ文庫) 2017年7月【異世界・架空の世界】【肌の露出が多めの挿絵あり】

「進化の実:知らないうちに勝ち組人生 7」美紅著 双葉社(モンスター文庫) 2017年12月【異世界・架空の世界】【肌の露出が多めの挿絵なし】

「図書館は、いつも静かに騒がしい」端島凛著 三交社(スカイハイ文庫) 2017年7月【現代】【肌の露出が多めの挿絵なし】

「水の理 2」古流望著 林檎プロモーション(FREEDOM NOVEL) 2017年8月【異世界・架空の世界】【肌の露出が多めの挿絵なし】

「水族館ガール 4」木宮条太郎著 実業之日本社(実業之日本社文庫) 2017年7月【現代】【挿絵なし】

「世界最強の後衛:迷宮国の新人探索者」とーわ著 KADOKAWA(カドカワBOOKS) 2017年11月【異世界・架空の世界】【肌の露出が多めの挿絵あり】

ストーリー

「世界樹の上に村を作ってみませんか 3」氷純著 KADOKAWA（MFブックス）2017年10月【異世界・架空の世界】【肌の露出が多めの挿絵なし】

「生協のルイーダさん：あるバイトの物語」百舌涼一著 集英社（集英社文庫）2017年9月【現代】【挿絵なし】

「聖者無双：サラリーマン、異世界で生き残るために歩む道 3」ブロッコリーライオン著 マイクロマガジン社（GC NOVELS）2017年7月【異世界・架空の世界】【肌の露出が多めの挿絵なし】

「青い花は未来で眠る」乾ルカ著 KADOKAWA（角川文庫）2017年8月【現代】【挿絵なし】

「青の聖騎士伝説 = LEGEND OF THE BLUE PALADIN」深沢美潮著 KADOKAWA（電撃文庫）2017年7月【異世界・架空の世界】【肌の露出が多めの挿絵なし】

「青の聖騎士伝説 2」深沢美潮著 KADOKAWA（電撃文庫）2017年8月【異世界・架空の世界】【肌の露出が多めの挿絵なし】

「先生!：、、、好きになってもいいですか？：映画ノベライズ」河原和音原作;岡本千紘著 集英社（集英社オレンジ文庫）2017年9月【現代】【肌の露出が多めの挿絵なし】

「先生とそのお布団」石川博品著 小学館（ガガガ文庫）2017年11月【現代】【肌の露出が多めの挿絵なし】

「銭（インチキ）の力で、戦国の世を駆け抜ける。5」Y.A著 KADOKAWA（MFブックス）2017年11月【歴史・時代】【肌の露出が多めの挿絵なし】

「槍の勇者のやり直し 1」アネコユサギ著 KADOKAWA（MFブックス）2017年9月【異世界・架空の世界】【肌の露出が多めの挿絵なし】

「村人ですが何か？ = I am a villager,what about it? 3」白石新著 マイクロマガジン社（GC NOVELS）2017年7月【異世界・架空の世界】【肌の露出が多めの挿絵なし】

「奪う者奪われる者 8」mino著 KADOKAWA（ファミ通文庫）2017年7月【異世界・架空の世界】【肌の露出が多めの挿絵なし】

「奪う者奪われる者 9」mino著 KADOKAWA（ファミ通文庫）2017年12月【異世界・架空の世界】【肌の露出が多めの挿絵あり】

「淡海乃海 水面が揺れる時：三英傑に嫌われた不運な男、朽木基綱の逆襲」イスラーフィール著 TOブックス 2017年12月【歴史・時代】【肌の露出が多めの挿絵なし】

「男女比1:30：世界の黒一点アイドル」ヒラガナ著 ポニーキャニオン（ぽにきゃんBOOKS）2017年11月【異世界・架空の世界】【肌の露出が多めの挿絵なし】

「調教師は魔物に囲まれて生きていきます。= Trainer is surrounded by Monsters」七篠龍著 アース・スターエンターテイメント（EARTH STAR NOVEL）2017年11月【異世界・架空の世界】【肌の露出が多めの挿絵なし】

「通学鞄：君と僕の部屋」みゆ著 集英社（コバルト文庫）2017年12月【現代】【肌の露出が多めの挿絵なし】

ストーリー

「底辺剣士は神獣(むすめ)と暮らす 3」番棚葵著 KADOKAWA(MF文庫J) 2017年8月【異世界・架空の世界】【肌の露出が多めの挿絵あり】

「天鏡のアルデラミン = Alderamin on the Sky : ねじ巻き精霊戦記 12」宇野朴人著 KADOKAWA(電撃文庫) 2017年7月【異世界・架空の世界】【肌の露出が多めの挿絵なし】

「天使の3P! = Here comes the three angels ×10」蒼山サグ著 KADOKAWA(電撃文庫) 2017年7月【現代】【肌の露出が多めの挿絵あり】

「転生したらドラゴンの卵だった : 最強以外目指さねぇ 5」猫子著 アース・スターエンターテイメント(EARTH STAR NOVEL) 2017年10月【異世界・架空の世界】【肌の露出が多めの挿絵なし】

「転生魔術師の英雄譚 4」佐竹アキノリ著 主婦の友社(ヒーロー文庫) 2017年12月【異世界・架空の世界】【肌の露出が多めの挿絵あり】

「兎田士郎の勝負な週末」日向唯稀著;兎田颯太郎著 コスミック出版(コスミック文庫α) 2017年8月【現代】【挿絵なし】

「奈良町あやかし万葉茶房」遠藤遼著 双葉社(双葉文庫) 2017年11月【現代】【肌の露出が多めの挿絵なし】

「箱庭の息吹姫 : ひねくれ魔術師に祝福のキスを。」瀬川月菜著 一迅社(一迅社文庫アイリス) 2017年8月【異世界・架空の世界】【肌の露出が多めの挿絵なし/キスシーンの挿絵あり】

「叛逆せよ!英雄、転じて邪神騎士」杉原智則著 KADOKAWA(電撃文庫) 2017年7月【異世界・架空の世界】【肌の露出が多めの挿絵なし】

「百々とお狐の見習い巫女生活」千冬著 三交社(スカイハイ文庫) 2017年9月【現代】【肌の露出が多めの挿絵なし】

「文句の付けようがないラブコメ 7」鈴木大輔著 集英社(ダッシュエックス文庫) 2017年12月【現代】【肌の露出が多めの挿絵なし】

「平浦ファミリズム」遍柳一著 小学館(ガガガ文庫) 2017年7月【現代】【肌の露出が多めの挿絵なし】

「辺境貴族は理想のスローライフを求める」セイ著 宝島社 2017年9月【異世界・架空の世界】【肌の露出が多めの挿絵なし】

「宝石商リチャード氏の謎鑑定 [5]」辻村七子著 集英社(集英社オレンジ文庫) 2017年8月【現代】【肌の露出が多めの挿絵なし】

「放課後に死者は戻る」秋吉理香子著 双葉社(双葉文庫) 2017年11月【現代】【挿絵なし】

「暴食のベルセルク = Berserk of Gluttony : 俺だけレベルという概念を突破する 1」一色一凛著 マイクロマガジン社(GC NOVELS) 2017年12月【異世界・架空の世界】【肌の露出が多めの挿絵なし】

158

ストーリー

「冒険者クビにされたので、嫌がらせで隣にスイーツ店ぶっ建ててみる：THE SWEET,DELICIOUS AND HONORLESS BATTLE OF THE FIRED ADVENTURER WITH THE CUTE GIRL 1」瀬戸メグル著 アース・スターエンターテイメント(EARTH STAR NOVEL) 2017年7月【現代/異世界・架空の世界】【肌の露出が多めの挿絵あり】

「没落予定なので、鍛冶職人を目指す 6」CK著 KADOKAWA(カドカワBOOKS) 2017年12月【異世界・架空の世界】【肌の露出が多めの挿絵なし】

「魔王軍最強の魔術師は人間だった 3」羽田遼亮著 双葉社(モンスター文庫) 2017年7月【異世界・架空の世界】【肌の露出が多めの挿絵なし】

「魔王軍最強の魔術師は人間だった 4」羽田遼亮著 双葉社(モンスター文庫) 2017年12月【異世界・架空の世界】【肌の露出が多めの挿絵なし】

「魔王失格!」羽鳥紘著 アルファポリス(レジーナ文庫. レジーナブックス) 2017年11月【現代/異世界・架空の世界】【肌の露出が多めの挿絵なし】

「魔王様、リトライ! 1」神埼黒音著 双葉社(モンスター文庫) 2017年7月【現代/異世界・架空の世界】【肌の露出が多めの挿絵なし】

「魔王様、リトライ! 2」神埼黒音著 双葉社(モンスター文庫) 2017年11月【異世界・架空の世界】【肌の露出が多めの挿絵なし】

「魔術王と聖剣姫の規格外英雄譚」三門鉄狼著 SBクリエイティブ(GA文庫) 2017年7月【異世界・架空の世界】【肌の露出が多めの挿絵あり】

「魔導の矜持」佐藤さくら著 東京創元社(創元推理文庫) 2017年11月【異世界・架空の世界】【挿絵なし】

「名探偵・森江春策」芦辺拓著 東京創元社(創元推理文庫) 2017年8月【現代】【挿絵なし】

「夜と会う。：放課後の僕と廃墟の死神」蒼月海里著 新潮社(新潮文庫) 2017年8月【現代】【肌の露出が多めの挿絵なし】

「夜明けのカノープス」穂高明著 実業之日本社(実業之日本社文庫) 2017年10月【現代】【挿絵なし】

「勇者、辞めます：次の職場は魔王城」クオンタム著 KADOKAWA(カドカワBOOKS) 2017年12月【異世界・架空の世界】【肌の露出が多めの挿絵なし】

「勇者召喚が似合わない僕らのクラス = Our class doesn't suit to be summoned heroes 2」白神怜司著 KADOKAWA(カドカワBOOKS) 2017年10月【異世界・架空の世界】【肌の露出が多めの挿絵なし】

「傭兵団の料理番 4」川井昂著 主婦の友社(ヒーロー文庫) 2017年11月【異世界・架空の世界】【肌の露出が多めの挿絵なし】

「雷帝のメイド」なこはる著 アース・スターエンターテイメント(EARTH STAR NOVEL) 2017年9月【異世界・架空の世界】【肌の露出が多めの挿絵あり】

「落第騎士の英雄譚(キャバルリィ) 11」海空りく著 SBクリエイティブ(GA文庫) 2017年10月【異世界・架空の世界】【肌の露出が多めの挿絵あり】

ストーリー

「竜騎士のお気に入り 2」織川あさぎ著 一迅社(一迅社文庫アイリス) 2017年7月【異世界・架空の世界】【肌の露出が多めの挿絵なし】

「竜騎士のお気に入り 3」織川あさぎ著 一迅社(一迅社文庫アイリス) 2017年12月【異世界・架空の世界】【肌の露出が多めの挿絵なし】

「麗人賢者の薬屋さん = A BEAUTIFUL SAGE APOTHECARY」江本マシメサ著 宝島社 2017年11月【近未来・遠未来】【肌の露出が多めの挿絵なし/キスシーンの挿絵あり】

「恋衣花草紙 [2]」小田菜摘著 KADOKAWA(ビーズログ文庫) 2017年8月【歴史・時代】【肌の露出が多めの挿絵なし/キスシーンの挿絵あり】

「錬金術師と異端審問官はあいいれない」藍川竜樹著 集英社(コバルト文庫) 2017年10月【異世界・架空の世界】【肌の露出が多めの挿絵なし/キスシーンの挿絵あり】

「狼領主のお嬢様 = Princess of The wolf lord」守野伊音著 KADOKAWA(カドカワBOOKS) 2017年8月【異世界・架空の世界】【肌の露出が多めの挿絵なし】

「六道先生の原稿は順調に遅れています」峰守ひろかず著 KADOKAWA(富士見L文庫) 2017年7月【現代】【挿絵なし】

「煌翼の姫君：男装令嬢と獅子の騎士団」白洲梓著 集英社(コバルト文庫) 2017年7月【異世界・架空の世界】【肌の露出が多めの挿絵なし】

「茉莉花官吏伝：皇帝の恋心、花知らず」石田リンネ著 KADOKAWA(ビーズログ文庫) 2017年7月【異世界・架空の世界】【肌の露出が多めの挿絵なし】

「茉莉花官吏伝 2」石田リンネ著 KADOKAWA(ビーズログ文庫) 2017年12月【異世界・架空の世界】【肌の露出が多めの挿絵なし】

前世

「あやかし夫婦は、もう一度恋をする。」友麻碧著 KADOKAWA(富士見L文庫) 2017年11月【現代】【挿絵なし】

「おかしな転生 7」古流望著 TOブックス 2017年8月【異世界・架空の世界】【肌の露出が多めの挿絵なし】

「この手の中を、守りたい：異世界で宿屋始めました 1」カヤ著 フロンティアワークス(アリアンローズ) 2017年7月【現代/異世界・架空の世界】【肌の露出が多めの挿絵なし】

「この手の中を、守りたい 2」カヤ著 フロンティアワークス(アリアンローズ) 2017年10月【異世界・架空の世界】【肌の露出が多めの挿絵なし】

「この終末、ぼくらは100日だけの恋をする」似鳥航一著 KADOKAWA(メディアワークス文庫) 2017年12月【現代/異世界・架空の世界】【肌の露出が多めの挿絵なし】

「そのオーク、前世(もと)ヤクザにて 4」機村械人著 SBクリエイティブ(GA文庫) 2017年9月【異世界・架空の世界】【肌の露出が多めの挿絵なし/キスシーンの挿絵あり】

「どうやら私の身体は完全無敵のようですね 1」ちゃつふさ著 マイクロマガジン社(GC NOVELS) 2017年9月【異世界・架空の世界】【肌の露出が多めの挿絵なし】

160

ストーリー

「ドロップ!!：香りの令嬢物語 4」紫水ゆきこ著 フロンティアワークス（アリアンローズ）2017年9月【異世界・架空の世界】【肌の露出が多めの挿絵なし】

「やりなおし転生：＊俺の異世界冒険譚」makuro著 アース・スターエンターテイメント（EARTH STAR NOVEL）2017年12月【異世界・架空の世界】【肌の露出が多めの挿絵なし】

「わが家は祇園（まち）の拝み屋さん 6」望月麻衣著 KADOKAWA（角川文庫）2017年9月【現代】【肌の露出が多めの挿絵なし】

「異世界で魔王の花嫁〈未定〉になりました。」長岡マキ子著 KADOKAWA（ビーズログ文庫）2017年11月【異世界・架空の世界】【肌の露出が多めの挿絵なし】

「乙女ゲームの世界でヒロインの姉としてフラグを折っています。」藤原惟光著 KADOKAWA（ビーズログ文庫アリス）2017年7月【異世界・架空の世界】【肌の露出が多めの挿絵なし】

「起きたら20年後なんですけど！：悪役令嬢のその後のその後 1」遠野九重著 フロンティアワークス（アリアンローズ）2017年12月【異世界・架空の世界】【肌の露出が多めの挿絵なし】

「強くてニューサーガ 1」阿部正行著 アルファポリス（アルファライト文庫）2017年11月【異世界・架空の世界】【肌の露出が多めの挿絵なし】

「公爵令嬢の嗜み 5」澪亜著 KADOKAWA（カドカワBOOKS）2017年9月【異世界・架空の世界】【肌の露出が多めの挿絵なし／キスシーンの挿絵あり】

「使徒戦記：ことなかれ貴族と薔薇姫の英雄伝 1」タンバ著 双葉社（モンスター文庫）2017年11月【異世界・架空の世界】【肌の露出が多めの挿絵あり】

「私は敵になりません! 6」佐槻奏多著 主婦と生活社（PASH!ブックス）2017年9月【異世界・架空の世界】【肌の露出が多めの挿絵なし】

「週末冒険者」るうせん著 KADOKAWA（カドカワBOOKS）2017年8月【現代／異世界・架空の世界】【肌の露出が多めの挿絵なし】

「織田家の長男に生まれました」大沼田伊勢彦著 宝島社 2017年12月【歴史・時代】【肌の露出が多めの挿絵なし】

「生まれ変わったら第二王子とか中途半端だし面倒くさい」みりぐらむ著 主婦と生活社（PASH!ブックス）2017年12月【異世界・架空の世界】【肌の露出が多めの挿絵なし】

「聖王国の笑わないヒロイン 1」青生恵著 主婦の友社（ヒーロー文庫）2017年10月【異世界・架空の世界】【肌の露出が多めの挿絵なし】

「復讐完遂者の人生二周目異世界譚 4」御鷹穂積著 マイクロマガジン社（GC NOVELS）2017年12月【異世界・架空の世界】【肌の露出が多めの挿絵なし】

「平兵士は過去を夢見る 1」丘野優著 アルファポリス（アルファライト文庫）2017年12月【異世界・架空の世界】【肌の露出が多めの挿絵なし】

「魔眼のご主人様。= My Master with Evil Eye 2」黒森白兎著 TOブックス 2017年10月【異世界・架空の世界】【肌の露出が多めの挿絵あり】

ストーリー

「魔力の使えない魔術師 4」高梨ひかる著 主婦の友社(ヒーロー文庫) 2017年12月【異世界・架空の世界】【肌の露出が多めの挿絵なし】

「淋しき王は天を堕とす：千年の、或ル師弟」守野伊音著 KADOKAWA(角川ビーンズ文庫) 2017年12月【異世界・架空の世界】【肌の露出が多めの挿絵なし/キスシーンの挿絵あり】

「狼領主のお嬢様 = Princess of The wolf lord」守野伊音著 KADOKAWA(カドカワBOOKS) 2017年8月【異世界・架空の世界】【肌の露出が多めの挿絵なし】

「狼領主のお嬢様 = Princess of The wolf lord 2」守野伊音著 KADOKAWA(カドカワBOOKS) 2017年11月【異世界・架空の世界】【肌の露出が多めの挿絵なし/キスシーンの挿絵

戦争・テロ

「70年分の夏を君に捧ぐ」櫻井千姫著 スターツ出版(スターツ出版文庫) 2017年11月【現代/歴史・時代】【挿絵なし】

「86-エイティシックス- Ep.2」安里アサト著 KADOKAWA(電撃文庫) 2017年7月【異世界・架空の世界】【肌の露出が多めの挿絵なし】

「86-エイティシックス- Ep.3」安里アサト著 KADOKAWA(電撃文庫) 2017年12月【異世界・架空の世界】【肌の露出が多めの挿絵なし】

「BLEACH Can't Fear Your Own World 1」久保帯人著;成田良悟著 集英社(JUMP j BOOKS) 2017年8月【異世界・架空の世界】【肌の露出が多めの挿絵なし】

「BORUTO-ボルト- : NARUTO NEXT GENERATIONS NOVEL4」岸本斉史原作;池本幹雄原作;小太刀右京原作 集英社(JUMP j BOOKS) 2017年11月【異世界・架空の世界】【肌の露出が多めの挿絵なし】

「JORGE JOESTAR」荒木飛呂彦原作;舞城王太郎著 集英社(JUMP j BOOKS) 2017年12月【歴史・時代】【肌の露出が多めの挿絵なし】

「ONE PIECE novel : 麦わらストーリーズ」尾田栄一郎著;大崎知仁著 集英社(小説JUMP j BOOKS) 2017年11月【異世界・架空の世界】【肌の露出が多めの挿絵なし】

「R.E.D.警察庁特殊防犯対策官室」古野まほろ著 新潮社(新潮文庫) 2017年9月【現代】【挿絵なし】

「ありふれた職業で世界最強 7」白米良著 オーバーラップ(オーバーラップ文庫) 2017年12月【異世界・架空の世界】【肌の露出が多めの挿絵なし】

「いづれ神話の放課後戦争(ラグナロク) 7」なめこ印著 KADOKAWA(富士見ファンタジア文庫) 2017年8月【異世界・架空の世界】【肌の露出が多めの挿絵あり】

「いづれ神話の放課後戦争(ラグナロク) 8」なめこ印著 KADOKAWA(富士見ファンタジア文庫) 2017年12月【異世界・架空の世界】【肌の露出が多めの挿絵あり】

「おきらく女魔導士とメイド人形の開拓記 : 私は楽して生きたいの!」佐々木さざめき著 ツギクル(ツギクルブックス) 2017年9月【異世界・架空の世界】【肌の露出が多めの挿絵あり】

ストーリー

「オリンポスの郵便ポスト = The Post at Mount Olympus 2」藻野多摩夫著 KADOKAWA(電撃文庫) 2017年7月【異世界・架空の世界】【肌の露出が多めの挿絵あり】

「カゲロウデイズ 8」じん(自然の敵P)著 KADOKAWA(KCG文庫) 2017年12月【異世界・架空の世界】【肌の露出が多めの挿絵なし】

「ギルドのチートな受付嬢 6」夏にコタツ著 双葉社(モンスター文庫) 2017年11月【異世界・架空の世界】【肌の露出が多めの挿絵なし】

「クオリディア・コード 3」渡航著 集英社(ダッシュエックス文庫) 2017年10月【近未来・遠未来】【肌の露出が多めの挿絵なし】

「クラスが異世界召喚されたなか俺だけ残ったんですが 1」サザンテラス著 双葉社(モンスター文庫) 2017年10月【現代/異世界・架空の世界】【肌の露出が多めの挿絵なし】

「グランクレスト戦記 9」水野良著 KADOKAWA(富士見ファンタジア文庫) 2017年10月【異世界・架空の世界】【肌の露出が多めの挿絵なし】

「くるすの残光 [5]」仁木英之著 祥伝社(祥伝社文庫) 2017年10月【歴史・時代】【挿絵なし】

「クロニクル・レギオン 7」丈月城著 集英社(ダッシュエックス文庫) 2017年7月【異世界・架空の世界】【肌の露出が多めの挿絵あり】

「ストライク・ザ・ブラッド 18」三雲岳斗著 KADOKAWA(電撃文庫) 2017年11月【異世界・架空の世界】【肌の露出が多めの挿絵あり】

「ゼロ能力者の英雄伝説 : 最強スキルはセーブ&ロード」東国不動著 TOブックス 2017年11月【異世界・架空の世界】【肌の露出が多めの挿絵あり】

「たったひとつの冴えた殺りかた」三条ツバメ著 ホビージャパン(HJ文庫) 2017年7月【異世界・架空の世界】【肌の露出が多めの挿絵なし】

「テスタメントシュピーゲル 3下」冲方丁著 KADOKAWA(角川スニーカー文庫) 2017年7月【近未来・遠未来】【肌の露出が多めの挿絵なし】

「ナイツ&マジック 8」天酒之瓢著 主婦の友社(ヒーロー文庫) 2017年10月【異世界・架空の世界】【肌の露出が多めの挿絵なし】

「なぜ僕の世界を誰も覚えていないのか? : 運命の剣」細音啓著 KADOKAWA(MF文庫J) 2017年7月【異世界・架空の世界】【肌の露出が多めの挿絵なし】

「ノーブルウィッチーズ 7」島田フミカネ原作;ProjektWorldWitches原作;南房秀久著 KADOKAWA(角川スニーカー文庫) 2017年11月【異世界・架空の世界】【肌の露出が多めの挿絵あり】

「バーサス・フェアリーテイル : バッドエンドな運命のヒロインを救い出せ 2」八街歩著 KADOKAWA(富士見ファンタジア文庫) 2017年12月【現代】【肌の露出が多めの挿絵あり】

「ハイスクールD×D DX.4」石踏一榮著 KADOKAWA(富士見ファンタジア文庫) 2017年7月【異世界・架空の世界】【肌の露出が多めの挿絵なし】

ストーリー

「フェアリーテイル・クロニクル：空気読まない異世界ライフ 16」埴輪星人著 KADOKAWA（MF ブックス）2017年12月【異世界・架空の世界】【肌の露出が多めの挿絵あり】

「ヘヴィーオブジェクト最も賢明な思考放棄 = HEAVY OBJECT Project Whiz Kid」鎌池和馬 著 KADOKAWA（電撃文庫）2017年9月【異世界・架空の世界/近未来・遠未来】【肌の露出が 多めの挿絵あり】

「ポーション頼みで生き延びます! 2」FUNA著 講談社（Kラノベブックス）2017年10月【異世 界・架空の世界】【肌の露出が多めの挿絵なし】

「マヨの王：某大手マヨネーズ会社社員の孫と女騎士、異世界で《密売王》となる」伊藤ヒロ著 集英社（ダッシュエックス文庫）2017年11月【現代/異世界・架空の世界】【肌の露出が多めの 挿絵なし】

「やがて恋するヴィヴィ・レイン = How Vivi Lane Falls in Love 4」犬村小六著 小学館（ガガガ 文庫）2017年9月【異世界・架空の世界】【肌の露出が多めの挿絵あり】

「ユリシーズ0：ジャンヌ・ダルクと姫騎士団団長殺し」春日みかげ著 集英社（ダッシュエックス文 庫）2017年10月【歴史・時代】【肌の露出が多めの挿絵なし】

「リワールド・フロンティア = Reworld Frontier：最弱にして最強の支援術式使い 3」国広仙戯 著 TOブックス 2017年11月【異世界・架空の世界】【肌の露出が多めの挿絵なし】

「ルーントルーパーズ：自衛隊漂流戦記 4」浜松春日著 アルファポリス（アルファライト文庫） 2017年7月【異世界・架空の世界】【肌の露出が多めの挿絵なし】

「ルーントルーパーズ：自衛隊漂流戦記 5」浜松春日著 アルファポリス（アルファライト文庫） 2017年9月【異世界・架空の世界】【肌の露出が多めの挿絵なし】

「ルーントルーパーズ：自衛隊漂流戦記 6」浜松春日著 アルファポリス（アルファライト文庫） 2017年11月【異世界・架空の世界】【肌の露出が多めの挿絵なし】

「ロクでなし魔術講師と禁忌教典（アカシックレコード）9」羊太郎著 KADOKAWA（富士見ファン タジア文庫）2017年8月【異世界・架空の世界】【肌の露出が多めの挿絵なし】

「伊達エルフ政宗 4」森田季節著 SBクリエイティブ（GA文庫）2017年8月【異世界・架空の世 界/歴史・時代】【肌の露出が多めの挿絵なし】

「異世界に転生したので日本式城郭をつくってみた。」リューク著 一二三書房（Saga Forest） 2017年8月【現代/異世界・架空の世界】【肌の露出が多めの挿絵なし】

「異世界建国記 2」桜木桜著 KADOKAWA（ファミ通文庫）2017年12月【異世界・架空の世 界】【肌の露出が多めの挿絵なし】

「俺が大統領になればこの国、楽勝で栄える：アラフォーひきこもりからの大統領戦記」至道流 星著 KADOKAWA（ノベルゼロ）2017年10月【現代】【肌の露出が多めの挿絵あり】

「花冠の王国の花嫌い姫 [5]」長月遥著 KADOKAWA（ビーズログ文庫）2017年7月【異世 界・架空の世界】【肌の露出が多めの挿絵なし】

「我が驍勇にふるえよ天地：アレクシス帝国興隆記 5」あわむら赤光著 SBクリエイティブ（GA文 庫）2017年8月【異世界・架空の世界】【肌の露出が多めの挿絵あり】

164

ストーリー

「我が驍勇にふるえよ天地：アレクシス帝国興隆記 6」あわむら赤光著 SBクリエイティブ（GA文庫）2017年12月【異世界・架空の世界】【肌の露出が多めの挿絵なし】

「境界線上のホライゾン = Horizon on the Middle of Nowhere 10上」川上稔著 KADOKAWA（電撃文庫）2017年10月【異世界・架空の世界/歴史・時代】【肌の露出が多めの挿絵なし】

「境界線上のホライゾン = Horizon on the Middle of Nowhere 10中」川上稔著 KADOKAWA（電撃文庫）2017年12月【異世界・架空の世界/歴史・時代】【肌の露出が多めの挿絵なし】

「金色の文字使い（ワードマスター）：勇者四人に巻き込まれたユニークチート 11」十本スイ著 KADOKAWA（富士見ファンタジア文庫）2017年10月【異世界・架空の世界】【肌の露出が多めの挿絵あり】

「金色の文字使い（ワードマスター）：勇者四人に巻き込まれたユニークチート 12」十本スイ著 KADOKAWA（富士見ファンタジア文庫）2017年12月【現代/異世界・架空の世界】【肌の露出が多めの挿絵なし】

「駆除人 6」花黒子著 KADOKAWA（MFブックス）2017年12月【異世界・架空の世界】【肌の露出が多めの挿絵なし】

「群青の竜騎士 1」尾野灯著 主婦の友社（ヒーロー文庫）2017年11月【異世界・架空の世界】【肌の露出が多めの挿絵なし】

「軍師/詐欺師は紙一重 2」神野オキナ著 講談社（講談社ラノベ文庫）2017年9月【異世界・架空の世界】【肌の露出が多めの挿絵あり】

「剣と炎のディアスフェルド 3」佐藤ケイ著 KADOKAWA（電撃文庫）2017年11月【異世界・架空の世界】【肌の露出が多めの挿絵なし】

「賢者の剣 5」陽山純樹著 主婦の友社（ヒーロー文庫）2017年11月【異世界・架空の世界】【肌の露出が多めの挿絵なし】

「幻想戦線」暁一翔著 集英社（ダッシュエックス文庫）2017年9月【異世界・架空の世界】【肌の露出が多めの挿絵なし】

「侯爵令嬢は手駒を演じる 4」橘千秋著 フロンティアワークス（アリアンローズ）2017年10月【異世界・架空の世界】【肌の露出が多めの挿絵なし】

「公爵令嬢の嗜み 5」澪亜著 KADOKAWA（カドカワBOOKS）2017年9月【異世界・架空の世界】【肌の露出が多めの挿絵なし/キスシーンの挿絵あり】

「皇女の騎士：壊れた世界と姫君の楽園」やのゆい著 KADOKAWA（ファミ通文庫）2017年11月【異世界・架空の世界】【肌の露出が多めの挿絵あり】

「紅霞後宮物語 第0幕2」雪村花菜著 KADOKAWA（富士見L文庫）2017年9月【異世界・架空の世界】【挿絵なし】

「高1ですが異世界で城主はじめました 12」鏡裕之著 ホビージャパン（HJ文庫）2017年10月【異世界・架空の世界】【肌の露出が多めの挿絵あり】

ストーリー

「酷幻想をアイテムチートで生き抜く = He survives the real fantasy world by cheating at the items 06」風来山著 マイクロマガジン社(GC NOVELS) 2017年12月【異世界・架空の世界】【肌の露出が多めの挿絵あり】

「黒剣(くろがね)のクロニカ 03」芝村裕吏著 星海社(星海社FICTIONS) 2017年9月【異世界・架空の世界】【肌の露出が多めの挿絵なし】

「再演世界の英雄大戦(ネクストエンドロール) : 神殺しの錬金術師と背徳の聖処女」三原みつき著 KADOKAWA(富士見ファンタジア文庫) 2017年11月【異世界・架空の世界】【肌の露出が多めの挿絵あり】

「最強の司令官は楽をして暮らしたい : 安楽椅子隊長イツツジ」あらいりゅうじ著 KADOKAWA(ノベルゼロ) 2017年7月【近未来・遠未来】【肌の露出が多めの挿絵なし】

「最強パーティは残念ラブコメで全滅する!? 2」鏡遊著 KADOKAWA(富士見ファンタジア文庫) 2017年11月【異世界・架空の世界】【肌の露出が多めの挿絵あり】

「最強をこじらせたレベルカンスト剣聖女ベアトリーチェの弱点 : その名は『ぶーぶー』5」鎌池和馬著 KADOKAWA(電撃文庫) 2017年8月【異世界・架空の世界】【肌の露出が多めの挿絵あり】

「最底辺からニューゲーム! 2」藤木わしろ著 ホビージャパン(HJ文庫) 2017年11月【異世界・架空の世界】【肌の露出が多めの挿絵なし】

「山本五十子の決断」如月真弘著 KADOKAWA(富士見ファンタジア文庫) 2017年10月【現代/異世界・架空の世界/歴史・時代】【肌の露出が多めの挿絵あり】

「私の大阪八景 改版」田辺聖子著 KADOKAWA(角川文庫) 2017年8月【歴史・時代】【挿絵なし】

「私は敵になりません! 6」佐槻奏多著 主婦と生活社(PASH!ブックス) 2017年9月【異世界・架空の世界】【肌の露出が多めの挿絵なし】

「時空魔法で異世界と地球を行ったり来たり 3」かつ著 双葉社(モンスター文庫) 2017年9月【異世界・架空の世界】【肌の露出が多めの挿絵あり/キスシーンの挿絵あり】

「鹿の王 3」上橋菜穂子著 KADOKAWA(角川文庫) 2017年7月【異世界・架空の世界】【肌の露出が多めの挿絵なし】

「七都市物語 新版」田中芳樹著 早川書房(ハヤカワ文庫 JA) 2017年11月【近未来・遠未来】【肌の露出が多めの挿絵なし】

「蛇王再臨」田中芳樹著 光文社(光文社文庫) 2017年11月【異世界・架空の世界】【肌の露出が多めの挿絵なし】

「終末なにしてますか?もう一度だけ、会えますか? #05」枯野瑛著 KADOKAWA(角川スニーカー文庫) 2017年10月【異世界・架空の世界】【肌の露出が多めの挿絵なし】

「十二騎士団の反逆軍師(リヴェンジャー) : デュシア・クロニクル」大黒尚人著 KADOKAWA(富士見ファンタジア文庫) 2017年10月【異世界・架空の世界】【肌の露出が多めの挿絵あり】

ストーリー

「小説魔法使いの嫁 = The Ancient Magus Bride 銀糸篇」東出祐一郎執筆;真園めぐみ執筆;吉田親司執筆;相沢沙呼執筆;秋田禎信執筆;大槻涼樹執筆;五代ゆう執筆;ヤマザキコレ執筆;ヤマザキコレ監修 マッグガーデン(マッグガーデン・ノベルズ) 2017年10月【異世界・架空の世界】【肌の露出が多めの挿絵なし】

「織田家の長男に生まれました」大沼田伊勢彦著 宝島社 2017年12月【歴史・時代】【肌の露出が多めの挿絵なし】

「織田信奈の野望 : 全国版 19」春日みかげ著 KADOKAWA(富士見ファンタジア文庫) 2017年9月【歴史・時代】【肌の露出が多めの挿絵あり/キスシーンの挿絵あり】

「神域のカンピオーネス : トロイア戦争」丈月城著 集英社(ダッシュエックス文庫) 2017年12月【異世界・架空の世界】【肌の露出が多めの挿絵なし】

「神眼の勇者 7」ファースト著 双葉社(モンスター文庫) 2017年11月【異世界・架空の世界】【肌の露出が多めの挿絵なし】

「神話伝説の英雄の異世界譚 8」奉著 オーバーラップ(オーバーラップ文庫) 2017年7月【異世界・架空の世界】【肌の露出が多めの挿絵あり】

「人狼への転生、魔王の副官 07」漂月著 アース・スターエンターテイメント(EARTH STAR NOVEL) 2017年8月【異世界・架空の世界】【肌の露出が多めの挿絵なし】

「数字で救う!弱小国家 = Survival Strategy Thinking with Game Theory for Save the Weak : 電卓で戦争する方法を求めよ。ただし敵は剣と火薬で武装しているものとする。」長田信織著 KADOKAWA(電撃文庫) 2017年8月【異世界・架空の世界】【肌の露出が多めの挿絵あり】

「世界が終わる街」似鳥鶏著 河出書房新社(河出文庫) 2017年10月【現代】【挿絵なし】

「世界の終わりに問う賛歌」白樺みひゃえる著 小学館(ガガガ文庫) 2017年7月【異世界・架空の世界】【肌の露出が多めの挿絵なし】

「晴れたらいいね」藤岡陽子著 光文社(光文社文庫) 2017年8月【現代/歴史・時代】【挿絵なし】

「青い花は未来で眠る」乾ルカ著 KADOKAWA(角川文庫) 2017年8月【現代】【挿絵なし】

「青の騎士(ブルーナイト)ベルゼルガ物語『K'』」はままさのり著 朝日新聞出版(朝日文庫) 2017年8月【異世界・架空の世界】【肌の露出が多めの挿絵なし】

「青の騎士(ブルーナイト)ベルゼルガ物語絶叫の騎士」はままさのり著 朝日新聞出版(朝日文庫) 2017年8月【異世界・架空の世界】【肌の露出が多めの挿絵なし】

「戦国小町苦労譚 6」夾竹桃著 アース・スターエンターテイメント(EARTH STAR NOVEL) 2017年9月【歴史・時代】【肌の露出が多めの挿絵なし】

「戦国小町苦労譚 7」夾竹桃著 アース・スターエンターテイメント(EARTH STAR NOVEL) 2017年12月【歴史・時代】【肌の露出が多めの挿絵なし】

「銭(インチキ)の力で、戦国の世を駆け抜ける。5」Y.A著 KADOKAWA(MFブックス) 2017年11月【歴史・時代】【肌の露出が多めの挿絵なし】

ストーリー

「男装令嬢とドM執事の無謀なる帝国攻略 = Crossdressed Lady and the "M" Butler Conquer this Impregnable Empire」一石月下著 KADOKAWA(カドカワBOOKS) 2017年9月【異世界・架空の世界】【肌の露出が多めの挿絵なし】

「蜘蛛ですが、なにか? 7」馬場翁著 KADOKAWA(カドカワBOOKS) 2017年10月【異世界・架空の世界】【肌の露出が多めの挿絵なし】

「朝から晩まで!?国王陛下の甘い束縛命令」真彩著 スターツ出版(ベリーズ文庫) 2017年11月【異世界・架空の世界】【挿絵なし】

「天と地と姫と 5」春日みかげ著 KADOKAWA(富士見ファンタジア文庫) 2017年10月【歴史・時代】【肌の露出が多めの挿絵なし】

「天鏡のアルデラミン = Alderamin on the Sky : ねじ巻き精霊戦記 12」宇野朴人著 KADOKAWA(電撃文庫) 2017年7月【異世界・架空の世界】【肌の露出が多めの挿絵なし】

「天鏡のアルデラミン = Alderamin on the Sky : ねじ巻き精霊戦記 13」宇野朴人著 KADOKAWA(電撃文庫) 2017年12月【異世界・架空の世界】【肌の露出が多めの挿絵なし】

「転生吸血鬼さんはお昼寝がしたい = A transmigration vampire would like to take a nap 5」ちょきんぎょ。著 アース・スターエンターテイメント(EARTH STAR NOVEL) 2017年11月【異世界・架空の世界】【肌の露出が多めの挿絵なし】

「島津戦記 1」新城カズマ著 新潮社(新潮文庫) 2017年8月【歴史・時代】【挿絵なし】

「島津戦記 2」新城カズマ著 新潮社(新潮文庫) 2017年12月【歴史・時代】【肌の露出が多めの挿絵なし】

「日本国召喚 2」みのろう著 ポニーキャニオン(ぽにきゃんBOOKS) 2017年8月【異世界・架空の世界】【肌の露出が多めの挿絵なし】

「日本国召喚 3」みのろう著 ポニーキャニオン(ぽにきゃんBOOKS) 2017年11月【異世界・架空の世界】【肌の露出が多めの挿絵なし】

「農民関連のスキルばっか上げてたら何故か強くなった。2」しょぼんぬ著 双葉社(モンスター文庫) 2017年9月【異世界・架空の世界】【肌の露出が多めの挿絵なし】

「白の皇国物語 12」白沢戌亥著 アルファポリス(アルファライト文庫) 2017年7月【異世界・架空の世界】【肌の露出が多めの挿絵なし】

「白の皇国物語 13」白沢戌亥著 アルファポリス(アルファライト文庫) 2017年11月【異世界・架空の世界】【肌の露出が多めの挿絵なし】

「彼方の友へ」伊吹有喜著 実業之日本社 2017年11月【異世界・架空の世界】【挿絵なし】

「緋色の玉座 2」高橋祐一著 KADOKAWA(角川スニーカー文庫) 2017年9月【異世界・架空の世界/歴史・時代】【肌の露出が多めの挿絵なし】

「必勝ダンジョン運営方法 7」雪だるま著 双葉社(モンスター文庫) 2017年9月【異世界・架空の世界】【肌の露出が多めの挿絵なし】

ストーリー

「宝くじで40億当たったんだけど異世界に移住する 7」すずの木くろ著 双葉社(モンスター文庫) 2017年8月【異世界・架空の世界】【肌の露出が多めの挿絵なし】

「魔王軍最強の魔術師は人間だった 3」羽田遼亮著 双葉社(モンスター文庫) 2017年7月【異世界・架空の世界】【肌の露出が多めの挿絵なし】

「魔技科の剣士と召喚魔王(ヴァシレウス) 14」三原みつき著 KADOKAWA(MF文庫J) 2017年8月【異世界・架空の世界】【肌の露出が多めの挿絵あり/キスシーンの挿絵あり】

「魔術学園領域の拳王(バーサーカー) 3」下等妙人著 KADOKAWA(富士見ファンタジア文庫) 2017年10月【異世界・架空の世界】【肌の露出が多めの挿絵なし】

「魔術監獄のマリアンヌ = Marianne in Magician's Prison」松山剛著 KADOKAWA(電撃文庫) 2017年12月【異世界・架空の世界】【肌の露出が多めの挿絵なし】

「魔術士オーフェンはぐれ旅 : キエサルヒマの終端 : Season 2:The Sequel」秋田禎信著 TOブックス(TO文庫) 2017年9月【異世界・架空の世界】【肌の露出が多めの挿絵なし】

「魔術士オーフェンはぐれ旅 : 解放者の戦場 : Season 4:The Episode 2」秋田禎信著 TOブックス(TO文庫) 2017年12月【異世界・架空の世界】【肌の露出が多めの挿絵なし】

「魔術士オーフェンはぐれ旅 : 原大陸開戦 : Season 4:The Episode 1」秋田禎信著 TOブックス(TO文庫) 2017年11月【異世界・架空の世界】【肌の露出が多めの挿絵なし】

「魔弾の王と戦姫(ヴァナディース) 17」川口士著 KADOKAWA(MF文庫J) 2017年7月【異世界・架空の世界】【肌の露出が多めの挿絵あり】

「魔弾の王と戦姫(ヴァナディース) 18」川口士著 KADOKAWA(MF文庫J) 2017年11月【異世界・架空の世界】【肌の露出が多めの挿絵なし/キスシーンの挿絵あり】

「魔導の矜持」佐藤さくら著 東京創元社(創元推理文庫) 2017年11月【異世界・架空の世界】【挿絵なし】

「魔法科高校の劣等生 = The irregular at magic high school 23」佐島勤著 KADOKAWA(電撃文庫) 2017年8月【近未来・遠未来】【肌の露出が多めの挿絵なし】

「迷宮料理人ナギの冒険 2」ゆうきりん著 KADOKAWA(電撃文庫) 2017年8月【異世界・架空の世界】【肌の露出が多めの挿絵あり】

「野心あらためず : 日高見国伝」後藤竜二著 光文社(光文社文庫) 2017年9月【歴史・時代】【挿絵なし】

「誉められて神軍 3」竹井10日著 講談社(講談社ラノベ文庫) 2017年12月【異世界・架空の世界】【肌の露出が多めの挿絵なし】

「傭兵団の料理番 4」川井昴著 主婦の友社(ヒーロー文庫) 2017年11月【異世界・架空の世界】【肌の露出が多めの挿絵なし】

「落ちてきた龍王(ナーガ)と滅びゆく魔女の国 12」舞阪洸著 KADOKAWA(MF文庫J) 2017年10月【異世界・架空の世界】【肌の露出が多めの挿絵あり】

「老後に備えて異世界で8万枚の金貨を貯めます = Saving 80,000 gold coins in the different world for my old age 2」FUNA著 講談社(Kラノベブックス) 2017年11月【異世界・架空の世界】【肌の露出が多めの挿絵なし】

「六畳間の侵略者!? 26」健速著 ホビージャパン(HJ文庫) 2017年7月【現代/異世界・架空の世界】【肌の露出が多めの挿絵なし】

「涅槃月ブルース」桑原水菜著 集英社(コバルト文庫) 2017年8月【歴史・時代】【肌の露出が多めの挿絵なし】

捜査・捜索・潜入

「あなたは嘘を見抜けない」菅原和也著 講談社(講談社タイガ) 2017年7月【現代】【挿絵なし】

「キネマ探偵カレイドミステリー [2]」斜線堂有紀著 KADOKAWA(メディアワークス文庫) 2017年8月【現代】【肌の露出が多めの挿絵なし】

「クトゥルーの呼び声 = [The Call of Cthulhu Others]」H・P・ラヴクラフト著;森瀬繚訳 星海社 (星海社FICTIONS) 2017年11月【異世界・架空の世界】【挿絵なし】

「サイメシスの迷宮：完璧な死体」アイダサキ著 講談社(講談社タイガ) 2017年9月【現代】【挿絵なし】

「さよなら神様」麻耶雄嵩著 文藝春秋(文春文庫) 2017年7月【現代】【挿絵なし】

「ゼロの日に叫ぶ」似鳥鶏著 河出書房新社(河出文庫) 2017年9月【現代/歴史・時代】【肌の露出が多めの挿絵なし】

「ダブル・フォールト」真保裕一著 集英社(集英社文庫) 2017年10月【現代】【挿絵なし】

「のど自慢殺人事件」高木敦史著 祥伝社(祥伝社文庫) 2017年10月【現代】【肌の露出が多めの挿絵なし】

「バチカン奇跡調査官：二十七頭の象」藤木稟著 KADOKAWA(角川ホラー文庫) 2017年7月【現代】【挿絵なし】

「ハラサキ」野城亮著 KADOKAWA(角川ホラー文庫) 2017年10月【現代/異世界・架空の世界】【挿絵なし】

「ポーション、わが身を助ける 4」岩船晶著 主婦の友社(ヒーロー文庫) 2017年9月【異世界・架空の世界】【肌の露出が多めの挿絵なし】

「モノクローム・レクイエム」小島正樹著 徳間書店(徳間文庫) 2017年9月【現代】【挿絵なし】

「レア・クラスチェンジ! = Rare Class Change：魔物使いちゃんとレア従魔の異世界ゆる旅 4」黒杉くろん著 TOブックス 2017年7月【異世界・架空の世界】【肌の露出が多めの挿絵なし】

「レオナルドの扉」真保裕一著 KADOKAWA(角川文庫) 2017年11月【異世界・架空の世界】【肌の露出が多めの挿絵なし】

170

ストーリー

「ワースト・インプレッション：刑事・理恩と拾得の事件簿」滝田務雄著 双葉社(双葉文庫)
2017年12月【現代】【挿絵なし】

「悪役令嬢は隣国の王太子に溺愛される 4」ぷにちゃん著 KADOKAWA(ビーズログ文庫)
2017年10月【異世界・架空の世界】【肌の露出が多めの挿絵なし】

「悪役令嬢後宮物語 6」涼風著 フロンティアワークス(アリアンローズ) 2017年11月【異世界・
架空の世界】【肌の露出が多めの挿絵なし】

「異世界チート開拓記 2」ファースト著 双葉社(モンスター文庫) 2017年10月【異世界・架空の
世界】【肌の露出が多めの挿絵なし】

「宇宙探偵ノーグレイ」田中啓文著 河出書房新社(河出文庫) 2017年11月【異世界・架空の
世界】【挿絵なし】

「黄泉がえりの町で、君と」雪富千晶紀著 KADOKAWA(角川ホラー文庫) 2017年7月【現代】
【肌の露出が多めの挿絵なし】

「怪盗の伴走者」三木笙子著 東京創元社(創元推理文庫) 2017年9月【歴史・時代】【肌の露
出が多めの挿絵なし】

「赫光(あか)の護法枢機卿(カルディナーレ)」嬉野秋彦著 KADOKAWA(ファミ通文庫) 2017年
8月【異世界・架空の世界】【肌の露出が多めの挿絵あり】

「赫光(あか)の護法枢機卿(カルディナーレ) 2」嬉野秋彦著 KADOKAWA(ファミ通文庫) 2017
年11月【異世界・架空の世界】【肌の露出が多めの挿絵あり】

「丸の内で就職したら、幽霊物件担当でした。」竹村優希著 KADOKAWA(角川文庫) 2017年
10月【現代】【挿絵なし】

「京都烏丸御池のお祓い本舗」望月麻衣著 双葉社(双葉文庫) 2017年10月【現代】【肌の露
出が多めの挿絵なし】

「凶宅」三津田信三著 KADOKAWA(角川ホラー文庫) 2017年11月【現代】【肌の露出が多め
の挿絵なし】

「駆除人 5」花黒子著 KADOKAWA(MFブックス) 2017年9月【異世界・架空の世界】【肌の露
出が多めの挿絵なし】

「刑事と怪物 [2]」佐野しなの著 KADOKAWA(メディアワークス文庫) 2017年8月【歴史・時
代】【挿絵なし】

「後宮に日輪は蝕す」篠原悠希著 KADOKAWA(角川文庫) 2017年11月【異世界・架空の世
界】【挿絵なし】

「国境線の魔術師：休暇願を出したら、激務の職場へ飛ばされた」青山有著 宝島社 2017年
12月【異世界・架空の世界】【肌の露出が多めの挿絵なし】

「最強の司令官は楽をして暮らしたい：安楽椅子隊長イツツジ」あらいりゅうじ著 KADOKAWA
(ノベルゼロ) 2017年7月【近未来・遠未来】【肌の露出が多めの挿絵なし】

171

ストーリー

「殺人鬼探偵の捏造美学」御影瑛路著 講談社(講談社タイガ) 2017年11月【現代】【挿絵なし】

「死にかけ探偵と殺せない殺し屋」真坂マサル著 KADOKAWA(メディアワークス文庫) 2017年11月【現代】【肌の露出が多めの挿絵なし】

「神様の名前探し」山本風碧著 双葉社(双葉文庫) 2017年10月【現代】【肌の露出が多めの挿絵なし】

「精霊の乙女ルベト[2]」相田美紅著 講談社(講談社X文庫) 2017年9月【異世界・架空の世界】【肌の露出が多めの挿絵なし】

「絶対城先輩の妖怪学講座10」峰守ひろかず著 KADOKAWA(メディアワークス文庫) 2017年8月【現代】【肌の露出が多めの挿絵なし】

「相棒はドM刑事(デカ) 3」神埜明美著 集英社(集英社文庫) 2017年7月【現代】【挿絵なし】

「村人Aはお布団スキルで世界を救う:快眠するたび勇者に近づく物語」クリスタルな洋介著 TOブックス 2017年12月【異世界・架空の世界】【肌の露出が多めの挿絵なし】

「大江戸科学捜査八丁堀のおゆう[4]」山本巧次著 宝島社(宝島社文庫) 2017年10月【現代/歴史・時代】【肌の露出が多めの挿絵なし】

「特命見廻り西郷隆盛」和田はつ子著 角川春樹事務所(ハルキ文庫) 2017年12月【歴史・時代】【挿絵なし】

「日本国召喚2」みのろう著 ポニーキャニオン(ぽにきゃんBOOKS) 2017年8月【異世界・架空の世界】【肌の露出が多めの挿絵なし】

「博多豚骨ラーメンズ7」木崎ちあき著 KADOKAWA(メディアワークス文庫) 2017年7月【現代】【肌の露出が多めの挿絵なし】

「博多豚骨ラーメンズ8」木崎ちあき著 KADOKAWA(メディアワークス文庫) 2017年12月【現代】【肌の露出が多めの挿絵なし】

「白バイガール[3]」佐藤青南著 実業之日本社(実業之日本社文庫) 2017年11月【現代】【挿絵なし】

「比翼のバルカローレ:蓮見律子の推理交響楽」杉井光著 講談社(講談社タイガ) 2017年8月【現代】【挿絵なし】

「必勝ダンジョン運営方法7」雪だるま著 双葉社(モンスター文庫) 2017年9月【異世界・架空の世界】【肌の露出が多めの挿絵なし】

「平安あや恋語:彩衣と徒花の君」岐川新著 KADOKAWA(角川ビーンズ文庫) 2017年11月【異世界・架空の世界】【肌の露出が多めの挿絵なし/キスシーンの挿絵あり】

「捕食」美輪和音著 東京創元社(創元推理文庫) 2017年8月【現代】【挿絵なし】

「放課後に死者は戻る」秋吉理香子著 双葉社(双葉文庫) 2017年11月【現代】【挿絵なし】

「妖琦庵夜話[6]」榎田ユウリ著 KADOKAWA(角川ホラー文庫) 2017年7月【現代】【挿絵なし】

ストーリー

捜査・捜索・潜入＞プロファイリング

「サイメシスの迷宮：完璧な死体」アイダサキ著 講談社（講談社タイガ）2017年9月【現代】【挿絵なし】

脱出

「キミと僕の最後の戦場、あるいは世界が始まる聖戦 3」細音啓著 KADOKAWA（富士見ファンタジア文庫）2017年12月【異世界・架空の世界】【肌の露出が多めの挿絵なし】

「クラウン・オブ・リザードマン 2」雨木シュウスケ著 KADOKAWA（富士見ファンタジア文庫）2017年10月【異世界・架空の世界】【肌の露出が多めの挿絵なし】

「ハラサキ」野城亮著 KADOKAWA（角川ホラー文庫）2017年10月【現代/異世界・架空の世界】【挿絵なし】

「ポンコツ王太子と結婚破棄したら、一途な騎士に溺愛されました」灯乃著 スターツ出版（ベリーズ文庫）2017年8月【異世界・架空の世界】【挿絵なし】

「異世界迷宮の最深部を目指そう 9」割内タリサ著 オーバーラップ（オーバーラップ文庫）2017年9月【異世界・架空の世界】【肌の露出が多めの挿絵なし】

「下町で、看板娘はじめました。」汐邑雛著 KADOKAWA（ビーズログ文庫）2017年10月【異世界・架空の世界】【肌の露出が多めの挿絵なし】

「境域のアルスマグナ 3」絵戸太郎著 KADOKAWA（MF文庫J）2017年8月【異世界・架空の世界】【肌の露出が多めの挿絵あり】

「後宮に日輪は蝕す」篠原悠希著 KADOKAWA（角川文庫）2017年11月【異世界・架空の世界】【挿絵なし】

「捨てられ勇者は帰宅中：隠しスキルで異世界を駆け抜ける」ななめ44°著 TOブックス 2017年8月【異世界・架空の世界】【肌の露出が多めの挿絵あり】

「処刑タロット」土橋真二郎著 KADOKAWA（電撃文庫）2017年11月【現代】【肌の露出が多めの挿絵あり/キスシーンの挿絵あり】

「少年Nのいない世界 03」石川宏千花著 講談社（講談社タイガ）2017年11月【異世界・架空の世界】【挿絵なし】

「神名ではじめる異世界攻略：屍を越えていこうよ」佐々原史緒著 KADOKAWA（ファミ通文庫）2017年11月【現代/異世界・架空の世界】【肌の露出が多めの挿絵あり】

「世界最強の後衛：迷宮国の新人探索者」とーわ著 KADOKAWA（カドカワBOOKS）2017年11月【異世界・架空の世界】【肌の露出が多めの挿絵あり】

「中野ブロードウェイ脱出ゲーム」渡辺浩弐著 KADOKAWA（角川ホラー文庫）2017年11月【現代】【挿絵なし】

「島津戦記 2」新城カズマ著 新潮社（新潮文庫）2017年12月【歴史・時代】【肌の露出が多めの挿絵なし】

173

ストーリー

「箱庭の息吹姫：ひねくれ魔術師に祝福のキスを。」瀬川月菜著 一迅社（一迅社文庫アイリス）2017年8月【異世界・架空の世界】【肌の露出が多めの挿絵なし/キスシーンの挿絵あり】

「僕がモンスターになった日」れるりり原案;時田とおる著 KADOKAWA（角川ビーンズ文庫）2017年10月【現代】【肌の露出が多めの挿絵なし】

「魔術士オーフェンはぐれ旅：キエサルヒマの終端：Season 2:The Sequel」秋田禎信著 TOブックス（TO文庫）2017年9月【異世界・架空の世界】【肌の露出が多めの挿絵なし】

「無欲の聖女 3」中村颯希著 主婦の友社（ヒーロー文庫）2017年7月【異世界・架空の世界】【肌の露出が多めの挿絵なし】

ダンジョン・迷宮

「Only Sense Online白銀の女神（ミューズ）3」アロハ座長著 KADOKAWA（富士見ファンタジア文庫）2017年11月【現代/異世界・架空の世界】【肌の露出が多めの挿絵なし】

「おっさんのリメイク冒険日記：オートキャンプから始まる異世界満喫ライフ」緋色優希著 ツギクル（ツギクルブックス）2017年7月【異世界・架空の世界】【肌の露出が多めの挿絵なし】

「クラウン・オブ・リザードマン 2」雨木シュウスケ著 KADOKAWA（富士見ファンタジア文庫）2017年10月【異世界・架空の世界】【肌の露出が多めの挿絵なし】

「ゲス勇者のダンジョンハーレム 1」三島千廣著 双葉社（モンスター文庫）2017年8月【現代/異世界・架空の世界】【肌の露出が多めの挿絵あり】

「ゲス勇者のダンジョンハーレム 2」三島千廣著 双葉社（モンスター文庫）2017年12月【異世界・架空の世界】【肌の露出が多めの挿絵あり/キスシーンの挿絵あり】

「ジェノサイド・リアリティー：異世界迷宮を最強チートで勝ち抜く」風来山著 SBクリエイティブ（GA文庫）2017年7月【異世界・架空の世界】【肌の露出が多めの挿絵あり】

「セブンス 5」三嶋与夢著 主婦の友社（ヒーロー文庫）2017年10月【異世界・架空の世界】【肌の露出が多めの挿絵あり】

「ダンジョンシーカー 1」サカモト666著 アルファポリス（アルファライト文庫）2017年12月【異世界・架空の世界】【肌の露出が多めの挿絵なし】

「ダンジョンの魔王は最弱っ!? 7」日曜著 新紀元社（MORNING STAR BOOKS）2017年8月【異世界・架空の世界】【肌の露出が多めの挿絵なし】

「ダンジョンの魔王は最弱っ!? 8」日曜著 新紀元社（MORNING STAR BOOKS）2017年12月【異世界・架空の世界】【肌の露出が多めの挿絵なし】

「ダンジョンはいいぞ! = Dungeon is so good!」狐谷まどか著 TOブックス 2017年10月【異世界・架空の世界】【肌の露出が多めの挿絵あり】

「ダンジョンを経営しています：ベルウッドダンジョン株式会社西方支部繁盛記」アマラ著 宝島社 2017年12月【異世界・架空の世界】【肌の露出が多めの挿絵なし】

ストーリー

「ダンジョン村のパン屋さん = The bakery in Dungeon Village ダンジョン村道行き編」丁謡著 KADOKAWA(カドカワBOOKS) 2017年7月【異世界・架空の世界】【肌の露出が多めの挿絵なし】

「デスマーチからはじまる異世界狂想曲 = Death Marching to the Parallel World Rhapsody 11」愛七ひろ著 KADOKAWA(カドカワBOOKS) 2017年8月【異世界・架空の世界】【肌の露出が多めの挿絵なし】

「なんか、妹の部屋にダンジョンが出来たんですが = Suddenly,the dungeon appeared in my sweet sister's room… 1」薄味メロン著 アース・スターエンターテイメント(EARTH STAR NOVEL) 2017年8月【現代/異世界・架空の世界】【肌の露出が多めの挿絵なし】

「フェアリーテイル・クロニクル : 空気読まない異世界ライフ 16」埴輪星人著 KADOKAWA(MFブックス) 2017年12月【異世界・架空の世界】【肌の露出が多めの挿絵あり】

「ブラッククローバー騎士団の書」田畠裕基著;ジョニー音田著 集英社(JUMP j BOOKS) 2017年10月【異世界・架空の世界】【肌の露出が多めの挿絵なし】

「フリーライフ異世界何でも屋奮闘記」気がつけば毛玉著 KADOKAWA(角川スニーカー文庫) 2017年7月【異世界・架空の世界】【肌の露出が多めの挿絵なし】

「ライブダンジョン! = LIVE DUNGEON! 3」dy冷凍著 KADOKAWA(カドカワBOOKS) 2017年8月【異世界・架空の世界】【肌の露出が多めの挿絵なし】

「リワールド・フロンティア = Reworld Frontier : 最弱にして最強の支援術式使い 3」国広仙戯著 TOブックス 2017年11月【異世界・架空の世界】【肌の露出が多めの挿絵なし】

「レベル1だけどユニークスキルで最強です 2」三木なずな著 講談社(Kラノベブックス) 2017年12月【異世界・架空の世界】【肌の露出が多めの挿絵なし】

「レベルリセッター : クリスと迷宮の秘密 2」ブロッコリーライオン著 一二三書房(Saga Forest) 2017年9月【異世界・架空の世界】【肌の露出が多めの挿絵なし】

「暗殺者である俺のステータスが勇者よりも明らかに強いのだが 1」赤井まつり著 オーバーラップ(オーバーラップ文庫) 2017年11月【異世界・架空の世界】【肌の露出が多めの挿絵あり】

「異世界迷宮でハーレムを 8」蘇我捨恥著 主婦の友社(ヒーロー文庫) 2017年12月【異世界・架空の世界】【肌の露出が多めの挿絵なし】

「異世界迷宮の最深部を目指そう 9」割内タリサ著 オーバーラップ(オーバーラップ文庫) 2017年9月【異世界・架空の世界】【肌の露出が多めの挿絵なし】

「嘘つき戦姫、迷宮をゆく 1」佐藤真登著 主婦の友社(ヒーロー文庫) 2017年9月【異世界・架空の世界】【肌の露出が多めの挿絵あり】

「横浜駅SF = YOKOHAMA STATION FABLE [2]」柞刈湯葉著 KADOKAWA(カドカワBOOKS) 2017年8月【異世界・架空の世界】【肌の露出が多めの挿絵なし】

「俺だけ入れる隠しダンジョン : こっそり鍛えて世界最強」瀬戸メグル著 講談社(Kラノベブックス) 2017年8月【異世界・架空の世界】【肌の露出が多めの挿絵あり】

ストーリー

「俺だけ入れる隠しダンジョン：こっそり鍛えて世界最強2」瀬戸メグル著 講談社(Kラノベブックス) 2017年11月【異世界・架空の世界】【肌の露出が多めの挿絵なし】

「俺たちは異世界に行ったらまず真っ先に物理法則を確認する3」藍月要著 KADOKAWA (ファミ通文庫) 2017年11月【異世界・架空の世界】【肌の露出が多めの挿絵なし】

「俺の『鑑定』スキルがチートすぎて：伝説の勇者を読み"盗り"最強へ2」澄守彩著 講談社(Kラノベブックス) 2017年10月【異世界・架空の世界】【肌の露出が多めの挿絵なし】

「鑑定使いの冒険者1」空野進著 主婦の友社(ヒーロー文庫) 2017年10月【異世界・架空の世界】【肌の露出が多めの挿絵あり】

「規格外れの英雄に育てられた、常識外れの魔法剣士2」kt60著 双葉社(モンスター文庫) 2017年7月【異世界・架空の世界】【肌の露出が多めの挿絵なし】

「最強の鑑定士って誰のこと? = Who is the strongest appraiser? : 満腹ごはんで異世界生活」港瀬つかさ著 KADOKAWA(カドカワBOOKS) 2017年7月【異世界・架空の世界】【肌の露出が多めの挿絵なし】

「最強の鑑定士って誰のこと? = Who is the strongest appraiser? : 満腹ごはんで異世界生活2」港瀬つかさ著 KADOKAWA(カドカワBOOKS) 2017年10月【異世界・架空の世界】【肌の露出が多めの挿絵なし】

「最強をこじらせたレベルカンスト剣聖女ベアトリーチェの弱点：その名は『ぶーぶー』5」鎌池和馬著 KADOKAWA(電撃文庫) 2017年8月【異世界・架空の世界】【肌の露出が多めの挿絵あり】

「最弱無敗の神装機竜(バハムート) 14」明月千里著 SBクリエイティブ(GA文庫) 2017年12月【異世界・架空の世界】【肌の露出が多めの挿絵なし】

「自称!平凡魔族の英雄ライフ：B級魔族なのにチートダンジョンを作ってしまった結果2」あまうい白一著 講談社(Kラノベブックス) 2017年9月【異世界・架空の世界】【肌の露出が多めの挿絵あり】

「七星のスバル = Seven Senses of the Re'Union 6」田尾典丈著 小学館(ガガガ文庫) 2017年9月【異世界・架空の世界】【挿絵なし】

「週末冒険者」るうせん著 KADOKAWA(カドカワBOOKS) 2017年8月【現代/異世界・架空の世界】【肌の露出が多めの挿絵なし】

「召喚されすぎた最強勇者の再召喚(リユニオン)」菊池九五著 集英社(ダッシュエックス文庫) 2017年8月【異世界・架空の世界】【肌の露出が多めの挿絵あり】

「神名ではじめる異世界攻略：屍を越えていこうよ」佐々原史緒著 KADOKAWA(ファミ通文庫) 2017年11月【現代/異世界・架空の世界】【肌の露出が多めの挿絵あり】

「図書迷宮」十字静著 KADOKAWA(MF文庫J) 2017年10月【異世界・架空の世界】【肌の露出が多めの挿絵なし】

「世界最強の後衛：迷宮国の新人探索者」とーわ著 KADOKAWA(カドカワBOOKS) 2017年11月【異世界・架空の世界】【肌の露出が多めの挿絵あり】

176

ストーリー

「世界最強の人見知りと魔物が消えそうな黄昏迷宮 2」葉村哲著 KADOKAWA（MF文庫J）2017年8月【異世界・架空の世界】【肌の露出が多めの挿絵あり】

「絶対に働きたくないダンジョンマスターが惰眠をむさぼるまで 6」鬼影スパナ著 オーバーラップ（オーバーラップ文庫）2017年11月【異世界・架空の世界】【肌の露出が多めの挿絵あり】

「地方騎士ハンスの受難 2」アマラ著 アルファポリス（アルファライト文庫）2017年9月【異世界・架空の世界】【肌の露出が多めの挿絵あり】

「通常攻撃が全体攻撃で二回攻撃のお母さんは好きですか？ 3」井中だちま著 KADOKAWA（富士見ファンタジア文庫）2017年8月【異世界・架空の世界】【肌の露出が多めの挿絵あり】

「底辺剣士は神獣（むすめ）と暮らす 3」番棚葵著 KADOKAWA（MF文庫J）2017年8月【異世界・架空の世界】【肌の露出が多めの挿絵あり】

「東京ダンジョンマスター：社畜勇者〈28〉は休めない」三島千廣著 KADOKAWA（ファミ通文庫）2017年9月【現代/異世界・架空の世界】【肌の露出が多めの挿絵なし】

「導かれし田舎者たち」河端ジュン一著;グループSNE著 KADOKAWA（富士見DRAGON BOOK）2017年8月【異世界・架空の世界】【肌の露出が多めの挿絵なし】

「美女と賢者と魔人の剣 3」片遊佐牽太著 ポニーキャニオン（ぽにきゃんBOOKS）2017年11月【異世界・架空の世界】【肌の露出が多めの挿絵なし/キスシーンの挿絵あり】

「美人上司とダンジョンに潜るのは残業ですか？」七菜なな著 KADOKAWA（ノベルゼロ）2017年9月【現代/異世界・架空の世界】【肌の露出が多めの挿絵なし】

「美人上司とダンジョンに潜るのは残業ですか？ 2」七菜なな著 KADOKAWA（ノベルゼロ）2017年12月【現代/異世界・架空の世界】【肌の露出が多めの挿絵あり】

「必勝ダンジョン運営方法 7」雪だるま著 双葉社（モンスター文庫）2017年9月【異世界・架空の世界】【肌の露出が多めの挿絵なし】

「僕の部屋がダンジョンの休憩所になってしまった件 3」東国不動著 ツギクル（ツギクルブックス）2017年11月【現代/異世界・架空の世界】【肌の露出が多めの挿絵なし】

「魔王になったので、ダンジョン造って人外娘とほのぼのする」流優著 KADOKAWA（カドカワBOOKS）2017年11月【異世界・架空の世界】【肌の露出が多めの挿絵あり】

「魔王城のシェフ 3」水城水城著 KADOKAWA（ファミ通文庫）2017年12月【異世界・架空の世界】【肌の露出が多めの挿絵あり】

「魔拳のデイドリーマー 1」西和尚著 アルファポリス（アルファライト文庫）2017年8月【異世界・架空の世界】【肌の露出が多めの挿絵あり】

「無職転生：異世界行ったら本気だす 16」理不尽な孫の手著 KADOKAWA（MFブックス）2017年10月【異世界・架空の世界】【肌の露出が多めの挿絵なし】

「無属性魔法の救世主（メサイア） 3」武藤健太著 主婦の友社（ヒーロー文庫）2017年7月【異世界・架空の世界】【肌の露出が多めの挿絵なし】

ストーリー

「勇者と勇者と勇者と勇者 = A Hero,Heroes and A Hero 5」川岸殴魚著 小学館（ガガガ文庫）2017年7月【異世界・架空の世界】【肌の露出が多めの挿絵あり】

「幼女さまとゼロ級守護者さま」すかぢ著 SBクリエイティブ（GA文庫）2017年12月【異世界・架空の世界】【肌の露出が多めの挿絵なし】

チート

「29歳独身は異世界で自由に生きた……かった。= The 29 years old single in another dimension wished a life of liberty…… 8」リュート著 KADOKAWA（カドカワBOOKS）2017年11月【異世界・架空の世界】【肌の露出が多めの挿絵あり】

「D-五人の刺客：吸血鬼ハンター 32」菊地秀行著 朝日新聞出版（朝日文庫）2017年9月【近未来・遠未来】【肌の露出が多めの挿絵なし】

「HP9999999999の最強なる覇王様 = The Most Powerful High King who has HP9999999999」ダイヤモンド著 TOブックス 2017年8月【異世界・架空の世界】【肌の露出が多めの挿絵あり】

「Re:ビルド!!：生産チート持ちだけど、まったり異世界生活を満喫します」シンギョウガク著 ツギクル（ツギクルブックス）2017年12月【異世界・架空の世界】【肌の露出が多めの挿絵あり】

「アイテムチートな奴隷ハーレム建国記 5」猫又ぬこ著 ホビージャパン（HJ文庫）2017年8月【異世界・架空の世界】【肌の露出が多めの挿絵あり】

「アウトサイド・アカデミア!!：《留年組》は最強なので、チートな教師と卒業します」神秋昌史著 KADOKAWA（角川スニーカー文庫）2017年9月【現代】【肌の露出が多めの挿絵あり】

「アラフォー営業マン、異世界に起つ!：女神パワーで人生二度目の成り上がり」澄守彩著 講談社（Kラノベブックス）2017年9月【異世界・架空の世界】【肌の露出が多めの挿絵なし】

「アラフォー営業マン、異世界に起つ!：女神パワーで人生二度目の成り上がり 2」澄守彩著 講談社（Kラノベブックス）2017年12月【異世界・架空の世界】【肌の露出が多めの挿絵あり】

「アラフォー社畜のゴーレムマスター 2」高見梁川著 双葉社（モンスター文庫）2017年11月【異世界・架空の世界】【肌の露出が多めの挿絵あり】

「おっさんのリメイク冒険日記：オートキャンプから始まる異世界満喫ライフ」緋色優希著 ツギクル（ツギクルブックス）2017年7月【異世界・架空の世界】【肌の露出が多めの挿絵なし】

「おっさんのリメイク冒険日記：オートキャンプから始まる異世界満喫ライフ 2」緋色優希著 ツギクル（ツギクルブックス）2017年11月【異世界・架空の世界】【肌の露出が多めの挿絵なし】

「ガチャを回して仲間を増やす最強の美少女軍団を作り上げろ = You increase families and make beautiful girl army corps,and put it up 3」ちんくるり著 マイクロマガジン社（GC NOVELS）2017年10月【異世界・架空の世界】【肌の露出が多めの挿絵あり】

「ギルドのチートな受付嬢 6」夏にコタツ著 双葉社（モンスター文庫）2017年11月【異世界・架空の世界】【肌の露出が多めの挿絵なし】

「くじ引き特賞:無双ハーレム権 6」三木なずな著 SBクリエイティブ（GA文庫）2017年8月【異世界・架空の世界】【肌の露出が多めの挿絵あり】

178

ストーリー

「くじ引き特賞:無双ハーレム権 7 ドラマCD付き限定特装版」三木なずな著 SBクリエイティブ(GA文庫) 2017年12月【異世界・架空の世界】【肌の露出が多めの挿絵あり】

「くまクマ熊ベアー 7」くまなの著 主婦と生活社(PASH!ブックス) 2017年8月【異世界・架空の世界】【肌の露出が多めの挿絵あり】

「ジェノサイド・リアリティー:異世界迷宮を最強チートで勝ち抜く」風来山著 SBクリエイティブ(GA文庫) 2017年7月【異世界・架空の世界】【肌の露出が多めの挿絵あり】

「すまん、資金ブーストよりチートなスキル持ってる奴おる? 4」えきさいた一著 集英社(ダッシュエックス文庫) 2017年10月【異世界・架空の世界】【肌の露出が多めの挿絵あり】

「せっかくチートを貰って異世界に転移したんだから、好きなように生きてみたい 1」ムンムン著 マイクロマガジン社(GC NOVELS) 2017年12月【異世界・架空の世界】【肌の露出が多めの挿絵あり】

「せっかくチートを貰って異世界に転移したんだから、好きなように生きてみたい 2」ムンムン著 マイクロマガジン社(GC NOVELS) 2017年12月【異世界・架空の世界】【肌の露出が多めの挿絵あり/キスシーンの挿絵あり/性描写の挿絵あり】

「ゼロ能力者の英雄伝説:最強スキルはセーブ&ロード」東国不動著 TOブックス 2017年11月【異世界・架空の世界】【肌の露出が多めの挿絵あり】

「その最強、神の依頼で異世界へ 2」速峰淳著 主婦の友社(ヒーロー文庫) 2017年11月【異世界・架空の世界】【肌の露出が多めの挿絵あり】

「たったひとつの冴えた殺りかた」三条ツバメ著 ホビージャパン(HJ文庫) 2017年7月【異世界・架空の世界】【肌の露出が多めの挿絵なし】

「たとえばラストダンジョン前の村の少年が序盤の街で暮らすような物語 3」サトウとシオ著 SBクリエイティブ(GA文庫) 2017年9月【異世界・架空の世界】【肌の露出が多めの挿絵あり】

「チートあるけどまったり暮らしたい:のんびり魔道具作ってたいのに」なんじゃもんじゃ著 宝島社 2017年9月【異世界・架空の世界】【肌の露出が多めの挿絵あり】

「チートだけど宿屋はじめました。1」nyonnyon著 双葉社(モンスター文庫) 2017年10月【異世界・架空の世界】【肌の露出が多めの挿絵なし】

「チートを作れるのは俺だけ:無能力だけど世界最強」三木なずな著 TOブックス 2017年11月【異世界・架空の世界】【肌の露出が多めの挿絵なし】

「チート魔術で運命をねじ伏せる 5」月夜涙著 双葉社(モンスター文庫) 2017年8月【異世界・架空の世界】【肌の露出が多めの挿絵あり/キスシーンの挿絵あり】

「チート魔術で運命をねじ伏せる 6」月夜涙著 双葉社(モンスター文庫) 2017年12月【異世界・架空の世界】【肌の露出が多めの挿絵あり/キスシーンの挿絵あり】

「ちょっとゲームで学園の覇権とってくる」うれま庄司著 KADOKAWA(富士見ファンタジア文庫) 2017年8月【現代】【肌の露出が多めの挿絵あり】

「デーモンルーラー:定時に帰りたい男のやりすぎレベリング」一江左かさね著 KADOKAWA(カドカワBOOKS) 2017年8月【現代/異世界・架空の世界】【肌の露出が多めの挿絵なし】

ストーリー

「デスマーチからはじまる異世界狂想曲 = Death Marching to the Parallel World Rhapsody 12」愛七ひろ著 KADOKAWA(カドカワBOOKS) 2017年12月【異世界・架空の世界】【肌の露出が多めの挿絵なし】

「どうやら私の身体は完全無敵のようですね 1」ちゃつふさ著 マイクロマガジン社(GC NOVELS) 2017年9月【異世界・架空の世界】【肌の露出が多めの挿絵なし】

「どうやら私の身体は完全無敵のようですね 2」ちゃつふさ著 マイクロマガジン社(GC NOVELS) 2017年12月【異世界・架空の世界】【肌の露出が多めの挿絵なし】

「ニューゲームにチートはいらない!」三木なずな著 SBクリエイティブ(GA文庫) 2017年8月【異世界・架空の世界】【肌の露出が多めの挿絵なし/キスシーンの挿絵あり】

「ネクストライフ 12」相野仁著 主婦の友社(ヒーロー文庫) 2017年9月【異世界・架空の世界】【肌の露出が多めの挿絵あり】

「ネクストライフ 13」相野仁著 主婦の友社(ヒーロー文庫) 2017年12月【異世界・架空の世界】【肌の露出が多めの挿絵あり】

「ハズレ奇術師の英雄譚 2」雨宮和希著 双葉社(モンスター文庫) 2017年10月【異世界・架空の世界】【肌の露出が多めの挿絵なし】

「ポーション頼みで生き延びます! 2」FUNA著 講談社(Kラノベブックス) 2017年10月【異世界・架空の世界】【肌の露出が多めの挿絵なし】

「ぼっち転生記 5」ファースト著 双葉社(モンスター文庫) 2017年8月【異世界・架空の世界】【肌の露出が多めの挿絵なし】

「ぼっち転生記 6」ファースト著 双葉社(モンスター文庫) 2017年12月【異世界・架空の世界】【肌の露出が多めの挿絵なし】

「マギクラフト・マイスター 12」秋ぎつね著 KADOKAWA(MFブックス) 2017年7月【異世界・架空の世界】【肌の露出が多めの挿絵なし】

「マギクラフト・マイスター 13」秋ぎつね著 KADOKAWA(MFブックス) 2017年11月【異世界・架空の世界】【肌の露出が多めの挿絵なし】

「マメシバ頼りの魔獣使役者(モンスターセプター)ライフ 2」鳥村居子著 KADOKAWA(ファミ通文庫) 2017年8月【異世界・架空の世界】【肌の露出が多めの挿絵なし/キスシーンの挿絵あり】

「モンスターのご主人様 10」日暮眠都著 双葉社(モンスター文庫) 2017年9月【異世界・架空の世界】【肌の露出が多めの挿絵なし】

「ようこそモンスターズギルド = Monsters' Guild：最強集団、何でも屋はじめました」十一屋翠著 ツギクル(ツギクルブックス) 2017年10月【異世界・架空の世界】【肌の露出が多めの挿絵なし】

「ようこそ実力至上主義の教室へ 7」衣笠彰梧著 KADOKAWA(MF文庫J) 2017年10月【現代】【肌の露出が多めの挿絵なし】

ストーリー

「レイズ・オン・ファンタジー：ギャンブラーは異世界を謳歌する」河本ほむら著 KADOKAWA（富士見ファンタジア文庫）2017年12月【異世界・架空の世界】【肌の露出が多めの挿絵あり/キスシーンの挿絵あり】

「ワールドエネミー 2」細音啓著 KADOKAWA（ノベルゼロ）2017年8月【異世界・架空の世界】【肌の露出が多めの挿絵あり】

「ワールドオーダー 4」河和時久著 主婦の友社（ヒーロー文庫）2017年9月【異世界・架空の世界】【肌の露出が多めの挿絵あり】

「暗殺拳はチートに含まれますか？：彼女と目指す最強ゲーマー」渡葉たびびと著 KADOKAWA（富士見ファンタジア文庫）2017年12月【現代/異世界・架空の世界】【肌の露出が多めの挿絵なし】

「暗殺者である俺のステータスが勇者よりも明らかに強いのだが 1」赤井まつり著 オーバーラップ（オーバーラップ文庫）2017年11月【異世界・架空の世界】【肌の露出が多めの挿絵あり】

「異世界ギルド飯：暗黒邪龍とカツカレー」白石新著 SBクリエイティブ（GA文庫）2017年9月【異世界・架空の世界】【肌の露出が多めの挿絵なし】

「異世界チート開拓記 1」ファースト著 双葉社（モンスター文庫）2017年7月【異世界・架空の世界】【肌の露出が多めの挿絵あり】

「異世界チート開拓記 2」ファースト著 双葉社（モンスター文庫）2017年10月【異世界・架空の世界】【肌の露出が多めの挿絵なし】

「異世界でスキルを解体したらチートな嫁が増殖しました：概念交差のストラクチャー 4」千月さかき著 KADOKAWA（カドカワBOOKS）2017年9月【異世界・架空の世界】【肌の露出が多めの挿絵あり/キスシーンの挿絵あり】

「異世界でダークエルフ嫁とゆるく営む暗黒大陸開拓記」斧名田マニマニ著 集英社（ダッシュエックス文庫）2017年11月【異世界・架空の世界】【肌の露出が多めの挿絵あり】

「異世界で孤児院を開いたけど、なぜか誰一人巣立とうとしない件」初枝れんげ著 TOブックス 2017年9月【現代/異世界・架空の世界】【肌の露出が多めの挿絵あり】

「異世界は幸せ（テンプレ）に満ち溢れている 3」羽智遊紀著 TOブックス 2017年12月【異世界・架空の世界】【肌の露出が多めの挿絵なし】

「異世界召喚は二度目です 5」岸本和葉著 双葉社（モンスター文庫）2017年8月【異世界・架空の世界】【肌の露出が多めの挿絵なし】

「異世界転移したのでチートを生かして魔法剣士やることにする = I'VE TRANSFERRED TO THE DIFFERENT WORLD,SO I BECOME A MAGIC SWORDSMAN BY CHEATING 5」進行諸島著 マイクロマガジン社（GC NOVELS）2017年8月【異世界・架空の世界】【肌の露出が多めの挿絵なし】

「異世界転生戦記：チートなスキルをもらい生きて行く」黒羽著 徳間書店 2017年12月【異世界・架空の世界】【肌の露出が多めの挿絵あり】

ストーリー

「異世界迷宮でハーレムを 8」蘇我捨恥著 主婦の友社(ヒーロー文庫) 2017年12月【異世界・架空の世界】【肌の露出が多めの挿絵なし】

「異世界薬局 5」高山理図著 KADOKAWA(MFブックス) 2017年8月【異世界・架空の世界】【肌の露出が多めの挿絵なし】

「引きこもりだった男の異世界アサシン生活 = HIKIKOMORI'S LIFE AS ASSASSIN IN ANOTHER DIMENSION」服部正蔵著 TOブックス 2017年7月【異世界・架空の世界】【肌の露出が多めの挿絵なし】

「引きこもりだった男の異世界アサシン生活 = HIKIKOMORI'S LIFE AS ASSASSIN IN ANOTHER DIMENSION 2」服部正蔵著 TOブックス 2017年11月【異世界・架空の世界】【肌の露出が多めの挿絵なし】

「英雄教室 9」新木伸著 集英社(ダッシュエックス文庫) 2017年9月【異世界・架空の世界】【肌の露出が多めの挿絵なし】

「俺、「城」を育てる：可愛いあの子は無敵の要塞になりたいようです」富哉とみあ著 KADOKAWA(ファミ通文庫) 2017年9月【異世界・架空の世界】【肌の露出が多めの挿絵なし】

「俺と蛙さんの異世界放浪記 6」くずもち著 アルファポリス(アルファライト文庫) 2017年7月【異世界・架空の世界】【肌の露出が多めの挿絵なし】

「俺の『鑑定』スキルがチートすぎて：伝説の勇者を読み"盗り"最強へ 2」澄守彩著 講談社(Kラノベブックス) 2017年10月【異世界・架空の世界】【肌の露出が多めの挿絵なし】

「俺のチートは神をも軽く凌駕する = My "Cheat" is Surpassingly Beyond GOD」黄昏時著 宝島社 2017年12月【異世界・架空の世界】【肌の露出が多めの挿絵なし】

「俺の異世界姉妹が自重しない! 3」緋色の雨著 双葉社(モンスター文庫) 2017年12月【異世界・架空の世界】【肌の露出が多めの挿絵なし】

「俺の部屋ごと異世界へ!ネットとAmozonの力で無双する 2」月夜涙著 双葉社(モンスター文庫) 2017年7月【異世界・架空の世界】【肌の露出が多めの挿絵なし】

「俺の部屋ごと異世界へ!ネットとAmozonの力で無双する 3」月夜涙著 双葉社(モンスター文庫) 2017年12月【異世界・架空の世界】【肌の露出が多めの挿絵あり】

「暇人、魔王の姿で異世界へ：時々チートなぶらり旅 5」藍敦著 KADOKAWA(ファミ通文庫) 2017年7月【異世界・架空の世界】【肌の露出が多めの挿絵なし】

「甘く優しい世界で生きるには 8」深木著 KADOKAWA(MFブックス) 2017年7月【異世界・架空の世界】【肌の露出が多めの挿絵なし】

「業焔の大魔導士：まだファイアーボールしか使えない魔法使いだけど異世界最強」鬱沢色素著 講談社(講談社ラノベ文庫) 2017年12月【異世界・架空の世界】【肌の露出が多めの挿絵あり】

「金色の文字使い(ワードマスター)：勇者四人に巻き込まれたユニークチート 11」十本スイ著 KADOKAWA(富士見ファンタジア文庫) 2017年10月【異世界・架空の世界】【肌の露出が多めの挿絵あり】

182

ストーリー

「結界師への転生 1」片岡直太郎著 双葉社(モンスター文庫) 2017年9月【現代/異世界・架空の世界】【肌の露出が多めの挿絵あり】

「賢者の孫 7」吉岡剛著 KADOKAWA(ファミ通文庫) 2017年9月【異世界・架空の世界】【肌の露出が多めの挿絵なし】

「限界集落・オブ・ザ・デッド = GENKAISHYURAKU OF THE DEAD」ロッキン神経痛著 KADOKAWA(カドカワBOOKS) 2017年12月【異世界・架空の世界】【肌の露出が多めの挿絵なし】

「酷幻想をアイテムチートで生き抜く = He survives the real fantasy world by cheating at the items 06」風来山著 マイクロマガジン社(GC NOVELS) 2017年12月【異世界・架空の世界】【肌の露出が多めの挿絵あり】

「最強の鑑定士って誰のこと? = Who is the strongest appraiser? : 満腹ごはんで異世界生活」港瀬つかさ著 KADOKAWA(カドカワBOOKS) 2017年7月【異世界・架空の世界】【肌の露出が多めの挿絵なし】

「最強の鑑定士って誰のこと? = Who is the strongest appraiser? : 満腹ごはんで異世界生活 2」港瀬つかさ著 KADOKAWA(カドカワBOOKS) 2017年10月【異世界・架空の世界】【肌の露出が多めの挿絵なし】

「最強の魔狼は静かに暮らしたい : 転生したらフェンリルだった件」伊瀬ネキセ著 集英社(ダッシュエックス文庫) 2017年7月【現代/異世界・架空の世界】【肌の露出が多めの挿絵なし】

「最強呪族転生 = Reincarnation of sherman : チート魔術師のスローライフ 4」猫子著 アース・スターエンターテイメント(EARTH STAR NOVEL) 2017年11月【異世界・架空の世界】【肌の露出が多めの挿絵なし】

「最強魔法使いの弟子〈予定〉は諦めが悪いです」佐伯さん著 主婦と生活社(PASH!ブックス) 2017年7月【異世界・架空の世界】【肌の露出が多めの挿絵なし】

「使徒戦記 : ことなかれ貴族と薔薇姫の英雄伝 1」タンバ著 双葉社(モンスター文庫) 2017年11月【異世界・架空の世界】【肌の露出が多めの挿絵あり】

「自重しない元勇者の強くて楽しいニューゲーム 3」新木伸著 集英社(ダッシュエックス文庫) 2017年7月【異世界・架空の世界】【肌の露出が多めの挿絵あり】

「自重しない元勇者の強くて楽しいニューゲーム 4」新木伸著 集英社(ダッシュエックス文庫) 2017年12月【異世界・架空の世界】【肌の露出が多めの挿絵あり】

「自称!平凡魔族の英雄ライフ : B級魔族なのにチートダンジョンを作ってしまった結果 2」あまうい白一著 講談社(Kラノベブックス) 2017年9月【異世界・架空の世界】【肌の露出が多めの挿絵あり】

「捨てられた勇者は魔王となりて死に戻る 1」悠島蘭著 双葉社(モンスター文庫) 2017年12月【現代/異世界・架空の世界】【肌の露出が多めの挿絵あり/キスシーンの挿絵あり】

「召喚されすぎた最強勇者の再召喚(リユニオン)」菊池九五著 集英社(ダッシュエックス文庫) 2017年8月【異世界・架空の世界】【肌の露出が多めの挿絵あり】

ストーリー

「神眼の勇者7」ファースト著 双葉社（モンスター文庫）2017年11月【異世界・架空の世界】【肌の露出が多めの挿絵なし】

「神獣（わたし）たちと一緒なら世界最強イケちゃいますよ?」福山陽士著 KADOKAWA（富士見ファンタジア文庫）2017年7月【異世界・架空の世界】【肌の露出が多めの挿絵あり】

「進化の実：知らないうちに勝ち組人生7」美紅著 双葉社（モンスター文庫）2017年12月【異世界・架空の世界】【肌の露出が多めの挿絵なし】

「水の理2」古流望基著 林檎プロモーション（FREEDOM NOVEL）2017年8月【異世界・架空の世界】【肌の露出が多めの挿絵なし】

「成長チートでなんでもできるようになったが、無職だけは辞められないようです4」時野洋輔著 新紀元社（MORNING STAR BOOKS）2017年10月【異世界・架空の世界】【肌の露出が多めの挿絵あり】

「生まれ変わったら第二王子とか中途半端だし面倒くさい」みりぐらむ著 主婦と生活社（PASH!ブックス）2017年12月【異世界・架空の世界】【肌の露出が多めの挿絵なし】

「聖剣、解体しちゃいました ＝ I have taken the holy sword apart.」心裡著 アース・スターエンターテイメント（EARTH STAR NOVEL）2017年12月【異世界・架空の世界】【肌の露出が多めの挿絵あり】

「戦国小町苦労譚7」夾竹桃著 アース・スターエンターテイメント（EARTH STAR NOVEL）2017年12月【歴史・時代】【肌の露出が多めの挿絵なし】

「即死チートが最強すぎて、異世界のやつらがまるで相手にならないんですが。3」藤孝剛志著 アース・スターエンターテイメント（EARTH STAR NOVEL）2017年7月【異世界・架空の世界】【肌の露出が多めの挿絵なし】

「村人ですが何か? ＝ I am a villager,what about it? 3」白石新著 マイクロマガジン社（GC NOVELS）2017年7月【異世界・架空の世界】【肌の露出が多めの挿絵なし】

「奪う者奪われる者9」mino著 KADOKAWA（ファミ通文庫）2017年12月【異世界・架空の世界】【肌の露出が多めの挿絵あり】

「脱サラした元勇者は手加減をやめてチート能力で金儲けすることにしました」年中麦茶太郎著 SBクリエイティブ（GA文庫）2017年12月【異世界・架空の世界】【肌の露出が多めの挿絵なし】

「知識チートVS時間ループ」葛西伸哉著 ホビージャパン（HJ文庫）2017年12月【異世界・架空の世界】【肌の露出が多めの挿絵あり】

「地方騎士ハンスの受難2」アマラ著 アルファポリス（アルファライト文庫）2017年9月【異世界・架空の世界】【肌の露出が多めの挿絵あり】

「痛いのは嫌なので防御力に極振りしたいと思います。」夕蜜柑著 KADOKAWA（カドカワBOOKS）2017年9月【異世界・架空の世界】【肌の露出が多めの挿絵なし】

「痛いのは嫌なので防御力に極振りしたいと思います。2」夕蜜柑著 KADOKAWA（カドカワBOOKS）2017年12月【異世界・架空の世界】【肌の露出が多めの挿絵なし】

ストーリー

「底辺剣士は神獣(むすめ)と暮らす 3」番棚葵著 KADOKAWA(MF文庫J) 2017年8月【異世界・架空の世界】【肌の露出が多めの挿絵あり】

「転生したら剣でした = I became the sword by transmigrating 3」棚架ユウ著 マイクロマガジン社(GC NOVELS) 2017年7月【異世界・架空の世界】【肌の露出が多めの挿絵なし】

「転生したら剣でした = I became the sword by transmigrating 4」棚架ユウ著 マイクロマガジン社(GC NOVELS) 2017年11月【異世界・架空の世界】【肌の露出が多めの挿絵なし】

「転生魔術師の英雄譚 3」佐竹アキノリ著 主婦の友社(ヒーロー文庫) 2017年7月【異世界・架空の世界】【肌の露出が多めの挿絵なし】

「転生勇者の成り上がり 2」雨宮和希著 オーバーラップ(オーバーラップ文庫) 2017年10月【異世界・架空の世界】【肌の露出が多めの挿絵なし】

「努力しすぎた世界最強の武闘家は、魔法世界を余裕で生き抜く。2」わんこそば著 集英社(ダッシュエックス文庫) 2017年8月【異世界・架空の世界】【肌の露出が多めの挿絵なし】

「努力しすぎた世界最強の武闘家は、魔法世界を余裕で生き抜く。3」わんこそば著 集英社(ダッシュエックス文庫) 2017年11月【異世界・架空の世界】【肌の露出が多めの挿絵あり】

「二度目の地球で街づくり：開拓者はお爺ちゃん 1」舞著 アース・スターエンターテイメント(EARTH STAR NOVEL) 2017年9月【異世界・架空の世界】【肌の露出が多めの挿絵あり】

「八男って、それはないでしょう! 12」Y.A著 KADOKAWA(MFブックス) 2017年12月【異世界・架空の世界】【肌の露出が多めの挿絵なし】

「墓守は意外とやることが多い 1」やとぎ著 一二三書房(Saga Forest) 2017年7月【異世界・架空の世界】【肌の露出が多めの挿絵なし】

「墓守は意外とやることが多い 2」やとぎ著 一二三書房(Saga Forest) 2017年12月【異世界・架空の世界】【肌の露出が多めの挿絵なし】

「魔王になったので、ダンジョン造って人外娘とほのぼのする」流優著 KADOKAWA(カドカワBOOKS) 2017年11月【異世界・架空の世界】【肌の露出が多めの挿絵あり】

「魔王軍最強の魔術師は人間だった 3」羽田遼亮著 双葉社(モンスター文庫) 2017年7月【異世界・架空の世界】【肌の露出が多めの挿絵なし】

「魔王軍最強の魔術師は人間だった 4」羽田遼亮著 双葉社(モンスター文庫) 2017年12月【異世界・架空の世界】【肌の露出が多めの挿絵なし】

「魔王様、リトライ! 1」神埼黒音著 双葉社(モンスター文庫) 2017年7月【現代/異世界・架空の世界】【肌の露出が多めの挿絵なし】

「魔王様、リトライ! 2」神埼黒音著 双葉社(モンスター文庫) 2017年11月【異世界・架空の世界】【肌の露出が多めの挿絵なし】

「無属性魔法の救世主(メサイア) 3」武藤健太著 主婦の友社(ヒーロー文庫) 2017年7月【異世界・架空の世界】【肌の露出が多めの挿絵なし】

ストーリー

「無敵無双の神滅兵装：チート過ぎて退学になったが世界を救うことにした」年中麦茶太郎著 英和出版社(UG novels) 2017年12月【異世界・架空の世界】【肌の露出が多めの挿絵なし】

「勇者召喚に巻き込まれたけど、異世界は平和でした 2」灯台著 新紀元社(MORNING STAR BOOKS) 2017年11月【異世界・架空の世界】【肌の露出が多めの挿絵なし】

「雷帝のメイド」なこはる著 アース・スターエンターテイメント(EARTH STAR NOVEL) 2017年9月【異世界・架空の世界】【肌の露出が多めの挿絵あり】

「老後に備えて異世界で8万枚の金貨を貯めます = Saving 80,000 gold coins in the different world for my old age 2」FUNA著 講談社(Kラノベブックス) 2017年11月【異世界・架空の世界】【肌の露出が多めの挿絵なし】

ディストピア

「ウルトラハッピーディストピアジャパン：人工知能ハビタのやさしい侵略」一田和樹著 星海社(星海社FICTIONS) 2017年7月【現代/異世界・架空の世界】【肌の露出が多めの挿絵なし】

「ヤキトリ 1」カルロ・ゼン著 早川書房(ハヤカワ文庫 JA) 2017年8月【近未来・遠未来】【肌の露出が多めの挿絵なし】

デビュー・ストーリー

「29歳独身は異世界で自由に生きた……かった。= The 29 years old single in another dimension wished a life of liberty…… 8」リュート著 KADOKAWA(カドカワBOOKS) 2017年11月【異世界・架空の世界】【肌の露出が多めの挿絵あり】

「Eクラス冒険者は果てなき騎士の夢を見る：先生、ステータス画面が読めないんだけど」夏柘楽緒著 KADOKAWA(ファミ通文庫) 2017年10月【異世界・架空の世界】【肌の露出が多めの挿絵なし】

「RAIL WARS!：日本國有鉄道公安隊 14」豊田巧著 実業之日本社(Jノベルライト文庫) 2017年12月【現代】【肌の露出が多めの挿絵なし】

「オール・ジョブ・ザ・ワールド」百瀬祐一郎著 KADOKAWA(富士見ファンタジア文庫) 2017年9月【異世界・架空の世界】【肌の露出が多めの挿絵なし】

「オッサン〈36〉がアイドルになる話」もちだもちこ著 主婦と生活社(PASH!ブックス) 2017年7月【現代】【肌の露出が多めの挿絵なし】

「オッサン〈36〉がアイドルになる話 2」もちだもちこ著 主婦と生活社(PASH!ブックス) 2017年11月【現代】【肌の露出が多めの挿絵なし】

「お迎えに上がりました。：国土交通省国土政策局幽冥推進課」竹林七草著 集英社(集英社文庫) 2017年8月【現代】【肌の露出が多めの挿絵なし】

「お世話になっております。陰陽課です 4」峰守ひろかず著 KADOKAWA(メディアワークス文庫) 2017年9月【現代】【肌の露出が多めの挿絵なし】

「お点前頂戴いたします：泡沫亭あやかし茶の湯」神田夏生著 KADOKAWA(メディアワークス文庫) 2017年11月【現代】【肌の露出が多めの挿絵なし】

ストーリー

「ダンジョンを経営しています : ベルウッドダンジョン株式会社西方支部繁盛記」アマラ著 宝島社 2017年12月【異世界・架空の世界】【肌の露出が多めの挿絵なし】

「デート・ア・バレット : デート・ア・ライブフラグメント 2」橘公司原案・監修;東出祐一郎著 KADOKAWA(富士見ファンタジア文庫) 2017年8月【異世界・架空の世界】【肌の露出が多めの挿絵あり】

「デスマーチからはじまる異世界狂想曲 = Death Marching to the Parallel World Rhapsody 12」愛七ひろ著 KADOKAWA(カドカワBOOKS) 2017年12月【異世界・架空の世界】【肌の露出が多めの挿絵なし】

「ドラゴンは寂しいと死んじゃいます = The dragon is lonely and dies : レベッカたんのにいたんは人類最強の傭兵 3」藤原ゴンザレス著 アース・スターエンターテイメント(EARTH STAR NOVEL) 2017年12月【異世界・架空の世界】【肌の露出が多めの挿絵なし】

「ぬばたまおろち、しらたまおろち」白鷺あおい著 東京創元社(創元推理文庫) 2017年9月【現代】【挿絵なし】

「のど自慢殺人事件」高木敦史著 祥伝社(祥伝社文庫) 2017年10月【現代】【肌の露出が多めの挿絵なし】

「マンガハウス!」桜井美奈著 光文社(光文社文庫) 2017年10月【現代】【挿絵なし】

「モンスターストライクTHE WORLD」XFLAGスタジオ原作;鍋島焼太郎著 宝島社 2017年10月【異世界・架空の世界】【肌の露出が多めの挿絵なし】

「ラノベ作家になりたくて震える。」嵯峨伊緒著 KADOKAWA(電撃文庫) 2017年9月【現代】【肌の露出が多めの挿絵なし】

「暗黒のゼーヴェノア 1」佐藤英一原作;サテライト原作;竹田裕一郎著 マイクロマガジン社(BOOK BLAST) 2017年8月【近未来・遠未来】【肌の露出が多めの挿絵あり】

「異世界おもてなしご飯 : 聖女召喚と黄金プリン」忍丸著 KADOKAWA(カドカワBOOKS) 2017年9月【異世界・架空の世界】【肌の露出が多めの挿絵なし/キスシーンの挿絵あり】

「異世界で魔王の花嫁〈未定〉になりました。」長岡マキ子著 KADOKAWA(ビーズログ文庫) 2017年11月【異世界・架空の世界】【肌の露出が多めの挿絵なし】

「異世界の果てで開拓ごはん! : 座敷わらしと目指す快適スローライフ」滝口流著 KADOKAWA(カドカワBOOKS) 2017年11月【異世界・架空の世界】【肌の露出が多めの挿絵あり】

「異世界建国記 2」桜木桜著 KADOKAWA(ファミ通文庫) 2017年12月【異世界・架空の世界】【肌の露出が多めの挿絵なし】

「俺の立ち位置はココじゃない!」宇津田晴著 小学館(ガガガ文庫) 2017年11月【現代】【肌の露出が多めの挿絵なし】

「火ノ丸相撲四十八手 2」川田著;久麻當郎著 集英社(JUMP j BOOKS) 2017年11月【現代】【肌の露出が多めの挿絵あり】

ストーリー

「後宮で、女の戦いはじめました。」汐邑雛著 KADOKAWA（ビーズログ文庫）2017年9月【異世界・架空の世界】【肌の露出が多めの挿絵なし/キスシーンの挿絵あり】

「語り部は悪魔と本を編む」川添枯美著 KADOKAWA（ファミ通文庫）2017年9月【現代】【肌の露出が多めの挿絵なし】

「最低。」紗倉まな著 KADOKAWA（角川文庫）2017年9月【現代】【挿絵なし】

「私の好きなひと」西ナナヲ著 スターツ出版（スターツ出版文庫）2017年8月【現代】【挿絵なし】

「渋谷のロリはだいたいトモダチ 1」あまさきみりと著 KADOKAWA（角川スニーカー文庫）2017年12月【近未来・遠未来】【肌の露出が多めの挿絵あり】

「水の理 2」古流望著 林檎プロモーション（FREEDOM NOVEL）2017年8月【異世界・架空の世界】【肌の露出が多めの挿絵なし】

「翠玉姫演義 2」柊平ハルモ著 KADOKAWA（富士見L文庫）2017年10月【歴史・時代】【挿絵なし】

「世界最強の後衛：迷宮国の新人探索者」とーわ著 KADOKAWA（カドカワBOOKS）2017年11月【異世界・架空の世界】【肌の露出が多めの挿絵あり】

「精霊使いの剣舞（ブレイドダンス）精霊舞踏祭（エレメンタル・フェスタ）」志瑞祐著 KADOKAWA（MF文庫J）2017年10月【異世界・架空の世界】【肌の露出が多めの挿絵あり】

「絶対彼女作らせるガール!」まほろ勇太著 KADOKAWA（MF文庫J）2017年11月【現代】【肌の露出が多めの挿絵なし】

「男女比1:30：世界の黒一点アイドル」ヒラガナ著 ポニーキャニオン（ぽにきゃんBOOKS）2017年11月【異世界・架空の世界】【肌の露出が多めの挿絵なし】

「辺境貴族は理想のスローライフを求める」セイ著 宝島社 2017年9月【異世界・架空の世界】【肌の露出が多めの挿絵なし】

「冒険者クビにされたので、嫌がらせで隣にスイーツ店ぶっ建ててみる：THE SWEET,DELICIOUS AND HONORLESS BATTLE OF THE FIRED ADVENTURER WITH THE CUTE GIRL 1」瀬戸メグル著 アース・スターエンターテイメント（EARTH STAR NOVEL）2017年7月【現代/異世界・架空の世界】【肌の露出が多めの挿絵あり】

「僕の瞳に映る僕」織部泰助著 KADOKAWA（メディアワークス文庫）2017年7月【現代】【肌の露出が多めの挿絵なし】

「本日はコンビニ日和。」雨野マサキ著 KADOKAWA（メディアワークス文庫）2017年12月【現代】【肌の露出が多めの挿絵なし】

「魔王になったので、ダンジョン造って人外娘とほのぼのする」流優著 KADOKAWA（カドカワBOOKS）2017年11月【異世界・架空の世界】【肌の露出が多めの挿絵あり】

「旅籠屋あのこの：あなたの「想い」届けます。」岬著 KADOKAWA（メディアワークス文庫）2017年11月【現代】【肌の露出が多めの挿絵なし】

ストーリー

「恋衣花草紙[2]」小田菜摘著 KADOKAWA(ビーズログ文庫) 2017年8月【歴史・時代】【肌の露出が多めの挿絵なし/キスシーンの挿絵あり】

転生・転移・よみがえり・リプレイ

「……なんでそんな、ばかなこと聞くの?」鈴木大輔著 KADOKAWA(角川文庫) 2017年9月【現代】【挿絵なし】

「Re:ゼロから始める異世界生活 14」長月達平著 KADOKAWA(MF文庫J) 2017年9月【異世界・架空の世界】【肌の露出が多めの挿絵なし】

「Re:ゼロから始める異世界生活 15」長月達平著 KADOKAWA(MF文庫J) 2017年12月【異世界・架空の世界】【肌の露出が多めの挿絵なし】

「Re:ゼロから始める異世界生活 短編集3」長月達平著 KADOKAWA(MF文庫J) 2017年12月【異世界・架空の世界】【肌の露出が多めの挿絵なし】

「あやかし寝具店:あなたの夢解き、致します」空高志著 三交社(スカイハイ文庫) 2017年10月【現代】【肌の露出が多めの挿絵なし】

「いつかきみに七月の雪を見せてあげる」五十嵐雄策著 KADOKAWA(メディアワークス文庫) 2017年10月【現代】【肌の露出が多めの挿絵なし】

「ウォーター&ビスケットのテーマ 1」河野裕著;河端ジュン一著 KADOKAWA(角川スニーカー文庫) 2017年9月【異世界・架空の世界】【肌の露出が多めの挿絵なし】

「エルフ嫁と始める異世界領主生活 = Life as the lord of Yngling with the elven bride 5」鷲宮だいじん著 KADOKAWA(電撃文庫) 2017年9月【現代/異世界・架空の世界】【肌の露出が多めの挿絵あり】

「カゲロウデイズ 8」じん(自然の敵P)著 KADOKAWA(KCG文庫) 2017年12月【異世界・架空の世界】【肌の露出が多めの挿絵なし】

「クズと天使の二周目生活(セカンドライフ)」天津向著 小学館(ガガガ文庫) 2017年10月【現代】【肌の露出が多めの挿絵あり】

「クラウは食べることにした」藤井論理著 KADOKAWA(角川スニーカー文庫) 2017年8月【現代/異世界・架空の世界】【肌の露出が多めの挿絵あり】

「その最強、神の依頼で異世界へ 2」速峰淳著 主婦の友社(ヒーロー文庫) 2017年11月【異世界・架空の世界】【肌の露出が多めの挿絵あり】

「その者。のちに… 06」ナハァト著 アース・スターエンターテイメント(EARTH STAR NOVEL) 2017年10月【異世界・架空の世界】【肌の露出が多めの挿絵なし】

「ディヴィジョン・マニューバ 2」妹尾尻尾著 講談社(講談社ラノベ文庫) 2017年12月【異世界・架空の世界】【肌の露出が多めの挿絵なし】

「ニューゲームにチートはいらない!」三木なずな著 SBクリエイティブ(GA文庫) 2017年8月【異世界・架空の世界】【肌の露出が多めの挿絵なし/キスシーンの挿絵あり】

ストーリー

「ニューゲームにチートはいらない！2」三木なずな著 SBクリエイティブ（GA文庫）2017年12月
【異世界・架空の世界】【肌の露出が多めの挿絵なし】

「ハイスクールD×D 24」石踏一榮著 KADOKAWA（富士見ファンタジア文庫）2017年11月
【現代】【肌の露出が多めの挿絵あり】

「ぼくたちのリメイク 2」木緒なち著 KADOKAWA（MF文庫J）2017年7月【現代】【肌の露出が
多めの挿絵あり/キスシーンの挿絵あり】

「ぼくたちのリメイク 3」木緒なち著 KADOKAWA（MF文庫J）2017年11月【現代】【肌の露出が
多めの挿絵なし】

「もうひとつの命」入間人間著 KADOKAWA（メディアワークス文庫）2017年12月【現代】【肌の
露出が多めの挿絵なし】

「やりなおし英雄の教育日誌」涼暮皐著 ホビージャパン（HJ文庫）2017年9月【異世界・架空
の世界】【肌の露出が多めの挿絵なし】

「闇にあかく点るのは、鬼の灯（あかり）か君の瞳。」ごとうしのぶ著 KADOKAWA（角川文庫）
2017年11月【現代】【挿絵なし】

「異世界チート開拓記 2」ファースト著 双葉社（モンスター文庫）2017年10月【異世界・架空の
世界】【肌の露出が多めの挿絵なし】

「王族に転生したから暴力を使ってでも専制政治を守り抜く！」井戸正善著 講談社（Kラノベブッ
クス）2017年8月【異世界・架空の世界】【肌の露出が多めの挿絵なし】

「俺、ツインテールになります。14」水沢夢著 小学館（ガガガ文庫）2017年12月【現代/異世
界・架空の世界】【肌の露出が多めの挿絵なし】

「暇人、魔王の姿で異世界へ：時々チートなぶらり旅 5」藍敦著 KADOKAWA（ファミ通文庫）
2017年7月【異世界・架空の世界】【肌の露出が多めの挿絵なし】

「回復術士のやり直し：即死魔法とスキルコピーの超越ヒール」月夜涙著 KADOKAWA（角川
スニーカー文庫）2017年7月【異世界・架空の世界】【肌の露出が多めの挿絵あり】

「機巧銃と魔導書（グリモワール）」かずきふみ著 SBクリエイティブ（GA文庫）2017年12月【異世
界・架空の世界】【肌の露出が多めの挿絵なし】

「強くてニューサーガ 1」阿部正行著 アルファポリス（アルファライト文庫）2017年11月【異世
界・架空の世界】【肌の露出が多めの挿絵なし】

「業焔の大魔導士：まだファイアーボールしか使えない魔法使いだけど異世界最強」鬱沢色
素著 講談社（講談社ラノベ文庫）2017年12月【異世界・架空の世界】【肌の露出が多めの挿
絵あり】

「欠けゆく都市の機械月姫（ムーンドール）」永菜葉一著 KADOKAWA（角川スニーカー文庫）
2017年7月【異世界・架空の世界】【肌の露出が多めの挿絵なし/キスシーンの挿絵あり】

「再召喚された勇者は一般人として生きていく？ = WILL THE BRAVE SUMMONED AGAIN
LIVE AS AN ORDINARY PERSON? [3]」かたなかじ著 宝島社 2017年7月【異世界・架空の世
界】【肌の露出が多めの挿絵なし】

ストーリー

「最強をこじらせたレベルカンスト剣聖女ベアトリーチェの弱点：その名は『ぶーぶー』5」鎌池和馬著 KADOKAWA(電撃文庫) 2017年8月【異世界・架空の世界】【肌の露出が多めの挿絵あり】

「最強聖騎士のチート無し現代生活 2」小幡京人著 オーバーラップ(オーバーラップ文庫) 2017年9月【現代/異世界・架空の世界】【肌の露出が多めの挿絵あり】

「山本五十子の決断」如月真弘著 KADOKAWA(富士見ファンタジア文庫) 2017年10月【現代/異世界・架空の世界/歴史・時代】【肌の露出が多めの挿絵あり】

「週末冒険者」るうせん著 KADOKAWA(カドカワBOOKS) 2017年8月【現代/異世界・架空の世界】【肌の露出が多めの挿絵なし】

「週末冒険者」るうせん著 KADOKAWA(カドカワBOOKS) 2017年8月【現代/異世界・架空の世界】【肌の露出が多めの挿絵なし】

「神様のごちそう」石田空著 マイナビ出版(ファン文庫) 2017年8月【現代/異世界・架空の世界】【挿絵なし】

「図書迷宮」十字静著 KADOKAWA(MF文庫J) 2017年10月【異世界・架空の世界】【肌の露出が多めの挿絵なし】

「聖王国の笑わないヒロイン 1」青生恵著 主婦の友社(ヒーロー文庫) 2017年10月【異世界・架空の世界】【肌の露出が多めの挿絵なし】

「聖剣使いの禁呪詠唱(ワールドブレイク) 21」あわむら赤光著 SBクリエイティブ(GA文庫) 2017年10月【異世界・架空の世界】【肌の露出が多めの挿絵なし】

「青薔薇姫のやりなおし革命記 = Princess Blue Rose and Rebuilding Kingdom」枢呂紅著 主婦と生活社(PASH!ブックス) 2017年12月【異世界・架空の世界】【肌の露出が多めの挿絵なし】

「大学デビューに失敗したぼっち、魔境に生息す。」睦月著 TOブックス 2017年10月【現代/異世界・架空の世界】【肌の露出が多めの挿絵なし】

「淡海乃海 水面が揺れる時：三英傑に嫌われた不運な男、朽木基綱の逆襲」イスラーフィール著 TOブックス 2017年12月【歴史・時代】【肌の露出が多めの挿絵なし】

「転生者の私に挑んでくる無謀で有望な少女の話 1」小東のら著 主婦の友社(ヒーロー文庫) 2017年12月【現代】【肌の露出が多めの挿絵なし】

「転生魔術師の英雄譚 3」佐竹アキノリ著 主婦の友社(ヒーロー文庫) 2017年7月【異世界・架空の世界】【肌の露出が多めの挿絵なし】

「転生勇者の成り上がり 2」雨宮和希著 オーバーラップ(オーバーラップ文庫) 2017年10月【異世界・架空の世界】【肌の露出が多めの挿絵なし】

「豚公爵に転生したから、今度は君に好きと言いたい 4」合田拍子著 KADOKAWA(富士見ファンタジア文庫) 2017年12月【異世界・架空の世界】【肌の露出が多めの挿絵あり】

「二度目の勇者は復讐の道を嗤い歩む 4」木塚ネロ著 KADOKAWA(MFブックス) 2017年10月【異世界・架空の世界】【肌の露出が多めの挿絵なし】

ストーリー

「猫だまりの日々：猫小説アンソロジー」谷瑞恵著;椹野道流著;真堂樹著;梨沙著;一穂ミチ著 集英社(集英社オレンジ文庫) 2017年12月【現代】【挿絵なし】

「白の皇国物語 13」白沢戌亥著 アルファポリス(アルファライト文庫) 2017年11月【異世界・架空の世界】【肌の露出が多めの挿絵なし】

「縛りプレイ英雄記 2」語部マサユキ著 KADOKAWA(角川スニーカー文庫) 2017年7月【異世界・架空の世界】【肌の露出が多めの挿絵あり】

「復活魔王はお見通し？3」高崎三吉著 主婦の友社(ヒーロー文庫) 2017年9月【異世界・架空の世界】【肌の露出が多めの挿絵なし】

「魔剣少女は眠らない!」藤澤さなえ著;グループSNE著 KADOKAWA(富士見DRAGON BOOK) 2017年7月【異世界・架空の世界】【肌の露出が多めの挿絵なし】

「魔剣少女は眠らない!」藤澤さなえ著;グループSNE著 KADOKAWA(富士見DRAGON BOOK) 2017年11月【異世界・架空の世界】【肌の露出が多めの挿絵あり】

「夢幻戦舞曲」瑞智士記著 KADOKAWA(MF文庫J) 2017年8月【異世界・架空の世界】【肌の露出が多めの挿絵なし】

「余命六ケ月延長してもらったから、ここからは私の時間です 下」編乃肌著 新紀元社 (MORNING STAR BOOKS) 2017年10月【異世界・架空の世界】【肌の露出が多めの挿絵な

「余命六ケ月延長してもらったから、ここからは私の時間です 上」編乃肌著 新紀元社 (MORNING STAR BOOKS) 2017年10月【異世界・架空の世界】【肌の露出が多めの挿絵な

「恋と悪魔と黙示録 [9]」糸森環著 一迅社(一迅社文庫アイリス) 2017年8月【異世界・架空の世界】【肌の露出が多めの挿絵なし/キスシーンの挿絵あり】

「狼領主のお嬢様 = Princess of The wolf lord」守野伊音著 KADOKAWA(カドカワBOOKS) 2017年8月【異世界・架空の世界】【肌の露出が多めの挿絵なし】

独裁

「86-エイティシックス- Ep.2」安里アサト著 KADOKAWA(電撃文庫) 2017年7月【異世界・架空の世界】【肌の露出が多めの挿絵なし】

「天鏡のアルデラミン = Alderamin on the Sky：ねじ巻き精霊戦記 12」宇野朴人著 KADOKAWA(電撃文庫) 2017年7月【異世界・架空の世界】【肌の露出が多めの挿絵なし】

トラウマ

「スピンガール! = Spin-Girl!：海浜千葉高校競技ポールダンス部」神戸遥真著 KADOKAWA (メディアワークス文庫) 2017年9月【現代】【肌の露出が多めの挿絵なし】

日常

「……なんでそんな、ばかなこと聞くの?」鈴木大輔著 KADOKAWA(角川文庫) 2017年9月 【現代】【挿絵なし】

ストーリー

「6番線に春は来る。そして今日、君はいなくなる。」大澤めぐみ著 KADOKAWA（角川スニーカー文庫）2017年11月【現代】【肌の露出が多めの挿絵なし】

「GSOグローイング・スキル・オンライン」tera著 ツギクル（ツギクルブックス）2017年8月【異世界・架空の世界】【肌の露出が多めの挿絵なし】

「ONE PIECE novel : 麦わらストーリーズ」尾田栄一郎著;大崎知仁著 集英社（小説JUMP j BOOKS）2017年11月【異世界・架空の世界】【肌の露出が多めの挿絵なし】

「Re:ゼロから始める異世界生活 短編集3」長月達平著 KADOKAWA（MF文庫J）2017年12月【異世界・架空の世界】【肌の露出が多めの挿絵なし】

「Re:ビルド!! : 生産チート持ちだけど、まったり異世界生活を満喫します」シンギョウガク著 ツギクル（ツギクルブックス）2017年12月【異世界・架空の世界】【肌の露出が多めの挿絵あり】

「アリクイのいんぼう : 家守とミルクセーキと三文じゃない判」鳩見すた著 KADOKAWA（メディアワークス文庫）2017年8月【現代】【肌の露出が多めの挿絵なし】

「アリクイのいんぼう [2]」鳩見すた著 KADOKAWA（メディアワークス文庫）2017年12月【現代】【肌の露出が多めの挿絵なし】

「いつかきみに七月の雪を見せてあげる」五十嵐雄策著 KADOKAWA（メディアワークス文庫）2017年10月【現代】【肌の露出が多めの挿絵なし】

「エノク第二部隊の遠征ごはん 1」江本マシメサ著 マイクロマガジン社（GC NOVELS）2017年9月【異世界・架空の世界】【肌の露出が多めの挿絵なし】

「おいしいベランダ。[4]」竹岡葉月著 KADOKAWA（富士見L文庫）2017年11月【現代】【肌の露出が多めの挿絵なし】

「おかえりシェア」佐野しなの著 KADOKAWA（メディアワークス文庫）2017年10月【現代】【肌の露出が多めの挿絵なし】

「お人好しの放課後 : 御出学園帰宅部の冒険」阿藤玲著 東京創元社（創元推理文庫）2017年8月【現代】【挿絵なし】

「ガールズトーク縁と花 : 境界線上のホライゾン」川上稔著 KADOKAWA（電撃文庫）2017年7月【異世界・架空の世界】【肌の露出が多めの挿絵あり】

「がらくた少女と人喰い煙突」矢樹純著 河出書房新社（河出文庫）2017年9月【現代】【挿絵なし】

「がんばりすぎなあなたにご褒美を! : 堕落勇者は頑張らない」兎月竜之介著 KADOKAWA（MF文庫J）2017年7月【異世界・架空の世界】【肌の露出が多めの挿絵あり】

「ゲーマーズ!DLC」葵せきな著 KADOKAWA（富士見ファンタジア文庫）2017年9月【現代】【肌の露出が多めの挿絵なし】

「サキュバスに転生したのでミルクをしぼります 1」木野裕喜著 双葉社（モンスター文庫）2017年8月【異世界・架空の世界】【肌の露出が多めの挿絵あり】

ストーリー

「サキュバスに転生したのでミルクをしぼります 2」木野裕喜著 双葉社(モンスター文庫) 2017年12月【異世界・架空の世界】【肌の露出が多めの挿絵あり】

「ジャナ研の憂鬱な事件簿 2」酒井田寛太郎著 小学館(ガガガ文庫) 2017年10月【現代】【肌の露出が多めの挿絵なし】

「スーパーカブ 2」トネ・コーケン著 KADOKAWA(角川スニーカー文庫) 2017年10月【現代】【肌の露出が多めの挿絵なし】

「セーブ&ロードのできる宿屋さん：カンスト転生者が宿屋で新人育成を始めたようです 4」稲荷竜著 集英社(ダッシュエックス文庫) 2017年8月【異世界・架空の世界】【肌の露出が多めの挿絵なし】

「ゼロから始める魔法の書 11」虎走かける著 KADOKAWA(電撃文庫) 2017年12月【異世界・架空の世界】【肌の露出が多めの挿絵なし】

「ダンボールに捨てられていたのはスライムでした 1」伊達祐一著 主婦の友社(ヒーロー文庫) 2017年12月【異世界・架空の世界】【肌の露出が多めの挿絵なし】

「ドラゴン嫁はかまってほしい 4」初美陽一著 KADOKAWA(富士見ファンタジア文庫) 2017年10月【異世界・架空の世界】【肌の露出が多めの挿絵あり】

「ハウリングソウル = HOWLING SOUL：流星と少女 1」凸田凹著 マイクロマガジン社(BOOK BLAST) 2017年9月【現代/異世界・架空の世界】【肌の露出が多めの挿絵なし】

「ババチャリの神様」皆藤黒助著 双葉社(双葉文庫) 2017年8月【現代】【挿絵なし】

「パンツあたためますか?」石山雄規著 KADOKAWA(角川スニーカー文庫) 2017年8月【現代】【肌の露出が多めの挿絵なし】

「ひきこもり作家と同居します。」谷崎泉著 KADOKAWA(富士見L文庫) 2017年8月【現代】【挿絵なし】

「ブラッククローバー騎士団の書」田畠裕基著;ジョニー音田著 集英社(JUMP j BOOKS) 2017年10月【異世界・架空の世界】【肌の露出が多めの挿絵なし】

「ぽんしゅでGO!：僕らの巫女とほろ酔い列車旅」豊田巧著 集英社(ダッシュエックス文庫) 2017年12月【現代】【肌の露出が多めの挿絵なし】

「モノクロの君に恋をする」坂上秋成著 新潮社(新潮文庫) 2017年7月【現代】【挿絵なし】

「モンスターストライクTHE WORLD」XFLAGスタジオ原作;鍋島焼太郎著 宝島社 2017年10月【異世界・架空の世界】【肌の露出が多めの挿絵なし】

「ゆめみの駅遺失物係」安東みきえ著 ポプラ社(ポプラ文庫ピュアフル) 2017年9月【現代】【挿絵なし】

「ようこそモンスターズギルド = Monsters' Guild：最強集団、何でも屋はじめました」十一屋翠著 ツギクル(ツギクルブックス) 2017年10月【異世界・架空の世界】【肌の露出が多めの挿絵なし】

ストーリー

「レンタルJK犬見さん。 = Rental JK Inumi san.」三河ごーすと著 KADOKAWA(電撃文庫)
2017年7月【現代】【肌の露出が多めの挿絵なし】

「異世界Cマート繁盛記 6」新木伸著 集英社(ダッシュエックス文庫) 2017年10月【異世界・架空の世界】【肌の露出が多めの挿絵なし】

「異世界チート開拓記 1」ファースト著 双葉社(モンスター文庫) 2017年7月【異世界・架空の世界】【肌の露出が多めの挿絵あり】

「異世界チート開拓記 2」ファースト著 双葉社(モンスター文庫) 2017年10月【異世界・架空の世界】【肌の露出が多めの挿絵なし】

「異世界の果てで開拓ごはん!:座敷わらしと目指す快適スローライフ」滝口流著
KADOKAWA(カドカワBOOKS) 2017年11月【異世界・架空の世界】【肌の露出が多めの挿絵あり】

「異世界銭湯:松の湯へようこそ」大場鳩太郎著 アース・スターエンターテイメント(EARTH STAR NOVEL) 2017年8月【現代/異世界・架空の世界】【肌の露出が多めの挿絵なし】

「運命の彼は、キミですか?」秋吉理帆著 KADOKAWA(角川ビーンズ文庫) 2017年12月【現代】【肌の露出が多めの挿絵なし】

「英雄教室 9」新木伸著 集英社(ダッシュエックス文庫) 2017年9月【異世界・架空の世界】【肌の露出が多めの挿絵なし】

「応えろ生きてる星」竹宮ゆゆこ著 文藝春秋(文春文庫) 2017年11月【現代】【挿絵なし】

「黄昏古書店の家政婦さん [2]」南潔著 マイナビ出版(ファン文庫) 2017年12月【現代】【挿絵なし】

「乙女なでしこ恋手帖 [2]」深山くのえ著 小学館(小学館ルルル文庫) 2017年11月【歴史・時代】【肌の露出が多めの挿絵なし/キスシーンの挿絵あり】

「俺の異世界姉妹が自重しない! 3」緋色の雨著 双葉社(モンスター文庫) 2017年12月【異世界・架空の世界】【肌の露出が多めの挿絵なし】

「俺んちに来た女騎士と田舎暮らしすることになった件」裂田著 宝島社 2017年8月【現代】【肌の露出が多めの挿絵なし】

「火星ゾンビ = Zombie of Mars」藤咲淳一著 マイクロマガジン社(BOOK BLAST) 2017年8月【現代/異世界・架空の世界】【肌の露出が多めの挿絵なし】

「花木荘のひとびと」髙森美由紀著 集英社(集英社オレンジ文庫) 2017年12月【現代】【挿絵なし】

「鎌倉ごちそう迷路」五嶋りっか著 スターツ出版(スターツ出版文庫) 2017年7月【現代】【挿絵なし】

「機巧銃と魔導書(グリモワール)」かずきふみ著 SBクリエイティブ(GA文庫) 2017年12月【異世界・架空の世界】【肌の露出が多めの挿絵なし】

ストーリー

「季節はうつる、メリーゴーランドのように」岡崎琢磨著 KADOKAWA（角川文庫）2017年9月
【現代】【挿絵なし】

「喫茶『猫の木』の秘密。：猫マスターの思い出アップルパイ」植原翠著 マイナビ出版（ファン
文庫）2017年9月【現代】【挿絵なし】

「旧暦屋、始めました」春坂咲月著 早川書房（ハヤカワ文庫JA）2017年9月【現代】【挿絵な
し】

「京都なぞとき四季報：町を歩いて不思議なバーへ」円居挽著 KADOKAWA（角川文庫）
2017年12月【現代】【肌の露出が多めの挿絵なし】

「勤労魔導士が、かわいい嫁と暮らしたら？：はい、しあわせです!」空埜一樹著 ホビージャパン
（HJ文庫）2017年11月【異世界・架空の世界】【肌の露出が多めの挿絵なし】

「銀魂：映画ノベライズ」空知英秋原作;福田雄一脚本;田中創小説 集英社（JUMP j
BOOKS）2017年7月【異世界・架空の世界】【挿絵なし】

「契約結婚はじめました。：椿屋敷の偽夫婦 2」白川紺子著 集英社（集英社オレンジ文庫）
2017年11月【現代】【挿絵なし】

「嫌われエースの数奇な恋路」田辺ユウ著 KADOKAWA（電撃文庫）2017年9月【現代】【肌
の露出が多めの挿絵なし】

「現代編・近くば寄って目にも見よ」結城光流著 KADOKAWA（角川ビーンズ文庫）2017年11
月【現代】【肌の露出が多めの挿絵なし】

「黒騎士さんは働きたくない 3」雨木シュウスケ著 集英社（ダッシュエックス文庫）2017年8月
【異世界・架空の世界】【肌の露出が多めの挿絵あり】

「今日から俺はロリのヒモ! 4」暁雪著 KADOKAWA（MF文庫J）2017年7月【現代】【肌の露出
が多めの挿絵あり】

「今日から俺はロリのヒモ! 5」暁雪著 KADOKAWA（MF文庫J）2017年12月【現代】【肌の露出
が多めの挿絵なし】

「佐伯さんと、ひとつ屋根の下：I'll have Sherbet! 3」九曜著 KADOKAWA（ファミ通文庫）
2017年10月【現代】【肌の露出が多めの挿絵あり】

「妻を殺してもバレない確率」桜川ヒロ著 宝島社（宝島社文庫）2017年10月【近未来・遠未
来】【挿絵なし】

「司書子さんとタンテイさん：木苺はわたしと犬のもの」冬木洋子著 マイナビ出版（ファン文庫）
2017年11月【現代】【肌の露出が多めの挿絵なし】

「思い出は満たされないまま」乾緑郎著 集英社（集英社文庫）2017年7月【現代】【挿絵なし】

「私、魔王。-なぜか勇者に溺愛されています。」ぷにちゃん著 主婦と生活社（PASH!ブックス）
2017年10月【異世界・架空の世界】【肌の露出が多めの挿絵なし】

「私の大阪八景 改版」田辺聖子著 KADOKAWA（角川文庫）2017年8月【歴史・時代】【挿絵
なし】

196

ストーリー

「自重しない元勇者の強くて楽しいニューゲーム3」新木伸著 集英社(ダッシュエックス文庫)
2017年7月【異世界・架空の世界】【肌の露出が多めの挿絵あり】

「自重しない元勇者の強くて楽しいニューゲーム4」新木伸著 集英社(ダッシュエックス文庫)
2017年12月【異世界・架空の世界】【肌の露出が多めの挿絵あり】

「呪われし勇者は、迫害されし半魔族の少女を救い愛でる」鷹山誠一著 英和出版社(UG
novels) 2017年12月【異世界・架空の世界】【肌の露出が多めの挿絵あり】

「小説おそ松さん = Light novel Osomatsusan タテ松 メタルチャーム6種付き限定版」赤塚不
二夫原作;石原宙小説;おそ松さん製作委員会監修 集英社(Jump J books) 2017年11月【現
代】【肌の露出が多めの挿絵なし】

「小説魔法使いの嫁 = The Ancient Magus Bride 金糸篇」ヤマザキコレ執筆;三田誠執筆;蒼
月海里執筆;桜井光執筆;佐藤さくら執筆;藤咲淳一執筆;三輪清宗執筆;五代ゆう執筆;ヤマザ
キコレ監修 マッグガーデン(マッグガーデン・ノベルズ) 2017年9月【現代】【肌の露出が多めの
挿絵なし】

「真夜中の本屋戦争 = WAR IN THE MIDNIGHT BOOKSTORE 2」藤春都著 白好出版(ホワ
イトブックス) 2017年9月【現代】【肌の露出が多めの挿絵あり】

「神様の子守はじめました。6」霜月りつ著 コスミック出版(コスミック文庫α) 2017年7月【現
代】【挿絵なし】

「神様の子守はじめました。7」霜月りつ著 コスミック出版(コスミック文庫α) 2017年11月【現
代】【挿絵なし】

「親しい君との見知らぬ記憶」久遠侑著 KADOKAWA(ファミ通文庫) 2017年12月【現代】【肌
の露出が多めの挿絵なし】

「世界最強の人見知りと魔物が消えそうな黄昏迷宮 2」葉村哲著 KADOKAWA(MF文庫J)
2017年8月【異世界・架空の世界】【肌の露出が多めの挿絵あり】

「誰でもなれる!ラノベ主人公 = ANYONE CAN BE THE HERO OF LIGHT NOVEL : オマエそ
れ大阪でも同じこと言えんの?」真代屋秀晃著 KADOKAWA(電撃文庫) 2017年10月【現代】
【肌の露出が多めの挿絵なし】

「調教師は魔物に囲まれて生きていきます。= Trainer is surrounded by Monsters」七篠龍著
アース・スターエンターテイメント(EARTH STAR NOVEL) 2017年11月【異世界・架空の世界】
【肌の露出が多めの挿絵なし】

「調香師レオナール・ヴェイユの優雅な日常」小瀬木麻美著 ポプラ社(ポプラ文庫ピュアフル)
2017年11月【現代】【挿絵なし】

「転生して田舎でスローライフをおくりたい = I want to enjoy slow Living [4]」錬金王著 宝島社
2017年12月【異世界・架空の世界】【肌の露出が多めの挿絵なし】

「転生者の私に挑んでくる無謀で有望な少女の話 1」小東のら著 主婦の友社(ヒーロー文庫)
2017年12月【現代】【肌の露出が多めの挿絵なし】

197

ストーリー

「田舎のホームセンター男の自由な異世界生活 1」うさぴょん著 KADOKAWA（MFブックス）2017年10月【異世界・架空の世界】【肌の露出が多めの挿絵なし】

「兎田士郎の勝負な週末」日向唯稀著;兎田颯太郎著 コスミック出版（コスミック文庫α）2017年8月【現代】【挿絵なし】

「突然ですが、お兄ちゃんと結婚しますっ! 2」塀流通留著 KADOKAWA（MF文庫J）2017年7月【現代】【肌の露出が多めの挿絵あり】

「突然ですが、お兄ちゃんと結婚しますっ! 3」塀流通留著 KADOKAWA（MF文庫J）2017年10月【現代】【肌の露出が多めの挿絵あり】

「奈良町あやかし万葉茶房」遠藤遼著 双葉社（双葉文庫）2017年11月【現代】【肌の露出が多めの挿絵なし】

「日曜日のゆうれい」岡篠名桜著 集英社（集英社文庫）2017年12月【現代】【肌の露出が多めの挿絵なし】

「猫だまりの日々 : 猫小説アンソロジー」谷瑞恵著;椹野道流著;真堂樹著;梨沙著;一穂ミチ著 集英社（集英社オレンジ文庫）2017年12月【現代】【挿絵なし】

「年下寮母（おかーさん）に甘えていいですよ?」今慈ムジナ著 小学館（ガガガ文庫）2017年11月【現代】【肌の露出が多めの挿絵あり】

「白いしっぽと私の日常」クロサキリク著 ポニーキャニオン（ぽにきゃんBOOKS）2017年12月【現代】【肌の露出が多めの挿絵なし】

「彼女が花を咲かすとき」天祢涼著 光文社（光文社文庫）2017年12月【異世界・架空の世界】【挿絵なし】

「彼方の友へ」伊吹有喜著 実業之日本社 2017年11月【異世界・架空の世界】【挿絵なし】

「尾道茶寮夜咄堂 [2]」加藤泰幸著 宝島社（宝島社文庫）2017年7月【現代】【挿絵なし】

「百貨店トワイライト」あさぎ千夜春著 三交社（スカイハイ文庫）2017年7月【現代】【肌の露出が多めの挿絵なし】

「文句の付けようがないラブコメ 7」鈴木大輔著 集英社（ダッシュエックス文庫）2017年12月【現代】【肌の露出が多めの挿絵なし】

「平浦ファミリズム」遍柳一著 小学館（ガガガ文庫）2017年7月【現代】【肌の露出が多めの挿絵なし】

「僕の知らないラブコメ」樫本燕著 KADOKAWA（MF文庫J）2017年11月【現代】【肌の露出が多めの挿絵あり/キスシーンの挿絵あり/性描写の挿絵あり】

「僕の部屋がダンジョンの休憩所になってしまった件 3」東国不動著 ツギクル（ツギクルブックス）2017年11月【現代/異世界・架空の世界】【肌の露出が多めの挿絵なし】

「本日はコンビニ日和。」雨野マサキ著 KADOKAWA（メディアワークス文庫）2017年12月【現代】【肌の露出が多めの挿絵なし】

ストーリー

「妖琦庵夜話 [6]」榎田ユウリ著 KADOKAWA（角川ホラー文庫）2017年7月【現代】【挿絵なし】

「伶也と」梛月美智子著 文藝春秋（文春文庫）2017年12月【現代】【挿絵なし】

「俠（おとこ）飯 4」福澤徹三著 文藝春秋（文春文庫）2017年7月【現代】【肌の露出が多めの挿絵なし】

妊娠・出産

「Burn.」加藤シゲアキ著 KADOKAWA（角川文庫）2017年7月【現代】【挿絵なし】

願い

「いつかきみに七月の雪を見せてあげる」五十嵐雄策著 KADOKAWA（メディアワークス文庫）2017年10月【現代】【肌の露出が多めの挿絵なし】

「絶対彼女作らせるガール！」まほろ勇太著 KADOKAWA（MF文庫J）2017年11月【現代】【肌の露出が多めの挿絵なし】

「猫だまりの日々：猫小説アンソロジー」谷瑞恵著;椹野道流著;真堂樹著;梨沙著;一穂ミチ著 集英社（集英社オレンジ文庫）2017年12月【現代】【挿絵なし】

「魔法使いの願いごと」友井羊著 講談社（講談社タイガ）2017年8月【現代】【挿絵なし】

覗き見・盗撮・盗聴

「乱歩城：人間椅子の国」黒史郎著 光文社（光文社文庫）2017年7月【異世界・架空の世界】【挿絵なし】

呪い

「この勇者が俺TUEEEくせに慎重すぎる 3」土日月著 KADOKAWA（カドカワBOOKS）2017年11月【異世界・架空の世界】【肌の露出が多めの挿絵なし】

「ジンカン：宮内庁神祇鑑定人・九鬼隗一郎」三田誠著 講談社（講談社タイガ）2017年12月【現代】【挿絵なし】

「スピリット・マイグレーション 6」ヘロー天気著 アルファポリス（アルファライト文庫）2017年8月【異世界・架空の世界】【肌の露出が多めの挿絵なし】

「レア・クラスチェンジ！= Rare Class Change：魔物使いちゃんとレア従魔の異世界ゆる旅 4」黒杉くろん著 TOブックス 2017年7月【異世界・架空の世界】【肌の露出が多めの挿絵なし】

「異世界建国記」桜木桜著 KADOKAWA（ファミ通文庫）2017年8月【異世界・架空の世界】【肌の露出が多めの挿絵なし】

「一華後宮料理帖 第4品」三川みり著 KADOKAWA（角川ビーンズ文庫）2017年7月【異世界・架空の世界】【肌の露出が多めの挿絵なし】

ストーリー

「怪談彼女 6」永遠月心悟著 集英社(JUMP j BOOKS) 2017年10月【現代】【肌の露出が多めの挿絵あり】

「奇跡の還る場所」風森章羽著 講談社(講談社タイガ) 2017年9月【現代】【挿絵なし】

「幻夢の聖域」羽角曜著 東京創元社(創元推理文庫) 2017年8月【異世界・架空の世界】【挿絵なし】

「婚約破棄の次は偽装婚約。さて、その次は……。3」瑞本千紗著 フロンティアワークス(アリアンローズ) 2017年12月【異世界・架空の世界】【肌の露出が多めの挿絵なし】

「最強パーティは残念ラブコメで全滅する!? 2」鏡遊著 KADOKAWA(富士見ファンタジア文庫) 2017年11月【異世界・架空の世界】【肌の露出が多めの挿絵あり】

「彩菊あやかし算法帖」青柳碧人著 実業之日本社(実業之日本社文庫) 2017年8月【歴史・時代】【肌の露出が多めの挿絵なし】

「殺生伝 3」神永学著 幻冬舎(幻冬舎文庫) 2017年12月【歴史・時代】【肌の露出が多めの挿絵なし】

「死神令嬢と死にたがりの魔法使い」七海ちよ著 KADOKAWA(ビーズログ文庫) 2017年11月【異世界・架空の世界】【肌の露出が多めの挿絵なし】

「私のクラスの生徒が、一晩で24人死にました。」日向奈くらら著 KADOKAWA(角川ホラー文庫) 2017年11月【現代】【挿絵なし】

「治癒魔法の間違った使い方：戦場を駆ける回復要員 6」くろかた著 KADOKAWA(MFブックス) 2017年9月【異世界・架空の世界】【肌の露出が多めの挿絵なし】

「呪われし勇者は、迫害されし半魔族の少女を救い愛でる」鷹山誠一著 英和出版社(UG novels) 2017年12月【異世界・架空の世界】【肌の露出が多めの挿絵あり】

「呪われた伯爵と月愛づる姫君：おとぎ話の魔女」山咲黒著 KADOKAWA(ビーズログ文庫) 2017年12月【異世界・架空の世界】【肌の露出が多めの挿絵なし】

「重装令嬢モアネット [2]」さき著 KADOKAWA(角川ビーンズ文庫) 2017年8月【異世界・架空の世界】【肌の露出が多めの挿絵なし】

「出会ってひと突きで絶頂除霊!」赤城大空著 小学館(ガガガ文庫) 2017年10月【異世界・架空の世界】【肌の露出が多めの挿絵あり】

「聖樹の国の禁呪使い 9」篠崎芳著 オーバーラップ(オーバーラップ文庫) 2017年11月【異世界・架空の世界】【肌の露出が多めの挿絵あり】

「青の聖騎士伝説 = LEGEND OF THE BLUE PALADIN」深沢美潮著 KADOKAWA(電撃文庫) 2017年7月【異世界・架空の世界】【肌の露出が多めの挿絵なし】

「青の聖騎士伝説 2」深沢美潮著 KADOKAWA(電撃文庫) 2017年8月【異世界・架空の世界】【肌の露出が多めの挿絵なし】

「東京レイヴンズ 15」あざの耕平著 KADOKAWA(富士見ファンタジア文庫) 2017年9月【現代/歴史・時代】【肌の露出が多めの挿絵なし】

ストーリー

「百鬼一歌：月下の死美女」瀬川貴次著 講談社(講談社タイガ) 2017年8月【歴史・時代】【肌の露出が多めの挿絵なし】

「魔王の俺が奴隷エルフを嫁にしたんだが、どう愛でればいい？ 3」手島史詞著 ホビージャパン(HJ文庫) 2017年9月【異世界・架空の世界】【肌の露出が多めの挿絵なし】

「明かせぬ正体：乞食に堕とされた最強の糸使い 2」ポルカ著 一二三書房(Saga Forest) 2017年7月【異世界・架空の世界】【肌の露出が多めの挿絵なし】

「夜見師 2」中村ふみ著 KADOKAWA(角川ホラー文庫) 2017年7月【現代】【挿絵なし】

「幽冥食堂「あおやぎ亭」の交遊録」篠原美季著 講談社(講談社X文庫) 2017年7月【現代】【肌の露出が多めの挿絵なし】

「幼馴染の山吹さん」道草よもぎ著 KADOKAWA(電撃文庫) 2017年10月【現代】【肌の露出が多めの挿絵あり】

「霊感少女は箱の中 2」甲田学人著 KADOKAWA(電撃文庫) 2017年8月【現代】【肌の露出が多めの挿絵なし】

「黎明国花伝 [3]」喜咲冬子著 KADOKAWA(富士見L文庫) 2017年8月【異世界・架空の世界】【挿絵なし】

発明

「レオナルドの扉」真保裕一著 KADOKAWA(角川文庫) 2017年11月【異世界・架空の世界】【肌の露出が多めの挿絵なし】

バトル・奇襲・戦闘・抗争

「〈Infinite Dendrogram〉-インフィニット・デンドログラム- 4」海道左近著 ホビージャパン(HJ文庫) 2017年7月【現代/異世界・架空の世界】【肌の露出が多めの挿絵なし】

「〈Infinite Dendrogram〉-インフィニット・デンドログラム- 5」海道左近著 ホビージャパン(HJ文庫) 2017年10月【現代/異世界・架空の世界】【肌の露出が多めの挿絵なし】

「29歳独身は異世界で自由に生きた……かった。 = The 29 years old single in another dimension wished a life of liberty…… 7」リュート著 KADOKAWA(カドカワBOOKS) 2017年7月【異世界・架空の世界】【肌の露出が多めの挿絵あり】

「29歳独身は異世界で自由に生きた……かった。 = The 29 years old single in another dimension wished a life of liberty…… 8」リュート著 KADOKAWA(カドカワBOOKS) 2017年11月【異世界・架空の世界】【肌の露出が多めの挿絵あり】

「BORUTO-ボルト- : NARUTO NEXT GENERATIONS NOVEL2」岸本斉史原作;池本幹雄原作;小太刀右京原作;重信康小説 集英社(JUMP j BOOKS) 2017年7月【異世界・架空の世界】【肌の露出が多めの挿絵なし】

「BORUTO-ボルト- : NARUTO NEXT GENERATIONS NOVEL3」岸本斉史原作;池本幹雄原作;小太刀右京原作;重信康小説 集英社(JUMP j BOOKS) 2017年9月【異世界・架空の世界】【肌の露出が多めの挿絵なし】

ストーリー

「BORUTO-ボルト-：NARUTO NEXT GENERATIONS NOVEL4」岸本斉史原作;池本幹雄原作;小太刀右京原作 集英社(JUMP j BOOKS) 2017年11月【異世界・架空の世界】【肌の露出が多めの挿絵なし】

「D-五人の刺客：吸血鬼ハンター 32」菊地秀行著 朝日新聞出版(朝日文庫) 2017年9月【近未来・遠未来】【肌の露出が多めの挿絵なし】

「Eクラス冒険者は果てなき騎士の夢を見る：先生、ステータス画面が読めないんだけど」夏柏楽緒著 KADOKAWA(ファミ通文庫) 2017年10月【異世界・架空の世界】【肌の露出が多めの挿絵なし】

「GMが異世界にログインしました。04」暁月著 マイクロマガジン社(GC NOVELS) 2017年11月【異世界・架空の世界】【肌の露出が多めの挿絵あり/キスシーンの挿絵あり/性描写の挿絵あり】

「HP9999999999の最強なる覇王様 = The Most Powerful High King who has HP9999999999」ダイヤモンド著 TOブックス 2017年8月【異世界・架空の世界】【肌の露出が多めの挿絵あり】

「ID-0 2」ID-0Project原作;菅浩江著 早川書房(ハヤカワ文庫 JA) 2017年7月【近未来・遠未来】【挿絵なし】

「Only Sense Online白銀の女神(ミューズ) 3」アロハ座長著 KADOKAWA(富士見ファンタジア文庫) 2017年11月【現代/異世界・架空の世界】【肌の露出が多めの挿絵なし】

「Q.もしかして、異世界を救った英雄さんですか? 2」弥生志郎著 KADOKAWA(MF文庫J) 2017年9月【現代/異世界・架空の世界】【肌の露出が多めの挿絵あり】

「Re:ゼロから始める異世界生活 14」長月達平著 KADOKAWA(MF文庫J) 2017年9月【異世界・架空の世界】【肌の露出が多めの挿絵なし】

「Re:ゼロから始める異世界生活 15」長月達平著 KADOKAWA(MF文庫J) 2017年12月【異世界・架空の世界】【肌の露出が多めの挿絵なし】

「Re:ビルド!!：生産チート持ちだけど、まったり異世界生活を満喫します」シンギョウガク著 ツギクル(ツギクルブックス) 2017年12月【異世界・架空の世界】【肌の露出が多めの挿絵あり】

「VRMMOの支援職人トッププレイヤーの仕掛人」二階堂風都著 宝島社 2017年12月【異世界・架空の世界】【肌の露出が多めの挿絵あり】

「VRMMO学園で楽しい魔改造のススメ：最弱ジョブで最強ダメージ出してみた 2」ハヤケン著 ホビージャパン(HJ文庫) 2017年10月【現代/異世界・架空の世界】【肌の露出が多めの挿絵なし】

「アイテムチートな奴隷ハーレム建国記 5」猫又ぬこ著 ホビージャパン(HJ文庫) 2017年8月【異世界・架空の世界】【肌の露出が多めの挿絵あり】

「アウトサイド・アカデミア!!：《留年組》は最強なので、チートな教師と卒業します」神秋昌史著 KADOKAWA(角川スニーカー文庫) 2017年9月【現代】【肌の露出が多めの挿絵あり】

「アウトブレイク・カンパニー = Outbreak Company：萌える侵略者 18」榊一郎著 講談社(講談社ラノベ文庫) 2017年8月【異世界・架空の世界】【肌の露出が多めの挿絵なし】

ストーリー

「アクセル・ワールド 22」川原礫著 KADOKAWA(電撃文庫) 2017年11月【近未来・遠未来】【肌の露出が多めの挿絵あり】

「あの愚か者にも脚光を!:この素晴らしい世界に祝福を!エクストラ 2」暁なつめ原作;昼熊著 KADOKAWA(角川スニーカー文庫) 2017年12月【異世界・架空の世界】【肌の露出が多めの挿絵あり】

「アビス・コーリング:元廃課金ゲーマーが最低最悪のソシャゲ異世界に召喚されたら」槻影著 KADOKAWA(ファミ通文庫) 2017年12月【現代/異世界・架空の世界】【肌の露出が多めの挿絵なし】

「あやかし姫は愛されたい 2」岸根紅華著 オーバーラップ(オーバーラップ文庫) 2017年12月【異世界・架空の世界】【肌の露出が多めの挿絵あり】

「アラフォーおっさん異世界へ!!でも時々実家に帰ります」平尾正和著 KADOKAWA(カドカワBOOKS) 2017年10月【異世界・架空の世界】【肌の露出が多めの挿絵なし】

「アラフォー賢者の異世界生活日記 5」寿安清著 KADOKAWA(MFブックス) 2017年11月【異世界・架空の世界】【肌の露出が多めの挿絵なし】

「アラフォー社畜のゴーレムマスター 2」高見梁川著 双葉社(モンスター文庫) 2017年11月【異世界・架空の世界】【肌の露出が多めの挿絵あり】

「ありふれた職業で世界最強 7」白米良著 オーバーラップ(オーバーラップ文庫) 2017年12月【異世界・架空の世界】【肌の露出が多めの挿絵なし】

「ありふれた職業で世界最強 零1」白米良著 オーバーラップ(オーバーラップ文庫) 2017年12月【異世界・架空の世界】【肌の露出が多めの挿絵あり】

「いつかのレクイエム case.1」嬉野秋彦著 SBクリエイティブ(GA文庫) 2017年11月【現代】【肌の露出が多めの挿絵あり】

「ヴぁんぷちゃんとゾンビくん:吸血姫は恋したい」空伏空人著 KADOKAWA(角川スニーカー文庫) 2017年12月【異世界・架空の世界】【肌の露出が多めの挿絵あり】

「ウォーター&ビスケットのテーマ 1」河野裕著;河端ジュン一著 KADOKAWA(角川スニーカー文庫) 2017年9月【異世界・架空の世界】【肌の露出が多めの挿絵なし】

「うちの聖女さまは腹黒すぎるだろ。」上野遊著 KADOKAWA(電撃文庫) 2017年12月【異世界・架空の世界】【肌の露出が多めの挿絵あり】

「エイルン・ラストコード:架空世界より戦場へ 7」東龍乃助著 KADOKAWA(MF文庫J) 2017年10月【異世界・架空の世界】【肌の露出が多めの挿絵なし】

「エノク第二部隊の遠征ごはん 1」江本マシメサ著 マイクロマガジン社(GC NOVELS) 2017年9月【異世界・架空の世界】【肌の露出が多めの挿絵なし】

「エルフ・インフレーション 5」細川晃著 主婦の友社(ヒーロー文庫) 2017年8月【異世界・架空の世界】【肌の露出が多めの挿絵なし】

「オーク先生のJKハーレムにようこそ!」東亮太著 KADOKAWA(角川スニーカー文庫) 2017年12月【異世界・架空の世界】【肌の露出が多めの挿絵あり】

ストーリー

「ガーリー・エアフォース = GIRLY AIR FORCE 8」夏海公司著 KADOKAWA(電撃文庫) 2017年11月【現代】【肌の露出が多めの挿絵なし】

「カゲロウデイズ 8」じん(自然の敵P)著 KADOKAWA(KCG文庫) 2017年12月【異世界・架空の世界】【肌の露出が多めの挿絵なし】

「カチコミかけたら異世界でした : 最強勇者パーティは任侠一家!?」イマーム著 SBクリエイティブ(GA文庫) 2017年7月【現代】【肌の露出が多めの挿絵あり】

「ガチャを回して仲間を増やす最強の美少女軍団を作り上げろ = You increase families and make beautiful girl army corps,and put it up 3」ちんくるり著 マイクロマガジン社(GC NOVELS) 2017年10月【異世界・架空の世界】【肌の露出が多めの挿絵あり】

「かみこい! 2」火海坂猫著 SBクリエイティブ(GA文庫) 2017年7月【現代】【肌の露出が多めの挿絵なし】

「カンスト勇者の超魔教導(オーバーレイズ) : 将来有望な魔王と姫を弟子にしてみた」はむばね著 ホビージャパン(HJ文庫) 2017年10月【異世界・架空の世界】【肌の露出が多めの挿絵あり】

「カンナのカンナ [2]」ナカノムラアヤスケ著 宝島社 2017年7月【異世界・架空の世界】【肌の露出が多めの挿絵あり/キスシーンの挿絵あり】

「カンピオーネ! = Campione 21」丈月城著 集英社(ダッシュエックス文庫) 2017年11月【現代】【肌の露出が多めの挿絵なし/キスシーンの挿絵あり/性描写の挿絵あり】

「キミと僕の最後の戦場、あるいは世界が始まる聖戦2」細音啓著 KADOKAWA(富士見ファンタジア文庫) 2017年7月【異世界・架空の世界】【肌の露出が多めの挿絵あり】

「キミと僕の最後の戦場、あるいは世界が始まる聖戦3」細音啓著 KADOKAWA(富士見ファンタジア文庫) 2017年12月【異世界・架空の世界】【肌の露出が多めの挿絵なし】

「きみはぼくの宝物 : 史上最悪の夏休み」木下半太著 幻冬舎(幻冬舎文庫) 2017年8月【現代】【挿絵なし】

「クオリディア・コード 3」渡航著 集英社(ダッシュエックス文庫) 2017年10月【近未来・遠未来】【肌の露出が多めの挿絵なし】

「くじ引き特賞:無双ハーレム権 6」三木なずな著 SBクリエイティブ(GA文庫) 2017年8月【異世界・架空の世界】【肌の露出が多めの挿絵あり】

「クラウン・オブ・リザードマン 2」雨木シュウスケ著 KADOKAWA(富士見ファンタジア文庫) 2017年10月【異世界・架空の世界】【肌の露出が多めの挿絵なし】

「グランブルーファンタジー 9」Cygames原作;はせがわみやび著 KADOKAWA(ファミ通文庫) 2017年10月【異世界・架空の世界】【肌の露出が多めの挿絵あり】

「クロス・コネクト : あるいは垂水夕凪の入れ替わり完全ゲーム攻略」久追遥希著 KADOKAWA(MF文庫J) 2017年12月【現代】【肌の露出が多めの挿絵なし】

「ゲス勇者のダンジョンハーレム 1」三島千廣著 双葉社(モンスター文庫) 2017年8月【現代/異世界・架空の世界】【肌の露出が多めの挿絵あり】

ストーリー

「ゲス勇者のダンジョンハーレム 2」三島千廣著 双葉社(モンスター文庫) 2017年12月【異世界・架空の世界】【肌の露出が多めの挿絵あり/キスシーンの挿絵あり】

「この素晴らしい世界に祝福を! 13」暁なつめ著 KADOKAWA(角川スニーカー文庫) 2017年12月【異世界・架空の世界】【肌の露出が多めの挿絵なし】

「ゴブリンスレイヤー = GOBLIN SLAYER! 6 ドラマCD付き限定特装版」蝸牛くも著 SBクリエイティブ(GA文庫) 2017年9月【異世界・架空の世界】【肌の露出が多めの挿絵なし】

「さよなら西郷先輩 = I will never forget you,Mr.Saigo.」出口きぬごし著 KADOKAWA(メディアワークス文庫) 2017年12月【現代】【肌の露出が多めの挿絵なし】

「されど罪人は竜と踊る = Dances with the Dragons 20」浅井ラボ著 小学館(ガガガ文庫) 2017年9月【異世界・架空の世界】【肌の露出が多めの挿絵なし】

「サン娘 : Girl's Battle Bootlog」矢立肇原作;金田一秋良著 マイクロマガジン社(BOOK BLAST) 2017年10月【異世界・架空の世界】【肌の露出が多めの挿絵なし】

「ジェネシスオンライン : 異世界で廃レベリング 3」ガチャ空著 KADOKAWA(MFブックス) 2017年8月【異世界・架空の世界】【肌の露出が多めの挿絵なし】

「ジェノサイド・リアリティー : 異世界迷宮を最強チートで勝ち抜く」風来山著 SBクリエイティブ(GA文庫) 2017年7月【異世界・架空の世界】【肌の露出が多めの挿絵あり】

「ストライク・ザ・ブラッド 18」三雲岳斗著 KADOKAWA(電撃文庫) 2017年11月【異世界・架空の世界】【肌の露出が多めの挿絵あり】

「セーブ&ロードのできる宿屋さん : カンスト転生者が宿屋で新人育成を始めたようです 4」稲荷竜著 集英社(ダッシュエックス文庫) 2017年8月【異世界・架空の世界】【肌の露出が多めの挿絵なし】

「せっかくチートを貰って異世界に転移したんだから、好きなように生きてみたい 1」ムンムン著 マイクロマガジン社(GC NOVELS) 2017年12月【異世界・架空の世界】【肌の露出が多めの挿絵あり】

「セブンス 5」三嶋与夢著 主婦の友社(ヒーロー文庫) 2017年10月【異世界・架空の世界】【肌の露出が多めの挿絵あり】

「セブンスブレイブ : チート?NO!もっといいモノさ! 4」乃塚一翔著 アルファポリス(アルファライト文庫) 2017年8月【異世界・架空の世界】【肌の露出が多めの挿絵なし/キスシーンの挿絵あり】

「セブンスブレイブ : チート?NO!もっといいモノさ! 5」乃塚一翔著 アルファポリス(アルファライト文庫) 2017年10月【異世界・架空の世界】【肌の露出が多めの挿絵なし】

「ゼロから始める魔法の書 10」虎走かける著 KADOKAWA(電撃文庫) 2017年8月【異世界・架空の世界】【肌の露出が多めの挿絵なし】

「ゼロ能力者の英雄伝説 : 最強スキルはセーブ&ロード」東国不動著 TOブックス 2017年11月【異世界・架空の世界】【肌の露出が多めの挿絵あり】

「ソードアート・オンライン 20」川原礫著 KADOKAWA(電撃文庫) 2017年9月【異世界・架空の世界】【肌の露出が多めの挿絵なし】

ストーリー

「そのオーク、前世(もと)ヤクザにて 4」機村械人著 SBクリエイティブ (GA文庫) 2017年9月【異世界・架空の世界】【肌の露出が多めの挿絵なし/キスシーンの挿絵あり】

「その最強、神の依頼で異世界へ 2」速峰淳著 主婦の友社(ヒーロー文庫) 2017年11月【異世界・架空の世界】【肌の露出が多めの挿絵あり】

「その者。のちに… 05」ナハアト著 アース・スターエンターテイメント (EARTH STAR NOVEL) 2017年7月【異世界・架空の世界】【肌の露出が多めの挿絵なし】

「その者。のちに… 06」ナハアト著 アース・スターエンターテイメント (EARTH STAR NOVEL) 2017年10月【異世界・架空の世界】【肌の露出が多めの挿絵なし】

「たったひとつの冴えた殺りかた」三条ツバメ著 ホビージャパン (HJ文庫) 2017年7月【異世界・架空の世界】【肌の露出が多めの挿絵なし】

「ダンジョンシーカー 1」サカモト666著 アルファポリス(アルファライト文庫) 2017年12月【異世界・架空の世界】【肌の露出が多めの挿絵なし】

「ダンジョンはいいぞ! = Dungeon is so good!」狐谷まどか著 TOブックス 2017年10月【異世界・架空の世界】【肌の露出が多めの挿絵あり】

「ダンボールに捨てられていたのはスライムでした 1」伊達祐一著 主婦の友社(ヒーロー文庫) 2017年12月【異世界・架空の世界】【肌の露出が多めの挿絵なし】

「チートあるけどまったり暮らしたい : のんびり魔道具作ってたいのに」なんじゃもんじゃ著 宝島社 2017年9月【異世界・架空の世界】【肌の露出が多めの挿絵あり】

「チート魔術で運命をねじ伏せる 5」月夜涙著 双葉社(モンスター文庫) 2017年8月【異世界・架空の世界】【肌の露出が多めの挿絵あり/キスシーンの挿絵あり】

「チート魔術で運命をねじ伏せる 6」月夜涙著 双葉社(モンスター文庫) 2017年12月【異世界・架空の世界】【肌の露出が多めの挿絵あり/キスシーンの挿絵あり】

「ディヴィジョン・マニューバ 2」妹尾尻尾著 講談社(講談社ラノベ文庫) 2017年12月【異世界・架空の世界】【肌の露出が多めの挿絵なし】

「デート・ア・バレット : デート・ア・ライブフラグメント 2」橘公司原案・監修;東出祐一郎著 KADOKAWA(富士見ファンタジア文庫) 2017年8月【異世界・架空の世界】【肌の露出が多めの挿絵あり】

「デート・ア・ライブ 17」橘公司著 KADOKAWA(富士見ファンタジア文庫) 2017年8月【現代】【肌の露出が多めの挿絵あり】

「デーモンルーラー : 定時に帰りたい男のやりすぎレベリング」一江左かさね著 KADOKAWA (カドカワBOOKS) 2017年8月【現代/異世界・架空の世界】【肌の露出が多めの挿絵なし】

「デーモンロード・ニュービー : VRMMO世界の生産職魔王」山和平著 SBクリエイティブ (GA文庫) 2017年8月【現代/異世界・架空の世界】【肌の露出が多めの挿絵なし】

「トカゲといっしょ 1」岩舘野良猫著 双葉社(モンスター文庫) 2017年11月【異世界・架空の世界】【肌の露出が多めの挿絵あり/キスシーンの挿絵あり】

ストーリー

「ドラゴンさんは友達が欲しい! = Dragon want a Friend! 4」道草家守著 アース・スターエンターテイメント(EARTH STAR NOVEL) 2017年11月【異世界・架空の世界】【肌の露出が多めの挿絵なし】

「なぜ、勉強オタクが異能戦でもトップを独走できるのか? 2」霜野おつかい著 SBクリエイティブ(GA文庫) 2017年9月【近未来・遠未来】【肌の露出が多めの挿絵なし】

「なぜ僕の世界を誰も覚えていないのか?:運命の剣」細音啓著 KADOKAWA(MF文庫J) 2017年7月【異世界・架空の世界】【肌の露出が多めの挿絵なし】

「なぜ僕の世界を誰も覚えていないのか? 2」細音啓著 KADOKAWA(MF文庫J) 2017年10月【異世界・架空の世界】【肌の露出が多めの挿絵なし】

「ななしのワーズワード 4」奈久遠著 林檎プロモーション(FREEDOM NOVEL) 2017年8月【異世界・架空の世界】【肌の露出が多めの挿絵なし】

「ニューゲームにチートはいらない!」三木なずな著 SBクリエイティブ(GA文庫) 2017年8月【異世界・架空の世界】【肌の露出が多めの挿絵なし/キスシーンの挿絵あり】

「ニューゲームにチートはいらない! 2」三木なずな著 SBクリエイティブ(GA文庫) 2017年12月【異世界・架空の世界】【肌の露出が多めの挿絵なし】

「ネクストライフ 12」相野仁著 主婦の友社(ヒーロー文庫) 2017年9月【異世界・架空の世界】【肌の露出が多めの挿絵あり】

「バーサス・フェアリーテイル:バッドエンドな運命のヒロインを救い出せ」八街歩著 KADOKAWA(富士見ファンタジア文庫) 2017年7月【異世界・架空の世界】【肌の露出が多めの挿絵あり/キスシーンの挿絵あり】

「バーサス・フェアリーテイル:バッドエンドな運命のヒロインを救い出せ 2」八街歩著 KADOKAWA(富士見ファンタジア文庫) 2017年12月【現代】【肌の露出が多めの挿絵あり】

「ハイスクールD×D 24」石踏一榮著 KADOKAWA(富士見ファンタジア文庫) 2017年11月【現代】【肌の露出が多めの挿絵あり】

「ハウリングソウル = HOWLING SOUL:流星と少女 1」凸田凹著 マイクロマガジン社(BOOK BLAST) 2017年9月【現代/異世界・架空の世界】【肌の露出が多めの挿絵なし】

「はぐれ魔導教士の無限英雄方程式(アンリミテッド) 2」原雷火著 KADOKAWA(ファミ通文庫) 2017年7月【異世界・架空の世界】【肌の露出が多めの挿絵なし】

「ハズレ奇術師の英雄譚 2」雨宮和希著 双葉社(モンスター文庫) 2017年10月【異世界・架空の世界】【肌の露出が多めの挿絵なし】

「バトルガールハイスクール PART.2」コロプラ原作・監修;八奈川景晶著 KADOKAWA(富士見ファンタジア文庫) 2017年8月【近未来・遠未来】【肌の露出が多めの挿絵なし】

「パラミリタリ・カンパニー:萌える侵略者 2」榊一郎著 講談社(講談社ラノベ文庫) 2017年9月【現代】【肌の露出が多めの挿絵あり】

「パラミリタリ・カンパニー:萌える侵略者 3」榊一郎著 講談社(講談社ラノベ文庫) 2017年12月【現代】【肌の露出が多めの挿絵あり/キスシーンの挿絵あり】

ストーリー

「ハンドレッド = Hundred 14」箕崎准著 SBクリエイティブ（GA文庫）2017年12月【異世界・架空の世界】【肌の露出が多めの挿絵あり】

「ヒマワリ:unUtopial World 5」林トモアキ著 KADOKAWA（角川スニーカー文庫）2017年11月【異世界・架空の世界】【肌の露出が多めの挿絵なし】

「ビューティフル・ソウル : 終わる世界に響く唄」坂上秋成著 講談社（講談社ラノベ文庫）2017年8月【近未来・遠未来】【肌の露出が多めの挿絵なし】

「ブラッククローバー騎士団の書」田畠裕基著;ジョニー音田著 集英社（JUMP j BOOKS）2017年10月【異世界・架空の世界】【肌の露出が多めの挿絵なし】

「フラワーナイトガール [7]」是鐘リュウジ著 KADOKAWA（ファミ通文庫）2017年10月【異世界・架空の世界】【肌の露出が多めの挿絵あり】

「プリースト!プリースト!!」清松みゆき著;グループSNE著 KADOKAWA（富士見DRAGON BOOK）2017年7月【異世界・架空の世界】【肌の露出が多めの挿絵なし】

「ぼっち転生記 5」ファースト著 双葉社（モンスター文庫）2017年8月【異世界・架空の世界】【肌の露出が多めの挿絵なし】

「ぼっち転生記 6」ファースト著 双葉社（モンスター文庫）2017年12月【異世界・架空の世界】【肌の露出が多めの挿絵なし】

「ポンコツ勇者の下剋上」藤川恵蔵著 KADOKAWA（MF文庫J）2017年12月【異世界・架空の世界】【肌の露出が多めの挿絵なし】

「ミス・アンダーソンの安穏なる日々 = Ms.Anderson's Quiet Days : 小さな魔族の騎士執事」世津路章著 KADOKAWA（電撃文庫）2017年7月【異世界・架空の世界】【肌の露出が多めの挿絵なし】

「ミリオン・クラウン 1」竜ノ湖太郎著 KADOKAWA（角川スニーカー文庫）2017年10月【近未来・遠未来】【肌の露出が多めの挿絵なし】

「モンスター・ファクトリー : 左遷騎士が始める魔物牧場物語」アロハ座長著 KADOKAWA（富士見ファンタジア文庫）2017年9月【異世界・架空の世界】【肌の露出が多めの挿絵あり】

「モンスターのご主人様 10」日暮眠都著 双葉社（モンスター文庫）2017年9月【異世界・架空の世界】【肌の露出が多めの挿絵なし】

「ヤキトリ 1」カルロ・ゼン著 早川書房（ハヤカワ文庫 JA）2017年8月【近未来・遠未来】【肌の露出が多めの挿絵なし】

「やりなおし英雄の教育日誌」涼暮皐著 ホビージャパン（HJ文庫）2017年9月【異世界・架空の世界】【肌の露出が多めの挿絵なし】

「やりなおし転生 : *俺の異世界冒険譚」makuro著 アース・スターエンターテイメント（EARTH STAR NOVEL）2017年12月【異世界・架空の世界】【肌の露出が多めの挿絵なし】

「ようこそモンスターズギルド = Monsters' Guild : 最強集団、何でも屋はじめました」十一屋翠著 ツギクル（ツギクルブックス）2017年10月【異世界・架空の世界】【肌の露出が多めの挿絵なし】

ストーリー

「ライオットグラスパー：異世界でスキル盗ってます 7」飛鳥けい著 KADOKAWA(MFブックス) 2017年12月【異世界・架空の世界】【肌の露出が多めの挿絵なし】

「ライブダンジョン! = LIVE DUNGEON! 3」dy冷凍著 KADOKAWA(カドカワBOOKS) 2017年8月【異世界・架空の世界】【肌の露出が多めの挿絵なし】

「レア・クラスチェンジ! = Rare Class Change：魔物使いちゃんとレア従魔の異世界ゆる旅 4」黒杉くろん著 TOブックス 2017年7月【異世界・架空の世界】【肌の露出が多めの挿絵なし】

「レイン 14」吉野匠著 アルファポリス(アルファライト文庫) 2017年7月【異世界・架空の世界】【肌の露出が多めの挿絵なし】

「レオナルドの扉」真保裕一著 KADOKAWA(角川文庫) 2017年11月【異世界・架空の世界】【肌の露出が多めの挿絵なし】

「レジェンド = legend 9」神無月紅著 KADOKAWA(カドカワBOOKS) 2017年9月【異世界・架空の世界】【肌の露出が多めの挿絵なし】

「レベル1だけどユニークスキルで最強です」三木なずな著 講談社(Kラノベブックス) 2017年9月【異世界・架空の世界】【肌の露出が多めの挿絵なし】

「レベル1だけどユニークスキルで最強です 2」三木なずな著 講談社(Kラノベブックス) 2017年12月【異世界・架空の世界】【肌の露出が多めの挿絵なし】

「レベル無限の契約者 = Contractor on an Infinite Level：神剣とスキルで世界最強 3」わたがし大五郎著 TOブックス 2017年9月【異世界・架空の世界】【肌の露出が多めの挿絵なし】

「ロード・オブ・リライト：最強スキル《魔眼》で始める反英雄譚」十本スイ著 KADOKAWA(富士見ファンタジア文庫) 2017年12月【異世界・架空の世界】【肌の露出が多めの挿絵あり】

「ロクでなし魔術講師と禁忌教典(アカシックレコード) 10」羊太郎著 KADOKAWA(富士見ファンタジア文庫) 2017年11月【異世界・架空の世界】【肌の露出が多めの挿絵なし】

「ロクでなし魔術講師と禁忌教典(アカシックレコード) 9」羊太郎著 KADOKAWA(富士見ファンタジア文庫) 2017年8月【異世界・架空の世界】【肌の露出が多めの挿絵なし】

「ワールドエネミー 2」細音啓著 KADOKAWA(ノベルゼロ) 2017年8月【異世界・架空の世界】【肌の露出が多めの挿絵あり】

「ワールドオーダー 4」河和時久著 主婦の友社(ヒーロー文庫) 2017年9月【異世界・架空の世界】【肌の露出が多めの挿絵あり】

「綾志別町役場妖怪課 [2]」青柳碧人著 KADOKAWA(角川文庫) 2017年9月【異世界・架空の世界】【挿絵なし】

「暗黒のゼーヴェノア 1」佐藤英一原作;サテライト原作;竹田裕一郎著 マイクロマガジン社(BOOK BLAST) 2017年8月【近未来・遠未来】【肌の露出が多めの挿絵あり】

「暗殺拳はチートに含まれますか?：彼女と目指す最強ゲーマー」渡葉たびびと著 KADOKAWA(富士見ファンタジア文庫) 2017年12月【現代/異世界・架空の世界】【肌の露出が多めの挿絵なし】

ストーリー

「異世界が嫌いでもエルフの神様になれますか?: Disファンタジー・ディスコード」囲恭之介著 KADOKAWA(電撃文庫) 2017年10月【異世界・架空の世界】【肌の露出が多めの挿絵あり】

「異世界クエストは放課後に!: クールな先輩がオレの前だけ笑顔になるようです」空埜一樹著 ホビージャパン(HJ文庫) 2017年12月【異世界・架空の世界】【肌の露出が多めの挿絵あり】

「異世界チート魔術師(マジシャン) 6」内田健 主婦の友社(ヒーロー文庫) 2017年7月【異世界・架空の世界】【肌の露出が多めの挿絵なし】

「異世界ですが魔物栽培しています。3」雪月花著 KADOKAWA(ファミ通文庫) 2017年10月【異世界・架空の世界】【肌の露出が多めの挿絵あり】

「異世界は幸せ(テンプレ)に満ち溢れている 3」羽智遊紀著 TOブックス 2017年12月【異世界・架空の世界】【肌の露出が多めの挿絵なし】

「異世界を制御魔法で切り開け! 3」佐竹アキノリ著 アルファポリス(アルファライト文庫) 2017年10月【異世界・架空の世界】【肌の露出が多めの挿絵なし】

「異世界を制御魔法で切り開け! 4」佐竹アキノリ著 アルファポリス(アルファライト文庫) 2017年12月【異世界・架空の世界】【肌の露出が多めの挿絵なし】

「異世界建国記」桜木桜著 KADOKAWA(ファミ通文庫) 2017年8月【異世界・架空の世界】【肌の露出が多めの挿絵なし】

「異世界拷問姫 5」綾里けいし著 KADOKAWA(MF文庫J) 2017年10月【異世界・架空の世界】【肌の露出が多めの挿絵なし】

「異世界支配のスキルテイカー: ゼロから始める奴隷ハーレム 7」柑橘ゆすら著 講談社(講談社ラノベ文庫) 2017年9月【異世界・架空の世界】【肌の露出が多めの挿絵あり】

「異世界召喚は二度目です 5」岸本和葉著 双葉社(モンスター文庫) 2017年8月【異世界・架空の世界】【肌の露出が多めの挿絵なし】

「異世界魔法は遅れてる! 8」樋辻臥命著 オーバーラップ(オーバーラップ文庫) 2017年8月【異世界・架空の世界】【肌の露出が多めの挿絵あり】

「異世界迷宮でハーレムを 8」蘇我捨恥著 主婦の友社(ヒーロー文庫) 2017年12月【異世界・架空の世界】【肌の露出が多めの挿絵なし】

「異世界迷宮の最深部を目指そう 9」割内タリサ著 オーバーラップ(オーバーラップ文庫) 2017年9月【異世界・架空の世界】【肌の露出が多めの挿絵なし】

「遺跡発掘師は笑わない [7]」桑原水菜著 KADOKAWA(角川文庫) 2017年7月【現代】【挿絵なし】

「引きこもりだった男の異世界アサシン生活 = HIKIKOMORI'S LIFE AS ASSASSIN IN ANOTHER DIMENSION」服部正蔵著 TOブックス 2017年7月【異世界・架空の世界】【肌の露出が多めの挿絵なし】

「引きこもりだった男の異世界アサシン生活 = HIKIKOMORI'S LIFE AS ASSASSIN IN ANOTHER DIMENSION 2」服部正蔵著 TOブックス 2017年11月【異世界・架空の世界】【肌の露出が多めの挿絵なし】

210

ストーリー

「引きこもり英雄と神獣剣姫の隷属契約 2」永野水貴著 KADOKAWA(MF文庫J) 2017年9月【異世界・架空の世界】【肌の露出が多めの挿絵あり】

「隠れオタな俺氏はなぜヤンキー知識で異世界無双できるのか?」一条景明著 KADOKAWA(電撃文庫) 2017年9月【異世界・架空の世界】【肌の露出が多めの挿絵あり】

「嘘つき戦姫、迷宮をゆく 1」佐藤真登著 主婦の友社(ヒーロー文庫) 2017年9月【異世界・架空の世界】【肌の露出が多めの挿絵あり】

「英雄の忘れ形見 2」風見祐輝著 主婦の友社(ヒーロー文庫) 2017年11月【異世界・架空の世界】【肌の露出が多めの挿絵なし】

「英雄教室 9」新木伸著 集英社(ダッシュエックス文庫) 2017年9月【異世界・架空の世界】【肌の露出が多めの挿絵なし】

「英雄世界の英雄譚(オリジナル)」空埜一樹著 集英社(ダッシュエックス文庫) 2017年8月【異世界・架空の世界】【肌の露出が多めの挿絵あり】

「押しかけ犬耳奴隷が、ニートな大英雄のお世話をするようです。1」青猫草々著 オーバーラップ(オーバーラップ文庫) 2017年7月【異世界・架空の世界】【肌の露出が多めの挿絵なし】

「王太子殿下は囚われ姫を愛したくてたまらない」pinori著 スターツ出版(ベリーズ文庫) 2017年7月【異世界・架空の世界】【挿絵なし】

「王都の学園に強制連行された最強のドラゴンライダーは超が付くほど田舎者」八茶橋らっく著 KADOKAWA(カドカワBOOKS) 2017年10月【異世界・架空の世界】【肌の露出が多めの挿絵あり】

「俺、「城」を育てる : 可愛いあの子は無敵の要塞になりたいようです」富哉とみあ著 KADOKAWA(ファミ通文庫) 2017年9月【異世界・架空の世界】【肌の露出が多めの挿絵なし】

「俺、ツインテールになります。13」水沢夢著 小学館(ガガガ文庫) 2017年8月【異世界・架空の世界】【肌の露出が多めの挿絵あり】

「俺、ツインテールになります。14」水沢夢著 小学館(ガガガ文庫) 2017年12月【現代/異世界・架空の世界】【肌の露出が多めの挿絵なし】

「俺の『鑑定』スキルがチートすぎて : 伝説の勇者を読み"盗り"最強へ 2」澄守彩著 講談社(Kラノベブックス) 2017年10月【異世界・架空の世界】【肌の露出が多めの挿絵なし】

「下僕ハーレムにチェックメイトです! 2」赤福大和著 講談社(講談社ラノベ文庫) 2017年11月【異世界・架空の世界】【肌の露出が多めの挿絵あり/キスシーンの挿絵あり/性描写の挿絵あり】

「何度でも永遠」岡本千紘著 集英社(集英社オレンジ文庫) 2017年11月【現代】【肌の露出が多めの挿絵なし】

「暇人、魔王の姿で異世界へ : 時々チートなぶらり旅 5」藍敦著 KADOKAWA(ファミ通文庫) 2017年7月【異世界・架空の世界】【肌の露出が多めの挿絵なし】

「火星ゾンビ = Zombie of Mars」藤咲淳一著 マイクロマガジン社(BOOK BLAST) 2017年8月【現代/異世界・架空の世界】【肌の露出が多めの挿絵なし】

211

ストーリー

「回復術士のやり直し：即死魔法とスキルコピーの超越ヒール 2」月夜涙著 KADOKAWA(角川スニーカー文庫) 2017年12月【異世界・架空の世界】【肌の露出が多めの挿絵あり】

「怪談彼女 6」永遠月心悟著 集英社(JUMP j BOOKS) 2017年10月【現代】【肌の露出が多めの挿絵あり】

「灰かぶりの賢者 2」夏月涼著 オーバーラップ(オーバーラップ文庫) 2017年8月【異世界・架空の世界】【肌の露出が多めの挿絵なし】

「灰と幻想のグリムガル level.11」十文字青著 オーバーラップ(オーバーラップ文庫) 2017年7月【異世界・架空の世界】【肌の露出が多めの挿絵なし】

「赫光(あか)の護法枢機卿(カルディナーレ)」嬉野秋彦著 KADOKAWA(ファミ通文庫) 2017年8月【異世界・架空の世界】【肌の露出が多めの挿絵あり】

「赫光(あか)の護法枢機卿(カルディナーレ) 2」嬉野秋彦著 KADOKAWA(ファミ通文庫) 2017年11月【異世界・架空の世界】【肌の露出が多めの挿絵あり】

「学戦都市アスタリスク 12.」三屋咲ゆう著 KADOKAWA(MF文庫J) 2017年8月【近未来・遠未来】【肌の露出が多めの挿絵なし】

「巻き込まれ異世界召喚記 2」結城ヒロ著 KADOKAWA(MF文庫J) 2017年8月【異世界・架空の世界】【肌の露出が多めの挿絵なし】

「棺の魔王(コフィン・ディファイラー) = COFFIN DEFILER 4」真島文吉著 主婦の友社(ヒーロー文庫) 2017年12月【異世界・架空の世界】【肌の露出が多めの挿絵なし】

「機械仕掛けのデイブレイク 2」高橋びすい著 講談社(講談社ラノベ文庫) 2017年12月【近未来・遠未来】【肌の露出が多めの挿絵あり】

「機械仕掛けのデイブレイク 2」高橋びすい著 講談社(講談社ラノベ文庫) 2017年12月【近未来・遠未来】【肌の露出が多めの挿絵あり】

「機巧少女(マシンドール)は傷つかない 16下」海冬レイジ著 KADOKAWA(MF文庫J) 2017年7月【異世界・架空の世界】【肌の露出が多めの挿絵なし】

「機巧少女(マシンドール)は傷つかない 16上」海冬レイジ著 KADOKAWA(MF文庫J) 2017年7月【異世界・架空の世界】【肌の露出が多めの挿絵なし】

「規格外れの英雄に育てられた、常識外れの魔法剣士 2」kt60著 双葉社(モンスター文庫) 2017年7月【異世界・架空の世界】【肌の露出が多めの挿絵なし】

「規格外れの英雄に育てられた、常識外れの魔法剣士 3」kt60著 双葉社(モンスター文庫) 2017年12月【異世界・架空の世界】【肌の露出が多めの挿絵あり】

「偽りの英雄が英雄エルフちゃんを守ります!」秋月煌介著 KADOKAWA(MF文庫J) 2017年8月【異世界・架空の世界】【肌の露出が多めの挿絵なし】

「逆成長チートで世界最強 2」佐竹アキノリ著 主婦の友社(ヒーロー文庫) 2017年8月【異世界・架空の世界】【肌の露出が多めの挿絵なし】

ストーリー

「境域のアルスマグナ 3」絵戸太郎著 KADOKAWA(MF文庫J) 2017年8月【異世界・架空の世界】【肌の露出が多めの挿絵あり】

「強くてニューサーガ 1」阿部正行著 アルファポリス(アルファライト文庫) 2017年11月【異世界・架空の世界】【肌の露出が多めの挿絵なし】

「銀魂：映画ノベライズ」空知英秋原作;福田雄一脚本;田中創小説 集英社(JUMP j BOOKS) 2017年7月【異世界・架空の世界】【挿絵なし】

「空戦魔導士候補生の教官 13」諸星悠著 KADOKAWA(富士見ファンタジア文庫) 2017年7月【異世界・架空の世界】【肌の露出が多めの挿絵なし】

「軍オタが魔法世界に転生したら、現代兵器で軍隊ハーレムを作っちゃいました!? 11」明鏡シスイ著 KADOKAWA(富士見ファンタジア文庫) 2017年8月【異世界・架空の世界】【肌の露出が多めの挿絵あり】

「軍オタが魔法世界に転生したら、現代兵器で軍隊ハーレムを作っちゃいました!? 12」明鏡シスイ著 KADOKAWA(富士見ファンタジア文庫) 2017年12月【異世界・架空の世界】【肌の露出が多めの挿絵あり】

「軍師/詐欺師は紙一重 2」神野オキナ著 講談社(講談社ラノベ文庫) 2017年9月【異世界・架空の世界】【肌の露出が多めの挿絵あり】

「欠けゆく都市の機械月姫(ムーンドール)」永菜葉一著 KADOKAWA(角川スニーカー文庫) 2017年7月【異世界・架空の世界】【肌の露出が多めの挿絵なし/キスシーンの挿絵あり】

「結界師への転生 1」片岡直太郎著 双葉社(モンスター文庫) 2017年9月【現代/異世界・架空の世界】【肌の露出が多めの挿絵あり】

「血界戦線 [2]」内藤泰弘著;秋田禎信著 集英社(JUMP j BOOKS) 2017年10月【異世界・架空の世界】【肌の露出が多めの挿絵なし】

「月とうさぎのフォークロア。St.3」徒埜けんしん著 SBクリエイティブ(GA文庫) 2017年10月【現代】【肌の露出が多めの挿絵あり】

「剣風斬花のソーサリーライム：変奏神話群」千羽十訊著 SBクリエイティブ(GA文庫) 2017年11月【異世界・架空の世界】【肌の露出が多めの挿絵あり】

「賢者の孫 7」吉岡剛著 KADOKAWA(ファミ通文庫) 2017年9月【異世界・架空の世界】【肌の露出が多めの挿絵なし】

「賢者の孫Extra Story：伝説の英雄達の誕生」吉岡剛著 KADOKAWA(ファミ通文庫) 2017年11月【異世界・架空の世界】【肌の露出が多めの挿絵なし】

「賢者の弟子を名乗る賢者 = She professed herself pupil of the wise man 8」りゅうせんひろつぐ著 マイクロマガジン社(GC NOVELS) 2017年11月【異世界・架空の世界】【肌の露出が多めの挿絵あり】

「元最強の剣士は、異世界魔法に憧れる = In past life,he was the invincible swordman.In this life,he longs for the magic of another world 1」紅月シン小説 マイクロマガジン社(GC NOVELS) 2017年10月【異世界・架空の世界】【肌の露出が多めの挿絵なし】

ストーリー

「幻想戦線」暁一翔著 集英社(ダッシュエックス文庫) 2017年9月【異世界・架空の世界】【肌の露出が多めの挿絵なし】

「現実主義勇者の王国再建記 = Re:CONSTRUCTION THE ELFRIEDEN KINGDOM TALES OF REALISTIC BRAVE 5」どぜう丸著 オーバーラップ(オーバーラップ文庫) 2017年10月【異世界・架空の世界】【肌の露出が多めの挿絵なし】

「限界集落・オブ・ザ・デッド = GENKAISHYURAKU OF THE DEAD」ロッキン神経痛著 KADOKAWA(カドカワBOOKS) 2017年12月【異世界・架空の世界】【肌の露出が多めの挿絵なし】

「国境線の魔術師:休暇願を出したら、激務の職場へ飛ばされた」青山有著 宝島社 2017年12月【異世界・架空の世界】【肌の露出が多めの挿絵なし】

「黒き魔眼のストレンジャー = Kuroki Magan no stranger [2]」佐藤清十郎著 宝島社 2017年8月【異世界・架空の世界】【肌の露出が多めの挿絵あり】

「黒の召喚士 5」迷井豆腐著 オーバーラップ(オーバーラップ文庫) 2017年8月【異世界・架空の世界】【肌の露出が多めの挿絵なし】

「黒の星眷使い:世界最強の魔法使いの弟子 5」左リュウ著 KADOKAWA(MFブックス) 2017年7月【異世界・架空の世界】【肌の露出が多めの挿絵なし】

「黒騎士さんは働きたくない 3」雨木シュウスケ著 集英社(ダッシュエックス文庫) 2017年8月【異世界・架空の世界】【肌の露出が多めの挿絵あり】

「黒鋼の英雄王機ヴァナルガンド:巨大勇者、異世界に降り立つ」ひびき遊著 KADOKAWA(MF文庫J) 2017年8月【異世界・架空の世界】【肌の露出が多めの挿絵あり】

「婚約破棄の次は偽装婚約。さて、その次は……。2」瑞本千紗著 フロンティアワークス(アリアンローズ) 2017年8月【異世界・架空の世界】【肌の露出が多めの挿絵なし】

「再召喚された勇者は一般人として生きていく? = WILL THE BRAVE SUMMONED AGAIN LIVE AS AN ORDINARY PERSON? [3]」かたなかじ著 宝島社 2017年7月【異世界・架空の世界】【肌の露出が多めの挿絵なし】

「再臨勇者の復讐譚:勇者やめて元魔王と組みます 4」羽咲うさぎ著 双葉社(モンスター文庫) 2017年9月【異世界・架空の世界】【肌の露出が多めの挿絵あり】

「最果てのパラディン 4」柳野かなた著 オーバーラップ(オーバーラップ文庫) 2017年9月【異世界・架空の世界】【肌の露出が多めの挿絵なし】

「最強ゴーレムの召喚士:異世界の剣士を仲間にしました。」こる著 一迅社(一迅社文庫アイリス) 2017年10月【異世界・架空の世界】【肌の露出が多めの挿絵なし】

「最強の魔狼は静かに暮らしたい:転生したらフェンリルだった件」伊瀬ネキセ著 集英社(ダッシュエックス文庫) 2017年7月【現代/異世界・架空の世界】【肌の露出が多めの挿絵なし】

「最強パーティは残念ラブコメで全滅する!?:恋愛至上の冒険生活」鏡遊著 KADOKAWA(富士見ファンタジア文庫) 2017年8月【異世界・架空の世界】【肌の露出が多めの挿絵あり】

214

ストーリー

「最強パーティは残念ラブコメで全滅する!? 2」鏡遊著 KADOKAWA(富士見ファンタジア文庫) 2017年11月【異世界・架空の世界】【肌の露出が多めの挿絵あり】

「最強呪族転生 = Reincarnation of sherman：チート魔術師のスローライフ 4」猫子著 アース・スターエンターテイメント(EARTH STAR NOVEL) 2017年11月【異世界・架空の世界】【肌の露出が多めの挿絵なし】

「最強聖騎士のチート無し現代生活 2」小幡京人著 オーバーラップ(オーバーラップ文庫) 2017年9月【現代/異世界・架空の世界】【肌の露出が多めの挿絵あり】

「最強魔法師の隠遁計画 3」イズシロ著 ホビージャパン(HJ文庫) 2017年8月【異世界・架空の世界】【肌の露出が多めの挿絵なし】

「最強魔法師の隠遁計画 4」イズシロ著 ホビージャパン(HJ文庫) 2017年12月【異世界・架空の世界】【肌の露出が多めの挿絵あり】

「最弱魔王の成り上がり：集いし最強の魔族」草薙アキ著 KADOKAWA(ファミ通文庫) 2017年11月【異世界・架空の世界】【肌の露出が多めの挿絵あり】

「最弱無敗の神装機竜(バハムート) 13」明月千里著 SBクリエイティブ(GA文庫) 2017年9月【異世界・架空の世界】【肌の露出が多めの挿絵あり】

「最弱無敗の神装機竜(バハムート) 14」明月千里著 SBクリエイティブ(GA文庫) 2017年12月【異世界・架空の世界】【肌の露出が多めの挿絵なし】

「最新のゲームは凄すぎだろ 6」浮世草子著 主婦の友社(ヒーロー文庫) 2017年10月【現代/異世界・架空の世界】【肌の露出が多めの挿絵あり】

「最底辺からニューゲーム! 2」藤木わしろ著 ホビージャパン(HJ文庫) 2017年11月【異世界・架空の世界】【肌の露出が多めの挿絵なし】

「桜色のレプリカ 2」翅田大介著 ホビージャパン(HJ文庫) 2017年8月【現代】【肌の露出が多めの挿絵あり】

「殺生伝 3」神永学著 幻冬舎(幻冬舎文庫) 2017年12月【歴史・時代】【肌の露出が多めの挿絵なし】

「算数で読み解く異世界魔法 = Decipher by Arithmetic the Magic of Another World 2」扇屋悠著 TOブックス 2017年9月【異世界・架空の世界】【肌の露出が多めの挿絵なし】

「使徒戦記：ことなかれ貴族と薔薇姫の英雄伝 1」タンバ著 双葉社(モンスター文庫) 2017年11月【異世界・架空の世界】【肌の露出が多めの挿絵あり】

「私、能力は平均値でって言ったよね!：God bless me? 6」FUNA著 アース・スターエンターテイメント(EARTH STAR NOVEL) 2017年10月【異世界・架空の世界】【肌の露出が多めの挿絵あり】

「紫鳳伝：王殺しの刀」藤野恵美著 徳間書店(徳間文庫) 2017年12月【異世界・架空の世界】【挿絵なし】

「治癒魔法の間違った使い方：戦場を駆ける回復要員 6」くろかた著 KADOKAWA(MFブックス) 2017年9月【異世界・架空の世界】【肌の露出が多めの挿絵なし】

ストーリー

「自称!平凡魔族の英雄ライフ:B級魔族なのにチートダンジョンを作ってしまった結果 2」あまうい白一著 講談社(Kラノベブックス) 2017年9月【異世界・架空の世界】【肌の露出が多めの挿絵あり】

「七星のスバル = Seven Senses of the Re'Union 6」田尾典丈著 小学館(ガガガ文庫) 2017年9月【異世界・架空の世界】【挿絵なし】

「捨てられた勇者は魔王となりて死に戻る 1」悠島蘭著 双葉社(モンスター文庫) 2017年12月【現代/異世界・架空の世界】【肌の露出が多めの挿絵あり/キスシーンの挿絵あり】

「呪われし勇者は、迫害され半魔族の少女を救い愛でる」鷹山誠一著 英和出版社(UG novels) 2017年12月【異世界・架空の世界】【肌の露出が多めの挿絵あり】

「終わりのセラフ:一瀬グレン、19歳の世界再誕 1」鏡貴也著 講談社(講談社ラノベ文庫) 2017年12月【近未来・遠未来】【肌の露出が多めの挿絵なし】

「終末なにしてますか?もう一度だけ、会えますか? #05」枯野瑛著 KADOKAWA(角川スニーカー文庫) 2017年10月【異世界・架空の世界】【肌の露出が多めの挿絵なし】

「終末の魔女ですけどお兄ちゃんに二回も恋をするのはおかしいですか?」妹尾尻尾著 集英社(ダッシュエックス文庫) 2017年11月【異世界・架空の世界】【肌の露出が多めの挿絵あり】

「十歳の最強魔導師 3」天乃聖樹著 主婦の友社(ヒーロー文庫) 2017年12月【異世界・架空の世界】【肌の露出が多めの挿絵あり】

「銃皇無尽のファフニール 15」ツカサ著 講談社(講談社ラノベ文庫) 2017年11月【異世界・架空の世界】【肌の露出が多めの挿絵あり】

「女騎士これくしょん:ガチャで出た女騎士と同居することになった。」三門鉄狼著 講談社(講談社ラノベ文庫) 2017年9月【現代/異世界・架空の世界】【肌の露出が多めの挿絵あり】

「女神の勇者を倒すゲスな方法 3」笹木さくま著 KADOKAWA(ファミ通文庫) 2017年9月【異世界・架空の世界】【肌の露出が多めの挿絵なし】

「召喚されすぎた最強勇者の再召喚(リユニオン)」菊池九五著 集英社(ダッシュエックス文庫) 2017年8月【異世界・架空の世界】【肌の露出が多めの挿絵あり】

「小さな魔女と野良犬騎士 3」麻倉英理也著 主婦の友社(ヒーロー文庫) 2017年12月【異世界・架空の世界】【肌の露出が多めの挿絵なし】

「新フォーチュン・クエスト2(セカンド) 9」深沢美潮著 KADOKAWA(電撃文庫) 2017年12月【異世界・架空の世界】【肌の露出が多めの挿絵なし】

「新妹魔王の契約者(テスタメント) 11」上栖綴人著 KADOKAWA(角川スニーカー文庫) 2017年11月【異世界・架空の世界】【肌の露出が多めの挿絵あり】

「新約とある魔術の禁書目録(インデックス) 19」鎌池和馬著 KADOKAWA(電撃文庫) 2017年10月【異世界・架空の世界】【肌の露出が多めの挿絵あり】

「神ならざる者に捧ぐ鎮魂歌」北沢慶著;グループSNE著 KADOKAWA(富士見DRAGON BOOK) 2017年8月【異世界・架空の世界】【肌の露出が多めの挿絵なし】

ストーリー

「神眼の勇者 7」ファースト著 双葉社(モンスター文庫) 2017年11月【異世界・架空の世界】【肌の露出が多めの挿絵なし】

「神獣(わたし)たちと一緒なら世界最強イケちゃいますよ?」福山陽士著 KADOKAWA(富士見ファンタジア文庫) 2017年7月【異世界・架空の世界】【肌の露出が多めの挿絵あり】

「神童セフィリアの下剋上プログラム」足高たかみ著 TOブックス 2017年9月【異世界・架空の世界】【肌の露出が多めの挿絵なし】

「神名ではじめる異世界攻略：屍を越えていこうよ」佐々原史緒著 KADOKAWA(ファミ通文庫) 2017年11月【現代/異世界・架空の世界】【肌の露出が多めの挿絵あり】

「進化の実：知らないうちに勝ち組人生 7」美紅著 双葉社(モンスター文庫) 2017年12月【異世界・架空の世界】【肌の露出が多めの挿絵なし】

「図書迷宮」十字静著 KADOKAWA(MF文庫J) 2017年10月【異世界・架空の世界】【肌の露出が多めの挿絵なし】

「翠玉姫演義 2」柊平ハルモ著 KADOKAWA(富士見L文庫) 2017年10月【歴史・時代】【挿絵なし】

「世界最強の後衛：迷宮国の新人探索者」とーわ著 KADOKAWA(カドカワBOOKS) 2017年11月【異世界・架空の世界】【肌の露出が多めの挿絵あり】

「精霊幻想記 8」北山結莉著 ホビージャパン(HJ文庫) 2017年9月【異世界・架空の世界】【肌の露出が多めの挿絵あり】

「聖王国の笑わないヒロイン 1」青生恵著 主婦の友社(ヒーロー文庫) 2017年10月【異世界・架空の世界】【肌の露出が多めの挿絵なし】

「聖剣、解体しちゃいました = I have taken the holy sword apart.」心裡著 アース・スターエンターテイメント(EARTH STAR NOVEL) 2017年12月【異世界・架空の世界】【肌の露出が多めの挿絵あり】

「聖剣使いの禁呪詠唱(ワールドブレイク) 21」あわむら赤光著 SBクリエイティブ(GA文庫) 2017年10月【異世界・架空の世界】【肌の露出が多めの挿絵なし】

「聖刻(ワース)-BEYOND-」新田祐助著 朝日新聞出版(朝日文庫) 2017年12月【異世界・架空の世界】【肌の露出が多めの挿絵あり】

「聖樹の国の禁呪使い 9」篠崎芳著 オーバーラップ(オーバーラップ文庫) 2017年11月【異世界・架空の世界】【肌の露出が多めの挿絵あり】

「聖女の魔力は万能です = The power of the saint is all around 2」橘由華著 KADOKAWA(カドカワBOOKS) 2017年9月【異世界・架空の世界】【肌の露出が多めの挿絵なし】

「青の騎士(ブルーナイト)ベルゼルガ物語『K'』」はままさのり著 朝日新聞出版(朝日文庫) 2017年8月【異世界・架空の世界】【肌の露出が多めの挿絵なし】

「青の騎士(ブルーナイト)ベルゼルガ物語絶叫の騎士」はままさのり著 朝日新聞出版(朝日文庫) 2017年8月【異世界・架空の世界】【肌の露出が多めの挿絵なし】

ストーリー

「青の聖騎士伝説 = LEGEND OF THE BLUE PALADIN」深沢美潮著 KADOKAWA(電撃文庫) 2017年7月【異世界・架空の世界】【肌の露出が多めの挿絵なし】

「青の聖騎士伝説 2」深沢美潮著 KADOKAWA(電撃文庫) 2017年8月【異世界・架空の世界】【肌の露出が多めの挿絵なし】

「千剣の魔術師と呼ばれた剣士：最強の傭兵は禁忌の双子と過去を追う」高光晶著 KADOKAWA(角川スニーカー文庫) 2017年12月【異世界・架空の世界】【肌の露出が多めの挿絵なし】

「千年戦争アイギス 白の帝国編3」むらさきゆきや著 KADOKAWA(ファミ通文庫) 2017年9月【異世界・架空の世界】【肌の露出が多めの挿絵あり】

「戦女神(ヴァルキュリア)の聖蜜 2」草薙アキ著 講談社(講談社ラノベ文庫) 2017年12月【異世界・架空の世界】【肌の露出が多めの挿絵あり】

「戦闘員、派遣します!」暁なつめ著 KADOKAWA(角川スニーカー文庫) 2017年11月【異世界・架空の世界】【肌の露出が多めの挿絵あり】

「槍の勇者のやり直し 2」アネコユサギ著 KADOKAWA(MFブックス) 2017年11月【異世界・架空の世界】【肌の露出が多めの挿絵なし】

「蒼穹のアルトシエル」犬魔人著 KADOKAWA(角川スニーカー文庫) 2017年7月【異世界・架空の世界】【肌の露出が多めの挿絵あり】

「蒼穹のアルトシエル 2」犬魔人著 KADOKAWA(角川スニーカー文庫) 2017年9月【異世界・架空の世界】【肌の露出が多めの挿絵あり/キスシーンの挿絵あり】

「村人Aと帝国第七特殊連隊(ドラゴンパピー) 1」二村ケイト著 オーバーラップ(オーバーラップ文庫) 2017年12月【異世界・架空の世界】【肌の露出が多めの挿絵あり】

「村人Aはお布団スキルで世界を救う：快眠するたび勇者に近づく物語」クリスタルな洋介著 TOブックス 2017年12月【異世界・架空の世界】【肌の露出が多めの挿絵なし】

「堕天の狗神-SLASHDØG- : ハイスクールD×D Universe 1」石踏一榮著 KADOKAWA(富士見ファンタジア文庫) 2017年11月【異世界・架空の世界】【肌の露出が多めの挿絵あり】

「奪う者奪われる者 9」mino著 KADOKAWA(ファミ通文庫) 2017年12月【異世界・架空の世界】【肌の露出が多めの挿絵あり】

「脱サラした元勇者は手加減をやめてチート能力で金儲けすることにしました」年中麦茶太郎著 SBクリエイティブ(GA文庫) 2017年12月【異世界・架空の世界】【肌の露出が多めの挿絵なし】

「誰でもなれる!ラノベ主人公 = ANYONE CAN BE THE HERO OF LIGHT NOVEL : オマエそれ大阪でも同じこと言えんの?」真代屋秀晃著 KADOKAWA(電撃文庫) 2017年10月【現代】【肌の露出が多めの挿絵なし】

「知識チートVS時間ループ」葛西伸哉著 ホビージャパン(HJ文庫) 2017年12月【異世界・架空の世界】【肌の露出が多めの挿絵あり】

218

ストーリー

「地方騎士ハンスの受難 2」アマラ著 アルファポリス(アルファライト文庫) 2017年9月【異世界・架空の世界】【肌の露出が多めの挿絵あり】

「蜘蛛ですが、なにか? 7」馬場翁著 KADOKAWA(カドカワBOOKS) 2017年10月【異世界・架空の世界】【肌の露出が多めの挿絵なし】

「中二病でも恋がしたい! 4」虎虎著 京都アニメーション(KAエスマ文庫) 2017年12月【現代/異世界・架空の世界】【肌の露出が多めの挿絵なし/キスシーンの挿絵あり】

「調教師は魔物に囲まれて生きていきます。= Trainer is surrounded by Monsters」七篠龍著 アース・スターエンターテイメント(EARTH STAR NOVEL) 2017年11月【異世界・架空の世界】【肌の露出が多めの挿絵なし】

「鳥籠の家」廣嶋玲子著 東京創元社(創元推理文庫) 2017年12月【歴史・時代】【挿絵なし】

「痛いのは嫌なので防御力に極振りしたいと思います。」夕蜜柑著 KADOKAWA(カドカワBOOKS) 2017年9月【異世界・架空の世界】【肌の露出が多めの挿絵なし】

「痛いのは嫌なので防御力に極振りしたいと思います。 2」夕蜜柑著 KADOKAWA(カドカワBOOKS) 2017年12月【異世界・架空の世界】【肌の露出が多めの挿絵なし】

「通常攻撃が全体攻撃で二回攻撃のお母さんは好きですか? 3」井中だちま著 KADOKAWA(富士見ファンタジア文庫) 2017年8月【異世界・架空の世界】【肌の露出が多めの挿絵あり】

「天明の月 2」前田珠子著 集英社(コバルト文庫) 2017年9月【異世界・架空の世界】【肌の露出が多めの挿絵なし】

「天明の月 3」前田珠子著 集英社(コバルト文庫) 2017年12月【異世界・架空の世界】【挿絵なし】

「転職アサシンさん、闇ギルドへようこそ! 3」真代屋秀晃著 KADOKAWA(電撃文庫) 2017年7月【異世界・架空の世界】【肌の露出が多めの挿絵あり】

「転職の神殿を開きました 4」土鍋著 双葉社(モンスター文庫) 2017年7月【異世界・架空の世界】【肌の露出が多めの挿絵なし】

「転職の神殿を開きました 4」土鍋著 双葉社(モンスター文庫) 2017年7月【異世界・架空の世界】【肌の露出が多めの挿絵なし】

「転職の神殿を開きました 5」土鍋著 双葉社(モンスター文庫) 2017年12月【異世界・架空の世界】【肌の露出が多めの挿絵なし】

「転生したらドラゴンの卵だった : 最強以外目指さねぇ 5」猫子著 アース・スターエンターテイメント(EARTH STAR NOVEL) 2017年10月【異世界・架空の世界】【肌の露出が多めの挿絵なし】

「転生したら剣でした = I became the sword by transmigrating 3」棚架ユウ著 マイクロマガジン社(GC NOVELS) 2017年7月【異世界・架空の世界】【肌の露出が多めの挿絵なし】

「転生したら剣でした = I became the sword by transmigrating 4」棚架ユウ著 マイクロマガジン社(GC NOVELS) 2017年11月【異世界・架空の世界】【肌の露出が多めの挿絵なし】

ストーリー

「転生貴族の異世界冒険録 = Wonderful adventure in Another world! : 自重を知らない神々の使徒 2」夜州著 一二三書房(Saga Forest) 2017年11月【異世界・架空の世界】【肌の露出が多めの挿絵なし】

「転生少女の履歴書 5」唐澤和希著 主婦の友社(ヒーロー文庫) 2017年10月【異世界・架空の世界】【肌の露出が多めの挿絵なし】

「転生魔術師の英雄譚 4」佐竹アキノリ著 主婦の友社(ヒーロー文庫) 2017年12月【異世界・架空の世界】【肌の露出が多めの挿絵あり】

「田中 = TANAKA THE WIZARD : 年齢イコール彼女いない歴の魔法使い 5」ぶんころり著 マイクロマガジン社(GC NOVELS) 2017年8月【異世界・架空の世界】【肌の露出が多めの挿絵あり】

「田中 = TANAKA THE WIZARD : 年齢イコール彼女いない歴の魔法使い 6」ぶんころり著 マイクロマガジン社(GC NOVELS) 2017年12月【異世界・架空の世界】【肌の露出が多めの挿絵なし/キスシーンの挿絵あり】

「田中 = TANAKA THE WIZARD : 年齢イコール彼女いない歴の魔法使い 6」ぶんころり著 マイクロマガジン社(GC NOVELS) 2017年12月【異世界・架空の世界】【肌の露出が多めの挿絵なし/キスシーンの挿絵あり】

「東京廃区の戦女三師団(トリスケリオン) 3」舞阪洸著 KADOKAWA(富士見ファンタジア文庫) 2017年7月【現代】【肌の露出が多めの挿絵あり】

「導かれし田舎者たち」河端ジュン一著;グループSNE著 KADOKAWA(富士見DRAGON BOOK) 2017年8月【異世界・架空の世界】【肌の露出が多めの挿絵なし】

「導かれし田舎者たち 2」河端ジュン一著;グループSNE著 KADOKAWA(富士見DRAGON BOOK) 2017年12月【異世界・架空の世界】【肌の露出が多めの挿絵なし】

「二度目の地球で街づくり : 開拓者はお爺ちゃん 1」舞著 アース・スターエンターテイメント(EARTH STAR NOVEL) 2017年9月【異世界・架空の世界】【肌の露出が多めの挿絵あり】

「二度目の勇者は復讐の道を嗤い歩む 4」木塚ネロ著 KADOKAWA(MFブックス) 2017年10月【異世界・架空の世界】【肌の露出が多めの挿絵なし】

「農民関連のスキルばっか上げてたら何故か強くなった。2」しょぼんぬ著 双葉社(モンスター文庫) 2017年9月【異世界・架空の世界】【肌の露出が多めの挿絵なし】

「白の皇国物語 12」白沢戌亥著 アルファポリス(アルファライト文庫) 2017年7月【異世界・架空の世界】【肌の露出が多めの挿絵なし】

「縛りプレイ英雄記 2」語部マサユキ著 KADOKAWA(角川スニーカー文庫) 2017年7月【異世界・架空の世界】【肌の露出が多めの挿絵あり】

「叛逆せよ!英雄、転じて邪神騎士」杉原智則著 KADOKAWA(電撃文庫) 2017年7月【異世界・架空の世界】【肌の露出が多めの挿絵なし】

「緋弾のアリア 26」赤松中学著 KADOKAWA(MF文庫J) 2017年9月【現代】【肌の露出が多めの挿絵あり】

ストーリー

「美女と賢者と魔人の剣 3」片遊佐牽太著 ポニーキャニオン（ぽにきゃんBOOKS）2017年11月【異世界・架空の世界】【肌の露出が多めの挿絵なし/キスシーンの挿絵あり】

「美人上司とダンジョンに潜るのは残業ですか？」七菜なな著 KADOKAWA（ノベルゼロ）2017年9月【現代/異世界・架空の世界】【肌の露出が多めの挿絵なし】

「百錬の覇王と聖約の戦乙女（ヴァルキュリア）13」鷹山誠一著 ホビージャパン（HJ文庫）2017年7月【異世界・架空の世界】【肌の露出が多めの挿絵なし】

「百錬の覇王と聖約の戦乙女（ヴァルキュリア）14」鷹山誠一著 ホビージャパン（HJ文庫）2017年11月【異世界・架空の世界】【肌の露出が多めの挿絵あり】

「復讐を誓った白猫は竜王の膝の上で惰眠をむさぼる 3」クレハ著 フロンティアワークス（アリアンローズ）2017年7月【異世界・架空の世界】【肌の露出が多めの挿絵あり】

「復讐完遂者の人生二周目異世界譚 3」御鷹穂積著 マイクロマガジン社（GC NOVELS）2017年10月【異世界・架空の世界】【肌の露出が多めの挿絵なし】

「復讐完遂者の人生二周目異世界譚 4」御鷹穂積著 マイクロマガジン社（GC NOVELS）2017年12月【異世界・架空の世界】【肌の露出が多めの挿絵なし】

「平兵士は過去を夢見る 1」丘野優著 アルファポリス（アルファライト文庫）2017年12月【異世界・架空の世界】【肌の露出が多めの挿絵なし】

「平凡なる皇帝 = ORDINARY EMPEROR 2」三国司著 一二三書房（Saga Forest）2017年10月【異世界・架空の世界】【肌の露出が多めの挿絵なし】

「墓守は意外とやることが多い 1」やとぎ著 一二三書房（Saga Forest）2017年7月【異世界・架空の世界】【肌の露出が多めの挿絵なし】

「墓守は意外とやることが多い 2」やとぎ著 一二三書房（Saga Forest）2017年12月【異世界・架空の世界】【肌の露出が多めの挿絵なし】

「宝くじで40億当たったんだけど異世界に移住する 7」すずの木くろ著 双葉社（モンスター文庫）2017年8月【異世界・架空の世界】【肌の露出が多めの挿絵なし】

「暴血覚醒（ブライト・ブラッド）2」中村ヒロ著 SBクリエイティブ（GA文庫）2017年9月【現代】【肌の露出が多めの挿絵あり】

「暴食のベルセルク = Berserk of Gluttony : 俺だけレベルという概念を突破する 1」一色一凛著 マイクロマガジン社（GC NOVELS）2017年12月【異世界・架空の世界】【肌の露出が多めの挿絵なし】

「僕がモンスターになった日」れるりり原案;時田とおる著 KADOKAWA（角川ビーンズ文庫）2017年10月【現代】【肌の露出が多めの挿絵なし】

「僕はリア充絶対爆発させるマン」浅岡旭著 KADOKAWA（富士見ファンタジア文庫）2017年11月【現代】【肌の露出が多めの挿絵あり】

「魔王になったので、ダンジョン造って人外娘とほのぼのする」流優著 KADOKAWA（カドカワBOOKS）2017年11月【異世界・架空の世界】【肌の露出が多めの挿絵あり】

ストーリー

「魔王討伐したあと、目立ちたくないのでギルドマスターになった」朱月十話著 KADOKAWA（富士見ファンタジア文庫）2017年7月【異世界・架空の世界】【肌の露出が多めの挿絵あり】

「魔王様、リトライ! 1」神埼黒音著 双葉社（モンスター文庫）2017年7月【現代/異世界・架空の世界】【肌の露出が多めの挿絵なし】

「魔王様、リトライ! 2」神埼黒音著 双葉社（モンスター文庫）2017年11月【異世界・架空の世界】【肌の露出が多めの挿絵なし】

「魔剣師の魔剣による魔剣のためのハーレムライフ 2」伏(龍)著 新紀元社（MORNING STAR BOOKS）2017年8月【異世界・架空の世界】【肌の露出が多めの挿絵あり】

「魔拳のデイドリーマー 1」西和尚著 アルファポリス（アルファライト文庫）2017年8月【異世界・架空の世界】【肌の露出が多めの挿絵あり】

「魔拳のデイドリーマー 2」西和尚著 アルファポリス（アルファライト文庫）2017年10月【異世界・架空の世界】【肌の露出が多めの挿絵あり】

「魔術王と聖剣姫の規格外英雄譚」三門鉄狼著 SBクリエイティブ（GA文庫）2017年7月【異世界・架空の世界】【肌の露出が多めの挿絵あり】

「魔術王と聖剣姫の規格外英雄譚 2」三門鉄狼著 SBクリエイティブ（GA文庫）2017年11月【異世界・架空の世界】【肌の露出が多めの挿絵あり】

「魔術学園領域の拳王(バーサーカー) 3」下等妙人著 KADOKAWA（富士見ファンタジア文庫）2017年10月【異世界・架空の世界】【肌の露出が多めの挿絵なし】

「魔術破りのリベンジ・マギア 2」子子子子子子子著 ホビージャパン（HJ文庫）2017年9月【異世界・架空の世界】【肌の露出が多めの挿絵なし/キスシーンの挿絵あり】

「魔人執行官(デモーニック・マーシャル) = Demonic Marshal 3」佐島勤著 KADOKAWA（電撃文庫）2017年10月【近未来・遠未来】【肌の露出が多めの挿絵なし】

「魔装学園H×H(ハイブリッド・ハート) 12」久慈マサムネ著 KADOKAWA（角川スニーカー文庫）2017年11月【異世界・架空の世界】【肌の露出が多めの挿絵あり】

「魔法?そんなことより筋肉だ! 3」どらねこ著 KADOKAWA（MFブックス）2017年12月【異世界・架空の世界】【肌の露出が多めの挿絵なし】

「魔法医師(メディサン・ドゥ・マージ)の診療記録 = medecin du mage et record médical 6」手代木正太郎著 小学館（ガガガ文庫）2017年10月【異世界・架空の世界】【肌の露出が多めの挿絵なし】

「魔法使いにはさせませんよ!」朝日乃ケイ著 SBクリエイティブ（GA文庫）2017年10月【現代/異世界・架空の世界】【肌の露出が多めの挿絵あり】

「魔法塾：生涯777連敗の魔術師だった私がニート講師のおかげで飛躍できました。」壱日千次著 KADOKAWA（MF文庫J）2017年10月【現代】【肌の露出が多めの挿絵あり】

「魔力ゼロの俺には、魔法剣姫最強の学園を支配できない……と思った? 4」刈野ミカタ著 KADOKAWA（MF文庫J）2017年11月【異世界・架空の世界】【肌の露出が多めの挿絵あり】

ストーリー

「魔力の使えない魔術師 4」高梨ひかる著 主婦の友社(ヒーロー文庫) 2017年12月【異世界・架空の世界】【肌の露出が多めの挿絵なし】

「魔力融資が返済できない魔導師はぜったい絶対服従ですよ?：じゃあ、可愛がってくださいね?」真野真央著 KADOKAWA(MF文庫J) 2017年10月【異世界・架空の世界】【肌の露出が多めの挿絵なし】

「夢幻戦舞曲」瑞智士記著 KADOKAWA(MF文庫J) 2017年8月【異世界・架空の世界】【肌の露出が多めの挿絵なし】

「夢幻戦舞曲 2」瑞智士記著 KADOKAWA(MF文庫J) 2017年12月【近未来・遠未来】【肌の露出が多めの挿絵なし】

「無職転生：異世界行ったら本気だす 15」理不尽な孫の手著 KADOKAWA(MFブックス) 2017年7月【異世界・架空の世界】【肌の露出が多めの挿絵なし】

「無属性魔法の救世主(メサイア) 3」武藤健太著 主婦の友社(ヒーロー文庫) 2017年7月【異世界・架空の世界】【肌の露出が多めの挿絵なし】

「無敵無双の神滅兵装：チート過ぎて退学になったが世界を救うことにした」年中麦茶太郎著 英和出版社(UG novels) 2017年12月【異世界・架空の世界】【肌の露出が多めの挿絵なし】

「明かせぬ正体：乞食に堕とされた最強の糸使い 2」ポルカ著 一二三書房(Saga Forest) 2017年7月【異世界・架空の世界】【肌の露出が多めの挿絵なし】

「野心あらためず：日高見国伝」後藤竜二著 光文社(光文社文庫) 2017年9月【歴史・時代】【挿絵なし】

「野生のラスボスが現れた! = wild final boss appeared! 5」炎頭著 アース・スターエンターテイメント(EARTH STAR NOVEL) 2017年9月【異世界・架空の世界】【肌の露出が多めの挿絵なし】

「野生のラスボスが現れた! = wild final boss appeared! 6」炎頭著 アース・スターエンターテイメント(EARTH STAR NOVEL) 2017年12月【異世界・架空の世界】【肌の露出が多めの挿絵なし】

「勇者、辞めます：次の職場は魔王城」クオンタム著 KADOKAWA(カドカワBOOKS) 2017年12月【異世界・架空の世界】【肌の露出が多めの挿絵なし】

「勇者のセガレ 2」和ケ原聡司著 KADOKAWA(電撃文庫) 2017年8月【現代】【肌の露出が多めの挿絵あり】

「勇者の武器屋経営 2」至道流星著 星海社(星海社FICTIONS) 2017年9月【異世界・架空の世界】【肌の露出が多めの挿絵なし】

「勇者の武器屋経営 3」至道流星著 星海社(星海社FICTIONS) 2017年11月【異世界・架空の世界】【肌の露出が多めの挿絵なし】

「勇者召喚が似合わない僕らのクラス = Our class doesn't suit to be summoned heroes 2」白神怜司著 KADOKAWA(カドカワBOOKS) 2017年10月【異世界・架空の世界】【肌の露出が多めの挿絵なし】

ストーリー

「友食い教室 = THE FRIENDS-EATER CLASSROOM」柑橘ゆすら小説 集英社（JUMP j BOOKS）2017年12月【現代】【肌の露出が多めの挿絵なし】

「悠久の愚者アズリーの、賢者のすゝめ = The principle of a philosopher by eternal fool "Asley" 7」壱弐参著 アース・スターエンターテイメント（EARTH STAR NOVEL）2017年11月【異世界・架空の世界】【肌の露出が多めの挿絵なし】

「幼女さまとゼロ級守護者さま」すかぢ著 SBクリエイティブ（GA文庫）2017年12月【異世界・架空の世界】【肌の露出が多めの挿絵なし】

「用務員さんは勇者じゃありませんので 8」棚花尋平著 KADOKAWA（MFブックス）2017年8月【異世界・架空の世界】【肌の露出が多めの挿絵なし】

「落ちてきた龍王(ナーガ)と滅びゆく魔女の国 12」舞阪洸著 KADOKAWA（MF文庫J）2017年10月【異世界・架空の世界】【肌の露出が多めの挿絵あり】

「落第騎士の英雄譚(キャバルリィ) 11」海空りく著 SBクリエイティブ（GA文庫）2017年10月【異世界・架空の世界】【肌の露出が多めの挿絵あり】

「裏世界ピクニック 2」宮澤伊織著 早川書房（ハヤカワ文庫JA）2017年10月【現代/異世界・架空の世界】【肌の露出が多めの挿絵なし】

「輪廻剣聖：持ち手を探して奴隷少女とゆく異世界の旅」多宇部貞人著 集英社（ダッシュエックス文庫）2017年9月【異世界・架空の世界】【肌の露出が多めの挿絵あり】

「恋と悪魔と黙示録 [9]」糸森環著 一迅社（一迅社文庫アイリス）2017年8月【異世界・架空の世界】【肌の露出が多めの挿絵なし/キスシーンの挿絵あり】

「老後に備えて異世界で8万枚の金貨を貯めます = Saving 80,000 gold coins in the different world for my old age 2」FUNA著 講談社（Kラノベブックス）2017年11月【異世界・架空の世界】【肌の露出が多めの挿絵なし】

「筐底のエルピス 5」オキシタケヒコ著 小学館（ガガガ文庫）2017年8月【近未来・遠未来】【肌の露出が多めの挿絵なし】

パラレルワールド

「RAIL WARS!：日本國有鉄道公安隊 14」豊田巧著 実業之日本社（Jノベルライト文庫）2017年12月【現代】【肌の露出が多めの挿絵なし】

「ガールズトーク縁と花：境界線上のホライゾン」川上稔著 KADOKAWA（電撃文庫）2017年7月【異世界・架空の世界】【肌の露出が多めの挿絵あり】

「君が何度死んでも」椙本孝思著 アルファポリス（アルファポリス文庫）2017年12月【現代】【挿絵なし】

「君と夏と、約束と。」麻中郷矢著 SBクリエイティブ（GA文庫）2017年12月【現代】【肌の露出が多めの挿絵なし】

「現代編・近くば寄って目にも見よ」結城光流著 KADOKAWA（角川ビーンズ文庫）2017年11月【現代】【肌の露出が多めの挿絵なし】

ストーリー

「親しい君との見知らぬ記憶」久遠侑著 KADOKAWA(ファミ通文庫) 2017年12月【現代】【肌の露出が多めの挿絵なし】

引きこもり・寄生

「10年ごしの引きニートを辞めて外出したら 5」坂東太郎著 オーバーラップ(オーバーラップ文庫) 2017年10月【現代/異世界・架空の世界】【肌の露出が多めの挿絵なし】

「オッサン〈36〉がアイドルになる話」もちだもちこ著 主婦と生活社(PASH!ブックス) 2017年7月【現代】【肌の露出が多めの挿絵なし】

「オッサン〈36〉がアイドルになる話 2」もちだもちこ著 主婦と生活社(PASH!ブックス) 2017年11月【現代】【肌の露出が多めの挿絵なし】

「キネマ探偵カレイドミステリー [2]」斜線堂有紀著 KADOKAWA(メディアワークス文庫) 2017年8月【現代】【肌の露出が多めの挿絵なし】

「セブンキャストのひきこもり魔術王 5」岬かつみ著 KADOKAWA(富士見ファンタジア文庫) 2017年9月【異世界・架空の世界】【肌の露出が多めの挿絵なし】

「ニートの少女〈17〉に時給650円でレベル上げさせているオンライン」瀬尾つかさ著 KADOKAWA(角川スニーカー文庫) 2017年12月【現代】【肌の露出が多めの挿絵あり】

「ひきこもり作家と同居します。」谷崎泉著 KADOKAWA(富士見L文庫) 2017年8月【現代】【挿絵なし】

「ひきこもり姫を歌わせたいっ!」水坂不適合著 小学館(ガガガ文庫) 2017年7月【現代】【肌の露出が多めの挿絵なし】

「委員長は××がお好き」穂兎ここあ著 KADOKAWA(ビーズログ文庫アリス) 2017年9月【現代】【肌の露出が多めの挿絵なし】

「異世界チート開拓記 1」ファースト著 双葉社(モンスター文庫) 2017年7月【異世界・架空の世界】【肌の露出が多めの挿絵あり】

「異世界チート開拓記 2」ファースト著 双葉社(モンスター文庫) 2017年10月【異世界・架空の世界】【肌の露出が多めの挿絵なし】

「俺が大統領になればこの国、楽勝で栄える : アラフォーひきこもりからの大統領戦記」至道流星著 KADOKAWA(ノベルゼロ) 2017年10月【現代】【肌の露出が多めの挿絵あり】

「俺の部屋ごと異世界へ!ネットとAmozonの力で無双する 2」月夜涙著 双葉社(モンスター文庫) 2017年7月【異世界・架空の世界】【肌の露出が多めの挿絵なし】

「俺の部屋ごと異世界へ!ネットとAmozonの力で無双する 3」月夜涙著 双葉社(モンスター文庫) 2017年12月【異世界・架空の世界】【肌の露出が多めの挿絵あり】

「寄生してレベル上げたんだが、育ちすぎたかもしれない 4」伊垣久大著 KADOKAWA(カドカワBOOKS) 2017年10月【異世界・架空の世界】【肌の露出が多めの挿絵なし】

「公爵夫妻の幸福な結末」芝原歌織著 講談社(講談社X文庫) 2017年11月【異世界・架空の世界】【肌の露出が多めの挿絵なし】

ストーリー

「黒騎士さんは働きたくない 3」雨木シュウスケ著 集英社(ダッシュエックス文庫) 2017年8月【異世界・架空の世界】【肌の露出が多めの挿絵あり】

「死を見る僕と、明日死ぬ君の事件録」古宮九時著 KADOKAWA(メディアワークス文庫) 2017年11月【現代】【肌の露出が多めの挿絵なし】

「重装令嬢モアネット [2]」さき著 KADOKAWA(角川ビーンズ文庫) 2017年8月【異世界・架空の世界】【肌の露出が多めの挿絵なし】

「女王陛下と呼ばないで」柏てん著 KADOKAWA(角川ビーンズ文庫) 2017年9月【現代】【肌の露出が多めの挿絵なし】

「図書館は、いつも静かに騒がしい」端島凛著 三交社(スカイハイ文庫) 2017年7月【現代】【肌の露出が多めの挿絵なし】

「比翼のバルカローレ：蓮見律子の推理交響楽」杉井光著 講談社(講談社タイガ) 2017年8月【現代】【挿絵なし】

「魔王、配信中!? 2」南篠豊著 講談社(講談社ラノベ文庫) 2017年11月【現代】【肌の露出が多めの挿絵なし】

秘密結社

「ハウリングソウル ＝ HOWLING SOUL：流星と少女 1」凸田凹著 マイクロマガジン社(BOOK BLAST) 2017年9月【現代/異世界・架空の世界】【肌の露出が多めの挿絵なし】

「血界戦線 [2]」内藤泰弘著;秋田禎信著 集英社(JUMP j BOOKS) 2017年10月【異世界・架空の世界】【肌の露出が多めの挿絵なし】

「神域のカンピオーネス：トロイア戦争」丈月城著 集英社(ダッシュエックス文庫) 2017年12月【異世界・架空の世界】【肌の露出が多めの挿絵なし】

「戦闘員、派遣します!」暁なつめ著 KADOKAWA(角川スニーカー文庫) 2017年11月【異世界・架空の世界】【肌の露出が多めの挿絵あり】

病気・医療

「エリート外科医の一途な求愛」水守恵蓮著 スターツ出版(ベリーズ文庫) 2017年11月【現代】【挿絵なし】

「オークブリッジ邸の笑わない貴婦人 3」太田紫織著 新潮社(新潮文庫) 2017年9月【現代】【肌の露出が多めの挿絵なし】

「おことばですが、魔法医さま。2」時田唯著 KADOKAWA(電撃文庫) 2017年9月【異世界・架空の世界】【肌の露出が多めの挿絵あり】

「お飾り聖女は前線で戦いたい」さき著 KADOKAWA(角川ビーンズ文庫) 2017年11月【異世界・架空の世界】【肌の露出が多めの挿絵なし/キスシーンの挿絵あり】

「がらくた少女と人喰い煙突」矢樹純著 河出書房新社(河出文庫) 2017年9月【現代】【挿絵なし】

226

ストーリー

「きみのために青く光る」似鳥鶏著 KADOKAWA(角川文庫) 2017年7月【現代】【挿絵なし】

「さよならレター」皐月コハル著 スターツ出版(スターツ出版文庫) 2017年11月【現代】【挿絵なし】

「シャドウ・ガール 1」文野さと著 アルファポリス(レジーナ文庫.レジーナブックス) 2017年7月【異世界・架空の世界】【肌の露出が多めの挿絵なし】

「せっかくチートを貰って異世界に転移したんだから、好きなように生きてみたい 2」ムンムン著 マイクロマガジン社(GC NOVELS) 2017年12月【異世界・架空の世界】【肌の露出が多めの挿絵あり/キスシーンの挿絵あり/性描写の挿絵あり】

「ダンボールに捨てられていたのはスライムでした 1」伊達祐一著 主婦の友社(ヒーロー文庫) 2017年12月【異世界・架空の世界】【肌の露出が多めの挿絵なし】

「てのひら開拓村で異世界建国記 : 増えてく嫁たちとのんびり無人島ライフ 2」星崎崑著 KADOKAWA(MF文庫J) 2017年10月【異世界・架空の世界】【肌の露出が多めの挿絵あり】

「ビューティフル・ソウル : 終わる世界に響く唄」坂上秋成著 講談社(講談社ラノベ文庫) 2017年8月【近未来・遠未来】【肌の露出が多めの挿絵なし】

「もう一度、日曜日の君へ」羽根川牧人著 KADOKAWA(富士見L文庫) 2017年7月【現代】【挿絵なし】

「ライヴ」山田悠介著 幻冬舎(幻冬舎文庫) 2017年7月【現代】【挿絵なし】

「暗殺姫は籠の中」小桜けい著 アルファポリス(レジーナ文庫.レジーナブックス) 2017年12月【異世界・架空の世界】【肌の露出が多めの挿絵なし】

「異世界で『黒の癒し手』って呼ばれています 1」ふじま美耶著 アルファポリス(レジーナ文庫.レジーナブックス) 2017年11月【異世界・架空の世界】【肌の露出が多めの挿絵なし】

「異世界薬局 5」高山理図著 KADOKAWA(MFブックス) 2017年8月【異世界・架空の世界】【肌の露出が多めの挿絵なし】

「俺様Dr.に愛されすぎて」夏雪なつめ著 スターツ出版(ベリーズ文庫) 2017年12月【現代】【挿絵なし】

「鑑定能力で調合師になります 7」空野進著 主婦の友社(ヒーロー文庫) 2017年9月【異世界・架空の世界】【肌の露出が多めの挿絵なし】

「偽りの英雄が英雄エルフちゃんを守ります!」秋月煌介著 KADOKAWA(MF文庫J) 2017年8月【異世界・架空の世界】【肌の露出が多めの挿絵なし】

「京の絵草紙屋満天堂空蝉の夢」三好昌子著 宝島社(宝島社文庫) 2017年9月【歴史・時代】【挿絵なし】

「極上な御曹司にとろ甘に愛されています」滝井みらん著 スターツ出版(ベリーズ文庫) 2017年12月【現代】【挿絵なし】

「君と綴った約束ノート」古河樹著 KADOKAWA(富士見L文庫) 2017年9月【現代】【挿絵なし】

ストーリー

「君の嘘と、やさしい死神」青谷真未著 ポプラ社（ポプラ文庫ピュアフル）2017年11月【現代】【挿絵なし】

「幻肢」島田荘司著 文藝春秋（文春文庫）2017年8月【現代】【挿絵なし】

「後宮に日輪は蝕す」篠原悠希著 KADOKAWA（角川文庫）2017年11月【異世界・架空の世界】【挿絵なし】

「侯爵令嬢は手駒を演じる 4」橘千秋著 フロンティアワークス（アリアンローズ）2017年10月【異世界・架空の世界】【肌の露出が多めの挿絵なし】

「詐騎士 外伝[3]」かいとーこ著 アルファポリス（レジーナ文庫．レジーナブックス）2017年10月【異世界・架空の世界】【肌の露出が多めの挿絵なし】

「治癒魔法の間違った使い方：戦場を駆ける回復要員 6」くろかた著 KADOKAWA（MFブックス）2017年9月【異世界・架空の世界】【肌の露出が多めの挿絵なし】

「鹿の王 3」上橋菜穂子著 KADOKAWA（角川文庫）2017年7月【異世界・架空の世界】【肌の露出が多めの挿絵なし】

「鹿の王 4」上橋菜穂子著 KADOKAWA（角川文庫）2017年7月【異世界・架空の世界】【肌の露出が多めの挿絵なし】

「珠華杏林医治伝：乙女の大志は未来を癒す」小田菜摘著 集英社（コバルト文庫）2017年12月【異世界・架空の世界】【肌の露出が多めの挿絵なし】

「消えていく君の言葉を探してる。」霧友正規著 KADOKAWA（富士見L文庫）2017年8月【現代】【挿絵なし】

「聖者無双：サラリーマン、異世界で生き残るために歩む道 3」ブロッコリーライオン著 マイクロマガジン社（GC NOVELS）2017年7月【異世界・架空の世界】【肌の露出が多めの挿絵なし】

「千剣の魔術師と呼ばれた剣士：最強の傭兵は禁忌の双子と過去を追う」高光晶著 KADOKAWA（角川スニーカー文庫）2017年12月【異世界・架空の世界】【肌の露出が多めの挿絵なし】

「寵愛婚-華麗なる王太子殿下は今日も新妻への独占欲が隠せない」惣領莉沙著 スターツ出版（ベリーズ文庫）2017年8月【異世界・架空の世界】【挿絵なし】

「天才外科医が異世界で闇医者を始めました。5」柊むぅ著 双葉社（モンスター文庫）2017年10月【異世界・架空の世界】【肌の露出が多めの挿絵なし】

「転生者の私に挑んでくる無謀で有望な少女の話 1」小東のら著 主婦の友社（ヒーロー文庫）2017年12月【現代】【肌の露出が多めの挿絵なし】

「東京「物ノ怪」訪問録：河童の懸場帖」桔梗楓著 マイナビ出版（ファン文庫）2017年10月【現代】【挿絵なし】

「平凡なる皇帝 = ORDINARY EMPEROR 2」三国司著 一二三書房（Saga Forest）2017年10月【異世界・架空の世界】【肌の露出が多めの挿絵なし】

「崩れる脳を抱きしめて」知念実希人著 実業之日本社 2017年9月【現代】【挿絵なし】

ストーリー

「魔法医師(メディサン・ドゥ・マージ)の診療記録 = medecin du mage et record médical 6」手代木正太郎著 小学館(ガガガ文庫) 2017年10月【異世界・架空の世界】【肌の露出が多めの挿絵なし】

「毎年、記憶を失う彼女の救いかた」望月拓海著 講談社(講談社タイガ) 2017年12月【現代】【挿絵なし】

「臨界シンドローム：不条心理カウンセラー・雪丸十門診療奇談」堀井拓馬著 KADOKAWA(角川ホラー文庫) 2017年9月【現代】【挿絵なし】

「巫女華伝 [2]」岐川新著 KADOKAWA(角川ビーンズ文庫) 2017年7月【歴史・時代】【肌の露出が多めの挿絵なし】

復讐・逆襲

「BABEL：復讐の贈与者」日野草著 KADOKAWA(角川文庫) 2017年7月【現代】【挿絵なし】

「TAKER：復讐の贈与者」日野草著 KADOKAWA(角川文庫) 2017年11月【現代】【肌の露出が多めの挿絵なし】

「たぶん、出会わなければよかった嘘つきな君に」栗俣力也原案;佐藤青南著 祥伝社(祥伝社文庫) 2017年12月【現代】【挿絵なし】

「ダンジョンシーカー 1」サカモト666著 アルファポリス(アルファライト文庫) 2017年12月【異世界・架空の世界】【肌の露出が多めの挿絵なし】

「もうひとつの命」入間人間著 KADOKAWA(メディアワークス文庫) 2017年12月【現代】【肌の露出が多めの挿絵なし】

「暗殺者である俺のステータスが勇者よりも明らかに強いのだが 1」赤井まつり著 オーバーラップ(オーバーラップ文庫) 2017年11月【異世界・架空の世界】【肌の露出が多めの挿絵あり】

「回復術士のやり直し：即死魔法とスキルコピーの超越ヒール」月夜涙著 KADOKAWA(角川スニーカー文庫) 2017年7月【異世界・架空の世界】【肌の露出が多めの挿絵あり】

「回復術士のやり直し：即死魔法とスキルコピーの超越ヒール 2」月夜涙著 KADOKAWA(角川スニーカー文庫) 2017年12月【異世界・架空の世界】【肌の露出が多めの挿絵あり】

「軍オタが魔法世界に転生したら、現代兵器で軍隊ハーレムを作っちゃいました!? 12」明鏡シスイ著 KADOKAWA(富士見ファンタジア文庫) 2017年12月【異世界・架空の世界】【肌の露出が多めの挿絵あり】

「皇女の騎士：壊れた世界と姫君の楽園」やのゆい著 KADOKAWA(ファミ通文庫) 2017年11月【異世界・架空の世界】【肌の露出が多めの挿絵あり】

「再臨勇者の復讐譚：勇者やめて元魔王と組みます 4」羽咲うさぎ著 双葉社(モンスター文庫) 2017年9月【異世界・架空の世界】【肌の露出が多めの挿絵あり】

「殺人鬼探偵の捏造美学」御影瑛路著 講談社(講談社タイガ) 2017年11月【現代】【挿絵なし】

ストーリー

「紫鳳伝：王殺しの刀」藤野恵美著 徳間書店（徳間文庫）2017年12月【異世界・架空の世界】【挿絵なし】

「十二騎士団の反逆軍師(リヴェンジャー)：デュシア・クロニクル」大黒尚人著 KADOKAWA（富士見ファンタジア文庫）2017年10月【異世界・架空の世界】【肌の露出が多めの挿絵あり】

「二度目の勇者は復讐の道を嗤い歩む 4」木塚ネロ著 KADOKAWA（MFブックス）2017年10月【異世界・架空の世界】【肌の露出が多めの挿絵なし】

「博多豚骨ラーメンズ 7」木崎ちあき著 KADOKAWA（メディアワークス文庫）2017年7月【現代】【肌の露出が多めの挿絵なし】

「博多豚骨ラーメンズ 8」木崎ちあき著 KADOKAWA（メディアワークス文庫）2017年12月【現代】【肌の露出が多めの挿絵なし】

「平兵士は過去を夢見る 1」丘野優著 アルファポリス（アルファライト文庫）2017年12月【異世界・架空の世界】【肌の露出が多めの挿絵なし】

「魔王、配信中!? 2」南篠豊著 講談社（講談社ラノベ文庫）2017年11月【現代】【肌の露出が多めの挿絵なし】

「明かせぬ正体：乞食に堕とされた最強の糸使い 2」ポルカ著 一二三書房（Saga Forest）2017年7月【異世界・架空の世界】【肌の露出が多めの挿絵なし】

「木津音紅葉はあきらめない」梨沙著 集英社（集英社オレンジ文庫）2017年10月【現代】【肌の露出が多めの挿絵なし】

「妖琦庵夜話 [6]」榎田ユウリ著 KADOKAWA（角川ホラー文庫）2017年7月【現代】【挿絵なし】

勉強

「なぜ、勉強オタクが異能戦でもトップを独走できるのか? 2」霜野おつかい著 SBクリエイティブ（GA文庫）2017年9月【近未来・遠未来】【肌の露出が多めの挿絵なし】

「レンタルJK犬見さん。= Rental JK Inumi san.」三河ごーすと著 KADOKAWA（電撃文庫）2017年7月【現代】【肌の露出が多めの挿絵なし】

「君に恋をするなんて、ありえないはずだった [2]」笂田かつら著 宝島社（宝島社文庫）2017年7月【現代】【肌の露出が多めの挿絵なし】

「交換ウソ日記」櫻いいよ著 スターツ出版（スターツ出版文庫）2017年8月【現代】【挿絵なし】

「今夜、きみは火星にもどる」小嶋陽太郎著 KADOKAWA（角川文庫）2017年10月【現代】【挿絵なし】

「彩菊あやかし算法帖」青柳碧人著 実業之日本社（実業之日本社文庫）2017年8月【歴史・時代】【肌の露出が多めの挿絵なし】

「彩菊あやかし算法帖 [2]」青柳碧人著 実業之日本社 2017年9月【歴史・時代】【肌の露出が多めの挿絵なし】

ストーリー

「算額タイムトンネル」向井湘吾著 講談社(講談社タイガ) 2017年12月【現代】【挿絵なし】

「天鏡のアルデラミン = Alderamin on the Sky : ねじ巻き精霊戦記 12」宇野朴人著 KADOKAWA(電撃文庫) 2017年7月【異世界・架空の世界】【肌の露出が多めの挿絵なし】

「転生者の私に挑んでくる無謀で有望な少女の話 1」小東のら著 主婦の友社(ヒーロー文庫) 2017年12月【現代】【肌の露出が多めの挿絵なし】

「兎田士郎の勝負な週末」日向唯稀著;兎田颯太郎著 コスミック出版(コスミック文庫α) 2017年8月【現代】【挿絵なし】

「放課後音楽室」麻沢奏著 スターツ出版(スターツ出版文庫) 2017年10月【現代】【挿絵なし】

「勇者のセガレ 2」和ケ原聡司著 KADOKAWA(電撃文庫) 2017年8月【現代】【肌の露出が多めの挿絵あり】

勉強＞カンニング

「不可抗力のラビット・ラン : ブギーポップ・ダウトフル」上遠野浩平著 KADOKAWA(電撃文庫) 2017年7月【現代】【肌の露出が多めの挿絵なし】

勉強＞試験・受験

「アウトサイド・アカデミア!! :《留年組》は最強なので、チートな教師と卒業します」神秋昌史著 KADOKAWA(角川スニーカー文庫) 2017年9月【現代】【肌の露出が多めの挿絵あり】

「ゼロ能力者の英雄伝説 : 最強スキルはセーブ&ロード」東国不動著 TOブックス 2017年11月【異世界・架空の世界】【肌の露出が多めの挿絵あり】

「夏は終わらない : 雲は湧き、光あふれて」須賀しのぶ著 集英社(集英社オレンジ文庫) 2017年7月【現代】【肌の露出が多めの挿絵なし】

「君と綴った約束ノート」古河樹著 KADOKAWA(富士見L文庫) 2017年9月【現代】【挿絵なし】

「君に恋をするなんて、ありえないはずだった [2]」筏田かつら著 宝島社(宝島社文庫) 2017年7月【現代】【肌の露出が多めの挿絵なし】

「後宮香妃物語 [2]」伊藤たつき著 KADOKAWA(角川ビーンズ文庫) 2017年9月【異世界・架空の世界】【肌の露出が多めの挿絵なし】

「私の大阪八景 改版」田辺聖子著 KADOKAWA(角川文庫) 2017年8月【歴史・時代】【挿絵なし】

「厨房ガール!」井上尚登著 KADOKAWA(角川文庫) 2017年7月【現代】【挿絵なし】

「転生勇者の成り上がり 2」雨宮和希著 オーバーラップ(オーバーラップ文庫) 2017年10月【異世界・架空の世界】【肌の露出が多めの挿絵なし】

「努力しすぎた世界最強の武闘家は、魔法世界を余裕で生き抜く。2」わんこそば著 集英社(ダッシュエックス文庫) 2017年8月【異世界・架空の世界】【肌の露出が多めの挿絵なし】

ストーリー

「六畳間の侵略者!? 27」健速著 ホビージャパン(HJ文庫) 2017年11月【現代】【肌の露出が多めの挿絵なし】

「茉莉花官吏伝：皇帝の恋心、花知らず」石田リンネ著 KADOKAWA(ビーズログ文庫) 2017年7月【異世界・架空の世界】【肌の露出が多めの挿絵なし】

「茉莉花官吏伝 2」石田リンネ著 KADOKAWA(ビーズログ文庫) 2017年12月【異世界・架空の世界】【肌の露出が多めの挿絵なし】

変身・変形・変装

「29歳独身は異世界で自由に生きた……かった。= The 29 years old single in another dimension wished a life of liberty……8」リュート著 KADOKAWA(カドカワBOOKS) 2017年11月【異世界・架空の世界】【肌の露出が多めの挿絵あり】

「アカネヒメ物語」村山早紀著 徳間書店(徳間文庫) 2017年12月【現代】【挿絵なし】

「あやかし屋台なごみ亭 3」篠宮あすか著 双葉社(双葉文庫) 2017年8月【異世界・架空の世界】【肌の露出が多めの挿絵なし】

「オッサン〈36〉がアイドルになる話」もちだもちこ著 主婦と生活社(PASH!ブックス) 2017年7月【現代】【肌の露出が多めの挿絵なし】

「オッサン〈36〉がアイドルになる話 2」もちだもちこ著 主婦と生活社(PASH!ブックス) 2017年11月【現代】【肌の露出が多めの挿絵なし】

「おとなりの晴明さん：陰陽師は左京区にいる」仲町六絵著 KADOKAWA(メディアワークス文庫) 2017年10月【現代/異世界・架空の世界/歴史・時代】【肌の露出が多めの挿絵なし】

「クラウは食べることにした」藤井論理著 KADOKAWA(角川スニーカー文庫) 2017年8月【現代/異世界・架空の世界】【肌の露出が多めの挿絵あり】

「その最強、神の依頼で異世界へ 2」速峰淳著 主婦の友社(ヒーロー文庫) 2017年11月【異世界・架空の世界】【肌の露出が多めの挿絵あり】

「パラミリタリ・カンパニー：萌える侵略者 2」榊一郎著 講談社(講談社ラノベ文庫) 2017年9月【現代】【肌の露出が多めの挿絵あり】

「マイダスタッチ = MIDAS TOUCH：内閣府超常経済犯罪対策課 3」ますもとたくや著 小学館(ガガガ文庫) 2017年9月【現代】【肌の露出が多めの挿絵なし/キスシーンの挿絵あり】

「異世界クエストは放課後に!：クールな先輩がオレの前だけ笑顔になるようです」空埜一樹著 ホビージャパン(HJ文庫) 2017年12月【異世界・架空の世界】【肌の露出が多めの挿絵あり】

「異世界で竜が許嫁です 2」山崎里佳著 KADOKAWA(角川ビーンズ文庫) 2017年12月【異世界・架空の世界】【肌の露出が多めの挿絵なし】

「俺、ツインテールになります。13」水沢夢著 小学館(ガガガ文庫) 2017年8月【異世界・架空の世界】【肌の露出が多めの挿絵あり】

「俺と蛙さんの異世界放浪記 6」くずもち著 アルファポリス(アルファライト文庫) 2017年7月【異世界・架空の世界】【肌の露出が多めの挿絵なし】

ストーリー

「何度でも永遠」岡本千紘著 集英社(集英社オレンジ文庫) 2017年11月【現代】【肌の露出が多めの挿絵なし】

「黒の星眷使い：世界最強の魔法使いの弟子 5」左リュウ著 KADOKAWA(MFブックス) 2017年7月【異世界・架空の世界】【肌の露出が多めの挿絵なし】

「黒鋼の英雄王機ヴァナルガンド：巨大勇者、異世界に降り立つ」ひびき遊著 KADOKAWA (MF文庫J) 2017年8月【異世界・架空の世界】【肌の露出が多めの挿絵あり】

「佐々木探偵事務所には、猫又の斑さんがいる。」杜奏みなや著 KADOKAWA(メディアワークス文庫) 2017年11月【現代】【肌の露出が多めの挿絵なし】

「始まりの魔法使い 2」石之宮カント著 KADOKAWA(富士見ファンタジア文庫) 2017年9月【異世界・架空の世界】【肌の露出が多めの挿絵あり】

「心中探偵：蜜約または闇夜の解釈」森晶麿著 幻冬舎(幻冬舎文庫) 2017年11月【現代】【肌の露出が多めの挿絵なし】

「神様たちのお伊勢参り 2」竹村優希著 双葉社(双葉文庫) 2017年11月【異世界・架空の世界】【肌の露出が多めの挿絵なし】

「双子喫茶と悪魔の料理書 2」望月唯一著 講談社(講談社ラノベ文庫) 2017年11月【現代】【肌の露出が多めの挿絵あり】

「男装令嬢とドM執事の無謀なる帝国攻略 = Crossdressed Lady and the "M" Butler Conquer this Impregnable Empire」一石月下著 KADOKAWA(カドカワBOOKS) 2017年9月【異世界・架空の世界】【肌の露出が多めの挿絵なし】

「天都宮帝室の然々な事情：二五六番目の皇女、天降りて大きな瓜と小さな恋を育てること」我鳥彩子著 集英社(コバルト文庫) 2017年8月【異世界・架空の世界】【肌の露出が多めの挿絵なし】

「天都宮帝室の然々な事情 [2]」我鳥彩子著 集英社(コバルト文庫) 2017年11月【異世界・架空の世界】【肌の露出が多めの挿絵なし】

「豚公爵に転生したから、今度は君に好きと言いたい 4」合田拍子著 KADOKAWA(富士見ファンタジア文庫) 2017年12月【異世界・架空の世界】【肌の露出が多めの挿絵あり】

「二度目の地球で街づくり：開拓者はお爺ちゃん 1」舞著 アース・スターエンターテイメント (EARTH STAR NOVEL) 2017年9月【異世界・架空の世界】【肌の露出が多めの挿絵あり】

「猫にされた君と私の一か月」相川悠紀著 双葉社(双葉文庫) 2017年9月【現代】【挿絵なし】

「氷竜王と六花の姫 [2]」小野はるか著 KADOKAWA(角川ビーンズ文庫) 2017年12月【異世界・架空の世界】【肌の露出が多めの挿絵なし】

「復讐を誓った白猫は竜王の膝の上で惰眠をむさぼる 3」クレハ著 フロンティアワークス(アリアンローズ) 2017年7月【異世界・架空の世界】【肌の露出が多めの挿絵あり】

「復讐を誓った白猫は竜王の膝の上で惰眠をむさぼる 4」クレハ著 フロンティアワークス(アリアンローズ) 2017年12月【異世界・架空の世界】【肌の露出が多めの挿絵あり】

ストーリー

「魔王になったので、ダンジョン造って人外娘とほのぼのする」流優著 KADOKAWA（カドカワBOOKS）2017年11月【異世界・架空の世界】【肌の露出が多めの挿絵あり】

「木津音紅葉はあきらめない」梨沙著 集英社（集英社オレンジ文庫）2017年10月【現代】【肌の露出が多めの挿絵なし】

「瑠璃花舞姫録：召しませ、舞姫様っ！」くりたかのこ著 KADOKAWA（ビーズログ文庫）2017年12月【異世界・架空の世界】【肌の露出が多めの挿絵なし/キスシーンの挿絵あり】

変身・変形・変装＞魔装

「ディヴィジョン・マニューバ2」妹尾尻尾著 講談社（講談社ラノベ文庫）2017年12月【異世界・架空の世界】【肌の露出が多めの挿絵なし】

「ぬばたまおろち、しらたまおろち」白鷺あおい著 東京創元社（創元推理文庫）2017年9月【現代】【挿絵なし】

「ノーブルウィッチーズ7」島田フミカネ原作;ProjektWorldWitches原作;南房秀久著 KADOKAWA（角川スニーカー文庫）2017年11月【異世界・架空の世界】【肌の露出が多めの挿絵あり】

「俺、ツインテールになります。14」水沢夢著 小学館（ガガガ文庫）2017年12月【現代/異世界・架空の世界】【肌の露出が多めの挿絵なし】

「嫁エルフ。2」あさのハジメ著 KADOKAWA（MF文庫J）2017年7月【異世界・架空の世界】【肌の露出が多めの挿絵あり/キスシーンの挿絵あり/性描写の挿絵あり】

「魔術王と聖剣姫の規格外英雄譚」三門鉄狼著 SBクリエイティブ（GA文庫）2017年7月【異世界・架空の世界】【肌の露出が多めの挿絵あり】

「魔術王と聖剣姫の規格外英雄譚2」三門鉄狼著 SBクリエイティブ（GA文庫）2017年11月【異世界・架空の世界】【肌の露出が多めの挿絵あり】

「魔装学園H×H（ハイブリッド・ハート）12」久慈マサムネ著 KADOKAWA（角川スニーカー文庫）2017年11月【異世界・架空の世界】【肌の露出が多めの挿絵あり】

冒険・旅

「10年ごしの引きニートを辞めて外出したら5」坂東太郎著 オーバーラップ（オーバーラップ文庫）2017年10月【現代/異世界・架空の世界】【肌の露出が多めの挿絵なし】

「29歳独身は異世界で自由に生きた……かった。= The 29 years old single in another dimension wished a life of liberty…… 7」リュート著 KADOKAWA（カドカワBOOKS）2017年7月【異世界・架空の世界】【肌の露出が多めの挿絵あり】

「Eクラス冒険者は果てなき騎士の夢を見る：先生、ステータス画面が読めないんだけど」夏柘楽緒著 KADOKAWA（ファミ通文庫）2017年10月【異世界・架空の世界】【肌の露出が多めの挿絵なし】

234

ストーリー

「あの愚か者にも脚光を!: この素晴らしい世界に祝福を!エクストラ 2」暁なつめ原作;昼熊著 KADOKAWA(角川スニーカー文庫) 2017年12月【異世界・架空の世界】【肌の露出が多めの挿絵あり】

「アビス・コーリング: 元廃課金ゲーマーが最低最悪のソシャゲ異世界に召喚されたら」槻影著 KADOKAWA(ファミ通文庫) 2017年12月【現代/異世界・架空の世界】【肌の露出が多めの挿絵なし】

「アマデウスの残り灯: 無欲の不死者と退屈な悪神」志賀龍亮著 オーバーラップ(オーバーラップ文庫) 2017年12月【異世界・架空の世界】【肌の露出が多めの挿絵なし】

「アラフォーおっさん異世界へ!!でも時々実家に帰ります」平尾正和著 KADOKAWA(カドカワBOOKS) 2017年10月【異世界・架空の世界】【肌の露出が多めの挿絵なし】

「アラフォー賢者の異世界生活日記 4」寿安清著 KADOKAWA(MFブックス) 2017年8月【異世界・架空の世界】【肌の露出が多めの挿絵なし】

「あらゆる手段を尽くしてトッププレイヤーになりたい、他人のカネで。そうだ、盗賊しよう。1」三毛乱二郎著 KADOKAWA(MFブックス) 2017年8月【現代/異世界・架空の世界】【肌の露出が多めの挿絵なし】

「あらゆる手段を尽くしてトッププレイヤーになりたい、他人のカネで。そうだ、盗賊しよう。2」三毛乱二郎著 KADOKAWA(MFブックス) 2017年11月【現代/異世界・架空の世界】【肌の露出が多めの挿絵なし】

「ありふれた職業で世界最強 7」白米良著 オーバーラップ(オーバーラップ文庫) 2017年12月【異世界・架空の世界】【肌の露出が多めの挿絵なし】

「おっさんのリメイク冒険日記: オートキャンプから始まる異世界満喫ライフ」緋色優希著 ツギクル(ツギクルブックス) 2017年7月【異世界・架空の世界】【肌の露出が多めの挿絵なし】

「おっさんのリメイク冒険日記: オートキャンプから始まる異世界満喫ライフ 2」緋色優希著 ツギクル(ツギクルブックス) 2017年11月【異世界・架空の世界】【肌の露出が多めの挿絵なし】

「オリンポスの郵便ポスト = The Post at Mount Olympus 2」藻野多摩夫著 KADOKAWA(電撃文庫) 2017年7月【異世界・架空の世界】【肌の露出が多めの挿絵あり】

「カンナのカンナ [2]」ナカノムラアヤスケ著 宝島社 2017年7月【異世界・架空の世界】【肌の露出が多めの挿絵あり/キスシーンの挿絵あり】

「きっと彼女は神様なんかじゃない」入間人間著 KADOKAWA(メディアワークス文庫) 2017年8月【異世界・架空の世界】【肌の露出が多めの挿絵なし】

「キノの旅: the Beautiful World 21」時雨沢恵一著 KADOKAWA(電撃文庫) 2017年10月【異世界・架空の世界】【肌の露出が多めの挿絵なし】

「くじ引き特賞:無双ハーレム権 7ドラマCD付き限定特装版」三木なずな著 SBクリエイティブ(GA文庫) 2017年12月【異世界・架空の世界】【肌の露出が多めの挿絵あり】

「くまクマ熊ベアー 7」くまなの著 主婦と生活社(PASH!ブックス) 2017年8月【異世界・架空の世界】【肌の露出が多めの挿絵あり】

ストーリー

「グランブルーファンタジー 9」Cygames原作;はせがわみやび著 KADOKAWA(ファミ通文庫) 2017年10月【異世界・架空の世界】【肌の露出が多めの挿絵あり】

「ゲス勇者のダンジョンハーレム 1」三島千廣著 双葉社(モンスター文庫) 2017年8月【現代/異世界・架空の世界】【肌の露出が多めの挿絵あり】

「ゲス勇者のダンジョンハーレム 2」三島千廣著 双葉社(モンスター文庫) 2017年12月【異世界・架空の世界】【肌の露出が多めの挿絵あり/キスシーンの挿絵あり】

「この素晴らしい世界に祝福を! 12」暁なつめ著 KADOKAWA(角川スニーカー文庫) 2017年8月【異世界・架空の世界】【肌の露出が多めの挿絵あり】

「この素晴らしい世界に祝福を! 13」暁なつめ著 KADOKAWA(角川スニーカー文庫) 2017年12月【異世界・架空の世界】【肌の露出が多めの挿絵なし】

「ゴブリンスレイヤー = GOBLIN SLAYER! 6 ドラマCD付き限定特装版」蝸牛くも著 SBクリエイティブ(GA文庫) 2017年9月【異世界・架空の世界】【肌の露出が多めの挿絵なし】

「されど罪人は竜と踊る = Dances with the Dragons 20」浅井ラボ著 小学館(ガガガ文庫) 2017年9月【異世界・架空の世界】【肌の露出が多めの挿絵なし】

「スーパーカブ 2」トネ・コーケン著 KADOKAWA(角川スニーカー文庫) 2017年10月【現代】【肌の露出が多めの挿絵なし】

「スタイリッシュ武器屋 2」弘松涼著 主婦の友社(ヒーロー文庫) 2017年10月【異世界・架空の世界】【肌の露出が多めの挿絵なし】

「スピリット・マイグレーション 6」ヘロー天気著 アルファポリス(アルファライト文庫) 2017年8月【異世界・架空の世界】【肌の露出が多めの挿絵なし】

「すまん、資金ブーストよりチートなスキル持ってる奴おる? 4」えきさいたー著 集英社(ダッシュエックス文庫) 2017年10月【異世界・架空の世界】【肌の露出が多めの挿絵あり】

「セーブ&ロードのできる宿屋さん : カンスト転生者が宿屋で新人育成を始めたようです 4」稲荷竜著 集英社(ダッシュエックス文庫) 2017年8月【異世界・架空の世界】【肌の露出が多めの挿絵なし】

「せっかくチートを貰って異世界に転移したんだから、好きなように生きてみたい 1」ムンムン著 マイクロマガジン社(GC NOVELS) 2017年12月【異世界・架空の世界】【肌の露出が多めの挿絵あり】

「せっかくチートを貰って異世界に転移したんだから、好きなように生きてみたい 2」ムンムン著 マイクロマガジン社(GC NOVELS) 2017年12月【異世界・架空の世界】【肌の露出が多めの挿絵あり/キスシーンの挿絵あり/性描写の挿絵あり】

「セックス・ファンタジー = SEX FANTASY」鏡遊著 KADOKAWA(ノベルゼロ) 2017年11月【異世界・架空の世界】【肌の露出が多めの挿絵あり】

「セブンスブレイブ : チート?NO!もっといいモノさ! 4」乃塚一翔著 アルファポリス(アルファライト文庫) 2017年8月【異世界・架空の世界】【肌の露出が多めの挿絵なし/キスシーンの挿絵あり】

ストーリー

「セブンスブレイブ：チート?NO!もっといいモノさ! 5」乃塚一翔著 アルファポリス(アルファライト文庫) 2017年10月【異世界・架空の世界】【肌の露出が多めの挿絵なし】

「ゼロから始める魔法の書 10」虎走かける著 KADOKAWA(電撃文庫) 2017年8月【異世界・架空の世界】【肌の露出が多めの挿絵なし】

「その者。のちに… 05」ナハァト著 アース・スターエンターテイメント(EARTH STAR NOVEL) 2017年7月【異世界・架空の世界】【肌の露出が多めの挿絵なし】

「その者。のちに… 06」ナハァト著 アース・スターエンターテイメント(EARTH STAR NOVEL) 2017年10月【異世界・架空の世界】【肌の露出が多めの挿絵なし】

「ダンジョン村のパン屋さん = The bakery in Dungeon Village ダンジョン村道行き編」丁謡著 KADOKAWA(カドカワBOOKS) 2017年7月【異世界・架空の世界】【肌の露出が多めの挿絵なし】

「ドラゴン嫁はかまってほしい 4」初美陽一著 KADOKAWA(富士見ファンタジア文庫) 2017年10月【異世界・架空の世界】【肌の露出が多めの挿絵あり】

「ななしのワーズワード 4」奈久遠著 林檎プロモーション(FREEDOM NOVEL) 2017年8月【異世界・架空の世界】【肌の露出が多めの挿絵なし】

「なんか、妹の部屋にダンジョンが出来たんですが = Suddenly,the dungeon appeared in my sweet sister's room… 1」薄味メロン著 アース・スターエンターテイメント(EARTH STAR NOVEL) 2017年8月【現代/異世界・架空の世界】【肌の露出が多めの挿絵なし】

「ひとり旅の神様 2」五十嵐雄策著 KADOKAWA(メディアワークス文庫) 2017年7月【現代】【肌の露出が多めの挿絵なし】

「プリースト!プリースト!!」清松みゆき著;グループSNE著 KADOKAWA(富士見DRAGON BOOK) 2017年7月【異世界・架空の世界】【肌の露出が多めの挿絵なし】

「ぼっち転生記 5」ファースト著 双葉社(モンスター文庫) 2017年8月【異世界・架空の世界】【肌の露出が多めの挿絵なし】

「ぼっち転生記 6」ファースト著 双葉社(モンスター文庫) 2017年12月【異世界・架空の世界】【肌の露出が多めの挿絵なし】

「ポンコツ勇者の下剋上」藤川恵蔵著 KADOKAWA(MF文庫J) 2017年12月【異世界・架空の世界】【肌の露出が多めの挿絵なし】

「ぽんしゅでGO! : 僕らの巫女とほろ酔い列車旅」豊田巧著 集英社(ダッシュエックス文庫) 2017年12月【現代】【肌の露出が多めの挿絵なし】

「マギクラフト・マイスター 13」秋ぎつね著 KADOKAWA(MFブックス) 2017年11月【異世界・架空の世界】【肌の露出が多めの挿絵なし】

「モンスターストライクTHE WORLD」XFLAGスタジオ原作;鍋島焼太郎著 宝島社 2017年10月【異世界・架空の世界】【肌の露出が多めの挿絵なし】

「モンスターのご主人様 10」日暮眠都著 双葉社(モンスター文庫) 2017年9月【異世界・架空の世界】【肌の露出が多めの挿絵なし】

ストーリー

「やりなおし転生：＊俺の異世界冒険譚」makuro著 アース・スターエンターテイメント（EARTH STAR NOVEL）2017年12月【異世界・架空の世界】【肌の露出が多めの挿絵なし】

「ライオットグラスパー：異世界でスキル盗ってます 7」飛鳥けい著 KADOKAWA（MFブックス）2017年12月【異世界・架空の世界】【肌の露出が多めの挿絵なし】

「レジェンド ＝ legend 9」神無月紅著 KADOKAWA（カドカワBOOKS）2017年9月【異世界・架空の世界】【肌の露出が多めの挿絵なし】

「レベルリセッター：クリスと迷宮の秘密 2」ブロッコリーライオン著 一二三書房（Saga Forest）2017年9月【異世界・架空の世界】【肌の露出が多めの挿絵なし】

「ワールド・ティーチャー：異世界式教育エージェント 6」ネコ光一著 オーバーラップ（オーバーラップ文庫）2017年7月【異世界・架空の世界】【肌の露出が多めの挿絵なし/キスシーンの挿絵あり】

「ワールド・ティーチャー：異世界式教育エージェント 7」ネコ光一著 オーバーラップ（オーバーラップ文庫）2017年11月【異世界・架空の世界】【肌の露出が多めの挿絵あり】

「ワンワン物語：金持ちの犬にしてとは言ったが、フェンリルにしろとは言ってねえ!」犬魔人著 KADOKAWA（角川スニーカー文庫）2017年11月【異世界・架空の世界】【肌の露出が多めの挿絵あり】

「異世界チート開拓記 1」ファースト著 双葉社（モンスター文庫）2017年7月【異世界・架空の世界】【肌の露出が多めの挿絵あり】

「異世界チート開拓記 2」ファースト著 双葉社（モンスター文庫）2017年10月【異世界・架空の世界】【肌の露出が多めの挿絵なし】

「異世界チート魔術師(マジシャン) 6」内田健著 主婦の友社（ヒーロー文庫）2017年7月【異世界・架空の世界】【肌の露出が多めの挿絵なし】

「異世界で『黒の癒し手』って呼ばれています 1」ふじま美耶著 アルファポリス（レジーナ文庫.レジーナブックス）2017年11月【異世界・架空の世界】【肌の露出が多めの挿絵なし】

「異世界に来たみたいだけど如何すれば良いのだろう ＝ WHAT SHOULD I DO IN DIFFERENT WORLD? 3」舞著 マイクロマガジン社（GC NOVELS）2017年11月【異世界・架空の世界】【肌の露出が多めの挿絵なし】

「異世界は幸せ(テンプレ)に満ち溢れている 3」羽智遊紀著 TOブックス 2017年12月【異世界・架空の世界】【肌の露出が多めの挿絵なし】

「異世界を制御魔法で切り開け! 3」佐竹アキノリ著 アルファポリス（アルファライト文庫）2017年10月【異世界・架空の世界】【肌の露出が多めの挿絵なし】

「異世界を制御魔法で切り開け! 4」佐竹アキノリ著 アルファポリス（アルファライト文庫）2017年12月【異世界・架空の世界】【肌の露出が多めの挿絵なし】

「異世界混浴物語 5」日々花長春著 オーバーラップ（オーバーラップ文庫）2017年7月【異世界・架空の世界】【肌の露出が多めの挿絵あり】

ストーリー

「異世界支配のスキルテイカー：ゼロから始める奴隷ハーレム 7」柑橘ゆすら著 講談社(講談社ラノベ文庫) 2017年9月【異世界・架空の世界】【肌の露出が多めの挿絵あり】

「異世界修学旅行 6」岡本タクヤ著 小学館(ガガガ文庫) 2017年8月【異世界・架空の世界】【肌の露出が多めの挿絵なし】

「異世界転移したのでチートを生かして魔法剣士やることにする = I'VE TRANSFERRED TO THE DIFFERENT WORLD,SO I BECOME A MAGIC SWORDSMAN BY CHEATING 5」進行諸島著 マイクロマガジン社(GC NOVELS) 2017年8月【異世界・架空の世界】【肌の露出が多めの挿絵なし】

「異世界転生戦記：チートなスキルをもらい生きて行く」黒羽著 徳間書店 2017年12月【異世界・架空の世界】【肌の露出が多めの挿絵あり】

「異世界魔王と召喚少女の奴隷魔術 8」むらさきゆきや著 講談社(講談社ラノベ文庫) 2017年8月【異世界・架空の世界】【肌の露出が多めの挿絵あり】

「嘘つき戦姫、迷宮をゆく 1」佐藤真登著 主婦の友社(ヒーロー文庫) 2017年9月【異世界・架空の世界】【肌の露出が多めの挿絵あり】

「英雄の忘れ形見 2」風見祐輝著 主婦の友社(ヒーロー文庫) 2017年11月【異世界・架空の世界】【肌の露出が多めの挿絵なし】

「英雄世界の英雄譚(オリジナル)」空埜一樹著 集英社(ダッシュエックス文庫) 2017年8月【異世界・架空の世界】【肌の露出が多めの挿絵あり】

「英雄伝説空の軌跡 3」日本ファルコム株式会社原作;はせがわみやび著 フィールドワイ(ファルコムBOOKS) 2017年8月【異世界・架空の世界】【肌の露出が多めの挿絵なし/キスシーンの挿絵あり】

「俺、「城」を育てる：可愛いあの子は無敵の要塞になりたいようです」富哉とみあ著 KADOKAWA(ファミ通文庫) 2017年9月【異世界・架空の世界】【肌の露出が多めの挿絵なし】

「俺、冒険者！：無双スキルは平面魔法 2」みそたくあん著 KADOKAWA(MFブックス) 2017年9月【異世界・架空の世界】【肌の露出が多めの挿絵なし】

「俺と蛙さんの異世界放浪記 6」くずもち著 アルファポリス(アルファライト文庫) 2017年7月【異世界・架空の世界】【肌の露出が多めの挿絵なし】

「俺の『鑑定』スキルがチートすぎて：伝説の勇者を読み"盗り"最強へ 2」澄守彩著 講談社(Kラノベブックス) 2017年10月【異世界・架空の世界】【肌の露出が多めの挿絵なし】

「俺のチートは神をも軽く凌駕する = My "Cheat" is Surpassingly Beyond GOD」黄昏時著 宝島社 2017年12月【異世界・架空の世界】【肌の露出が多めの挿絵なし】

「俺はバイクと放課後に [2]」菅沼拓三著 徳間書店(徳間文庫) 2017年12月【現代】【肌の露出が多めの挿絵なし】

「暇人、魔王の姿で異世界へ：時々チートなぶらり旅 5」藍敦著 KADOKAWA(ファミ通文庫) 2017年7月【異世界・架空の世界】【肌の露出が多めの挿絵なし】

ストーリー

「回復術士のやり直し：即死魔法とスキルコピーの超越ヒール 2」月夜涙著 KADOKAWA（角川スニーカー文庫）2017年12月【異世界・架空の世界】【肌の露出が多めの挿絵あり】

「灰かぶりの賢者 2」夏月涼著 オーバーラップ（オーバーラップ文庫）2017年8月【異世界・架空の世界】【肌の露出が多めの挿絵なし】

「灰と幻想のグリムガル level.11」十文字青著 オーバーラップ（オーバーラップ文庫）2017年7月【異世界・架空の世界】【肌の露出が多めの挿絵なし】

「甘く優しい世界で生きるには 8」深木著 KADOKAWA（MFブックス）2017年7月【異世界・架空の世界】【肌の露出が多めの挿絵なし】

「鑑定使いの冒険者 1」空野進著 主婦の友社（ヒーロー文庫）2017年10月【異世界・架空の世界】【肌の露出が多めの挿絵あり】

「寄生してレベル上げたんだが、育ちすぎたかもしれない 4」伊垣久大著 KADOKAWA（カドカワBOOKS）2017年10月【異世界・架空の世界】【肌の露出が多めの挿絵なし】

「強くてニューサーガ 1」阿部正行著 アルファポリス（アルファライト文庫）2017年11月【異世界・架空の世界】【肌の露出が多めの挿絵なし】

「駆除人 5」花黒子著 KADOKAWA（MFブックス）2017年9月【異世界・架空の世界】【肌の露出が多めの挿絵なし】

「駆除人 6」花黒子著 KADOKAWA（MFブックス）2017年12月【異世界・架空の世界】【肌の露出が多めの挿絵なし】

「月の都海の果て」中村ふみ著 講談社（講談社X文庫）2017年11月【異世界・架空の世界】【肌の露出が多めの挿絵なし】

「剣と炎のディアスフェルド 3」佐藤ケイ著 KADOKAWA（電撃文庫）2017年11月【異世界・架空の世界】【肌の露出が多めの挿絵なし】

「剣の求婚 2」天都しずる著 アルファポリス（レジーナ文庫．レジーナブックス）2017年9月【異世界・架空の世界】【肌の露出が多めの挿絵なし】

「幻夢の聖域」羽角曜著 東京創元社（創元推理文庫）2017年8月【異世界・架空の世界】【挿絵なし】

「高丘親王航海記 新装版」澁澤龍彦著 文藝春秋（文春文庫）2017年9月【歴史・時代】【挿絵なし】

「黒き魔眼のストレンジャー ＝ Kuroki Magan no stranger [2]」佐藤清十郎著 宝島社 2017年8月【異世界・架空の世界】【肌の露出が多めの挿絵あり】

「婚約破棄（すて）られ悪役令嬢は流浪の王の寵愛を求む」空飛ぶひよこ著 一迅社（一迅社文庫アイリス）2017年9月【異世界・架空の世界】【肌の露出が多めの挿絵なし/キスシーンの挿絵あり】

「砂の城風の姫」中村ふみ著 講談社（講談社X文庫）2017年7月【異世界・架空の世界】【肌の露出が多めの挿絵なし】

240

ストーリー

「詐騎士 外伝[3]」かいとーこ著 アルファポリス(レジーナ文庫. レジーナブックス) 2017年10月
【異世界・架空の世界】【肌の露出が多めの挿絵なし】

「再召喚された勇者は一般人として生きていく? = WILL THE BRAVE SUMMONED AGAIN
LIVE AS AN ORDINARY PERSON? [3]」かたなかじ著 宝島社 2017年7月【異世界・架空の世
界】【肌の露出が多めの挿絵なし】

「再臨勇者の復讐譚 : 勇者やめて元魔王と組みます 4」羽咲うさぎ著 双葉社(モンスター文
庫) 2017年9月【異世界・架空の世界】【肌の露出が多めの挿絵あり】

「最果てのパラディン 4」柳野かなた著 オーバーラップ(オーバーラップ文庫) 2017年9月【異
世界・架空の世界】【肌の露出が多めの挿絵なし】

「最強パーティは残念ラブコメで全滅する!? 2」鏡遊著 KADOKAWA(富士見ファンタジア文
庫) 2017年11月【異世界・架空の世界】【肌の露出が多めの挿絵あり】

「最強賢者の子育て日記 : うちの娘が世界一かわいい件について」羽田遼亮著 KADOKAWA
(カドカワBOOKS) 2017年7月【異世界・架空の世界】【肌の露出が多めの挿絵なし】

「最強呪族転生 = Reincarnation of sherman : チート魔術師のスローライフ 4」猫子著 アース・
スターエンターテイメント(EARTH STAR NOVEL) 2017年11月【異世界・架空の世界】【肌の露
出が多めの挿絵なし】

「紫鳳伝 : 王殺しの刀」藤野恵美著 徳間書店(徳間文庫) 2017年12月【異世界・架空の世
界】【挿絵なし】

「自重しない元勇者の強くて楽しいニューゲーム 3」新木伸著 集英社(ダッシュエックス文庫)
2017年7月【異世界・架空の世界】【肌の露出が多めの挿絵あり】

「自重しない元勇者の強くて楽しいニューゲーム 4」新木伸著 集英社(ダッシュエックス文庫)
2017年12月【異世界・架空の世界】【肌の露出が多めの挿絵あり】

「自称魔王にさらわれました : 聖属性の私がいないと勇者が病んじゃうって、それホントです
か?」真弓りの著 KADOKAWA(角川ビーンズ文庫) 2017年8月【異世界・架空の世界】【肌の
露出が多めの挿絵なし】

「鹿の王 3」上橋菜穂子著 KADOKAWA(角川文庫) 2017年7月【異世界・架空の世界】【肌の
露出が多めの挿絵なし】

「鹿の王 3」上橋菜穂子著 KADOKAWA(角川文庫) 2017年7月【異世界・架空の世界】【肌の
露出が多めの挿絵なし】

「盾の勇者の成り上がり 18」アネコユサギ著 KADOKAWA(MFブックス) 2017年7月【異世界・
架空の世界】【肌の露出が多めの挿絵なし】

「神ならざる者に捧ぐ鎮魂歌」北沢慶著;グループSNE著 KADOKAWA(富士見DRAGON
BOOK) 2017年8月【異世界・架空の世界】【肌の露出が多めの挿絵なし】

「神獣(わたし)たちと一緒なら世界最強イケちゃいますよ?」福山陽士著 KADOKAWA(富士見
ファンタジア文庫) 2017年7月【異世界・架空の世界】【肌の露出が多めの挿絵あり】

241

ストーリー

「神獣(わたし)たちと一緒なら世界最強イケちゃいますよ? 2」福山陽士著 KADOKAWA(富士見ファンタジア文庫) 2017年11月【異世界・架空の世界】【肌の露出が多めの挿絵あり】

「神様の名前探し」山本風碧著 双葉社(双葉文庫) 2017年10月【現代】【肌の露出が多めの挿絵なし】

「人なき世界を、魔女と京都へ。」津田夕也著 KADOKAWA(ファミ通文庫) 2017年12月【現代】【肌の露出が多めの挿絵あり/キスシーンの挿絵あり】

「人狼への転生、魔王の副官 07」漂月著 アース・スターエンターテイメント(EARTH STAR NOVEL) 2017年8月【異世界・架空の世界】【肌の露出が多めの挿絵なし】

「人狼への転生、魔王の副官 08」漂月著 アース・スターエンターテイメント(EARTH STAR NOVEL) 2017年12月【異世界・架空の世界】【肌の露出が多めの挿絵なし】

「水の理 2」古流望著 林檎プロモーション(FREEDOM NOVEL) 2017年8月【異世界・架空の世界】【肌の露出が多めの挿絵なし】

「世界を救った姫巫女は」六つ花えいこ著 アルファポリス(レジーナ文庫. レジーナブックス) 2017年12月【異世界・架空の世界】【肌の露出が多めの挿絵なし】

「世界最強の後衛 : 迷宮国の新人探索者」とーわ著 KADOKAWA(カドカワBOOKS) 2017年11月【異世界・架空の世界】【肌の露出が多めの挿絵あり】

「世界最強の人見知りと魔物が消えそうな黄昏迷宮 2」葉村哲著 KADOKAWA(MF文庫J) 2017年8月【異世界・架空の世界】【肌の露出が多めの挿絵あり】

「成長チートでなんでもできるようになったが、無職だけは辞められないようです 4」時野洋輔著 新紀元社(MORNING STAR BOOKS) 2017年10月【異世界・架空の世界】【肌の露出が多めの挿絵あり】

「生産職を極め過ぎたら伝説の武器が俺の嫁になりました」あまうい白一著 KADOKAWA(ファミ通文庫) 2017年12月【現代/異世界・架空の世界】【肌の露出が多めの挿絵あり】

「精霊の乙女ルベト [2]」相田美紅著 講談社(講談社X文庫) 2017年9月【異世界・架空の世界】【肌の露出が多めの挿絵なし】

「聖者無双 : サラリーマン、異世界で生き残るために歩む道 3」ブロッコリーライオン著 マイクロマガジン社(GC NOVELS) 2017年7月【異世界・架空の世界】【肌の露出が多めの挿絵なし】

「昔勇者で今は骨 = A Skeleton who was The Brave」佐伯庸介著 KADOKAWA(電撃文庫) 2017年12月【異世界・架空の世界】【肌の露出が多めの挿絵なし】

「双翼の王獣騎士団 2」瑞山いつき著 一迅社(一迅社文庫アイリス) 2017年11月【異世界・架空の世界】【肌の露出が多めの挿絵なし/キスシーンの挿絵あり】

「槍の勇者のやり直し 1」アネコユサギ著 KADOKAWA(MFブックス) 2017年9月【異世界・架空の世界】【肌の露出が多めの挿絵なし】

「蒼穹のアルトシエル」犬魔人著 KADOKAWA(角川スニーカー文庫) 2017年7月【異世界・架空の世界】【肌の露出が多めの挿絵あり】

ストーリー

「蒼穹のアルトシエル 2」犬魔人著 KADOKAWA(角川スニーカー文庫) 2017年9月【異世界・架空の世界】【肌の露出が多めの挿絵あり/キスシーンの挿絵あり】

「村人Aはお布団スキルで世界を救う:快眠するたび勇者に近づく物語」クリスタルな洋介著 TOブックス 2017年12月【異世界・架空の世界】【肌の露出が多めの挿絵なし】

「大伝説の勇者の伝説 17」鏡貴也著 KADOKAWA(富士見ファンタジア文庫) 2017年10月【異世界・架空の世界】【肌の露出が多めの挿絵あり】

「蜘蛛ですが、なにか? 7」馬場翁著 KADOKAWA(カドカワBOOKS) 2017年10月【異世界・架空の世界】【肌の露出が多めの挿絵なし】

「痛いのは嫌なので防御力に極振りしたいと思います。」夕蜜柑著 KADOKAWA(カドカワBOOKS) 2017年9月【異世界・架空の世界】【肌の露出が多めの挿絵なし】

「天鏡のアルデラミン = Alderamin on the Sky:ねじ巻き精霊戦記 12」宇野朴人著 KADOKAWA(電撃文庫) 2017年7月【異世界・架空の世界】【肌の露出が多めの挿絵なし】

「天才外科医が異世界で闇医者を始めました。5」柊むぅ著 双葉社(モンスター文庫) 2017年10月【異世界・架空の世界】【肌の露出が多めの挿絵なし】

「転職アサシンさん、闇ギルドへようこそ! 3」真代屋秀晃著 KADOKAWA(電撃文庫) 2017年7月【異世界・架空の世界】【肌の露出が多めの挿絵あり】

「転職の神殿を開きました 5」土鍋著 双葉社(モンスター文庫) 2017年12月【異世界・架空の世界】【肌の露出が多めの挿絵なし】

「転生したらスライムだった件 = Regarding Reincarnated to Slime 11」伏瀬著 マイクロマガジン社(GC NOVELS) 2017年12月【異世界・架空の世界】【肌の露出が多めの挿絵あり】

「転生したら剣でした = I became the sword by transmigrating 3」棚架ユウ著 マイクロマガジン社(GC NOVELS) 2017年7月【異世界・架空の世界】【肌の露出が多めの挿絵なし】

「転生したら剣でした = I became the sword by transmigrating 4」棚架ユウ著 マイクロマガジン社(GC NOVELS) 2017年11月【異世界・架空の世界】【肌の露出が多めの挿絵なし】

「転生貴族の異世界冒険録 = Wonderful adventure in Another world! : 自重を知らない神々の使徒 2」夜州著 一二三書房(Saga Forest) 2017年11月【異世界・架空の世界】【肌の露出が多めの挿絵なし】

「転生吸血鬼さんはお昼寝がしたい = A transmigration vampire would like to take a nap 5」ちょきんぎょ。著 アース・スターエンターテイメント(EARTH STAR NOVEL) 2017年11月【異世界・架空の世界】【肌の露出が多めの挿絵なし】

「転生勇者の成り上がり 2」雨宮和希著 オーバーラップ(オーバーラップ文庫) 2017年10月【異世界・架空の世界】【肌の露出が多めの挿絵なし】

「努力しすぎた世界最強の武闘家は、魔法世界を余裕で生き抜く。3」わんこそば著 集英社(ダッシュエックス文庫) 2017年11月【異世界・架空の世界】【肌の露出が多めの挿絵あり】

「島津戦記 2」新城カズマ著 新潮社(新潮文庫) 2017年12月【歴史・時代】【肌の露出が多めの挿絵なし】

ストーリー

「導かれし田舎者たち」河端ジュン一著;グループSNE著 KADOKAWA(富士見DRAGON BOOK) 2017年8月【異世界・架空の世界】【肌の露出が多めの挿絵なし】

「農民関連のスキルばっか上げてたら何故か強くなった。2」しょぼんぬ著 双葉社(モンスター文庫) 2017年9月【異世界・架空の世界】【肌の露出が多めの挿絵なし】

「縛りプレイ英雄記 2」語部マサユキ著 KADOKAWA(角川スニーカー文庫) 2017年7月【異世界・架空の世界】【肌の露出が多めの挿絵あり】

「非凡・平凡・シャボン! 3」若桜なお著 フロンティアワークス(アリアンローズ) 2017年12月【異世界・架空の世界】【肌の露出が多めの挿絵なし】

「美女と賢者と魔人の剣 3」片遊佐牽太著 ポニーキャニオン(ぽにきゃんBOOKS) 2017年11月【異世界・架空の世界】【肌の露出が多めの挿絵なし/キスシーンの挿絵あり】

「復讐完遂者の人生二周目異世界譚 3」御鷹穂積著 マイクロマガジン社(GC NOVELS) 2017年10月【異世界・架空の世界】【肌の露出が多めの挿絵なし】

「文学少年と書を喰う少女」渡辺仙州著 ポプラ社(ポプラ文庫ピュアフル) 2017年7月【歴史・時代】【挿絵なし】

「平凡なる皇帝 = ORDINARY EMPEROR 2」三国司著 一二三書房(Saga Forest) 2017年10月【異世界・架空の世界】【肌の露出が多めの挿絵なし】

「忘却のアイズオルガン = Die Vergessenen Eisig Organ 2」宮野美嘉著 小学館(ガガガ文庫) 2017年12月【異世界・架空の世界】【肌の露出が多めの挿絵なし】

「忘却のアイズオルガン = Die Vergessenen Eisig Organ.」宮野美嘉著 小学館(ガガガ文庫) 2017年8月【異世界・架空の世界】【肌の露出が多めの挿絵なし】

「魔王さまと行く!ワンランク上の異世界ツアー!! 3」猫又ぬこ著 ホビージャパン(HJ文庫) 2017年7月【異世界・架空の世界】【肌の露出が多めの挿絵なし】

「魔王さまと行く!ワンランク上の異世界ツアー!! 4」猫又ぬこ著 ホビージャパン(HJ文庫) 2017年11月【異世界・架空の世界】【肌の露出が多めの挿絵あり】

「魔王様、リトライ! 1」神埼黒音著 双葉社(モンスター文庫) 2017年7月【現代/異世界・架空の世界】【肌の露出が多めの挿絵なし】

「魔王様、リトライ! 2」神埼黒音著 双葉社(モンスター文庫) 2017年11月【異世界・架空の世界】【肌の露出が多めの挿絵なし】

「魔眼のご主人様。= My Master with Evil Eye 2」黒森白兎著 TOブックス 2017年10月【異世界・架空の世界】【肌の露出が多めの挿絵あり】

「魔剣少女は眠らない!」藤澤さなえ著;グループSNE著 KADOKAWA(富士見DRAGON BOOK) 2017年7月【異世界・架空の世界】【肌の露出が多めの挿絵なし】

「魔剣少女は眠らない!」藤澤さなえ著;グループSNE著 KADOKAWA(富士見DRAGON BOOK) 2017年11月【異世界・架空の世界】【肌の露出が多めの挿絵あり】

ストーリー

「魔拳のデイドリーマー 1」西和尚著 アルファポリス(アルファライト文庫) 2017年8月【異世界・架空の世界】【肌の露出が多めの挿絵あり】

「魔拳のデイドリーマー 2」西和尚著 アルファポリス(アルファライト文庫) 2017年10月【異世界・架空の世界】【肌の露出が多めの挿絵あり】

「魔術王と聖剣姫の規格外英雄譚 2」三門鉄狼著 SBクリエイティブ (GA文庫) 2017年11月【異世界・架空の世界】【肌の露出が多めの挿絵あり】

「魔術監獄のマリアンヌ = Marianne in Magician's Prison」松山剛著 KADOKAWA(電撃文庫) 2017年12月【異世界・架空の世界】【肌の露出が多めの挿絵なし】

「魔術士オーフェンはぐれ旅：解放者の戦場：Season 4:The Episode 2」秋田禎信著 TOブックス(TO文庫) 2017年12月【異世界・架空の世界】【肌の露出が多めの挿絵なし】

「魔術士オーフェンはぐれ旅：約束の地で：Season 4:The Pre Episode」秋田禎信著 TOブックス(TO文庫) 2017年10月【異世界・架空の世界】【肌の露出が多めの挿絵なし】

「魔法医師(メディサン・ドゥ・マージ)の診療記録 = medecin du mage et record médical 6」手代木正太郎著 小学館(ガガガ文庫) 2017年10月【異世界・架空の世界】【肌の露出が多めの挿絵なし】

「魔法使いの願いごと」友井羊著 講談社(講談社タイガ) 2017年8月【現代】【挿絵なし】

「無属性魔法の救世主(メサイア) 3」武藤健太著 主婦の友社(ヒーロー文庫) 2017年7月【異世界・架空の世界】【肌の露出が多めの挿絵なし】

「迷宮料理人ナギの冒険 2」ゆうきりん著 KADOKAWA(電撃文庫) 2017年8月【異世界・架空の世界】【肌の露出が多めの挿絵あり】

「野心あらためず：日高見国伝」後藤竜二著 光文社(光文社文庫) 2017年9月【歴史・時代】【挿絵なし】

「野生のラスボスが現れた! = wild final boss appeared! 5」炎頭著 アース・スターエンターテイメント(EARTH STAR NOVEL) 2017年9月【異世界・架空の世界】【肌の露出が多めの挿絵なし】

「野生のラスボスが現れた! = wild final boss appeared! 6」炎頭著 アース・スターエンターテイメント(EARTH STAR NOVEL) 2017年12月【異世界・架空の世界】【肌の露出が多めの挿絵なし】

「厄災王女と不運を愛する騎士の二律背反(アンビヴァレント)」藍川竜樹著 集英社(コバルト文庫) 2017年8月【異世界・架空の世界】【肌の露出が多めの挿絵なし/キスシーンの挿絵あり】

「勇者の武器屋経営 2」至道流星著 星海社(星海社FICTIONS) 2017年9月【異世界・架空の世界】【肌の露出が多めの挿絵なし】

「幽落町おばけ駄菓子屋異話：夢四夜」蒼月海里著 KADOKAWA(角川ホラー文庫) 2017年10月【異世界・架空の世界】【肌の露出が多めの挿絵なし】

「悠久の愚者アズリーの、賢者のすゝめ = The principle of a philosopher by eternal fool "Asley" 7」壱弐参著 アース・スターエンターテイメント(EARTH STAR NOVEL) 2017年11月【異世界・架空の世界】【肌の露出が多めの挿絵なし】

ストーリー

「用務員さんは勇者じゃありませんので 8」棚花尋平著 KADOKAWA(MFブックス) 2017年8月【異世界・架空の世界】【肌の露出が多めの挿絵なし】

「落ちてきた龍王(ナーガ)と滅びゆく魔女の国 12」舞阪洸著 KADOKAWA(MF文庫J) 2017年10月【異世界・架空の世界】【肌の露出が多めの挿絵あり】

「裏世界ピクニック 2」宮澤伊織著 早川書房(ハヤカワ文庫 JA) 2017年10月【現代/異世界・架空の世界】【肌の露出が多めの挿絵なし】

「輪廻剣聖：持ち手を探して奴隷少女とゆく異世界の旅」多宇部貞人著 集英社(ダッシュエックス文庫) 2017年9月【異世界・架空の世界】【肌の露出が多めの挿絵あり】

「狼と羊皮紙：新説狼と香辛料 3」支倉凍砂著 KADOKAWA(電撃文庫) 2017年9月【異世界・架空の世界】【肌の露出が多めの挿絵あり】

冒険・旅＞クエスト・攻略

「29歳独身は異世界で自由に生きた……かった。 = The 29 years old single in another dimension wished a life of liberty…… 8」リュート著 KADOKAWA(カドカワBOOKS) 2017年11月【異世界・架空の世界】【肌の露出が多めの挿絵あり】

「GSOグローイング・スキル・オンライン」tera著 ツギクル (ツギクルブックス) 2017年8月【異世界・架空の世界】【肌の露出が多めの挿絵なし】

「JORGE JOESTAR」荒木飛呂彦原作;舞城王太郎著 集英社(JUMP j BOOKS) 2017年12月【歴史・時代】【肌の露出が多めの挿絵なし】

「Only Sense Online白銀の女神(ミューズ) 3」アロハ座長著 KADOKAWA(富士見ファンタジア文庫) 2017年11月【現代/異世界・架空の世界】【肌の露出が多めの挿絵なし】

「アビス・コーリング：元廃課金ゲーマーが最低最悪のソシャゲ異世界に召喚されたら」槻影著 KADOKAWA(ファミ通文庫) 2017年12月【現代/異世界・架空の世界】【肌の露出が多めの挿絵なし】

「ありふれた職業で世界最強 7」白米良著 オーバーラップ(オーバーラップ文庫) 2017年12月【異世界・架空の世界】【肌の露出が多めの挿絵なし】

「ヴァチカン図書館の裏蔵書」篠原美季著 新潮社(新潮文庫) 2017年9月【現代】【肌の露出が多めの挿絵なし】

「カンスト勇者の超魔教導(オーバーレイズ)：将来有望な魔王と姫を弟子にしてみた」はむばね著 ホビージャパン(HJ文庫) 2017年10月【異世界・架空の世界】【肌の露出が多めの挿絵あり】

「クラウン・オブ・リザードマン 2」雨木シュウスケ著 KADOKAWA(富士見ファンタジア文庫) 2017年10月【異世界・架空の世界】【肌の露出が多めの挿絵なし】

「クロス・コネクト：あるいは垂水夕凪の入れ替わり完全ゲーム攻略」久追遥希著 KADOKAWA(MF文庫J) 2017年12月【現代】【肌の露出が多めの挿絵なし】

ストーリー

「ジェネシスオンライン：異世界で廃レベリング 3」ガチャ空著 KADOKAWA(MFブックス)
2017年8月【異世界・架空の世界】【肌の露出が多めの挿絵なし】

「セブンス 5」三嶋与夢著 主婦の友社(ヒーロー文庫) 2017年10月【異世界・架空の世界】【肌
の露出が多めの挿絵あり】

「ダンジョンはいいぞ! = Dungeon is so good!」狐谷まどか著 TOブックス 2017年10月【異世
界・架空の世界】【肌の露出が多めの挿絵あり】

「チートを作れるのは俺だけ：無能力だけど世界最強」三木なずな著 TOブックス 2017年11月
【異世界・架空の世界】【肌の露出が多めの挿絵なし】

「デスクトップアーミー = DESKTOP ARMY [3]」手島史詞著 実業之日本社(Jノベルライト)
2017年12月【近未来・遠未来】【肌の露出が多めの挿絵なし】

「てのひら開拓村で異世界建国記：増えてく嫁たちとのんびり無人島ライフ 2」星崎崑著
KADOKAWA(MF文庫J) 2017年10月【異世界・架空の世界】【肌の露出が多めの挿絵あり】

「ネトゲの嫁は女の子じゃないと思った? Lv.15」聴猫芝居著 KADOKAWA(電撃文庫) 2017年
10月【現代】【肌の露出が多めの挿絵あり/キスシーンの挿絵あり】

「ブラッククローバー騎士団の書」田畠裕基著;ジョニー音田著 集英社(JUMP j BOOKS) 2017
年10月【異世界・架空の世界】【肌の露出が多めの挿絵なし】

「やがて恋するヴィヴィ・レイン = How Vivi Lane Falls in Love 4」犬村小六著 小学館(ガガガ
文庫) 2017年9月【異世界・架空の世界】【肌の露出が多めの挿絵あり】

「ライブダンジョン! = LIVE DUNGEON! 3」dy冷凍著 KADOKAWA(カドカワBOOKS) 2017年8
月【異世界・架空の世界】【肌の露出が多めの挿絵なし】

「レオナルドの扉」真保裕一著 KADOKAWA(角川文庫) 2017年11月【異世界・架空の世界】
【肌の露出が多めの挿絵なし】

「レベル1だけどユニークスキルで最強です 2」三木なずな著 講談社(Kラノベブックス) 2017
年12月【異世界・架空の世界】【肌の露出が多めの挿絵なし】

「異世界クエストは放課後に!：クールな先輩がオレの前だけ笑顔になるようです」空埜一樹著
ホビージャパン(HJ文庫) 2017年12月【異世界・架空の世界】【肌の露出が多めの挿絵あり】

「異世界迷宮の最深部を目指そう 9」割内タリサ著 オーバーラップ(オーバーラップ文庫)
2017年9月【異世界・架空の世界】【肌の露出が多めの挿絵なし】

「俺、動物や魔物と話せるんです 3」錬金王著 KADOKAWA(MFブックス) 2017年11月【異世
界・架空の世界】【肌の露出が多めの挿絵なし】

「俺だけ入れる隠しダンジョン：こっそり鍛えて世界最強」瀬戸メグル著 講談社(Kラノベブック
ス) 2017年8月【異世界・架空の世界】【肌の露出が多めの挿絵あり】

「俺だけ入れる隠しダンジョン：こっそり鍛えて世界最強 2」瀬戸メグル著 講談社(Kラノベブッ
クス) 2017年11月【異世界・架空の世界】【肌の露出が多めの挿絵なし】

ストーリー

「我が驍勇にふるえよ天地：アレクシス帝国興隆記 5」あわむら赤光著 SBクリエイティブ（GA文庫）2017年8月【異世界・架空の世界】【肌の露出が多めの挿絵あり】

「我が驍勇にふるえよ天地：アレクシス帝国興隆記 6」あわむら赤光著 SBクリエイティブ（GA文庫）2017年12月【異世界・架空の世界】【肌の露出が多めの挿絵なし】

「賢者の孫 7」吉岡剛著 KADOKAWA（ファミ通文庫）2017年9月【異世界・架空の世界】【肌の露出が多めの挿絵なし】

「国境線の魔術師：休暇願を出したら、激務の職場へ飛ばされた」青山有著 宝島社 2017年12月【異世界・架空の世界】【肌の露出が多めの挿絵なし】

「最強パーティは残念ラブコメで全滅する!?：恋愛至上の冒険生活」鏡遊著 KADOKAWA（富士見ファンタジア文庫）2017年8月【異世界・架空の世界】【肌の露出が多めの挿絵あり】

「最弱無敗の神装機竜（バハムート）13」明月千里著 SBクリエイティブ（GA文庫）2017年9月【異世界・架空の世界】【肌の露出が多めの挿絵あり】

「殺生伝 3」神永学著 幻冬舎（幻冬舎文庫）2017年12月【歴史・時代】【肌の露出が多めの挿絵なし】

「七星のスバル = Seven Senses of the Re'Union 6」田尾典丈著 小学館（ガガガ文庫）2017年9月【異世界・架空の世界】【挿絵なし】

「新フォーチュン・クエスト2（セカンド）9」深沢美潮著 KADOKAWA（電撃文庫）2017年12月【異世界・架空の世界】【肌の露出が多めの挿絵なし】

「聖樹の国の禁呪使い 9」篠崎芳著 オーバーラップ（オーバーラップ文庫）2017年11月【異世界・架空の世界】【肌の露出が多めの挿絵あり】

「青の聖騎士伝説 = LEGEND OF THE BLUE PALADIN」深沢美潮著 KADOKAWA（電撃文庫）2017年7月【異世界・架空の世界】【肌の露出が多めの挿絵なし】

「青の聖騎士伝説 2」深沢美潮著 KADOKAWA（電撃文庫）2017年8月【異世界・架空の世界】【肌の露出が多めの挿絵なし】

「通常攻撃が全体攻撃で二回攻撃のお母さんは好きですか? 3」井中だちま著 KADOKAWA（富士見ファンタジア文庫）2017年8月【異世界・架空の世界】【肌の露出が多めの挿絵あり】

「底辺剣士は神獣（むすめ）と暮らす 3」番棚葵著 KADOKAWA（MF文庫J）2017年8月【異世界・架空の世界】【肌の露出が多めの挿絵あり】

「東京ダンジョンマスター：社畜勇者〈28〉は休めない」三島千廣著 KADOKAWA（ファミ通文庫）2017年9月【現代/異世界・架空の世界】【肌の露出が多めの挿絵なし】

「導かれし田舎者たち 2」河端ジュン一著;グループSNE著 KADOKAWA（富士見DRAGON BOOK）2017年12月【異世界・架空の世界】【肌の露出が多めの挿絵なし】

「美人上司とダンジョンに潜るのは残業ですか?」七菜なな著 KADOKAWA（ノベルゼロ）2017年9月【現代/異世界・架空の世界】【肌の露出が多めの挿絵なし】

248

ストーリー

「美人上司とダンジョンに潜るのは残業ですか? 2」七菜なな著 KADOKAWA（ノベルゼロ）2017年12月【現代/異世界・架空の世界】【肌の露出が多めの挿絵あり】

「必勝ダンジョン運営方法 7」雪だるま著 双葉社（モンスター文庫）2017年9月【異世界・架空の世界】【肌の露出が多めの挿絵なし】

「僕の部屋がダンジョンの休憩所になってしまった件 3」東国不動著 ツギクル（ツギクルブックス）2017年11月【現代/異世界・架空の世界】【肌の露出が多めの挿絵なし】

「幼女さまとゼロ級守護者さま」すかぢ著 SBクリエイティブ（GA文庫）2017年12月【異世界・架空の世界】【肌の露出が多めの挿絵なし】

ほのぼの

「『金の星亭』繁盛記：異世界の宿屋に転生しました」高井うしお著 KADOKAWA（カドカワBOOKS）2017年12月【異世界・架空の世界】【肌の露出が多めの挿絵なし】

「Eクラス冒険者は果てなき騎士の夢を見る：先生、ステータス画面が読めないんだけど」夏柘楽緒著 KADOKAWA（ファミ通文庫）2017年10月【異世界・架空の世界】【肌の露出が多めの挿絵なし】

「GSOグローイング・スキル・オンライン」tera著 ツギクル（ツギクルブックス）2017年8月【異世界・架空の世界】【肌の露出が多めの挿絵なし】

「Re:ビルド‼：生産チート持ちだけど、まったり異世界生活を満喫します」シンギョウガク著 ツギクル（ツギクルブックス）2017年12月【異世界・架空の世界】【肌の露出が多めの挿絵あり】

「アカネヒメ物語」村山早紀著 徳間書店（徳間文庫）2017年12月【現代】【挿絵なし】

「あのねこのまちあのねこのまち 1」紫野一歩著 講談社（講談社ラノベ文庫）2017年8月【現代】【肌の露出が多めの挿絵なし】

「エプロン男子：今晩、出張シェフがうかがいます 2nd」山本瑤著 集英社（集英社オレンジ文庫）2017年11月【現代】【挿絵なし】

「おっさんのリメイク冒険日記：オートキャンプから始まる異世界満喫ライフ 2」緋色優希著 ツギクル（ツギクルブックス）2017年11月【異世界・架空の世界】【肌の露出が多めの挿絵なし】

「おとなりの晴明さん：陰陽師は左京区にいる」仲町六絵著 KADOKAWA（メディアワークス文庫）2017年10月【現代/異世界・架空の世界/歴史・時代】【肌の露出が多めの挿絵なし】

「がらくた屋と月の夜話」谷瑞恵著 幻冬舎（幻冬舎文庫）2017年11月【現代】【肌の露出が多めの挿絵なし】

「くまクマ熊ベアー 7」くまなの著 主婦と生活社（PASH!ブックス）2017年8月【異世界・架空の世界】【肌の露出が多めの挿絵あり】

「この手の中を、守りたい：異世界で宿屋始めました 1」カヤ著 フロンティアワークス（アリアンローズ）2017年7月【現代/異世界・架空の世界】【肌の露出が多めの挿絵なし】

「この手の中を、守りたい 2」カヤ著 フロンティアワークス（アリアンローズ）2017年10月【異世界・架空の世界】【肌の露出が多めの挿絵なし】

249

ストーリー

「シャドウ・ガール 3」文野さと著 アルファポリス(レジーナ文庫．レジーナブックス) 2017年9月
【異世界・架空の世界】【肌の露出が多めの挿絵なし/キスシーンの挿絵あり】

「だれがエルフのお嫁さま? = Who is wife of the elf? 2」上月司著 KADOKAWA(電撃文庫)
2017年9月【異世界・架空の世界】【肌の露出が多めの挿絵あり】

「デスゲームから始めるMMOスローライフ 4」草薙アキ著 KADOKAWA(富士見ファンタジア文
庫) 2017年11月【異世界・架空の世界】【肌の露出が多めの挿絵あり】

「トカゲ主夫。: 星喰いドラゴンと地球ごはん : Harumi with Dragon」山田まる著 アース・スター
エンターテイメント(EARTH STAR NOVEL) 2017年8月【現代/異世界・架空の世界】【肌の露
出が多めの挿絵なし】

「ニートの少女〈17〉に時給650円でレベル上げさせているオンライン」瀬尾つかさ著
KADOKAWA(角川スニーカー文庫) 2017年12月【現代】【肌の露出が多めの挿絵あり】

「ババチャリの神様」皆藤黒助著 双葉社(双葉文庫) 2017年8月【現代】【挿絵なし】

「ひきこもり作家と同居します。」谷崎泉著 KADOKAWA(富士見L文庫) 2017年8月【現代】
【挿絵なし】

「ひとり旅の神様 2」五十嵐雄策著 KADOKAWA(メディアワークス文庫) 2017年7月【現代】
【肌の露出が多めの挿絵なし】

「フロンティアダイアリー = FRONTIER DIARY : 元貴族の異世界辺境生活日記」鬼ノ城ミヤ著
一二三書房(Saga Forest) 2017年10月【異世界・架空の世界】【肌の露出が多めの挿絵なし】

「ぼっち転生記 5」ファースト著 双葉社(モンスター文庫) 2017年8月【異世界・架空の世界】
【肌の露出が多めの挿絵なし】

「ぼっち転生記 6」ファースト著 双葉社(モンスター文庫) 2017年12月【異世界・架空の世界】
【肌の露出が多めの挿絵なし】

「マジメな妹萌えブタが英雄でモテて神対応されるファンタジア」みかみてれん著
KADOKAWA(角川スニーカー文庫) 2017年11月【異世界・架空の世界】【肌の露出が多めの
挿絵あり】

「モンスター・ファクトリー : 左遷騎士が始める魔物牧場物語」アロハ座長著 KADOKAWA(富
士見ファンタジア文庫) 2017年9月【異世界・架空の世界】【肌の露出が多めの挿絵あり】

「モンスター・ファクトリー 2」アロハ座長著 KADOKAWA(富士見ファンタジア文庫) 2017年11
月【異世界・架空の世界】【肌の露出が多めの挿絵あり】

「ゆきうさぎのお品書き [5]」小湊悠貴著 集英社(集英社オレンジ文庫) 2017年12月【現代】
【挿絵なし】

「ゆめみの駅遺失物係」安東みきえ著 ポプラ社(ポプラ文庫ピュアフル) 2017年9月【現代】
【挿絵なし】

「ラノベ作家になりたくて震える。」嵯峨伊緒著 KADOKAWA(電撃文庫) 2017年9月【現代】
【肌の露出が多めの挿絵なし】

ストーリー

「ルーントルーパーズ：自衛隊漂流戦記 6」浜松春日著 アルファポリス(アルファライト文庫) 2017年11月【異世界・架空の世界】【肌の露出が多めの挿絵なし】

「レーゼンシア帝国繁栄紀 2」七条剛著 SBクリエイティブ（GA文庫）2017年8月【異世界・架空の世界】【肌の露出が多めの挿絵あり】

「ワンワン物語：金持ちの犬にしてとは言ったが、フェンリルにしろとは言ってねえ!」犬魔人著 KADOKAWA(角川スニーカー文庫) 2017年11月【異世界・架空の世界】【肌の露出が多めの挿絵あり】

「異世界Cマート繁盛記 6」新木伸著 集英社(ダッシュエックス文庫) 2017年10月【異世界・架空の世界】【肌の露出が多めの挿絵なし】

「異世界ギルド飯：暗黒邪龍とカツカレー」白石新著 SBクリエイティブ（GA文庫）2017年9月【異世界・架空の世界】【肌の露出が多めの挿絵なし】

「異世界でカフェを開店しました。4」甘沢林檎著 アルファポリス(レジーナ文庫.レジーナブックス) 2017年12月【異世界・架空の世界】【肌の露出が多めの挿絵なし】

「異世界を制御魔法で切り開け! 3」佐竹アキノリ著 アルファポリス(アルファライト文庫) 2017年10月【異世界・架空の世界】【肌の露出が多めの挿絵なし】

「異世界を制御魔法で切り開け! 4」佐竹アキノリ著 アルファポリス(アルファライト文庫) 2017年12月【異世界・架空の世界】【肌の露出が多めの挿絵なし】

「異世界建国記 2」桜木桜著 KADOKAWA(ファミ通文庫) 2017年12月【異世界・架空の世界】【肌の露出が多めの挿絵なし】

「異世界迷宮の最深部を目指そう 9」割内タリサ著 オーバーラップ(オーバーラップ文庫) 2017年9月【異世界・架空の世界】【肌の露出が多めの挿絵なし】

「英雄教室 9」新木伸著 集英社(ダッシュエックス文庫) 2017年9月【異世界・架空の世界】【肌の露出が多めの挿絵なし】

「黄昏古書店の家政婦さん [2]」南潔著 マイナビ出版(ファン文庫) 2017年12月【現代】【挿絵なし】

「俺、「城」を育てる：可愛いあの子は無敵の要塞になりたいようです」富哉とみあ著 KADOKAWA(ファミ通文庫) 2017年9月【異世界・架空の世界】【肌の露出が多めの挿絵なし】

「花屋「ゆめゆめ」で花香る思い出を」編乃肌著 マイナビ出版(ファン文庫) 2017年8月【現代】【挿絵なし】

「花木荘のひとびと」髙森美由紀著 集英社(集英社オレンジ文庫) 2017年12月【現代】【挿絵なし】

「規格外れの英雄に育てられた、常識外れの魔法剣士 2」kt60著 双葉社(モンスター文庫) 2017年7月【異世界・架空の世界】【肌の露出が多めの挿絵なし】

「喫茶『猫の木』の秘密。：猫マスターの思い出アップルパイ」植原翠著 マイナビ出版(ファン文庫) 2017年9月【現代】【挿絵なし】

251

ストーリー

「喫茶アデルの癒やしのレシピ」葵居ゆゆ著 KADOKAWA(富士見L文庫) 2017年12月【現代】【肌の露出が多めの挿絵なし】

「弓と剣 = BOW AND SWORD 2」淳A著 TOブックス 2017年7月【異世界・架空の世界】【肌の露出が多めの挿絵なし】

「勤労魔導士が、かわいい嫁と暮らしたら?:はい、しあわせです!」空埜一樹著 ホビージャパン(HJ文庫) 2017年11月【異世界・架空の世界】【肌の露出が多めの挿絵なし】

「金曜日の本屋さん [3]」名取佐和子著 角川春樹事務所(ハルキ文庫) 2017年8月【現代】【挿絵なし】

「契約結婚はじめました。:椿屋敷の偽夫婦 2」白川紺子著 集英社(集英社オレンジ文庫) 2017年11月【現代】【挿絵なし】

「月とうさぎのフォークロア。St.3」徒埜けんしん著 SBクリエイティブ(GA文庫) 2017年10月【現代】【肌の露出が多めの挿絵あり】

「幻想砦のおしかけ魔女:すべては愛しの騎士と結婚するため!」かいとーこ著 一迅社(一迅社文庫アイリス) 2017年12月【異世界・架空の世界】【肌の露出が多めの挿絵なし/キスシーンの挿絵あり】

「現代編・近くば寄って目にも見よ」結城光流著 KADOKAWA(角川ビーンズ文庫) 2017年11月【現代】【肌の露出が多めの挿絵なし】

「康太の異世界ごはん 3」中野在太著 主婦の友社(ヒーロー文庫) 2017年11月【異世界・架空の世界】【肌の露出が多めの挿絵なし】

「婚約破棄(すて)られ悪役令嬢は流浪の王の寵愛を求む」空飛ぶひよこ著 一迅社(一迅社文庫アイリス) 2017年9月【異世界・架空の世界】【肌の露出が多めの挿絵なし/キスシーンの挿絵あり】

「佐伯さんと、ひとつ屋根の下:I'll have Sherbet! 3」九曜著 KADOKAWA(ファミ通文庫) 2017年10月【現代】【肌の露出が多めの挿絵あり】

「最強の魔狼は静かに暮らしたい:転生したらフェンリルだった件」伊瀬ネキセ著 集英社(ダッシュエックス文庫) 2017年7月【現代/異世界・架空の世界】【肌の露出が多めの挿絵なし】

「司書子さんとタンテイさん:木苺はわたしと犬のもの」冬木洋子著 マイナビ出版(ファン文庫) 2017年11月【現代】【肌の露出が多めの挿絵なし】

「思い出の品、売ります買います九十九古物商店」皆藤黒助著 KADOKAWA(角川文庫) 2017年7月【現代】【挿絵なし】

「獣人隊長の〈仮〉婚約事情:突然ですが、狼隊長の仮婚約者になりました」百門一新著 一迅社(一迅社文庫アイリス) 2017年11月【異世界・架空の世界】【肌の露出が多めの挿絵あり/キスシーンの挿絵あり】

「召喚されすぎた最強勇者の再召喚(リユニオン)」菊池九五著 集英社(ダッシュエックス文庫) 2017年8月【異世界・架空の世界】【肌の露出が多めの挿絵あり】

ストーリー

「神様の子守はじめました。6」霜月りつ著 コスミック出版（コスミック文庫α）2017年7月【現代】【挿絵なし】

「神様の子守はじめました。7」霜月りつ著 コスミック出版（コスミック文庫α）2017年11月【現代】【挿絵なし】

「神様の棲む診療所 2」竹村優希著 双葉社（双葉文庫）2017年12月【現代】【肌の露出が多めの挿絵なし】

「図書迷宮」十字静著 KADOKAWA（MF文庫J）2017年10月【異世界・架空の世界】【肌の露出が多めの挿絵なし】

「世界最強の後衛：迷宮国の新人探索者」とーわ著 KADOKAWA（カドカワBOOKS）2017年11月【異世界・架空の世界】【肌の露出が多めの挿絵あり】

「生産職を極め過ぎたら伝説の武器が俺の嫁になりました」あまうい白一著 KADOKAWA（ファミ通文庫）2017年12月【現代/異世界・架空の世界】【肌の露出が多めの挿絵あり】

「絶対城先輩の妖怪学講座 10」峰守ひろかず著 KADOKAWA（メディアワークス文庫）2017年8月【現代】【肌の露出が多めの挿絵なし】

「繕い屋：月のチーズとお菓子の家」矢崎存美著 講談社（講談社タイガ）2017年12月【現代/異世界・架空の世界】【挿絵なし】

「双翼の王獣騎士団 2」瑞山いつき著 一迅社（一迅社文庫アイリス）2017年11月【異世界・架空の世界】【肌の露出が多めの挿絵なし/キスシーンの挿絵あり】

「第三王子は発光ブツにつき、直視注意!」山田桐子著 一迅社（一迅社文庫アイリス）2017年9月【異世界・架空の世界】【肌の露出が多めの挿絵なし/キスシーンの挿絵あり】

「濁った瞳のリリアンヌ 2」天界著 新紀元社（MORNING STAR BOOKS）2017年12月【異世界・架空の世界】【肌の露出が多めの挿絵なし】

「痛いのは嫌なので防御力に極振りしたいと思います。」夕蜜柑著 KADOKAWA（カドカワBOOKS）2017年9月【異世界・架空の世界】【肌の露出が多めの挿絵なし】

「溺あま御曹司は甘ふわ女子にご執心」望月いく著 スターツ出版（ベリーズ文庫）2017年10月【現代】【挿絵なし】

「奈良まちはじまり朝ごはん」いぬじゅん著 スターツ出版（スターツ出版文庫）2017年9月【現代】【肌の露出が多めの挿絵なし】

「奈良町あやかし万葉茶房」遠藤遼著 双葉社（双葉文庫）2017年11月【現代】【肌の露出が多めの挿絵なし】

「日曜日のゆうれい」岡篠名桜著 集英社（集英社文庫）2017年12月【現代】【肌の露出が多めの挿絵なし】

「農民関連のスキルばっか上げてたら何故か強くなった。2」しょぼんぬ著 双葉社（モンスター文庫）2017年9月【異世界・架空の世界】【肌の露出が多めの挿絵なし】

ストーリー

「白いしっぽと私の日常」クロサキリク著 ポニーキャニオン(ぽにきゃんBOOKS) 2017年12月【現代】【肌の露出が多めの挿絵なし】

「箱庭の息吹姫：ひねくれ魔術師に祝福のキスを。」瀬川月菜著 一迅社(一迅社文庫アイリス) 2017年8月【異世界・架空の世界】【肌の露出が多めの挿絵なし/キスシーンの挿絵あり】

「辺境貴族は理想のスローライフを求める」セイ著 宝島社 2017年9月【異世界・架空の世界】【肌の露出が多めの挿絵なし】

「宝くじで40億当たったんだけど異世界に移住する 7」すずの木くろ著 双葉社(モンスター文庫) 2017年8月【異世界・架空の世界】【肌の露出が多めの挿絵なし】

「放課後は、異世界喫茶でコーヒーを 2」風見鶏著 KADOKAWA(富士見ファンタジア文庫) 2017年12月【現代/異世界・架空の世界】【肌の露出が多めの挿絵なし】

「本日はコンビニ日和。」雨野マサキ著 KADOKAWA(メディアワークス文庫) 2017年12月【現代】【肌の露出が多めの挿絵なし】

「魔王になったので、ダンジョン造って人外娘とほのぼのする」流優著 KADOKAWA(カドカワBOOKS) 2017年11月【異世界・架空の世界】【肌の露出が多めの挿絵あり】

「魔王の娘を嫁に田舎暮らしを始めたが、幸せになってはダメらしい。」手島史詞著 SBクリエイティブ(GA文庫) 2017年10月【異世界・架空の世界】【肌の露出が多めの挿絵あり】

「裏世界ピクニック 2」宮澤伊織著 早川書房(ハヤカワ文庫 JA) 2017年10月【現代/異世界・架空の世界】【肌の露出が多めの挿絵なし】

「竜騎士のお気に入り 2」織川あさぎ著 一迅社(一迅社文庫アイリス) 2017年7月【異世界・架空の世界】【肌の露出が多めの挿絵なし】

「竜騎士のお気に入り 3」織川あさぎ著 一迅社(一迅社文庫アイリス) 2017年12月【異世界・架空の世界】【肌の露出が多めの挿絵なし】

「俠(おとこ)飯 4」福澤徹三著 文藝春秋(文春文庫) 2017年7月【現代】【肌の露出が多めの挿絵なし】

ホラー・オカルト・グロテスク

「100回泣いても変わらないので恋することにした。」堀川アサコ著 新潮社(新潮文庫) 2017年7月【現代】【挿絵なし】

「1パーセントの教室」松村涼哉著 KADOKAWA(電撃文庫) 2017年12月【現代】【肌の露出が多めの挿絵なし】

「D-五人の刺客：吸血鬼ハンター 32」菊地秀行著 朝日新聞出版(朝日文庫) 2017年9月【近未来・遠未来】【肌の露出が多めの挿絵なし】

「Occultic;Nine：超常科学NVL 3」志倉千代丸著 オーバーラップ(オーバーラップ文庫) 2017年9月【現代】【肌の露出が多めの挿絵なし】

「あのねこのまちあのねこのまち 1」紫野一歩著 講談社(講談社ラノベ文庫) 2017年8月【現代】【肌の露出が多めの挿絵なし】

ストーリー

「クレシェンド」竹本健治著 KADOKAWA（角川文庫）2017年11月【現代】【挿絵なし】

「この終末、ぼくらは100日だけの恋をする」似鳥航一著 KADOKAWA（メディアワークス文庫）2017年12月【現代/異世界・架空の世界】【肌の露出が多めの挿絵なし】

「さくらとともに舞う」ひなた華月著 講談社（講談社ラノベ文庫）2017年9月【異世界・架空の世界】【肌の露出が多めの挿絵なし】

「デッドマンズショウ」柴田勝家著 講談社（講談社タイガ）2017年7月【現代】【挿絵なし】

「どこよりも遠い場所にいる君へ」阿部暁子著 集英社（集英社オレンジ文庫）2017年10月【現代】【肌の露出が多めの挿絵なし】

「ハラサキ」野城亮著 KADOKAWA（角川ホラー文庫）2017年10月【現代/異世界・架空の世界】【挿絵なし】

「ぽんくら陰陽師の鬼嫁 3」秋田みやび著 KADOKAWA（富士見L文庫）2017年12月【現代】【挿絵なし】

「モノクローム・レクイエム」小島正樹著 徳間書店（徳間文庫）2017年9月【現代】【挿絵なし】

「英国幻視の少年たち 5」深沢仁著 ポプラ社（ポプラ文庫ピュアフル）2017年7月【現代】【肌の露出が多めの挿絵なし】

「黄泉がえりの町で、君と」雪富千晶紀著 KADOKAWA（角川ホラー文庫）2017年7月【現代】【肌の露出が多めの挿絵なし】

「下鴨アンティーク [7]」白川紺子著 集英社（集英社オレンジ文庫）2017年12月【現代】【肌の露出が多めの挿絵なし】

「下町アパートのふしぎ管理人 [2]」大城密著 KADOKAWA（角川文庫）2017年7月【現代】【挿絵なし】

「何度でも永遠」岡本千紘著 集英社（集英社オレンジ文庫）2017年11月【現代】【肌の露出が多めの挿絵なし】

「火星ゾンビ = Zombie of Mars」藤咲淳一著 マイクロマガジン社（BOOK BLAST）2017年8月【現代/異世界・架空の世界】【肌の露出が多めの挿絵なし】

「花屋の倅と寺息子 [3]」葛来奈都著 三交社（スカイハイ文庫）2017年8月【現代】【肌の露出が多めの挿絵なし】

「華舞鬼町おばけ写真館：祖父のカメラとほかほかおにぎり」蒼月海里著 KADOKAWA（角川ホラー文庫）2017年8月【現代/異世界・架空の世界】【肌の露出が多めの挿絵なし】

「華舞鬼町おばけ写真館 [2]」蒼月海里著 KADOKAWA（角川ホラー文庫）2017年12月【現代/異世界・架空の世界】【肌の露出が多めの挿絵なし】

「怪奇編集部『トワイライト』2」瀬川貴次著 集英社（集英社オレンジ文庫）2017年11月【現代】【肌の露出が多めの挿絵なし】

「丸の内で就職したら、幽霊物件担当でした。」竹村優希著 KADOKAWA（角川文庫）2017年10月【現代】【挿絵なし】

ストーリー

「奇奇奇譚編集部：ホラー作家はおばけが怖い」木犀あこ著 KADOKAWA（角川ホラー文庫）2017年9月【現代】【挿絵なし】

「吉祥寺よろず怪事(あやごと)請負処 [2]」結城光流著 KADOKAWA（角川文庫）2017年9月【現代】【挿絵なし】

「凶宅」三津田信三著 KADOKAWA（角川ホラー文庫）2017年11月【現代】【肌の露出が多めの挿絵なし】

「幻想風紀委員会：物語のゆがみ、取り締まります。」高里椎奈著 KADOKAWA（ビーズログ文庫アリス）2017年8月【現代】【肌の露出が多めの挿絵あり】

「限界集落・オブ・ザ・デッド = GENKAISHYURAKU OF THE DEAD」ロッキン神経痛著 KADOKAWA（カドカワBOOKS）2017年12月【異世界・架空の世界】【肌の露出が多めの挿絵なし】

「最後の晩ごはん [9]」椹野道流著 KADOKAWA（角川文庫）2017年12月【現代】【肌の露出が多めの挿絵なし】

「死神と善悪の輪舞曲(ロンド)」横田アサヒ著 三交社（スカイハイ文庫）2017年12月【現代】【挿絵なし】

「私のクラスの生徒が、一晩で24人死にました。」日向奈くらら著 KADOKAWA（角川ホラー文庫）2017年11月【現代】【挿絵なし】

「週末陰陽師 [2]」遠藤遼著 三交社（スカイハイ文庫）2017年9月【現代】【肌の露出が多めの挿絵なし】

「出会ってひと突きで絶頂除霊！」赤城大空著 小学館（ガガガ文庫）2017年10月【異世界・架空の世界】【肌の露出が多めの挿絵あり】

「小説家・裏雅の気ままな探偵稼業」丸木文華著 集英社（集英社オレンジ文庫）2017年11月【歴史・時代】【肌の露出が多めの挿絵なし】

「小説魔法使いの嫁 = The Ancient Magus Bride 銀糸篇」東出祐一郎執筆;真園めぐみ執筆;吉田親司執筆;相沢沙呼執筆;秋田禎信執筆;大槻涼樹執筆;五代ゆう執筆;ヤマザキコレ執筆;ヤマザキコレ監修 マッグガーデン（マッグガーデン・ノベルズ）2017年10月【異世界・架空の世界】【肌の露出が多めの挿絵なし】

「新約とある魔術の禁書目録(インデックス) 19」鎌池和馬著 KADOKAWA（電撃文庫）2017年10月【異世界・架空の世界】【肌の露出が多めの挿絵あり】

「真夜中の本屋戦争 = WAR IN THE MIDNIGHT BOOKSTORE 2」藤春都著 白好出版（ホワイトブックス）2017年9月【現代】【肌の露出が多めの挿絵あり】

「神様のごちそう」石田空著 マイナビ出版（ファン文庫）2017年8月【現代/異世界・架空の世界】【挿絵なし】

「人間の顔は食べづらい」白井智之著 KADOKAWA（角川文庫）2017年8月【近未来・遠未来】【肌の露出が多めの挿絵なし】

ストーリー

「成仏しなくて良(い)いですか?」雪鳴月彦著 三交社(スカイハイ文庫) 2017年11月【現代】【肌の露出が多めの挿絵なし】

「鳥籠の家」廣嶋玲子著 東京創元社(創元推理文庫) 2017年12月【歴史・時代】【挿絵なし】

「百々とお狐の見習い巫女生活」千冬著 三交社(スカイハイ文庫) 2017年9月【現代】【肌の露出が多めの挿絵なし】

「捕食」美輪和音著 東京創元社(創元推理文庫) 2017年8月【現代】【挿絵なし】

「墓守は意外とやることが多い 1」やとぎ著 一二三書房(Saga Forest) 2017年7月【異世界・架空の世界】【肌の露出が多めの挿絵なし】

「墓守は意外とやることが多い 2」やとぎ著 一二三書房(Saga Forest) 2017年12月【異世界・架空の世界】【肌の露出が多めの挿絵なし】

「放課後、君はさくらのなかで」竹岡葉月著 集英社(集英社オレンジ文庫) 2017年9月【現代】【肌の露出が多めの挿絵なし】

「明治あやかし新聞:怠惰な記者の裏稼業 2」さとみ桜著 KADOKAWA(メディアワークス文庫) 2017年9月【現代】【挿絵なし】

「夜見師 2」中村ふみ著 KADOKAWA(角川ホラー文庫) 2017年7月【現代】【挿絵なし】

「友食い教室 = THE FRIENDS-EATER CLASSROOM」柑橘ゆすら小説 集英社(JUMP j BOOKS) 2017年12月【現代】【肌の露出が多めの挿絵なし】

「幽冥食堂「あおやぎ亭」の交遊録」篠原美季著 講談社(講談社X文庫) 2017年7月【現代】【肌の露出が多めの挿絵なし】

「幽落町おばけ駄菓子屋異話:夢四夜」蒼月海里著 KADOKAWA(角川ホラー文庫) 2017年10月【異世界・架空の世界】【肌の露出が多めの挿絵なし】

「裏世界ピクニック 2」宮澤伊織著 早川書房(ハヤカワ文庫 JA) 2017年10月【現代/異世界・架空の世界】【肌の露出が多めの挿絵なし】

「龍の眠る石:欧州妖異譚 17」篠原美季著 講談社(講談社X文庫) 2017年11月【現代】【肌の露出が多めの挿絵なし】

「臨界シンドローム:不条心理カウンセラー・雪丸十門診療奇談」堀井拓馬著 KADOKAWA(角川ホラー文庫) 2017年9月【現代】【挿絵なし】

「霊感少女は箱の中 2」甲田学人著 KADOKAWA(電撃文庫) 2017年8月【現代】【肌の露出が多めの挿絵なし】

身代わり・代役・代行

「BABEL:復讐の贈与者」日野草著 KADOKAWA(角川文庫) 2017年7月【現代】【挿絵なし】

「サンリオ男子 = SANRIO BOYS:俺たちの冬休み」サンリオ原作・著作・監修;静月遠火著 KADOKAWA(メディアワークス文庫) 2017年12月【現代】【肌の露出が多めの挿絵なし】

ストーリー

「シャドウ・ガール 1」文野さと著 アルファポリス(レジーナ文庫. レジーナブックス) 2017年7月【異世界・架空の世界】【肌の露出が多めの挿絵なし】

「シャドウ・ガール 2」文野さと著 アルファポリス(レジーナ文庫. レジーナブックス) 2017年8月【異世界・架空の世界】【肌の露出が多めの挿絵なし】

「シャドウ・ガール 3」文野さと著 アルファポリス(レジーナ文庫. レジーナブックス) 2017年9月【異世界・架空の世界】【肌の露出が多めの挿絵なし/キスシーンの挿絵あり】

「レーゼンシア帝国繁栄紀 2」七条剛著 SBクリエイティブ(GA文庫) 2017年8月【異世界・架空の世界】【肌の露出が多めの挿絵あり】

「嘘恋シーズン : #天王寺学園男子寮のヒミツ」あさば深雪著 KADOKAWA(角川ビーンズ文庫) 2017年8月【現代】【肌の露出が多めの挿絵なし】

「軍師/詐欺師は紙一重 2」神野オキナ著 講談社(講談社ラノベ文庫) 2017年9月【異世界・架空の世界】【肌の露出が多めの挿絵あり】

「佐々木探偵事務所には、猫又の斑さんがいる。」杜奏みなや著 KADOKAWA(メディアワークス文庫) 2017年11月【現代】【肌の露出が多めの挿絵なし】

「次期社長と甘キュン!?お試し結婚」黒乃梓著 スターツ出版(ベリーズ文庫) 2017年10月【現代】【挿絵なし】

「春華とりかえ抄 : 榮国物語」一石月下著 KADOKAWA(富士見L文庫) 2017年9月【現代】【挿絵なし】

「大国チートなら異世界征服も楽勝ですよ? 3」櫨末高彰著 KADOKAWA(MF文庫J) 2017年10月【異世界・架空の世界】【肌の露出が多めの挿絵あり】

「探偵ファミリーズ」天祢涼著 実業之日本社(実業之日本社文庫) 2017年8月【現代】【挿絵なし】

「寵姫志願!?ワケあって腹黒皇子に買われたら、溺愛されました」一ノ瀬千景著 スターツ出版(ベリーズ文庫) 2017年7月【異世界・架空の世界】【挿絵なし】

「無欲の聖女 3」中村颯希著 主婦の友社(ヒーロー文庫) 2017年7月【異世界・架空の世界】【肌の露出が多めの挿絵なし】

「妖怪のご縁結びます。お見合い寺天泣堂」梅谷百著 KADOKAWA(メディアワークス文庫) 2017年10月【現代】【肌の露出が多めの挿絵なし】

「令嬢エリザベスの華麗なる身代わり生活」江本マシメサ著 KADOKAWA(ビーズログ文庫) 2017年9月【異世界・架空の世界】【肌の露出が多めの挿絵なし】

ミステリー・サスペンス・謎解き

「100回泣いても変わらないので恋することにした。」堀川アサコ著 新潮社(新潮文庫) 2017年7月【現代】【挿絵なし】

「1パーセントの教室」松村涼哉著 KADOKAWA(電撃文庫) 2017年12月【現代】【肌の露出が多めの挿絵なし】

ストーリー

「AIに負けた夏」土橋真二郎著 KADOKAWA(メディアワークス文庫) 2017年7月【現代】【肌の露出が多めの挿絵なし】

「BABEL：復讐の贈与者」日野草著 KADOKAWA(角川文庫) 2017年7月【現代】【挿絵なし】

「BORUTO-ボルト-：NARUTO NEXT GENERATIONS NOVEL3」岸本斉史原作;池本幹雄原作;小太刀右京原作;重信康小説 集英社(JUMP j BOOKS) 2017年9月【異世界・架空の世界】【肌の露出が多めの挿絵なし】

「LOOP THE LOOP飽食の館 上」Kate著 双葉社(双葉文庫) 2017年12月【現代】【肌の露出が多めの挿絵なし】

「Occultic;Nine：超常科学NVL 3」志倉千代丸著 オーバーラップ(オーバーラップ文庫) 2017年9月【現代】【肌の露出が多めの挿絵なし】

「TAKER：復讐の贈与者」日野草著 KADOKAWA(角川文庫) 2017年11月【現代】【肌の露出が多めの挿絵なし】

「あなたのいない記憶」辻堂ゆめ著 宝島社(宝島社文庫) 2017年11月【現代】【挿絵なし】

「あなたは嘘を見抜けない」菅原和也著 講談社(講談社タイガ) 2017年7月【現代】【挿絵なし】

「あのねこのまちあのねこのまち 2」紫野一歩著 講談社(講談社ラノベ文庫) 2017年11月【異世界・架空の世界】【肌の露出が多めの挿絵なし】

「あやかし寝具店：あなたの夢解き、致します」空高志著 三交社(スカイハイ文庫) 2017年10月【現代】【肌の露出が多めの挿絵なし】

「アルバトロスは羽ばたかない」七河迦南著 東京創元社(創元推理文庫) 2017年11月【現代】【挿絵なし】

「あんたなんかと付き合えるわけないじゃん!ムリ!ムリ!大好き!」内堀優一著 ホビージャパン(HJ文庫) 2017年9月【現代】【肌の露出が多めの挿絵なし】

「いつかのレクイエム case.1」嬉野秋彦著 SBクリエイティブ(GA文庫) 2017年11月【現代】【肌の露出が多めの挿絵なし】

「ヴァチカン図書館の裏蔵書」篠原美季著 新潮社(新潮文庫) 2017年9月【現代】【肌の露出が多めの挿絵なし】

「うそつき、うそつき」清水杜氏彦著 早川書房(ハヤカワ文庫 JA) 2017年10月【近未来・遠未来】【挿絵なし】

「うちの執事に願ったならば 2」高里椎奈著 KADOKAWA(角川文庫) 2017年8月【異世界・架空の世界】【挿絵なし】

「うちの執事に願ったならば 3」高里椎奈著 KADOKAWA(角川文庫) 2017年11月【異世界・架空の世界】【挿絵なし】

「ウルトラハッピーディストピアジャパン：人工知能ハビタのやさしい侵略」一田和樹著 星海社(星海社FICTIONS) 2017年7月【現代/異世界・架空の世界】【肌の露出が多めの挿絵なし】

ストーリー

「エリート上司の甘い誘惑」砂原雑音著 スターツ出版(ベリーズ文庫) 2017年9月【現代】【挿絵なし】

「オークブリッジ邸の笑わない貴婦人 3」太田紫織著 新潮社(新潮文庫) 2017年9月【現代】【肌の露出が多めの挿絵なし】

「おやつカフェでひとやすみ [2]」瀬王みかる著 集英社(集英社オレンジ文庫) 2017年10月【現代】【挿絵なし】

「お人好しの放課後：御出学園帰宅部の冒険」阿藤玲著 東京創元社(創元推理文庫) 2017年8月【現代】【挿絵なし】

「カスミとオボロ [2]」丸木文華著 集英社(集英社オレンジ文庫) 2017年7月【歴史・時代】【肌の露出が多めの挿絵なし】

「がらくた少女と人喰い煙突」矢樹純著 河出書房新社(河出文庫) 2017年9月【現代】【挿絵なし】

「キネマ探偵カレイドミステリー [2]」斜線堂有紀著 KADOKAWA(メディアワークス文庫) 2017年8月【現代】【肌の露出が多めの挿絵なし】

「きみのために青く光る」似鳥鶏著 KADOKAWA(角川文庫) 2017年7月【現代】【挿絵なし】

「きみはぼくの宝物：史上最悪の夏休み」木下半太著 幻冬舎(幻冬舎文庫) 2017年8月【現代】【挿絵なし】

「キャスター探偵愛優一郎の友情」愁堂れな著 集英社(集英社オレンジ文庫) 2017年8月【現代】【挿絵なし】

「クトゥルーの呼び声 = [The Call of Cthulhu Others]」H・P・ラヴクラフト著;森瀬繚訳 星海社(星海社FICTIONS) 2017年11月【異世界・架空の世界】【挿絵なし】

「クロス・コネクト：あるいは垂水夕凪の入れ替わり完全ゲーム攻略」久追遥希著 KADOKAWA(MF文庫J) 2017年12月【現代】【肌の露出が多めの挿絵なし】

「この世界にiをこめて = With all my love in this world」佐野徹夜著 KADOKAWA(メディアワークス文庫) 2017年10月【現代】【肌の露出が多めの挿絵なし】

「サイメシスの迷宮：完璧な死体」アイダサキ著 講談社(講談社タイガ) 2017年9月【現代】【挿絵なし】

「さよならは明日の約束」西澤保彦著 光文社(光文社文庫) 2017年11月【現代】【挿絵なし】

「さよなら神様」麻耶雄嵩著 文藝春秋(文春文庫) 2017年7月【現代】【挿絵なし】

「ジャナ研の憂鬱な事件簿 2」酒井田寛太郎著 小学館(ガガガ文庫) 2017年10月【現代】【肌の露出が多めの挿絵なし】

「ジョジョの奇妙な冒険ダイヤモンドは砕けない 第一章：映画ノベライズ」荒木飛呂彦原作;江良至脚本;浜崎達也小説 集英社(JUMP j BOOKS) 2017年7月【現代】【肌の露出が多めの挿絵なし】

ストーリー

「スープ屋しずくの謎解き朝ごはん [3]」友井羊著 宝島社(宝島社文庫) 2017年11月【現代】【挿絵なし】

「ずっとあなたが好きでした」歌野晶午著 文藝春秋（文春文庫） 2017年12月【現代】【挿絵なし】

「スノウラビット」伊吹契著 星海社(星海社FICTIONS) 2017年10月【歴史・時代】【挿絵なし】

「スピリット・マイグレーション 6」ヘロー天気著 アルファポリス（アルファライト文庫） 2017年8月【異世界・架空の世界】【肌の露出が多めの挿絵なし】

「セーラー服とシャーロキエンヌ：穴井戸栄子の華麗なる事件簿」古野まほろ著 KADOKAWA（角川文庫） 2017年8月【現代】【挿絵なし】

「ゼロの日に叫ぶ」似鳥鶏著 河出書房新社(河出文庫) 2017年9月【現代/歴史・時代】【肌の露出が多めの挿絵なし】

「その絆は対角線：日曜は憧れの国」円居挽著 東京創元社(創元推理文庫) 2017年10月【現代】【肌の露出が多めの挿絵なし】

「ダブル・フォールト」真保裕一著 集英社(集英社文庫) 2017年10月【現代】【挿絵なし】

「たぶん、出会わなければよかった嘘つきな君に」栗俣力也原案;佐藤青南著 祥伝社(祥伝社文庫) 2017年12月【現代】【挿絵なし】

「デッドマンズショウ」柴田勝家著 講談社(講談社タイガ) 2017年7月【現代】【挿絵なし】

「どこよりも遠い場所にいる君へ」阿部暁子著 集英社(集英社オレンジ文庫) 2017年10月【現代】【肌の露出が多めの挿絵なし】

「トリック・トリップ・バケーション = Trick Trip Vacation：虹の館の殺人パーティー」中村あき著 星海社(星海社FICTIONS) 2017年11月【現代】【肌の露出が多めの挿絵なし】

「のど自慢殺人事件」高木敦史著 祥伝社(祥伝社文庫) 2017年10月【現代】【肌の露出が多めの挿絵なし】

「バチカン奇跡調査官：二十七頭の象」藤木稟著 KADOKAWA(角川ホラー文庫) 2017年7月【現代】【挿絵なし】

「フカミ喫茶店の謎解きアンティーク」涙鳴著 スターツ出版(スターツ出版文庫) 2017年11月【現代】【挿絵なし】

「モノクローム・レクイエム」小島正樹著 徳間書店(徳間文庫) 2017年9月【現代】【挿絵なし】

「ゆきうさぎのお品書き [4]」小湊悠貴著 集英社(集英社オレンジ文庫) 2017年7月【現代】【肌の露出が多めの挿絵なし】

「ユリシーズ0：ジャンヌ・ダルクと姫騎士団長殺し」春日みかげ著 集英社(ダッシュエックス文庫) 2017年10月【歴史・時代】【肌の露出が多めの挿絵なし】

「ラスト・ロスト・ジュブナイル = Last Lost Juvenile：交錯のパラレルワールド」中村あき著 星海社(星海社FICTIONS) 2017年12月【現代】【肌の露出が多めの挿絵なし】

ストーリー

「リーマン、教祖に挑む」天祢涼著 双葉社(双葉文庫) 2017年9月【現代】【肌の露出が多めの挿絵なし】

「レオナルドの扉」真保裕一著 KADOKAWA(角川文庫) 2017年11月【異世界・架空の世界】【肌の露出が多めの挿絵なし】

「ローウェル骨董店の事件簿 [3]」椹野道流著 KADOKAWA(角川文庫) 2017年11月【歴史・時代】【挿絵なし】

「ワースト・インプレッション：刑事・理恩と拾得の事件簿」滝田務雄著 双葉社(双葉文庫) 2017年12月【現代】【挿絵なし】

「わが家は祇園(まち)の拝み屋さん 6」望月麻衣著 KADOKAWA(角川文庫) 2017年9月【現代】【肌の露出が多めの挿絵なし】

「悪役令嬢後宮物語 6」涼風著 フロンティアワークス(アリアンローズ) 2017年11月【異世界・架空の世界】【肌の露出が多めの挿絵なし】

「綾志別町役場妖怪課 [2]」青柳碧人著 KADOKAWA(角川文庫) 2017年9月【異世界・架空の世界】【挿絵なし】

「闇にあかく点るのは、鬼の灯(あかり)か君の瞳。」ごとうしのぶ著 KADOKAWA(角川文庫) 2017年11月【現代】【挿絵なし】

「椅子を作る人」山路こいし著 新紀元社(MORNING STAR BOOKS) 2017年8月【現代】【肌の露出が多めの挿絵なし】

「異人館画廊 [5]」谷瑞恵著 集英社(集英社オレンジ文庫) 2017年12月【現代】【肌の露出が多めの挿絵なし】

「一華後宮料理帖 第4品」三川みり著 KADOKAWA(角川ビーンズ文庫) 2017年7月【異世界・架空の世界】【肌の露出が多めの挿絵なし】

「宇宙探偵ノーグレイ」田中啓文著 河出書房新社(河出文庫) 2017年11月【異世界・架空の世界】【挿絵なし】

「永劫回帰ステルス：九十九号室にワトスンはいるのか?」若木未生著 講談社(講談社タイガ) 2017年7月【現代】【挿絵なし】

「英国幻視の少年たち 5」深沢仁著 ポプラ社(ポプラ文庫ピュアフル) 2017年7月【現代】【肌の露出が多めの挿絵なし】

「横浜駅SF ＝ YOKOHAMA STATION FABLE [2]」柞刈湯葉著 KADOKAWA(カドカワBOOKS) 2017年8月【異世界・架空の世界】【肌の露出が多めの挿絵なし】

「下鴨アンティーク [7]」白川紺子著 集英社(集英社オレンジ文庫) 2017年12月【現代】【肌の露出が多めの挿絵なし】

「下町アパートのふしぎ管理人 [2]」大城密著 KADOKAWA(角川文庫) 2017年7月【現代】【挿絵なし】

「化石少女」麻耶雄嵩著 徳間書店(徳間文庫) 2017年11月【現代】【挿絵なし】

ストーリー

「可愛ければ変態でも好きになってくれますか? 3」花間燈著 KADOKAWA(MF文庫J) 2017年9月【現代】【肌の露出が多めの挿絵あり】

「花屋の倅と寺息子 [3]」葛来奈都著 三交社(スカイハイ文庫) 2017年8月【現代】【肌の露出が多めの挿絵なし】

「花野に眠る:秋葉図書館の四季」森谷明子著 東京創元社(創元推理文庫) 2017年8月【現代】【挿絵なし】

「華舞鬼町おばけ写真館:祖父のカメラとほかほかおにぎり」蒼月海里著 KADOKAWA(角川ホラー文庫) 2017年8月【現代/異世界・架空の世界】【肌の露出が多めの挿絵なし】

「華舞鬼町おばけ写真館 [2]」蒼月海里著 KADOKAWA(角川ホラー文庫) 2017年12月【現代/異世界・架空の世界】【肌の露出が多めの挿絵なし】

「怪奇編集部『トワイライト』2」瀬川貴次著 集英社(集英社オレンジ文庫) 2017年11月【現代】【肌の露出が多めの挿絵なし】

「怪談彼女 6」永遠月心悟著 集英社(JUMP j BOOKS) 2017年10月【現代】【肌の露出が多めの挿絵あり】

「怪盗の伴走者」三木笙子著 東京創元社(創元推理文庫) 2017年9月【歴史・時代】【肌の露出が多めの挿絵なし】

「奇奇奇譚編集部:ホラー作家はおばけが怖い」木犀あこ著 KADOKAWA(角川ホラー文庫) 2017年9月【現代】【挿絵なし】

「奇跡の還る場所」風森章羽著 講談社(講談社タイガ) 2017年9月【現代】【挿絵なし】

「奇妙な遺産:村主准教授のミステリアスな講座」大村友貴美著 光文社(光文社文庫) 2017年9月【現代】【挿絵なし】

「機巧銃と魔導書(グリモワール)」かずきふみ著 SBクリエイティブ(GA文庫) 2017年12月【異世界・架空の世界】【肌の露出が多めの挿絵なし】

「季節はうつる、メリーゴーランドのように」岡崎琢磨著 KADOKAWA(角川文庫) 2017年9月【現代】【挿絵なし】

「貴方がわたしを好きになる自信はありませんが、わたしが貴方を好きになる自信はあります」鈴木大輔著 集英社(ダッシュエックス文庫) 2017年12月【近未来・遠未来】【肌の露出が多めの挿絵なし】

「旧暦屋、始めました」春坂咲月著 早川書房(ハヤカワ文庫 JA) 2017年9月【現代】【挿絵なし】

「京の絵草紙屋満天堂空蝉の夢」三好昌子著 宝島社(宝島社文庫) 2017年9月【歴史・時代】【挿絵なし】

「京都なぞとき四季報:町を歩いて不思議なバーへ」円居挽著 KADOKAWA(角川文庫) 2017年12月【現代】【肌の露出が多めの挿絵なし】

ストーリー

「京都寺町三条のホームズ 8」望月麻衣著 双葉社（双葉文庫）2017年9月【現代】【肌の露出が多めの挿絵なし】

「凶宅」三津田信三著 KADOKAWA（角川ホラー文庫）2017年11月【現代】【肌の露出が多めの挿絵なし】

「君が何度死んでも」椙本孝思著 アルファポリス（アルファポリス文庫）2017年12月【現代】【挿絵なし】

「刑事と怪物 [2]」佐野しなの著 KADOKAWA（メディアワークス文庫）2017年8月【歴史・時代】【挿絵なし】

「幻肢」島田荘司著 文藝春秋（文春文庫）2017年8月【現代】【挿絵なし】

「幻想風紀委員会：物語のゆがみ、取り締まります。」高里椎奈著 KADOKAWA（ビーズログ文庫アリス）2017年8月【現代】【肌の露出が多めの挿絵あり】

「後宮で、女の戦いはじめました。」汐邑雛著 KADOKAWA（ビーズログ文庫）2017年9月【異世界・架空の世界】【肌の露出が多めの挿絵なし/キスシーンの挿絵あり】

「公爵令嬢の嗜み 5」澪亜著 KADOKAWA（カドカワBOOKS）2017年9月【異世界・架空の世界】【肌の露出が多めの挿絵なし/キスシーンの挿絵あり】

「校舎五階の天才たち」神宮司いずみ著 講談社（講談社タイガ）2017年9月【現代】【挿絵なし】

「黒猫シャーロック = Black Cat Sherlock：緋色の肉球」和泉弐式著 KADOKAWA（メディアワークス文庫）2017年7月【現代】【肌の露出が多めの挿絵なし】

「黒猫の回帰あるいは千夜航路」森晶麿著 早川書房（ハヤカワ文庫 JA）2017年9月【現代】【挿絵なし】

「今からあなたを脅迫します [2]」藤石波矢著 講談社（講談社タイガ）2017年8月【現代】【挿絵なし】

「今からあなたを脅迫します [3]」藤石波矢著 講談社（講談社タイガ）2017年10月【現代】【挿絵なし】

「佐々木探偵事務所には、猫又の斑さんがいる。」杜奏みなや著 KADOKAWA（メディアワークス文庫）2017年11月【現代】【肌の露出が多めの挿絵なし】

「再召喚された勇者は一般人として生きていく? = WILL THE BRAVE SUMMONED AGAIN LIVE AS AN ORDINARY PERSON? [3]」かたなかじ著 宝島社 2017年7月【異世界・架空の世界】【肌の露出が多めの挿絵なし】

「彩菊あやかし算法帖」青柳碧人著 実業之日本社（実業之日本社文庫）2017年8月【歴史・時代】【肌の露出が多めの挿絵なし】

「彩菊あやかし算法帖 [2]」青柳碧人著 実業之日本社 2017年9月【歴史・時代】【肌の露出が多めの挿絵なし】

ストーリー

「殺人鬼探偵の捏造美学」御影瑛路著 講談社(講談社タイガ) 2017年11月【現代】【挿絵なし】

「使用人探偵シズカ:横濱異人館殺人事件」月原渉著 新潮社(新潮文庫) 2017年10月【歴史・時代】【挿絵なし】

「死なないで 新装版」赤川次郎著 双葉社(双葉文庫) 2017年12月【現代】【挿絵なし】

「死にかけ探偵と殺せない殺し屋」真坂マサル著 KADOKAWA(メディアワークス文庫) 2017年11月【現代】【肌の露出が多めの挿絵なし】

「死を見る僕と、明日死ぬ君の事件録」古宮九時著 KADOKAWA(メディアワークス文庫) 2017年11月【現代】【肌の露出が多めの挿絵なし】

「死神と善悪の輪舞曲(ロンド)」横田アサヒ著 三交社(スカイハイ文庫) 2017年12月【現代】【挿絵なし】

「私のクラスの生徒が、一晩で24人死にました。」日向奈くらら著 KADOKAWA(角川ホラー文庫) 2017年11月【現代】【挿絵なし】

「私の愛しいモーツァルト:悪妻コンスタンツェの告白」一原みう著 集英社(集英社オレンジ文庫) 2017年11月【歴史・時代】【挿絵なし】

「小説家・裏雅の気ままな探偵稼業」丸木文華著 集英社(集英社オレンジ文庫) 2017年11月【歴史・時代】【肌の露出が多めの挿絵なし】

「心中探偵:蜜約または闇夜の解釈」森晶麿著 幻冬舎(幻冬舎文庫) 2017年11月【現代】【肌の露出が多めの挿絵なし】

「新フォーチュン・クエスト2(セカンド) 9」深沢美潮著 KADOKAWA(電撃文庫) 2017年12月【異世界・架空の世界】【肌の露出が多めの挿絵なし】

「新宿コネクティブ 2」内堀優一著 ホビージャパン(HJ文庫) 2017年10月【現代】【肌の露出が多めの挿絵なし】

「神様たちのお伊勢参り2」竹村優希著 双葉社(双葉文庫) 2017年11月【異世界・架空の世界】【肌の露出が多めの挿絵なし】

「神様の子守はじめました。7」霜月りつ著 コスミック出版(コスミック文庫α) 2017年11月【現代】【挿絵なし】

「人間の顔は食べづらい」白井智之著 KADOKAWA(角川文庫) 2017年8月【近未来・遠未来】【肌の露出が多めの挿絵なし】

「図書館は、いつも静かに騒がしい」端島凛著 三交社(スカイハイ文庫) 2017年7月【現代】【肌の露出が多めの挿絵なし】

「厨房ガール!」井上尚登著 KADOKAWA(角川文庫) 2017年7月【現代】【挿絵なし】

「世界が終わる街」似鳥鶏著 河出書房新社(河出文庫) 2017年10月【現代】【挿絵なし】

「成仏しなくて良(い)いですか?」雪鳴月彦著 三交社(スカイハイ文庫) 2017年11月【現代】【肌の露出が多めの挿絵なし】

ストーリー

「声も出せずに死んだんだ」長谷川也著 KADOKAWA(角川文庫) 2017年11月【現代】【挿絵なし】

「青い花は未来で眠る」乾ルカ著 KADOKAWA(角川文庫) 2017年8月【現代】【挿絵なし】

「絶対城先輩の妖怪学講座 10」峰守ひろかず著 KADOKAWA(メディアワークス文庫) 2017年8月【現代】【肌の露出が多めの挿絵なし】

「相棒はドM刑事(デカ) 3」神埜明美著 集英社(集英社文庫) 2017年7月【現代】【挿絵なし】

「葬送学者R.I.P.」吉川英梨著 河出書房新社(河出文庫) 2017年11月【現代】【挿絵なし】

「装幀室のおしごと。: 本の表情つくりませんか? 2」範乃秋晴著 KADOKAWA(メディアワークス文庫) 2017年7月【現代】【肌の露出が多めの挿絵なし】

「大江戸科学捜査八丁堀のおゆう [4]」山本巧次著 宝島社(宝島社文庫) 2017年10月【現代/歴史・時代】【肌の露出が多めの挿絵なし】

「探偵が早すぎる 下」井上真偽著 講談社(講談社タイガ) 2017年7月【異世界・架空の世界】【挿絵なし】

「探偵ファミリーズ」天祢涼著 実業之日本社(実業之日本社文庫) 2017年8月【現代】【挿絵なし】

「探偵日誌は未来を記す: 西新宿瀬良探偵事務所の秘密」希多美咲著 集英社(集英社オレンジ文庫) 2017年8月【現代】【挿絵なし】

「中野ブロードウェイ脱出ゲーム」渡辺浩弐著 KADOKAWA(角川ホラー文庫) 2017年11月【現代】【挿絵なし】

「透明人間の異常な愛情」天祢涼著 講談社(講談社タイガ) 2017年11月【現代】【肌の露出が多めの挿絵なし】

「特命見廻り西郷隆盛」和田はつ子著 角川春樹事務所(ハルキ文庫) 2017年12月【歴史・時代】【挿絵なし】

「内通と破滅と僕の恋人: 珈琲店ブラックスノウのサイバー事件簿」一田和樹著 集英社(集英社文庫) 2017年11月【現代】【挿絵なし】

「謎の館へようこそ: 新本格30周年記念アンソロジー 黒」はやみねかおる著;恩田陸著;高田崇史著;綾崎隼著;白井智之著;井上真偽著;文芸第三出版部編 講談社(講談社タイガ) 2017年10月【現代】【挿絵なし】

「謎の館へようこそ: 新本格30周年記念アンソロジー 白」東川篤哉著;一肇著;古野まほろ著;青崎有吾著;周木律著;澤村伊智著;文芸第三出版部編 講談社(講談社タイガ) 2017年9月【現代】【挿絵なし】

「二十歳(はたち)の君がいた世界」沢木まひろ著 宝島社(宝島社文庫) 2017年12月【異世界・架空の世界】【挿絵なし】

「二年半待て」新津きよみ著 徳間書店(徳間文庫) 2017年8月【現代】【挿絵なし】

ストーリー

「日曜日のゆうれい」岡篠名桜著 集英社(集英社文庫) 2017年12月【現代】【肌の露出が多めの挿絵なし】

「忍物語」西尾維新著 講談社(講談社BOX) 2017年7月【現代】【肌の露出が多めの挿絵なし】

「俳優探偵：僕と舞台と輝くあいつ」佐藤友哉著 KADOKAWA(角川文庫) 2017年12月【現代】【挿絵なし】

「白バイガール [3]」佐藤青南著 実業之日本社(実業之日本社文庫) 2017年11月【現代】【挿絵なし】

「飯テロ：真夜中に読めない20人の美味しい物語」名取佐和子著;日向夏著;ほしおさなえ著;富士見L文庫編集部編 KADOKAWA(富士見L文庫) 2017年12月【現代】【肌の露出が多めの挿絵なし】

「彼女が花を咲かすとき」天祢涼著 光文社(光文社文庫) 2017年12月【異世界・架空の世界】【挿絵なし】

「彼女はもどらない」降田天著 宝島社(宝島社文庫) 2017年7月【現代】【挿絵なし】

「比翼のバルカローレ：蓮見律子の推理交響楽」杉井光著 講談社(講談社タイガ) 2017年8月【現代】【挿絵なし】

「美森まんじゃしろのサオリさん」小川一水著 光文社(光文社文庫) 2017年11月【現代】【肌の露出が多めの挿絵なし】

「百貨店トワイライト」あさぎ千夜春著 三交社(スカイハイ文庫) 2017年7月【現代】【肌の露出が多めの挿絵なし】

「百鬼一歌：月下の死美女」瀬川貴次著 講談社(講談社タイガ) 2017年8月【歴史・時代】【肌の露出が多めの挿絵なし】

「百年の秘密：欧州妖異譚 16」篠原美季著 講談社(講談社X文庫) 2017年9月【現代】【肌の露出が多めの挿絵なし】

「不可抗力のラビット・ラン：ブギーポップ・ダウトフル」上遠野浩平著 KADOKAWA(電撃文庫) 2017年7月【現代】【肌の露出が多めの挿絵なし】

「不思議の国のサロメ 新装版」赤川次郎著 徳間書店(徳間文庫) 2017年7月【現代】【挿絵なし】

「風ケ丘五十円玉祭りの謎」青崎有吾著 東京創元社(創元推理文庫) 2017年7月【現代】【肌の露出が多めの挿絵なし】

「捕食」美輪和音著 東京創元社(創元推理文庫) 2017年8月【現代】【挿絵なし】

「宝石商リチャード氏の謎鑑定 [5]」辻村七子著 集英社(集英社オレンジ文庫) 2017年8月【現代】【肌の露出が多めの挿絵なし】

「崩れる脳を抱きしめて」知念実希人著 実業之日本社 2017年9月【現代】【挿絵なし】

ストーリー

「放課後、君はさくらのなかで」竹岡葉月著 集英社(集英社オレンジ文庫) 2017年9月【現代】【肌の露出が多めの挿絵なし】

「放課後に死者は戻る」秋吉理香子著 双葉社(双葉文庫) 2017年11月【現代】【挿絵なし】

「僕が殺された未来」春畑行成著 宝島社(宝島社文庫) 2017年8月【現代】【肌の露出が多めの挿絵なし】

「僕の瞳に映る僕」織部泰助著 KADOKAWA(メディアワークス文庫) 2017年7月【現代】【肌の露出が多めの挿絵なし】

「僕の珈琲店には小さな魔法使いが居候している」手島史詞著 KADOKAWA(ファミ通文庫) 2017年7月【現代】【肌の露出が多めの挿絵なし】

「毎年、記憶を失う彼女の救いかた」望月拓海著 講談社(講談社タイガ) 2017年12月【現代】【挿絵なし】

「無気力探偵2」楠谷佑著 マイナビ出版(ファン文庫) 2017年12月【現代】【挿絵なし】

「霧ノ宮先輩は謎が解けない」御守いちる著 講談社(講談社ラノベ文庫) 2017年9月【現代】【肌の露出が多めの挿絵なし】

「霧ノ宮先輩は謎が解けない2」御守いちる著 講談社(講談社ラノベ文庫) 2017年12月【現代】【肌の露出が多めの挿絵なし】

「名探偵・森江春策」芦辺拓著 東京創元社(創元推理文庫) 2017年8月【現代】【挿絵なし】

「名探偵の証明」市川哲也著 東京創元社(創元推理文庫) 2017年12月【現代】【挿絵なし】

「明治・妖(あやかし)モダン」畠中恵著 朝日新聞出版(朝日文庫) 2017年7月【歴史・時代】【挿絵なし】

「迷宮のキャンバス」国沢裕著 マイナビ出版(ファン文庫) 2017年7月【現代】【肌の露出が多めの挿絵なし】

「余命六ケ月延長してもらったから、ここからは私の時間です 下」編乃肌著 新紀元社(MORNING STAR BOOKS) 2017年10月【異世界・架空の世界】【肌の露出が多めの挿絵な

「妖琦庵夜話[6]」榎田ユウリ著 KADOKAWA(角川ホラー文庫) 2017年7月【現代】【挿絵なし】

「陽気な死体は、ぼくの知らない空を見ていた」田中静人著 宝島社(宝島社文庫) 2017年8月【現代】【挿絵なし】

「乱歩城：人間椅子の国」黒史郎著 光文社(光文社文庫) 2017年7月【異世界・架空の世界】【挿絵なし】

「璃子のパワーストーン事件目録：ラピスラズリは謎色に」篠原昌裕著 宝島社(宝島社文庫) 2017年11月【現代】【挿絵なし】

「裏世界ピクニック2」宮澤伊織著 早川書房(ハヤカワ文庫JA) 2017年10月【現代/異世界・架空の世界】【肌の露出が多めの挿絵なし】

ストーリー

「龍の眠る石：欧州妖異譚 17」篠原美季著 講談社(講談社Ⅹ文庫) 2017年11月【現代】【肌の露出が多めの挿絵なし】

「臨界シンドローム：不条心理カウンセラー・雪丸十門診療奇談」堀井拓馬著 KADOKAWA(角川ホラー文庫) 2017年9月【現代】【挿絵なし】

「霊感少女は箱の中 2」甲田学人著 KADOKAWA(電撃文庫) 2017年8月【現代】【肌の露出が多めの挿絵なし】

「狼領主のお嬢様 = Princess of The wolf lord」守野伊音著 KADOKAWA(カドカワBOOKS) 2017年8月【異世界・架空の世界】【肌の露出が多めの挿絵なし】

「六道先生の原稿は順調に遅れています」峰守ひろかず著 KADOKAWA(富士見L文庫) 2017年7月【現代】【挿絵なし】

「櫻子さんの足下には死体が埋まっている[12]」太田紫織著 KADOKAWA(角川文庫) 2017年8月【現代】【肌の露出が多めの挿絵なし】

「櫻子さんの足下には死体が埋まっている[13]」太田紫織著 KADOKAWA(角川文庫) 2017年10月【現代】【肌の露出が多めの挿絵なし】

「甦る殺人者：天久鷹央の事件カルテ」知念実希人著 新潮社(新潮文庫) 2017年11月【現代】【挿絵なし】

メルヘン

「クトゥルーの呼び声 =[The Call of Cthulhu Others]」H・P・ラヴクラフト著;森瀬繚訳 星海社(星海社FICTIONS) 2017年11月【異世界・架空の世界】【挿絵なし】

「ババチャリの神様」皆藤黒助著 双葉社(双葉文庫) 2017年8月【現代】【挿絵なし】

「メルヘン・メドヘン 2」松智洋著;StoryWorks著 集英社(ダッシュエックス文庫) 2017年7月【異世界・架空の世界】【肌の露出が多めの挿絵あり】

「メルヘン・メドヘン 3」松智洋著;StoryWorks著 集英社(ダッシュエックス文庫) 2017年12月【現代/異世界・架空の世界】【肌の露出が多めの挿絵あり】

「ゆめみの駅遺失物係」安東みきえ著 ポプラ社(ポプラ文庫ピュアフル) 2017年9月【現代】【挿絵なし】

「俺、「城」を育てる：可愛いあの子は無敵の要塞になりたいようです」富哉とみあ著 KADOKAWA(ファミ通文庫) 2017年9月【異世界・架空の世界】【肌の露出が多めの挿絵なし】

「俺の彼女と幼なじみが修羅場すぎる 13」裕時悠示著 SBクリエイティブ(GA文庫) 2017年9月【現代】【肌の露出が多めの挿絵なし】

「花嫁が囚われる童話(メルヒェン)：桜桃の花嫁の契約書」長尾彩子著 集英社(コバルト文庫) 2017年7月【異世界・架空の世界】【肌の露出が多めの挿絵なし/キスシーンの挿絵あり】

「思い出の品、売ります買います九十九古物商店」皆藤黒助著 KADOKAWA(角川文庫) 2017年7月【現代】【挿絵なし】

ストーリー

「侍女が嘘をつく童話(メルヒェン)：野苺の侍女の観察録」長尾彩子著 集英社(コバルト文庫)
2017年11月【異世界・架空の世界】【肌の露出が多めの挿絵なし】

「呪われた伯爵と月愛づる姫君：おとぎ話の魔女」山咲黒著 KADOKAWA(ビーズログ文庫)
2017年12月【異世界・架空の世界】【肌の露出が多めの挿絵なし】

「神域のカンピオーネス：トロイア戦争」丈月城著 集英社(ダッシュエックス文庫) 2017年12月
【異世界・架空の世界】【肌の露出が多めの挿絵なし】

「神様の御用人 7」浅葉なつ著 KADOKAWA(メディアワークス文庫) 2017年8月【現代/異世
界・架空の世界】【肌の露出が多めの挿絵なし】

「神様の子守はじめました。6」霜月りつ著 コスミック出版(コスミック文庫α) 2017年7月【現
代】【挿絵なし】

「精霊使いの剣舞(ブレイドダンス)精霊舞踏祭(エレメンタル・フェスタ)」志瑞祐著 KADOKAWA
(MF文庫J) 2017年10月【異世界・架空の世界】【肌の露出が多めの挿絵あり】

「猫にされた君と私の一か月」相川悠紀著 双葉社(双葉文庫) 2017年9月【現代】【挿絵なし】

「白いしっぽと私の日常」クロサキリク著 ポニーキャニオン(ぽにきゃんBOOKS) 2017年12月
【現代】【肌の露出が多めの挿絵なし】

「竜騎士のお気に入り 2」織川あさぎ著 一迅社(一迅社文庫アイリス) 2017年7月【異世界・架
空の世界】【肌の露出が多めの挿絵なし】

「竜騎士のお気に入り 3」織川あさぎ著 一迅社(一迅社文庫アイリス) 2017年12月【異世界・
架空の世界】【肌の露出が多めの挿絵なし】

問題解決

「100回泣いても変わらないので恋することにした。」堀川アサコ著 新潮社(新潮文庫) 2017年
7月【現代】【挿絵なし】

「BORUTO-ボルト-：NARUTO NEXT GENERATIONS NOVEL2」岸本斉史原作;池本幹雄原
作;小太刀右京原作;重信康小説 集英社(JUMP j BOOKS) 2017年7月【異世界・架空の世界】
【肌の露出が多めの挿絵なし】

「GMが異世界にログインしました。04」暁月著 マイクロマガジン社(GC NOVELS) 2017年11
月【異世界・架空の世界】【肌の露出が多めの挿絵あり/キスシーンの挿絵あり/性描写の挿絵
あり】

「Only Sense Online 13」アロハ座長著 KADOKAWA(富士見ファンタジア文庫) 2017年9月
【異世界・架空の世界】【肌の露出が多めの挿絵なし】

「RAIL WARS!：日本國有鉄道公安隊 14」豊田巧著 実業之日本社(Jノベルライト文庫) 2017
年12月【現代】【肌の露出が多めの挿絵なし】

「あのねこのまちあのねこのまち 1」紫野一歩著 講談社(講談社ラノベ文庫) 2017年8月【現
代】【肌の露出が多めの挿絵なし】

ストーリー

「あのねこのまちあのねこのまち 2」紫野一歩著 講談社(講談社ラノベ文庫) 2017年11月【異世界・架空の世界】【肌の露出が多めの挿絵なし】

「アマデウスの残り灯：無欲の不死者と退屈な悪神」志賀龍亮著 オーバーラップ(オーバーラップ文庫) 2017年12月【異世界・架空の世界】【肌の露出が多めの挿絵なし】

「あやかし双子のお医者さん 4」椎名蓮月著 KADOKAWA(富士見L文庫) 2017年10月【現代】【挿絵なし】

「いすみ写真館の想い出ポートレイト = ISUMI PHOTO STUDIO Memories Portrait Photography」周防ツカサ著 KADOKAWA(メディアワークス文庫) 2017年9月【現代】【肌の露出が多めの挿絵なし】

「いつかのクリスマスの日、きみは時の果てに消えて」瀬尾つかさ著 KADOKAWA(ファミ通文庫) 2017年11月【現代】【肌の露出が多めの挿絵なし】

「ヴァチカン図書館の裏蔵書」篠原美季著 新潮社(新潮文庫) 2017年9月【現代】【肌の露出が多めの挿絵なし】

「うそつき、うそつき」清水杜氏彦著 早川書房(ハヤカワ文庫 JA) 2017年10月【近未来・遠未来】【挿絵なし】

「エディター！：編集ガールの取材手帖」上倉えり著 KADOKAWA(富士見L文庫) 2017年7月【現代】【挿絵なし】

「オークブリッジ邸の笑わない貴婦人 3」太田紫織著 新潮社(新潮文庫) 2017年9月【現代】【肌の露出が多めの挿絵なし】

「おせっかい屋のお鈴さん」堀川アサコ著 KADOKAWA(角川文庫) 2017年9月【現代】【挿絵なし】

「お迎えに上がりました。：国土交通省国土政策局幽冥推進課」竹林七草著 集英社(集英社文庫) 2017年8月【現代】【肌の露出が多めの挿絵なし】

「お人好しの放課後：御出学園帰宅部の冒険」阿藤玲著 東京創元社(創元推理文庫) 2017年8月【現代】【挿絵なし】

「お弁当代行屋さんの届けもの」妃川螢著 KADOKAWA(富士見L文庫) 2017年9月【現代】【挿絵なし】

「カゲロウデイズ 8」じん(自然の敵P)著 KADOKAWA(KCG文庫) 2017年12月【異世界・架空の世界】【肌の露出が多めの挿絵なし】

「キラプリおじさんと幼女先輩 2」岩沢藍著 KADOKAWA(電撃文庫) 2017年8月【現代】【肌の露出が多めの挿絵なし】

「くずクマさんとハチミツJK 3」鳥川さいか著 KADOKAWA(MF文庫J) 2017年11月【現代】【肌の露出が多めの挿絵なし/キスシーンの挿絵あり】

「くるすの残光 [5]」仁木英之著 祥伝社(祥伝社文庫) 2017年10月【歴史・時代】【挿絵なし】

ストーリー

「ゲーム・プレイング・ロール ver.2」木村心一著 KADOKAWA（角川スニーカー文庫）2017年10月【異世界・架空の世界】【肌の露出が多めの挿絵あり】

「ゴールデンコンビ：婚活刑事&シンママ警察通訳人」加藤実秋著 祥伝社（祥伝社文庫）2017年9月【現代】【挿絵なし】

「これは経費で落ちません！：経理部の森若さん 3」青木祐子著 集英社（集英社オレンジ文庫）2017年10月【現代】【挿絵なし】

「スープ屋しずくの謎解き朝ごはん [3]」友井羊著 宝島社（宝島社文庫）2017年11月【現代】【挿絵なし】

「スピリット・マイグレーション 6」ヘロー天気著 アルファポリス（アルファライト文庫）2017年8月【異世界・架空の世界】【肌の露出が多めの挿絵なし】

「セーラー服とシャーロキエンヌ：穴井戸栄子の華麗なる事件簿」古野まほろ著 KADOKAWA（角川文庫）2017年8月【現代】【挿絵なし】

「ゼロの日に叫ぶ」似鳥鶏著 河出書房新社（河出文庫）2017年9月【現代/歴史・時代】【肌の露出が多めの挿絵なし】

「ゼロ能力者の英雄伝説：最強スキルはセーブ&ロード」東国不動著 TOブックス 2017年11月【異世界・架空の世界】【肌の露出が多めの挿絵あり】

「その最強、神の依頼で異世界へ 2」速峰淳著 主婦の友社（ヒーロー文庫）2017年11月【異世界・架空の世界】【肌の露出が多めの挿絵あり】

「その者。のちに… 06」ナハァト著 アース・スターエンターテイメント（EARTH STAR NOVEL）2017年10月【異世界・架空の世界】【肌の露出が多めの挿絵なし】

「ダンジョン村のパン屋さん = The bakery in Dungeon Village ダンジョン村道行き編」丁謡著 KADOKAWA（カドカワBOOKS）2017年7月【異世界・架空の世界】【肌の露出が多めの挿絵なし】

「テスタメントシュピーゲル 3下」冲方丁著 KADOKAWA（角川スニーカー文庫）2017年7月【近未来・遠未来】【肌の露出が多めの挿絵なし】

「とどけるひと：別れの手紙の郵便屋さん」半田畔著 KADOKAWA（富士見L文庫）2017年8月【現代】【挿絵なし】

「ドラゴン嫁はかまってほしい 4」初美陽一著 KADOKAWA（富士見ファンタジア文庫）2017年10月【異世界・架空の世界】【肌の露出が多めの挿絵あり】

「トリック・トリップ・バケーション = Trick Trip Vacation：虹の館の殺人パーティー」中村あき著 星海社（星海社FICTIONS）2017年11月【現代】【肌の露出が多めの挿絵なし】

「ハイキュー!!：劇場版総集編 [3]」古舘春一原作;吉成郁子小説 集英社（JUMP J BOOKS）2017年9月【現代】【肌の露出が多めの挿絵なし】

「ハイキュー!!：劇場版総集編 [4]」古舘春一原作;吉成郁子小説 集英社（JUMP J BOOKS）2017年9月【現代】【肌の露出が多めの挿絵なし】

ストーリー

「ハイキュー!!ショーセツバン!! 9」古舘春一著;星希代子著 集英社(JUMP j BOOKS) 2017年
12月【現代】【肌の露出が多めの挿絵なし】

「ブラック企業に勤めております。[3]」要はる著 集英社(集英社オレンジ文庫) 2017年10月
【現代】【肌の露出が多めの挿絵なし】

「フリーライフ異世界何でも屋奮闘記」気がつけば毛玉著 KADOKAWA(角川スニーカー文
庫) 2017年7月【異世界・架空の世界】【肌の露出が多めの挿絵なし】

「ぼくたちのリメイク 3」木緒なち著 KADOKAWA(MF文庫J) 2017年11月【現代】【肌の露出が
多めの挿絵なし】

「マギクラフト・マイスター 12」秋ぎつね著 KADOKAWA(MFブックス) 2017年7月【異世界・架
空の世界】【肌の露出が多めの挿絵なし】

「マギクラフト・マイスター 13」秋ぎつね著 KADOKAWA(MFブックス) 2017年11月【異世界・
架空の世界】【肌の露出が多めの挿絵なし】

「やはり俺の青春ラブコメはまちがっている。12」渡航著 小学館(ガガガ文庫) 2017年9月【現
代】【肌の露出が多めの挿絵なし】

「やりなおし転生：＊俺の異世界冒険譚」makuro著 アース・スターエンターテイメント(EARTH
STAR NOVEL) 2017年12月【異世界・架空の世界】【肌の露出が多めの挿絵なし】

「ようこそモンスターズギルド = Monsters' Guild : 最強集団、何でも屋はじめました」十一屋翠
著 ツギクル(ツギクルブックス) 2017年10月【異世界・架空の世界】【肌の露出が多めの挿絵な
し】

「ラスト・ロスト・ジュブナイル = Last Lost Juvenile : 交錯のパラレルワールド」中村あき著 星海
社(星海社FICTIONS) 2017年12月【現代】【肌の露出が多めの挿絵なし】

「ルーントルーパーズ：自衛隊漂流戦記 5」浜松春日著 アルファポリス(アルファライト文庫)
2017年9月【異世界・架空の世界】【肌の露出が多めの挿絵なし】

「レーゼンシア帝国繁栄紀 2」七条剛著 SBクリエイティブ(GA文庫) 2017年8月【異世界・架空
の世界】【肌の露出が多めの挿絵あり】

「レオナルドの扉」真保裕一著 KADOKAWA(角川文庫) 2017年11月【異世界・架空の世界】
【肌の露出が多めの挿絵なし】

「レジェンド = legend 9」神無月紅著 KADOKAWA(カドカワBOOKS) 2017年9月【異世界・架
空の世界】【肌の露出が多めの挿絵なし】

「ワースト・インプレッション：刑事・理恩と拾得の事件簿」滝田務雄著 双葉社(双葉文庫)
2017年12月【現代】【挿絵なし】

「悪の2代目になんてなりません!」西台もか著 KADOKAWA(ビーズログ文庫アリス) 2017年9
月【現代】【肌の露出が多めの挿絵なし/キスシーンの挿絵あり】

「異人館画廊 [5]」谷瑞恵著 集英社(集英社オレンジ文庫) 2017年12月【現代】【肌の露出が
多めの挿絵なし】

ストーリー

「異世界おもてなしご飯：聖女召喚と黄金プリン」忍丸著 KADOKAWA（カドカワBOOKS）2017年9月【異世界・架空の世界】【肌の露出が多めの挿絵なし/キスシーンの挿絵あり】

「異世界で竜が許嫁です 2」山崎里佳著 KADOKAWA（角川ビーンズ文庫）2017年12月【異世界・架空の世界】【肌の露出が多めの挿絵なし】

「異世界の果てで開拓ごはん！：座敷わらしと目指す快適スローライフ」滝口流著 KADOKAWA（カドカワBOOKS）2017年11月【異世界・架空の世界】【肌の露出が多めの挿絵あり】

「異世界は幸せ（テンプレ）に満ち溢れている 3」羽智遊紀著 TOブックス 2017年12月【異世界・架空の世界】【肌の露出が多めの挿絵なし】

「異世界建国記」桜木桜著 KADOKAWA（ファミ通文庫）2017年8月【異世界・架空の世界】【肌の露出が多めの挿絵なし】

「宇宙探偵ノーグレイ」田中啓文著 河出書房新社（河出文庫）2017年11月【異世界・架空の世界】【挿絵なし】

「雨宿りの星たちへ」小春りん著 スターツ出版（スターツ出版文庫）2017年10月【現代】【挿絵なし】

「厭世マニュアル」阿川せんり著 KADOKAWA（角川文庫）2017年8月【現代】【挿絵なし】

「俺、ツインテールになります。13」水沢夢著 小学館（ガガガ文庫）2017年8月【異世界・架空の世界】【肌の露出が多めの挿絵あり】

「俺と蛙さんの異世界放浪記 6」くずもち著 アルファポリス（アルファライト文庫）2017年7月【異世界・架空の世界】【肌の露出が多めの挿絵なし】

「下町アパートのふしぎ管理人 [2]」大城密著 KADOKAWA（角川文庫）2017年7月【現代】【挿絵なし】

「下町で、看板娘はじめました。」汐邑雛著 KADOKAWA（ビーズログ文庫）2017年10月【異世界・架空の世界】【肌の露出が多めの挿絵なし】

「花屋『ゆめゆめ』で花香る思い出を」編乃肌著 マイナビ出版（ファン文庫）2017年8月【現代】【挿絵なし】

「花冠の王国の花嫌い姫 [6]」長月遥著 KADOKAWA（ビーズログ文庫）2017年10月【異世界・架空の世界】【肌の露出が多めの挿絵なし/キスシーンの挿絵あり】

「怪奇編集部『トワイライト』2」瀬川貴次著 集英社（集英社オレンジ文庫）2017年11月【現代】【肌の露出が多めの挿絵なし】

「怪談彼女 6」永遠月心悟著 集英社（JUMP j BOOKS）2017年10月【現代】【肌の露出が多めの挿絵あり】

「奇奇奇譚編集部：ホラー作家はおばけが怖い」木犀あこ著 KADOKAWA（角川ホラー文庫）2017年9月【現代】【挿絵なし】

ストーリー

「奇妙な遺産：村主准教授のミステリアスな講座」大村友貴美著 光文社(光文社文庫) 2017年9月【現代】【挿絵なし】

「吉祥寺よろず怪事(あやごと)請負処 [2]」結城光流著 KADOKAWA(角川文庫) 2017年9月【現代】【挿絵なし】

「強くてニューサーガ 1」阿部正行著 アルファポリス(アルファライト文庫) 2017年11月【異世界・架空の世界】【肌の露出が多めの挿絵なし】

「金色の文字使い(ワードマスター)：勇者四人に巻き込まれたユニークチート 11」十本スイ著 KADOKAWA(富士見ファンタジア文庫) 2017年10月【異世界・架空の世界】【肌の露出が多めの挿絵あり】

「血界戦線 [2]」内藤泰弘著;秋田禎信著 集英社(JUMP j BOOKS) 2017年10月【異世界・架空の世界】【肌の露出が多めの挿絵なし】

「月の都海の果て」中村ふみ著 講談社(講談社X文庫) 2017年11月【異世界・架空の世界】【肌の露出が多めの挿絵なし】

「剣と魔法と裁判所 = SWORD AND MAGIC AND COURTHOUSE 2」蘇之一行著 KADOKAWA(電撃文庫) 2017年11月【現代】【肌の露出が多めの挿絵なし】

「剣風斬花のソーサリーライム：変奏神話群」千羽十訊著 SBクリエイティブ(GA文庫) 2017年11月【異世界・架空の世界】【肌の露出が多めの挿絵あり】

「幻想風紀委員会：物語のゆがみ、取り締まります。」高里椎奈著 KADOKAWA(ビーズログ文庫アリス) 2017年8月【現代】【肌の露出が多めの挿絵あり】

「現実主義勇者の王国再建記 = Re:CONSTRUCTION THE ELFRIEDEN KINGDOM TALES OF REALISTIC BRAVE 5」どぜう丸著 オーバーラップ(オーバーラップ文庫) 2017年10月【異世界・架空の世界】【肌の露出が多めの挿絵なし】

「限界集落・オブ・ザ・デッド = GENKAISHYURAKU OF THE DEAD」ロッキン神経痛著 KADOKAWA(カドカワBOOKS) 2017年12月【異世界・架空の世界】【肌の露出が多めの挿絵なし】

「後宮で、女の戦いはじめました。」汐邑雛著 KADOKAWA(ビーズログ文庫) 2017年9月【異世界・架空の世界】【肌の露出が多めの挿絵なし/キスシーンの挿絵あり】

「御曹司と溺愛付き!?ハラハラ同居」佐倉伊織著 スターツ出版(ベリーズ文庫) 2017年9月【現代】【挿絵なし】

「公爵夫妻の幸福な結末」芝原歌織著 講談社(講談社X文庫) 2017年11月【異世界・架空の世界】【肌の露出が多めの挿絵なし】

「今からあなたを脅迫します [2]」藤石波矢著 講談社(講談社タイガ) 2017年8月【現代】【挿絵なし】

「今からあなたを脅迫します [3]」藤石波矢著 講談社(講談社タイガ) 2017年10月【現代】【挿絵なし】

ストーリー

「砂の城風の姫」中村ふみ著 講談社(講談社X文庫) 2017年7月【異世界・架空の世界】【肌の露出が多めの挿絵なし】

「最強の司令官は楽をして暮らしたい : 安楽椅子隊長イツツジ」あらいりゅうじ著 KADOKAWA (ノベルゼロ) 2017年7月【近未来・遠未来】【肌の露出が多めの挿絵なし】

「最強をこじらせたレベルカンスト剣聖女ベアトリーチェの弱点 : その名は『ぶーぶー』5」鎌池和馬著 KADOKAWA(電撃文庫) 2017年8月【異世界・架空の世界】【肌の露出が多めの挿絵あり】

「最強呪族転生 = Reincarnation of sherman : チート魔術師のスローライフ 4」猫子著 アース・スターエンターテイメント(EARTH STAR NOVEL) 2017年11月【異世界・架空の世界】【肌の露出が多めの挿絵なし】

「彩菊あやかし算法帖 [2]」青柳碧人著 実業之日本社 2017年9月【歴史・時代】【肌の露出が多めの挿絵なし】

「撮影現場は止まらせない! : 制作部女子・万理の謎解き」藤石波矢著 KADOKAWA(角川文庫) 2017年11月【現代】【挿絵なし】

「司書子さんとタンテイさん : 木苺はわたしと犬のもの」冬木洋子著 マイナビ出版(ファン文庫) 2017年11月【現代】【肌の露出が多めの挿絵なし】

「始まりの魔法使い 2」石之宮カント著 KADOKAWA(富士見ファンタジア文庫) 2017年9月【異世界・架空の世界】【肌の露出が多めの挿絵あり】

「私、能力は平均値でって言ったよね! : God bless me? 6」FUNA著 アース・スターエンターテイメント(EARTH STAR NOVEL) 2017年10月【異世界・架空の世界】【肌の露出が多めの挿絵あり】

「私はご都合主義な解決担当の王女である」まめちょろ著 KADOKAWA(ビーズログ文庫) 2017年10月【異世界・架空の世界】【肌の露出が多めの挿絵なし】

「珠華杏林医治伝 : 乙女の大志は未来を癒す」小田菜摘著 集英社(コバルト文庫) 2017年12月【異世界・架空の世界】【肌の露出が多めの挿絵なし】

「呪われた伯爵と月愛づる姫君 : おとぎ話の魔女」山咲黒著 KADOKAWA(ビーズログ文庫) 2017年12月【異世界・架空の世界】【肌の露出が多めの挿絵なし】

「春華とりかえ抄 : 榮国物語」一石月下著 KADOKAWA(富士見L文庫) 2017年9月【現代】【挿絵なし】

「小説魔法使いの嫁 = The Ancient Magus Bride 金糸篇」ヤマザキコレ執筆;三田誠執筆;蒼月海里執筆;桜井光執筆;佐藤さくら執筆;藤咲淳一執筆;三輪清宗執筆;五代ゆう執筆;ヤマザキコレ監修 マッグガーデン(マッグガーデン・ノベルズ) 2017年9月【現代】【肌の露出が多めの挿絵なし】

「織田家の長男に生まれました」大沼田伊勢彦著 宝島社 2017年12月【歴史・時代】【肌の露出が多めの挿絵なし】

ストーリー

「信長の弟：織田信行として生きて候 第2巻」ツマビラカズジ著 マイクロマガジン社(GC NOVELS) 2017年11月【歴史・時代】【肌の露出が多めの挿絵なし】

「心中探偵：蜜約または闇夜の解釈」森晶麿著 幻冬舎(幻冬舎文庫) 2017年11月【現代】【肌の露出が多めの挿絵なし】

「新宿コネクティブ 2」内堀優一著 ホビージャパン(HJ文庫) 2017年10月【現代】【肌の露出が多めの挿絵なし】

「神様の御用人 7」浅葉なつ著 KADOKAWA(メディアワークス文庫) 2017年8月【現代/異世界・架空の世界】【肌の露出が多めの挿絵なし】

「人なき世界を、魔女と京都へ。」津田夕也著 KADOKAWA(ファミ通文庫) 2017年12月【現代】【肌の露出が多めの挿絵あり/キスシーンの挿絵あり】

「図書迷宮」十字静著 KADOKAWA(MF文庫J) 2017年10月【異世界・架空の世界】【肌の露出が多めの挿絵なし】

「厨病激発ボーイ 5」れるりり原案;藤並みなと著 KADOKAWA(角川ビーンズ文庫) 2017年8月【現代】【肌の露出が多めの挿絵なし】

「水族館ガール 4」木宮条太郎著 実業之日本社(実業之日本社文庫) 2017年7月【現代】【挿絵なし】

「数字で救う!弱小国家 = Survival Strategy Thinking with Game Theory for Save the Weak：電卓で戦争する方法を求めよ。ただし敵は剣と火薬で武装しているものとする。」長田信織著 KADOKAWA(電撃文庫) 2017年8月【異世界・架空の世界】【肌の露出が多めの挿絵あり】

「成仏しなくて良(い)いですか?」雪鳴月彦著 三交社(スカイハイ文庫) 2017年11月【現代】【肌の露出が多めの挿絵なし】

「斉木楠雄のΨ難：映画ノベライズ」麻生周一原作;福田雄一脚本;宮本深礼小説 集英社(JUMP j BOOKS) 2017年10月【異世界・架空の世界】【肌の露出が多めの挿絵なし】

「絶対城先輩の妖怪学講座 10」峰守ひろかず著 KADOKAWA(メディアワークス文庫) 2017年8月【現代】【肌の露出が多めの挿絵なし】

「戦刻ナイトブラッド：上杉の陣〜掌中之珠〜」『戦刻ナイトブラッド』プロジェクト原作;三津留ゆう著 KADOKAWA(角川ビーンズ文庫) 2017年10月【異世界・架空の世界】【肌の露出が多めの挿絵なし】

「全日本探偵道コンクール」古野まほろ著 KADOKAWA(角川文庫) 2017年11月【現代】【挿絵なし】

「双子喫茶と悪魔の料理書 2」望月唯一著 講談社(講談社ラノベ文庫) 2017年11月【現代】【肌の露出が多めの挿絵あり】

「相棒はドM刑事(デカ) 3」神埜明美著 集英社(集英社文庫) 2017年7月【現代】【挿絵なし】

「大江戸科学捜査八丁堀のおゆう [4]」山本巧次著 宝島社(宝島社文庫) 2017年10月【現代/歴史・時代】【肌の露出が多めの挿絵なし】

ストーリー

「大伝説の勇者の伝説 17」鏡貴也著 KADOKAWA（富士見ファンタジア文庫）2017年10月【異世界・架空の世界】【肌の露出が多めの挿絵あり】

「淡海乃海 水面が揺れる時：三英傑に嫌われた不運な男、朽木基綱の逆襲」イスラーフィール著 TOブックス 2017年12月【歴史・時代】【肌の露出が多めの挿絵なし】

「男装王女の久遠なる輿入れ」朝前みちる著 KADOKAWA（ビーズログ文庫）2017年11月【異世界・架空の世界】【肌の露出が多めの挿絵なし/キスシーンの挿絵あり】

「男装令嬢とドM執事の無謀なる帝国攻略 = Crossdressed Lady and the "M" Butler Conquer this Impregnable Empire」一石月下著 KADOKAWA（カドカワBOOKS）2017年9月【異世界・架空の世界】【肌の露出が多めの挿絵なし】

「地方騎士ハンスの受難 2」アマラ著 アルファポリス（アルファライト文庫）2017年9月【異世界・架空の世界】【肌の露出が多めの挿絵あり】

「兎田士郎の勝負な週末」日向唯稀著;兎田颯太郎著 コスミック出版（コスミック文庫α）2017年8月【現代】【挿絵なし】

「東京「物ノ怪」訪問録：河童の懸場帖」桔梗楓著 マイナビ出版（ファン文庫）2017年10月【現代】【挿絵なし】

「憧れの作家は人間じゃありませんでした 2」澤村御影著 KADOKAWA（角川文庫）2017年9月【現代】【挿絵なし】

「特命見廻り西郷隆盛」和田はつ子著 角川春樹事務所（ハルキ文庫）2017年12月【歴史・時代】【挿絵なし】

「二十歳（はたち）の君がいた世界」沢木まひろ著 宝島社（宝島社文庫）2017年12月【異世界・架空の世界】【挿絵なし】

「猫にされた君と私の一か月」相川悠紀著 双葉社（双葉文庫）2017年9月【現代】【挿絵なし】

「箱庭の息吹姫：ひねくれ魔術師に祝福のキスを。」瀬川月菜著 一迅社（一迅社文庫アイリス）2017年8月【異世界・架空の世界】【肌の露出が多めの挿絵なし/キスシーンの挿絵あり】

「八男って、それはないでしょう! 12」Y.A著 KADOKAWA（MFブックス）2017年12月【異世界・架空の世界】【肌の露出が多めの挿絵なし】

「半透明のラブレター」春田モカ著 スターツ出版（スターツ出版文庫）2017年9月【現代】【挿絵なし】

「美少年椅子」西尾維新著 講談社（講談社タイガ）2017年10月【現代】【肌の露出が多めの挿絵なし】

「美森まんじゃしろのサオリさん」小川一水著 光文社（光文社文庫）2017年11月【現代】【肌の露出が多めの挿絵なし】

「百年の秘密：欧州妖異譚 16」篠原美季著 講談社（講談社X文庫）2017年9月【現代】【肌の露出が多めの挿絵なし】

ストーリー

「百々とお狐の見習い巫女生活」千冬著 三交社(スカイハイ文庫) 2017年9月【現代】【肌の露出が多めの挿絵なし】

「氷竜王と六花の姫 [2]」小野はるか著 KADOKAWA(角川ビーンズ文庫) 2017年12月【異世界・架空の世界】【肌の露出が多めの挿絵なし】

「不可抗力のラビット・ラン：ブギーポップ・ダウトフル」上遠野浩平著 KADOKAWA(電撃文庫) 2017年7月【現代】【肌の露出が多めの挿絵なし】

「風ケ丘五十円玉祭りの謎」青崎有吾著 東京創元社(創元推理文庫) 2017年7月【肌の露出が多めの挿絵なし】

「平安あや恋語：彩衣と徒花の君」岐川新著 KADOKAWA(角川ビーンズ文庫) 2017年11月【異世界・架空の世界】【肌の露出が多めの挿絵なし/キスシーンの挿絵あり】

「別れの夜には猫がいる。新装版」永嶋恵美著 徳間書店(徳間文庫) 2017年7月【現代】【挿絵なし】

「放課後、君はさくらのなかで」竹岡葉月著 集英社(集英社オレンジ文庫) 2017年9月【現代】【肌の露出が多めの挿絵なし】

「僕の珈琲店には小さな魔法使いが居候している」手島史詞著 KADOKAWA(ファミ通文庫) 2017年7月【現代】【肌の露出が多めの挿絵なし】

「没落予定なので、鍛冶職人を目指す 6」CK著 KADOKAWA(カドカワBOOKS) 2017年12月【異世界・架空の世界】【肌の露出が多めの挿絵なし】

「魔王失格!」羽鳥紘著 アルファポリス(レジーナ文庫．レジーナブックス) 2017年11月【現代/異世界・架空の世界】【肌の露出が多めの挿絵なし】

「魔王討伐したあと、目立ちたくないのでギルドマスターになった」朱月十話著 KADOKAWA(富士見ファンタジア文庫) 2017年7月【異世界・架空の世界】【肌の露出が多めの挿絵あり】

「魔王討伐したあと、目立ちたくないのでギルドマスターになった 2」朱月十話著 KADOKAWA(富士見ファンタジア文庫) 2017年10月【異世界・架空の世界】【肌の露出が多めの挿絵あり】

「魔導師は平凡を望む 19」広瀬煉著 フロンティアワークス(アリアンローズ) 2017年8月【異世界・架空の世界】【肌の露出が多めの挿絵なし】

「魔法医師(メディサン・ドゥ・マージ)の診療記録 = medecin du mage et record médical 6」手代木正太郎著 小学館(ガガガ文庫) 2017年10月【異世界・架空の世界】【肌の露出が多めの挿絵なし】

「魔法科高校の劣等生 = The irregular at magic high school 23」佐島勤著 KADOKAWA(電撃文庫) 2017年8月【近未来・遠未来】【肌の露出が多めの挿絵なし】

「魔法少女のスカウトマン = Scout Man of Magical Girl」天羽伊吹清著 KADOKAWA(電撃文庫) 2017年12月【現代/異世界・架空の世界】【肌の露出が多めの挿絵あり】

「無気力探偵 2」楠谷佑著 マイナビ出版(ファン文庫) 2017年12月【現代】【挿絵なし】

「名探偵の証明」市川哲也著 東京創元社(創元推理文庫) 2017年12月【現代】【挿絵なし】

ストーリー

「明治・妖(あやかし)モダン」畠中恵著 朝日新聞出版(朝日文庫) 2017年7月【歴史・時代】【挿絵なし】

「明治あやかし新聞：怠惰な記者の裏稼業 2」さとみ桜著 KADOKAWA(メディアワークス文庫) 2017年9月【現代】【挿絵なし】

「迷宮のキャンバス」国沢裕著 マイナビ出版(ファン文庫) 2017年7月【現代】【肌の露出が多めの挿絵なし】

「勇者、辞めます：次の職場は魔王城」クオンタム著 KADOKAWA(カドカワBOOKS) 2017年12月【異世界・架空の世界】【肌の露出が多めの挿絵なし】

「勇者召喚が似合わない僕らのクラス = Our class doesn't suit to be summoned heroes 2」白神怜司著 KADOKAWA(カドカワBOOKS) 2017年10月【異世界・架空の世界】【肌の露出が多めの挿絵なし】

「幼馴染の山吹さん」道草よもぎ著 KADOKAWA(電撃文庫) 2017年10月【現代】【肌の露出が多めの挿絵あり】

「霊感少女は箱の中 2」甲田学人著 KADOKAWA(電撃文庫) 2017年8月【現代】【肌の露出が多めの挿絵なし】

「狼と羊皮紙：新説狼と香辛料 3」支倉凍砂著 KADOKAWA(電撃文庫) 2017年9月【異世界・架空の世界】【肌の露出が多めの挿絵あり】

「櫻子さんの足下には死体が埋まっている [12]」太田紫織著 KADOKAWA(角川文庫) 2017年8月【現代】【肌の露出が多めの挿絵なし】

「櫻子さんの足下には死体が埋まっている [13]」太田紫織著 KADOKAWA(角川文庫) 2017年10月【現代】【肌の露出が多めの挿絵なし】

「甦る殺人者：天久鷹央の事件カルテ」知念実希人著 新潮社(新潮文庫) 2017年11月【現代】【挿絵なし】

友情

「2.43：清陰高校男子バレー部 代表決定戦編2」壁井ユカコ著 集英社(集英社文庫) 2017年12月【現代】【肌の露出が多めの挿絵なし】

「70年分の夏を君に捧ぐ」櫻井千姫著 スターツ出版(スターツ出版文庫) 2017年11月【現代/歴史・時代】【挿絵なし】

「Burn.」加藤シゲアキ著 KADOKAWA(角川文庫) 2017年7月【現代】【挿絵なし】

「DOUBLES!!-ダブルス- 4th Set」天沢夏月著 KADOKAWA(メディアワークス文庫) 2017年9月【現代】【肌の露出が多めの挿絵なし】

「DOUBLES!!-ダブルス- Final Set」天沢夏月著 KADOKAWA(メディアワークス文庫) 2017年11月【現代】【肌の露出が多めの挿絵なし】

「RWBY the Session」MontyOumRoosterTeethProductions原作;伊崎喬助著 小学館(ガガガ文庫) 2017年7月【近未来・遠未来】【肌の露出が多めの挿絵あり】

ストーリー

「アカネヒメ物語」村山早紀著 徳間書店(徳間文庫) 2017年12月【現代】【挿絵なし】

「あなたのいない記憶」辻堂ゆめ著 宝島社(宝島社文庫) 2017年11月【現代】【挿絵なし】

「イジワルな出会い」HoneyWorks原案;香坂茉里著 KADOKAWA(角川ビーンズ文庫) 2017年11月【現代】【肌の露出が多めの挿絵なし】

「エール!!:栄冠は君に輝く」石原ひな子著 KADOKAWA(富士見L文庫) 2017年8月【現代】【挿絵なし】

「お人好しの放課後:御出学園帰宅部の冒険」阿藤玲著 東京創元社(創元推理文庫) 2017年8月【現代】【挿絵なし】

「カブキブ!7」榎田ユウリ著 KADOKAWA(角川文庫) 2017年11月【現代】【肌の露出が多めの挿絵なし】

「からくりピエロ」40mP著 KADOKAWA(角川ビーンズ文庫) 2017年9月【現代】【挿絵なし】

「キネマ探偵カレイドミステリー[2]」斜線堂有紀著 KADOKAWA(メディアワークス文庫) 2017年8月【現代】【肌の露出が多めの挿絵なし】

「きみに届け。はじまりの歌」沖田円著 スターツ出版(スターツ出版文庫) 2017年12月【現代】【挿絵なし】

「キラプリおじさんと幼女先輩2」岩沢藍著 KADOKAWA(電撃文庫) 2017年8月【現代】【肌の露出が多めの挿絵なし】

「クラスでバカにされてるオタクなぼくが、気づいたら不良たちから崇拝されててガクブル2」諏訪錦著 アルファポリス(アルファポリス文庫) 2017年10月【現代】【肌の露出が多めの挿絵なし】

「グランプリ」高千穂遙著 早川書房(ハヤカワ文庫JA) 2017年11月【現代】【肌の露出が多めの挿絵なし】

「ゲーマーズ!8」葵せきな著 KADOKAWA(富士見ファンタジア文庫) 2017年7月【現代】【肌の露出が多めの挿絵あり】

「ジャナ研の憂鬱な事件簿2」酒井田寛太郎著 小学館(ガガガ文庫) 2017年10月【現代】【肌の露出が多めの挿絵なし】

「ジュンのための6つの小曲」古谷田奈月著 新潮社(新潮文庫) 2017年10月【現代】【挿絵なし】

「ぜったい転職したいんです!!2」山川進著 SBクリエイティブ(GA文庫) 2017年7月【異世界・架空の世界】【肌の露出が多めの挿絵あり】

「その絆は対角線:日曜は憧れの国」円居挽著 東京創元社(創元推理文庫) 2017年10月【現代】【肌の露出が多めの挿絵なし】

「チアーズ!」赤松中学著 KADOKAWA(MF文庫J) 2017年9月【現代】【肌の露出が多めの挿絵なし】

「デート・ア・ライブアンコール7」橘公司著 KADOKAWA(富士見ファンタジア文庫) 2017年12月【現代】【肌の露出が多めの挿絵あり】

ストーリー

「デスクトップアーミー＝DESKTOP ARMY [3]」手島史詞著 実業之日本社（Jノベルライト）2017年12月【近未来・遠未来】【肌の露出が多めの挿絵なし】

「ドラゴンさんは友達が欲しい!＝Dragon want a Friend! 4」道草家守著 アース・スターエンターテイメント（EARTH STAR NOVEL）2017年11月【異世界・架空の世界】【肌の露出が多めの挿絵なし】

「ハートの主張」HoneyWorks原案;香坂茉里著 KADOKAWA（角川ビーンズ文庫）2017年10月【現代】【肌の露出が多めの挿絵なし】

「ハイキュー!!：劇場版総集編 [3]」古舘春一原作;吉成郁子小説 集英社（JUMP J BOOKS）2017年9月【現代】【肌の露出が多めの挿絵なし】

「ハイキュー!!：劇場版総集編 [4]」古舘春一原作;吉成郁子小説 集英社（JUMP J BOOKS）2017年9月【現代】【肌の露出が多めの挿絵なし】

「ハイキュー!!ショーセツバン!! 9」古舘春一著;星希代子著 集英社（JUMP j BOOKS）2017年12月【現代】【肌の露出が多めの挿絵なし】

「バトルガールハイスクール PART.2」コロプラ原作・監修;八奈川景晶著 KADOKAWA（富士見ファンタジア文庫）2017年8月【近未来・遠未来】【肌の露出が多めの挿絵なし】

「フカミ喫茶店の謎解きアンティーク」涙鳴著 スターツ出版（スターツ出版文庫）2017年11月【現代】【挿絵なし】

「フレンチ女子マドレーヌさんの下町ふしぎ物語」由似文著 KADOKAWA（メディアワークス文庫）2017年9月【現代】【肌の露出が多めの挿絵なし】

「ポーション、わが身を助ける 4」岩船晶著 主婦の友社（ヒーロー文庫）2017年9月【異世界・架空の世界】【肌の露出が多めの挿絵なし】

「ぼくたちのリメイク 2」木緒なち著 KADOKAWA（MF文庫J）2017年7月【現代】【肌の露出が多めの挿絵あり/キスシーンの挿絵あり】

「もってけ屋敷と僕の読書日記」三川みり著 新潮社（新潮文庫）2017年12月【現代】【肌の露出が多めの挿絵なし】

「リワールド・フロンティア＝Reworld Frontier：最弱にして最強の支援術式使い 3」国広仙戯著 TOブックス 2017年11月【異世界・架空の世界】【肌の露出が多めの挿絵なし】

「レストラン・タブリエの幸せマリアージュ：シャルドネと涙のオマールエビ」浜野稚子著 マイナビ出版（ファン文庫）2017年7月【現代】【肌の露出が多めの挿絵なし】

「椅子を作る人」山路こいし著 新紀元社（MORNING STAR BOOKS）2017年8月【現代】【肌の露出が多めの挿絵なし】

「嘘つき戦姫、迷宮をゆく 1」佐藤真登著 主婦の友社（ヒーロー文庫）2017年9月【異世界・架空の世界】【肌の露出が多めの挿絵あり】

「嘘恋シーズン：#天王寺学園男子寮のヒミツ」あさば深雪著 KADOKAWA（角川ビーンズ文庫）2017年8月【現代】【肌の露出が多めの挿絵なし】

ストーリー

「運命の彼は、キミですか?」秋吉理帆著 KADOKAWA(角川ビーンズ文庫) 2017年12月【現代】【肌の露出が多めの挿絵なし】

「俺はバイクと放課後に : 走り納め川原湯温泉」菅沼拓三著 徳間書店(徳間文庫) 2017年11月【現代】【肌の露出が多めの挿絵なし】

「俺はバイクと放課後に [2]」菅沼拓三著 徳間書店(徳間文庫) 2017年12月【現代】【肌の露出が多めの挿絵なし】

「夏は終わらない : 雲は湧き、光あふれて」須賀しのぶ著 集英社(集英社オレンジ文庫) 2017年7月【現代】【肌の露出が多めの挿絵なし】

「夏空のモノローグ」秋月鈴音著;アイディアファクトリー株式会社;デザインファクトリー株式会社監修 一二三書房(オトメイトノベル) 2017年7月【現代】【肌の露出が多めの挿絵なし】

「火ノ丸相撲四十八手 2」川田著;久麻當郎著 集英社(JUMP j BOOKS) 2017年11月【現代】【肌の露出が多めの挿絵あり】

「我が驍勇にふるえよ天地 : アレクシス帝国興隆記 6」あわむら赤光著 SBクリエイティブ(GA文庫) 2017年12月【異世界・架空の世界】【肌の露出が多めの挿絵なし】

「巻き込まれ異世界召喚記 2」結城ヒロ著 KADOKAWA(MF文庫J) 2017年8月【異世界・架空の世界】【肌の露出が多めの挿絵なし】

「吉祥寺よろず怪事(あやごと)請負処 [2]」結城光流著 KADOKAWA(角川文庫) 2017年9月【現代】【挿絵なし】

「強くてニューサーガ 1」阿部正行著 アルファポリス(アルファライト文庫) 2017年11月【異世界・架空の世界】【肌の露出が多めの挿絵なし】

「響け!ユーフォニアム 北宇治高校吹奏楽部、波乱の第二楽章 後編」武田綾乃著 宝島社(宝島社文庫) 2017年10月【現代】【挿絵なし】

「響け!ユーフォニアム 北宇治高校吹奏楽部、波乱の第二楽章 前編」武田綾乃著 宝島社(宝島社文庫) 2017年9月【現代】【挿絵なし】

「駆除人 6」花黒子著 KADOKAWA(MFブックス) 2017年12月【異世界・架空の世界】【肌の露出が多めの挿絵なし】

「空色バウムクーヘン」吉野万理子著 徳間書店(徳間文庫) 2017年9月【現代】【挿絵なし】

「君の嘘と、やさしい死神」青谷真未著 ポプラ社(ポプラ文庫ピュアフル) 2017年11月【現代】【挿絵なし】

「賢者の剣 5」陽山純樹著 主婦の友社(ヒーロー文庫) 2017年11月【異世界・架空の世界】【肌の露出が多めの挿絵なし】

「幻想風紀委員会 : 物語のゆがみ、取り締まります。」高里椎奈著 KADOKAWA(ビーズログ文庫アリス) 2017年8月【現代】【肌の露出が多めの挿絵あり】

「交換ウソ日記」櫻いいよ著 スターツ出版(スターツ出版文庫) 2017年8月【現代】【挿絵なし】

ストーリー

「黒の召喚士 5」迷井豆腐著 オーバーラップ（オーバーラップ文庫）2017年8月【異世界・架空の世界】【肌の露出が多めの挿絵なし】

「最果てのパラディン 4」柳野かなた著 オーバーラップ（オーバーラップ文庫）2017年9月【異世界・架空の世界】【肌の露出が多めの挿絵なし】

「最後の晩ごはん [9]」椹野道流著 KADOKAWA（角川文庫）2017年12月【現代】【肌の露出が多めの挿絵なし】

「妻を殺してもバレない確率」桜川ヒロ著 宝島社（宝島社文庫）2017年10月【近未来・遠未来】【挿絵なし】

「冴えない彼女（ヒロイン）の育てかた 13」丸戸史明著 KADOKAWA（富士見ファンタジア文庫）2017年10月【現代】【肌の露出が多めの挿絵なし】

「私、能力は平均値でって言ったよね！：God bless me? 6」FUNA著 アース・スターエンターテイメント（EARTH STAR NOVEL）2017年10月【異世界・架空の世界】【肌の露出が多めの挿絵あり】

「私の好きなひと」西ナナヲ著 スターツ出版（スターツ出版文庫）2017年8月【現代】【挿絵なし】

「鹿の王 4」上橋菜穂子著 KADOKAWA（角川文庫）2017年7月【異世界・架空の世界】【肌の露出が多めの挿絵なし】

「十歳の最強魔導師 3」天乃聖樹著 主婦の友社（ヒーロー文庫）2017年12月【異世界・架空の世界】【肌の露出が多めの挿絵あり】

「渋谷のロリはだいたいトモダチ 1」あまさきみりと著 KADOKAWA（角川スニーカー文庫）2017年12月【近未来・遠未来】【肌の露出が多めの挿絵あり】

「少女手帖」紙上ユキ著 集英社（集英社オレンジ文庫）2017年9月【現代】【肌の露出が多めの挿絵なし】

「少年Nのいない世界 03」石川宏千花著 講談社（講談社タイガ）2017年11月【異世界・架空の世界】【挿絵なし】

「真夜中プリズム」沖田円著 スターツ出版（スターツ出版文庫）2017年7月【現代】【挿絵なし】

「神様の御用人 7」浅葉なつ著 KADOKAWA（メディアワークス文庫）2017年8月【現代/異世界・架空の世界】【肌の露出が多めの挿絵なし】

「厨病激発ボーイ 5」れるりり原案;藤並みなと著 KADOKAWA（角川ビーンズ文庫）2017年8月【現代】【肌の露出が多めの挿絵なし】

「精霊使いの剣舞（ブレイドダンス）精霊舞踏祭（エレメンタル・フェスタ）」志瑞祐著 KADOKAWA（MF文庫J）2017年10月【異世界・架空の世界】【肌の露出が多めの挿絵あり】

「青の聖騎士伝説 = LEGEND OF THE BLUE PALADIN」深沢美潮著 KADOKAWA（電撃文庫）2017年7月【異世界・架空の世界】【肌の露出が多めの挿絵なし】

ストーリー

「青の聖騎士伝説 2」深沢美潮著 KADOKAWA(電撃文庫) 2017年8月【異世界・架空の世界】【肌の露出が多めの挿絵なし】

「斉木楠雄のΨ難：映画ノベライズ」麻生周一原作;福田雄一脚本;宮本深礼小説 集英社(JUMP j BOOKS) 2017年10月【異世界・架空の世界】【肌の露出が多めの挿絵なし】

「全日本探偵道コンクール」古野まほろ著 KADOKAWA(角川文庫) 2017年11月【現代】【挿絵なし】

「打ち上げ花火、下から見るか?横から見るか?」岩井俊二原作;大根仁著 KADOKAWA(角川スニーカー文庫) 2017年8月【現代】【肌の露出が多めの挿絵なし】

「探偵日誌は未来を記す：西新宿瀬良探偵事務所の秘密」希多美咲著 集英社(集英社オレンジ文庫) 2017年8月【現代】【挿絵なし】

「中二病でも恋がしたい! 4」虎虎著 京都アニメーション(KAエスマ文庫) 2017年12月【現代/異世界・架空の世界】【肌の露出が多めの挿絵なし/キスシーンの挿絵あり】

「溺あま御曹司は甘ふわ女子にご執心」望月いく著 スターツ出版(ベリーズ文庫) 2017年10月【現代】【挿絵なし】

「溺愛副社長と社外限定!?ヒミツ恋愛」紅カオル著 スターツ出版(ベリーズ文庫) 2017年8月【現代】【挿絵なし】

「転生少女の履歴書 5」唐澤和希著 主婦の友社(ヒーロー文庫) 2017年10月【異世界・架空の世界】【肌の露出が多めの挿絵なし】

「東京廃区の戦女三師団(トリスケリオン) 3」舞阪洸著 KADOKAWA(富士見ファンタジア文庫) 2017年7月【現代】【肌の露出が多めの挿絵あり】

「猫にされた君と私の一か月」相川悠紀著 双葉社(双葉文庫) 2017年9月【現代】【挿絵なし】

「俳優探偵：僕と舞台と輝くあいつ」佐藤友哉著 KADOKAWA(角川文庫) 2017年12月【現代】【挿絵なし】

「白バイガール [3]」佐藤青南著 実業之日本社(実業之日本社文庫) 2017年11月【現代】【挿絵なし】

「彼女が花を咲かすとき」天祢涼著 光文社(光文社文庫) 2017年12月【異世界・架空の世界】【挿絵なし】

「彼方の友へ」伊吹有喜著 実業之日本社 2017年11月【異世界・架空の世界】【挿絵なし】

「百年の秘密：欧州妖異譚 16」篠原美季著 講談社(講談社X文庫) 2017年9月【現代】【肌の露出が多めの挿絵なし】

「風ヶ丘五十円玉祭りの謎」青崎有吾著 東京創元社(創元推理文庫) 2017年7月【現代】【肌の露出が多めの挿絵なし】

「副社長とふたり暮らし=愛育される日々」葉月りゅう著 スターツ出版(ベリーズ文庫) 2017年8月【現代】【挿絵なし】

ストーリー

「放課後の厨房(チューボー)男子」秋川滝美著 幻冬舎(幻冬舎文庫) 2017年9月【現代】【肌の露出が多めの挿絵なし】

「僕がモンスターになった日」れるりり原案;時田とおる著 KADOKAWA(角川ビーンズ文庫) 2017年10月【現代】【肌の露出が多めの挿絵なし】

「僕の呪われた恋は君に届かない」麻沢奏著 双葉社(双葉文庫) 2017年7月【現代】【挿絵なし】

「魔術学園領域の拳王(バーサーカー) 3」下等妙人著 KADOKAWA(富士見ファンタジア文庫) 2017年10月【異世界・架空の世界】【肌の露出が多めの挿絵なし】

「魔法科高校の劣等生 = The irregular at magic high school 23」佐島勤著 KADOKAWA(電撃文庫) 2017年8月【近未来・遠未来】【肌の露出が多めの挿絵なし】

「魔法使いの願いごと」友井羊著 講談社(講談社タイガ) 2017年8月【現代】【挿絵なし】

「夜見師 2」中村ふみ著 KADOKAWA(角川ホラー文庫) 2017年7月【現代】【挿絵なし】

「友食い教室 = THE FRIENDS-EATER CLASSROOM」柑橘ゆすら小説 集英社(JUMP j BOOKS) 2017年12月【現代】【肌の露出が多めの挿絵なし】

「友人キャラは大変ですか? = Is it tough being ”a friend”? 3」伊達康著 小学館(ガガガ文庫) 2017年8月【現代】【肌の露出が多めの挿絵あり】

「傭兵団の料理番 4」川井昂著 主婦の友社(ヒーロー文庫) 2017年11月【異世界・架空の世界】【肌の露出が多めの挿絵なし】

「六畳間の侵略者!? 27」健速著 ホビージャパン(HJ文庫) 2017年11月【現代】【肌の露出が多めの挿絵なし】

夢

「あやかし寝具店 : あなたの夢解き、致します」空高志著 三交社(スカイハイ文庫) 2017年10月【現代】【肌の露出が多めの挿絵なし】

「高丘親王航海記 新装版」澁澤龍彦著 文藝春秋(文春文庫) 2017年9月【歴史・時代】【挿絵なし】

「親しい君との見知らぬ記憶」久遠侑著 KADOKAWA(ファミ通文庫) 2017年12月【現代】【肌の露出が多めの挿絵なし】

「繕い屋 : 月のチーズとお菓子の家」矢崎存美著 講談社(講談社タイガ) 2017年12月【現代/異世界・架空の世界】【挿絵なし】

欲望

「乱歩城 : 人間椅子の国」黒史郎著 光文社(光文社文庫) 2017年7月【異世界・架空の世界】【挿絵なし】

ストーリー

予言・予報

「絶対城先輩の妖怪学講座 10」峰守ひろかず著 KADOKAWA（メディアワークス文庫）2017年8月【現代】【肌の露出が多めの挿絵なし】

「明日から本気出す人たち」中村一著 KADOKAWA（メディアワークス文庫）2017年7月【現代】【肌の露出が多めの挿絵なし】

料理

「SF飯:宇宙港デルタ3の食料事情」銅大著 早川書房（ハヤカワ文庫 JA）2017年11月【異世界・架空の世界】【肌の露出が多めの挿絵なし】

「あやかしお宿の勝負めし出します。」友麻碧著 KADOKAWA（富士見L文庫）2017年11月【異世界・架空の世界】【肌の露出が多めの挿絵なし】

「エノク第二部隊の遠征ごはん 1」江本マシメサ著 マイクロマガジン社（GC NOVELS）2017年9月【異世界・架空の世界】【肌の露出が多めの挿絵なし】

「エノク第二部隊の遠征ごはん 2」江本マシメサ著 マイクロマガジン社（GC NOVELS）2017年12月【異世界・架空の世界】【肌の露出が多めの挿絵あり】

「エプロン男子：今晩、出張シェフがうかがいます 2nd」山本瑤著 集英社（集英社オレンジ文庫）2017年11月【現代】【挿絵なし】

「おいしいベランダ。[4]」竹岡葉月著 KADOKAWA（富士見L文庫）2017年11月【現代】【肌の露出が多めの挿絵なし】

「おかしな転生 7」古流望著 TOブックス 2017年8月【異世界・架空の世界】【肌の露出が多めの挿絵なし】

「お弁当代行屋さんの届けもの」妃川螢著 KADOKAWA（富士見L文庫）2017年9月【現代】【挿絵なし】

「クラウは食べることにした」藤井論理著 KADOKAWA（角川スニーカー文庫）2017年8月【現代/異世界・架空の世界】【肌の露出が多めの挿絵あり】

「タイガの森の狩り暮らし = Hunting Life In Taiga Forests：契約夫婦の東欧ごはん」江本マシメサ著 主婦と生活社（PASH!ブックス）2017年12月【異世界・架空の世界】【肌の露出が多めの挿絵なし】

「ダイブ!波乗りリストランテ」山本賀代著 マイナビ出版（ファン文庫）2017年9月【現代】【挿絵なし】

「たとえばラストダンジョン前の村の少年が序盤の街で暮らすような物語 3」サトウとシオ著 SBクリエイティブ（GA文庫）2017年9月【異世界・架空の世界】【肌の露出が多めの挿絵あり】

「ダンジョン村のパン屋さん = The bakery in Dungeon Village ダンジョン村道行き編」丁謡著 KADOKAWA（カドカワBOOKS）2017年7月【異世界・架空の世界】【肌の露出が多めの挿絵なし】

ストーリー

「チートだけど宿屋はじめました。1」nyonnyon著 双葉社(モンスター文庫) 2017年10月【異世界・架空の世界】【肌の露出が多めの挿絵なし】

「トカゲ主夫。:星喰いドラゴンと地球ごはん : Harumi with Dragon」山田まる著 アース・スターエンターテイメント(EARTH STAR NOVEL) 2017年8月【現代/異世界・架空の世界】【肌の露出が多めの挿絵なし】

「マジメな妹萌えブタが英雄でモテて神対応されるファンタジア」みかみてれん著 KADOKAWA(角川スニーカー文庫) 2017年11月【異世界・架空の世界】【肌の露出が多めの挿絵あり】

「マヨの王 : 某大手マヨネーズ会社社員の孫と女騎士、異世界で《密売王》となる」伊藤ヒロ著 集英社(ダッシュエックス文庫) 2017年11月【現代/異世界・架空の世界】【肌の露出が多めの挿絵なし】

「ミス・アンダーソンの安穏なる日々 = Ms.Anderson's Quiet Days : 小さな魔族の騎士執事」世津路章著 KADOKAWA(電撃文庫) 2017年7月【異世界・架空の世界】【肌の露出が多めの挿絵なし】

「ゆきうさぎのお品書き [4]」小湊悠貴著 集英社(集英社オレンジ文庫) 2017年7月【現代】【肌の露出が多めの挿絵なし】

「ゆきうさぎのお品書き [5]」小湊悠貴著 集英社(集英社オレンジ文庫) 2017年12月【現代】【挿絵なし】

「レストラン・タブリエの幸せマリアージュ : シャルドネと涙のオマールエビ」浜野稚子著 マイナビ出版(ファン文庫) 2017年7月【現代】【肌の露出が多めの挿絵なし】

「ワールドエネミー 2」細音啓著 KADOKAWA(ノベルゼロ) 2017年8月【異世界・架空の世界】【肌の露出が多めの挿絵あり】

「ワンワン物語 : 金持ちの犬にしてとは言ったが、フェンリルにしろとは言ってねえ!」犬魔人著 KADOKAWA(角川スニーカー文庫) 2017年11月【異世界・架空の世界】【肌の露出が多めの挿絵あり】

「異世界おもてなしご飯 : 聖女召喚と黄金プリン」忍丸著 KADOKAWA(カドカワBOOKS) 2017年9月【異世界・架空の世界】【肌の露出が多めの挿絵なし/キスシーンの挿絵あり】

「異世界ギルド飯 : 暗黒邪龍とカツカレー」白石新著 SBクリエイティブ(GA文庫) 2017年9月【異世界・架空の世界】【肌の露出が多めの挿絵なし】

「異世界でカフェを開店しました。3」甘沢林檎著 アルファポリス(レジーナ文庫. レジーナブックス) 2017年9月【異世界・架空の世界】【肌の露出が多めの挿絵なし】

「異世界でカフェを開店しました。4」甘沢林檎著 アルファポリス(レジーナ文庫. レジーナブックス) 2017年12月【異世界・架空の世界】【肌の露出が多めの挿絵なし】

「異世界居酒屋「のぶ」4杯目」蝉川夏哉著 宝島社(宝島社文庫) 2017年11月【異世界・架空の世界】【肌の露出が多めの挿絵なし】

ストーリー

「異世界食堂 4」犬塚惇平著 主婦の友社(ヒーロー文庫) 2017年7月【現代/異世界・架空の世界】【肌の露出が多めの挿絵なし】

「一華後宮料理帖 第4品」三川みり著 KADOKAWA(角川ビーンズ文庫) 2017年7月【異世界・架空の世界】【肌の露出が多めの挿絵なし】

「一華後宮料理帖 第5品」三川みり著 KADOKAWA(角川ビーンズ文庫) 2017年10月【異世界・架空の世界】【肌の露出が多めの挿絵なし】

「下町で、看板娘はじめました。」汐邑雛著 KADOKAWA(ビーズログ文庫) 2017年10月【異世界・架空の世界】【肌の露出が多めの挿絵なし】

「歌うエスカルゴ」津原泰水著 角川春樹事務所(ハルキ文庫) 2017年11月【現代】【肌の露出が多めの挿絵なし】

「花野に眠る：秋葉図書館の四季」森谷明子著 東京創元社(創元推理文庫) 2017年8月【現代】【挿絵なし】

「鎌倉ごちそう迷路」五嶋りっか著 スターツ出版(スターツ出版文庫) 2017年7月【現代】【挿絵なし】

「喫茶アデルの癒やしのレシピ」葵居ゆゆ著 KADOKAWA(富士見L文庫) 2017年12月【現代】【肌の露出が多めの挿絵なし】

「契約結婚はじめました。：椿屋敷の偽夫婦 2」白川紺子著 集英社(集英社オレンジ文庫) 2017年11月【現代】【挿絵なし】

「後宮で、女の戦いはじめました。」汐邑雛著 KADOKAWA(ビーズログ文庫) 2017年9月【異世界・架空の世界】【肌の露出が多めの挿絵なし/キスシーンの挿絵あり】

「公爵夫妻の幸福な結末」芝原歌織著 講談社(講談社X文庫) 2017年11月【異世界・架空の世界】【肌の露出が多めの挿絵なし】

「康太の異世界ごはん 3」中野在太著 主婦の友社(ヒーロー文庫) 2017年11月【異世界・架空の世界】【肌の露出が多めの挿絵なし】

「詐騎士 外伝[3]」かいとーこ著 アルファポリス(レジーナ文庫. レジーナブックス) 2017年10月【異世界・架空の世界】【肌の露出が多めの挿絵なし】

「最強の鑑定士って誰のこと？ = Who is the strongest appraiser?：満腹ごはんで異世界生活」港瀬つかさ著 KADOKAWA(カドカワBOOKS) 2017年7月【異世界・架空の世界】【肌の露出が多めの挿絵なし】

「最強の鑑定士って誰のこと？ = Who is the strongest appraiser?：満腹ごはんで異世界生活 2」港瀬つかさ著 KADOKAWA(カドカワBOOKS) 2017年10月【異世界・架空の世界】【肌の露出が多めの挿絵なし】

「最後の晩ごはん [9]」椹野道流著 KADOKAWA(角川文庫) 2017年12月【現代】【肌の露出が多めの挿絵なし】

「寺嫁さんのおもてなし：和カフェであやかし癒やします」華藤えれな著 KADOKAWA(富士見L文庫) 2017年9月【現代】【肌の露出が多めの挿絵なし】

ストーリー

「盾の勇者の成り上がり 18」アネコユサギ著 KADOKAWA(MFブックス) 2017年7月【異世界・架空の世界】【肌の露出が多めの挿絵なし】

「神様のごちそう」石田空著 マイナビ出版(ファン文庫) 2017年8月【現代/異世界・架空の世界】【挿絵なし】

「神様の定食屋 2」中村颯希著 双葉社(双葉文庫) 2017年12月【現代】【挿絵なし】

「厨房ガール!」井上尚登著 KADOKAWA(角川文庫) 2017年7月【現代】【挿絵なし】

「戦国小町苦労譚 7」夾竹桃著 アース・スターエンターテイメント(EARTH STAR NOVEL) 2017年12月【歴史・時代】【肌の露出が多めの挿絵なし】

「銭(インチキ)の力で、戦国の世を駆け抜ける。5」Y.A著 KADOKAWA(MFブックス) 2017年11月【歴史・時代】【肌の露出が多めの挿絵なし】

「縒い屋：月のチーズとお菓子の家」矢崎存美著 講談社(講談社タイガ) 2017年12月【現代/異世界・架空の世界】【挿絵なし】

「双子喫茶と悪魔の料理書 2」望月唯一著 講談社(講談社ラノベ文庫) 2017年11月【現代】【肌の露出が多めの挿絵あり】

「第七異世界のラダッシュ村 2」蝉川夏哉著 星海社(星海社FICTIONS) 2017年7月【異世界・架空の世界/近未来・遠未来】【肌の露出が多めの挿絵なし】

「転生したら剣でした = I became the sword by transmigrating 4」棚架ユウ著 マイクロマガジン社(GC NOVELS) 2017年11月【異世界・架空の世界】【肌の露出が多めの挿絵なし】

「特命見廻り西郷隆盛」和田はつ子著 角川春樹事務所(ハルキ文庫) 2017年12月【歴史・時代】【挿絵なし】

「奈良まちはじまり朝ごはん」いぬじゅん著 スターツ出版(スターツ出版文庫) 2017年9月【現代】【肌の露出が多めの挿絵なし】

「飯テロ：真夜中に読めない20人の美味しい物語」名取佐和子著;日向夏著;ほしおさなえ著;富士見L文庫編集部編 KADOKAWA(富士見L文庫) 2017年12月【現代】【肌の露出が多めの挿絵なし】

「弁当屋さんのおもてなし [2]」喜多みどり著 KADOKAWA(角川文庫) 2017年10月【現代】【肌の露出が多めの挿絵なし】

「放課後の厨房(チューボー)男子」秋川滝美著 幻冬舎(幻冬舎文庫) 2017年9月【現代】【肌の露出が多めの挿絵なし】

「放課後は、異世界喫茶でコーヒーを 2」風見鶏著 KADOKAWA(富士見ファンタジア文庫) 2017年12月【現代/異世界・架空の世界】【肌の露出が多めの挿絵なし】

「魔王さまと行く!ワンランク上の異世界ツアー!! 3」猫又ぬこ著 ホビージャパン(HJ文庫) 2017年7月【異世界・架空の世界】【肌の露出が多めの挿絵なし】

「魔王さまと行く!ワンランク上の異世界ツアー!! 4」猫又ぬこ著 ホビージャパン(HJ文庫) 2017年11月【異世界・架空の世界】【肌の露出が多めの挿絵あり】

ストーリー

「魔王城のシェフ 2」水城水城著 KADOKAWA(ファミ通文庫) 2017年8月【異世界・架空の世界】【肌の露出が多めの挿絵あり】

「魔王城のシェフ 3」水城水城著 KADOKAWA(ファミ通文庫) 2017年12月【異世界・架空の世界】【肌の露出が多めの挿絵あり】

「魔法薬師が二番弟子を愛でる理由：専属お食事係に任命されました」逢坂なつめ著 KADOKAWA(カドカワBOOKS) 2017年12月【異世界・架空の世界】【肌の露出が多めの挿絵なし】

「迷宮料理人ナギの冒険 2」ゆうきりん著 KADOKAWA(電撃文庫) 2017年8月【異世界・架空の世界】【肌の露出が多めの挿絵あり】

「友食い教室 = THE FRIENDS-EATER CLASSROOM」柑橘ゆすら小説 集英社(JUMP j BOOKS) 2017年12月【現代】【肌の露出が多めの挿絵なし】

「傭兵団の料理番 4」川井昂著 主婦の友社(ヒーロー文庫) 2017年11月【異世界・架空の世界】【肌の露出が多めの挿絵なし】

「閻魔大王のレストラン」つるみ犬丸著 KADOKAWA(メディアワークス文庫) 2017年8月【異世界・架空の世界】【肌の露出が多めの挿絵なし】

「俠(おとこ)飯 4」福澤徹三著 文藝春秋(文春文庫) 2017年7月【現代】【肌の露出が多めの挿絵なし】

ルール・マナー・法律

「異世界銭湯：松の湯へようこそ」大場鳩太郎著 アース・スターエンターテイメント(EARTH STAR NOVEL) 2017年8月【現代/異世界・架空の世界】【肌の露出が多めの挿絵なし】

霊界

「BLEACH Can't Fear Your Own World 1」久保帯人著;成田良悟著 集英社(JUMP j BOOKS) 2017年8月【異世界・架空の世界】【肌の露出が多めの挿絵なし】

「幽冥食堂「あおやぎ亭」の交遊録」篠原美季著 講談社(講談社X文庫) 2017年7月【現代】【肌の露出が多めの挿絵なし】

「旅籠屋あのこの：あなたの「想い」届けます。」岬著 KADOKAWA(メディアワークス文庫) 2017年11月【現代】【肌の露出が多めの挿絵なし】

【乗り物】

自転車・ロードバイク

「グランプリ」高千穂遙著 早川書房（ハヤカワ文庫 JA）2017年11月【現代】【肌の露出が多めの挿絵なし】

「ババチャリの神様」皆藤黒助著 双葉社（双葉文庫）2017年8月【現代】【挿絵なし】

「彼方の友へ」伊吹有喜著 実業之日本社 2017年11月【異世界・架空の世界】【挿絵なし】

自動車・バス

「君と綴った約束ノート」古河樹著 KADOKAWA（富士見L文庫）2017年9月【現代】【挿絵なし】

「農業男子とマドモアゼル：イチゴと恋の実らせ方」甘沢林檎著 KADOKAWA（富士見L文庫）2017年10月【現代】【肌の露出が多めの挿絵なし】

「魔導GPX(グランプリ)ウィザード・フォーミュラ 02」竹井10日著 KADOKAWA（角川スニーカー文庫）2017年8月【異世界・架空の世界】【肌の露出が多めの挿絵あり】

戦車・戦艦・戦闘機

「ガーリー・エアフォース = GIRLY AIR FORCE 8」夏海公司著 KADOKAWA（電撃文庫）2017年11月【現代】【肌の露出が多めの挿絵なし】

「クトゥルーの呼び声 = [The Call of Cthulhu Others]」H・P・ラヴクラフト著;森瀬繚訳 星海社（星海社FICTIONS）2017年11月【異世界・架空の世界】【挿絵なし】

「ヘヴィーオブジェクト最も賢明な思考放棄 = HEAVY OBJECT Project Whiz Kid」鎌池和馬著 KADOKAWA（電撃文庫）2017年9月【異世界・架空の世界/近未来・遠未来】【肌の露出が多めの挿絵あり】

「ミリオン・クラウン 1」竜ノ湖太郎著 KADOKAWA（角川スニーカー文庫）2017年10月【近未来・遠未来】【肌の露出が多めの挿絵なし】

「ルーントルーパーズ：自衛隊漂流戦記 4」浜松春日著 アルファポリス（アルファライト文庫）2017年7月【異世界・架空の世界】【肌の露出が多めの挿絵なし】

「群青の竜騎士 1」尾野灯著 主婦の友社（ヒーロー文庫）2017年11月【異世界・架空の世界】【肌の露出が多めの挿絵なし】

「蜘蛛ですが、なにか? 7」馬場翁著 KADOKAWA（カドカワBOOKS）2017年10月【異世界・架空の世界】【肌の露出が多めの挿絵なし】

「天鏡のアルデラミン = Alderamin on the Sky：ねじ巻き精霊戦記 13」宇野朴人著 KADOKAWA（電撃文庫）2017年12月【異世界・架空の世界】【肌の露出が多めの挿絵なし】

乗り物

「誉められて神軍 3」竹井10日著 講談社(講談社ラノベ文庫) 2017年12月【異世界・架空の世界】【肌の露出が多めの挿絵なし】

電車・新幹線・機関車

「RAIL WARS! : 日本國有鉄道公安隊 14」豊田巧著 実業之日本社(Jノベルライト文庫) 2017年12月【現代】【肌の露出が多めの挿絵なし】

「フレンチ女子・マドレーヌさんの下町ふしぎ物語」由似文著 KADOKAWA(メディアワークス文庫) 2017年9月【現代】【肌の露出が多めの挿絵なし】

「ぽんしゅでGO! : 僕らの巫女とほろ酔い列車旅」豊田巧著 集英社(ダッシュエックス文庫) 2017年12月【現代】【肌の露出が多めの挿絵なし】

「華舞鬼町おばけ写真館 [2]」蒼月海里著 KADOKAWA(角川ホラー文庫) 2017年12月【現代/異世界・架空の世界】【肌の露出が多めの挿絵なし】

「死にたがりビバップ : Take The Curry Train!」うさぎやすぽん著 KADOKAWA(角川スニーカー文庫) 2017年8月【異世界・架空の世界】【肌の露出が多めの挿絵なし】

「世界が終わる街」似鳥鶏著 河出書房新社(河出文庫) 2017年10月【現代】【挿絵なし】

「生協のルイーダさん : あるバイトの物語」百舌涼一著 集英社(集英社文庫) 2017年9月【現代】【挿絵なし】

乗り物一般

「グランブルーファンタジー 9」Cygames原作;はせがわみやび著 KADOKAWA(ファミ通文庫) 2017年10月【異世界・架空の世界】【肌の露出が多めの挿絵あり】

「軍オタが魔法世界に転生したら、現代兵器で軍隊ハーレムを作っちゃいました!? 12」明鏡シスイ著 KADOKAWA(富士見ファンタジア文庫) 2017年12月【異世界・架空の世界】【肌の露出が多めの挿絵あり】

「聖刻(ワース)-BEYOND-」新田祐助著 朝日新聞出版(朝日文庫) 2017年12月【異世界・架空の世界】【肌の露出が多めの挿絵あり】

「六畳間の侵略者!? 26」健速著 ホビージャパン(HJ文庫) 2017年7月【現代/異世界・架空の世界】【肌の露出が多めの挿絵なし】

バイク

「アラフォー賢者の異世界生活日記 4」寿安清著 KADOKAWA(MFブックス) 2017年8月【異世界・架空の世界】【肌の露出が多めの挿絵なし】

「アラフォー賢者の異世界生活日記 5」寿安清著 KADOKAWA(MFブックス) 2017年11月【異世界・架空の世界】【肌の露出が多めの挿絵なし】

「アリスマ王の愛した魔物」小川一水著 早川書房(ハヤカワ文庫 JA) 2017年12月【異世界・架空の世界】【挿絵なし】

乗り物

「キノの旅：the Beautiful World 21」時雨沢恵一著 KADOKAWA（電撃文庫）2017年10月
【異世界・架空の世界】【肌の露出が多めの挿絵なし】

「スーパーカブ 2」トネ・コーケン著 KADOKAWA（角川スニーカー文庫）2017年10月【現代】
【肌の露出が多めの挿絵なし】

「ハードボイルド・スクールデイズ：織原ミツキと田中マンキー」鳥畑良著 KADOKAWA（ノベル
ゼロ）2017年12月【現代】【肌の露出が多めの挿絵あり】

「俺はバイクと放課後に：走り納め川原湯温泉」菅沼拓三著 徳間書店（徳間文庫）2017年11
月【現代】【肌の露出が多めの挿絵なし】

「俺はバイクと放課後に [2]」菅沼拓三著 徳間書店（徳間文庫）2017年12月【現代】【肌の露
出が多めの挿絵なし】

「黒鋼の英雄王機ヴァナルガンド：巨大勇者、異世界に降り立つ」ひびき遊著 KADOKAWA
（MF文庫J）2017年8月【異世界・架空の世界】【肌の露出が多めの挿絵あり】

「人なき世界を、魔女と京都へ。」津田夕也著 KADOKAWA（ファミ通文庫）2017年12月【現
代】【肌の露出が多めの挿絵あり/キスシーンの挿絵あり】

「白バイガール [3]」佐藤青南著 実業之日本社（実業之日本社文庫）2017年11月【現代】【挿
絵なし】

飛行機

「86-エイティシックス- Ep.2」安里アサト著 KADOKAWA（電撃文庫）2017年7月【異世界・架
空の世界】【肌の露出が多めの挿絵なし】

「青い花は未来で眠る」乾ルカ著 KADOKAWA（角川文庫）2017年8月【現代】【挿絵なし】

船・潜水艦

「あやかしお宿の勝負めし出します。」友麻碧著 KADOKAWA（富士見L文庫）2017年11月
【異世界・架空の世界】【肌の露出が多めの挿絵なし】

「ガールズトーク縁と花：境界線上のホライゾン」川上稔著 KADOKAWA（電撃文庫）2017年7
月【異世界・架空の世界】【肌の露出が多めの挿絵あり】

「スピリット・マイグレーション 6」ヘロー天気著 アルファポリス（アルファライト文庫）2017年8月
【異世界・架空の世界】【肌の露出が多めの挿絵なし】

「てのひら開拓村で異世界建国記：増えてく嫁たちとのんびり無人島ライフ 2」星崎崑著
KADOKAWA（MF文庫J）2017年10月【異世界・架空の世界】【肌の露出が多めの挿絵あり】

「遺跡発掘師は笑わない [7]」桑原水菜著 KADOKAWA（角川文庫）2017年7月【現代】【挿
絵なし】

「高丘親王航海記 新装版」澁澤龍彦著 文藝春秋（文春文庫）2017年9月【歴史・時代】【挿絵
なし】

乗り物

「国王陛下は無垢な姫君を甘やかに寵愛する」若菜モモ著 スターツ出版（ベリーズ文庫）2017年9月【異世界・架空の世界】【挿絵なし】

「戦国小町苦労譚 7」夾竹桃著 アース・スターエンターテイメント（EARTH STAR NOVEL）2017年12月【歴史・時代】【肌の露出が多めの挿絵なし】

「奪う者奪われる者 8」mino著 KADOKAWA（ファミ通文庫）2017年7月【異世界・架空の世界】【肌の露出が多めの挿絵なし】

「溺愛副社長と社外限定!?ヒミツ恋愛」紅カオル著 スターツ出版（ベリーズ文庫）2017年8月【現代】【挿絵なし】

「転生吸血鬼さんはお昼寝がしたい = A transmigration vampire would like to take a nap 5」ちょきんぎょ。著 アース・スターエンターテイメント（EARTH STAR NOVEL）2017年11月【異世界・架空の世界】【肌の露出が多めの挿絵なし】

「島津戦記 1」新城カズマ著 新潮社（新潮文庫）2017年8月【歴史・時代】【挿絵なし】

メカ・人型兵器

「エイルン・ラストコード：架空世界より戦場へ 7」東龍乃助著 KADOKAWA（MF文庫J）2017年10月【異世界・架空の世界】【肌の露出が多めの挿絵なし】

「エルフ・インフレーション 5」細川晃著 主婦の友社（ヒーロー文庫）2017年8月【異世界・架空の世界】【肌の露出が多めの挿絵なし】

「青の騎士（ブルーナイト）ベルゼルガ物語『K’』」はままさのり著 朝日新聞出版（朝日文庫）2017年8月【異世界・架空の世界】【肌の露出が多めの挿絵なし】

「青の騎士（ブルーナイト）ベルゼルガ物語絶叫の騎士」はままさのり著 朝日新聞出版（朝日文庫）2017年8月【異世界・架空の世界】【肌の露出が多めの挿絵なし】

【自然・環境】

池・沼

「その最強、神の依頼で異世界へ 2」速峰淳著 主婦の友社(ヒーロー文庫) 2017年11月【異世界・架空の世界】【肌の露出が多めの挿絵あり】

宇宙・地球・天体

「ID-0 2」ID-0Project原作;菅浩江著 早川書房(ハヤカワ文庫 JA) 2017年7月【近未来・遠未来】【挿絵なし】

「SF飯:宇宙港デルタ3の食料事情」銅大著 早川書房(ハヤカワ文庫 JA) 2017年11月【異世界・架空の世界】【肌の露出が多めの挿絵なし】

「うさみみ少女はオレの嫁!?」間宮夏生著 KADOKAWA(電撃文庫) 2017年11月【現代】【肌の露出が多めの挿絵あり】

「エルフ・インフレーション 5」細川晃著 主婦の友社(ヒーロー文庫) 2017年8月【異世界・架空の世界】【肌の露出が多めの挿絵なし】

「オリンポスの郵便ポスト = The Post at Mount Olympus 2」藻野多摩夫著 KADOKAWA(電撃文庫) 2017年7月【異世界・架空の世界】【肌の露出が多めの挿絵あり】

「けがれの汀で恋い慕え」結城光流著 KADOKAWA(角川ビーンズ文庫) 2017年10月【歴史・時代】【挿絵なし】

「ハンドレッド = Hundred 14」箕崎准著 SBクリエイティブ(GA文庫) 2017年12月【異世界・架空の世界】【肌の露出が多めの挿絵あり】

「ひとりぼっちのソユーズ:君と月と恋、ときどき猫のお話」七瀬夏扉著 KADOKAWA(富士見L文庫) 2017年12月【現代】【肌の露出が多めの挿絵なし】

「マギクラフト・マイスター 12」秋ぎつね著 KADOKAWA(MFブックス) 2017年7月【異世界・架空の世界】【肌の露出が多めの挿絵なし】

「ヤキトリ 1」カルロ・ゼン著 早川書房(ハヤカワ文庫 JA) 2017年8月【近未来・遠未来】【肌の露出が多めの挿絵なし】

「宇宙探偵ノーグレイ」田中啓文著 河出書房新社(河出文庫) 2017年11月【異世界・架空の世界】【挿絵なし】

「銀河連合日本 6」柗本保羽著 星海社(星海社FICTIONS) 2017年10月【現代/異世界・架空の世界】【肌の露出が多めの挿絵なし】

「七都市物語 新版」田中芳樹著 早川書房(ハヤカワ文庫 JA) 2017年11月【近未来・遠未来】【肌の露出が多めの挿絵なし】

自然・環境

海・川

「いい部屋あります。」長野まゆみ著 KADOKAWA(角川文庫) 2017年10月【現代】【挿絵なし】

「いづれ神話の放課後戦争(ラグナロク) 7」なめこ印著 KADOKAWA(富士見ファンタジア文庫) 2017年8月【異世界・架空の世界】【肌の露出が多めの挿絵あり】

「きっと彼女は神様なんかじゃない」入間人間著 KADOKAWA(メディアワークス文庫) 2017年8月【異世界・架空の世界】【肌の露出が多めの挿絵なし】

「ギルドのチートな受付嬢 6」夏にコタツ著 双葉社(モンスター文庫) 2017年11月【異世界・架空の世界】【肌の露出が多めの挿絵なし】

「クトゥルーの呼び声 = [The Call of Cthulhu Others]」H・P・ラヴクラフト著;森瀬繚訳 星海社(星海社FICTIONS) 2017年11月【異世界・架空の世界】【挿絵なし】

「ジョジョの奇妙な冒険ダイヤモンドは砕けない第一章 : 映画ノベライズ」荒木飛呂彦原作;江良至脚本;浜崎達也小説 集英社(JUMP j BOOKS) 2017年7月【現代】【肌の露出が多めの挿絵なし】

「ダイブ!波乗りリストランテ」山本賀代著 マイナビ出版(ファン文庫) 2017年9月【現代】【挿絵なし】

「デスゲームから始めるMMOスローライフ 3」草薙アキ著 KADOKAWA(富士見ファンタジア文庫) 2017年8月【異世界・架空の世界】【肌の露出が多めの挿絵あり】

「てのひら開拓村で異世界建国記 : 増えてく嫁たちとのんびり無人島ライフ 2」星崎崑著 KADOKAWA(MF文庫J) 2017年10月【異世界・架空の世界】【肌の露出が多めの挿絵あり】

「茜色の記憶」みのりfrom三月のパンタシア著 スターツ出版(スターツ出版文庫) 2017年8月【現代】【挿絵なし】

「異世界でカフェを開店しました。4」甘沢林檎著 アルファポリス(レジーナ文庫. レジーナブックス) 2017年12月【異世界・架空の世界】【肌の露出が多めの挿絵なし】

「異世界居酒屋「のぶ」4杯目」蝉川夏哉著 宝島社(宝島社文庫) 2017年11月【異世界・架空の世界】【肌の露出が多めの挿絵なし】

「異世界混浴物語 5」日々花長春著 オーバーラップ(オーバーラップ文庫) 2017年7月【異世界・架空の世界】【肌の露出が多めの挿絵あり】

「遺跡発掘師は笑わない [7]」桑原水菜著 KADOKAWA(角川文庫) 2017年7月【現代】【挿絵なし】

「国王陛下は無垢な姫君を甘やかに寵愛する」若菜モモ著 スターツ出版(ベリーズ文庫) 2017年9月【異世界・架空の世界】【挿絵なし】

「黒剣(くろがね)のクロニカ 03」芝村裕吏著 星海社(星海社FICTIONS) 2017年9月【異世界・架空の世界】【肌の露出が多めの挿絵なし】

自然・環境

「最強パーティは残念ラブコメで全滅する!? 2」鏡遊著 KADOKAWA（富士見ファンタジア文庫）2017年11月【異世界・架空の世界】【肌の露出が多めの挿絵あり】

「時めきたるは、月の竜王：竜宮輝夜記」糸森環著 KADOKAWA（角川ビーンズ文庫）2017年10月【異世界・架空の世界】【肌の露出が多めの挿絵なし】

「自重しない元勇者の強くて楽しいニューゲーム 4」新木伸著 集英社（ダッシュエックス文庫）2017年12月【異世界・架空の世界】【肌の露出が多めの挿絵あり】

「神獣（わたし）たちと一緒なら世界最強イケちゃいますよ? 2」福山陽士著 KADOKAWA（富士見ファンタジア文庫）2017年11月【異世界・架空の世界】【肌の露出が多めの挿絵あり】

「転生吸血鬼さんはお昼寝がしたい ＝ A transmigration vampire would like to take a nap 5」ちょきんぎょ。著 アース・スターエンターテイメント（EARTH STAR NOVEL）2017年11月【異世界・架空の世界】【肌の露出が多めの挿絵なし】

「島津戦記 1」新城カズマ著 新潮社（新潮文庫）2017年8月【歴史・時代】【挿絵なし】

季節＞夏

「……なんでそんな、ばかなこと聞くの?」鈴木大輔著 KADOKAWA（角川文庫）2017年9月【現代】【挿絵なし】

「いつかきみに七月の雪を見せてあげる」五十嵐雄策著 KADOKAWA（メディアワークス文庫）2017年10月【現代】【肌の露出が多めの挿絵なし】

「きみはぼくの宝物：史上最悪の夏休み」木下半太著 幻冬舎（幻冬舎文庫）2017年8月【現代】【挿絵なし】

「ライヴ」山田悠介著 幻冬舎（幻冬舎文庫）2017年7月【現代】【挿絵なし】

「異世界居酒屋「のぶ」4杯目」蝉川夏哉著 宝島社（宝島社文庫）2017年11月【異世界・架空の世界】【肌の露出が多めの挿絵なし】

「夏空のモノローグ」秋月鈴音著;アイディアファクトリー株式会社;デザインファクトリー株式会社監修 一二三書房（オトメイトノベル）2017年7月【現代】【肌の露出が多めの挿絵なし】

「花野に眠る：秋葉図書館の四季」森谷明子著 東京創元社（創元推理文庫）2017年8月【現代】【挿絵なし】

「幻獣王の心臓 [3]」氷川一歩著 講談社（講談社X文庫）2017年8月【現代】【肌の露出が多めの挿絵なし】

「今夜、きみは火星にもどる」小嶋陽太郎著 KADOKAWA（角川文庫）2017年10月【現代】【挿絵なし】

「全日本探偵道コンクール」古野まほろ著 KADOKAWA（角川文庫）2017年11月【現代】【挿絵なし】

「天空の約束」川端裕人著 集英社（集英社文庫）2017年10月【現代】【挿絵なし】

自然・環境

「陽気な死体は、ぼくの知らない空を見ていた」田中静人著 宝島社(宝島社文庫) 2017年8月
【現代】【挿絵なし】

季節＞春

「ティーンズ・エッジ・ロックンロール」熊谷達也著 実業之日本社(実業之日本社文庫) 2017年
10月【現代】【挿絵なし】

「わが家は祇園(まち)の拝み屋さん 6」望月麻衣著 KADOKAWA(角川文庫) 2017年9月【現
代】【肌の露出が多めの挿絵なし】

「異世界でカフェを開店しました。3」甘沢林檎著 アルファポリス(レジーナ文庫. レジーナブッ
クス) 2017年9月【異世界・架空の世界】【肌の露出が多めの挿絵なし】

「異世界居酒屋「のぶ」4杯目」蟬川夏哉著 宝島社(宝島社文庫) 2017年11月【異世界・架空
の世界】【肌の露出が多めの挿絵なし】

「京都寺町三条のホームズ 8」望月麻衣著 双葉社(双葉文庫) 2017年9月【現代】【肌の露出
が多めの挿絵なし】

「黒猫シャーロック = Black Cat Sherlock : 緋色の肉球」和泉弐式著 KADOKAWA(メディア
ワークス文庫) 2017年7月【現代】【肌の露出が多めの挿絵なし】

「天空の約束」川端裕人著 集英社(集英社文庫) 2017年10月【現代】【挿絵なし】

「崩れる脳を抱きしめて」知念実希人著 実業之日本社 2017年9月【現代】【挿絵なし】

「野心あらためず : 日高見国伝」後藤竜二著 光文社(光文社文庫) 2017年9月【歴史・時代】
【挿絵なし】

季節＞冬

「お世話になっております。陰陽課です 4」峰守ひろかず著 KADOKAWA(メディアワークス文
庫) 2017年9月【現代】【肌の露出が多めの挿絵なし】

「グランプリ」高千穂遙著 早川書房(ハヤカワ文庫 JA) 2017年11月【現代】【肌の露出が多め
の挿絵なし】

「サンリオ男子 = SANRIO BOYS : 俺たちの冬休み」サンリオ原作・著作・監修;静月遠火著
KADOKAWA(メディアワークス文庫) 2017年12月【現代】【肌の露出が多めの挿絵なし】

「スーパーカブ 2」トネ・コーケン著 KADOKAWA(角川スニーカー文庫) 2017年10月【現代】
【肌の露出が多めの挿絵なし】

「フリーライフ～異世界何でも屋奮闘記～ 2」気がつけば毛玉著 KADOKAWA(角川スニー
カー文庫) 2017年10月【異世界・架空の世界】【肌の露出が多めの挿絵あり】

「野心あらためず : 日高見国伝」後藤竜二著 光文社(光文社文庫) 2017年9月【歴史・時代】
【挿絵なし】

自然・環境

砂漠

「花冠の王国の花嫌い姫 [5]」長月遥著 KADOKAWA(ビーズログ文庫) 2017年7月【異世界・架空の世界】【肌の露出が多めの挿絵なし】

「人狼への転生、魔王の副官 08」漂月著 アース・スターエンターテイメント(EARTH STAR NOVEL) 2017年12月【異世界・架空の世界】【肌の露出が多めの挿絵なし】

「用務員さんは勇者じゃありませんので 8」棚花尋平著 KADOKAWA(MFブックス) 2017年8月【異世界・架空の世界】【肌の露出が多めの挿絵なし】

自然・環境一般

「オレの恩返し：ハイスペック村づくり 3」ハーーナ殿下著 アース・スターエンターテイメント(EARTH STAR NOVEL) 2017年7月【異世界・架空の世界】【肌の露出が多めの挿絵なし】

「天空の約束」川端裕人著 集英社(集英社文庫) 2017年10月【現代】【挿絵なし】

「天都宮帝室の然々な事情：二五六番目の皇女、天降りて大きな瓜と小さな恋を育てること」我鳥彩子著 集英社(コバルト文庫) 2017年8月【異世界・架空の世界】【肌の露出が多めの挿絵なし】

植物・樹木

「アカネヒメ物語」村山早紀著 徳間書店(徳間文庫) 2017年12月【現代】【挿絵なし】

「いつかの恋にきっと似ている」木村咲著 スターツ出版(スターツ出版文庫) 2017年10月【現代】【挿絵なし】

「ダンボールに捨てられていたのはスライムでした 1」伊達祐一著 主婦の友社(ヒーロー文庫) 2017年12月【異世界・架空の世界】【肌の露出が多めの挿絵なし】

「フラワーナイトガール [7]」是鐘リュウジ著 KADOKAWA(ファミ通文庫) 2017年10月【異世界・架空の世界】【肌の露出が多めの挿絵あり】

「花屋「ゆめゆめ」で花香る思い出を」編乃肌著 マイナビ出版(ファン文庫) 2017年8月【現代】【挿絵なし】

「花冠の王国の花嫌い姫 [6]」長月遥著 KADOKAWA(ビーズログ文庫) 2017年10月【異世界・架空の世界】【肌の露出が多めの挿絵なし/キスシーンの挿絵あり】

「奇跡の還る場所」風森章羽著 講談社(講談社タイガ) 2017年9月【現代】【挿絵なし】

「君と綴った約束ノート」古河樹著 KADOKAWA(富士見L文庫) 2017年9月【現代】【挿絵なし】

「世界樹の上に村を作ってみませんか 3」氷純著 KADOKAWA(MFブックス) 2017年10月【異世界・架空の世界】【肌の露出が多めの挿絵なし】

「青い花は未来で眠る」乾ルカ著 KADOKAWA(角川文庫) 2017年8月【現代】【挿絵なし】

自然・環境

「箱庭の息吹姫：ひねくれ魔術師に祝福のキスを。」瀬川月菜著 一迅社（一迅社文庫アイリス）2017年8月【異世界・架空の世界】【肌の露出が多めの挿絵なし/キスシーンの挿絵あり】

「彼女が花を咲かすとき」天祢涼著 光文社（光文社文庫）2017年12月【異世界・架空の世界】【挿絵なし】

空・星・月

「うさみみ少女はオレの嫁!?」間宮夏生著 KADOKAWA（電撃文庫）2017年11月【現代】【肌の露出が多めの挿絵あり】

「グランブルーファンタジー 9」Cygames原作;はせがわみやび著 KADOKAWA（ファミ通文庫）2017年10月【異世界・架空の世界】【肌の露出が多めの挿絵あり】

「ひとりぼっちのソユーズ：君と月と恋、ときどき猫のお話」七瀬夏扉著 KADOKAWA（富士見L文庫）2017年12月【現代】【肌の露出が多めの挿絵なし】

「マギクラフト・マイスター 12」秋ぎつね著 KADOKAWA（MFブックス）2017年7月【異世界・架空の世界】【肌の露出が多めの挿絵なし】

「もう一度、日曜日の君へ」羽根川牧人著 KADOKAWA（富士見L文庫）2017年7月【現代】【挿絵なし】

「欠けゆく都市の機械月姫（ムーンドール）」永菜葉一著 KADOKAWA（角川スニーカー文庫）2017年7月【異世界・架空の世界】【肌の露出が多めの挿絵なし/キスシーンの挿絵あり】

「幻想風紀委員会：物語のゆがみ、取り締まります。」高里椎奈著 KADOKAWA（ビーズログ文庫アリス）2017年8月【現代】【肌の露出が多めの挿絵あり】

「七都市物語 新版」田中芳樹著 早川書房（ハヤカワ文庫 JA）2017年11月【近未来・遠未来】【肌の露出が多めの挿絵なし】

「呪われた伯爵と月愛づる姫君：おとぎ話の魔女」山咲黒著 KADOKAWA（ビーズログ文庫）2017年12月【異世界・架空の世界】【肌の露出が多めの挿絵なし】

「真夜中プリズム」沖田円著 スターツ出版（スターツ出版文庫）2017年7月【現代】【挿絵なし】

「神様の御用人 7」浅葉なつ著 KADOKAWA（メディアワークス文庫）2017年8月【現代/異世界・架空の世界】【肌の露出が多めの挿絵なし】

「二十歳（はたち）の君がいた世界」沢木まひろ著 宝島社（宝島社文庫）2017年12月【異世界・架空の世界】【挿絵なし】

「夜明けのカノープス」穂高明著 実業之日本社（実業之日本社文庫）2017年10月【現代】【挿絵なし】

天気

「陽気な死体は、ぼくの知らない空を見ていた」田中静人著 宝島社（宝島社文庫）2017年8月【現代】【挿絵なし】

自然・環境

森・山

「29歳独身は異世界で自由に生きた……かった。 = The 29 years old single in another dimension wished a life of liberty…… 7」リュート著 KADOKAWA（カドカワBOOKS）2017年7月【異世界・架空の世界】【肌の露出が多めの挿絵あり】

「Re:ゼロから始める異世界生活 14」長月達平著 KADOKAWA（MF文庫J）2017年9月【異世界・架空の世界】【肌の露出が多めの挿絵なし】

「Re:ゼロから始める異世界生活 15」長月達平著 KADOKAWA（MF文庫J）2017年12月【異世界・架空の世界】【肌の露出が多めの挿絵なし】

「アラフォー賢者の異世界生活日記 4」寿安清著 KADOKAWA（MFブックス）2017年8月【異世界・架空の世界】【肌の露出が多めの挿絵なし】

「エノク第二部隊の遠征ごはん 1」江本マシメサ著 マイクロマガジン社（GC NOVELS）2017年9月【異世界・架空の世界】【肌の露出が多めの挿絵なし】

「エノク第二部隊の遠征ごはん 2」江本マシメサ著 マイクロマガジン社（GC NOVELS）2017年12月【異世界・架空の世界】【肌の露出が多めの挿絵あり】

「おっさんのリメイク冒険日記：オートキャンプから始まる異世界満喫ライフ」緋色優希著 ツギクル（ツギクルブックス）2017年7月【異世界・架空の世界】【肌の露出が多めの挿絵なし】

「タイガの森の狩り暮らし = Hunting Life In Taiga Forests：契約夫婦の東欧ごはん」江本マシメサ著 主婦と生活社（PASH!ブックス）2017年12月【異世界・架空の世界】【肌の露出が多めの挿絵なし】

「フロンティアダイアリー = FRONTIER DIARY：元貴族の異世界辺境生活日記」鬼ノ城ミヤ著 一二三書房（Saga Forest）2017年10月【異世界・架空の世界】【肌の露出が多めの挿絵なし】

「ほんとうの花を見せにきた」桜庭一樹著 文藝春秋（文春文庫）2017年11月【現代】【挿絵なし】

「モンスター・ファクトリー 2」アロハ座長著 KADOKAWA（富士見ファンタジア文庫）2017年11月【異世界・架空の世界】【肌の露出が多めの挿絵あり】

「ルーントルーパーズ：自衛隊漂流戦記 5」浜松春日著 アルファポリス（アルファライト文庫）2017年9月【異世界・架空の世界】【肌の露出が多めの挿絵なし】

「異世界でアイテムコレクター 4」時野洋輔著 新紀元社（MORNING STAR BOOKS）2017年8月【異世界・架空の世界】【肌の露出が多めの挿絵あり】

「異世界に来たみたいだけど如何すれば良いのだろう = WHAT SHOULD I DO IN DIFFERENT WORLD? 3」舞著 マイクロマガジン社（GC NOVELS）2017年11月【異世界・架空の世界】【肌の露出が多めの挿絵なし】

「異世界建国記」桜木桜著 KADOKAWA（ファミ通文庫）2017年8月【異世界・架空の世界】【肌の露出が多めの挿絵なし】

302

自然・環境

「王都の学園に強制連行された最強のドラゴンライダーは超が付くほど田舎者」八茶橋らっく著 KADOKAWA(カドカワBOOKS) 2017年10月【異世界・架空の世界】【肌の露出が多めの挿絵あり】

「俺、「城」を育てる：可愛いあの子は無敵の要塞になりたいようです」富哉とみあ著 KADOKAWA(ファミ通文庫) 2017年9月【異世界・架空の世界】【肌の露出が多めの挿絵なし】

「俺、動物や魔物と話せるんです 3」錬金王著 KADOKAWA(MFブックス) 2017年11月【異世界・架空の世界】【肌の露出が多めの挿絵なし】

「俺だけ入れる隠しダンジョン：こっそり鍛えて世界最強 2」瀬戸メグル著 講談社(Kラノベブックス) 2017年11月【異世界・架空の世界】【肌の露出が多めの挿絵なし】

「再臨勇者の復讐譚：勇者やめて元魔王と組みます 4」羽咲うさぎ著 双葉社(モンスター文庫) 2017年9月【異世界・架空の世界】【肌の露出が多めの挿絵あり】

「最果てのパラディン 4」柳野かなた著 オーバーラップ(オーバーラップ文庫) 2017年9月【異世界・架空の世界】【肌の露出が多めの挿絵なし】

「宰相閣下とパンダと私 1」黒辺あゆみ著 アルファポリス(レジーナ文庫. レジーナブックス) 2017年10月【異世界・架空の世界】【肌の露出が多めの挿絵なし】

「思い出は満たされないまま」乾緑郎著 集英社(集英社文庫) 2017年7月【現代】【挿絵なし】

「侍女が嘘をつく童話(メルヒェン)：野苺の侍女の観察録」長尾彩子著 集英社(コバルト文庫) 2017年11月【異世界・架空の世界】【肌の露出が多めの挿絵なし】

「蛇王再臨」田中芳樹著 光文社(光文社文庫) 2017年11月【異世界・架空の世界】【肌の露出が多めの挿絵なし】

「人狼への転生、魔王の副官 08」漂月著 アース・スターエンターテイメント(EARTH STAR NOVEL) 2017年12月【異世界・架空の世界】【肌の露出が多めの挿絵なし】

「聖女の魔力は万能です = The power of the saint is all around 2」橘由華著 KADOKAWA(カドカワBOOKS) 2017年9月【異世界・架空の世界】【肌の露出が多めの挿絵なし】

「千剣の魔術師と呼ばれた剣士：最強の傭兵は禁忌の双子と過去を追う」高光晶著 KADOKAWA(角川スニーカー文庫) 2017年12月【異世界・架空の世界】【肌の露出が多めの挿絵なし】

「調教師は魔物に囲まれて生きていきます。= Trainer is surrounded by Monsters」七篠龍著 アース・スターエンターテイメント(EARTH STAR NOVEL) 2017年11月【異世界・架空の世界】【肌の露出が多めの挿絵なし】

「鳥籠の家」廣嶋玲子著 東京創元社(創元推理文庫) 2017年12月【歴史・時代】【挿絵なし】

「転生したらドラゴンの卵だった：最強以外目指さねぇ 5」猫子著 アース・スターエンターテイメント(EARTH STAR NOVEL) 2017年10月【異世界・架空の世界】【肌の露出が多めの挿絵なし】

「平凡なる皇帝 = ORDINARY EMPEROR 2」三国司著 一二三書房(Saga Forest) 2017年10月【異世界・架空の世界】【肌の露出が多めの挿絵なし】

自然・環境

「魔眼のご主人様。= My Master with Evil Eye 2」黒森白兎著 TOブックス 2017年10月【異世界・架空の世界】【肌の露出が多めの挿絵あり】

「魔法?そんなことより筋肉だ! 2」どらねこ著 KADOKAWA(MFブックス) 2017年9月【異世界・架空の世界】【肌の露出が多めの挿絵なし】

「魔法医師(メディサン・ドゥ・マージ)の診療記録 = medecin du mage et record médical 6」手代木正太郎著 小学館(ガガガ文庫) 2017年10月【異世界・架空の世界】【肌の露出が多めの挿絵なし】

「魔法使いの願いごと」友井羊著 講談社(講談社タイガ) 2017年8月【現代】【挿絵なし】

「誉められて神軍 3」竹井10日著 講談社(講談社ラノベ文庫) 2017年12月【異世界・架空の世界】【肌の露出が多めの挿絵なし】

「錬金術師は終わらぬ夢をみる : ゆがみの王国のセラフィーヌ」一原みう著 集英社(コバルト文庫) 2017年7月【歴史・時代】【肌の露出が多めの挿絵なし】

「老いた剣聖は若返り、そして騎士養成学校の教官となる = SWORD MASTER BECOME AN INSTRUCTOR OF A TRAINING SCHOOL 1」文字書男著 マイクロマガジン社(GC NOVELS) 2017年7月【異世界・架空の世界】【肌の露出が多めの挿絵なし】

【場所・建物・施設】

一軒家

「Re:ゼロから始める異世界生活 短編集3」長月達平著 KADOKAWA（MF文庫J）2017年12月【異世界・架空の世界】【肌の露出が多めの挿絵なし】

「ひきこもり作家と同居します。」谷崎泉著 KADOKAWA（富士見L文庫）2017年8月【現代】【挿絵なし】

「吉祥寺よろず怪事（あやごと）請負処 [2]」結城光流著 KADOKAWA（角川文庫）2017年9月【現代】【挿絵なし】

「契約結婚はじめました。：椿屋敷の偽夫婦 2」白川紺子著 集英社（集英社オレンジ文庫）2017年11月【現代】【挿絵なし】

「死神令嬢と死にたがりの魔法使い」七海ちよ著 KADOKAWA（ビーズログ文庫）2017年11月【異世界・架空の世界】【肌の露出が多めの挿絵なし】

「小説おそ松さん＝Light novel Osomatsusan タテ松 メタルチャーム6種付き限定版」赤塚不二夫原作;石原宙小説;おそ松さん製作委員会監修 集英社（Jump J books）2017年11月【現代】【肌の露出が多めの挿絵なし】

「大学デビューに失敗したぼっち、魔境に生息す。」睦月著 TOブックス 2017年10月【現代/異世界・架空の世界】【肌の露出が多めの挿絵なし】

「探偵ファミリーズ」天祢涼著 実業之日本社（実業之日本社文庫）2017年8月【現代】【挿絵なし】

「魔王、配信中!? 2」南篠豊著 講談社（講談社ラノベ文庫）2017年11月【現代】【肌の露出が多めの挿絵なし】

飲食店・居酒屋・カフェ

「ONE PIECE novel：麦わらストーリーズ」尾田栄一郎著;大崎知仁著 集英社（小説JUMP j BOOKS）2017年11月【異世界・架空の世界】【肌の露出が多めの挿絵なし】

「あやかし屋台なごみ亭 3」篠宮あすか著 双葉社（双葉文庫）2017年8月【異世界・架空の世界】【肌の露出が多めの挿絵なし】

「アリクイのいんぼう：家守とミルクセーキと三文じゃない判」鳩見すた著 KADOKAWA（メディアワークス文庫）2017年8月【現代】【肌の露出が多めの挿絵なし】

「アリクイのいんぼう [2]」鳩見すた著 KADOKAWA（メディアワークス文庫）2017年12月【現代】【肌の露出が多めの挿絵なし】

「おやつカフェでひとやすみ [2]」瀬王みかる著 集英社（集英社オレンジ文庫）2017年10月【現代】【挿絵なし】

場所・建物・施設

「この手の中を、守りたい 2」カヤ著 フロンティアワークス（アリアンローズ）2017年10月【異世界・架空の世界】【肌の露出が多めの挿絵なし】

「スープ屋しずくの謎解き朝ごはん [3]」友井羊著 宝島社（宝島社文庫）2017年11月【現代】【挿絵なし】

「たぶん、出会わなければよかった嘘つきな君に」栗俣力也原案;佐藤青南著 祥伝社（祥伝社文庫）2017年12月【現代】【挿絵なし】

「フカミ喫茶店の謎解きアンティーク」涙鳴著 スターツ出版（スターツ出版文庫）2017年11月【現代】【挿絵なし】

「フレンチ女子マドレーヌさんの下町ふしぎ物語」由似文著 KADOKAWA（メディアワークス文庫）2017年9月【現代】【肌の露出が多めの挿絵なし】

「ゆきうさぎのお品書き [4]」小湊悠貴著 集英社（集英社オレンジ文庫）2017年7月【現代】【肌の露出が多めの挿絵なし】

「レストラン・タブリエの幸せマリアージュ：シャルドネと涙のオマールエビ」浜野稚子著 マイナビ出版（ファン文庫）2017年7月【現代】【肌の露出が多めの挿絵なし】

「ワキヤくんの主役理論」涼暮皐著 KADOKAWA（MF文庫J）2017年9月【現代】【肌の露出が多めの挿絵なし】

「ワキヤくんの主役理論 2」涼暮皐著 KADOKAWA（MF文庫J）2017年12月【現代】【肌の露出が多めの挿絵なし】

「異世界ギルド飯：暗黒邪龍とカツカレー」白石新著 SBクリエイティブ（GA文庫）2017年9月【異世界・架空の世界】【肌の露出が多めの挿絵なし】

「異世界でカフェを開店しました。3」甘沢林檎著 アルファポリス（レジーナ文庫.レジーナブックス）2017年9月【異世界・架空の世界】【肌の露出が多めの挿絵なし】

「異世界でカフェを開店しました。4」甘沢林檎著 アルファポリス（レジーナ文庫.レジーナブックス）2017年12月【異世界・架空の世界】【肌の露出が多めの挿絵なし】

「異世界居酒屋「のぶ」4杯目」蟬川夏哉著 宝島社（宝島社文庫）2017年11月【異世界・架空の世界】【肌の露出が多めの挿絵なし】

「俺と蛙さんの異世界放浪記 7」くずもち著 アルファポリス（アルファライト文庫）2017年9月【異世界・架空の世界】【肌の露出が多めの挿絵なし】

「歌うエスカルゴ」津原泰水著 角川春樹事務所（ハルキ文庫）2017年11月【現代】【肌の露出が多めの挿絵なし】

「鎌倉ごちそう迷路」五嶋りっか著 スターツ出版（スターツ出版文庫）2017年7月【現代】【挿絵なし】

「貴方がわたしを好きになる自信はありませんが、わたしが貴方を好きになる自信はあります」鈴木大輔著 集英社（ダッシュエックス文庫）2017年12月【近未来・遠未来】【肌の露出が多めの挿絵なし】

場所・建物・施設

「喫茶『猫の木』の秘密。：猫マスターの思い出アップルパイ」植原翠著 マイナビ出版（ファン文庫）2017年9月【現代】【挿絵なし】

「喫茶アデルの癒やしのレシピ」葵居ゆゆ著 KADOKAWA（富士見L文庫）2017年12月【現代】【肌の露出が多めの挿絵なし】

「京都の甘味処は神様専用です 2」桑野和明著 双葉社（双葉文庫）2017年10月【現代】【挿絵なし】

「京都伏見のあやかし甘味帖：おねだり狐との町屋暮らし」柏てん著 宝島社（宝島社文庫）2017年8月【現代】【挿絵なし】

「御曹司と溺愛付き!?ハラハラ同居」佐倉伊織著 スターツ出版（ベリーズ文庫）2017年9月【現代】【挿絵なし】

「黒猫王子の喫茶店 [2]」高橋由太著 KADOKAWA（角川文庫）2017年10月【現代】【挿絵なし】

「最後の晩ごはん [9]」椹野道流著 KADOKAWA（角川文庫）2017年12月【現代】【肌の露出が多めの挿絵なし】

「寺嫁さんのおもてなし：和カフェであやかし癒やします」華藤えれな著 KADOKAWA（富士見L文庫）2017年9月【現代】【肌の露出が多めの挿絵なし】

「深煎りの魔女とカフェ・アルトの客人たち：ロンドンに薫る珈琲の秘密」天見ひつじ著 宝島社（宝島社文庫）2017年10月【歴史・時代】【挿絵なし】

「神様の居酒屋お伊勢」梨木れいあ著 スターツ出版（スターツ出版文庫）2017年12月【現代】【挿絵なし】

「神様の定食屋 2」中村颯希著 双葉社（双葉文庫）2017年12月【現代】【挿絵なし】

「青春デバッガーと恋する妄想#拡散中」旭蓑雄著 KADOKAWA（電撃文庫）2017年11月【現代】【肌の露出が多めの挿絵なし】

「繕い屋：月のチーズとお菓子の家」矢崎存美著 講談社（講談社タイガ）2017年12月【現代/異世界・架空の世界】【挿絵なし】

「双子喫茶と悪魔の料理書 2」望月唯一著 講談社（講談社ラノベ文庫）2017年11月【現代】【肌の露出が多めの挿絵あり】

「奈良町あやかし万葉茶房」遠藤遼著 双葉社（双葉文庫）2017年11月【現代】【肌の露出が多めの挿絵なし】

「内通と破滅と僕の恋人：珈琲店ブラックスノウのサイバー事件簿」一田和樹著 集英社（集英社文庫）2017年11月【現代】【挿絵なし】

「叛逆せよ!英雄、転じて邪神騎士」杉原智則著 KADOKAWA（電撃文庫）2017年7月【異世界・架空の世界】【肌の露出が多めの挿絵なし】

「尾道茶寮夜咄堂 [2]」加藤泰幸著 宝島社（宝島社文庫）2017年7月【現代】【挿絵なし】

場所・建物・施設

「放課後は、異世界喫茶でコーヒーを 2」風見鶏著 KADOKAWA（富士見ファンタジア文庫）2017年12月【現代/異世界・架空の世界】【肌の露出が多めの挿絵なし】

「僕の珈琲店には小さな魔法使いが居候している」手島史詞著 KADOKAWA（ファミ通文庫）2017年7月【現代】【肌の露出が多めの挿絵なし】

「夜と会う。：放課後の僕と廃墟の死神」蒼月海里著 新潮社（新潮文庫）2017年8月【現代】【肌の露出が多めの挿絵なし】

「幽冥食堂「あおやぎ亭」の交遊録」篠原美季著 講談社（講談社X文庫）2017年7月【現代】【肌の露出が多めの挿絵なし】

「妖綺庵夜話 [6]」榎田ユウリ著 KADOKAWA（角川ホラー文庫）2017年7月【現代】【挿絵なし】

「閻魔大王のレストラン」つるみ犬丸著 KADOKAWA（メディアワークス文庫）2017年8月【異世界・架空の世界】【肌の露出が多めの挿絵なし】

「俠（おとこ）飯 4」福澤徹三著 文藝春秋（文春文庫）2017年7月【現代】【肌の露出が多めの挿絵なし】

駅

「RAIL WARS! : 日本國有鉄道公安隊 14」豊田巧著 実業之日本社（Jノベルライト文庫）2017年12月【現代】【肌の露出が多めの挿絵なし】

「おせっかい屋のお鈴さん」堀川アサコ著 KADOKAWA（角川文庫）2017年9月【現代】【挿絵なし】

「ハラサキ」野城亮著 KADOKAWA（角川ホラー文庫）2017年10月【現代/異世界・架空の世界】【挿絵なし】

「モノクロの君に恋をする」坂上秋成著 新潮社（新潮文庫）2017年7月【現代】【挿絵なし】

「ゆめみの駅遺失物係」安東みきえ著 ポプラ社（ポプラ文庫ピュアフル）2017年9月【現代】【挿絵なし】

「横浜駅SF = YOKOHAMA STATION FABLE [2]」柞刈湯葉著 KADOKAWA（カドカワBOOKS）2017年8月【異世界・架空の世界】【肌の露出が多めの挿絵なし】

「凶宅」三津田信三著 KADOKAWA（角川ホラー文庫）2017年11月【現代】【肌の露出が多めの挿絵なし】

「崩れる脳を抱きしめて」知念実希人著 実業之日本社 2017年9月【現代】【挿絵なし】

宴会場・パーティー会場

「トリック・トリップ・バケーション = Trick Trip Vacation : 虹の館の殺人パーティー」中村あき著 星海社（星海社FICTIONS）2017年11月【現代】【肌の露出が多めの挿絵なし】

「吸血鬼の誕生祝」赤川次郎著 集英社（集英社オレンジ文庫）2017年7月【現代】【挿絵なし】

場所・建物・施設

「時めきたるは、月の竜王：竜宮輝夜記」糸森環著 KADOKAWA（角川ビーンズ文庫）2017年10月【異世界・架空の世界】【肌の露出が多めの挿絵なし】

「男装令嬢とふぞろいの主たち」羽倉せい著 KADOKAWA（角川ビーンズ文庫）2017年11月【異世界・架空の世界】【肌の露出が多めの挿絵なし】

音楽室

「放課後音楽室」麻沢奏著 スターツ出版（スターツ出版文庫）2017年10月【現代】【挿絵なし】

温泉・浴室・銭湯

「おせっかい屋のお鈴さん」堀川アサコ著 KADOKAWA（角川文庫）2017年9月【現代】【挿絵なし】

「ガールズトーク縁と花：境界線上のホライゾン」川上稔著 KADOKAWA（電撃文庫）2017年7月【異世界・架空の世界】【肌の露出が多めの挿絵あり】

「がんばりすぎなあなたにご褒美を！：堕落勇者は頑張らない」兎月竜之介著 KADOKAWA（MF文庫J）2017年7月【異世界・架空の世界】【肌の露出が多めの挿絵あり】

「ドラゴンさんは友達が欲しい！= Dragon want a Friend! 4」道草家守著 アース・スターエンターテイメント（EARTH STAR NOVEL）2017年11月【異世界・架空の世界】【肌の露出が多めの挿絵なし】

「ドラゴン嫁はかまってほしい 4」初美陽一著 KADOKAWA（富士見ファンタジア文庫）2017年10月【異世界・架空の世界】【肌の露出が多めの挿絵あり】

「ハラサキ」野城亮著 KADOKAWA（角川ホラー文庫）2017年10月【現代/異世界・架空の世界】【挿絵なし】

「異世界トリップしたその場で食べられちゃいました」五十鈴スミレ著 KADOKAWA（ビーズログ文庫）2017年9月【異世界・架空の世界】【肌の露出が多めの挿絵なし】

「異世界混浴物語 5」日々花長春著 オーバーラップ（オーバーラップ文庫）2017年7月【異世界・架空の世界】【肌の露出が多めの挿絵あり】

「異世界銭湯：松の湯へようこそ」大場鳩太郎著 アース・スターエンターテイメント（EARTH STAR NOVEL）2017年8月【現代/異世界・架空の世界】【肌の露出が多めの挿絵なし】

「俺が好きなのは妹だけど妹じゃない 5」恵比須清司著 KADOKAWA（富士見ファンタジア文庫）2017年12月【現代】【肌の露出が多めの挿絵あり】

「俺はバイクと放課後に：走り納め川原湯温泉」菅沼拓三著 徳間書店（徳間文庫）2017年11月【現代】【肌の露出が多めの挿絵なし】

「俺はバイクと放課後に [2]」菅沼拓三著 徳間書店（徳間文庫）2017年12月【現代】【肌の露出が多めの挿絵なし】

「下町アパートのふしぎ管理人 [2]」大城密著 KADOKAWA（角川文庫）2017年7月【現代】【挿絵なし】

場所・建物・施設

「死なないで 新装版」赤川次郎著 双葉社(双葉文庫) 2017年12月【現代】【挿絵なし】

「神獣(わたし)たちと一緒なら世界最強イケちゃいますよ?」福山陽士著 KADOKAWA(富士見ファンタジア文庫) 2017年7月【異世界・架空の世界】【肌の露出が多めの挿絵あり】

「地方騎士ハンスの受難 2」アマラ著 アルファポリス(アルファライト文庫) 2017年9月【異世界・架空の世界】【肌の露出が多めの挿絵あり】

「天才外科医が異世界で闇医者を始めました。5」柊むぅ著 双葉社(モンスター文庫) 2017年10月【異世界・架空の世界】【肌の露出が多めの挿絵なし】

「美人上司とダンジョンに潜るのは残業ですか? 2」七菜なな著 KADOKAWA(ノベルゼロ) 2017年12月【現代/異世界・架空の世界】【肌の露出が多めの挿絵あり】

「没落予定なので、鍛冶職人を目指す 6」CK著 KADOKAWA(カドカワBOOKS) 2017年12月【異世界・架空の世界】【肌の露出が多めの挿絵なし】

「魔剣師の魔剣による魔剣のためのハーレムライフ 2」伏(龍)著 新紀元社(MORNING STAR BOOKS) 2017年8月【異世界・架空の世界】【肌の露出が多めの挿絵あり】

会社

「あやかし双子のお医者さん 4」椎名蓮月著 KADOKAWA(富士見L文庫) 2017年10月【現代】【挿絵なし】

「イジワル御曹司のギャップに参ってます!」伊月ジュイ著 スターツ出版(ベリーズ文庫) 2017年8月【現代】【挿絵なし】

「イジワル社長は溺愛旦那様!?」あさぎ千夜春著 スターツ出版(ベリーズ文庫) 2017年10月【現代】【挿絵なし】

「イジワル副社長と秘密のロマンス」真崎奈南著 スターツ出版(ベリーズ文庫) 2017年11月【現代】【挿絵なし】

「イジワル副社長の溺愛にタジタジです」佐倉伊織著 スターツ出版(ベリーズ文庫) 2017年7月【現代】【挿絵なし】

「エリート上司に翻弄されてます!」霜月悠太著 スターツ出版(ベリーズ文庫) 2017年10月【現代】【挿絵なし】

「エリート上司の甘い誘惑」砂原雑音著 スターツ出版(ベリーズ文庫) 2017年9月【現代】【挿絵なし】

「クールな御曹司と愛され政略結婚」西ナナヲ著 スターツ出版(ベリーズ文庫) 2017年9月【現代】【挿絵なし】

「クールな上司とトキメキ新婚!?ライフ」北条歩来著 スターツ出版(ベリーズ文庫) 2017年7月【現代】【挿絵なし】

「クール上司の甘すぎ捕獲宣言!」葉崎あかり著 スターツ出版(ベリーズ文庫) 2017年11月【現代】【挿絵なし】

場所・建物・施設

「これは経費で落ちません!:経理部の森若さん 3」青木祐子著 集英社(集英社オレンジ文庫) 2017年10月【現代】【挿絵なし】

「スイート・ルーム・シェア:御曹司と溺甘同居」和泉あや著 スターツ出版(ベリーズ文庫) 2017年11月【現代】【挿絵なし】

「悪の2代目になんてなりません!」西台もか著 KADOKAWA(ビーズログ文庫アリス) 2017年9月【現代】【肌の露出が多めの挿絵なし/キスシーンの挿絵あり】

「俺様Dr.に愛されすぎて」夏雪なつめ著 スターツ出版(ベリーズ文庫) 2017年12月【現代】【挿絵なし】

「俺様副社長のとろ甘な業務命令」未華空央著 スターツ出版(ベリーズ文庫) 2017年9月【現代】【挿絵なし】

「鬼社長のお気に入り!?」夢野美紗著 スターツ出版(ベリーズ文庫) 2017年7月【現代】【挿絵なし】

「吸血鬼の誕生祝」赤川次郎著 集英社(集英社オレンジ文庫) 2017年7月【現代】【挿絵なし】

「強引な次期社長に独り占めされてます!」佳月弥生著 スターツ出版(ベリーズ文庫) 2017年12月【現代】【挿絵なし】

「極上な御曹司にとろ甘に愛されています」滝井みらん著 スターツ出版(ベリーズ文庫) 2017年12月【現代】【挿絵なし】

「御曹司と溺愛付き!?ハラハラ同居」佐倉伊織著 スターツ出版(ベリーズ文庫) 2017年9月【現代】【挿絵なし】

「次期社長と甘キュン!?お試し結婚」黒乃梓著 スターツ出版(ベリーズ文庫) 2017年10月【現代】【挿絵なし】

「次期社長の甘い求婚」田崎くるみ著 スターツ出版(ベリーズ文庫) 2017年8月【現代】【挿絵なし】

「社畜の品格」古木和真著 KADOKAWA(富士見L文庫) 2017年8月【現代】【挿絵なし】

「溺あま御曹司は甘ふわ女子にご執心」望月いく著 スターツ出版(ベリーズ文庫) 2017年10月【現代】【挿絵なし】

「溺愛CEOといきなり新婚生活!?」北条歩来著 スターツ出版(ベリーズ文庫) 2017年12月【現代】【挿絵なし】

「謎の館へようこそ:新本格30周年記念アンソロジー 白」東川篤哉著;一肇著;古野まほろ著;青崎有吾著;周木律著;澤村伊智著;文芸第三出版部編 講談社(講談社タイガ) 2017年9月【現代】【挿絵なし】

「肉食系御曹司の餌食になりました」藍里まめ著 スターツ出版(ベリーズ文庫) 2017年8月【現代】【挿絵なし】

「副社長と愛され同居はじめます」砂原雑音著 スターツ出版(ベリーズ文庫) 2017年12月【現代】【挿絵なし】

場所・建物・施設

「副社長は束縛ダーリン」藍里まめ著 スターツ出版(ベリーズ文庫) 2017年11月【現代】【挿絵なし】

「冷徹なカレは溺甘オオカミ」春川メル著 スターツ出版(ベリーズ文庫) 2017年7月【現代】【挿絵なし】

「狼社長の溺愛から逃げられません!」きたみまゆ著 スターツ出版(ベリーズ文庫) 2017年10月【現代】【挿絵なし】

会社＞出版社

「エディター!: 編集ガールの取材手帖」上倉えり著 KADOKAWA(富士見L文庫) 2017年7月【現代】【挿絵なし】

「ブラック企業に勤めております。[3]」要はる著 集英社(集英社オレンジ文庫) 2017年10月【現代】【肌の露出が多めの挿絵なし】

「装幀室のおしごと。: 本の表情つくりませんか? 2」範乃秋晴著 KADOKAWA(メディアワークス文庫) 2017年7月【現代】【肌の露出が多めの挿絵なし】

「美少女作家と目指すミリオンセラアアアアアアアアッ!!」春日部タケル著 KADOKAWA(角川スニーカー文庫) 2017年7月【現代】【肌の露出が多めの挿絵あり】

「美少女作家と目指すミリオンセラアアアアアアアアッ!! 2」春日部タケル著 KADOKAWA(角川スニーカー文庫) 2017年11月【現代】【肌の露出が多めの挿絵あり】

「六道先生の原稿は順調に遅れています」峰守ひろかず著 KADOKAWA(富士見L文庫) 2017年7月【現代】【挿絵なし】

会社＞ブラック企業

「あらゆる手段を尽くしてトッププレイヤーになりたい、他人のカネで。そうだ、盗賊しよう。1」三毛乱二郎著 KADOKAWA(MFブックス) 2017年8月【現代/異世界・架空の世界】【肌の露出が多めの挿絵なし】

「ブラック企業に勤めております。[3]」要はる著 集英社(集英社オレンジ文庫) 2017年10月【現代】【肌の露出が多めの挿絵なし】

「レベル1だけどユニークスキルで最強です」三木なずな著 講談社(Kラノベブックス) 2017年9月【異世界・架空の世界】【肌の露出が多めの挿絵なし】

「時をかける社畜」灰音憲二著 KADOKAWA(富士見L文庫) 2017年7月【現代】【挿絵なし】

「神童セフィリアの下剋上プログラム」足高たかみ著 TOブックス 2017年9月【異世界・架空の世界】【肌の露出が多めの挿絵なし】

「編集長殺し = Killing Editor In chief」川岸殴魚著 小学館(ガガガ文庫) 2017年12月【現代】【肌の露出が多めの挿絵なし】

場所・建物・施設

カルチャーセンター

「その絆は対角線：日曜は憧れの国」円居挽著 東京創元社(創元推理文庫) 2017年10月【現代】【肌の露出が多めの挿絵なし】

基地

「ガーリー・エアフォース＝GIRLY AIR FORCE 8」夏海公司著 KADOKAWA(電撃文庫) 2017年11月【現代】【肌の露出が多めの挿絵なし】

「白の皇国物語 13」白沢戌亥著 アルファポリス(アルファライト文庫) 2017年11月【異世界・架空の世界】【肌の露出が多めの挿絵なし】

球場

「夏は終わらない：雲は湧き、光あふれて」須賀しのぶ著 集英社(集英社オレンジ文庫) 2017年7月【現代】【肌の露出が多めの挿絵なし】

「葬送学者R.I.P.」吉川英梨著 河出書房新社(河出文庫) 2017年11月【現代】【挿絵なし】

宮廷・城・後宮

「おこぼれ姫と円卓の騎士 [17]」石田リンネ著 KADOKAWA(ビーズログ文庫) 2017年7月【異世界・架空の世界】【肌の露出が多めの挿絵なし/キスシーンの挿絵あり】

「このたび王の守護獣お世話係になりました」柏てん著 一迅社(一迅社文庫アイリス) 2017年10月【異世界・架空の世界】【肌の露出が多めの挿絵なし】

「シャドウ・ガール 1」文野さと著 アルファポリス(レジーナ文庫. レジーナブックス) 2017年7月【異世界・架空の世界】【肌の露出が多めの挿絵なし】

「シャドウ・ガール 2」文野さと著 アルファポリス(レジーナ文庫. レジーナブックス) 2017年8月【異世界・架空の世界】【肌の露出が多めの挿絵なし】

「にわか令嬢は王太子殿下の雇われ婚約者」香月航著 一迅社(一迅社文庫アイリス) 2017年7月【異世界・架空の世界】【肌の露出が多めの挿絵なし/キスシーンの挿絵あり】

「ポンコツ王太子と結婚破棄したら、一途な騎士に溺愛されました」灯乃著 スターツ出版(ベリーズ文庫) 2017年8月【異世界・架空の世界】【挿絵なし】

「やがて恋するヴィヴィ・レイン＝How Vivi Lane Falls in Love 4」犬村小六著 小学館(ガガガ文庫) 2017年9月【異世界・架空の世界】【肌の露出が多めの挿絵あり】

「レイン 14」吉野匠著 アルファポリス(アルファライト文庫) 2017年7月【異世界・架空の世界】【肌の露出が多めの挿絵なし】

「異世界おもてなしご飯：聖女召喚と黄金プリン」忍丸著 KADOKAWA(カドカワBOOKS) 2017年9月【異世界・架空の世界】【肌の露出が多めの挿絵なし/キスシーンの挿絵あり】

「異世界でアイテムコレクター 4」時野洋輔著 新紀元社(MORNING STAR BOOKS) 2017年8月【異世界・架空の世界】【肌の露出が多めの挿絵あり】

場所・建物・施設

「異世界に転生したので日本式城郭をつくってみた。」リューク著 一二三書房(Saga Forest)
2017年8月【現代/異世界・架空の世界】【肌の露出が多めの挿絵なし】

「異世界建国記 2」桜木桜著 KADOKAWA(ファミ通文庫) 2017年12月【異世界・架空の世界】【肌の露出が多めの挿絵なし】

「異世界魔法は遅れてる! 8」樋辻臥命著 オーバーラップ(オーバーラップ文庫) 2017年8月
【異世界・架空の世界】【肌の露出が多めの挿絵あり】

「一華後宮料理帖 第4品」三川みり著 KADOKAWA(角川ビーンズ文庫) 2017年7月【異世
界・架空の世界】【肌の露出が多めの挿絵なし】

「一華後宮料理帖 第5品」三川みり著 KADOKAWA(角川ビーンズ文庫) 2017年10月【異世
界・架空の世界】【肌の露出が多めの挿絵なし】

「王宮メロ甘戯曲国王陛下は独占欲の塊です」桃城猫緒著 スターツ出版(ベリーズ文庫)
2017年10月【異世界・架空の世界】【挿絵なし】

「王太子殿下は囚われ姫を愛したくてたまらない」pinori著 スターツ出版(ベリーズ文庫) 2017
年7月【異世界・架空の世界】【挿絵なし】

「俺、「城」を育てる: 可愛いあの子は無敵の要塞になりたいようです」富哉とみあ著
KADOKAWA(ファミ通文庫) 2017年9月【異世界・架空の世界】【肌の露出が多めの挿絵なし】

「花嫁が囚われる童話(メルヒェン): 桜桃の花嫁の契約書」長尾彩子著 集英社(コバルト文庫)
2017年7月【異世界・架空の世界】【肌の露出が多めの挿絵なし/キスシーンの挿絵あり】

「花冠の王国の花嫌い姫 [6]」長月遥著 KADOKAWA(ビーズログ文庫) 2017年10月【異世
界・架空の世界】【肌の露出が多めの挿絵なし/キスシーンの挿絵あり】

「過保護な騎士団長の絶対愛」夢野美紗著 スターツ出版(ベリーズ文庫) 2017年12月【異世
界・架空の世界】【挿絵なし】

「我が驍勇にふるえよ天地: アレクシス帝国興隆記 5」あわむら赤光著 SBクリエイティブ(GA文
庫) 2017年8月【異世界・架空の世界】【肌の露出が多めの挿絵あり】

「騎士団長は若奥様限定!?溺愛至上主義」小春りん著 スターツ出版(ベリーズ文庫) 2017年
11月【異世界・架空の世界】【挿絵なし】

「後宮で、女の戦いはじめました。」汐邑雛著 KADOKAWA(ビーズログ文庫) 2017年9月【異
世界・架空の世界】【肌の露出が多めの挿絵なし/キスシーンの挿絵あり】

「後宮に日輪は蝕す」篠原悠希著 KADOKAWA(角川文庫) 2017年11月【異世界・架空の世
界】【挿絵なし】

「後宮香妃物語 [2]」伊藤たつき著 KADOKAWA(角川ビーンズ文庫) 2017年9月【異世界・
架空の世界】【肌の露出が多めの挿絵なし】

「後宮刷華伝: ひもとく花嫁は依依恋恋たる謎を梓に鏤む」はるおかりの著 集英社(コバルト
文庫) 2017年10月【歴史・時代】【肌の露出が多めの挿絵なし】

場所・建物・施設

「高1ですが異世界で城主はじめました 12」鏡裕之著 ホビージャパン(HJ文庫) 2017年10月
【異世界・架空の世界】【肌の露出が多めの挿絵あり】

「国王陛下は無垢な姫君を甘やかに寵愛する」若菜モモ著 スターツ出版(ベリーズ文庫)
2017年9月【異世界・架空の世界】【挿絵なし】

「黒の星眷使い：世界最強の魔法使いの弟子 5」左リュウ著 KADOKAWA(MFブックス) 2017
年7月【異世界・架空の世界】【肌の露出が多めの挿絵なし】

「私の愛しいモーツァルト：悪妻コンスタンツェの告白」一原みう著 集英社(集英社オレンジ文
庫) 2017年11月【歴史・時代】【挿絵なし】

「侍女に求婚はご法度です!」内野月化著 アルファポリス(レジーナ文庫. レジーナブックス)
2017年7月【異世界・架空の世界】【肌の露出が多めの挿絵なし】

「自称!平凡魔族の英雄ライフ：B級魔族なのにチートダンジョンを作ってしまった結果 2」あまう
い白一著 講談社(Kラノベブックス) 2017年9月【異世界・架空の世界】【肌の露出が多めの挿
絵あり】

「自称魔王にさらわれました：聖属性の私がいないと勇者が病んじゃうって、それホントです
か?」真弓りの著 KADOKAWA(角川ビーンズ文庫) 2017年8月【異世界・架空の世界】【肌の
露出が多めの挿絵なし】

「珠華杏林医治伝：乙女の大志は未来を癒す」小田菜摘著 集英社(コバルト文庫) 2017年12
月【異世界・架空の世界】【肌の露出が多めの挿絵なし】

「重装令嬢モアネット [2]」さき著 KADOKAWA(角川ビーンズ文庫) 2017年8月【異世界・架
空の世界】【肌の露出が多めの挿絵なし】

「春華とりかえ抄：榮国物語」一石月下著 KADOKAWA(富士見L文庫) 2017年9月【現代】
【挿絵なし】

「女王陛下と呼ばないで」柏てん著 KADOKAWA(角川ビーンズ文庫) 2017年9月【現代】【肌
の露出が多めの挿絵なし】

「女神の勇者を倒すゲスな方法 3」笹木さくま著 KADOKAWA(ファミ通文庫) 2017年9月【異
世界・架空の世界】【肌の露出が多めの挿絵なし】

「織田信奈の野望：全国版 19」春日みかげ著 KADOKAWA(富士見ファンタジア文庫) 2017
年9月【歴史・時代】【肌の露出が多めの挿絵あり / キスシーンの挿絵あり】

「数字で救う!弱小国家 = Survival Strategy Thinking with Game Theory for Save the Weak：
電卓で戦争する方法を求めよ。ただし敵は剣と火薬で武装しているものとする。」長田信織著
KADOKAWA(電撃文庫) 2017年8月【異世界・架空の世界】【肌の露出が多めの挿絵あり】

「世界を救った姫巫女は」六つ花えいこ著 アルファポリス(レジーナ文庫. レジーナブックス)
2017年12月【異世界・架空の世界】【肌の露出が多めの挿絵なし】

「精霊の乙女ルベト [2]」相田美紅著 講談社(講談社X文庫) 2017年9月【異世界・架空の世
界】【肌の露出が多めの挿絵なし】

場所・建物・施設

「聖女の魔力は万能です = The power of the saint is all around 2」橘由華著 KADOKAWA(カドカワBOOKS) 2017年9月【異世界・架空の世界】【肌の露出が多めの挿絵なし】

「青薔薇姫のやりなおし革命記 = Princess Blue Rose and Rebuilding Kingdom」枢呂紅著 主婦と生活社(PASH!ブックス) 2017年12月【異世界・架空の世界】【肌の露出が多めの挿絵なし】

「銭(インチキ)の力で、戦国の世を駆け抜ける。5」Y.A著 KADOKAWA(MFブックス) 2017年11月【歴史・時代】【肌の露出が多めの挿絵なし】

「双翼の王獣騎士団 2」瑞山いつき著 一迅社(一迅社文庫アイリス) 2017年11月【異世界・架空の世界】【肌の露出が多めの挿絵なし/キスシーンの挿絵あり】

「大国チートなら異世界征服も楽勝ですよ? 3」櫟末高彰著 KADOKAWA(MF文庫J) 2017年10月【異世界・架空の世界】【肌の露出が多めの挿絵あり】

「男装王女の久遠なる輿入れ」朝前みちる著 KADOKAWA(ビーズログ文庫) 2017年11月【異世界・架空の世界】【肌の露出が多めの挿絵なし/キスシーンの挿絵あり】

「寵妃花伝 傲慢な皇帝陛下は新妻中毒」あさぎ千夜春著 スターツ出版(ベリーズ文庫) 2017年9月【異世界・架空の世界】【挿絵なし】

「朝から晩まで!?国王陛下の甘い束縛命令」真彩著 スターツ出版(ベリーズ文庫) 2017年11月【異世界・架空の世界】【挿絵なし】

「天と地と姫と 5」春日みかげ著 KADOKAWA(富士見ファンタジア文庫) 2017年10月【歴史・時代】【肌の露出が多めの挿絵なし】

「天都宮帝室の然々な事情 : 二五六番目の皇女、天降りて大きな瓜と小さな恋を育てること」我鳥彩子著 集英社(コバルト文庫) 2017年8月【異世界・架空の世界】【肌の露出が多めの挿絵なし】

「豚公爵に転生したから、今度は君に好きと言いたい 3」合田拍子著 KADOKAWA(富士見ファンタジア文庫) 2017年8月【異世界・架空の世界】【肌の露出が多めの挿絵あり】

「豚公爵に転生したから、今度は君に好きと言いたい 4」合田拍子著 KADOKAWA(富士見ファンタジア文庫) 2017年12月【異世界・架空の世界】【肌の露出が多めの挿絵あり】

「復讐完遂者の人生二周目異世界譚 4」御鷹穂積著 マイクロマガジン社(GC NOVELS) 2017年12月【異世界・架空の世界】【肌の露出が多めの挿絵なし】

「暴食のベルセルク = Berserk of Gluttony : 俺だけレベルという概念を突破する 1」一色一凛著 マイクロマガジン社(GC NOVELS) 2017年12月【異世界・架空の世界】【肌の露出が多めの挿絵なし】

「魔王の俺が奴隷エルフを嫁にしたんだが、どう愛でればいい? 3」手島史詞著 ホビージャパン(HJ文庫) 2017年9月【異世界・架空の世界】【肌の露出が多めの挿絵なし】

「魔法薬師が二番弟子を愛でる理由 : 専属お食事係に任命されました」逢坂なつめ著 KADOKAWA(カドカワBOOKS) 2017年12月【異世界・架空の世界】【肌の露出が多めの挿絵なし】

場所・建物・施設

「竜騎士のお気に入り3」織川あさぎ著 一迅社(一迅社文庫アイリス) 2017年12月【異世界・架空の世界】【肌の露出が多めの挿絵なし】

「淋しき王は天を堕とす：千年の、或ル師弟」守野伊音著 KADOKAWA(角川ビーンズ文庫) 2017年12月【異世界・架空の世界】【肌の露出が多めの挿絵なし/キスシーンの挿絵あり】

「瑠璃花舞姫録：召しませ、舞姫様っ!」くりたかのこ著 KADOKAWA(ビーズログ文庫) 2017年12月【異世界・架空の世界】【肌の露出が多めの挿絵なし/キスシーンの挿絵あり】

「令嬢エリザベスの華麗なる身代わり生活」江本マシメサ著 KADOKAWA(ビーズログ文庫) 2017年9月【異世界・架空の世界】【肌の露出が多めの挿絵なし】

「恋衣花草紙 [2]」小田菜摘著 KADOKAWA(ビーズログ文庫) 2017年8月【歴史・時代】【肌の露出が多めの挿絵なし/キスシーンの挿絵あり】

「老後に備えて異世界で8万枚の金貨を貯めます = Saving 80,000 gold coins in the different world for my old age 2」FUNA著 講談社(Kラノベブックス) 2017年11月【異世界・架空の世界】【肌の露出が多めの挿絵なし】

「鳳姫演義：救国はお見合いから!?」中臣悠月著 KADOKAWA(角川ビーンズ文庫) 2017年12月【異世界・架空の世界】【肌の露出が多めの挿絵なし】

「茉莉花官吏伝：皇帝の恋心、花知らず」石田リンネ著 KADOKAWA(ビーズログ文庫) 2017年7月【異世界・架空の世界】【肌の露出が多めの挿絵なし】

「黎明国花伝 [3]」喜咲冬子著 KADOKAWA(富士見L文庫) 2017年8月【異世界・架空の世界】【挿絵なし】

研究所・研究室

「永劫回帰ステルス：九十九号室にワトスンはいるのか?」若木未生著 講談社(講談社タイガ) 2017年7月【現代】【挿絵なし】

「英雄伝説空の軌跡 3」日本ファルコム株式会社原作;はせがわみやび著 フィールドワイ(ファルコムBOOKS) 2017年8月【異世界・架空の世界】【肌の露出が多めの挿絵なし/キスシーンの挿絵あり】

「彼女を愛した遺伝子」松尾佑一著 新潮社(新潮文庫) 2017年11月【現代】【肌の露出が多めの挿絵なし】

「魔法薬師が二番弟子を愛でる理由：専属お食事係に任命されました」逢坂なつめ著 KADOKAWA(カドカワBOOKS) 2017年12月【異世界・架空の世界】【肌の露出が多めの挿絵なし】

「魔力融資が返済できない魔導師はぜったい絶対服従ですよ?：じゃあ、可愛がってくださいね?」真野真央著 KADOKAWA(MF文庫J) 2017年10月【異世界・架空の世界】【肌の露出が多めの挿絵なし】

場所・建物・施設

拘置所・留置場・監獄

「魔術監獄のマリアンヌ = Marianne in Magician's Prison」松山剛著 KADOKAWA（電撃文庫）
2017年12月【異世界・架空の世界】【肌の露出が多めの挿絵なし】

小売店・専門店

「あのねこのまちあのねこのまち 1」紫野一歩著 講談社（講談社ラノベ文庫）2017年8月【現
代】【肌の露出が多めの挿絵なし】

「あのねこのまちあのねこのまち 2」紫野一歩著 講談社（講談社ラノベ文庫）2017年11月【異
世界・架空の世界】【肌の露出が多めの挿絵なし】

「あやかし寝具店 : あなたの夢解き、致します」空高志著 三交社（スカイハイ文庫）2017年10
月【現代】【肌の露出が多めの挿絵なし】

「アリクイのいんぼう : 家守とミルクセーキと三文じゃない判」鳩見すた著 KADOKAWA（メディ
アワークス文庫）2017年8月【現代】【肌の露出が多めの挿絵なし】

「アリクイのいんぼう [2]」鳩見すた著 KADOKAWA（メディアワークス文庫）2017年12月【現
代】【肌の露出が多めの挿絵なし】

「スタイリッシュ武器屋 2」弘松涼著 主婦の友社（ヒーロー文庫）2017年10月【異世界・架空の
世界】【肌の露出が多めの挿絵なし】

「ダンジョン村のパン屋さん = The bakery in Dungeon Village ダンジョン村道行き編」丁謡著
KADOKAWA（カドカワBOOKS）2017年7月【異世界・架空の世界】【肌の露出が多めの挿絵な
し】

「ローウェル骨董店の事件簿 [3]」椹野道流著 KADOKAWA（角川文庫）2017年11月【歴史・
時代】【挿絵なし】

「異世界Cマート繁盛記 6」新木伸著 集英社（ダッシュエックス文庫）2017年10月【異世界・架
空の世界】【肌の露出が多めの挿絵なし】

「花屋「ゆめゆめ」で花香る思い出を」編乃肌著 マイナビ出版（ファン文庫）2017年8月【現
代】【挿絵なし】

「旧暦屋、始めました」春坂咲月著 早川書房（ハヤカワ文庫 JA）2017年9月【現代】【挿絵な
し】

「銀魂 : 映画ノベライズ」空知英秋原作;福田雄一脚本;田中創小説 集英社（JUMP j
BOOKS）2017年7月【異世界・架空の世界】【挿絵なし】

「聖剣、解体しちゃいました = I have taken the holy sword apart.」心裡著 アース・スターエン
ターテイメント（EARTH STAR NOVEL）2017年12月【異世界・架空の世界】【肌の露出が多め
の挿絵あり】

「戦うパン屋と機械じかけの看板娘（オートマタンウェイトレス）7」SOW著 ホビージャパン（HJ文
庫）2017年9月【現代】【肌の露出が多めの挿絵なし】

場所・建物・施設

「百均で異世界スローライフ 2」小鳥遊郁著 フロンティアワークス(アリアンローズ) 2017年9月
【異世界・架空の世界】【肌の露出が多めの挿絵なし】

「僕の知らない、いつかの君へ」木村咲著 スターツ出版(スターツ出版文庫) 2017年12月【現
代】【挿絵なし】

「本日はコンビニ日和。」雨野マサキ著 KADOKAWA(メディアワークス文庫) 2017年12月【現
代】【肌の露出が多めの挿絵なし】

「幽落町おばけ駄菓子屋異話 : 夢四夜」蒼月海里著 KADOKAWA(角川ホラー文庫) 2017年
10月【異世界・架空の世界】【肌の露出が多めの挿絵なし】

「麗人賢者の薬屋さん = A BEAUTIFUL SAGE APOTHECARY」江本マシメサ著 宝島社 2017
年11月【近未来・遠未来】【肌の露出が多めの挿絵なし/キスシーンの挿絵あり】

孤児院・養護施設

「アルバトロスは羽ばたかない」七河迦南著 東京創元社(創元推理文庫) 2017年11月【現代】
【挿絵なし】

「デスマーチからはじまる異世界狂想曲 = Death Marching to the Parallel World Rhapsody
11」愛七ひろ著 KADOKAWA(カドカワBOOKS) 2017年8月【異世界・架空の世界】【肌の露
出が多めの挿絵なし】

「ミス・アンダーソンの安穏なる日々 = Ms.Anderson's Quiet Days : 小さな魔族の騎士執事」世
津路章著 KADOKAWA(電撃文庫) 2017年7月【異世界・架空の世界】【肌の露出が多めの挿
絵なし】

「異世界で孤児院を開いたけど、なぜか誰一人巣立とうとしない件」初枝れんげ著 TOブックス
2017年9月【現代/異世界・架空の世界】【肌の露出が多めの挿絵あり】

「下町で、看板娘はじめました。」汐邑雛著 KADOKAWA(ビーズログ文庫) 2017年10月【異
世界・架空の世界】【肌の露出が多めの挿絵なし】

「本好きの下剋上 : 司書になるためには手段を選んでいられません 第3部[5]」香月美夜著
TOブックス 2017年10月【異世界・架空の世界】【肌の露出が多めの挿絵なし】

古代遺跡

「うちの聖女さまは腹黒すぎだろ。」上野遊著 KADOKAWA(電撃文庫) 2017年12月【異世
界・架空の世界】【肌の露出が多めの挿絵あり】

「クトゥルーの呼び声 = [The Call of Cthulhu Others]」H・P・ラヴクラフト著;森瀬繚訳 星海社
(星海社FICTIONS) 2017年11月【異世界・架空の世界】【挿絵なし】

「スピリット・マイグレーション 6」ヘロー天気著 アルファポリス(アルファライト文庫) 2017年8月
【異世界・架空の世界】【肌の露出が多めの挿絵なし】

「異世界チート開拓記 2」ファースト著 双葉社(モンスター文庫) 2017年10月【異世界・架空の
世界】【肌の露出が多めの挿絵なし】

場所・建物・施設

「遺跡発掘師は笑わない [7]」桑原水菜著 KADOKAWA (角川文庫) 2017年7月【現代】【挿絵なし】

「終末なにしてますか?もう一度だけ、会えますか? #05」枯野瑛著 KADOKAWA (角川スニーカー文庫) 2017年10月【異世界・架空の世界】【肌の露出が多めの挿絵なし】

「蒼穹のアルトシエル」犬魔人著 KADOKAWA (角川スニーカー文庫) 2017年7月【異世界・架空の世界】【肌の露出が多めの挿絵あり】

「造られしイノチとキレイなセカイ 4」緋月薙著 ホビージャパン (HJ文庫) 2017年9月【異世界・架空の世界】【肌の露出が多めの挿絵あり】

古道具屋・リサイクルショップ

「鬼姫と流れる星々」小松エメル著 ポプラ社 (ポプラ文庫ピュアフル) 2017年11月【歴史・時代】【肌の露出が多めの挿絵なし】

裁判所

「剣と魔法と裁判所 = SWORD AND MAGIC AND COURTHOUSE 2」蘇之一行著 KADOKAWA (電撃文庫) 2017年11月【現代】【肌の露出が多めの挿絵なし】

「錬金術師と異端審問官はあいいれない」藍川竜樹著 集英社 (コバルト文庫) 2017年10月【異世界・架空の世界】【肌の露出が多めの挿絵なし/キスシーンの挿絵あり】

「錬金術師は終わらぬ夢をみる : ゆがみの王国のセラフィーヌ」一原みう著 集英社 (コバルト文庫) 2017年7月【歴史・時代】【肌の露出が多めの挿絵なし】

島・人工島

「あなたは嘘を見抜けない」菅原和也著 講談社 (講談社タイガ) 2017年7月【現代】【挿絵なし】

「いづれ神話の放課後戦争(ラグナロク) 7」なめこ印著 KADOKAWA (富士見ファンタジア文庫) 2017年8月【異世界・架空の世界】【肌の露出が多めの挿絵あり】

「がらくた少女と人喰い煙突」矢樹純著 河出書房新社 (河出文庫) 2017年9月【現代】【挿絵なし】

「ギルドのチートな受付嬢 6」夏にコタツ著 双葉社 (モンスター文庫) 2017年11月【異世界・架空の世界】【肌の露出が多めの挿絵なし】

「クレシェンド」竹本健治著 KADOKAWA (角川文庫) 2017年11月【現代】【挿絵なし】

「サキュバスに転生したのでミルクをしぼります 1」木野裕喜著 双葉社 (モンスター文庫) 2017年8月【異世界・架空の世界】【肌の露出が多めの挿絵あり】

「スピリット・マイグレーション 6」ヘロー天気著 アルファポリス (アルファライト文庫) 2017年8月【異世界・架空の世界】【肌の露出が多めの挿絵なし】

場所・建物・施設

「デスゲームから始めるMMOスローライフ 3」草薙アキ著 KADOKAWA（富士見ファンタジア文庫）2017年8月【異世界・架空の世界】【肌の露出が多めの挿絵あり】

「デスゲームから始めるMMOスローライフ 4」草薙アキ著 KADOKAWA（富士見ファンタジア文庫）2017年11月【異世界・架空の世界】【肌の露出が多めの挿絵あり】

「てのひら開拓村で異世界建国記：増えてく嫁たちとのんびり無人島ライフ 2」星崎崑著 KADOKAWA（MF文庫J）2017年10月【異世界・架空の世界】【肌の露出が多めの挿絵あり】

「どこよりも遠い場所にいる君へ」阿部暁子著 集英社（集英社オレンジ文庫）2017年10月【現代】【肌の露出が多めの挿絵なし】

「トリック・トリップ・バケーション = Trick Trip Vacation：虹の館の殺人パーティー」中村あき著 星海社（星海社FICTIONS）2017年11月【現代】【肌の露出が多めの挿絵なし】

「バーサス・フェアリーテイル：バッドエンドな運命のヒロインを救い出せ」八街歩著 KADOKAWA（富士見ファンタジア文庫）2017年7月【異世界・架空の世界】【肌の露出が多めの挿絵あり/キスシーンの挿絵あり】

「バーサス・フェアリーテイル：バッドエンドな運命のヒロインを救い出せ 2」八街歩著 KADOKAWA（富士見ファンタジア文庫）2017年12月【現代】【肌の露出が多めの挿絵あり】

「ババチャリの神様」皆藤黒助著 双葉社（双葉文庫）2017年8月【現代】【挿絵なし】

「マイダスタッチ = MIDAS TOUCH：内閣府超常経済犯罪対策課 3」ますもとたくや著 小学館（ガガガ文庫）2017年9月【現代】【肌の露出が多めの挿絵なし/キスシーンの挿絵あり】

「もう一度、日曜日の君へ」羽根川牧人著 KADOKAWA（富士見L文庫）2017年7月【現代】【挿絵なし】

「遺跡発掘師は笑わない [7]」桑原水菜著 KADOKAWA（角川文庫）2017年7月【現代】【挿絵なし】

「国王陛下は無垢な姫君を甘やかに寵愛する」若菜モモ著 スターツ出版（ベリーズ文庫）2017年9月【異世界・架空の世界】【挿絵なし】

「最強パーティは残念ラブコメで全滅する!? 2」鏡遊著 KADOKAWA（富士見ファンタジア文庫）2017年11月【異世界・架空の世界】【肌の露出が多めの挿絵あり】

「神様の棲む診療所 2」竹村優希著 双葉社（双葉文庫）2017年12月【現代】【肌の露出が多めの挿絵なし】

「戦女神（ヴァルキュリア）の聖蜜 2」草薙アキ著 講談社（講談社ラノベ文庫）2017年12月【異世界・架空の世界】【肌の露出が多めの挿絵あり】

「日本国召喚 3」みのろう著 ポニーキャニオン（ぽにきゃんBOOKS）2017年11月【異世界・架空の世界】【肌の露出が多めの挿絵なし】

「魔技科の剣士と召喚魔王（ヴァシレウス）14」三原みつき著 KADOKAWA（MF文庫J）2017年8月【異世界・架空の世界】【肌の露出が多めの挿絵あり/キスシーンの挿絵あり】

場所・建物・施設

修道院・教会

「忘却のアイズオルガン = Die Vergessenen Eisig Organ 2」宮野美嘉著 小学館（ガガガ文庫）2017年12月【異世界・架空の世界】【肌の露出が多めの挿絵なし】

「錬金術師は終わらぬ夢をみる：ゆがみの王国のセラフィーヌ」一原みう著 集英社（コバルト文庫）2017年7月【歴史・時代】【肌の露出が多めの挿絵なし】

集落

「限界集落・オブ・ザ・デッド = GENKAISHYURAKU OF THE DEAD」ロッキン神経痛著 KADOKAWA（カドカワBOOKS）2017年12月【異世界・架空の世界】【肌の露出が多めの挿絵なし】

書店・古書店

「おいしいベランダ。[4]」竹岡葉月著 KADOKAWA（富士見L文庫）2017年11月【現代】【肌の露出が多めの挿絵なし】

「黄昏古書店の家政婦さん [2]」南潔著 マイナビ出版（ファン文庫）2017年12月【現代】【挿絵なし】

「金曜日の本屋さん [3]」名取佐和子著 角川春樹事務所（ハルキ文庫）2017年8月【現代】【挿絵なし】

「幻想古書店で珈琲を [5]」蒼月海里著 角川春樹事務所（ハルキ文庫）2017年9月【現代】【肌の露出が多めの挿絵なし】

「真夜中の本屋戦争 = WAR IN THE MIDNIGHT BOOKSTORE 2」藤春都著 白好出版（ホワイトブックス）2017年9月【現代】【肌の露出が多めの挿絵あり】

水族館

「水族館ガール 2」木宮条太郎作;げみ絵 実業之日本社（実業之日本社ジュニア文庫）2017年7月【現代】【挿絵なし】

「水族館ガール 4」木宮条太郎著 実業之日本社（実業之日本社文庫）2017年7月【現代】【挿絵なし】

葬儀場

「葬送学者R.I.P.」吉川英梨著 河出書房新社（河出文庫）2017年11月【現代】【挿絵なし】

邸宅・豪邸・館

「LOOP THE LOOP飽食の館 上」Kate著 双葉社（双葉文庫）2017年12月【現代】【肌の露出が多めの挿絵なし】

「オークブリッジ邸の笑わない貴婦人 3」太田紫織著 新潮社（新潮文庫）2017年9月【現代】【肌の露出が多めの挿絵なし】

場所・建物・施設

「トリック・トリップ・バケーション = Trick Trip Vacation : 虹の館の殺人パーティー」中村あき著
星海社(星海社FICTIONS) 2017年11月【現代】【肌の露出が多めの挿絵なし】

「公爵夫妻の幸福な結末」芝原歌織著 講談社(講談社X文庫) 2017年11月【異世界・架空の
世界】【肌の露出が多めの挿絵なし】

「使用人探偵シズカ：横濱異人館殺人事件」月原渉著 新潮社(新潮文庫) 2017年10月【歴
史・時代】【挿絵なし】

「全日本探偵道コンクール」古野まほろ著 KADOKAWA(角川文庫) 2017年11月【現代】【挿
絵なし】

「謎の館へようこそ：新本格30周年記念アンソロジー 黒」はやみねかおる著;恩田陸著;高田崇
史著;綾崎隼著;白井智之著;井上真偽著;文芸第三出版部編 講談社(講談社タイガ) 2017年
10月【現代】【挿絵なし】

「謎の館へようこそ：新本格30周年記念アンソロジー 白」東川篤哉著;一肇著;古野まほろ著;
青崎有吾著;周木律著;澤村伊智著;文芸第三出版部編 講談社(講談社タイガ) 2017年9月
【現代】【挿絵なし】

「雷帝のメイド」なこはる著 アース・スターエンターテイメント(EARTH STAR NOVEL) 2017年9
月【異世界・架空の世界】【肌の露出が多めの挿絵あり】

「乱歩城：人間椅子の国」黒史郎著 光文社(光文社文庫) 2017年7月【異世界・架空の世界】
【挿絵なし】

「竜騎士のお気に入り 2」織川あさぎ著 一迅社(一迅社文庫アイリス) 2017年7月【異世界・架
空の世界】【肌の露出が多めの挿絵なし】

「竜騎士のお気に入り 3」織川あさぎ著 一迅社(一迅社文庫アイリス) 2017年12月【異世界・
架空の世界】【肌の露出が多めの挿絵なし】

「狼領主のお嬢様 = Princess of The wolf lord」守野伊音著 KADOKAWA(カドカワBOOKS)
2017年8月【異世界・架空の世界】【肌の露出が多めの挿絵なし】

寺・神社・神殿

「あやかし屋台なごみ亭 3」篠宮あすか著 双葉社(双葉文庫) 2017年8月【異世界・架空の世
界】【肌の露出が多めの挿絵なし】

「おせっかい屋のお鈴さん」堀川アサコ著 KADOKAWA(角川文庫) 2017年9月【現代】【挿絵
なし】

「かみこい! 2」火海坂猫著 SBクリエイティブ(GA文庫) 2017年7月【現代】【肌の露出が多めの
挿絵なし】

「けがれの汀で恋い慕え」結城光流著 KADOKAWA(角川ビーンズ文庫) 2017年10月【歴史・
時代】【挿絵なし】

「そして君に最後の願いを。」菊川あすか著 スターツ出版(スターツ出版文庫) 2017年9月【現
代】【挿絵なし】

場所・建物・施設

「パラミリタリ・カンパニー：萌える侵略者 3」榊一郎著 講談社（講談社ラノベ文庫）2017年12月【現代】【肌の露出が多めの挿絵あり/キスシーンの挿絵あり】

「もう一度、日曜日の君へ」羽根川牧人著 KADOKAWA（富士見L文庫）2017年7月【現代】【挿絵なし】

「遺跡発掘師は笑わない [7]」桑原水菜著 KADOKAWA（角川文庫）2017年7月【現代】【挿絵なし】

「何度でも永遠」岡本千紘著 集英社（集英社オレンジ文庫）2017年11月【現代】【肌の露出が多めの挿絵なし】

「花屋の倅と寺息子 [3]」葛来奈都著 三交社（スカイハイ文庫）2017年8月【現代】【肌の露出が多めの挿絵なし】

「怪奇編集部『トワイライト』2」瀬川貴次著 集英社（集英社オレンジ文庫）2017年11月【現代】【肌の露出が多めの挿絵なし】

「京都の甘味処は神様専用です 2」桑野和明著 双葉社（双葉文庫）2017年10月【現代】【挿絵なし】

「隅でいいです。構わないでくださいよ。3」まこ著 フロンティアワークス（アリアンローズ）2017年9月【異世界・架空の世界】【肌の露出が多めの挿絵なし】

「現代編・近くば寄って目にも見よ」結城光流著 KADOKAWA（角川ビーンズ文庫）2017年11月【現代】【肌の露出が多めの挿絵なし】

「算額タイムトンネル」向井湘吾著 講談社（講談社タイガ）2017年12月【現代】【挿絵なし】

「思い出は満たされないまま」乾緑郎著 集英社（集英社文庫）2017年7月【現代】【挿絵なし】

「寺嫁さんのおもてなし：和カフェであやかし癒やします」華藤えれな著 KADOKAWA（富士見L文庫）2017年9月【現代】【肌の露出が多めの挿絵なし】

「神様たちのお伊勢参り 2」竹村優希著 双葉社（双葉文庫）2017年11月【異世界・架空の世界】【肌の露出が多めの挿絵なし】

「神様のごちそう」石田空著 マイナビ出版（ファン文庫）2017年8月【現代/異世界・架空の世界】【挿絵なし】

「神様の居酒屋お伊勢」梨木れいあ著 スターツ出版（スターツ出版文庫）2017年12月【現代】【挿絵なし】

「神様の御用人 7」浅葉なつ著 KADOKAWA（メディアワークス文庫）2017年8月【現代/異世界・架空の世界】【肌の露出が多めの挿絵なし】

「神様の子守はじめました。7」霜月りつ著 コスミック出版（コスミック文庫α）2017年11月【現代】【挿絵なし】

「神様の定食屋 2」中村颯希著 双葉社（双葉文庫）2017年12月【現代】【挿絵なし】

「転職の神殿を開きました 4」土鍋著 双葉社（モンスター文庫）2017年7月【異世界・架空の世界】【肌の露出が多めの挿絵なし】

324

場所・建物・施設

「転職の神殿を開きました 5」土鍋著 双葉社(モンスター文庫) 2017年12月【異世界・架空の世界】【肌の露出が多めの挿絵なし】

「謎の館へようこそ：新本格30周年記念アンソロジー 黒」はやみねかおる著;恩田陸著;高田崇史著;綾崎隼著;白井智之著;井上真偽著;文芸第三出版部編 講談社(講談社タイガ) 2017年10月【現代】【挿絵なし】

「日曜日のゆうれい」岡篠名桜著 集英社(集英社文庫) 2017年12月【現代】【肌の露出が多めの挿絵なし】

「猫だまりの日々：猫小説アンソロジー」谷瑞恵著;樋野道流著;真堂樹著;梨沙著;一穂ミチ著 集英社(集英社オレンジ文庫) 2017年12月【現代】【挿絵なし】

「本好きの下剋上：司書になるためには手段を選んでいられません 第3部[4]」香月美夜著 TOブックス 2017年7月【異世界・架空の世界】【肌の露出が多めの挿絵なし】

「本好きの下剋上：司書になるためには手段を選んでいられません 第3部[5]」香月美夜著 TOブックス 2017年10月【異世界・架空の世界】【肌の露出が多めの挿絵なし】

「木津音紅葉はあきらめない」梨沙著 集英社(集英社オレンジ文庫) 2017年10月【現代】【肌の露出が多めの挿絵なし】

「妖怪のご縁結びます。お見合い寺天泣堂」梅谷百著 KADOKAWA(メディアワークス文庫) 2017年10月【現代】【肌の露出が多めの挿絵なし】

洞窟

「殺生伝 3」神永学著 幻冬舎(幻冬舎文庫) 2017年12月【歴史・時代】【肌の露出が多めの挿絵なし】

道場・土俵

「火ノ丸相撲四十八手 2」川田著;久麻當郎著 集英社(JUMP j BOOKS) 2017年11月【現代】【肌の露出が多めの挿絵あり】

図書館・図書室

「ヴァチカン図書館の裏蔵書」篠原美季著 新潮社(新潮文庫) 2017年9月【現代】【肌の露出が多めの挿絵なし】

「さよならレター」皐月コハル著 スターツ出版(スターツ出版文庫) 2017年11月【現代】【挿絵なし】

「ひとりぼっちのソユーズ：君と月と恋、ときどき猫のお話」七瀬夏扉著 KADOKAWA(富士見L文庫) 2017年12月【現代】【肌の露出が多めの挿絵なし】

「俺を好きなのはお前だけかよ 7」駱駝著 KADOKAWA(電撃文庫) 2017年11月【現代】【肌の露出が多めの挿絵なし】

「花野に眠る：秋葉図書館の四季」森谷明子著 東京創元社(創元推理文庫) 2017年8月【現代】【挿絵なし】

場所・建物・施設

「君と綴った約束ノート」古河樹著 KADOKAWA(富士見L文庫) 2017年9月【現代】【挿絵なし】

「司書子さんとタンテイさん : 木苺はわたしと犬のもの」冬木洋子著 マイナビ出版(ファン文庫) 2017年11月【現代】【肌の露出が多めの挿絵なし】

「十年後の僕らはまだ物語の終わりを知らない」尼野ゆたか著 KADOKAWA(富士見L文庫) 2017年11月【現代】【挿絵なし】

「図書館は、いつも静かに騒がしい」端島凛著 三交社(スカイハイ文庫) 2017年7月【現代】【肌の露出が多めの挿絵なし】

「天都宮帝室の然々な事情 [2]」我鳥彩子著 集英社(コバルト文庫) 2017年11月【異世界・架空の世界】【肌の露出が多めの挿絵なし】

「僕とキミの15センチ : ショートストーリーズ」井上堅二ほか著 KADOKAWA(ファミ通文庫) 2017年10月【現代】【肌の露出が多めの挿絵なし】

廃墟・廃校

「あなたは嘘を見抜けない」菅原和也著 講談社(講談社タイガ) 2017年7月【現代】【挿絵なし】

「ラスト・ロスト・ジュブナイル = Last Lost Juvenile : 交錯のパラレルワールド」中村あき著 星海社(星海社FICTIONS) 2017年12月【現代】【肌の露出が多めの挿絵なし】

「謎の館へようこそ : 新本格30周年記念アンソロジー 白」東川篤哉著;一肇著;古野まほろ著;青崎有吾著;周木律著;澤村伊智著;文芸第三出版部編 講談社(講談社タイガ) 2017年9月【現代】【挿絵なし】

博物館

「100回泣いても変わらないので恋することにした。」堀川アサコ著 新潮社(新潮文庫) 2017年7月【現代】【挿絵なし】

美術館・ギャラリー・美術室

「アヤカシ絵師の奇妙な日常」相原鴉著 KADOKAWA(メディアワークス文庫) 2017年9月【現代】【肌の露出が多めの挿絵なし】

「うちの執事に願ったならば 2」高里椎奈著 KADOKAWA(角川文庫) 2017年8月【異世界・架空の世界】【挿絵なし】

「ひきこもり作家と同居します。」谷崎泉著 KADOKAWA(富士見L文庫) 2017年8月【現代】【挿絵なし】

「異人館画廊 [5]」谷瑞恵著 集英社(集英社オレンジ文庫) 2017年12月【現代】【肌の露出が多めの挿絵なし】

「京都寺町三条のホームズ 8」望月麻衣著 双葉社(双葉文庫) 2017年9月【現代】【肌の露出が多めの挿絵なし】

場所・建物・施設

「注文の多い美術館」門井慶喜著 文藝春秋（文春文庫）2017年8月【現代】【挿絵なし】

百貨店・デパート・スーパーマーケット・複合商業施設

「中野ブロードウェイ脱出ゲーム」渡辺浩弐著 KADOKAWA（角川ホラー文庫）2017年11月【現代】【挿絵なし】

「通学鞄：君と僕の部屋」みゆ著 集英社（コバルト文庫）2017年12月【現代】【肌の露出が多めの挿絵なし】

「百貨店トワイライト」あさぎ千夜春著 三交社（スカイハイ文庫）2017年7月【現代】【肌の露出が多めの挿絵なし】

病院・保健室・施術所・診療所

「エリート外科医の一途な求愛」水守恵蓮著 スターツ出版（ベリーズ文庫）2017年11月【現代】【挿絵なし】

「ダンボールに捨てられていたのはスライムでした 1」伊達祐一著 主婦の友社（ヒーロー文庫）2017年12月【異世界・架空の世界】【肌の露出が多めの挿絵なし】

「どこよりも遠い場所にいる君へ」阿部暁子著 集英社（集英社オレンジ文庫）2017年10月【現代】【肌の露出が多めの挿絵なし】

「ベイビー、グッドモーニング」河野裕著 KADOKAWA（角川文庫）2017年8月【現代】【挿絵なし】

「もう一度、日曜日の君へ」羽根川牧人著 KADOKAWA（富士見L文庫）2017年7月【現代】【挿絵なし】

「雨宿りの星たちへ」小春りん著 スターツ出版（スターツ出版文庫）2017年10月【現代】【挿絵なし】

「俺様Dr.に愛されすぎて」夏雪なつめ著 スターツ出版（ベリーズ文庫）2017年12月【現代】【挿絵なし】

「君と綴った約束ノート」古河樹著 KADOKAWA（富士見L文庫）2017年9月【現代】【挿絵なし】

「少女クロノクル。= GIRL'S CHRONO-CLE」ハセガワケイスケ著 KADOKAWA（電撃文庫）2017年7月【現代】【肌の露出が多めの挿絵なし】

「神様の棲む診療所 2」竹村優希著 双葉社（双葉文庫）2017年12月【現代】【肌の露出が多めの挿絵なし】

「晴れたらいいね」藤岡陽子著 光文社（光文社文庫）2017年8月【現代/歴史・時代】【挿絵なし】

「彼女はもどらない」降田天著 宝島社（宝島社文庫）2017年7月【現代】【挿絵なし】

「不思議の国のサロメ 新装版」赤川次郎著 徳間書店（徳間文庫）2017年7月【現代】【挿絵なし】

場所・建物・施設

「崩れる脳を抱きしめて」知念実希人著 実業之日本社 2017年9月【現代】【挿絵なし】

「放課後に死者は戻る」秋吉理香子著 双葉社(双葉文庫) 2017年11月【現代】【挿絵なし】

「僕とキミの15センチ：ショートストーリーズ」井上堅二ほか著 KADOKAWA(ファミ通文庫) 2017年10月【現代】【肌の露出が多めの挿絵なし】

「甦る殺人者：天久鷹央の事件カルテ」知念実希人著 新潮社(新潮文庫) 2017年11月【現代】【挿絵なし】

美容室

「花木荘のひとびと」髙森美由紀著 集英社(集英社オレンジ文庫) 2017年12月【現代】【挿絵なし】

ビル

「日曜日のゆうれい」岡篠名桜著 集英社(集英社文庫) 2017年12月【現代】【肌の露出が多めの挿絵なし】

別荘

「十歳の最強魔導師 3」天乃聖樹著 主婦の友社(ヒーロー文庫) 2017年12月【異世界・架空の世界】【肌の露出が多めの挿絵あり】

「突然ですが、お兄ちゃんと結婚しますっ! 3」堺流通留著 KADOKAWA(MF文庫J) 2017年10月【現代】【肌の露出が多めの挿絵あり】

牧場

「モンスター・ファクトリー：左遷騎士が始める魔物牧場物語」アロハ座長著 KADOKAWA(富士見ファンタジア文庫) 2017年9月【異世界・架空の世界】【肌の露出が多めの挿絵あり】

「モンスター・ファクトリー 2」アロハ座長著 KADOKAWA(富士見ファンタジア文庫) 2017年11月【異世界・架空の世界】【肌の露出が多めの挿絵あり】

「ようこそモンスターズギルド＝Monsters' Guild：最強集団、何でも屋はじめました」十一屋翠著 ツギクル(ツギクルブックス) 2017年10月【異世界・架空の世界】【肌の露出が多めの挿絵なし】

「絶対城先輩の妖怪学講座 10」峰守ひろかず著 KADOKAWA(メディアワークス文庫) 2017年8月【現代】【肌の露出が多めの挿絵なし】

ホテル・宿・旅館

「『金の星亭』繁盛記：異世界の宿屋に転生しました」高井うしお著 KADOKAWA(カドカワBOOKS) 2017年12月【異世界・架空の世界】【肌の露出が多めの挿絵なし】

「あんたなんかと付き合えるわけないじゃん!ムリ!ムリ!大好き!」内堀優一著 ホビージャパン(HJ文庫) 2017年9月【現代】【肌の露出が多めの挿絵なし】

場所・建物・施設

「イジワル社長は溺愛旦那様!?」あさぎ千夜春著 スターツ出版(ベリーズ文庫) 2017年10月
【現代】【挿絵なし】

「この手の中を、守りたい : 異世界で宿屋始めました 1」カヤ著 フロンティアワークス(アリアン
ローズ) 2017年7月【現代/異世界・架空の世界】【肌の露出が多めの挿絵なし】

「サンリオ男子 = SANRIO BOYS : 俺たちの冬休み」サンリオ原作・著作・監修;静月遠火著
KADOKAWA(メディアワークス文庫) 2017年12月【現代】【肌の露出が多めの挿絵なし】

「セーブ&ロードのできる宿屋さん : カンスト転生者が宿屋で新人育成を始めたようです 4」稲
荷竜著 集英社(ダッシュエックス文庫) 2017年8月【異世界・架空の世界】【肌の露出が多めの
挿絵なし】

「たとえばラストダンジョン前の村の少年が序盤の街で暮らすような物語 3」サトウとシオ著 SBク
リエイティブ(GA文庫) 2017年9月【異世界・架空の世界】【肌の露出が多めの挿絵あり】

「チートだけど宿屋はじめました。1」nyonnyon著 双葉社(モンスター文庫) 2017年10月【異世
界・架空の世界】【肌の露出が多めの挿絵なし】

「ひとり旅の神様 2」五十嵐雄策著 KADOKAWA(メディアワークス文庫) 2017年7月【現代】
【肌の露出が多めの挿絵なし】

「異世界チート魔術師(マジシャン) 6」内田健著 主婦の友社(ヒーロー文庫) 2017年7月【異世
界・架空の世界】【肌の露出が多めの挿絵なし】

「怪奇編集部『トワイライト』2」瀬川貴次著 集英社(集英社オレンジ文庫) 2017年11月【現代】
【肌の露出が多めの挿絵なし】

「皇女の騎士 : 壊れた世界と姫君の楽園」やのゆい著 KADOKAWA(ファミ通文庫) 2017年11
月【異世界・架空の世界】【肌の露出が多めの挿絵あり】

「死なないで 新装版」赤川次郎著 双葉社(双葉文庫) 2017年12月【現代】【挿絵なし】

「次期社長の甘い求婚」田崎くるみ著 スターツ出版(ベリーズ文庫) 2017年8月【現代】【挿絵
なし】

「出雲のあやかしホテルに就職します 3」硝子町玻璃著 双葉社(双葉文庫) 2017年11月【異
世界・架空の世界】【挿絵なし】

「神様たちのお伊勢参り 2」竹村優希著 双葉社(双葉文庫) 2017年11月【異世界・架空の世
界】【肌の露出が多めの挿絵なし】

「溺愛副社長と社外限定!?ヒミツ恋愛」紅カオル著 スターツ出版(ベリーズ文庫) 2017年8月
【現代】【挿絵なし】

「猫だまりの日々 : 猫小説アンソロジー」谷瑞恵著;椹野道流著;真堂樹著;梨沙著;一穂ミチ著
集英社(集英社オレンジ文庫) 2017年12月【現代】【挿絵なし】

「旅籠屋あのこの : あなたの「想い」届けます。」岬著 KADOKAWA(メディアワークス文庫)
2017年11月【現代】【肌の露出が多めの挿絵なし】

場所・建物・施設

「狼社長の溺愛から逃げられません!」きたみまゆ著 スターツ出版（ベリーズ文庫）2017年10月
【現代】【挿絵なし】

マンション・アパート・団地

「おいしいベランダ。[4]」竹岡葉月著 KADOKAWA（富士見L文庫）2017年11月【現代】【肌
の露出が多めの挿絵なし】

「リーマン、教祖に挑む」天祢涼著 双葉社（双葉文庫）2017年9月【現代】【肌の露出が多めの
挿絵なし】

「ワキヤくんの主役理論」涼暮皐著 KADOKAWA（MF文庫J）2017年9月【現代】【肌の露出が
多めの挿絵なし】

「下町アパートのふしぎ管理人 [2]」大城密著 KADOKAWA（角川文庫）2017年7月【現代】
【挿絵なし】

「花木荘のひとびと」髙森美由紀著 集英社（集英社オレンジ文庫）2017年12月【現代】【挿絵
なし】

「黒猫シャーロック＝Black Cat Sherlock：緋色の肉球」和泉弐式著 KADOKAWA（メディア
ワークス文庫）2017年7月【現代】【肌の露出が多めの挿絵なし】

「思い出は満たされないまま」乾緑郎著 集英社（集英社文庫）2017年7月【現代】【挿絵なし】

「先生とそのお布団」石川博品著 小学館（ガガガ文庫）2017年11月【現代】【肌の露出が多め
の挿絵なし】

「美の奇人たち＝The Great Eccentric of Art：森之宮芸大前アパートの攻防」美奈川護著
KADOKAWA（メディアワークス文庫）2017年8月【現代】【肌の露出が多めの挿絵なし】

「僕の部屋がダンジョンの休憩所になってしまった件 3」東国不動著 ツギクル（ツギクルブック
ス）2017年11月【現代/異世界・架空の世界】【肌の露出が多めの挿絵なし】

港町

「ONE PIECE novel：麦わらストーリーズ」尾田栄一郎著;大崎知仁著 集英社（小説JUMP j
BOOKS）2017年11月【異世界・架空の世界】【肌の露出が多めの挿絵なし】

「狼と羊皮紙：新説狼と香辛料 3」支倉凍砂著 KADOKAWA（電撃文庫）2017年9月【異世
界・架空の世界】【肌の露出が多めの挿絵あり】

役所・庁舎

「お世話になっております。陰陽課です 4」峰守ひろかず著 KADOKAWA（メディアワークス文
庫）2017年9月【現代】【肌の露出が多めの挿絵なし】

「ロクでなし魔術講師と禁忌教典（アカシックレコード）9」羊太郎著 KADOKAWA（富士見ファン
タジア文庫）2017年8月【異世界・架空の世界】【肌の露出が多めの挿絵なし】

場所・建物・施設

「綾志別町役場妖怪課 [2]」青柳碧人著 KADOKAWA（角川文庫）2017年9月【異世界・架空の世界】【挿絵なし】

屋根裏

「乱歩城：人間椅子の国」黒史郎著 光文社（光文社文庫）2017年7月【異世界・架空の世界】【挿絵なし】

遊園地

「キラプリおじさんと幼女先輩2」岩沢藍著 KADOKAWA（電撃文庫）2017年8月【現代】【肌の露出が多めの挿絵なし】

「季節はうつる、メリーゴーランドのように」岡崎琢磨著 KADOKAWA（角川文庫）2017年9月【現代】【挿絵なし】

郵便局

「とどけるひと：別れの手紙の郵便屋さん」半田畔著 KADOKAWA（富士見L文庫）2017年8月【現代】【挿絵なし】

寮

「いい部屋あります。」長野まゆみ著 KADOKAWA（角川文庫）2017年10月【現代】【挿絵なし】

「ちょっとゲームで学園の覇権とってくる」うれま庄司著 KADOKAWA（富士見ファンタジア文庫）2017年8月【現代】【肌の露出が多めの挿絵あり】

「嘘恋シーズン：＃天王寺学園男子寮のヒミツ」あさば深雪著 KADOKAWA（角川ビーンズ文庫）2017年8月【現代】【肌の露出が多めの挿絵なし】

「東京レイヴンズ15」あざの耕平著 KADOKAWA（富士見ファンタジア文庫）2017年9月【現代/歴史・時代】【肌の露出が多めの挿絵なし】

「年下寮母（おかーさん）に甘えていいですよ?」今慈ムジナ著 小学館（ガガガ文庫）2017年11月【現代】【肌の露出が多めの挿絵あり】

「暴血覚醒（ブライト・ブラッド）2」中村ヒロ著 SBクリエイティブ（GA文庫）2017年9月【現代】【肌の露出が多めの挿絵あり】

「夢幻戦舞曲2」瑞智士記著 KADOKAWA（MF文庫J）2017年12月【近未来・遠未来】【肌の露出が多めの挿絵なし】

「霧ノ宮先輩は謎が解けない2」御守いちる著 講談社（講談社ラノベ文庫）2017年12月【現代】【肌の露出が多めの挿絵なし】

「煌翼の姫君：男装令嬢と獅子の騎士団」白洲梓著 集英社（コバルト文庫）2017年7月【異世界・架空の世界】【肌の露出が多めの挿絵なし】

【学校・学園・学生】

高校・高等専門学校・高校生・高専生

「……なんでそんな、ばかなこと聞くの?」鈴木大輔著 KADOKAWA(角川文庫) 2017年9月【現代】【挿絵なし】

「※妹を可愛がるのも大切なお仕事です。」弥生志郎著 KADOKAWA(MF文庫J) 2017年7月【現代】【肌の露出が多めの挿絵あり】

「1パーセントの教室」松村涼哉著 KADOKAWA(電撃文庫) 2017年12月【現代】【肌の露出が多めの挿絵なし】

「2.43:清陰高校男子バレー部 代表決定戦編1」壁井ユカコ著 集英社(集英社文庫) 2017年11月【現代】【肌の露出が多めの挿絵なし】

「2.43:清陰高校男子バレー部 代表決定戦編2」壁井ユカコ著 集英社(集英社文庫) 2017年12月【現代】【肌の露出が多めの挿絵なし】

「29とJK 3」裕時悠示著 SBクリエイティブ(GA文庫) 2017年9月【現代】【肌の露出が多めの挿絵あり】

「6番線に春は来る。そして今日、君はいなくなる。」大澤めぐみ著 KADOKAWA(角川スニーカー文庫) 2017年11月【現代】【肌の露出が多めの挿絵なし】

「70年分の夏を君に捧ぐ」櫻井千姫著 スターツ出版(スターツ出版文庫) 2017年11月【現代/歴史・時代】【挿絵なし】

「DOUBLES!!-ダブルス- 4th Set」天沢夏月著 KADOKAWA(メディアワークス文庫) 2017年9月【現代】【肌の露出が多めの挿絵なし】

「DOUBLES!!-ダブルス- Final Set」天沢夏月著 KADOKAWA(メディアワークス文庫) 2017年11月【現代】【肌の露出が多めの挿絵なし】

「Just Because!」鴨志田一著 KADOKAWA(メディアワークス文庫) 2017年11月【現代】【肌の露出が多めの挿絵なし】

「LOOP THE LOOP飽食の館 上」Kate著 双葉社(双葉文庫) 2017年12月【現代】【肌の露出が多めの挿絵なし】

「Occultic;Nine:超常科学NVL 3」志倉千代丸著 オーバーラップ(オーバーラップ文庫) 2017年9月【現代】【肌の露出が多めの挿絵なし】

「Q.もしかして、異世界を救った英雄さんですか? 2」弥生志郎著 KADOKAWA(MF文庫J) 2017年9月【現代/異世界・架空の世界】【肌の露出が多めの挿絵あり】

「RAIL WARS! : 日本國有鉄道公安隊 14」豊田巧著 実業之日本社(Jノベルライト文庫) 2017年12月【現代】【肌の露出が多めの挿絵なし】

学校・学園・学生

「VRMMOの支援職人トッププレイヤーの仕掛人」二階堂風都著 宝島社 2017年12月【異世界・架空の世界】【肌の露出が多めの挿絵なし】

「VRMMO学園で楽しい魔改造のススメ:最弱ジョブで最強ダメージ出してみた 2」ハヤケン著 ホビージャパン(HJ文庫) 2017年10月【現代/異世界・架空の世界】【肌の露出が多めの挿絵なし】

「アイテムチートな奴隷ハーレム建国記 5」猫又ぬこ著 ホビージャパン(HJ文庫) 2017年8月【異世界・架空の世界】【肌の露出が多めの挿絵あり】

「アウトサイド・アカデミア!!:《留年組》は最強なので、チートな教師と卒業します」神秋昌史著 KADOKAWA(角川スニーカー文庫) 2017年9月【現代】【肌の露出が多めの挿絵あり】

「アクセル・ワールド 22」川原礫著 KADOKAWA(電撃文庫) 2017年11月【近未来・遠未来】【肌の露出が多めの挿絵あり】

「アシガール:小説」森本梢子原作;せひらあやみ著 集英社(集英社オレンジ文庫) 2017年9月【現代/歴史・時代】【肌の露出が多めの挿絵なし】

「あのねこのまちあのねこのまち 1」紫野一歩著 講談社(講談社ラノベ文庫) 2017年8月【現代】【肌の露出が多めの挿絵なし】

「あのねこのまちあのねこのまち 2」紫野一歩著 講談社(講談社ラノベ文庫) 2017年11月【異世界・架空の世界】【肌の露出が多めの挿絵なし】

「あまのじゃくな氷室さん:好感度100%から始める毒舌女子の落としかた」広ノ祥人著 KADOKAWA(MF文庫J) 2017年12月【現代】【肌の露出が多めの挿絵なし】

「あやかし双子のお医者さん 4」椎名蓮月著 KADOKAWA(富士見L文庫) 2017年10月【現代】【挿絵なし】

「あやかし夫婦は、もう一度恋をする。」友麻碧著 KADOKAWA(富士見L文庫) 2017年11月【現代】【挿絵なし】

「アルバトロスは羽ばたかない」七河迦南著 東京創元社(創元推理文庫) 2017年11月【現代】【挿絵なし】

「あんたなんかと付き合えるわけないじゃん!ムリ!ムリ!大好き!」内堀優一著 ホビージャパン(HJ文庫) 2017年9月【現代】【肌の露出が多めの挿絵なし】

「イジワルな出会い」HoneyWorks原案;香坂茉里著 KADOKAWA(角川ビーンズ文庫) 2017年11月【現代】【肌の露出が多めの挿絵なし】

「いつかきみに七月の雪を見せてあげる」五十嵐雄策著 KADOKAWA(メディアワークス文庫) 2017年10月【現代】【肌の露出が多めの挿絵なし】

「いつかのクリスマスの日、きみは時の果てに消えて」瀬尾つかさ著 KADOKAWA(ファミ通文庫) 2017年11月【現代】【肌の露出が多めの挿絵なし】

「いつかのレクイエム case.1」嬉野秋彦著 SBクリエイティブ(GA文庫) 2017年11月【現代】【肌の露出が多めの挿絵なし】

学校・学園・学生

「ウォーター&ビスケットのテーマ 1」河野裕著;河端ジュン一著 KADOKAWA(角川スニーカー文庫) 2017年9月【異世界・架空の世界】【肌の露出が多めの挿絵なし】

「うさみみ少女はオレの嫁!?」間宮夏生著 KADOKAWA(電撃文庫) 2017年11月【現代】【肌の露出が多めの挿絵あり】

「ウルトラハッピーディストピアジャパン : 人工知能ハビタのやさしい侵略」一田和樹著 星海社(星海社FICTIONS) 2017年7月【現代/異世界・架空の世界】【肌の露出が多めの挿絵なし】

「エール!! : 栄冠は君に輝く」石原ひな子著 KADOKAWA(富士見L文庫) 2017年8月【現代】【挿絵なし】

「オーク先生のJKハーレムにようこそ!」東亮太著 KADOKAWA(角川スニーカー文庫) 2017年12月【異世界・架空の世界】【肌の露出が多めの挿絵あり】

「おとなりの晴明さん : 陰陽師は左京区にいる」仲町六絵著 KADOKAWA(メディアワークス文庫) 2017年10月【現代/異世界・架空の世界/歴史・時代】【肌の露出が多めの挿絵なし】

「お人好しの放課後 : 御出学園帰宅部の冒険」阿藤玲著 東京創元社(創元推理文庫) 2017年8月【現代】【挿絵なし】

「お前〈ら〉ホントに異世界好きだよな : 彼の幼馴染は自称メインヒロイン」エドワード・スミス著 KADOKAWA(電撃文庫) 2017年11月【現代/異世界・架空の世界】【肌の露出が多めの挿絵あり】

「お前みたいなヒロインがいてたまるか! 4」白猫著 フロンティアワークス(アリアンローズ) 2017年11月【異世界・架空の世界】【肌の露出が多めの挿絵なし】

「お点前頂戴いたします : 泡沫亭あやかし茶の湯」神田夏生著 KADOKAWA(メディアワークス文庫) 2017年11月【現代】【肌の露出が多めの挿絵なし】

「カブキブ! 7」榎田ユウリ著 KADOKAWA(角川文庫) 2017年11月【現代】【肌の露出が多めの挿絵なし】

「かみこい! 2」火海坂猫著 SBクリエイティブ(GA文庫) 2017年7月【現代】【肌の露出が多めの挿絵なし】

「からくりピエロ」40mP著 KADOKAWA(角川ビーンズ文庫) 2017年9月【現代】【挿絵なし】

「カンピオーネ! = Campione 21」丈月城著 集英社(ダッシュエックス文庫) 2017年11月【現代】【肌の露出が多めの挿絵なし/キスシーンの挿絵あり/性描写の挿絵あり】

「きみと繰り返す、あの夏の世界」和泉あや著 スターツ出版(スターツ出版文庫) 2017年7月【現代】【挿絵なし】

「きみに届け。はじまりの歌」沖田円著 スターツ出版(スターツ出版文庫) 2017年12月【現代】【挿絵なし】

「きみのために青く光る」似鳥鶏著 KADOKAWA(角川文庫) 2017年7月【現代】【挿絵なし】

「キミは一人じゃないじゃん、と僕の中の一人が言った」比嘉智康著 KADOKAWA(ファミ通文庫) 2017年8月【現代】【肌の露出が多めの挿絵なし】

334

学校・学園・学生

「キラプリおじさんと幼女先輩 2」岩沢藍著 KADOKAWA(電撃文庫) 2017年8月【現代】【肌の露出が多めの挿絵なし】

「キラプリおじさんと幼女先輩 3」岩沢藍著 KADOKAWA(電撃文庫) 2017年12月【現代】【肌の露出が多めの挿絵なし】

「くずクマさんとハチミツJK 3」鳥川さいか著 KADOKAWA(MF文庫J) 2017年11月【現代】【肌の露出が多めの挿絵なし/キスシーンの挿絵あり】

「クラウは食べることにした」藤井論理著 KADOKAWA(角川スニーカー文庫) 2017年8月【現代/異世界・架空の世界】【肌の露出が多めの挿絵あり】

「クラスが異世界召喚されたなか俺だけ残ったんですが 1」サザンテラス著 双葉社(モンスター文庫) 2017年10月【現代/異世界・架空の世界】【肌の露出が多めの挿絵なし】

「クラスでバカにされてるオタクなぼくが、気づいたら不良たちから崇拝されててガクブル 2」諏訪錦著 アルファポリス(アルファポリス文庫) 2017年10月【現代】【肌の露出が多めの挿絵なし】

「クラスのギャルとゲーム実況 part.2」琴平稜著 KADOKAWA(富士見ファンタジア文庫) 2017年8月【現代】【肌の露出が多めの挿絵あり】

「クロス・コネクト:あるいは垂水夕凪の入れ替わり完全ゲーム攻略」久迫遥希著 KADOKAWA(MF文庫J) 2017年12月【現代】【肌の露出が多めの挿絵なし】

「ゲーマーズ! 8」葵せきな著 KADOKAWA(富士見ファンタジア文庫) 2017年7月【現代】【肌の露出が多めの挿絵あり】

「ゲーマーズ!DLC」葵せきな著 KADOKAWA(富士見ファンタジア文庫) 2017年9月【現代】【肌の露出が多めの挿絵なし】

「この世界にiをこめて = With all my love in this world」佐野徹夜著 KADOKAWA(メディアワークス文庫) 2017年10月【現代】【肌の露出が多めの挿絵なし】

「こんな僕(クズ)が荒川さんに告白(コク)ろうなんて、おこがましくてできません。」清水苺著 講談社(講談社ラノベ文庫) 2017年9月【現代】【肌の露出が多めの挿絵あり】

「さよならは明日の約束」西澤保彦著 光文社(光文社文庫) 2017年11月【現代】【挿絵なし】

「さよならレター」皐月コハル著 スターツ出版(スターツ出版文庫) 2017年11月【現代】【挿絵なし】

「さよなら西郷先輩 = I will never forget you,Mr.Saigo.」出口きぬごし著 KADOKAWA(メディアワークス文庫) 2017年12月【現代】【肌の露出が多めの挿絵なし】

「サンリオ男子 = SANRIO BOYS : 俺たちの冬休み」サンリオ原作・著作・監修;静月遠火著 KADOKAWA(メディアワークス文庫) 2017年12月【現代】【肌の露出が多めの挿絵なし】

「サン娘 : Girl's Battle Bootlog」矢立肇原作;金田一秋良著 マイクロマガジン社(BOOK BLAST) 2017年10月【異世界・架空の世界】【肌の露出が多めの挿絵なし】

「ジェノサイド・リアリティー : 異世界迷宮を最強チートで勝ち抜く」風来山著 SBクリエイティブ(GA文庫) 2017年7月【異世界・架空の世界】【肌の露出が多めの挿絵あり】

335

学校・学園・学生

「ジャナ研の憂鬱な事件簿 2」酒井田寛太郎著 小学館(ガガガ文庫) 2017年10月【現代】【肌の露出が多めの挿絵なし】

「ジョジョの奇妙な冒険ダイヤモンドは砕けない第一章：映画ノベライズ」荒木飛呂彦原作;江良至脚本;浜崎達也小説 集英社(JUMP j BOOKS) 2017年7月【現代】【肌の露出が多めの挿絵なし】

「スーパーカブ 2」トネ・コーケン著 KADOKAWA(角川スニーカー文庫) 2017年10月【現代】【肌の露出が多めの挿絵なし】

「ずっとあなたが好きでした」歌野晶午著 文藝春秋(文春文庫) 2017年12月【現代】【挿絵なし】

「ストライク・ザ・ブラッド 18」三雲岳斗著 KADOKAWA(電撃文庫) 2017年11月【異世界・架空の世界】【肌の露出が多めの挿絵あり】

「スピンガール！＝Spin-Girl!：海浜千葉高校競技ポールダンス部」神戸遥真著 KADOKAWA(メディアワークス文庫) 2017年9月【現代】【肌の露出が多めの挿絵なし】

「セーラー服とシャーロキエンヌ：穴井戸栄子の華麗なる事件簿」古野まほろ著 KADOKAWA(角川文庫) 2017年8月【現代】【挿絵なし】

「せんせーのおよめさんになりたいおんなのこはみーんな16さいだよっ?」さくらいたろう著 KADOKAWA(MF文庫J) 2017年11月【現代】【肌の露出が多めの挿絵なし】

「そして君に最後の願いを。」菊川あすか著 スターツ出版(スターツ出版文庫) 2017年9月【現代】【挿絵なし】

「タイムシフト：君と見た海、君がいた空」午後12時の男著 集英社(ダッシュエックス文庫) 2017年10月【現代】【肌の露出が多めの挿絵なし】

「ダンジョンシーカー 1」サカモト666著 アルファポリス(アルファライト文庫) 2017年12月【異世界・架空の世界】【肌の露出が多めの挿絵なし】

「チアーズ!」赤松中学著 KADOKAWA(MF文庫J) 2017年9月【現代】【肌の露出が多めの挿絵なし】

「ちょっとゲームで学園の覇権とってくる」うれま庄司著 KADOKAWA(富士見ファンタジア文庫) 2017年8月【現代】【肌の露出が多めの挿絵あり】

「ティーンズ・エッジ・ロックンロール」熊谷達也著 実業之日本社(実業之日本社文庫) 2017年10月【現代】【挿絵なし】

「デート・ア・ライブ 17」橘公司著 KADOKAWA(富士見ファンタジア文庫) 2017年8月【現代】【肌の露出が多めの挿絵あり】

「デーモンロード・ニュービー：VRMMO世界の生産職魔王」山和平著 SBクリエイティブ(GA文庫) 2017年8月【現代/異世界・架空の世界】【肌の露出が多めの挿絵なし】

「どこよりも遠い場所にいる君へ」阿部暁子著 集英社(集英社オレンジ文庫) 2017年10月【現代】【肌の露出が多めの挿絵なし】

学校・学園・学生

「トリック・トリップ・バケーション = Trick Trip Vacation : 虹の館の殺人パーティー」中村あき著
星海社(星海社FICTIONS) 2017年11月【現代】【肌の露出が多めの挿絵なし】

「なぜ、勉強オタクが異能戦でもトップを独走できるのか? 2」霜野おつかい著 SBクリエイティブ
(GA文庫) 2017年9月【近未来・遠未来】【肌の露出が多めの挿絵なし】

「なんか、妹の部屋にダンジョンが出来たんですが = Suddenly,the dungeon appeared in my
sweet sister's room… 1」薄味メロン著 アース・スターエンターテイメント(EARTH STAR
NOVEL) 2017年8月【現代/異世界・架空の世界】【肌の露出が多めの挿絵なし】

「のど自慢殺人事件」高木敦史著 祥伝社(祥伝社文庫) 2017年10月【現代】【肌の露出が多
めの挿絵なし】

「バーサス・フェアリーテイル : バッドエンドな運命のヒロインを救い出せ」八街歩著
KADOKAWA(富士見ファンタジア文庫) 2017年7月【異世界・架空の世界】【肌の露出が多め
の挿絵あり/キスシーンの挿絵あり】

「バーサス・フェアリーテイル : バッドエンドな運命のヒロインを救い出せ 2」八街歩著
KADOKAWA(富士見ファンタジア文庫) 2017年12月【現代】【肌の露出が多めの挿絵あり】

「ハイキュー!! : 劇場版総集編 [3]」古舘春一原作;吉成郁子小説 集英社(JUMP J BOOKS)
2017年9月【現代】【肌の露出が多めの挿絵なし】

「ハイキュー!! : 劇場版総集編 [4]」古舘春一原作;吉成郁子小説 集英社(JUMP J BOOKS)
2017年9月【現代】【肌の露出が多めの挿絵なし】

「ハイキュー!!ショーセツバン!! 9」古舘春一著;星希代子著 集英社(JUMP j BOOKS) 2017年
12月【現代】【肌の露出が多めの挿絵なし】

「ハイスクールD×D 24」石踏一榮著 KADOKAWA(富士見ファンタジア文庫) 2017年11月
【現代】【肌の露出が多めの挿絵あり】

「ハウリングソウル = HOWLING SOUL : 流星と少女 1」凸田凹著 マイクロマガジン社(BOOK
BLAST) 2017年9月【現代/異世界・架空の世界】【肌の露出が多めの挿絵なし】

「ハズレ奇術師の英雄譚 2」雨宮和希著 双葉社(モンスター文庫) 2017年10月【異世界・架
空の世界】【肌の露出が多めの挿絵なし】

「バトルガールハイスクール PART.2」コロプラ原作・監修;八奈川景晶著 KADOKAWA(富士
見ファンタジア文庫) 2017年8月【近未来・遠未来】【肌の露出が多めの挿絵なし】

「ババチャリの神様」皆藤黒助著 双葉社(双葉文庫) 2017年8月【現代】【挿絵なし】

「バブみネーター」壱日千次著 KADOKAWA(MF文庫J) 2017年9月【現代】【肌の露出が多
めの挿絵あり】

「パラミリタリ・カンパニー : 萌える侵略者 2」榊一郎著 講談社(講談社ラノベ文庫) 2017年9月
【現代】【肌の露出が多めの挿絵あり】

「パラミリタリ・カンパニー : 萌える侵略者 3」榊一郎著 講談社(講談社ラノベ文庫) 2017年12
月【現代】【肌の露出が多めの挿絵あり/キスシーンの挿絵あり】

学校・学園・学生

「ひきこもり姫を歌わせたいっ!」水坂不適合著 小学館(ガガガ文庫) 2017年7月【現代】【肌の露出が多めの挿絵なし】

「ひとりぼっちのソユーズ：君と月と恋、ときどき猫のお話」七瀬夏扉著 KADOKAWA(富士見L文庫) 2017年12月【現代】【肌の露出が多めの挿絵なし】

「ヒマワリ:unUtopial World 5」林トモアキ著 KADOKAWA(角川スニーカー文庫) 2017年11月【異世界・架空の世界】【肌の露出が多めの挿絵なし】

「ヒマワリ:unUtopial World 5」林トモアキ著 KADOKAWA(角川スニーカー文庫) 2017年11月【異世界・架空の世界】【肌の露出が多めの挿絵なし】

「フカミ喫茶店の謎解きアンティーク」涙鳴著 スターツ出版(スターツ出版文庫) 2017年11月【現代】【挿絵なし】

「ポーション、わが身を助ける 4」岩船晶著 主婦の友社(ヒーロー文庫) 2017年9月【異世界・架空の世界】【肌の露出が多めの挿絵なし】

「メルヘン・メドヘン 2」松智洋著;StoryWorks著 集英社(ダッシュエックス文庫) 2017年7月【異世界・架空の世界】【肌の露出が多めの挿絵あり】

「もうひとつの命」入間人間著 KADOKAWA(メディアワークス文庫) 2017年12月【現代】【肌の露出が多めの挿絵なし】

「モンスターのご主人様 10」日暮眠都著 双葉社(モンスター文庫) 2017年9月【異世界・架空の世界】【肌の露出が多めの挿絵なし】

「やはり俺の青春ラブコメはまちがっている。12」渡航著 小学館(ガガガ文庫) 2017年9月【現代】【肌の露出が多めの挿絵なし】

「ようこそ実力至上主義の教室へ 7」衣笠彰梧著 KADOKAWA(MF文庫J) 2017年10月【現代】【肌の露出が多めの挿絵なし】

「ラスト・ロスト・ジュブナイル = Last Lost Juvenile：交錯のパラレルワールド」中村あき著 星海社(星海社FICTIONS) 2017年12月【現代】【肌の露出が多めの挿絵なし】

「ラノベ作家になりたくて震える。」嵯峨伊緒著 KADOKAWA(電撃文庫) 2017年9月【現代】【肌の露出が多めの挿絵なし】

「リア充にもオタクにもなれない俺の青春 = Between R and O,Neither R nor O. Who am I?」弘前龍著 KADOKAWA(電撃文庫) 2017年9月【現代】【肌の露出が多めの挿絵あり】

「りゅうおうのおしごと! 6 ドラマCD付き限定特装版」白鳥士郎著 SBクリエイティブ(GA文庫) 2017年7月【現代】【肌の露出が多めの挿絵なし】

「レア・クラスチェンジ! = Rare Class Change：魔物使いちゃんとレア従魔の異世界ゆる旅 4」黒杉くろん著 TOブックス 2017年7月【異世界・架空の世界】【肌の露出が多めの挿絵なし】

「レイズ・オン・ファンタジー：ギャンブラーは異世界を謳歌する」河本ほむら著 KADOKAWA(富士見ファンタジア文庫) 2017年12月【異世界・架空の世界】【肌の露出が多めの挿絵あり/キスシーンの挿絵あり】

学校・学園・学生

「レジェンド = legend 9」神無月紅著 KADOKAWA(カドカワBOOKS) 2017年9月【異世界・架空の世界】【肌の露出が多めの挿絵なし】

「ワールドオーダー 4」河和時久著 主婦の友社(ヒーロー文庫) 2017年9月【異世界・架空の世界】【肌の露出が多めの挿絵あり】

「わが家は祇園(まち)の拝み屋さん 6」望月麻衣著 KADOKAWA(角川文庫) 2017年9月【現代】【肌の露出が多めの挿絵なし】

「ワキヤくんの主役理論」涼暮皐著 KADOKAWA(MF文庫J) 2017年9月【現代】【肌の露出が多めの挿絵なし】

「ワキヤくんの主役理論 2」涼暮皐著 KADOKAWA(MF文庫J) 2017年12月【現代】【肌の露出が多めの挿絵なし】

「茜色の記憶」みのりfrom三月のパンタシア著 スターツ出版(スターツ出版文庫) 2017年8月【現代】【挿絵なし】

「悪の2代目になんてなりません!」西台もか著 KADOKAWA(ビーズログ文庫アリス) 2017年9月【現代】【肌の露出が多めの挿絵なし/キスシーンの挿絵あり】

「悪役令嬢としてヒロインと婚約者をくっつけようと思うのですが、うまくいきません…。」枳莎著 KADOKAWA(ビーズログ文庫アリス) 2017年9月【異世界・架空の世界】【肌の露出が多めの挿絵なし】

「暗殺者である俺のステータスが勇者よりも明らかに強いのだが 1」赤井まつり著 オーバーラップ(オーバーラップ文庫) 2017年11月【異世界・架空の世界】【肌の露出が多めの挿絵あり】

「闇にあかく点るのは、鬼の灯(あかり)か君の瞳。」ごとうしのぶ著 KADOKAWA(角川文庫) 2017年11月【現代】【挿絵なし】

「伊達エルフ政宗 4」森田季節著 SBクリエイティブ(GA文庫) 2017年8月【異世界・架空の世界/歴史・時代】【肌の露出が多めの挿絵なし】

「委員長は××がお好き」穂兎ここあ著 KADOKAWA(ビーズログ文庫アリス) 2017年9月【現代】【肌の露出が多めの挿絵なし】

「異人館画廊 [5]」谷瑞恵著 集英社(集英社オレンジ文庫) 2017年12月【現代】【肌の露出が多めの挿絵なし】

「異世界おもてなしご飯 : 聖女召喚と黄金プリン」忍丸著 KADOKAWA(カドカワBOOKS) 2017年9月【異世界・架空の世界】【肌の露出が多めの挿絵なし/キスシーンの挿絵あり】

「異世界が嫌いでもエルフの神様になれますか? : Disファンタジー・ディスコード」囲恭之介著 KADOKAWA(電撃文庫) 2017年10月【異世界・架空の世界】【肌の露出が多めの挿絵あり】

「異世界クエストは放課後に! : クールな先輩がオレの前だけ笑顔になるようです」空埜一樹著 ホビージャパン(HJ文庫) 2017年12月【異世界・架空の世界】【肌の露出が多めの挿絵あり】

「異世界でアイテムコレクター 4」時野洋輔著 新紀元社(MORNING STAR BOOKS) 2017年8月【異世界・架空の世界】【肌の露出が多めの挿絵あり】

学校・学園・学生

「異世界で孤児院を開いたけど、なぜか誰一人巣立とうとしない件」初枝れんげ著 TOブックス 2017年9月【現代/異世界・架空の世界】【肌の露出が多めの挿絵あり】

「異世界で竜が許嫁です 2」山崎里佳著 KADOKAWA（角川ビーンズ文庫）2017年12月【異世界・架空の世界】【肌の露出が多めの挿絵なし】

「異世界修学旅行 6」岡本タクヤ著 小学館（ガガガ文庫）2017年8月【異世界・架空の世界】【肌の露出が多めの挿絵なし】

「異端の神言遣い：俺たちはパワーワードで異世界を革命する 2」佐藤了著 KADOKAWA（ファミ通文庫）2017年7月【異世界・架空の世界】【肌の露出が多めの挿絵あり】

「陰キャになりたい陽乃森さん = Hinomori wanna be an In-cha,or"Last In-cha standing" Step12」岬鷺宮著 KADOKAWA（電撃文庫）2017年10月【現代】【肌の露出が多めの挿絵あり】

「雨宿りの星たちへ」小春りん著 スターツ出版（スターツ出版文庫）2017年10月【現代】【挿絵なし】

「嘘恋シーズン：#天王寺学園男子寮のヒミツ」あさば深雪著 KADOKAWA（角川ビーンズ文庫）2017年8月【現代】【肌の露出が多めの挿絵なし】

「運命の彼は、キミですか?」秋吉理帆著 KADOKAWA（角川ビーンズ文庫）2017年12月【現代】【肌の露出が多めの挿絵なし】

「王家の裁縫師レリン：春呼ぶ出逢いと糸の花」藤咲実佳著 KADOKAWA（角川ビーンズ文庫）2017年11月【異世界・架空の世界】【肌の露出が多めの挿絵なし】

「黄泉がえりの町で、君と」雪富千晶紀著 KADOKAWA（角川ホラー文庫）2017年7月【現代】【肌の露出が多めの挿絵なし】

「乙女ゲームの世界でヒロインの姉としてフラグを折っています。」藤原惟光著 KADOKAWA（ビーズログ文庫アリス）2017年7月【異世界・架空の世界】【肌の露出が多めの挿絵なし】

「俺、ツインテールになります。13」水沢夢著 小学館（ガガガ文庫）2017年8月【異世界・架空の世界】【肌の露出が多めの挿絵あり】

「俺、ツインテールになります。14」水沢夢著 小学館（ガガガ文庫）2017年12月【現代/異世界・架空の世界】【肌の露出が多めの挿絵なし】

「俺が好きなのは妹だけど妹じゃない 4」恵比須清司著 KADOKAWA（富士見ファンタジア文庫）2017年8月【現代】【肌の露出が多めの挿絵あり】

「俺が好きなのは妹だけど妹じゃない 5」恵比須清司著 KADOKAWA（富士見ファンタジア文庫）2017年12月【現代】【肌の露出が多めの挿絵あり】

「俺たちは異世界に行ったらまず真っ先に物理法則を確認する 3」藍月要著 KADOKAWA（ファミ通文庫）2017年11月【異世界・架空の世界】【肌の露出が多めの挿絵なし】

「俺のチートは神をも軽く凌駕する = My "Cheat" is Surpassingly Beyond GOD」黄昏時著 宝島社 2017年12月【異世界・架空の世界】【肌の露出が多めの挿絵なし】

340

学校・学園・学生

「俺の青春を生け贄に、彼女の前髪をオープン 3」凪木エコ著 KADOKAWA（富士見ファンタジア文庫）2017年10月【現代】【肌の露出が多めの挿絵あり】

「俺の彼女と幼なじみが修羅場すぎる 13」裕時悠示著 SBクリエイティブ（GA文庫）2017年9月【現代】【肌の露出が多めの挿絵なし】

「俺の立ち位置はココじゃない!」宇津田晴著 小学館（ガガガ文庫）2017年11月【現代】【肌の露出が多めの挿絵なし】

「俺はバイクと放課後に：走り納め川原湯温泉」菅沼拓三著 徳間書店（徳間文庫）2017年11月【現代】【肌の露出が多めの挿絵なし】

「俺はバイクと放課後に [2]」菅沼拓三著 徳間書店（徳間文庫）2017年12月【現代】【肌の露出が多めの挿絵なし】

「俺を好きなのはお前だけかよ 6」駱駝著 KADOKAWA（電撃文庫）2017年8月【現代】【肌の露出が多めの挿絵あり】

「俺を好きなのはお前だけかよ 7」駱駝著 KADOKAWA（電撃文庫）2017年11月【現代】【肌の露出が多めの挿絵なし】

「化石少女」麻耶雄嵩著 徳間書店（徳間文庫）2017年11月【現代】【挿絵なし】

「何度でも永遠」岡本千紘著 集英社（集英社オレンジ文庫）2017年11月【現代】【肌の露出が多めの挿絵なし】

「夏は終わらない：雲は湧き、光あふれて」須賀しのぶ著 集英社（集英社オレンジ文庫）2017年7月【現代】【肌の露出が多めの挿絵なし】

「夏空のモノローグ」秋月鈴音著;アイディアファクトリー株式会社;デザインファクトリー株式会社監修 一二三書房（オトメイトノベル）2017年7月【現代】【肌の露出が多めの挿絵なし】

「家政婦ですがなにか?：蔵元・和泉家のお手伝い日誌」高山ちあき著 集英社（集英社オレンジ文庫）2017年8月【現代】【挿絵なし】

「火ノ丸相撲四十八手 2」川田著;久麻當郎著 集英社（JUMP j BOOKS）2017年11月【現代】【肌の露出が多めの挿絵あり】

「火星ゾンビ = Zombie of Mars」藤咲淳一著 マイクロマガジン社（BOOK BLAST）2017年8月【現代/異世界・架空の世界】【肌の露出が多めの挿絵なし】

「学園交渉人：法条真誠の華麗なる逆転劇」柚本悠斗著 SBクリエイティブ（GA文庫）2017年7月【現代】【肌の露出が多めの挿絵なし】

「機械仕掛けのデイブレイク 2」高橋びすい著 講談社（講談社ラノベ文庫）2017年12月【近未来・遠未来】【肌の露出が多めの挿絵あり】

「季節はうつる、メリーゴーランドのように」岡崎琢磨著 KADOKAWA（角川文庫）2017年9月【現代】【挿絵なし】

「京都烏丸御池のお祓い本舗」望月麻衣著 双葉社（双葉文庫）2017年10月【現代】【肌の露出が多めの挿絵なし】

341

学校・学園・学生

「響け!ユーフォニアム 北宇治高校吹奏楽部、波乱の第二楽章 後編」武田綾乃著 宝島社(宝島社文庫) 2017年10月【現代】【挿絵なし】

「響け!ユーフォニアム 北宇治高校吹奏楽部、波乱の第二楽章 前編」武田綾乃著 宝島社(宝島社文庫) 2017年9月【現代】【挿絵なし】

「金色の文字使い(ワードマスター) : 勇者四人に巻き込まれたユニークチート 11」十本スイ著 KADOKAWA(富士見ファンタジア文庫) 2017年10月【異世界・架空の世界】【肌の露出が多めの挿絵あり】

「金色の文字使い(ワードマスター) : 勇者四人に巻き込まれたユニークチート 12」十本スイ著 KADOKAWA(富士見ファンタジア文庫) 2017年12月【現代/異世界・架空の世界】【肌の露出が多めの挿絵なし】

「空色バウムクーヘン」吉野万理子著 徳間書店(徳間文庫) 2017年9月【現代】【挿絵なし】

「君との恋は、画面の中で」半透めい著 オーバーラップ(オーバーラップ文庫) 2017年9月【現代】【肌の露出が多めの挿絵なし】

「君に恋をするなんて、ありえないはずだった [2]」筬田かつら著 宝島社(宝島社文庫) 2017年7月【現代】【肌の露出が多めの挿絵なし】

「君の嘘と、やさしい死神」青谷真未著 ポプラ社(ポプラ文庫ピュアフル) 2017年11月【現代】【挿絵なし】

「欠けゆく都市の機械月姫(ムーンドール)」永菜葉一著 KADOKAWA(角川スニーカー文庫) 2017年7月【異世界・架空の世界】【肌の露出が多めの挿絵なし/キスシーンの挿絵あり】

「月とうさぎのフォークロア。St.3」徒埜けんしん著 SBクリエイティブ(GA文庫) 2017年10月【現代】【肌の露出が多めの挿絵あり】

「嫌われエースの数奇な恋路」田辺ユウ著 KADOKAWA(電撃文庫) 2017年9月【現代】【肌の露出が多めの挿絵なし】

「幻獣王の心臓 [3]」氷川一歩著 講談社(講談社X文庫) 2017年8月【現代】【肌の露出が多めの挿絵なし】

「幻想風紀委員会 : 物語のゆがみ、取り締まります。」高里椎奈著 KADOKAWA(ビーズログ文庫アリス) 2017年8月【現代】【肌の露出が多めの挿絵あり】

「交換ウソ日記」櫻いいよ著 スターツ出版(スターツ出版文庫) 2017年8月【現代】【挿絵なし】

「幸運なバカたちが学園を回す 1」藍藤遊著 KADOKAWA(MF文庫J) 2017年9月【現代】【肌の露出が多めの挿絵なし】

「校舎五階の天才たち」神宮司いずみ著 講談社(講談社タイガ) 2017年9月【現代】【挿絵なし】

「高1ですが異世界で城主はじめました 12」鏡裕之著 ホビージャパン(HJ文庫) 2017年10月【異世界・架空の世界】【肌の露出が多めの挿絵あり】

学校・学園・学生

「骨の髄まで異世界をしゃぶるのが鈴木なのよー!!」望月充っ著 集英社(ダッシュエックス文庫) 2017年8月【異世界・架空の世界】【肌の露出が多めの挿絵なし】

「今夜、きみは火星にもどる」小嶋陽太郎著 KADOKAWA(角川文庫) 2017年10月【現代】【挿絵なし】

「佐伯さんと、ひとつ屋根の下 : I'll have Sherbet! 3」九曜著 KADOKAWA(ファミ通文庫) 2017年10月【現代】【肌の露出が多めの挿絵あり】

「最強の鑑定士って誰のこと? = Who is the strongest appraiser? : 満腹ごはんで異世界生活」港瀬つかさ著 KADOKAWA(カドカワBOOKS) 2017年7月【異世界・架空の世界】【肌の露出が多めの挿絵なし】

「最強の鑑定士って誰のこと? = Who is the strongest appraiser? : 満腹ごはんで異世界生活 2」港瀬つかさ著 KADOKAWA(カドカワBOOKS) 2017年10月【異世界・架空の世界】【肌の露出が多めの挿絵なし】

「最強の魔狼は静かに暮らしたい : 転生したらフェンリルだった件」伊瀬ネキセ著 集英社(ダッシュエックス文庫) 2017年7月【現代/異世界・架空の世界】【肌の露出が多めの挿絵なし】

「最強パーティは残念ラブコメで全滅する!? : 恋愛至上の冒険生活」鏡遊著 KADOKAWA(富士見ファンタジア文庫) 2017年8月【異世界・架空の世界】【肌の露出が多めの挿絵あり】

「最強聖騎士のチート無し現代生活 2」小幡京人著 オーバーラップ(オーバーラップ文庫) 2017年9月【現代/異世界・架空の世界】【肌の露出が多めの挿絵あり】

「最新のゲームは凄すぎだろ 6」浮世草子著 主婦の友社(ヒーロー文庫) 2017年10月【現代/異世界・架空の世界】【肌の露出が多めの挿絵あり】

「宰相閣下とパンダと私 1」黒辺あゆみ著 アルファポリス(レジーナ文庫. レジーナブックス) 2017年10月【異世界・架空の世界】【肌の露出が多めの挿絵なし】

「宰相閣下とパンダと私 2」黒辺あゆみ著 アルファポリス(レジーナ文庫. レジーナブックス) 2017年11月【異世界・架空の世界】【肌の露出が多めの挿絵なし/キスシーンの挿絵あり】

「冴えない彼女(ヒロイン)の育てかた 13」丸戸史明著 KADOKAWA(富士見ファンタジア文庫) 2017年10月【現代】【肌の露出が多めの挿絵なし】

「山本五十子の決断」如月真弘著 KADOKAWA(富士見ファンタジア文庫) 2017年10月【現代/異世界・架空の世界/歴史・時代】【肌の露出が多めの挿絵あり】

「算額タイムトンネル」向井湘吾著 講談社(講談社タイガ) 2017年12月【現代】【挿絵なし】

「私、能力は平均値でって言ったよね! : God bless me? 6」FUNA著 アース・スターエンターテイメント(EARTH STAR NOVEL) 2017年10月【異世界・架空の世界】【肌の露出が多めの挿絵あり】

「私がヒロインだけど、その役は譲ります」増田みりん著 KADOKAWA(ビーズログ文庫アリス) 2017年8月【異世界・架空の世界】【肌の露出が多めの挿絵なし】

「私のクラスの生徒が、一晩で24人死にました。」日向奈くらら著 KADOKAWA(角川ホラー文庫) 2017年11月【現代】【挿絵なし】

学校・学園・学生

「私はご都合主義な解決担当の王女である」まめちょろ著 KADOKAWA(ビーズログ文庫)
2017年10月【異世界・架空の世界】【肌の露出が多めの挿絵なし】

「詩葉さんは別ノ詩を詠みはじめる」樫田レオ著 KADOKAWA(ファミ通文庫) 2017年8月【現
代】【肌の露出が多めの挿絵なし】

「時給三〇〇円の死神」藤まる著 双葉社(双葉文庫) 2017年12月【現代】【挿絵なし】

「捨てられ勇者は帰宅中 : 隠しスキルで異世界を駆け抜ける」ななめ44°著 TOブックス 2017
年8月【異世界・架空の世界】【肌の露出が多めの挿絵あり】

「弱キャラ友崎くん = The Low Tier Character"TOMOZAKI-kun" Lv.5」屋久ユウキ著 小学館
(ガガガ文庫) 2017年11月【現代】【肌の露出が多めの挿絵なし】

「終わりのセラフ : 一瀬グレン、19歳の世界再誕 1」鏡貴也著 講談社(講談社ラノベ文庫)
2017年12月【近未来・遠未来】【肌の露出が多めの挿絵なし】

「終末の魔女ですけどお兄ちゃんに二回も恋をするのはおかしいですか?」妹尾尻尾著 集英
社(ダッシュエックス文庫) 2017年11月【異世界・架空の世界】【肌の露出が多めの挿絵あり】

「渋谷のロリはだいたいトモダチ 1」あまさきみりと著 KADOKAWA(角川スニーカー文庫) 2017
年12月【近未来・遠未来】【肌の露出が多めの挿絵あり】

「処刑タロット」土橋真二郎著 KADOKAWA(電撃文庫) 2017年11月【現代】【肌の露出が多
めの挿絵あり/キスシーンの挿絵あり】

「女騎士これくしょん : ガチャで出た女騎士と同居することになった。」三門鉄狼著 講談社(講
談社ラノベ文庫) 2017年9月【現代/異世界・架空の世界】【肌の露出が多めの挿絵あり】

「少女手帖」紙上ユキ著 集英社(集英社オレンジ文庫) 2017年9月【現代】【肌の露出が多め
の挿絵なし】

「消えていく君の言葉を探してる。」霧友正規著 KADOKAWA(富士見L文庫) 2017年8月【現
代】【挿絵なし】

「新宿コネクティブ 2」内堀優一著 ホビージャパン(HJ文庫) 2017年10月【現代】【肌の露出が
多めの挿絵なし】

「新約とある魔術の禁書目録(インデックス) 19」鎌池和馬著 KADOKAWA(電撃文庫) 2017年
10月【異世界・架空の世界】【肌の露出が多めの挿絵あり】

「真面目系クズくんと、真面目にクズやってるクズちゃん#クズ活」持崎湯葉著 講談社(講談社
ラノベ文庫) 2017年9月【現代】【肌の露出が多めの挿絵あり】

「真夜中プリズム」沖田円著 スターツ出版(スターツ出版文庫) 2017年7月【現代】【挿絵なし】

「神名ではじめる異世界攻略 : 屍を越えていこうよ」佐々原史緒著 KADOKAWA(ファミ通文
庫) 2017年11月【現代/異世界・架空の世界】【肌の露出が多めの挿絵あり】

「神様の御用人 7」浅葉なつ著 KADOKAWA(メディアワークス文庫) 2017年8月【現代/異世
界・架空の世界】【肌の露出が多めの挿絵なし】

学校・学園・学生

「神様の名前探し」山本風碧著 双葉社(双葉文庫) 2017年10月【現代】【肌の露出が多めの挿絵なし】

「人なき世界を、魔女と京都へ。」津田夕也著 KADOKAWA(ファミ通文庫) 2017年12月【現代】【肌の露出が多めの挿絵あり/キスシーンの挿絵あり】

「厨病激発ボーイ5」れるりり原案;藤並みなと著 KADOKAWA(角川ビーンズ文庫) 2017年8月【現代】【肌の露出が多めの挿絵なし】

「水の理2」古流望著 林檎プロモーション(FREEDOM NOVEL) 2017年8月【異世界・架空の世界】【肌の露出が多めの挿絵なし】

「成仏しなくて良(い)いですか?」雪鳴月彦著 三交社(スカイハイ文庫) 2017年11月【現代】【肌の露出が多めの挿絵なし】

「聖刻(ワース)-BEYOND-」新田祐助著 朝日新聞出版(朝日文庫) 2017年12月【異世界・架空の世界】【肌の露出が多めの挿絵あり】

「青い花は未来で眠る」乾ルカ著 KADOKAWA(角川文庫) 2017年8月【現代】【挿絵なし】

「青春デバッガーと恋する妄想#拡散中」旭蓑雄著 KADOKAWA(電撃文庫) 2017年11月【現代】【肌の露出が多めの挿絵なし】

「斉木楠雄のΨ難:映画ノベライズ」麻生周一原作;福田雄一脚本;宮本深礼小説 集英社(JUMP j BOOKS) 2017年10月【異世界・架空の世界】【肌の露出が多めの挿絵なし】

「絶対彼女作らせるガール!」まほろ勇太著 KADOKAWA(MF文庫J) 2017年11月【現代】【肌の露出が多めの挿絵なし】

「先生!:、、、好きになってもいいですか?:映画ノベライズ」河原和音原作;岡本千紘著 集英社(集英社オレンジ文庫) 2017年9月【現代】【肌の露出が多めの挿絵なし】

「戦国小町苦労譚6」夾竹桃著 アース・スターエンターテイメント(EARTH STAR NOVEL) 2017年9月【歴史・時代】【肌の露出が多めの挿絵なし】

「戦国小町苦労譚7」夾竹桃著 アース・スターエンターテイメント(EARTH STAR NOVEL) 2017年12月【歴史・時代】【肌の露出が多めの挿絵なし】

「全日本探偵道コンクール」古野まほろ著 KADOKAWA(角川文庫) 2017年11月【現代】【挿絵なし】

「即死チートが最強すぎて、異世界のやつらがまるで相手にならないんですが。3」藤孝剛志著 アース・スターエンターテイメント(EARTH STAR NOVEL) 2017年7月【異世界・架空の世界】【肌の露出が多めの挿絵なし】

「堕天の狗神-SLASHDØG-:ハイスクールD×D Universe 1」石踏一榮著 KADOKAWA(富士見ファンタジア文庫) 2017年11月【異世界・架空の世界】【肌の露出が多めの挿絵あり】

「大国チートなら異世界征服も楽勝ですよ?3」櫂末高彰著 KADOKAWA(MF文庫J) 2017年10月【異世界・架空の世界】【肌の露出が多めの挿絵あり】

345

学校・学園・学生

「誰でもなれる!ラノベ主人公 = ANYONE CAN BE THE HERO OF LIGHT NOVEL : オマエそれ大阪でも同じこと言えんの?」真代屋秀晃著 KADOKAWA(電撃文庫) 2017年10月【現代】【肌の露出が多めの挿絵なし】

「探偵が早すぎる 下」井上真偽著 講談社(講談社タイガ) 2017年7月【異世界・架空の世界】【挿絵なし】

「探偵日誌は未来を記す : 西新宿瀬良探偵事務所の秘密」希多美咲著 集英社(集英社オレンジ文庫) 2017年8月【現代】【挿絵なし】

「中古でも恋がしたい! 11」田尾典丈著 SBクリエイティブ(GA文庫) 2017年12月【現代】【肌の露出が多めの挿絵なし】

「中二病でも恋がしたい! 4」虎虎著 京都アニメーション(KAエスマ文庫) 2017年12月【現代/異世界・架空の世界】【肌の露出が多めの挿絵なし/キスシーンの挿絵あり】

「中野ブロードウェイ脱出ゲーム」渡辺浩弐著 KADOKAWA(角川ホラー文庫) 2017年11月【現代】【挿絵なし】

「超人高校生たちは異世界でも余裕で生き抜くようです! 6」海空りく著 SBクリエイティブ(GA文庫) 2017年12月【異世界・架空の世界】【肌の露出が多めの挿絵あり】

「追伸ソラゴトに微笑んだ君へ 3」田辺屋敷著 KADOKAWA(富士見ファンタジア文庫) 2017年11月【現代】【肌の露出が多めの挿絵なし】

「通学鞄 : 君と僕の部屋」みゆ著 集英社(コバルト文庫) 2017年12月【現代】【肌の露出が多めの挿絵なし】

「通常攻撃が全体攻撃で二回攻撃のお母さんは好きですか? 3」井中だちま著 KADOKAWA(富士見ファンタジア文庫) 2017年8月【異世界・架空の世界】【肌の露出が多めの挿絵あり】

「転生者の私に挑んでくる無謀で有望な少女の話 1」小東のら著 主婦の友社(ヒーロー文庫) 2017年12月【現代】【肌の露出が多めの挿絵なし】

「透明人間の異常な愛情」天祢涼著 講談社(講談社タイガ) 2017年11月【現代】【肌の露出が多めの挿絵なし】

「突然ですが、お兄ちゃんと結婚しますっ! 2」堺流通留著 KADOKAWA(MF文庫J) 2017年7月【現代】【肌の露出が多めの挿絵あり】

「突然ですが、お兄ちゃんと結婚しますっ! 3」堺流通留著 KADOKAWA(MF文庫J) 2017年10月【現代】【肌の露出が多めの挿絵あり】

「奈良町あやかし万葉茶房」遠藤遼著 双葉社(双葉文庫) 2017年11月【現代】【肌の露出が多めの挿絵なし】

「謎の館へようこそ : 新本格30周年記念アンソロジー 黒」はやみねかおる著;恩田陸著;高田崇史著;綾崎隼著;白井智之著;井上真偽著;文芸第三出版部編 講談社(講談社タイガ) 2017年10月【現代】【挿絵なし】

学校・学園・学生

「謎の館へようこそ：新本格30周年記念アンソロジー 白」東川篤哉著;一肇著;古野まほろ著;青崎有吾著;周木律著;澤村伊智著;文芸第三出版部編 講談社(講談社タイガ) 2017年9月【現代】【挿絵なし】

「二周目の僕は君と恋をする」瑞智士記著 KADOKAWA(ファミ通文庫) 2017年7月【現代】【肌の露出が多めの挿絵なし】

「忍物語」西尾維新著 講談社(講談社BOX) 2017年7月【現代】【肌の露出が多めの挿絵なし】

「年下寮母(おかーさん)に甘えていいですよ?」今慈ムジナ著 小学館(ガガガ文庫) 2017年11月【現代】【肌の露出が多めの挿絵あり】

「俳優探偵：僕と舞台と輝くあいつ」佐藤友哉著 KADOKAWA(角川文庫) 2017年12月【現代】【挿絵なし】

「白いしっぽと私の日常」クロサキリク著 ポニーキャニオン(ぽにきゃんBOOKS) 2017年12月【現代】【肌の露出が多めの挿絵なし】

「縛りプレイ英雄記 2」語部マサユキ著 KADOKAWA(角川スニーカー文庫) 2017年7月【異世界・架空の世界】【肌の露出が多めの挿絵あり】

「半透明のラブレター」春田モカ著 スターツ出版(スターツ出版文庫) 2017年9月【現代】【挿絵なし】

「緋弾のアリア 26」赤松中学著 KADOKAWA(MF文庫J) 2017年9月【現代】【肌の露出が多めの挿絵あり】

「非オタの彼女が俺の持ってるエロゲに興味津々なんだが…… 6」滝沢慧著 KADOKAWA(富士見ファンタジア文庫) 2017年9月【現代】【肌の露出が多めの挿絵あり】

「美少女作家と目指すミリオンセラアアアアアアアアッ!!」春日部タケル著 KADOKAWA(角川スニーカー文庫) 2017年7月【現代】【肌の露出が多めの挿絵あり】

「美少女作家と目指すミリオンセラアアアアアアアアッ!! 2」春日部タケル著 KADOKAWA(角川スニーカー文庫) 2017年11月【現代】【肌の露出が多めの挿絵あり】

「百貨店トワイライト」あさぎ千夜春著 三交社(スカイハイ文庫) 2017年7月【現代】【肌の露出が多めの挿絵なし】

「百々とお狐の見習い巫女生活」千冬著 三交社(スカイハイ文庫) 2017年9月【現代】【肌の露出が多めの挿絵なし】

「腐女子な妹ですみません 2」九重木春著 KADOKAWA(ビーズログ文庫アリス) 2017年8月【現代】【肌の露出が多めの挿絵なし/キスシーンの挿絵あり】

「風ケ丘五十円玉祭りの謎」青崎有吾著 東京創元社(創元推理文庫) 2017年7月【現代】【肌の露出が多めの挿絵なし】

「物理的に孤立している俺の高校生活 = My Highschool Life is Physically Isolated 3」森田季節著 小学館(ガガガ文庫) 2017年10月【現代】【肌の露出が多めの挿絵なし】

学校・学園・学生

「平浦ファミリズム」遍柳一著 小学館(ガガガ文庫) 2017年7月【現代】【肌の露出が多めの挿絵なし】

「編集さんとJK作家の正しいつきあい方 2」あさのハジメ著 KADOKAWA(富士見ファンタジア文庫) 2017年7月【現代】【肌の露出が多めの挿絵あり】

「放課後、君はさくらのなかで」竹岡葉月著 集英社(集英社オレンジ文庫) 2017年9月【現代】【肌の露出が多めの挿絵なし】

「放課後に死者は戻る」秋吉理香子著 双葉社(双葉文庫) 2017年11月【現代】【挿絵なし】

「放課後の厨房(チューボー)男子」秋川滝美著 幻冬舎(幻冬舎文庫) 2017年9月【現代】【肌の露出が多めの挿絵なし】

「放課後ヒロインプロジェクト!」藤並みなと著 KADOKAWA(角川ビーンズ文庫) 2017年9月【現代】【肌の露出が多めの挿絵なし】

「放課後音楽室」麻沢奏著 スターツ出版(スターツ出版文庫) 2017年10月【現代】【挿絵なし】

「冒険者クビにされたので、嫌がらせで隣にスイーツ店ぶっ建ててみる : THE SWEET,DELICIOUS AND HONORLESS BATTLE OF THE FIRED ADVENTURER WITH THE CUTE GIRL 1」瀬戸メグル著 アース・スターエンターテイメント(EARTH STAR NOVEL) 2017年7月【現代/異世界・架空の世界】【肌の露出が多めの挿絵あり】

「僕がモンスターになった日」れるりり原案;時田とおる著 KADOKAWA(角川ビーンズ文庫) 2017年10月【現代】【肌の露出が多めの挿絵なし】

「僕とキミの15センチ : ショートストーリーズ」井上堅二ほか著 KADOKAWA(ファミ通文庫) 2017年10月【現代】【肌の露出が多めの挿絵なし】

「僕の呪われた恋は君に届かない」麻沢奏著 双葉社(双葉文庫) 2017年7月【現代】【挿絵なし】

「僕の知らない、いつかの君へ」木村咲著 スターツ出版(スターツ出版文庫) 2017年12月【現代】【挿絵なし】

「僕の知らないラブコメ」樫本燕著 KADOKAWA(MF文庫J) 2017年11月【現代】【肌の露出が多めの挿絵あり/キスシーンの挿絵あり/性描写の挿絵あり】

「僕の文芸部にビッチがいるなんてありえない。10」赤福大和著 講談社(講談社ラノベ文庫) 2017年9月【現代】【肌の露出が多めの挿絵あり】

「僕はリア充絶対爆発させるマン」浅岡旭著 KADOKAWA(富士見ファンタジア文庫) 2017年11月【現代】【肌の露出が多めの挿絵あり】

「魔王、配信中!? 2」南篠豊著 講談社(講談社ラノベ文庫) 2017年11月【現代】【肌の露出が多めの挿絵なし】

「魔王は服の着方がわからない」長岡マキ子著;MB企画協力・監修 KADOKAWA(富士見ファンタジア文庫) 2017年10月【現代】【肌の露出が多めの挿絵あり】

学校・学園・学生

「魔剣師の魔剣による魔剣のためのハーレムライフ 2」伏(龍)著 新紀元社(MORNING STAR BOOKS) 2017年8月【異世界・架空の世界】【肌の露出が多めの挿絵あり】

「魔人執行官(デモーニック・マーシャル) = Demonic Marshal 3」佐島勤著 KADOKAWA(電撃文庫) 2017年10月【近未来・遠未来】【肌の露出が多めの挿絵なし】

「魔導少女に転生した俺の双剣が有能すぎる 3」岩波零著 KADOKAWA(MF文庫J) 2017年7月【現代】【肌の露出が多めの挿絵あり】

「魔法科高校の劣等生 = The irregular at magic high school 23」佐島勤著 KADOKAWA(電撃文庫) 2017年8月【近未来・遠未来】【肌の露出が多めの挿絵なし】

「夢幻戦舞曲 2」瑞智士記著 KADOKAWA(MF文庫J) 2017年12月【近未来・遠未来】【肌の露出が多めの挿絵なし】

「無気力探偵 2」楠谷佑著 マイナビ出版(ファン文庫) 2017年12月【現代】【挿絵なし】

「霧ノ宮先輩は謎が解けない」御守いちる著 講談社(講談社ラノベ文庫) 2017年9月【現代】【肌の露出が多めの挿絵なし】

「霧ノ宮先輩は謎が解けない 2」御守いちる著 講談社(講談社ラノベ文庫) 2017年12月【現代】【肌の露出が多めの挿絵なし】

「迷宮のキャンバス」国沢裕著 マイナビ出版(ファン文庫) 2017年7月【現代】【肌の露出が多めの挿絵なし】

「木津音紅葉はあきらめない」梨沙著 集英社(集英社オレンジ文庫) 2017年10月【現代】【肌の露出が多めの挿絵なし】

「夜と会う。: 放課後の僕と廃墟の死神」蒼月海里著 新潮社(新潮文庫) 2017年8月【現代】【肌の露出が多めの挿絵なし】

「勇者のセガレ 2」和ケ原聡司著 KADOKAWA(電撃文庫) 2017年8月【現代】【肌の露出が多めの挿絵あり】

「勇者召喚に巻き込まれたけど、異世界は平和でした 2」灯台著 新紀元社(MORNING STAR BOOKS) 2017年11月【異世界・架空の世界】【肌の露出が多めの挿絵なし】

「友食い教室 = THE FRIENDS-EATER CLASSROOM」柑橘ゆすら小説 集英社(JUMP j BOOKS) 2017年12月【現代】【肌の露出が多めの挿絵なし】

「友人キャラは大変ですか? = Is it tough being "a friend"? 3」伊達康著 小学館(ガガガ文庫) 2017年8月【現代】【肌の露出が多めの挿絵あり】

「余命六ケ月延長してもらったから、ここからは私の時間です 下」編乃肌著 新紀元社(MORNING STAR BOOKS) 2017年10月【異世界・架空の世界】【肌の露出が多めの挿絵な

「余命六ケ月延長してもらったから、ここからは私の時間です 上」編乃肌著 新紀元社(MORNING STAR BOOKS) 2017年10月【異世界・架空の世界】【肌の露出が多めの挿絵な

「誉められて神軍 3」竹井10日著 講談社(講談社ラノベ文庫) 2017年12月【異世界・架空の世界】【肌の露出が多めの挿絵なし】

学校・学園・学生

「幼馴染の山吹さん」道草よもぎ著 KADOKAWA(電撃文庫) 2017年10月【現代】【肌の露出が多めの挿絵あり】

「霊感少女は箱の中 2」甲田学人著 KADOKAWA(電撃文庫) 2017年8月【現代】【肌の露出が多めの挿絵なし】

「恋愛予報：三角カンケイ警報・発令中!」西本紘奈著 KADOKAWA(角川ビーンズ文庫) 2017年7月【現代】【肌の露出が多めの挿絵なし】

「六畳間の侵略者!? 26」健速著 ホビージャパン(HJ文庫) 2017年7月【現代/異世界・架空の世界】【肌の露出が多めの挿絵なし】

「六畳間の侵略者!? 27」健速著 ホビージャパン(HJ文庫) 2017年11月【現代】【肌の露出が多めの挿絵なし】

「櫻子さんの足下には死体が埋まっている[12]」太田紫織著 KADOKAWA(角川文庫) 2017年8月【現代】【肌の露出が多めの挿絵なし】

「櫻子さんの足下には死体が埋まっている[13]」太田紫織著 KADOKAWA(角川文庫) 2017年10月【現代】【肌の露出が多めの挿絵なし】

校則

「学園交渉人：法条真誠の華麗なる逆転劇」柚本悠斗著 SBクリエイティブ(GA文庫) 2017年7月【現代】【肌の露出が多めの挿絵なし】

小学校・小学生

「アカネヒメ物語」村山早紀著 徳間書店(徳間文庫) 2017年12月【現代】【挿絵なし】

「きみはぼくの宝物：史上最悪の夏休み」木下半太著 幻冬舎(幻冬舎文庫) 2017年8月【現代】【挿絵なし】

「キラプリおじさんと幼女先輩 2」岩沢藍著 KADOKAWA(電撃文庫) 2017年8月【現代】【肌の露出が多めの挿絵なし】

「キラプリおじさんと幼女先輩 3」岩沢藍著 KADOKAWA(電撃文庫) 2017年12月【現代】【肌の露出が多めの挿絵なし】

「さよなら神様」麻耶雄嵩著 文藝春秋(文春文庫) 2017年7月【現代】【挿絵なし】

「せんせーのおよめさんになりたいおんなのこはみーんな16さいだよっ?」さくらいたろう著 KADOKAWA(MF文庫J) 2017年11月【現代】【肌の露出が多めの挿絵なし】

「バブみネーター」壱日千次著 KADOKAWA(MF文庫J) 2017年9月【現代】【肌の露出が多めの挿絵あり】

「フカミ喫茶店の謎解きアンティーク」涙鳴著 スターツ出版(スターツ出版文庫) 2017年11月【現代】【挿絵なし】

「りゅうおうのおしごと! 6 ドラマCD付き限定特装版」白鳥士郎著 SBクリエイティブ(GA文庫) 2017年7月【現代】【肌の露出が多めの挿絵なし】

学校・学園・学生

「家政婦ですがなにか?：蔵元・和泉家のお手伝い日誌」高山ちあき著 集英社(集英社オレンジ文庫) 2017年8月【現代】【挿絵なし】

「凶宅」三津田信三著 KADOKAWA(角川ホラー文庫) 2017年11月【現代】【肌の露出が多めの挿絵なし】

「今日から俺はロリのヒモ! 4」暁雪著 KADOKAWA(MF文庫J) 2017年7月【現代】【肌の露出が多めの挿絵あり】

「今日から俺はロリのヒモ! 5」暁雪著 KADOKAWA(MF文庫J) 2017年12月【現代】【肌の露出が多めの挿絵なし】

「渋谷のロリはだいたいトモダチ 1」あまさきみりと著 KADOKAWA(角川スニーカー文庫) 2017年12月【近未来・遠未来】【肌の露出が多めの挿絵あり】

「消えていく君の言葉を探してる。」霧友正規著 KADOKAWA(富士見L文庫) 2017年8月【現代】【挿絵なし】

「誰でもなれる!ラノベ主人公 = ANYONE CAN BE THE HERO OF LIGHT NOVEL：オマエそれ大阪でも同じこと言えんの?」真代屋秀晃著 KADOKAWA(電撃文庫) 2017年10月【現代】【肌の露出が多めの挿絵なし】

「天使の3P! = Here comes the three angels ×10」蒼山サグ著 KADOKAWA(電撃文庫) 2017年7月【現代】【肌の露出が多めの挿絵あり】

「転生者の私に挑んでくる無謀で有望な少女の話 1」小東のら著 主婦の友社(ヒーロー文庫) 2017年12月【現代】【肌の露出が多めの挿絵なし】

「兎田士郎の勝負な週末」日向唯稀著;兎田颯太郎著 コスミック出版(コスミック文庫α) 2017年8月【現代】【挿絵なし】

「僕の珈琲店には小さな魔法使いが居候している」手島史詞著 KADOKAWA(ファミ通文庫) 2017年7月【現代】【肌の露出が多めの挿絵なし】

「陽気な死体は、ぼくの知らない空を見ていた」田中静人著 宝島社(宝島社文庫) 2017年8月【現代】【挿絵なし】

進路

「6番線に春は来る。そして今日、君はいなくなる。」大澤めぐみ著 KADOKAWA(角川スニーカー文庫) 2017年11月【現代】【肌の露出が多めの挿絵なし】

「そして君に最後の願いを。」菊川あすか著 スターツ出版(スターツ出版文庫) 2017年9月【現代】【挿絵なし】

「ぼくたちのリメイク 2」木緒なち著 KADOKAWA(MF文庫J) 2017年7月【現代】【肌の露出が多めの挿絵あり/キスシーンの挿絵あり】

「雨宿りの星たちへ」小春りん著 スターツ出版(スターツ出版文庫) 2017年10月【現代】【挿絵なし】

学校・学園・学生

「火ノ丸相撲四十八手 2」川田著;久麻當郎著 集英社(JUMP j BOOKS) 2017年11月【現代】【肌の露出が多めの挿絵あり】

生徒会・委員会

「あまのじゃくな氷室さん : 好感度100%から始める毒舌女子の落としかた」広ノ祥人著 KADOKAWA(MF文庫J) 2017年12月【現代】【肌の露出が多めの挿絵なし】

「あんたなんかと付き合えるわけないじゃん!ムリ!ムリ!大好き!」内堀優一著 ホビージャパン(HJ文庫) 2017年9月【現代】【肌の露出が多めの挿絵なし】

「くずクマさんとハチミツJK 3」鳥川さいか著 KADOKAWA(MF文庫J) 2017年11月【現代】【肌の露出が多めの挿絵なし/キスシーンの挿絵あり】

「さよなら西郷先輩 = I will never forget you,Mr.Saigo.」出口きぬごし著 KADOKAWA(メディアワークス文庫) 2017年12月【現代】【肌の露出が多めの挿絵なし】

「バーサス・フェアリーテイル : バッドエンドな運命のヒロインを救い出せ」八街歩著 KADOKAWA(富士見ファンタジア文庫) 2017年7月【異世界・架空の世界】【肌の露出が多めの挿絵あり/キスシーンの挿絵あり】

「ハイスクールD×D DX.4」石踏一榮著 KADOKAWA(富士見ファンタジア文庫) 2017年7月【異世界・架空の世界】【肌の露出が多めの挿絵なし】

「悪の2代目になんてなりません!」西台もか著 KADOKAWA(ビーズログ文庫アリス) 2017年9月【現代】【肌の露出が多めの挿絵なし/キスシーンの挿絵あり】

「委員長は××がお好き」穂兎ここあ著 KADOKAWA(ビーズログ文庫アリス) 2017年9月【現代】【肌の露出が多めの挿絵なし】

「乙女ゲームの世界でヒロインの姉としてフラグを折っています。」藤原惟光著 KADOKAWA(ビーズログ文庫アリス) 2017年7月【異世界・架空の世界】【肌の露出が多めの挿絵なし】

「俺の立ち位置はココじゃない!」宇津田晴著 小学館(ガガガ文庫) 2017年11月【現代】【肌の露出が多めの挿絵なし】

「俺はバイクと放課後に [2]」菅沼拓三著 徳間書店(徳間文庫) 2017年12月【現代】【肌の露出が多めの挿絵なし】

「俺を好きなのはお前だけかよ 7」駱駝著 KADOKAWA(電撃文庫) 2017年11月【現代】【肌の露出が多めの挿絵なし】

「化石少女」麻耶雄嵩著 徳間書店(徳間文庫) 2017年11月【現代】【挿絵なし】

「学園交渉人 : 法条真誠の華麗なる逆転劇」柚本悠斗著 SBクリエイティブ(GA文庫) 2017年7月【現代】【肌の露出が多めの挿絵なし】

「境界線上のホライゾン = Horizon on the Middle of Nowhere 10上」川上稔著 KADOKAWA(電撃文庫) 2017年10月【異世界・架空の世界/歴史・時代】【肌の露出が多めの挿絵なし】

「境界線上のホライゾン = Horizon on the Middle of Nowhere 10中」川上稔著 KADOKAWA(電撃文庫) 2017年12月【異世界・架空の世界/歴史・時代】【肌の露出が多めの挿絵なし】

学校・学園・学生

「幻想風紀委員会 : 物語のゆがみ、取り締まります。」高里椎奈著 KADOKAWA(ビーズログ文庫アリス) 2017年8月【現代】【肌の露出が多めの挿絵あり】

「私がヒロインだけど、その役は譲ります」増田みりん著 KADOKAWA(ビーズログ文庫アリス) 2017年8月【異世界・架空の世界】【肌の露出が多めの挿絵なし】

「自称Fランクのお兄さまがゲームで評価される学園の頂点に君臨するそうですよ? 2」三河ごーすと著 KADOKAWA(MF文庫J) 2017年8月【異世界・架空の世界】【肌の露出が多めの挿絵あり】

「絶対彼女作らせるガール!」まほろ勇太著 KADOKAWA(MF文庫J) 2017年11月【現代】【肌の露出が多めの挿絵なし】

「美少年椅子」西尾維新著 講談社(講談社タイガ) 2017年10月【現代】【肌の露出が多めの挿絵なし】

「霧ノ宮先輩は謎が解けない 2」御守いちる著 講談社(講談社ラノベ文庫) 2017年12月【現代】【肌の露出が多めの挿絵なし】

「龍の眠る石 : 欧州妖異譚 17」篠原美季著 講談社(講談社X文庫) 2017年11月【現代】【肌の露出が多めの挿絵なし】

「恋愛予報 : 三角カンケイ警報・発令中!」西本紘奈著 KADOKAWA(角川ビーンズ文庫) 2017年7月【現代】【肌の露出が多めの挿絵なし】

専門学校・大学・専門学校生・大学生・大学院生

「〈Infinite Dendrogram〉-インフィニット・デンドログラム- 5」海道左近著 ホビージャパン(HJ文庫) 2017年10月【現代/異世界・架空の世界】【肌の露出が多めの挿絵なし】

「AIに負けた夏」土橋真二郎著 KADOKAWA(メディアワークス文庫) 2017年7月【現代】【肌の露出が多めの挿絵なし】

「LOOP THE LOOP飽食の館 上」Kate著 双葉社(双葉文庫) 2017年12月【現代】【肌の露出が多めの挿絵なし】

「あなたのいない記憶」辻堂ゆめ著 宝島社(宝島社文庫) 2017年11月【現代】【挿絵なし】

「アヤカシ絵師の奇妙な日常」相原颯著 KADOKAWA(メディアワークス文庫) 2017年9月【現代】【肌の露出が多めの挿絵なし】

「あやかし寝具店 : あなたの夢解き、致します」空高志著 三交社(スカイハイ文庫) 2017年10月【現代】【肌の露出が多めの挿絵なし】

「いい部屋あります。」長野まゆみ著 KADOKAWA(角川文庫) 2017年10月【現代】【挿絵なし】

「いつかきみに七月の雪を見せてあげる」五十嵐雄策著 KADOKAWA(メディアワークス文庫) 2017年10月【現代】【肌の露出が多めの挿絵なし】

「ヴァチカン図書館の裏蔵書」篠原美季著 新潮社(新潮文庫) 2017年9月【現代】【肌の露出が多めの挿絵なし】

学校・学園・学生

「うちの執事に願ったならば 2」高里椎奈著 KADOKAWA (角川文庫) 2017年8月【異世界・架空の世界】【挿絵なし】

「うちの執事に願ったならば 3」高里椎奈著 KADOKAWA (角川文庫) 2017年11月【異世界・架空の世界】【挿絵なし】

「エプロン男子：今晩、出張シェフがうかがいます 2nd」山本瑤著 集英社 (集英社オレンジ文庫) 2017年11月【現代】【挿絵なし】

「おいしいベランダ。[4]」竹岡葉月著 KADOKAWA (富士見L文庫) 2017年11月【現代】【肌の露出が多めの挿絵なし】

「おことばですが、魔法医さま。2」時田唯著 KADOKAWA (電撃文庫) 2017年9月【異世界・架空の世界】【肌の露出が多めの挿絵あり】

「キネマ探偵カレイドミステリー [2]」斜線堂有紀著 KADOKAWA (メディアワークス文庫) 2017年8月【現代】【肌の露出が多めの挿絵なし】

「ゲーマーズ!DLC」葵せきな著 KADOKAWA (富士見ファンタジア文庫) 2017年9月【現代】【肌の露出が多めの挿絵なし】

「スケートボーイズ」碧野圭著 実業之日本社 (実業之日本社文庫) 2017年11月【現代】【挿絵なし】

「そして君に最後の願いを。」菊川あすか著 スターツ出版 (スターツ出版文庫) 2017年9月【現代】【挿絵なし】

「ダンボールに捨てられていたのはスライムでした 1」伊達祐一著 主婦の友社 (ヒーロー文庫) 2017年12月【異世界・架空の世界】【肌の露出が多めの挿絵なし】

「ドラゴンさんは友達が欲しい! = Dragon want a Friend! 4」道草家守著 アース・スターエンターテイメント (EARTH STAR NOVEL) 2017年11月【異世界・架空の世界】【肌の露出が多めの挿絵なし】

「パンツあたためますか?」石山雄規著 KADOKAWA (角川スニーカー文庫) 2017年8月【現代】【肌の露出が多めの挿絵なし】

「ひきこもり作家と同居します。」谷崎泉著 KADOKAWA (富士見L文庫) 2017年8月【現代】【挿絵なし】

「ベイビー、グッドモーニング」河野裕著 KADOKAWA (角川文庫) 2017年8月【現代】【挿絵なし】

「ぼくたちのリメイク 2」木緒なち著 KADOKAWA (MF文庫J) 2017年7月【現代】【肌の露出が多めの挿絵あり/キスシーンの挿絵あり】

「ぼくたちのリメイク 3」木緒なち著 KADOKAWA (MF文庫J) 2017年11月【現代】【肌の露出が多めの挿絵なし】

「ぼんくら陰陽師の鬼嫁 3」秋田みやび著 KADOKAWA (富士見L文庫) 2017年12月【現代】【挿絵なし】

学校・学園・学生

「モノクローム・レクイエム」小島正樹著 徳間書店(徳間文庫) 2017年9月【現代】【挿絵なし】

「モノクロの君に恋をする」坂上秋成著 新潮社(新潮文庫) 2017年7月【現代】【挿絵なし】

「ゆきうさぎのお品書き [4]」小湊悠貴著 集英社(集英社オレンジ文庫) 2017年7月【現代】【肌の露出が多めの挿絵なし】

「異世界トリップしたその場で食べられちゃいました」五十鈴スミレ著 KADOKAWA(ビーズログ文庫) 2017年9月【異世界・架空の世界】【肌の露出が多めの挿絵なし】

「異世界取り違え王妃」小田マキ著 アルファポリス(レジーナ文庫. レジーナブックス) 2017年8月【異世界・架空の世界】【肌の露出が多めの挿絵あり】

「異世界薬局 5」高山理図著 KADOKAWA(MFブックス) 2017年8月【異世界・架空の世界】【肌の露出が多めの挿絵なし】

「永劫回帰ステルス：九十九号室にワトスンはいるのか?」若木未生著 講談社(講談社タイガ) 2017年7月【現代】【挿絵なし】

「英国幻視の少年たち 5」深沢仁著 ポプラ社(ポプラ文庫ピュアフル) 2017年7月【肌の露出が多めの挿絵なし】

「俺と蛙さんの異世界放浪記 6」くずもち著 アルファポリス(アルファライト文庫) 2017年7月【異世界・架空の世界】【肌の露出が多めの挿絵なし】

「家政婦ですがなにか?：蔵元・和泉家のお手伝い日誌」高山ちあき著 集英社(集英社オレンジ文庫) 2017年8月【現代】【挿絵なし】

「花屋「ゆめゆめ」で花香る思い出を」編乃肌著 マイナビ出版(ファン文庫) 2017年8月【現代】【挿絵なし】

「花屋の倅と寺息子 [3]」葛来奈都著 三交社(スカイハイ文庫) 2017年8月【現代】【肌の露出が多めの挿絵なし】

「華舞鬼町おばけ写真館：祖父のカメラとほかほかおにぎり」蒼月海里著 KADOKAWA(角川ホラー文庫) 2017年8月【現代／異世界・架空の世界】【肌の露出が多めの挿絵なし】

「華舞鬼町おばけ写真館 [2]」蒼月海里著 KADOKAWA(角川ホラー文庫) 2017年12月【現代／異世界・架空の世界】【肌の露出が多めの挿絵なし】

「怪奇編集部『トワイライト』2」瀬川貴次著 集英社(集英社オレンジ文庫) 2017年11月【現代】【肌の露出が多めの挿絵なし】

「丸の内で就職したら、幽霊物件担当でした。」竹村優希著 KADOKAWA(角川文庫) 2017年10月【現代】【挿絵なし】

「奇妙な遺産：村主准教授のミステリアスな講座」大村友貴美著 光文社(光文社文庫) 2017年9月【現代】【挿絵なし】

「季節はうつる、メリーゴーランドのように」岡崎琢磨著 KADOKAWA(角川文庫) 2017年9月【現代】【挿絵なし】

学校・学園・学生

「吉祥寺よろず怪事(あやごと)請負処 [2]」結城光流著 KADOKAWA(角川文庫) 2017年9月
【現代】【挿絵なし】

「喫茶アデルの癒やしのレシピ」葵居ゆゆ著 KADOKAWA(富士見L文庫) 2017年12月【現代】【肌の露出が多めの挿絵なし】

「吸血鬼の誕生祝」赤川次郎著 集英社(集英社オレンジ文庫) 2017年7月【現代】【挿絵なし】

「旧暦屋、始めました」春坂咲月著 早川書房(ハヤカワ文庫 JA) 2017年9月【現代】【挿絵なし】

「京都なぞとき四季報：町を歩いて不思議なバーへ」円居挽著 KADOKAWA(角川文庫)
2017年12月【現代】【肌の露出が多めの挿絵なし】

「京都寺町三条のホームズ 8」望月麻衣著 双葉社(双葉文庫) 2017年9月【現代】【肌の露出が多めの挿絵なし】

「京都伏見のあやかし甘味帖：おねだり狐との町屋暮らし」柏てん著 宝島社(宝島社文庫)
2017年8月【現代】【挿絵なし】

「金曜日の本屋さん [3]」名取佐和子著 角川春樹事務所(ハルキ文庫) 2017年8月【現代】【挿絵なし】

「君と夏と、約束と。」麻中郷矢著 SBクリエイティブ(GA文庫) 2017年12月【現代】【肌の露出が多めの挿絵なし】

「幻肢」島田荘司著 文藝春秋(文春文庫) 2017年8月【現代】【挿絵なし】

「黒猫シャーロック = Black Cat Sherlock：緋色の肉球」和泉弐式著 KADOKAWA(メディアワークス文庫) 2017年7月【現代】【肌の露出が多めの挿絵なし】

「黒猫の回帰あるいは千夜航路」森晶麿著 早川書房(ハヤカワ文庫 JA) 2017年9月【現代】【挿絵なし】

「今からあなたを脅迫します [2]」藤石波矢著 講談社(講談社タイガ) 2017年8月【現代】【挿絵なし】

「今からあなたを脅迫します [3]」藤石波矢著 講談社(講談社タイガ) 2017年10月【現代】【挿絵なし】

「死を見る僕と、明日死ぬ君の事件録」古宮九時著 KADOKAWA(メディアワークス文庫)
2017年11月【現代】【肌の露出が多めの挿絵なし】

「死神と善悪の輪舞曲(ロンド)」横田アサヒ著 三交社(スカイハイ文庫) 2017年12月【現代】【挿絵なし】

「私の好きなひと」西ナナヲ著 スターツ出版(スターツ出版文庫) 2017年8月【現代】【挿絵なし】

「厨房ガール!」井上尚登著 KADOKAWA(角川文庫) 2017年7月【現代】【挿絵なし】

「生協のルイーダさん：あるバイトの物語」百舌涼一著 集英社(集英社文庫) 2017年9月【現代】【挿絵なし】

学校・学園・学生

「絶対城先輩の妖怪学講座 10」峰守ひろかず著 KADOKAWA(メディアワークス文庫) 2017年8月【現代】【肌の露出が多めの挿絵なし】

「槍の勇者のやり直し 1」アネコユサギ著 KADOKAWA(MFブックス) 2017年9月【異世界・架空の世界】【肌の露出が多めの挿絵なし】

「葬送学者R.I.P.」吉川英梨著 河出書房新社(河出文庫) 2017年11月【現代】【挿絵なし】

「大学デビューに失敗したぼっち、魔境に生息す。」睦月著 TOブックス 2017年10月【現代/異世界・架空の世界】【肌の露出が多めの挿絵なし】

「探偵日誌は未来を記す：西新宿瀬良探偵事務所の秘密」希多美咲著 集英社(集英社オレンジ文庫) 2017年8月【現代】【挿絵なし】

「知識チートVS時間ループ」葛西伸哉著 ホビージャパン(HJ文庫) 2017年12月【異世界・架空の世界】【肌の露出が多めの挿絵あり】

「鳥居の向こうは、知らない世界でした。2」友麻碧著 幻冬舎(幻冬舎文庫) 2017年7月【異世界・架空の世界】【挿絵なし】

「溺あま御曹司は甘ふわ女子にご執心」望月いく著 スターツ出版(ベリーズ文庫) 2017年10月【現代】【挿絵なし】

「内通と破滅と僕の恋人：珈琲店ブラックスノウのサイバー事件簿」一田和樹著 集英社(集英社文庫) 2017年11月【現代】【挿絵なし】

「忍物語」西尾維新著 講談社(講談社BOX) 2017年7月【現代】【肌の露出が多めの挿絵なし】

「白いしっぽと私の日常」クロサキリク著 ポニーキャニオン(ぽにきゃんBOOKS) 2017年12月【現代】【肌の露出が多めの挿絵なし】

「飯テロ：真夜中に読めない20人の美味しい物語」名取佐和子著;日向夏著;ほしおさなえ著;富士見L文庫編集部編 KADOKAWA(富士見L文庫) 2017年12月【現代】【肌の露出が多めの挿絵なし】

「比翼のバルカローレ：蓮見律子の推理交響楽」杉井光著 講談社(講談社タイガ) 2017年8月【現代】【挿絵なし】

「尾道茶寮夜咄堂 [2]」加藤泰幸著 宝島社(宝島社文庫) 2017年7月【現代】【挿絵なし】

「美森まんじゃしろのサオリさん」小川一水著 光文社(光文社文庫) 2017年11月【現代】【肌の露出が多めの挿絵なし】

「不惑ガール」越智月子著 実業之日本社(実業之日本社文庫) 2017年12月【現代】【挿絵なし】

「腐女子な妹ですみません 2」九重木春著 KADOKAWA(ビーズログ文庫アリス) 2017年8月【現代】【肌の露出が多めの挿絵なし/キスシーンの挿絵あり】

「文句の付けようがないラブコメ 7」鈴木大輔著 集英社(ダッシュエックス文庫) 2017年12月【現代】【肌の露出が多めの挿絵なし】

学校・学園・学生

「弁当屋さんのおもてなし [2]」喜多みどり著 KADOKAWA（角川文庫）2017年10月【現代】【肌の露出が多めの挿絵なし】

「宝石商リチャード氏の謎鑑定 [5]」辻村七子著 集英社（集英社オレンジ文庫）2017年8月【現代】【肌の露出が多めの挿絵なし】

「明日から本気出す人たち」中村一著 KADOKAWA（メディアワークス文庫）2017年7月【現代】【肌の露出が多めの挿絵なし】

「迷宮のキャンパス」国沢裕著 マイナビ出版（ファン文庫）2017年7月【現代】【肌の露出が多めの挿絵なし】

「勇者召喚に巻き込まれたけど、異世界は平和でした 2」灯台著 新紀元社（MORNING STAR BOOKS）2017年11月【異世界・架空の世界】【肌の露出が多めの挿絵なし】

「妖怪のご縁結びます。お見合い寺天泣堂」梅谷百著 KADOKAWA（メディアワークス文庫）2017年10月【現代】【肌の露出が多めの挿絵なし】

「璃子のパワーストーン事件目録：ラピスラズリは謎色に」篠原昌裕著 宝島社（宝島社文庫）2017年11月【現代】【挿絵なし】

「裏世界ピクニック 2」宮澤伊織著 早川書房（ハヤカワ文庫 JA）2017年10月【現代/異世界・架空の世界】【肌の露出が多めの挿絵なし】

その他学校・学園・学生

「BORUTO-ボルト- : NARUTO NEXT GENERATIONS NOVEL2」岸本斉史原作;池本幹雄原作;小太刀右京原作;重信康小説 集英社（JUMP j BOOKS）2017年7月【異世界・架空の世界】【肌の露出が多めの挿絵なし】

「BORUTO-ボルト- : NARUTO NEXT GENERATIONS NOVEL3」岸本斉史原作;池本幹雄原作;小太刀右京原作;重信康小説 集英社（JUMP j BOOKS）2017年9月【異世界・架空の世界】【肌の露出が多めの挿絵なし】

「BORUTO-ボルト- : NARUTO NEXT GENERATIONS NOVEL4」岸本斉史原作;池本幹雄原作;小太刀右京原作 集英社（JUMP j BOOKS）2017年11月【異世界・架空の世界】【肌の露出が多めの挿絵なし】

「RWBY the Session」MontyOumRoosterTeethProductions原作;伊崎喬助著 小学館（ガガガ文庫）2017年7月【近未来・遠未来】【肌の露出が多めの挿絵あり】

「あやかし姫は愛されたい 2」岸根紅華著 オーバーラップ（オーバーラップ文庫）2017年12月【異世界・架空の世界】【肌の露出が多めの挿絵あり】

「イジワル社長は溺愛旦那様!?」あさぎ千夜春著 スターツ出版（ベリーズ文庫）2017年10月【現代】【挿絵なし】

「ガーリー・エアフォース = GIRLY AIR FORCE 8」夏海公司著 KADOKAWA（電撃文庫）2017年11月【現代】【肌の露出が多めの挿絵なし】

学校・学園・学生

「この手の中を、守りたい 2」カヤ著 フロンティアワークス(アリアンローズ) 2017年10月【異世界・架空の世界】【肌の露出が多めの挿絵なし】

「さよなら西郷先輩 = I will never forget you,Mr.Saigo.」出口きぬごし著 KADOKAWA(メディアワークス文庫) 2017年12月【現代】【肌の露出が多めの挿絵なし】

「セブンキャストのひきこもり魔術王 5」岬かつみ著 KADOKAWA(富士見ファンタジア文庫) 2017年9月【異世界・架空の世界】【肌の露出が多めの挿絵なし】

「ダンジョンはいいぞ! = Dungeon is so good!」狐谷まどか著 TOブックス 2017年10月【異世界・架空の世界】【肌の露出が多めの挿絵あり】

「チートあるけどまったり暮らしたい : のんびり魔道具作ってたいのに」なんじゃもんじゃ著 宝島社 2017年9月【異世界・架空の世界】【肌の露出が多めの挿絵あり】

「チート魔術で運命をねじ伏せる 6」月夜涙著 双葉社(モンスター文庫) 2017年12月【異世界・架空の世界】【肌の露出が多めの挿絵あり/キスシーンの挿絵あり】

「どうやら私の身体は完全無敵のようですね 1」ちゃつふさ著 マイクロマガジン社(GC NOVELS) 2017年9月【異世界・架空の世界】【肌の露出が多めの挿絵なし】

「どうやら私の身体は完全無敵のようですね 2」ちゃつふさ著 マイクロマガジン社(GC NOVELS) 2017年12月【異世界・架空の世界】【肌の露出が多めの挿絵なし】

「ドラゴン嫁はかまってほしい 4」初美陽一著 KADOKAWA(富士見ファンタジア文庫) 2017年10月【異世界・架空の世界】【肌の露出が多めの挿絵あり】

「ぬばたまおろち、しらたまおろち」白鷺あおい著 東京創元社(創元推理文庫) 2017年9月【現代】【挿絵なし】

「はぐれ魔導教士の無限英雄方程式(アンリミテッド) 2」原雷火著 KADOKAWA(ファミ通文庫) 2017年7月【異世界・架空の世界】【肌の露出が多めの挿絵なし】

「ハンドレッド = Hundred 14」箕崎准著 SBクリエイティブ(GA文庫) 2017年12月【異世界・架空の世界】【肌の露出が多めの挿絵あり】

「フリーライフ異世界何でも屋奮闘記」気がつけば毛玉著 KADOKAWA(角川スニーカー文庫) 2017年7月【異世界・架空の世界】【肌の露出が多めの挿絵なし】

「フロンティアダイアリー = FRONTIER DIARY : 元貴族の異世界辺境生活日記」鬼ノ城ミヤ著 一二三書房(Saga Forest) 2017年10月【異世界・架空の世界】【肌の露出が多めの挿絵なし】

「ポンコツ勇者の下剋上」藤川恵蔵著 KADOKAWA(MF文庫J) 2017年12月【異世界・架空の世界】【肌の露出が多めの挿絵なし】

「マメシバ頼りの魔獣使役者(モンスターセプター)ライフ 2」鳥村居子著 KADOKAWA(ファミ通文庫) 2017年8月【異世界・架空の世界】【肌の露出が多めの挿絵なし/キスシーンの挿絵あり】

「やりなおし英雄の教育日誌」涼暮皐著 ホビージャパン(HJ文庫) 2017年9月【異世界・架空の世界】【肌の露出が多めの挿絵なし】

学校・学園・学生

「ユリシーズ0：ジャンヌ・ダルクと姫騎士団長殺し」春日みかげ著 集英社（ダッシュエックス文庫）2017年10月【歴史・時代】【肌の露出が多めの挿絵なし】

「ロクでなし魔術講師と禁忌教典(アカシックレコード) 9」羊太郎著 KADOKAWA（富士見ファンタジア文庫）2017年8月【異世界・架空の世界】【肌の露出が多めの挿絵なし】

「異世界でカフェを開店しました。3」甘沢林檎著 アルファポリス（レジーナ文庫．レジーナブックス）2017年9月【異世界・架空の世界】【肌の露出が多めの挿絵なし】

「英雄教室 9」新木伸著 集英社（ダッシュエックス文庫）2017年9月【異世界・架空の世界】【肌の露出が多めの挿絵なし】

「王都の学園に強制連行された最強のドラゴンライダーは超が付くほど田舎者」八茶橋らっく著 KADOKAWA（カドカワBOOKS）2017年10月【異世界・架空の世界】【肌の露出が多めの挿絵あり】

「俺の異世界姉妹が自重しない! 3」緋色の雨著 双葉社（モンスター文庫）2017年12月【異世界・架空の世界】【肌の露出が多めの挿絵なし】

「嫁エルフ。2」あさのハジメ著 KADOKAWA（MF文庫J）2017年7月【異世界・架空の世界】【肌の露出が多めの挿絵あり/キスシーンの挿絵あり/性描写の挿絵あり】

「学園交渉人：法条真誠の華麗なる逆転劇」柚本悠斗著 SBクリエイティブ（GA文庫）2017年7月【現代】【肌の露出が多めの挿絵なし】

「学戦都市アスタリスク 12.」三屋咲ゆう著 KADOKAWA（MF文庫J）2017年8月【近未来・遠未来】【肌の露出が多めの挿絵なし】

「巻き込まれ異世界召喚記 2」結城ヒロ著 KADOKAWA（MF文庫J）2017年8月【異世界・架空の世界】【肌の露出が多めの挿絵なし】

「甘く優しい世界で生きるには 8」深木著 KADOKAWA（MFブックス）2017年7月【異世界・架空の世界】【肌の露出が多めの挿絵なし】

「機巧少女(マシンドール)は傷つかない 16下」海冬レイジ著 KADOKAWA（MF文庫J）2017年7月【異世界・架空の世界】【肌の露出が多めの挿絵なし】

「機巧少女(マシンドール)は傷つかない 16下」海冬レイジ著 KADOKAWA（MF文庫J）2017年7月【異世界・架空の世界】【肌の露出が多めの挿絵なし】

「規格外れの英雄に育てられた、常識外れの魔法剣士 2」kt60著 双葉社（モンスター文庫）2017年7月【異世界・架空の世界】【肌の露出が多めの挿絵なし】

「境界線上のホライゾン = Horizon on the Middle of Nowhere 10上」川上稔著 KADOKAWA（電撃文庫）2017年10月【異世界・架空の世界/歴史・時代】【肌の露出が多めの挿絵なし】

「境界線上のホライゾン = Horizon on the Middle of Nowhere 10中」川上稔著 KADOKAWA（電撃文庫）2017年12月【異世界・架空の世界/歴史・時代】【肌の露出が多めの挿絵なし】

「空戦魔導士候補生の教官 13」諸星悠著 KADOKAWA（富士見ファンタジア文庫）2017年7月【異世界・架空の世界】【肌の露出が多めの挿絵なし】

学校・学園・学生

「空戦魔導士候補生の教官 14」諸星悠著 KADOKAWA（富士見ファンタジア文庫）2017年7月【異世界・架空の世界】【肌の露出が多めの挿絵あり】

「剣風斬花のソーサリーライム：変奏神話群」千羽十訊著 SBクリエイティブ（GA文庫）2017年11月【異世界・架空の世界】【肌の露出が多めの挿絵あり】

「幻想戦線」暁一翔著 集英社（ダッシュエックス文庫）2017年9月【異世界・架空の世界】【肌の露出が多めの挿絵なし】

「再演世界の英雄大戦（ネクストエンドロール）：神殺しの錬金術師と背徳の聖処女」三原みつき著 KADOKAWA（富士見ファンタジア文庫）2017年11月【異世界・架空の世界】【肌の露出が多めの挿絵あり】

「最強魔法師の隠遁計画 3」イズシロ著 ホビージャパン（HJ文庫）2017年8月【異世界・架空の世界】【肌の露出が多めの挿絵なし】

「最強魔法師の隠遁計画 4」イズシロ著 ホビージャパン（HJ文庫）2017年12月【異世界・架空の世界】【肌の露出が多めの挿絵あり】

「最弱無敗の神装機竜（バハムート）13」明月千里著 SBクリエイティブ（GA文庫）2017年9月【異世界・架空の世界】【肌の露出が多めの挿絵あり】

「最弱無敗の神装機竜（バハムート）14」明月千里著 SBクリエイティブ（GA文庫）2017年12月【異世界・架空の世界】【肌の露出が多めの挿絵なし】

「桜色のレプリカ 1」翅田大介著 ホビージャパン（HJ文庫）2017年8月【現代】【肌の露出が多めの挿絵あり】

「桜色のレプリカ 2」翅田大介著 ホビージャパン（HJ文庫）2017年8月【現代】【肌の露出が多めの挿絵あり】

「私の大阪八景 改版」田辺聖子著 KADOKAWA（角川文庫）2017年8月【歴史・時代】【挿絵なし】

「自称!平凡魔族の英雄ライフ：B級魔族なのにチートダンジョンを作ってしまった結果 2」あまうい白一著 講談社（Kラノベブックス）2017年9月【異世界・架空の世界】【肌の露出が多めの挿絵あり】

「自称Fランクのお兄さまがゲームで評価される学園の頂点に君臨するそうですよ? 2」三河ごーすと著 KADOKAWA（MF文庫J）2017年8月【異世界・架空の世界】【肌の露出が多めの挿絵あり】

「手のひらの恋と世界の王の娘たち 2」岩田洋季著 KADOKAWA（電撃文庫）2017年7月【異世界・架空の世界】【肌の露出が多めの挿絵あり】

「銃皇無尽のファフニール 15」ツカサ著 講談社（講談社ラノベ文庫）2017年11月【異世界・架空の世界】【肌の露出が多めの挿絵あり】

「出会ってひと突きで絶頂除霊!」赤城大空著 小学館（ガガガ文庫）2017年10月【異世界・架空の世界】【肌の露出が多めの挿絵あり】

学校・学園・学生

「小説家・裏雅の気ままな探偵稼業」丸木文華著 集英社(集英社オレンジ文庫) 2017年11月
【歴史・時代】【肌の露出が多めの挿絵なし】

「深煎りの魔女とカフェ・アルトの客人たち：ロンドンに薫る珈琲の秘密」天見ひつじ著 宝島社
(宝島社文庫) 2017年10月【歴史・時代】【挿絵なし】

「生まれ変わったら第二王子とか中途半端だし面倒くさい」みりぐらむ著 主婦と生活社(PASH!
ブックス) 2017年12月【異世界・架空の世界】【肌の露出が多めの挿絵なし】

「精霊使いの剣舞(ブレイドダンス)精霊舞踏祭(エレメンタル・フェスタ)」志瑞祐著 KADOKAWA
(MF文庫J) 2017年10月【異世界・架空の世界】【肌の露出が多めの挿絵あり】

「聖剣使いの禁呪詠唱(ワールドブレイク) 21」あわむら赤光著 SBクリエイティブ(GA文庫)
2017年10月【異世界・架空の世界】【肌の露出が多めの挿絵なし】

「聖樹の国の禁呪使い 9」篠崎芳著 オーバーラップ(オーバーラップ文庫) 2017年11月【異
世界・架空の世界】【肌の露出が多めの挿絵あり】

「戦女神(ヴァルキュリア)の聖蜜 2」草薙アキ著 講談社(講談社ラノベ文庫) 2017年12月【異
世界・架空の世界】【肌の露出が多めの挿絵あり】

「双子喫茶と悪魔の料理書 2」望月唯一著 講談社(講談社ラノベ文庫) 2017年11月【現代】
【肌の露出が多めの挿絵あり】

「底辺剣士は神獣(むすめ)と暮らす 3」番棚葵著 KADOKAWA(MF文庫J) 2017年8月【異世
界・架空の世界】【肌の露出が多めの挿絵あり】

「転生貴族の異世界冒険録 = Wonderful adventure in Another world! : 自重を知らない神々の
使徒 2」夜州著 一二三書房(Saga Forest) 2017年11月【異世界・架空の世界】【肌の露出が
多めの挿絵なし】

「転生少女の履歴書 5」唐澤和希著 主婦の友社(ヒーロー文庫) 2017年10月【異世界・架空
の世界】【肌の露出が多めの挿絵なし】

「東京レイヴンズ 15」あざの耕平著 KADOKAWA(富士見ファンタジア文庫) 2017年9月【現
代/歴史・時代】【肌の露出が多めの挿絵なし】

「豚公爵に転生したから、今度は君に好きと言いたい 3」合田拍子著 KADOKAWA(富士見
ファンタジア文庫) 2017年8月【異世界・架空の世界】【肌の露出が多めの挿絵あり】

「白の皇国物語 12」白沢戌亥著 アルファポリス(アルファライト文庫) 2017年7月【異世界・架
空の世界】【肌の露出が多めの挿絵なし】

「彼女を愛した遺伝子」松尾佑一著 新潮社(新潮文庫) 2017年11月【現代】【肌の露出が多
めの挿絵なし】

「放課後ヒロインプロジェクト!」藤並みなと著 KADOKAWA(角川ビーンズ文庫) 2017年9月
【現代】【肌の露出が多めの挿絵なし】

「没落予定なので、鍛冶職人を目指す 5」CK著 KADOKAWA(カドカワBOOKS) 2017年8月
【異世界・架空の世界】【肌の露出が多めの挿絵なし】

学校・学園・学生

「没落予定なので、鍛冶職人を目指す 6」CK著 KADOKAWA(カドカワBOOKS) 2017年12月【異世界・架空の世界】【肌の露出が多めの挿絵なし】

「魔技科の剣士と召喚魔王(ヴァシレウス) 14」三原みつき著 KADOKAWA(MF文庫J) 2017年8月【異世界・架空の世界】【肌の露出が多めの挿絵あり/キスシーンの挿絵あり】

「魔術王と聖剣姫の規格外英雄譚」三門鉄狼著 SBクリエイティブ(GA文庫) 2017年7月【異世界・架空の世界】【肌の露出が多めの挿絵あり】

「魔術王と聖剣姫の規格外英雄譚 2」三門鉄狼著 SBクリエイティブ(GA文庫) 2017年11月【異世界・架空の世界】【肌の露出が多めの挿絵あり】

「魔装学園H×H(ハイブリッド・ハート) 12」久慈マサムネ著 KADOKAWA(角川スニーカー文庫) 2017年11月【異世界・架空の世界】【肌の露出が多めの挿絵あり】

「無欲の聖女 3」中村颯希著 主婦の友社(ヒーロー文庫) 2017年7月【異世界・架空の世界】【肌の露出が多めの挿絵なし】

「名探偵・森江春策」芦辺拓著 東京創元社(創元推理文庫) 2017年8月【現代】【挿絵なし】

「乱歩城：人間椅子の国」黒史郎著 光文社(光文社文庫) 2017年7月【異世界・架空の世界】【挿絵なし】

「龍の眠る石：欧州妖異譚 17」篠原美季著 講談社(講談社X文庫) 2017年11月【現代】【肌の露出が多めの挿絵なし】

「老いた剣聖は若返り、そして騎士養成学校の教官となる = SWORD MASTER BECOME AN INSTRUCTOR OF A TRAINING SCHOOL 1」文字書男著 マイクロマガジン社(GC NOVELS) 2017年7月【異世界・架空の世界】【肌の露出が多めの挿絵なし】

「煌翼の姫君：男装令嬢と獅子の騎士団」白洲梓著 集英社(コバルト文庫) 2017年7月【異世界・架空の世界】【肌の露出が多めの挿絵なし】

中学校・中学生

「14歳とイラストレーター 3」むらさきゆきや著 KADOKAWA(MF文庫J) 2017年7月【現代】【肌の露出が多めの挿絵あり】

「14歳とイラストレーター 4」むらさきゆきや著 KADOKAWA(MF文庫J) 2017年11月【現代】【肌の露出が多めの挿絵あり】

「LOOP THE LOOP飽食の館 上」Kate著 双葉社(双葉文庫) 2017年12月【現代】【肌の露出が多めの挿絵なし】

「カスミとオボロ [2]」丸木文華著 集英社(集英社オレンジ文庫) 2017年7月【歴史・時代】【肌の露出が多めの挿絵なし】

「がらくた少女と人喰い煙突」矢樹純著 河出書房新社(河出文庫) 2017年9月【現代】【挿絵なし】

「きみのために青く光る」似鳥鶏著 KADOKAWA(角川文庫) 2017年7月【現代】【挿絵なし】

学校・学園・学生

「クラスが異世界召喚されたなか俺だけ残ったんですが 1」サザンテラス著 双葉社(モンスター文庫) 2017年10月【現代/異世界・架空の世界】【肌の露出が多めの挿絵なし】

「ジュンのための6つの小曲」古谷田奈月著 新潮社(新潮文庫) 2017年10月【現代】【挿絵なし】

「そして僕等の初恋に会いに行く」西田俊也著 KADOKAWA(角川文庫) 2017年12月【現代】【挿絵なし】

「そのスライム、ボスモンスターにつき注意 : 最低スライムのダンジョン経営物語 1」時野洋輔著 双葉社(モンスター文庫) 2017年12月【異世界・架空の世界】【肌の露出が多めの挿絵なし】

「その絆は対角線 : 日曜は憧れの国」円居挽著 東京創元社(創元推理文庫) 2017年10月【現代】【肌の露出が多めの挿絵なし】

「デート・ア・ライブアンコール 7」橘公司著 KADOKAWA(富士見ファンタジア文庫) 2017年12月【現代】【肌の露出が多めの挿絵あり】

「デーモンロード・ニュービー : VRMMO世界の生産職魔王」山和平著 SBクリエイティブ(GA文庫) 2017年8月【現代/異世界・架空の世界】【肌の露出が多めの挿絵なし】

「ハートの主張」HoneyWorks原案;香坂茉里著 KADOKAWA(角川ビーンズ文庫) 2017年10月【現代】【肌の露出が多めの挿絵なし】

「ハードボイルド・スクールデイズ : 織原ミツキと田中マンキー」鳥畑良著 KADOKAWA(ノベルゼロ) 2017年12月【現代】【肌の露出が多めの挿絵あり】

「バトルガールハイスクール PART.2」コロプラ原作・監修;八奈川景晶著 KADOKAWA(富士見ファンタジア文庫) 2017年8月【近未来・遠未来】【肌の露出が多めの挿絵なし】

「ひとりぼっちのソユーズ : 君と月と恋、ときどき猫のお話」七瀬夏扉著 KADOKAWA(富士見L文庫) 2017年12月【現代】【肌の露出が多めの挿絵なし】

「もってけ屋敷と僕の読書日記」三川みり著 新潮社(新潮文庫) 2017年12月【現代】【肌の露出が多めの挿絵なし】

「ゆめみの駅遺失物係」安東みきえ著 ポプラ社(ポプラ文庫ピュアフル) 2017年9月【現代】【挿絵なし】

「りゅうおうのおしごと! 6 ドラマCD付き限定特装版」白鳥士郎著 SBクリエイティブ(GA文庫) 2017年7月【現代】【肌の露出が多めの挿絵なし】

「俺が好きなのは妹だけど妹じゃない 5」恵比須清司著 KADOKAWA(富士見ファンタジア文庫) 2017年12月【現代】【肌の露出が多めの挿絵あり】

「俺の彼女と幼なじみが修羅場すぎる 13」裕時悠示著 SBクリエイティブ(GA文庫) 2017年9月【現代】【肌の露出が多めの挿絵なし】

「怪談彼女 6」永遠月心悟著 集英社(JUMP j BOOKS) 2017年10月【現代】【肌の露出が多めの挿絵あり】

「空色バウムクーヘン」吉野万理子著 徳間書店(徳間文庫) 2017年9月【現代】【挿絵なし】

学校・学園・学生

「君と夏と、約束と。」麻中郷矢著 SBクリエイティブ（GA文庫）2017年12月【現代】【肌の露出が多めの挿絵なし】

「十年後の僕らはまだ物語の終わりを知らない」尼野ゆたか著 KADOKAWA（富士見L文庫）2017年11月【現代】【挿絵なし】

「少女クロノクル。= GIRL'S CHRONO-CLE」ハセガワケイスケ著 KADOKAWA（電撃文庫）2017年7月【現代】【肌の露出が多めの挿絵なし】

「消えていく君の言葉を探してる。」霧友正規著 KADOKAWA（富士見L文庫）2017年8月【現代】【挿絵なし】

「新約とある魔術の禁書目録（インデックス）19」鎌池和馬著 KADOKAWA（電撃文庫）2017年10月【異世界・架空の世界】【肌の露出が多めの挿絵あり】

「世界を救った姫巫女は」六つ花えいこ著 アルファポリス（レジーナ文庫. レジーナブックス）2017年12月【異世界・架空の世界】【肌の露出が多めの挿絵なし】

「打ち上げ花火、下から見るか?横から見るか?」岩井俊二原作;大根仁著 KADOKAWA（角川スニーカー文庫）2017年8月【現代】【肌の露出が多めの挿絵なし】

「転生者の私に挑んでくる無謀で有望な少女の話 1」小東のら著 主婦の友社（ヒーロー文庫）2017年12月【現代】【肌の露出が多めの挿絵なし】

「田中 = TANAKA THE WIZARD : 年齢イコール彼女いない歴の魔法使い 6」ぶんころり著 マイクロマガジン社（GC NOVELS）2017年12月【異世界・架空の世界】【肌の露出が多めの挿絵なし/キスシーンの挿絵あり】

「美少年椅子」西尾維新著 講談社（講談社タイガ）2017年10月【現代】【肌の露出が多めの挿絵なし】

「魔法少女のスカウトマン = Scout Man of Magical Girl」天羽伊吹清著 KADOKAWA（電撃文庫）2017年12月【現代/異世界・架空の世界】【肌の露出が多めの挿絵あり】

転校・転校生

「Just Because!」鴨志田一著 KADOKAWA（メディアワークス文庫）2017年11月【現代】【肌の露出が多めの挿絵なし】

「この世界にiをこめて = With all my love in this world」佐野徹夜著 KADOKAWA（メディアワークス文庫）2017年10月【現代】【肌の露出が多めの挿絵なし】

「僕の呪われた恋は君に届かない」麻沢奏著 双葉社（双葉文庫）2017年7月【現代】【挿絵なし】

部活・サークル

「2.43 : 清陰高校男子バレー部 代表決定戦編1」壁井ユカコ著 集英社（集英社文庫）2017年11月【現代】【肌の露出が多めの挿絵なし】

学校・学園・学生

「2.43：清陰高校男子バレー部 代表決定戦編2」壁井ユカコ著 集英社（集英社文庫）2017年12月【現代】【肌の露出が多めの挿絵なし】

「DOUBLES!!-ダブルス- 4th Set」天沢夏月著 KADOKAWA（メディアワークス文庫）2017年9月【現代】【肌の露出が多めの挿絵なし】

「DOUBLES!!-ダブルス- Final Set」天沢夏月著 KADOKAWA（メディアワークス文庫）2017年11月【現代】【肌の露出が多めの挿絵なし】

「エール!!：栄冠は君に輝く」石原ひな子著 KADOKAWA（富士見L文庫）2017年8月【現代】【挿絵なし】

「お人好しの放課後：御出学園帰宅部の冒険」阿藤玲著 東京創元社（創元推理文庫）2017年8月【現代】【挿絵なし】

「お点前頂戴いたします：泡沫亭あやかし茶の湯」神田夏生著 KADOKAWA（メディアワークス文庫）2017年11月【現代】【肌の露出が多めの挿絵なし】

「カブキブ! 7」榎田ユウリ著 KADOKAWA（角川文庫）2017年11月【現代】【肌の露出が多めの挿絵なし】

「きみに届け。はじまりの歌」沖田円著 スターツ出版（スターツ出版文庫）2017年12月【現代】【挿絵なし】

「ゲーマーズ! 8」葵せきな著 KADOKAWA（富士見ファンタジア文庫）2017年7月【現代】【肌の露出が多めの挿絵あり】

「ゲーマーズ!DLC」葵せきな著 KADOKAWA（富士見ファンタジア文庫）2017年9月【現代】【肌の露出が多めの挿絵なし】

「ジャナ研の憂鬱な事件簿 2」酒井田寛太郎著 小学館（ガガガ文庫）2017年10月【現代】【肌の露出が多めの挿絵なし】

「スケートボーイズ」碧野圭著 実業之日本社（実業之日本社文庫）2017年11月【現代】【挿絵なし】

「スピンガール! = Spin-Girl!：海浜千葉高校競技ポールダンス部」神戸遥真著 KADOKAWA（メディアワークス文庫）2017年9月【現代】【肌の露出が多めの挿絵なし】

「チアーズ!」赤松中学著 KADOKAWA（MF文庫J）2017年9月【現代】【肌の露出が多めの挿絵なし】

「ティーンズ・エッジ・ロックンロール」熊谷達也著 実業之日本社（実業之日本社文庫）2017年10月【現代】【挿絵なし】

「ネトゲの嫁は女の子じゃないと思った? Lv.15」聴猫芝居著 KADOKAWA（電撃文庫）2017年10月【現代】【肌の露出が多めの挿絵あり/キスシーンの挿絵あり】

「ハイキュー!!：劇場版総集編 [3]」古舘春一原作;吉成郁子小説 集英社（JUMP J BOOKS）2017年9月【現代】【肌の露出が多めの挿絵なし】

学校・学園・学生

「ハイキュー!! : 劇場版総集編 [4]」古舘春一原作;吉成郁子小説 集英社(JUMP J BOOKS) 2017年9月【現代】【肌の露出が多めの挿絵なし】

「ハイキュー!!ショーセツバン!! 9」古舘春一著;星希代子著 集英社(JUMP j BOOKS) 2017年12月【現代】【肌の露出が多めの挿絵なし】

「ぼくたちのリメイク 2」木緒なち著 KADOKAWA(MF文庫J) 2017年7月【現代】【肌の露出が多めの挿絵あり/キスシーンの挿絵あり】

「モノクロの君に恋をする」坂上秋成著 新潮社(新潮文庫) 2017年7月【現代】【挿絵なし】

「やはり俺の青春ラブコメはまちがっている。12」渡航著 小学館(ガガガ文庫) 2017年9月【現代】【肌の露出が多めの挿絵なし】

「ラスト・ロスト・ジュブナイル = Last Lost Juvenile : 交錯のパラレルワールド」中村あき著 星海社(星海社FICTIONS) 2017年12月【現代】【肌の露出が多めの挿絵なし】

「リア充にもオタクにもなれない俺の青春 = Between R and O,Neither R nor O. Who am I?」弘前龍著 KADOKAWA(電撃文庫) 2017年9月【現代】【肌の露出が多めの挿絵あり】

「異人館画廊 [5]」谷瑞恵著 集英社(集英社オレンジ文庫) 2017年12月【現代】【肌の露出が多めの挿絵なし】

「陰キャになりたい陽乃森さん = Hinomori wanna be an In-cha,or"Last In-cha standing" Step12」岬鷺宮著 KADOKAWA(電撃文庫) 2017年10月【現代】【肌の露出が多めの挿絵あり】

「運命の彼は、キミですか?」秋吉理帆著 KADOKAWA(角川ビーンズ文庫) 2017年12月【現代】【肌の露出が多めの挿絵なし】

「俺はバイクと放課後に : 走り納め川原湯温泉」菅沼拓三著 徳間書店(徳間文庫) 2017年11月【現代】【肌の露出が多めの挿絵なし】

「俺はバイクと放課後に [2]」菅沼拓三著 徳間書店(徳間文庫) 2017年12月【現代】【肌の露出が多めの挿絵なし】

「化石少女」麻耶雄嵩著 徳間書店(徳間文庫) 2017年11月【現代】【挿絵なし】

「可愛ければ変態でも好きになってくれますか? 3」花間燈著 KADOKAWA(MF文庫J) 2017年9月【現代】【肌の露出が多めの挿絵あり】

「夏空のモノローグ」秋月鈴音著;アイディアファクトリー株式会社;デザインファクトリー株式会社監修 一二三書房(オトメイトノベル) 2017年7月【現代】【肌の露出が多めの挿絵なし】

「火ノ丸相撲四十八手 2」川田著;久麻當郎著 集英社(JUMP j BOOKS) 2017年11月【現代】【肌の露出が多めの挿絵あり】

「京都なぞとき四季報 : 町を歩いて不思議なバーへ」円居挽著 KADOKAWA(角川文庫) 2017年12月【現代】【肌の露出が多めの挿絵なし】

「響け!ユーフォニアム 北宇治高校吹奏楽部、波乱の第二楽章 後編」武田綾乃著 宝島社(宝島社文庫) 2017年10月【現代】【挿絵なし】

学校・学園・学生

「響け!ユーフォニアム 北宇治高校吹奏楽部、波乱の第二楽章 前編」武田綾乃著 宝島社(宝島社文庫) 2017年9月【現代】【挿絵なし】

「空色バウムクーヘン」吉野万理子著 徳間書店(徳間文庫) 2017年9月【現代】【挿絵なし】

「今からあなたを脅迫します [3]」藤石波矢著 講談社(講談社タイガ) 2017年10月【現代】【挿絵なし】

「冴えない彼女(ヒロイン)の育てかた 13」丸戸史明著 KADOKAWA(富士見ファンタジア文庫) 2017年10月【現代】【肌の露出が多めの挿絵なし】

「処刑タロット」土橋真二郎著 KADOKAWA(電撃文庫) 2017年11月【現代】【肌の露出が多めの挿絵あり/キスシーンの挿絵あり】

「真面目系クズくんと、真面目にクズやってるクズちゃん#クズ活」持崎湯葉著 講談社(講談社ラノベ文庫) 2017年9月【現代】【肌の露出が多めの挿絵あり】

「真夜中プリズム」沖田円著 スターツ出版(スターツ出版文庫) 2017年7月【現代】【挿絵なし】

「厨病激発ボーイ 5」れるりり原案;藤並みなと著 KADOKAWA(角川ビーンズ文庫) 2017年8月【現代】【肌の露出が多めの挿絵なし】

「非オタの彼女が俺の持ってるエロゲに興味津々なんだが…… 6」滝沢慧著 KADOKAWA(富士見ファンタジア文庫) 2017年9月【現代】【肌の露出が多めの挿絵あり】

「物理的に孤立している俺の高校生活 = My Highschool Life is Physically Isolated 3」森田季節著 小学館(ガガガ文庫) 2017年10月【現代】【肌の露出が多めの挿絵なし】

「僕とキミの15センチ : ショートストーリーズ」井上堅二ほか著 KADOKAWA(ファミ通文庫) 2017年10月【現代】【肌の露出が多めの挿絵なし】

「僕の文芸部にビッチがいるなんてありえない。10」赤福大和著 講談社(講談社ラノベ文庫) 2017年9月【現代】【肌の露出が多めの挿絵あり】

「霊感少女は箱の中 2」甲田学人著 KADOKAWA(電撃文庫) 2017年8月【現代】【肌の露出が多めの挿絵なし】

魔法・魔術学校

「3年B組ネクロマンサー先生」SOW著 SBクリエイティブ(GA文庫) 2017年11月【異世界・架空の世界】【肌の露出が多めの挿絵あり】

「BORUTO-ボルト- : NARUTO NEXT GENERATIONS NOVEL2」岸本斉史原作;池本幹雄原作;小太刀右京原作;重信康小説 集英社(JUMP j BOOKS) 2017年7月【異世界・架空の世界】【肌の露出が多めの挿絵なし】

「アラフォー賢者の異世界生活日記 4」寿安清著 KADOKAWA(MFブックス) 2017年8月【異世界・架空の世界】【肌の露出が多めの挿絵なし】

「アラフォー賢者の異世界生活日記 5」寿安清著 KADOKAWA(MFブックス) 2017年11月【異世界・架空の世界】【肌の露出が多めの挿絵なし】

学校・学園・学生

「ディヴィジョン・マニューバ 2」妹尾尻尾著 講談社(講談社ラノベ文庫) 2017年12月【異世界・架空の世界】【肌の露出が多めの挿絵なし】

「メルヘン・メドヘン 2」松智洋著;StoryWorks著 集英社(ダッシュエックス文庫) 2017年7月【異世界・架空の世界】【肌の露出が多めの挿絵あり】

「メルヘン・メドヘン 3」松智洋著;StoryWorks著 集英社(ダッシュエックス文庫) 2017年12月【現代/異世界・架空の世界】【肌の露出が多めの挿絵あり】

「ロクでなし魔術講師と禁忌教典(アカシックレコード) 10」羊太郎著 KADOKAWA(富士見ファンタジア文庫) 2017年11月【異世界・架空の世界】【肌の露出が多めの挿絵なし】

「ワールドオーダー 4」河和時久著 主婦の友社(ヒーロー文庫) 2017年9月【異世界・架空の世界】【肌の露出が多めの挿絵あり】

「わたしの魔術コンサルタント 2」羽場楽人著 KADOKAWA(電撃文庫) 2017年9月【現代】【肌の露出が多めの挿絵あり】

「業焔の大魔導士：まだファイアーボールしか使えない魔法使いだけど異世界最強」鬱沢色素著 講談社(講談社ラノベ文庫) 2017年12月【異世界・架空の世界】【肌の露出が多めの挿絵あり】

「剣と魔法と裁判所 = SWORD AND MAGIC AND COURTHOUSE 2」蘇之一行著 KADOKAWA(電撃文庫) 2017年11月【現代】【肌の露出が多めの挿絵なし】

「賢者の孫 7」吉岡剛著 KADOKAWA(ファミ通文庫) 2017年9月【異世界・架空の世界】【肌の露出が多めの挿絵なし】

「賢者の孫Extra Story：伝説の英雄達の誕生」吉岡剛著 KADOKAWA(ファミ通文庫) 2017年11月【異世界・架空の世界】【肌の露出が多めの挿絵なし】

「最強賢者の子育て日記：うちの娘が世界一かわいい件について」羽田遼亮著 KADOKAWA(カドカワBOOKS) 2017年7月【異世界・架空の世界】【肌の露出が多めの挿絵なし】

「始まりの魔法使い 2」石之宮カント著 KADOKAWA(富士見ファンタジア文庫) 2017年9月【異世界・架空の世界】【肌の露出が多めの挿絵あり】

「私、能力は平均値でって言ったよね!：God bless me? 6」FUNA著 アース・スターエンターテイメント(EARTH STAR NOVEL) 2017年10月【異世界・架空の世界】【肌の露出が多めの挿絵あり】

「十歳の最強魔導師 3」天乃聖樹著 主婦の友社(ヒーロー文庫) 2017年12月【異世界・架空の世界】【肌の露出が多めの挿絵あり】

「進化の実：知らないうちに勝ち組人生 7」美紅著 双葉社(モンスター文庫) 2017年12月【異世界・架空の世界】【肌の露出が多めの挿絵なし】

「村人ですが何か? = I am a villager,what about it? 3」白石新著 マイクロマガジン社(GC NOVELS) 2017年7月【異世界・架空の世界】【肌の露出が多めの挿絵なし】

「努力しすぎた世界最強の武闘家は、魔法世界を余裕で生き抜く。2」わんこそば著 集英社(ダッシュエックス文庫) 2017年8月【異世界・架空の世界】【肌の露出が多めの挿絵なし】

学校・学園・学生

「豚公爵に転生したから、今度は君に好きと言いたい 4」合田拍子著 KADOKAWA（富士見ファンタジア文庫）2017年12月【異世界・架空の世界】【肌の露出が多めの挿絵あり】

「放課後は、異世界喫茶でコーヒーを 2」風見鶏著 KADOKAWA（富士見ファンタジア文庫）2017年12月【現代/異世界・架空の世界】【肌の露出が多めの挿絵なし】

「暴血覚醒（ブライト・ブラッド）2」中村ヒロ著 SBクリエイティブ（GA文庫）2017年9月【現代】【肌の露出が多めの挿絵あり】

「魔術学園領域の拳王（バーサーカー）3」下等妙人著 KADOKAWA（富士見ファンタジア文庫）2017年10月【異世界・架空の世界】【肌の露出が多めの挿絵なし】

「魔術士オーフェンはぐれ旅：解放者の戦場：Season 4:The Episode 2」秋田禎信著 TOブックス（TO文庫）2017年12月【異世界・架空の世界】【肌の露出が多めの挿絵なし】

「魔術士オーフェンはぐれ旅：原大陸開戦：Season 4:The Episode 1」秋田禎信著 TOブックス（TO文庫）2017年11月【異世界・架空の世界】【肌の露出が多めの挿絵なし】

「魔術士オーフェンはぐれ旅：約束の地で：Season 4:The Pre Episode」秋田禎信著 TOブックス（TO文庫）2017年10月【異世界・架空の世界】【肌の露出が多めの挿絵なし】

「魔術破りのリベンジ・マギア 2」子子子子子子子著 ホビージャパン（HJ文庫）2017年9月【異世界・架空の世界】【肌の露出が多めの挿絵なし/キスシーンの挿絵あり】

「魔導少女に転生した俺の双剣が有能すぎる 3」岩波零著 KADOKAWA（MF文庫J）2017年7月【現代】【肌の露出が多めの挿絵あり】

「魔法使いにはさせませんよ！」朝日乃ケイ著 SBクリエイティブ（GA文庫）2017年10月【現代/異世界・架空の世界】【肌の露出が多めの挿絵あり】

「魔力ゼロの俺には、魔法剣姫最強の学園を支配できない……と思った? 4」刈野ミカタ著 KADOKAWA（MF文庫J）2017年11月【異世界・架空の世界】【肌の露出が多めの挿絵あり】

「余命六ケ月延長してもらったから、ここからは私の時間です 下」編乃肌著 新紀元社（MORNING STAR BOOKS）2017年10月【異世界・架空の世界】【肌の露出が多めの挿絵な

「余命六ケ月延長してもらったから、ここからは私の時間です 上」編乃肌著 新紀元社（MORNING STAR BOOKS）2017年10月【異世界・架空の世界】【肌の露出が多めの挿絵な

【文化・芸能・スポーツ】

スポーツ＞ウエイトリフティング

「俺はバイクと放課後に：走り納め川原湯温泉」菅沼拓三著 徳間書店（徳間文庫）2017年11月【現代】【肌の露出が多めの挿絵なし】

「俺はバイクと放課後に [2]」菅沼拓三著 徳間書店（徳間文庫）2017年12月【現代】【肌の露出が多めの挿絵なし】

スポーツ＞サッカー

「少女クロノクル。＝ GIRL'S CHRONO-CLE」ハセガワケイスケ著 KADOKAWA（電撃文庫）2017年7月【現代】【肌の露出が多めの挿絵なし】

「兎田士郎の勝負な週末」日向唯稀著;兎田颯太郎著 コスミック出版（コスミック文庫α）2017年8月【現代】【挿絵なし】

スポーツ＞スポーツ一般

「ストライクフォール ＝ STRIKE FALL 3」長谷敏司著 小学館（ガガガ文庫）2017年11月【異世界・架空の世界】【肌の露出が多めの挿絵なし】

スポーツ＞相撲

「火ノ丸相撲四十八手 2」川田著;久麻當郎著 集英社（JUMP j BOOKS）2017年11月【現代】【肌の露出が多めの挿絵あり】

スポーツ＞ダンス・踊り

「スピンガール！＝ Spin-Girl！：海浜千葉高校競技ポールダンス部」神戸遥真著 KADOKAWA（メディアワークス文庫）2017年9月【現代】【肌の露出が多めの挿絵なし】

「チアーズ！」赤松中学著 KADOKAWA（MF文庫J）2017年9月【現代】【肌の露出が多めの挿絵なし】

「後宮で、女の戦いはじめました。」汐邑雛著 KADOKAWA（ビーズログ文庫）2017年9月【異世界・架空の世界】【肌の露出が多めの挿絵なし/キスシーンの挿絵あり】

「精霊の乙女ルベト [2]」相田美紅著 講談社（講談社X文庫）2017年9月【異世界・架空の世界】【肌の露出が多めの挿絵なし】

「瑠璃花舞姫録：召しませ、舞姫様っ！」くりたかのこ著 KADOKAWA（ビーズログ文庫）2017年12月【異世界・架空の世界】【肌の露出が多めの挿絵なし/キスシーンの挿絵あり】

スポーツ＞テニス・バドミントン・卓球

「DOUBLES!!-ダブルス- 4th Set」天沢夏月著 KADOKAWA（メディアワークス文庫）2017年9月【現代】【肌の露出が多めの挿絵なし】

文化・芸能・スポーツ

「DOUBLES!!-ダブルス- Final Set」天沢夏月著 KADOKAWA（メディアワークス文庫）2017年11月【現代】【肌の露出が多めの挿絵なし】

「風ケ丘五十円玉祭りの謎」青崎有吾著 東京創元社（創元推理文庫）2017年7月【現代】【肌の露出が多めの挿絵なし】

「霊感少女は箱の中 2」甲田学人著 KADOKAWA（電撃文庫）2017年8月【現代】【肌の露出が多めの挿絵なし】

スポーツ＞トライアスロン

「ライヴ」山田悠介著 幻冬舎（幻冬舎文庫）2017年7月【現代】【挿絵なし】

スポーツ＞バレーボール・バスケットボール

「2.43：清陰高校男子バレー部 代表決定戦編1」壁井ユカコ著 集英社（集英社文庫）2017年11月【現代】【肌の露出が多めの挿絵なし】

「2.43：清陰高校男子バレー部 代表決定戦編2」壁井ユカコ著 集英社（集英社文庫）2017年12月【現代】【肌の露出が多めの挿絵なし】

「ハイキュー!!：劇場版総集編 [3]」古舘春一原作;吉成郁子小説 集英社（JUMP J BOOKS）2017年9月【現代】【肌の露出が多めの挿絵なし】

「ハイキュー!!：劇場版総集編 [4]」古舘春一原作;吉成郁子小説 集英社（JUMP J BOOKS）2017年9月【現代】【肌の露出が多めの挿絵なし】

「ハイキュー!!ショーセツバン!! 9」古舘春一著;星希代子著 集英社（JUMP j BOOKS）2017年12月【現代】【肌の露出が多めの挿絵なし】

「二周目の僕は君と恋をする」瑞智士記著 KADOKAWA（ファミ通文庫）2017年7月【現代】【肌の露出が多めの挿絵なし】

スポーツ＞フィギュアスケート

「スケートボーイズ」碧野圭著 実業之日本社（実業之日本社文庫）2017年11月【現代】【挿絵なし】

スポーツ＞ボート

「フラワーナイトガール [7]」是鐘リュウジ著 KADOKAWA（ファミ通文庫）2017年10月【異世界・架空の世界】【肌の露出が多めの挿絵あり】

スポーツ＞ボーリング

「不可抗力のラビット・ラン：ブギーポップ・ダウトフル」上遠野浩平著 KADOKAWA（電撃文庫）2017年7月【現代】【肌の露出が多めの挿絵なし】

文化・芸能・スポーツ

スポーツ＞野球

「29とJK 3」裕時悠示著 SBクリエイティブ（GA文庫）2017年9月【現代】【肌の露出が多めの挿絵あり】

「エール!!：栄冠は君に輝く」石原ひな子著 KADOKAWA（富士見L文庫）2017年8月【現代】【挿絵なし】

「俺はバイクと放課後に：走り納め川原湯温泉」菅沼拓三著 徳間書店（徳間文庫）2017年11月【現代】【肌の露出が多めの挿絵なし】

「俺はバイクと放課後に [2]」菅沼拓三著 徳間書店（徳間文庫）2017年12月【現代】【肌の露出が多めの挿絵なし】

「夏は終わらない：雲は湧き、光あふれて」須賀しのぶ著 集英社（集英社オレンジ文庫）2017年7月【現代】【肌の露出が多めの挿絵なし】

「嫌われエースの数奇な恋路」田辺ユウ著 KADOKAWA（電撃文庫）2017年9月【現代】【肌の露出が多めの挿絵なし】

「平浦ファミリズム」遍柳一著 小学館（ガガガ文庫）2017年7月【現代】【肌の露出が多めの挿絵なし】

スポーツ＞陸上競技・マラソン・駅伝

「俺はバイクと放課後に：走り納め川原湯温泉」菅沼拓三著 徳間書店（徳間文庫）2017年11月【現代】【肌の露出が多めの挿絵なし】

「俺はバイクと放課後に [2]」菅沼拓三著 徳間書店（徳間文庫）2017年12月【現代】【肌の露出が多めの挿絵なし】

「真夜中プリズム」沖田円著 スターツ出版（スターツ出版文庫）2017年7月【現代】【挿絵なし】

「走れ、健次郎」菊池幸見著 祥伝社（祥伝社文庫）2017年12月【現代】【肌の露出が多めの挿絵なし】

「白バイガール [3]」佐藤青南著 実業之日本社（実業之日本社文庫）2017年11月【現代】【挿絵なし】

文化・芸能＞囲碁・将棋

「りゅうおうのおしごと! 6 ドラマCD付き限定特装版」白鳥士郎著 SBクリエイティブ（GA文庫）2017年7月【現代】【肌の露出が多めの挿絵なし】

文化・芸能＞映画・テレビ・番組

「Burn.」加藤シゲアキ著 KADOKAWA（角川文庫）2017年7月【現代】【挿絵なし】

「オッサン〈36〉がアイドルになる話」もちだもちこ著 主婦と生活社（PASH!ブックス）2017年7月【現代】【肌の露出が多めの挿絵なし】

文化・芸能・スポーツ

「オッサン〈36〉がアイドルになる話 2」もちだもちこ著 主婦と生活社(PASH!ブックス) 2017年11月【現代】【肌の露出が多めの挿絵なし】

「キネマ探偵カレイドミステリー [2]」斜線堂有紀著 KADOKAWA(メディアワークス文庫) 2017年8月【現代】【肌の露出が多めの挿絵なし】

「そして僕等の初恋に会いに行く」西田俊也著 KADOKAWA(角川文庫) 2017年12月【現代】【挿絵なし】

「そのスライム、ボスモンスターにつき注意:最低スライムのダンジョン経営物語 1」時野洋輔著 双葉社(モンスター文庫) 2017年12月【異世界・架空の世界】【肌の露出が多めの挿絵なし】

「デッドマンズショウ」柴田勝家著 講談社(講談社タイガ) 2017年7月【現代】【挿絵なし】

「レンタルJK犬見さん。= Rental JK Inumi san.」三河ごーすと著 KADOKAWA(電撃文庫) 2017年7月【現代】【肌の露出が多めの挿絵なし】

「吸血鬼の誕生祝」赤川次郎著 集英社(集英社オレンジ文庫) 2017年7月【現代】【挿絵なし】

「撮影現場は止まらせない!:制作部女子・万理の謎解き」藤石波矢著 KADOKAWA(角川文庫) 2017年11月【現代】【挿絵なし】

「魔王、配信中!? 2」南篠豊著 講談社(講談社ラノベ文庫) 2017年11月【現代】【肌の露出が多めの挿絵なし】

文化・芸能＞絵本

「花野に眠る:秋葉図書館の四季」森谷明子著 東京創元社(創元推理文庫) 2017年8月【現代】【挿絵なし】

文化・芸能＞演劇

「デスゲームから始めるMMOスローライフ 4」草薙アキ著 KADOKAWA(富士見ファンタジア文庫) 2017年11月【異世界・架空の世界】【肌の露出が多めの挿絵あり】

「ドラゴンは寂しいと死んじゃいます = The dragon is lonely and dies:レベッカたんのにいたんは人類最強の傭兵 3」藤原ゴンザレス著 アース・スターエンターテイメント(EARTH STAR NOVEL) 2017年12月【異世界・架空の世界】【肌の露出が多めの挿絵なし】

「侯爵令嬢は手駒を演じる 4」橘千秋著 フロンティアワークス(アリアンローズ) 2017年10月【異世界・架空の世界】【肌の露出が多めの挿絵なし】

「俳優探偵:僕と舞台と輝くあいつ」佐藤友哉著 KADOKAWA(角川文庫) 2017年12月【現代】【挿絵なし】

文化・芸能＞音楽

「ガールズシンフォニー〜少女交響詩〜」深見真著 KADOKAWA(ファミ通文庫) 2017年8月【異世界・架空の世界】【肌の露出が多めの挿絵あり】

文化・芸能・スポーツ

「きみに届け。はじまりの歌」沖田円著 スターツ出版(スターツ出版文庫) 2017年12月【現代】【挿絵なし】

「デート・ア・バレット : デート・ア・ライブフラグメント 2」橘公司原案・監修;東出祐一郎著 KADOKAWA(富士見ファンタジア文庫) 2017年8月【異世界・架空の世界】【肌の露出が多めの挿絵あり】

「嘘つき恋人セレナーデ」永瀬さらさ著 KADOKAWA(角川ビーンズ文庫) 2017年7月【異世界・架空の世界】【肌の露出が多めの挿絵なし】

「響け!ユーフォニアム 北宇治高校吹奏楽部、波乱の第二楽章 後編」武田綾乃著 宝島社(宝島社文庫) 2017年10月【現代】【挿絵なし】

「響け!ユーフォニアム 北宇治高校吹奏楽部、波乱の第二楽章 前編」武田綾乃著 宝島社(宝島社文庫) 2017年9月【現代】【挿絵なし】

「私の愛しいモーツァルト : 悪妻コンスタンツェの告白」一原みう著 集英社(集英社オレンジ文庫) 2017年11月【歴史・時代】【挿絵なし】

「新フォーチュン・クエスト2(セカンド) 9」深沢美潮著 KADOKAWA(電撃文庫) 2017年12月【異世界・架空の世界】【肌の露出が多めの挿絵なし】

「鳥居の向こうは、知らない世界でした。2」友麻碧著 幻冬舎(幻冬舎文庫) 2017年7月【異世界・架空の世界】【挿絵なし】

「天使の3P! = Here comes the three angels ×10」蒼山サグ著 KADOKAWA(電撃文庫) 2017年7月【現代】【肌の露出が多めの挿絵あり】

「謎の館へようこそ : 新本格30周年記念アンソロジー 白」東川篤哉著;一肇著;古野まほろ著;青崎有吾著;周木律著;澤村伊智著;文芸第三出版部編 講談社(講談社タイガ) 2017年9月【現代】【挿絵なし】

「放課後音楽室」麻沢奏著 スターツ出版(スターツ出版文庫) 2017年10月【現代】【挿絵なし】

文化・芸能＞音楽＞歌

「オッサン〈36〉がアイドルになる話」もちだもちこ著 主婦と生活社(PASH!ブックス) 2017年7月【現代】【肌の露出が多めの挿絵なし】

「オッサン〈36〉がアイドルになる話 2」もちだもちこ著 主婦と生活社(PASH!ブックス) 2017年11月【現代】【肌の露出が多めの挿絵なし】

「ジュンのための6つの小曲」古谷田奈月著 新潮社(新潮文庫) 2017年10月【現代】【挿絵なし】

「のど自慢殺人事件」高木敦史著 祥伝社(祥伝社文庫) 2017年10月【現代】【肌の露出が多めの挿絵なし】

「ハンドレッド = Hundred 14」箕崎准著 SBクリエイティブ(GA文庫) 2017年12月【異世界・架空の世界】【肌の露出が多めの挿絵あり】

文化・芸能・スポーツ

「ひきこもり姫を歌わせたいっ!」水坂不適合著 小学館(ガガガ文庫) 2017年7月【現代】【肌の露出が多めの挿絵なし】

「ひとりぼっちのソユーズ：君と月と恋、ときどき猫のお話」七瀬夏扉著 KADOKAWA(富士見L文庫) 2017年12月【現代】【肌の露出が多めの挿絵なし】

「異端の神言遣い：俺たちはパワーワードで異世界を革命する 2」佐藤了著 KADOKAWA(ファミ通文庫) 2017年7月【異世界・架空の世界】【肌の露出が多めの挿絵あり】

「精霊の乙女ルベト [2]」相田美紅著 講談社(講談社X文庫) 2017年9月【異世界・架空の世界】【肌の露出が多めの挿絵なし】

文化・芸能＞音楽＞楽器

「ガールズシンフォニー〜少女交響詩〜」深見真著 KADOKAWA(ファミ通文庫) 2017年8月【異世界・架空の世界】【肌の露出が多めの挿絵あり】

「ひきこもり姫を歌わせたいっ!」水坂不適合著 小学館(ガガガ文庫) 2017年7月【現代】【肌の露出が多めの挿絵なし】

「新フォーチュン・クエスト2(セカンド) 9」深沢美潮著 KADOKAWA(電撃文庫) 2017年12月【異世界・架空の世界】【肌の露出が多めの挿絵なし】

「鳥居の向こうは、知らない世界でした。2」友麻碧著 幻冬舎(幻冬舎文庫) 2017年7月【異世界・架空の世界】【挿絵なし】

「比翼のバルカローレ：蓮見律子の推理交響楽」杉井光著 講談社(講談社タイガ) 2017年8月【現代】【挿絵なし】

文化・芸能＞音楽＞バンド・オーケストラ

「ガールズシンフォニー〜少女交響詩〜」深見真著 KADOKAWA(ファミ通文庫) 2017年8月【異世界・架空の世界】【肌の露出が多めの挿絵あり】

「ジャナ研の憂鬱な事件簿 2」酒井田寛太郎著 小学館(ガガガ文庫) 2017年10月【現代】【肌の露出が多めの挿絵なし】

「ティーンズ・エッジ・ロックンロール」熊谷達也著 実業之日本社(実業之日本社文庫) 2017年10月【現代】【挿絵なし】

「ひきこもり姫を歌わせたいっ!」水坂不適合著 小学館(ガガガ文庫) 2017年7月【現代】【肌の露出が多めの挿絵なし】

「響け!ユーフォニアム 北宇治高校吹奏楽部、波乱の第二楽章 後編」武田綾乃著 宝島社(宝島社文庫) 2017年10月【現代】【挿絵なし】

「響け!ユーフォニアム 北宇治高校吹奏楽部、波乱の第二楽章 前編」武田綾乃著 宝島社(宝島社文庫) 2017年9月【現代】【挿絵なし】

「天使の3P! = Here comes the three angels ×10」蒼山サグ著 KADOKAWA(電撃文庫) 2017年7月【現代】【肌の露出が多めの挿絵あり】

文化・芸能・スポーツ

文化・芸能＞学問＞西洋史

「奇妙な遺産：村主准教授のミステリアスな講座」大村友貴美著 光文社（光文社文庫）2017年9月【現代】【挿絵なし】

文化・芸能＞華道

「俺はバイクと放課後に：走り納め川原湯温泉」菅沼拓三著 徳間書店（徳間文庫）2017年11月【現代】【肌の露出が多めの挿絵なし】

「僕とキミの15センチ：ショートストーリーズ」井上堅二ほか著 KADOKAWA（ファミ通文庫）2017年10月【現代】【肌の露出が多めの挿絵なし】

文化・芸能＞歌舞伎

「カブキブ！7」榎田ユウリ著 KADOKAWA（角川文庫）2017年11月【現代】【肌の露出が多めの挿絵なし】

文化・芸能＞芸能界

「Burn.」加藤シゲアキ著 KADOKAWA（角川文庫）2017年7月【現代】【挿絵なし】

「エディター！：編集ガールの取材手帖」上倉えり著 KADOKAWA（富士見L文庫）2017年7月【現代】【挿絵なし】

「キャスター探偵愛優一郎の友情」愁堂れな著 集英社（集英社オレンジ文庫）2017年8月【現代】【挿絵なし】

「精霊使いの剣舞（ブレイドダンス）精霊舞踏祭（エレメンタル・フェスタ）」志瑞祐著 KADOKAWA（MF文庫J）2017年10月【異世界・架空の世界】【肌の露出が多めの挿絵あり】

「誰でもなれる!ラノベ主人公 = ANYONE CAN BE THE HERO OF LIGHT NOVEL：オマエそれ大阪でも同じこと言えんの?」真代屋秀晃著 KADOKAWA（電撃文庫）2017年10月【現代】【肌の露出が多めの挿絵なし】

文化・芸能＞香道

「後宮香妃物語 [2]」伊藤たつき著 KADOKAWA（角川ビーンズ文庫）2017年9月【異世界・架空の世界】【肌の露出が多めの挿絵なし】

文化・芸能＞写真

「華舞鬼町おばけ写真館：祖父のカメラとほかほかおにぎり」蒼月海里著 KADOKAWA（角川ホラー文庫）2017年8月【現代/異世界・架空の世界】【肌の露出が多めの挿絵なし】

「華舞鬼町おばけ写真館 [2]」蒼月海里著 KADOKAWA（角川ホラー文庫）2017年12月【現代/異世界・架空の世界】【肌の露出が多めの挿絵なし】

文化・芸能・スポーツ

文化・芸能＞書道

「可愛ければ変態でも好きになってくれますか? 3」花間燈著 KADOKAWA(MF文庫J) 2017年9月【現代】【肌の露出が多めの挿絵あり】

「僕とキミの15センチ : ショートストーリーズ」井上堅二ほか著 KADOKAWA(ファミ通文庫) 2017年10月【現代】【肌の露出が多めの挿絵なし】

文化・芸能＞チア

「チアーズ!」赤松中学著 KADOKAWA(MF文庫J) 2017年9月【現代】【肌の露出が多めの挿絵なし】

文化・芸能＞茶道

「お点前頂戴いたします : 泡沫亭あやかし茶の湯」神田夏生著 KADOKAWA(メディアワークス文庫) 2017年11月【現代】【肌の露出が多めの挿絵なし】

「尾道茶寮夜咄堂 [2]」加藤泰幸著 宝島社(宝島社文庫) 2017年7月【現代】【挿絵なし】

文化・芸能＞日本文化一般

「フレンチ女子マドレーヌさんの下町ふしぎ物語」由似文著 KADOKAWA(メディアワークス文庫) 2017年9月【現代】【肌の露出が多めの挿絵なし】

文化・芸能＞俳句・短歌・川柳・和歌

「百鬼一歌 : 月下の死美女」瀬川貴次著 講談社(講談社タイガ) 2017年8月【歴史・時代】【肌の露出が多めの挿絵なし】

文化・芸能＞美術・芸術

「あなたのいない記憶」辻堂ゆめ著 宝島社(宝島社文庫) 2017年11月【現代】【挿絵なし】

「おきらく女魔導士とメイド人形の開拓記 : 私は楽して生きたいの!」佐々木さざめき著 ツギクル(ツギクルブックス) 2017年9月【異世界・架空の世界】【肌の露出が多めの挿絵あり】

「からくりピエロ」40mP著 KADOKAWA(角川ビーンズ文庫) 2017年9月【現代】【挿絵なし】

「異人館画廊 [5]」谷瑞恵著 集英社(集英社オレンジ文庫) 2017年12月【現代】【肌の露出が多めの挿絵なし】

「運命の彼は、キミですか?」秋吉理帆著 KADOKAWA(角川ビーンズ文庫) 2017年12月【現代】【肌の露出が多めの挿絵なし】

「乙女なでしこ恋手帖 [2]」深山くのえ著 小学館(小学館ルルル文庫) 2017年11月【歴史・時代】【肌の露出が多めの挿絵なし/キスシーンの挿絵あり】

「怪盗の伴走者」三木笙子著 東京創元社(創元推理文庫) 2017年9月【歴史・時代】【肌の露出が多めの挿絵なし】

文化・芸能・スポーツ

「公爵夫妻の幸福な結末」芝原歌織著 講談社(講談社X文庫) 2017年11月【異世界・架空の世界】【肌の露出が多めの挿絵なし】

「大江戸科学捜査八丁堀のおゆう[4]」山本巧次著 宝島社(宝島社文庫) 2017年10月【現代/歴史・時代】【肌の露出が多めの挿絵なし】

「男装令嬢とふぞろいの主たち」羽倉せい著 KADOKAWA(角川ビーンズ文庫) 2017年11月【異世界・架空の世界】【肌の露出が多めの挿絵なし】

「注文の多い美術館」門井慶喜著 文藝春秋(文春文庫) 2017年8月【現代】【挿絵なし】

「迷宮のキャンバス」国沢裕著 マイナビ出版(ファン文庫) 2017年7月【現代】【肌の露出が多めの挿絵なし】

文化・芸能＞美術・芸術＞アンティーク

「がらくた屋と月の夜話」谷瑞恵著 幻冬舎(幻冬舎文庫) 2017年11月【現代】【肌の露出が多めの挿絵なし】

「ジンカン：宮内庁神祇鑑定人・九鬼隈一郎」三田誠著 講談社(講談社タイガ) 2017年12月【現代】【挿絵なし】

「フカミ喫茶店の謎解きアンティーク」涙鳴著 スターツ出版(スターツ出版文庫) 2017年11月【現代】【挿絵なし】

「ローウェル骨董店の事件簿[3]」椹野道流著 KADOKAWA(角川文庫) 2017年11月【歴史・時代】【挿絵なし】

「乙女なでしこ恋手帖[2]」深山くのえ著 小学館(小学館ルルル文庫) 2017年11月【歴史・時代】【肌の露出が多めの挿絵なし/キスシーンの挿絵あり】

「下鴨アンティーク[7]」白川紺子著 集英社(集英社オレンジ文庫) 2017年12月【現代】【肌の露出が多めの挿絵なし】

「京都寺町三条のホームズ 8」望月麻衣著 双葉社(双葉文庫) 2017年9月【現代】【肌の露出が多めの挿絵なし】

「思い出の品、売ります買います九十九古物商店」皆藤黒助著 KADOKAWA(角川文庫) 2017年7月【現代】【挿絵なし】

文化・芸能＞美術・芸術＞刺繍

「王家の裁縫師レリン：春呼ぶ出逢いと糸の花」藤咲実佳著 KADOKAWA(角川ビーンズ文庫) 2017年11月【異世界・架空の世界】【肌の露出が多めの挿絵なし】

文化・芸能＞ファッション

「イジワル副社長と秘密のロマンス」真崎奈南著 スターツ出版(ベリーズ文庫) 2017年11月【現代】【挿絵なし】

文化・芸能・スポーツ

「キラプリおじさんと幼女先輩 2」岩沢藍著 KADOKAWA(電撃文庫) 2017年8月【現代】【肌の露出が多めの挿絵なし】

「悪役令嬢の取り巻きやめようと思います 3」星窓ぼんきち著 フロンティアワークス(アリアンローズ) 2017年11月【異世界・架空の世界】【肌の露出が多めの挿絵なし】

「王家の裁縫師レリン：春呼ぶ出逢いと糸の花」藤咲実佳著 KADOKAWA(角川ビーンズ文庫) 2017年11月【異世界・架空の世界】【肌の露出が多めの挿絵なし】

「少女クロノクル。= GIRL'S CHRONO-CLE」ハセガワケイスケ著 KADOKAWA(電撃文庫) 2017年7月【現代】【肌の露出が多めの挿絵なし】

「魔王は服の着方がわからない」長岡マキ子著;MB企画協力・監修 KADOKAWA(富士見ファンタジア文庫) 2017年10月【現代】【肌の露出が多めの挿絵あり】

文化・芸能＞ファッション＞着物

「下鴨アンティーク [7]」白川紺子著 集英社(集英社オレンジ文庫) 2017年12月【現代】【肌の露出が多めの挿絵なし】

「旧暦屋、始めました」春坂咲月著 早川書房(ハヤカワ文庫 JA) 2017年9月【現代】【挿絵なし】

「平安あや恋語：彩衣と徒花の君」岐川新著 KADOKAWA(角川ビーンズ文庫) 2017年11月【異世界・架空の世界】【肌の露出が多めの挿絵なし/キスシーンの挿絵あり】

文化・芸能＞ファッション＞コスプレ

「14歳とイラストレーター 4」むらさきゆきや著 KADOKAWA(MF文庫J) 2017年11月【現代】【肌の露出が多めの挿絵あり】

「デスゲームから始めるMMOスローライフ 4」草薙アキ著 KADOKAWA(富士見ファンタジア文庫) 2017年11月【異世界・架空の世界】【肌の露出が多めの挿絵あり】

「ぼくたちのリメイク 2」木緒なち著 KADOKAWA(MF文庫J) 2017年7月【現代】【肌の露出が多めの挿絵あり/キスシーンの挿絵あり】

「奇妙な遺産：村主准教授のミステリアスな講座」大村友貴美著 光文社(光文社文庫) 2017年9月【現代】【挿絵なし】

「青春デバッガーと恋する妄想#拡散中」旭蓑雄著 KADOKAWA(電撃文庫) 2017年11月【現代】【肌の露出が多めの挿絵なし】

「非オタの彼女が俺の持ってるエロゲに興味津々なんだが…… 6」滝沢慧著 KADOKAWA(富士見ファンタジア文庫) 2017年9月【現代】【肌の露出が多めの挿絵あり】

「魔王失格!」羽鳥紘著 アルファポリス(レジーナ文庫. レジーナブックス) 2017年11月【現代/異世界・架空の世界】【肌の露出が多めの挿絵なし】

「霧ノ宮先輩は謎が解けない 2」御守いちる著 講談社(講談社ラノベ文庫) 2017年12月【現代】【肌の露出が多めの挿絵なし】

文化・芸能・スポーツ

文化・芸能＞ファッション＞水着

「自重しない元勇者の強くて楽しいニューゲーム 4」新木伸著 集英社（ダッシュエックス文庫）
2017年12月【異世界・架空の世界】【肌の露出が多めの挿絵あり】

「天使の3P! ＝ Here comes the three angels ×10」蒼山サグ著 KADOKAWA（電撃文庫）2017
年7月【現代】【肌の露出が多めの挿絵あり】

文化・芸能＞ファッション＞スーツ

「時をかける社畜」灰音憲二著 KADOKAWA（富士見L文庫）2017年7月【現代】【挿絵なし】

文化・芸能＞ファッション＞男装・女装

「さよなら神様」麻耶雄嵩著 文藝春秋（文春文庫）2017年7月【現代】【挿絵なし】

「なぜ僕の世界を誰も覚えていないのか? 2」細音啓著 KADOKAWA（MF文庫J）2017年10月
【異世界・架空の世界】【肌の露出が多めの挿絵なし】

「嘘恋シーズン：#天王寺学園男子寮のヒミツ」あさば深雪著 KADOKAWA（角川ビーンズ文
庫）2017年8月【現代】【肌の露出が多めの挿絵なし】

「我が驍勇にふるえよ天地：アレクシス帝国興隆記 6」あわむら赤光著 SBクリエイティブ（GA文
庫）2017年12月【異世界・架空の世界】【肌の露出が多めの挿絵なし】

「隅でいいです。構わないでくださいよ。3」まこ著 フロンティアワークス（アリアンローズ）2017
年9月【異世界・架空の世界】【肌の露出が多めの挿絵なし】

「後宮に日輪は蝕す」篠原悠希著 KADOKAWA（角川文庫）2017年11月【異世界・架空の世
界】【挿絵なし】

「公爵夫妻の幸福な結末」芝原歌織著 講談社（講談社X文庫）2017年11月【異世界・架空の
世界】【肌の露出が多めの挿絵なし】

「紫鳳伝：王殺しの刀」藤野恵美著 徳間書店（徳間文庫）2017年12月【異世界・架空の世
界】【挿絵なし】

「侍女が嘘をつく童話(メルヒェン)：野苺の侍女の観察録」長尾彩子著 集英社（コバルト文庫）
2017年11月【異世界・架空の世界】【肌の露出が多めの挿絵なし】

「獣人隊長の〈仮〉婚約事情：突然ですが、狼隊長の仮婚約者になりました」百門一新著 一迅
社（一迅社文庫アイリス）2017年11月【異世界・架空の世界】【肌の露出が多めの挿絵あり/キ
スシーンの挿絵あり】

「春華とりかえ抄：榮国物語」一石月下著 KADOKAWA（富士見L文庫）2017年9月【現代】
【挿絵なし】

「春華とりかえ抄：榮国物語」一石月下著 KADOKAWA（富士見L文庫）2017年9月【現代】
【挿絵なし】

文化・芸能・スポーツ

「男装王女の久遠なる輿入れ」朝前みちる著 KADOKAWA(ビーズログ文庫) 2017年11月
【異世界・架空の世界】【肌の露出が多めの挿絵なし/キスシーンの挿絵あり】

「男装令嬢とドM執事の無謀なる帝国攻略 = Crossdressed Lady and the ″M″ Butler Conquer
this Impregnable Empire」一石火下著 KADOKAWA(カドカワBOOKS) 2017年9月【異世界・
架空の世界】【肌の露出が多めの挿絵なし】

「男装令嬢とふぞろいの主たち」羽倉せい著 KADOKAWA(角川ビーンズ文庫) 2017年11月
【異世界・架空の世界】【肌の露出が多めの挿絵なし】

「平安あや恋語：彩衣と徒花の君」岐川新著 KADOKAWA(角川ビーンズ文庫) 2017年11月
【異世界・架空の世界】【肌の露出が多めの挿絵なし/キスシーンの挿絵あり】

「変装令嬢と家出騎士：縁談が断れなくてツライです。」秋杜フユ著 集英社(コバルト文庫)
2017年9月【現代】【肌の露出が多めの挿絵なし】

「無欲の聖女 3」中村颯希著 主婦の友社(ヒーロー文庫) 2017年7月【異世界・架空の世界】
【肌の露出が多めの挿絵なし】

「煌翼の姫君：男装令嬢と獅子の騎士団」白洲梓著 集英社(コバルト文庫) 2017年7月【異世
界・架空の世界】【肌の露出が多めの挿絵なし】

文化・芸能＞文学・本

「キャスター探偵愛優一郎の友情」愁堂れな著 集英社(集英社オレンジ文庫) 2017年8月【現
代】【挿絵なし】

「この世界にiをこめて = With all my love in this world」佐野徹夜著 KADOKAWA(メディア
ワークス文庫) 2017年10月【現代】【肌の露出が多めの挿絵なし】

「さよならレター」皐月コハル著 スターツ出版(スターツ出版文庫) 2017年11月【現代】【挿絵
なし】

「ゼロから始める魔法の書 10」虎走かける著 KADOKAWA(電撃文庫) 2017年8月【異世界・
架空の世界】【肌の露出が多めの挿絵なし】

「パンツあたためますか?」石山雄規著 KADOKAWA(角川スニーカー文庫) 2017年8月【現
代】【肌の露出が多めの挿絵なし】

「ベイビー、グッドモーニング」河野裕著 KADOKAWA(角川文庫) 2017年8月【現代】【挿絵な
し】

「ラノベ作家になりたくて震える。」嵯峨伊緒著 KADOKAWA(電撃文庫) 2017年9月【現代】
【肌の露出が多めの挿絵なし】

「悪役令嬢としてヒロインと婚約者をくっつけようと思うのですが、うまくいきません…。」枳莎著
KADOKAWA(ビーズログ文庫アリス) 2017年9月【異世界・架空の世界】【肌の露出が多めの
挿絵なし】

「異端の神言遣い：俺たちはパワーワードで異世界を革命する 2」佐藤了著 KADOKAWA
(ファミ通文庫) 2017年7月【異世界・架空の世界】【肌の露出が多めの挿絵あり】

文化・芸能・スポーツ

「怪奇編集部『トワイライト』2」瀬川貴次著 集英社(集英社オレンジ文庫) 2017年11月【現代】【肌の露出が多めの挿絵なし】

「金曜日の本屋さん [3]」名取佐和子著 角川春樹事務所(ハルキ文庫) 2017年8月【現代】【挿絵なし】

「幻想古書店で珈琲を [5]」蒼月海里著 角川春樹事務所(ハルキ文庫) 2017年9月【現代】【肌の露出が多めの挿絵なし】

「私はご都合主義な解決担当の王女である」まめちょろ著 KADOKAWA(ビーズログ文庫) 2017年10月【異世界・架空の世界】【肌の露出が多めの挿絵なし】

「呪われた伯爵と月愛づる姫君 : おとぎ話の魔女」山咲黒著 KADOKAWA(ビーズログ文庫) 2017年12月【異世界・架空の世界】【肌の露出が多めの挿絵なし】

「十年後の僕らはまだ物語の終わりを知らない」尼野ゆたか著 KADOKAWA(富士見L文庫) 2017年11月【現代】【挿絵なし】

「小説家・裏雅の気ままな探偵稼業」丸木文華著 集英社(集英社オレンジ文庫) 2017年11月【歴史・時代】【肌の露出が多めの挿絵なし】

「消えていく君の言葉を探してる。」霧友正規著 KADOKAWA(富士見L文庫) 2017年8月【現代】【挿絵なし】

「先生とそのお布団」石川博品著 小学館(ガガガ文庫) 2017年11月【現代】【肌の露出が多めの挿絵なし】

「装幀室のおしごと。: 本の表情つくりませんか? 2」範乃秋晴著 KADOKAWA(メディアワークス文庫) 2017年7月【現代】【肌の露出が多めの挿絵なし】

「文学少年と書を喰う少女」渡辺仙州著 ポプラ社(ポプラ文庫ピュアフル) 2017年7月【歴史・時代】【挿絵なし】

「僕の瞳に映る僕」織部泰助著 KADOKAWA(メディアワークス文庫) 2017年7月【現代】【肌の露出が多めの挿絵なし】

「本好きの下剋上 : 司書になるためには手段を選んでいられません 第3部[4]」香月美夜著 TOブックス 2017年7月【異世界・架空の世界】【肌の露出が多めの挿絵なし】

「本好きの下剋上 : 司書になるためには手段を選んでいられません 第3部[5]」香月美夜著 TOブックス 2017年10月【異世界・架空の世界】【肌の露出が多めの挿絵なし】

「恋と悪魔と黙示録 [9]」糸森環著 一迅社(一迅社文庫アイリス) 2017年8月【異世界・架空の世界】【肌の露出が多めの挿絵なし/キスシーンの挿絵あり】

「六道先生の原稿は順調に遅れています」峰守ひろかず著 KADOKAWA(富士見L文庫) 2017年7月【現代】【挿絵なし】

文化・芸能＞文学・本＞古事記・日本書紀

「クレシェンド」竹本健治著 KADOKAWA(角川文庫) 2017年11月【現代】【挿絵なし】

文化・芸能・スポーツ

「けがれの汀で恋い慕え」結城光流著 KADOKAWA（角川ビーンズ文庫）2017年10月【歴史・時代】【挿絵なし】

「神様の御用人 7」浅葉なつ著 KADOKAWA（メディアワークス文庫）2017年8月【現代/異世界・架空の世界】【肌の露出が多めの挿絵なし】

文化・芸能＞文学・本＞万葉集

「奈良町あやかし万葉茶房」遠藤遼著 双葉社（双葉文庫）2017年11月【現代】【肌の露出が多めの挿絵なし】

文化・芸能＞漫画

「マンガハウス!」桜井美奈著 光文社（光文社文庫）2017年10月【現代】【挿絵なし】

「モノクロの君に恋をする」坂上秋成著 新潮社（新潮文庫）2017年7月【現代】【挿絵なし】

「私がヒロインだけど、その役は譲ります」増田みりん著 KADOKAWA（ビーズログ文庫アリス）2017年8月【異世界・架空の世界】【肌の露出が多めの挿絵なし】

「腐女子な妹ですみません 2」九重木春著 KADOKAWA（ビーズログ文庫アリス）2017年8月【現代】【肌の露出が多めの挿絵なし/キスシーンの挿絵あり】

文化・芸能＞落語・漫才

「異世界落語 3」朱雀新吾著;柳家喬太郎落語監修 主婦の友社（ヒーロー文庫）2017年8月【異世界・架空の世界】【肌の露出が多めの挿絵なし】

「君の嘘と、やさしい死神」青谷真未著 ポプラ社（ポプラ文庫ピュアフル）2017年11月【現代】【挿絵なし】

【暮らし・生活】

イベント・行事＞お正月

「29とJK 3」裕時悠示著 SBクリエイティブ（GA文庫）2017年9月【現代】【肌の露出が多めの挿絵あり】

「俺、ツインテールになります。14」水沢夢著 小学館（ガガガ文庫）2017年12月【現代/異世界・架空の世界】【肌の露出が多めの挿絵なし】

「戦国小町苦労譚 7」夾竹桃著 アース・スターエンターテイメント（EARTH STAR NOVEL）2017年12月【歴史・時代】【肌の露出が多めの挿絵なし】

イベント・行事＞お茶会・パーティー

「転職の神殿を開きました 4」土鍋著 双葉社（モンスター文庫）2017年7月【異世界・架空の世界】【肌の露出が多めの挿絵なし】

「尾道茶寮夜咄堂 [2]」加藤泰幸著 宝島社（宝島社文庫）2017年7月【現代】【挿絵なし】

イベント・行事＞お花見

「出雲のあやかしホテルに就職します 3」硝子町玻璃著 双葉社（双葉文庫）2017年11月【異世界・架空の世界】【挿絵なし】

イベント・行事＞お祭り

「カゲロウデイズ 8」じん（自然の敵P）著 KADOKAWA（KCG文庫）2017年12月【異世界・架空の世界】【肌の露出が多めの挿絵なし】

「きみに届け。はじまりの歌」沖田円著 スターツ出版（スターツ出版文庫）2017年12月【現代】【挿絵なし】

「異世界Cマート繁盛記 6」新木伸著 集英社（ダッシュエックス文庫）2017年10月【異世界・架空の世界】【肌の露出が多めの挿絵なし】

「俺の青春を生け贄に、彼女の前髪をオープン 3」凪木エコ著 KADOKAWA（富士見ファンタジア文庫）2017年10月【現代】【肌の露出が多めの挿絵あり】

「思い出の品、売ります買います九十九古物商店」皆藤黒助著 KADOKAWA（角川文庫）2017年7月【現代】【挿絵なし】

「奈良町あやかし万葉茶房」遠藤遼著 双葉社（双葉文庫）2017年11月【現代】【肌の露出が多めの挿絵なし】

「日曜日のゆうれい」岡篠名桜著 集英社（集英社文庫）2017年12月【現代】【肌の露出が多めの挿絵なし】

「風ケ丘五十円玉祭りの謎」青崎有吾著 東京創元社（創元推理文庫）2017年7月【現代】【肌の露出が多めの挿絵なし】

暮らし・生活

イベント・行事＞合宿

「2.43：清陰高校男子バレー部 代表決定戦編2」壁井ユカコ著 集英社（集英社文庫）2017年12月【現代】【肌の露出が多めの挿絵なし】

イベント・行事＞クリスマス

「いつかの恋にきっと似ている」木村咲著 スターツ出版（スターツ出版文庫）2017年10月【現代】【挿絵なし】

「ゲーマーズ！8」葵せきな著 KADOKAWA（富士見ファンタジア文庫）2017年7月【現代】【肌の露出が多めの挿絵あり】

「俺が好きなのは妹だけど妹じゃない5」恵比須清司著 KADOKAWA（富士見ファンタジア文庫）2017年12月【現代】【肌の露出が多めの挿絵あり】

「貴方がわたしを好きになる自信はありませんが、わたしが貴方を好きになる自信はあります」鈴木大輔著 集英社（ダッシュエックス文庫）2017年12月【近未来・遠未来】【肌の露出が多めの挿絵なし】

「今日から俺はロリのヒモ！5」暁雪著 KADOKAWA（MF文庫J）2017年12月【現代】【肌の露出が多めの挿絵なし】

「僕の知らない、いつかの君へ」木村咲著 スターツ出版（スターツ出版文庫）2017年12月【現代】【挿絵なし】

「冷徹なカレは溺甘オオカミ」春川メル著 スターツ出版（ベリーズ文庫）2017年7月【現代】【挿絵なし】

イベント・行事＞コミックマーケット

「非オタの彼女が俺の持ってるエロゲに興味津々なんだが……6」滝沢慧著 KADOKAWA（富士見ファンタジア文庫）2017年9月【現代】【肌の露出が多めの挿絵あり】

「魔王失格！」羽鳥紘著 アルファポリス（レジーナ文庫．レジーナブックス）2017年11月【現代/異世界・架空の世界】【肌の露出が多めの挿絵なし】

「妹さえいればいい。8」平坂読著 小学館（ガガガ文庫）2017年9月【現代】【肌の露出が多めの挿絵あり】

イベント・行事＞体育祭・運動会

「最強聖騎士のチート無し現代生活2」小幡京人著 オーバーラップ（オーバーラップ文庫）2017年9月【現代/異世界・架空の世界】【肌の露出が多めの挿絵あり】

「宰相閣下とパンダと私2」黒辺あゆみ著 アルファポリス（レジーナ文庫．レジーナブックス）2017年11月【異世界・架空の世界】【肌の露出が多めの挿絵なし/キスシーンの挿絵あり】

暮らし・生活

イベント・行事＞七夕

「夏空のモノローグ」秋月鈴音著;アイディアファクトリー株式会社;デザインファクトリー株式会社
監修 一二三書房(オトメイトノベル) 2017年7月【現代】【肌の露出が多めの挿絵なし】

イベント・行事＞誕生日・記念日

「トリック・トリップ・バケーション = Trick Trip Vacation : 虹の館の殺人パーティー」中村あき著
星海社(星海社FICTIONS) 2017年11月【現代】【肌の露出が多めの挿絵なし】

「今夜、きみは火星にもどる」小嶋陽太郎著 KADOKAWA(角川文庫) 2017年10月【現代】
【挿絵なし】

「転生して田舎でスローライフをおくりたい = I want to enjoy slow Living [3]」錬金王著 宝島社
2017年7月【異世界・架空の世界】【肌の露出が多めの挿絵あり】

「夜明けのカノープス」穂高明著 実業之日本社(実業之日本社文庫) 2017年10月【現代】【挿
絵なし】

イベント・行事＞ツーリング

「俺はバイクと放課後に : 走り納め川原湯温泉」菅沼拓三著 徳間書店(徳間文庫) 2017年11
月【現代】【肌の露出が多めの挿絵なし】

「俺はバイクと放課後に [2]」菅沼拓三著 徳間書店(徳間文庫) 2017年12月【現代】【肌の露
出が多めの挿絵なし】

イベント・行事＞デート

「キミは一人じゃないじゃん、と僕の中の一人が言った」比嘉智康著 KADOKAWA(ファミ通文
庫) 2017年8月【現代】【肌の露出が多めの挿絵なし】

「ゲーマーズ! 8」葵せきな著 KADOKAWA(富士見ファンタジア文庫) 2017年7月【現代】【肌
の露出が多めの挿絵あり】

「たぶん、出会わなければよかった嘘つきな君に」栗俣力也原案;佐藤青南著 祥伝社(祥伝社
文庫) 2017年12月【現代】【挿絵なし】

「ダンジョンの魔王は最弱っ!? 7」日曜著 新紀元社(MORNING STAR BOOKS) 2017年8月
【異世界・架空の世界】【肌の露出が多めの挿絵なし】

「デート・ア・ライブ 17」橘公司著 KADOKAWA(富士見ファンタジア文庫) 2017年8月【現代】
【肌の露出が多めの挿絵あり】

「ニセモノだけど恋だった」齋藤ゆうこ著 宝島社(宝島社文庫) 2017年11月【現代】【挿絵な
し】

「パンツあたためますか?」石山雄規著 KADOKAWA(角川スニーカー文庫) 2017年8月【現
代】【肌の露出が多めの挿絵なし】

暮らし・生活

「ワキヤくんの主役理論 2」涼暮皐著 KADOKAWA(MF文庫J) 2017年12月【現代】【肌の露出が多めの挿絵なし】

「俺の青春を生け贄に、彼女の前髪をオープン 3」凪木エコ著 KADOKAWA(富士見ファンタジア文庫) 2017年10月【現代】【肌の露出が多めの挿絵あり】

「俺を好きなのはお前だけかよ 6」駱駝著 KADOKAWA(電撃文庫) 2017年8月【現代】【肌の露出が多めの挿絵あり】

「俺を好きなのはお前だけかよ 7」駱駝著 KADOKAWA(電撃文庫) 2017年11月【現代】【肌の露出が多めの挿絵なし】

「強引な次期社長に独り占めされてます!」佳月弥生著 スターツ出版(ベリーズ文庫) 2017年12月【現代】【挿絵なし】

「君と綴った約束ノート」古河樹著 KADOKAWA(富士見L文庫) 2017年9月【現代】【挿絵なし】

「次期社長の甘い求婚」田崎くるみ著 スターツ出版(ベリーズ文庫) 2017年8月【現代】【挿絵なし】

「神獣(わたし)たちと一緒なら世界最強イケちゃいますよ?」福山陽士著 KADOKAWA(富士見ファンタジア文庫) 2017年7月【異世界・架空の世界】【肌の露出が多めの挿絵あり】

「溺あま御曹司は甘ふわ女子にご執心」望月いく著 スターツ出版(ベリーズ文庫) 2017年10月【現代】【挿絵なし】

「二周目の僕は君と恋をする」瑞智士記著 KADOKAWA(ファミ通文庫) 2017年7月【現代】【肌の露出が多めの挿絵なし】

「肉食系御曹司の餌食になりました」藍里まめ著 スターツ出版(ベリーズ文庫) 2017年8月【現代】【挿絵なし】

「副社長とふたり暮らし=愛育される日々」葉月りゅう著 スターツ出版(ベリーズ文庫) 2017年8月【現代】【挿絵なし】

「弁当屋さんのおもてなし [2]」喜多みどり著 KADOKAWA(角川文庫) 2017年10月【現代】【肌の露出が多めの挿絵なし】

「魔王は服の着方がわからない」長岡マキ子著;MB企画協力・監修 KADOKAWA(富士見ファンタジア文庫) 2017年10月【現代】【肌の露出が多めの挿絵あり】

「毎年、記憶を失う彼女の救いかた」望月拓海著 講談社(講談社タイガ) 2017年12月【現代】【挿絵なし】

「狼社長の溺愛から逃げられません!」きたみまゆ著 スターツ出版(ベリーズ文庫) 2017年10月【現代】【挿絵なし】

イベント・行事＞夏休み・バカンス・長期休暇

「きみと繰り返す、あの夏の世界」和泉あや著 スターツ出版(スターツ出版文庫) 2017年7月【現代】【挿絵なし】

暮らし・生活

「きみはぼくの宝物：史上最悪の夏休み」木下半太著 幻冬舎（幻冬舎文庫）2017年8月【現代】【挿絵なし】

「デーモンロード・ニュービー：VRMMO世界の生産職魔王」山和平著 SBクリエイティブ（GA文庫）2017年8月【現代/異世界・架空の世界】【肌の露出が多めの挿絵なし】

「ババチャリの神様」皆藤黒助著 双葉社（双葉文庫）2017年8月【現代】【挿絵なし】

「乙女なでしこ恋手帖[2]」深山くのえ著 小学館（小学館ルルル文庫）2017年11月【歴史・時代】【肌の露出が多めの挿絵なし/キスシーンの挿絵あり】

「俺を好きなのはお前だけかよ 6」駱駝著 KADOKAWA（電撃文庫）2017年8月【現代】【肌の露出が多めの挿絵あり】

「可愛ければ変態でも好きになってくれますか? 3」花間燈著 KADOKAWA（MF文庫J）2017年9月【現代】【肌の露出が多めの挿絵あり】

「幻獣王の心臓[3]」氷川一歩著 講談社（講談社X文庫）2017年8月【現代】【肌の露出が多めの挿絵なし】

「今夜、きみは火星にもどる」小嶋陽太郎著 KADOKAWA（角川文庫）2017年10月【現代】【挿絵なし】

「十歳の最強魔導師 3」天乃聖樹著 主婦の友社（ヒーロー文庫）2017年12月【異世界・架空の世界】【肌の露出が多めの挿絵あり】

「絶対城先輩の妖怪学講座 10」峰守ひろかず著 KADOKAWA（メディアワークス文庫）2017年8月【現代】【肌の露出が多めの挿絵なし】

「突然ですが、お兄ちゃんと結婚しますっ! 3」塀流通留著 KADOKAWA（MF文庫J）2017年10月【現代】【肌の露出が多めの挿絵あり】

イベント・行事＞花火

「俺を好きなのはお前だけかよ 6」駱駝著 KADOKAWA（電撃文庫）2017年8月【現代】【肌の露出が多めの挿絵あり】

「打ち上げ花火、下から見るか?横から見るか?」岩井俊二原作;大根仁著 KADOKAWA（角川スニーカー文庫）2017年8月【現代】【肌の露出が多めの挿絵なし】

イベント・行事＞バレンタイン

「デート・ア・ライブアンコール 7」橘公司著 KADOKAWA（富士見ファンタジア文庫）2017年12月【現代】【肌の露出が多めの挿絵あり】

「中古でも恋がしたい! 11」田尾典丈著 SBクリエイティブ（GA文庫）2017年12月【現代】【肌の露出が多めの挿絵なし】

暮らし・生活

イベント・行事＞舞踏会

「オークブリッジ邸の笑わない貴婦人 3」太田紫織著 新潮社（新潮文庫）2017年9月【現代】【肌の露出が多めの挿絵なし】

「後宮で、女の戦いはじめました。」汐邑雛著 KADOKAWA（ビーズログ文庫）2017年9月【異世界・架空の世界】【肌の露出が多めの挿絵なし/キスシーンの挿絵あり】

イベント・行事＞文化祭

「アルバトロスは羽ばたかない」七河迦南著 東京創元社（創元推理文庫）2017年11月【現代】【挿絵なし】

「くずクマさんとハチミツJK 3」烏川さいか著 KADOKAWA（MF文庫J）2017年11月【現代】【肌の露出が多めの挿絵なし/キスシーンの挿絵あり】

「こんな僕（クズ）が荒川さんに告白（コク）ろうなんて、おこがましくてできません。」清水苺著 講談社（講談社ラノベ文庫）2017年9月【現代】【肌の露出が多めの挿絵あり】

「そして僕等の初恋に会いに行く」西田俊也著 KADOKAWA（角川文庫）2017年12月【現代】【挿絵なし】

「そのスライム、ボスモンスターにつき注意：最低スライムのダンジョン経営物語 1」時野洋輔著 双葉社（モンスター文庫）2017年12月【異世界・架空の世界】【肌の露出が多めの挿絵なし】

「ぼくたちのリメイク 2」木緒なち著 KADOKAWA（MF文庫J）2017年7月【現代】【肌の露出が多めの挿絵あり/キスシーンの挿絵あり】

「マメシバ頼りの魔獣使役者（モンスターセプター）ライフ 2」鳥村居子著 KADOKAWA（ファミ通文庫）2017年8月【異世界・架空の世界】【肌の露出が多めの挿絵なし/キスシーンの挿絵あり】

「運命の彼は、キミですか？」秋吉理帆著 KADOKAWA（角川ビーンズ文庫）2017年12月【現代】【肌の露出が多めの挿絵なし】

「俺の青春を生け贄に、彼女の前髪をオープン 3」凪木エコ著 KADOKAWA（富士見ファンタジア文庫）2017年10月【現代】【肌の露出が多めの挿絵あり】

「君に恋をするなんて、ありえないはずだった [2]」筏田かつら著 宝島社（宝島社文庫）2017年7月【現代】【肌の露出が多めの挿絵なし】

「君の嘘と、やさしい死神」青谷真未著 ポプラ社（ポプラ文庫ピュアフル）2017年11月【現代】【挿絵なし】

「校舎五階の天才たち」神宮司いずみ著 講談社（講談社タイガ）2017年9月【現代】【挿絵なし】

「佐伯さんと、ひとつ屋根の下：I'll have Sherbet! 3」九曜著 KADOKAWA（ファミ通文庫）2017年10月【現代】【肌の露出が多めの挿絵あり】

「算額タイムトンネル」向井湘吾著 講談社（講談社タイガ）2017年12月【現代】【挿絵なし】

暮らし・生活

「物理的に孤立している俺の高校生活 = My Highschool Life is Physically Isolated 3」森田季節著 小学館(ガガガ文庫) 2017年10月【現代】【肌の露出が多めの挿絵なし】

「放課後の厨房(チューボー)男子」秋川滝美著 幻冬舎(幻冬舎文庫) 2017年9月【現代】【肌の露出が多めの挿絵なし】

「放課後音楽室」麻沢奏著 スターツ出版(スターツ出版文庫) 2017年10月【現代】【挿絵なし】

「恋愛予報 : 三角カンケイ警報・発令中!」西本紘奈著 KADOKAWA(角川ビーンズ文庫) 2017年7月【現代】【肌の露出が多めの挿絵なし】

イベント・行事＞旅行

「死なないで 新装版」赤川次郎著 双葉社(双葉文庫) 2017年12月【現代】【挿絵なし】

イベント・行事＞旅行＞修学旅行

「BORUTO-ボルト- : NARUTO NEXT GENERATIONS NOVEL4」岸本斉史原作;池本幹雄原作;小太刀右京原作 集英社(JUMP j BOOKS) 2017年11月【異世界・架空の世界】【肌の露出が多めの挿絵なし】

「あやかし夫婦は、もう一度恋をする。」友麻碧著 KADOKAWA(富士見L文庫) 2017年11月【現代】【挿絵なし】

「ゲーマーズ! 8」葵せきな著 KADOKAWA(富士見ファンタジア文庫) 2017年7月【現代】【肌の露出が多めの挿絵あり】

「ネトゲの嫁は女の子じゃないと思った? Lv.15」聴猫芝居著 KADOKAWA(電撃文庫) 2017年10月【現代】【肌の露出が多めの挿絵あり/キスシーンの挿絵あり】

「異世界修学旅行 6」岡本タクヤ著 小学館(ガガガ文庫) 2017年8月【異世界・架空の世界】【肌の露出が多めの挿絵なし】

「季節はうつる、メリーゴーランドのように」岡崎琢磨著 KADOKAWA(角川文庫) 2017年9月【現代】【挿絵なし】

「山本五十子の決断」如月真弘著 KADOKAWA(富士見ファンタジア文庫) 2017年10月【現代/異世界・架空の世界/歴史・時代】【肌の露出が多めの挿絵あり】

「青い花は未来で眠る」乾ルカ著 KADOKAWA(角川文庫) 2017年8月【現代】【挿絵なし】

「謎の館へようこそ : 新本格30周年記念アンソロジー 黒」はやみねかおる著;恩田陸著;高田崇史著;綾崎隼著;白井智之著;井上真偽著;文芸第三出版部編 講談社(講談社タイガ) 2017年10月【現代】【挿絵なし】

イベント・行事＞旅行＞新婚旅行

「ネクストライフ 13」相野仁著 主婦の友社(ヒーロー文庫) 2017年12月【異世界・架空の世界】【肌の露出が多めの挿絵あり】

暮らし・生活

園芸・菜園

「おいしいベランダ。[4]」竹岡葉月著 KADOKAWA(富士見L文庫) 2017年11月【現代】【肌の露出が多めの挿絵なし】

「吉祥寺よろず怪事(あやごと)請負処 [2]」結城光流著 KADOKAWA(角川文庫) 2017年9月【現代】【挿絵なし】

家具

「椅子を作る人」山路こいし著 新紀元社(MORNING STAR BOOKS) 2017年8月【現代】【肌の露出が多めの挿絵なし】

生活用品・電化製品

「聖剣、解体しちゃいました = I have taken the holy sword apart.」心裡著 アース・スターエンターテイメント(EARTH STAR NOVEL) 2017年12月【異世界・架空の世界】【肌の露出が多めの挿絵あり】

食べもの・飲みもの

「アリスマ王の愛した魔物」小川一水著 早川書房(ハヤカワ文庫JA) 2017年12月【異世界・架空の世界】【挿絵なし】

「エノク第二部隊の遠征ごはん 2」江本マシメサ著 マイクロマガジン社(GC NOVELS) 2017年12月【異世界・架空の世界】【肌の露出が多めの挿絵あり】

「エプロン男子:今晩、出張シェフがうかがいます 2nd」山本瑤著 集英社(集英社オレンジ文庫) 2017年11月【現代】【挿絵なし】

「タイガの森の狩り暮らし = Hunting Life In Taiga Forests:契約夫婦の東欧ごはん」江本マシメサ著 主婦と生活社(PASH!ブックス) 2017年12月【異世界・架空の世界】【肌の露出が多めの挿絵なし】

「デート・ア・ライブアンコール 7」橘公司著 KADOKAWA(富士見ファンタジア文庫) 2017年12月【現代】【肌の露出が多めの挿絵あり】

「マヨの王:某大手マヨネーズ会社社員の孫と女騎士、異世界で《密売王》となる」伊藤ヒロ著 集英社(ダッシュエックス文庫) 2017年11月【現代/異世界・架空の世界】【肌の露出が多めの挿絵なし】

「わが家は祇園(まち)の拝み屋さん 6」望月麻衣著 KADOKAWA(角川文庫) 2017年9月【現代】【肌の露出が多めの挿絵なし】

「異世界おもてなしご飯:聖女召喚と黄金プリン」忍丸著 KADOKAWA(カドカワBOOKS) 2017年9月【異世界・架空の世界】【肌の露出が多めの挿絵なし/キスシーンの挿絵あり】

「異世界ギルド飯:暗黒邪龍とカツカレー」白石新著 SBクリエイティブ(GA文庫) 2017年9月【異世界・架空の世界】【肌の露出が多めの挿絵なし】

暮らし・生活

「異世界の果てで開拓ごはん！：座敷わらしと目指す快適スローライフ」滝口流著 KADOKAWA(カドカワBOOKS) 2017年11月【異世界・架空の世界】【肌の露出が多めの挿絵あり】

「鎌倉ごちそう迷路」五嶋りっか著 スターツ出版(スターツ出版文庫) 2017年7月【現代】【挿絵なし】

「喫茶『猫の木』の秘密。：猫マスターの思い出アップルパイ」植原翠著 マイナビ出版(ファン文庫) 2017年9月【現代】【挿絵なし】

「後宮で、女の戦いはじめました。」汐邑雛著 KADOKAWA(ビーズログ文庫) 2017年9月【異世界・架空の世界】【肌の露出が多めの挿絵なし/キスシーンの挿絵あり】

「康太の異世界ごはん 3」中野在太著 主婦の友社(ヒーロー文庫) 2017年11月【異世界・架空の世界】【肌の露出が多めの挿絵なし】

「最後の晩ごはん [9]」椹野道流著 KADOKAWA(角川文庫) 2017年12月【現代】【肌の露出が多めの挿絵なし】

「死にたがりビバップ：Take The Curry Train!」うさぎやすぽん著 KADOKAWA(角川スニーカー文庫) 2017年8月【異世界・架空の世界】【肌の露出が多めの挿絵なし】

「戦うパン屋と機械じかけの看板娘(オートマタンウェイトレス) 7」SOW著 ホビージャパン(HJ文庫) 2017年9月【現代】【肌の露出が多めの挿絵なし】

「銭(インチキ)の力で、戦国の世を駆け抜ける。5」Y.A著 KADOKAWA(MFブックス) 2017年11月【歴史・時代】【肌の露出が多めの挿絵なし】

「繕い屋：月のチーズとお菓子の家」矢崎存美著 講談社(講談社タイガ) 2017年12月【現代/異世界・架空の世界】【挿絵なし】

「特命見廻り西郷隆盛」和田はつ子著 角川春樹事務所(ハルキ文庫) 2017年12月【歴史・時代】【挿絵なし】

「放課後は、異世界喫茶でコーヒーを 2」風見鶏著 KADOKAWA(富士見ファンタジア文庫) 2017年12月【現代/異世界・架空の世界】【肌の露出が多めの挿絵なし】

「魔王城のシェフ 2」水城水城著 KADOKAWA(ファミ通文庫) 2017年8月【異世界・架空の世界】【肌の露出が多めの挿絵あり】

「迷宮料理人ナギの冒険 2」ゆうきりん著 KADOKAWA(電撃文庫) 2017年8月【異世界・架空の世界】【肌の露出が多めの挿絵あり】

「幽冥食堂「あおやぎ亭」の交遊録」篠原美季著 講談社(講談社X文庫) 2017年7月【現代】【肌の露出が多めの挿絵なし】

「閻魔大王のレストラン」つるみ犬丸著 KADOKAWA(メディアワークス文庫) 2017年8月【異世界・架空の世界】【肌の露出が多めの挿絵なし】

「俠(おとこ)飯 4」福澤徹三著 文藝春秋(文春文庫) 2017年7月【現代】【肌の露出が多めの挿絵なし】

暮らし・生活

食べもの・飲みもの＞お菓子

「おかしな転生 7」古流望著 TOブックス 2017年8月【異世界・架空の世界】【肌の露出が多めの挿絵なし】

「おやつカフェでひとやすみ [2]」瀬王みかる著 集英社（集英社オレンジ文庫）2017年10月【現代】【挿絵なし】

「ドラゴンは寂しいと死んじゃいます = The dragon is lonely and dies : レベッカたんのにいたんは人類最強の傭兵 3」藤原ゴンザレス著 アース・スターエンターテイメント（EARTH STAR NOVEL）2017年12月【異世界・架空の世界】【肌の露出が多めの挿絵なし】

「フレンチ女子マドレーヌさんの下町ふしぎ物語」由似文著 KADOKAWA（メディアワークス文庫）2017年9月【現代】【肌の露出が多めの挿絵なし】

「下町で、看板娘はじめました。」汐邑雛著 KADOKAWA（ビーズログ文庫）2017年10月【異世界・架空の世界】【肌の露出が多めの挿絵なし】

「花野に眠る : 秋葉図書館の四季」森谷明子著 東京創元社（創元推理文庫）2017年8月【現代】【挿絵なし】

「喫茶アデルの癒やしのレシピ」葵居ゆゆ著 KADOKAWA（富士見L文庫）2017年12月【現代】【肌の露出が多めの挿絵なし】

「深煎りの魔女とカフェ・アルトの客人たち : ロンドンに薫る珈琲の秘密」天見ひつじ著 宝島社（宝島社文庫）2017年10月【歴史・時代】【挿絵なし】

「中古でも恋がしたい! 11」田尾典丈著 SBクリエイティブ（GA文庫）2017年12月【現代】【肌の露出が多めの挿絵なし】

「冒険者クビにされたので、嫌がらせで隣にスイーツ店ぶっ建ててみる : THE SWEET,DELICIOUS AND HONORLESS BATTLE OF THE FIRED ADVENTURER WITH THE CUTE GIRL 1」瀬戸メグル著 アース・スターエンターテイメント（EARTH STAR NOVEL）2017年7月【現代/異世界・架空の世界】【肌の露出が多めの挿絵あり】

「万国菓子舗お気に召すまま [4]」溝口智子著 マイナビ出版（ファン文庫）2017年11月【現代】【挿絵なし】

「幽落町おばけ駄菓子屋異話 : 夢四夜」蒼月海里著 KADOKAWA（角川ホラー文庫）2017年10月【異世界・架空の世界】【肌の露出が多めの挿絵なし】

食べもの・飲みもの＞お酒

「ぽんしゅでGO! : 僕らの巫女とほろ酔い列車旅」豊田巧著 集英社（ダッシュエックス文庫）2017年12月【現代】【肌の露出が多めの挿絵なし】

「異世界居酒屋「のぶ」4杯目」蟬川夏哉著 宝島社（宝島社文庫）2017年11月【異世界・架空の世界】【肌の露出が多めの挿絵なし】

「一目で、恋に落ちました」灯乃著 アルファポリス（レジーナ文庫. レジーナブックス）2017年7月【異世界・架空の世界】【肌の露出が多めの挿絵なし】

暮らし・生活

「家政婦ですがなにか?:蔵元・和泉家のお手伝い日誌」高山ちあき著 集英社(集英社オレンジ文庫) 2017年8月【現代】【挿絵なし】

「貴方がわたしを好きになる自信はありませんが、わたしが貴方を好きになる自信はあります」鈴木大輔著 集英社(ダッシュエックス文庫) 2017年12月【近未来・遠未来】【肌の露出が多めの挿絵なし】

「吸血鬼の誕生祝」赤川次郎著 集英社(集英社オレンジ文庫) 2017年7月【現代】【挿絵なし】

「京都なぞとき四季報:町を歩いて不思議なバーへ」円居挽著 KADOKAWA(角川文庫) 2017年12月【現代】【肌の露出が多めの挿絵なし】

「深煎りの魔女とカフェ・アルトの客人たち:ロンドンに薫る珈琲の秘密」天見ひつじ著 宝島社(宝島社文庫) 2017年10月【歴史・時代】【挿絵なし】

「神様の居酒屋お伊勢」梨木れいあ著 スターツ出版(スターツ出版文庫) 2017年12月【現代】【挿絵なし】

「叛逆せよ!英雄、転じて邪神騎士」杉原智則著 KADOKAWA(電撃文庫) 2017年7月【異世界・架空の世界】【肌の露出が多めの挿絵なし】

食べもの・飲みもの＞スープ

「スープ屋しずくの謎解き朝ごはん [3]」友井羊著 宝島社(宝島社文庫) 2017年11月【現代】【挿絵なし】

食べもの・飲みもの＞茶・コーヒー

「スーパーカブ 2」トネ・コーケン著 KADOKAWA(角川スニーカー文庫) 2017年10月【現代】【肌の露出が多めの挿絵なし】

「鎌倉ごちそう迷路」五嶋りっか著 スターツ出版(スターツ出版文庫) 2017年7月【現代】【挿絵なし】

「幻想古書店で珈琲を [5]」蒼月海里著 角川春樹事務所(ハルキ文庫) 2017年9月【現代】【肌の露出が多めの挿絵なし】

「黒猫王子の喫茶店 [2]」高橋由太著 KADOKAWA(角川文庫) 2017年10月【現代】【挿絵なし】

「深煎りの魔女とカフェ・アルトの客人たち:ロンドンに薫る珈琲の秘密」天見ひつじ著 宝島社(宝島社文庫) 2017年10月【歴史・時代】【挿絵なし】

「尾道茶寮夜咄堂 [2]」加藤泰幸著 宝島社(宝島社文庫) 2017年7月【現代】【挿絵なし】

「僕の珈琲店には小さな魔法使いが居候している」手島史詞著 KADOKAWA(ファミ通文庫) 2017年7月【現代】【肌の露出が多めの挿絵なし】

暮らし・生活

食べもの・飲みもの＞パン

「スーパーカブ 2」トネ・コーケン著 KADOKAWA（角川スニーカー文庫）2017年10月【現代】
【肌の露出が多めの挿絵なし】

「ダンジョン村のパン屋さん = The bakery in Dungeon Village ダンジョン村道行き編」丁謡著
KADOKAWA（カドカワBOOKS）2017年7月【異世界・架空の世界】【肌の露出が多めの挿絵な
し】

郵便・郵便ポスト

「オリンポスの郵便ポスト = The Post at Mount Olympus 2」藻野多摩夫著 KADOKAWA（電撃
文庫）2017年7月【異世界・架空の世界】【肌の露出が多めの挿絵あり】

ルームシェア・同棲

「いい部屋あります。」長野まゆみ著 KADOKAWA（角川文庫）2017年10月【現代】【挿絵な
し】

「イジワル社長は溺愛旦那様!?」あさぎ千夜春著 スターツ出版（ベリーズ文庫）2017年10月
【現代】【挿絵なし】

「エリート上司に翻弄されてます!」霜月悠太著 スターツ出版（ベリーズ文庫）2017年10月【現
代】【挿絵なし】

「おかえりシェア」佐野しなの著 KADOKAWA（メディアワークス文庫）2017年10月【肌
の露出が多めの挿絵なし】

「かみこい! 2」火海坂猫著 SBクリエイティブ（GA文庫）2017年7月【現代】【肌の露出が多めの
挿絵なし】

「がんばりすぎなあなたにご褒美を!：堕落勇者は頑張らない」兎月竜之介著 KADOKAWA
（MF文庫J）2017年7月【異世界・架空の世界】【肌の露出が多めの挿絵あり】

「キラプリおじさんと幼女先輩 3」岩沢藍著 KADOKAWA（電撃文庫）2017年12月【現代】【肌
の露出が多めの挿絵なし】

「クールな上司とトキメキ新婚!?ライフ」北条歩来著 スターツ出版（ベリーズ文庫）2017年7月
【現代】【挿絵なし】

「クラウは食べることにした」藤井論理著 KADOKAWA（角川スニーカー文庫）2017年8月【現
代/異世界・架空の世界】【肌の露出が多めの挿絵あり】

「スイート・ルーム・シェア：御曹司と溺甘同居」和泉あや著 スターツ出版（ベリーズ文庫）2017
年11月【現代】【挿絵なし】

「タイムシフト：君と見た海、君がいた空」午後12時の男著 集英社（ダッシュエックス文庫）
2017年10月【現代】【肌の露出が多めの挿絵なし】

「デーモンルーラー：定時に帰りたい男のやりすぎレベリング」一江左かさね著 KADOKAWA
（カドカワBOOKS）2017年8月【現代/異世界・架空の世界】【肌の露出が多めの挿絵なし】

396

暮らし・生活

「ニートの少女〈17〉に時給650円でレベル上げさせているオンライン」瀬尾つかさ著 KADOKAWA（角川スニーカー文庫）2017年12月【現代】【肌の露出が多めの挿絵あり】

「フレンチ女子マドレーヌさんの下町ふしぎ物語」由似文著 KADOKAWA（メディアワークス文庫）2017年9月【現代】【肌の露出が多めの挿絵なし】

「ぼくたちのリメイク 3」木緒なち著 KADOKAWA（MF文庫J）2017年11月【現代】【肌の露出が多めの挿絵なし】

「ほんとうの花を見せにきた」桜庭一樹著 文藝春秋（文春文庫）2017年11月【現代】【挿絵なし】

「マンガハウス!」桜井美奈著 光文社（光文社文庫）2017年10月【現代】【挿絵なし】

「モンスター・ファクトリー 2」アロハ座長著 KADOKAWA（富士見ファンタジア文庫）2017年11月【異世界・架空の世界】【肌の露出が多めの挿絵あり】

「レストラン・タブリエの幸せマリアージュ：シャルドネと涙のオマールエビ」浜野稚子著 マイナビ出版（ファン文庫）2017年7月【現代】【肌の露出が多めの挿絵なし】

「俺が好きなのは妹だけど妹じゃない 4」恵比須清司著 KADOKAWA（富士見ファンタジア文庫）2017年8月【現代】【肌の露出が多めの挿絵あり】

「勤労魔導士が、かわいい嫁と暮らしたら?：はい、しあわせです!」空埜一樹著 ホビージャパン（HJ文庫）2017年11月【異世界・架空の世界】【肌の露出が多めの挿絵なし】

「君と夏と、約束と。」麻中郷矢著 SBクリエイティブ（GA文庫）2017年12月【現代】【肌の露出が多めの挿絵なし】

「御曹司と溺愛付き!?ハラハラ同居」佐倉伊織著 スターツ出版（ベリーズ文庫）2017年9月【現代】【挿絵なし】

「今日からは、愛のひと」朱川湊人著 光文社（光文社文庫）2017年12月【現代】【挿絵なし】

「今日から俺はロリのヒモ! 5」暁雪著 KADOKAWA（MF文庫J）2017年12月【現代】【肌の露出が多めの挿絵なし】

「佐伯さんと、ひとつ屋根の下：I'll have Sherbet! 3」九曜著 KADOKAWA（ファミ通文庫）2017年10月【現代】【肌の露出が多めの挿絵あり】

「私、魔王。-なぜか勇者に溺愛されています。」ぷにちゃん著 主婦と生活社（PASH!ブックス）2017年10月【異世界・架空の世界】【肌の露出が多めの挿絵なし】

「次期社長と甘キュン!?お試し結婚」黒乃梓著 スターツ出版（ベリーズ文庫）2017年10月【現代】【挿絵なし】

「女騎士これくしょん：ガチャで出た女騎士と同居することになった。」三門鉄狼著 講談社（講談社ラノベ文庫）2017年9月【現代/異世界・架空の世界】【肌の露出が多めの挿絵あり】

「探偵ファミリーズ」天祢涼著 実業之日本社（実業之日本社文庫）2017年8月【現代】【挿絵なし】

暮らし・生活

「溺愛CEOといきなり新婚生活!?」北条歩来著 スターツ出版（ベリーズ文庫）2017年12月【現代】【挿絵なし】

「東京ダンジョンマスター：社畜勇者〈28〉は休めない」三島千廣著 KADOKAWA（ファミ通文庫）2017年9月【現代/異世界・架空の世界】【肌の露出が多めの挿絵なし】

「猫にされた君と私の一か月」相川悠紀著 双葉社（双葉文庫）2017年9月【現代】【挿絵なし】

「副社長とふたり暮らし＝愛育される日々」葉月りゅう著 スターツ出版（ベリーズ文庫）2017年8月【現代】【挿絵なし】

「副社長と愛され同居はじめます」砂原雑音著 スターツ出版（ベリーズ文庫）2017年12月【現代】【挿絵なし】

「副社長は束縛ダーリン」藍里まめ著 スターツ出版（ベリーズ文庫）2017年11月【現代】【挿絵なし】

「捕食」美輪和音著 東京創元社（創元推理文庫）2017年8月【現代】【挿絵なし】

「僕の文芸部にビッチがいるなんてありえない。10」赤福大和著 講談社（講談社ラノベ文庫）2017年9月【現代】【肌の露出が多めの挿絵あり】

「伶也と」椰月美智子著 文藝春秋（文春文庫）2017年12月【現代】【挿絵なし】

【ご当地もの】

愛知県＞安城市

「きみに届け。はじまりの歌」沖田円著 スターツ出版(スターツ出版文庫) 2017年12月【現代】【挿絵なし】

アメリカ合衆国 ＞ワシントンD.C.

「バビロン 3」野﨑まど著 講談社(講談社タイガ) 2017年11月【近未来・遠未来】【肌の露出が多めの挿絵なし】

イギリス

「椅子を作る人」山路こいし著 新紀元社(MORNING STAR BOOKS) 2017年8月【現代】【肌の露出が多めの挿絵なし】

イギリス＞ロンドン

「ローウェル骨董店の事件簿 [3]」椹野道流著 KADOKAWA(角川文庫) 2017年11月【歴史・時代】【挿絵なし】

「英国幻視の少年たち 5」深沢仁著 ポプラ社(ポプラ文庫ピュアフル) 2017年7月【現代】【肌の露出が多めの挿絵なし】

「刑事と怪物 [2]」佐野しなの著 KADOKAWA(メディアワークス文庫) 2017年8月【歴史・時代】【挿絵なし】

「深煎りの魔女とカフェ・アルトの客人たち : ロンドンに薫る珈琲の秘密」天見ひつじ著 宝島社(宝島社文庫) 2017年10月【歴史・時代】【挿絵なし】

「賭博師は祈らない 2」周藤蓮著 KADOKAWA(電撃文庫) 2017年8月【現代】【肌の露出が多めの挿絵あり】

石川県＞金沢市

「寺嫁さんのおもてなし : 和カフェであやかし癒やします」華藤えれな著 KADOKAWA(富士見L文庫) 2017年9月【現代】【肌の露出が多めの挿絵なし】

岩手県

「横浜駅SF = YOKOHAMA STATION FABLE [2]」柞刈湯葉著 KADOKAWA(カドカワBOOKS) 2017年8月【異世界・架空の世界】【肌の露出が多めの挿絵なし】

岩手県＞盛岡市

「走れ、健次郎」菊池幸見著 祥伝社(祥伝社文庫) 2017年12月【現代】【肌の露出が多めの挿絵なし】

ご当地もの

近江

「淡海乃海 水面が揺れる時：三英傑に嫌われた不運な男、朽木基綱の逆襲」イスラーフィール著 TOブックス 2017年12月【歴史・時代】【肌の露出が多めの挿絵なし】

大阪府

「京の絵草紙屋満天堂空蝉の夢」三好昌子著 宝島社(宝島社文庫) 2017年9月【歴史・時代】【挿絵なし】

大阪府＞大阪市

「私の大阪八景 改版」田辺聖子著 KADOKAWA(角川文庫) 2017年8月【歴史・時代】【挿絵なし】

「誰でもなれる!ラノベ主人公 = ANYONE CAN BE THE HERO OF LIGHT NOVEL : オマエそれ大阪でも同じこと言えんの?」真代屋秀晃著 KADOKAWA(電撃文庫) 2017年10月【現代】【肌の露出が多めの挿絵なし】

オーストリア＞ウィーン

「テスタメントシュピーゲル 3下」冲方丁著 KADOKAWA(角川スニーカー文庫) 2017年7月【近未来・遠未来】【肌の露出が多めの挿絵なし】

岡山県

「がらくた少女と人喰い煙突」矢樹純著 河出書房新社(河出文庫) 2017年9月【現代】【挿絵なし】

「何度でも永遠」岡本千紘著 集英社(集英社オレンジ文庫) 2017年11月【現代】【肌の露出が多めの挿絵なし】

沖縄県＞那覇市

「神様の棲む診療所 2」竹村優希著 双葉社(双葉文庫) 2017年12月【現代】【肌の露出が多めの挿絵なし】

尾張

「信長の弟：織田信行として生きて候 第2巻」ツマビラカズジ著 マイクロマガジン社(GC NOVELS) 2017年11月【歴史・時代】【肌の露出が多めの挿絵なし】

神奈川県

「ライヴ」山田悠介著 幻冬舎(幻冬舎文庫) 2017年7月【現代】【挿絵なし】

「崩れる脳を抱きしめて」知念実希人著 実業之日本社 2017年9月【現代】【挿絵なし】

ご当地もの

神奈川県＞足柄下郡＞箱根

「ひとり旅の神様 2」五十嵐雄策著 KADOKAWA（メディアワークス文庫）2017年7月【現代】【肌の露出が多めの挿絵なし】

「思い出の品、売ります買います九十九古物商店」皆藤黒助著 KADOKAWA（角川文庫）2017年7月【現代】【挿絵なし】

「白バイガール [3]」佐藤青南著 実業之日本社（実業之日本社文庫）2017年11月【現代】【挿絵なし】

神奈川県＞鎌倉市

「Just Because!」鴨志田一著 KADOKAWA（メディアワークス文庫）2017年11月【現代】【肌の露出が多めの挿絵なし】

「いつかきみに七月の雪を見せてあげる」五十嵐雄策著 KADOKAWA（メディアワークス文庫）2017年10月【現代】【肌の露出が多めの挿絵なし】

「おやつカフェでひとやすみ [2]」瀬王みかる著 集英社（集英社オレンジ文庫）2017年10月【現代】【挿絵なし】

「鎌倉ごちそう迷路」五嶋りっか著 スターツ出版（スターツ出版文庫）2017年7月【現代】【挿絵なし】

神奈川県＞藤沢市＞江の島

「鎌倉ごちそう迷路」五嶋りっか著 スターツ出版（スターツ出版文庫）2017年7月【現代】【挿絵なし】

神奈川県＞横浜市

「使用人探偵シズカ：横濱異人館殺人事件」月原渉著 新潮社（新潮文庫）2017年10月【歴史・時代】【挿絵なし】

「相棒はドM刑事（デカ）3」神埜明美著 集英社（集英社文庫）2017年7月【現代】【挿絵なし】

岐阜県＞郡上市

「……なんでそんな、ばかなこと聞くの?」鈴木大輔著 KADOKAWA（角川文庫）2017年9月【現代】【挿絵なし】

京都府

「あやかし夫婦は、もう一度恋をする。」友麻碧著 KADOKAWA（富士見L文庫）2017年11月【現代】【挿絵なし】

「ひとり旅の神様 2」五十嵐雄策著 KADOKAWA（メディアワークス文庫）2017年7月【現代】【肌の露出が多めの挿絵なし】

ご当地もの

「わが家は祇園（まち）の拝み屋さん 6」望月麻衣著 KADOKAWA（角川文庫）2017年9月【現代】【肌の露出が多めの挿絵なし】

「横浜駅SF＝YOKOHAMA STATION FABLE [2]」柞刈湯葉著 KADOKAWA（カドカワ BOOKS）2017年8月【異世界・架空の世界】【肌の露出が多めの挿絵なし】

「化石少女」麻耶雄嵩著 徳間書店（徳間文庫）2017年11月【現代】【挿絵なし】

「京の絵草紙屋満天堂空蝉の夢」三好昌子著 宝島社（宝島社文庫）2017年9月【歴史・時代】【挿絵なし】

「京都なぞとき四季報：町を歩いて不思議なバーへ」円居挽著 KADOKAWA（角川文庫）2017年12月【現代】【肌の露出が多めの挿絵なし】

「京都烏丸御池のお祓い本舗」望月麻衣著 双葉社（双葉文庫）2017年10月【現代】【肌の露出が多めの挿絵なし】

「京都寺町三条のホームズ 8」望月麻衣著 双葉社（双葉文庫）2017年9月【現代】【肌の露出が多めの挿絵なし】

「京都伏見のあやかし甘味帖：おねだり狐との町屋暮らし」柏てん著 宝島社（宝島社文庫）2017年8月【現代】【挿絵なし】

京都府＞京都市

「お世話になっております。陰陽課です 4」峰守ひろかず著 KADOKAWA（メディアワークス文庫）2017年9月【現代】【肌の露出が多めの挿絵なし】

「京都の甘味処は神様専用です 2」桑野和明著 双葉社（双葉文庫）2017年10月【現代】【挿絵なし】

「現代編・近くば寄って目にも見よ」結城光流著 KADOKAWA（角川ビーンズ文庫）2017年11月【現代】【肌の露出が多めの挿絵なし】

「神様の御用人 7」浅葉なつ著 KADOKAWA（メディアワークス文庫）2017年8月【現代/異世界・架空の世界】【肌の露出が多めの挿絵なし】

京都府＞京都市＞左京区

「おとなりの晴明さん：陰陽師は左京区にいる」仲町六絵著 KADOKAWA（メディアワークス文庫）2017年10月【現代/異世界・架空の世界/歴史・時代】【肌の露出が多めの挿絵なし】

「下鴨アンティーク [7]」白川紺子著 集英社（集英社オレンジ文庫）2017年12月【現代】【肌の露出が多めの挿絵なし】

熊本県

「横浜駅SF＝YOKOHAMA STATION FABLE [2]」柞刈湯葉著 KADOKAWA（カドカワ BOOKS）2017年8月【異世界・架空の世界】【肌の露出が多めの挿絵なし】

ご当地もの

熊本県＞阿蘇市

「涅槃月ブルース」桑原水菜著 集英社(コバルト文庫) 2017年8月【歴史・時代】【肌の露出が多めの挿絵なし】

群馬県

「横浜駅SF ＝ YOKOHAMA STATION FABLE [2]」柞刈湯葉著 KADOKAWA(カドカワBOOKS) 2017年8月【異世界・架空の世界】【肌の露出が多めの挿絵なし】

群馬県＞吾妻郡＞草津町

「俺はバイクと放課後に [2]」菅沼拓三著 徳間書店(徳間文庫) 2017年12月【現代】【肌の露出が多めの挿絵なし】

群馬県＞吾妻郡＞長野原町

「俺はバイクと放課後に：走り納め川原湯温泉」菅沼拓三著 徳間書店(徳間文庫) 2017年11月【現代】【肌の露出が多めの挿絵なし】

埼玉県＞川越市

「ひとり旅の神様 2」五十嵐雄策著 KADOKAWA(メディアワークス文庫) 2017年7月【現代】【肌の露出が多めの挿絵なし】

「黒猫王子の喫茶店 [2]」高橋由太著 KADOKAWA(角川文庫) 2017年10月【現代】【挿絵なし】

埼玉県＞さいたま市

「Bの戦場 3」ゆきた志旗著 集英社(集英社オレンジ文庫) 2017年12月【現代】【肌の露出が多めの挿絵なし】

静岡県

「喫茶『猫の木』の秘密。：猫マスターの思い出アップルパイ」植原翠著 マイナビ出版(ファン文庫) 2017年9月【現代】【挿絵なし】

静岡県＞熱海市

「メルヘン・メドヘン 2」松智洋著;StoryWorks著 集英社(ダッシュエックス文庫) 2017年7月【異世界・架空の世界】【肌の露出が多めの挿絵あり】

静岡県＞浜松市

「毎年、記憶を失う彼女の救いかた」望月拓海著 講談社(講談社タイガ) 2017年12月【現代】【挿絵なし】

ご当地もの

島根県＞出雲市

「ひとり旅の神様 2」五十嵐雄策著 KADOKAWA（メディアワークス文庫）2017年7月【現代】【肌の露出が多めの挿絵なし】

駿河

「信長の弟：織田信行として生きて候 第2巻」ツマビラカズジ著 マイクロマガジン社（GC NOVELS）2017年11月【歴史・時代】【肌の露出が多めの挿絵なし】

千葉県

「君に恋をするなんて、ありえないはずだった [2]」筏田かつら著 宝島社（宝島社文庫）2017年7月【現代】【肌の露出が多めの挿絵なし】

千葉県＞千葉市

「スピンガール！= Spin-Girl！：海浜千葉高校競技ポールダンス部」神戸遥真著 KADOKAWA（メディアワークス文庫）2017年9月【現代】【肌の露出が多めの挿絵なし】

中国

「後宮刷華伝：ひもとく花嫁は依依恋恋たる謎を梓に鏤む」はるおかりの著 集英社（コバルト文庫）2017年10月【歴史・時代】【肌の露出が多めの挿絵なし】

「春華とりかえ抄：榮国物語」一石月下著 KADOKAWA（富士見L文庫）2017年9月【現代】【挿絵なし】

「瑠璃花舞姫録：召しませ、舞姫様っ！」くりたかのこ著 KADOKAWA（ビーズログ文庫）2017年12月【異世界・架空の世界】【肌の露出が多めの挿絵なし/キスシーンの挿絵あり】

天竺

「高丘親王航海記 新装版」澁澤龍彦著 文藝春秋（文春文庫）2017年9月【歴史・時代】【挿絵なし】

東京都

「70年分の夏を君に捧ぐ」櫻井千姫著 スターツ出版（スターツ出版文庫）2017年11月【現代/歴史・時代】【挿絵なし】

「いい部屋あります。」長野まゆみ著 KADOKAWA（角川文庫）2017年10月【現代】【挿絵なし】

「イジワル社長は溺愛旦那様!?」あさぎ千夜春著 スターツ出版（ベリーズ文庫）2017年10月【現代】【挿絵なし】

「クールな御曹司と愛され政略結婚」西ナナヲ著 スターツ出版（ベリーズ文庫）2017年9月【現代】【挿絵なし】

ご当地もの

「サイメシスの迷宮：完璧な死体」アイダサキ著 講談社(講談社タイガ) 2017年9月【現代】【挿絵なし】

「スイート・ルーム・シェア：御曹司と溺甘同居」和泉あや著 スターツ出版(ベリーズ文庫) 2017年11月【現代】【挿絵なし】

「ゼロの日に叫ぶ」似鳥鶏著 河出書房新社(河出文庫) 2017年9月【現代/歴史・時代】【肌の露出が多めの挿絵なし】

「そして君に最後の願いを。」菊川あすか著 スターツ出版(スターツ出版文庫) 2017年9月【現代】【挿絵なし】

「デッドマンズショウ」柴田勝家著 講談社(講談社タイガ) 2017年7月【現代】【挿絵なし】

「ハイキュー!!ショーセツバン!! 9」古舘春一著;星希代子著 集英社(JUMP j BOOKS) 2017年12月【現代】【肌の露出が多めの挿絵なし】

「バビロン 3」野﨑まど著 講談社(講談社タイガ) 2017年11月【近未来・遠未来】【肌の露出が多めの挿絵なし】

「フカミ喫茶店の謎解きアンティーク」涙鳴著 スターツ出版(スターツ出版文庫) 2017年11月【現代】【挿絵なし】

「メルヘン・メドヘン 2」松智洋著;StoryWorks著 集英社(ダッシュエックス文庫) 2017年7月【異世界・架空の世界】【肌の露出が多めの挿絵あり】

「モノクローム・レクイエム」小島正樹著 徳間書店(徳間文庫) 2017年9月【現代】【挿絵なし】

「火星ゾンビ = Zombie of Mars」藤咲淳一著 マイクロマガジン社(BOOK BLAST) 2017年8月【現代/異世界・架空の世界】【肌の露出が多めの挿絵なし】

「華舞鬼町おばけ写真館 [2]」蒼月海里著 KADOKAWA(角川ホラー文庫) 2017年12月【現代/異世界・架空の世界】【肌の露出が多めの挿絵なし】

「最低。」紗倉まな著 KADOKAWA(角川文庫) 2017年9月【現代】【挿絵なし】

「次期社長の甘い求婚」田崎くるみ著 スターツ出版(ベリーズ文庫) 2017年8月【現代】【挿絵なし】

「図書館は、いつも静かに騒がしい」端島凛著 三交社(スカイハイ文庫) 2017年7月【現代】【肌の露出が多めの挿絵なし】

「世界が終わる街」似鳥鶏著 河出書房新社(河出文庫) 2017年10月【現代】【挿絵なし】

「溺愛CEOといきなり新婚生活!?」北条歩来著 スターツ出版(ベリーズ文庫) 2017年12月【現代】【挿絵なし】

「東京ダンジョンマスター：社畜勇者〈28〉は休めない」三島千廣著 KADOKAWA(ファミ通文庫) 2017年9月【現代/異世界・架空の世界】【肌の露出が多めの挿絵なし】

「東京廃区の戦女三師団(トリスケリオン) 3」舞阪洸著 KADOKAWA(富士見ファンタジア文庫) 2017年7月【現代】【肌の露出が多めの挿絵あり】

ご当地もの

「別れの夜には猫がいる。新装版」永嶋恵美著 徳間書店（徳間文庫）2017年7月【現代】【挿絵なし】

「明治・妖（あやかし）モダン」畠中恵著 朝日新聞出版（朝日文庫）2017年7月【歴史・時代】【挿絵なし】

「狼社長の溺愛から逃げられません!」きたみまゆ著 スターツ出版（ベリーズ文庫）2017年10月【現代】【挿絵なし】

「六道先生の原稿は順調に遅れています」峰守ひろかず著 KADOKAWA（富士見L文庫）2017年7月【現代】【挿絵なし】

東京都＞板橋区＞赤塚

「伶也と」椰月美智子著 文藝春秋（文春文庫）2017年12月【現代】【挿絵なし】

東京都＞葛飾区

「異世界銭湯：松の湯へようこそ」大場鳩太郎著 アース・スターエンターテイメント（EARTH STAR NOVEL）2017年8月【現代/異世界・架空の世界】【肌の露出が多めの挿絵なし】

東京都＞渋谷区＞渋谷

「渋谷のロリはだいたいトモダチ 1」あまさきみりと著 KADOKAWA（角川スニーカー文庫）2017年12月【近未来・遠未来】【肌の露出が多めの挿絵あり】

東京都＞新宿区

「新宿コネクティブ 2」内堀優一著 ホビージャパン（HJ文庫）2017年10月【現代】【肌の露出が多めの挿絵なし】

東京都＞新宿区＞西新宿

「鬼社長のお気に入り!?」夢野美紗著 スターツ出版（ベリーズ文庫）2017年7月【現代】【挿絵なし】

東京都＞世田谷区＞下北沢

「キネマ探偵カレイドミステリー [2]」斜線堂有紀著 KADOKAWA（メディアワークス文庫）2017年8月【現代】【肌の露出が多めの挿絵なし】

東京都＞台東区＞浅草

「怪盗の伴走者」三木笙子著 東京創元社（創元推理文庫）2017年9月【歴史・時代】【肌の露出が多めの挿絵なし】

ご当地もの

東京都＞多摩市

「ガールズトーク縁と花：境界線上のホライゾン」川上稔著 KADOKAWA（電撃文庫）2017年7月【異世界・架空の世界】【肌の露出が多めの挿絵あり】

「思い出は満たされないまま」乾緑郎著 集英社（集英社文庫）2017年7月【現代】【挿絵なし】

東京都＞千代田区

「今日からは、愛のひと」朱川湊人著 光文社（光文社文庫）2017年12月【現代】【挿絵なし】

東京都＞千代田区＞神保町

「幻想古書店で珈琲を [5]」蒼月海里著 角川春樹事務所（ハルキ文庫）2017年9月【現代】【肌の露出が多めの挿絵なし】

東京都＞千代田区＞丸の内

「丸の内で就職したら、幽霊物件担当でした。」竹村優希著 KADOKAWA（角川文庫）2017年10月【現代】【挿絵なし】

東京都＞中野区

「中野ブロードウェイ脱出ゲーム」渡辺浩弐著 KADOKAWA（角川ホラー文庫）2017年11月【現代】【挿絵なし】

東京都＞練馬区

「美の奇人たち = The Great Eccentric of Art：森之宮芸大前アパートの攻防」美奈川護著 KADOKAWA（メディアワークス文庫）2017年8月【現代】【肌の露出が多めの挿絵なし】

東京都＞武蔵野市

「週末陰陽師 [2]」遠藤遼著 三交社（スカイハイ文庫）2017年9月【現代】【肌の露出が多めの挿絵なし】

東京都＞武蔵野市＞吉祥寺

「Occultic;Nine：超常科学NVL 3」志倉千代丸著 オーバーラップ（オーバーラップ文庫）2017年9月【現代】【肌の露出が多めの挿絵なし】

「歌うエスカルゴ」津原泰水著 角川春樹事務所（ハルキ文庫）2017年11月【現代】【肌の露出が多めの挿絵なし】

「吉祥寺よろず怪事（あやごと）請負処 [2]」結城光流著 KADOKAWA（角川文庫）2017年9月【現代】【挿絵なし】

鳥取県

「ババチャリの神様」皆藤黒助著 双葉社（双葉文庫）2017年8月【現代】【挿絵なし】

ご当地もの

長野県

「農業男子とマドモアゼル：イチゴと恋の実らせ方」甘沢林檎著 KADOKAWA（富士見L文庫）2017年10月【現代】【肌の露出が多めの挿絵なし】

長野県＞松本市

「6番線に春は来る。そして今日、君はいなくなる。」大澤めぐみ著 KADOKAWA（角川スニーカー文庫）2017年11月【現代】【肌の露出が多めの挿絵なし】

奈良県

「旧暦屋、始めました」春坂咲月著 早川書房（ハヤカワ文庫 JA）2017年9月【現代】【挿絵なし】

「奈良まちはじまり朝ごはん」いぬじゅん著 スターツ出版（スターツ出版文庫）2017年9月【現代】【肌の露出が多めの挿絵なし】

「奈良町あやかし万葉茶房」遠藤遼著 双葉社（双葉文庫）2017年11月【現代】【肌の露出が多めの挿絵なし】

バチカン市国

「ヴァチカン図書館の裏蔵書」篠原美季著 新潮社（新潮文庫）2017年9月【現代】【肌の露出が多めの挿絵なし】

「バチカン奇跡調査官：二十七頭の象」藤木稟著 KADOKAWA（角川ホラー文庫）2017年7月【現代】【挿絵なし】

兵庫県＞芦屋市

「最後の晩ごはん [9]」椹野道流著 KADOKAWA（角川文庫）2017年12月【現代】【肌の露出が多めの挿絵なし】

兵庫県＞神戸市

「レストラン・タブリエの幸せマリアージュ：シャルドネと涙のオマールエビ」浜野稚子著 マイナビ出版（ファン文庫）2017年7月【現代】【肌の露出が多めの挿絵なし】

広島県

「70年分の夏を君に捧ぐ」櫻井千姫著 スターツ出版（スターツ出版文庫）2017年11月【現代/歴史・時代】【挿絵なし】

広島県＞尾道市

「尾道茶寮夜咄堂 [2]」加藤泰幸著 宝島社（宝島社文庫）2017年7月【現代】【挿絵なし】

ご当地もの

広島県＞呉市

「ダイブ！波乗りリストランテ」山本賀代著 マイナビ出版（ファン文庫）2017年9月【現代】【挿絵なし】

フィリピン＞マニラ市

「晴れたらいいね」藤岡陽子著 光文社（光文社文庫）2017年8月【現代/歴史・時代】【挿絵なし】

福井県

「2.43：清陰高校男子バレー部 代表決定戦編1」壁井ユカコ著 集英社（集英社文庫）2017年11月【現代】【肌の露出が多めの挿絵なし】

「2.43：清陰高校男子バレー部 代表決定戦編2」壁井ユカコ著 集英社（集英社文庫）2017年12月【現代】【肌の露出が多めの挿絵なし】

「JORGE JOESTAR」荒木飛呂彦原作;舞城王太郎著 集英社（JUMP j BOOKS）2017年12月【歴史・時代】【肌の露出が多めの挿絵なし】

福岡県＞福岡市

「僕の瞳に映る僕」織部泰助著 KADOKAWA（メディアワークス文庫）2017年7月【現代】【肌の露出が多めの挿絵なし】

福岡県＞福岡市＞博多区

「博多豚骨ラーメンズ 7」木崎ちあき著 KADOKAWA（メディアワークス文庫）2017年7月【現代】【肌の露出が多めの挿絵なし】

「博多豚骨ラーメンズ 8」木崎ちあき著 KADOKAWA（メディアワークス文庫）2017年12月【現代】【肌の露出が多めの挿絵なし】

「万国菓子舗お気に召すまま[4]」溝口智子著 マイナビ出版（ファン文庫）2017年11月【現代】【挿絵なし】

フランス＞パリ

「黒猫の回帰あるいは千夜航路」森晶麿著 早川書房（ハヤカワ文庫 JA）2017年9月【現代】【挿絵なし】

「百年の秘密：欧州妖異譚 16」篠原美季著 講談社（講談社X文庫）2017年9月【現代】【肌の露出が多めの挿絵なし】

北海道

「サンリオ男子 = SANRIO BOYS：俺たちの冬休み」サンリオ原作・著作・監修;静月遠火著 KADOKAWA（メディアワークス文庫）2017年12月【現代】【肌の露出が多めの挿絵なし】

ご当地もの

「綾志別町役場妖怪課 [2]」青柳碧人著 KADOKAWA（角川文庫）2017年9月【異世界・架空の世界】【挿絵なし】

「注文の多い美術館」門井慶喜著 文藝春秋（文春文庫）2017年8月【現代】【挿絵なし】

「櫻子さんの足下には死体が埋まっている [12]」太田紫織著 KADOKAWA（角川文庫）2017年8月【現代】【肌の露出が多めの挿絵なし】

北海道＞旭川市

「櫻子さんの足下には死体が埋まっている [13]」太田紫織著 KADOKAWA（角川文庫）2017年10月【現代】【肌の露出が多めの挿絵なし】

北海道＞上川郡＞東川町

「オークブリッジ邸の笑わない貴婦人 3」太田紫織著 新潮社（新潮文庫）2017年9月【現代】【肌の露出が多めの挿絵なし】

北海道＞釧路市

「旅籠屋あのこの：あなたの「想い」届けます。」岬著 KADOKAWA（メディアワークス文庫）2017年11月【現代】【肌の露出が多めの挿絵なし】

北海道＞札幌市

「肉食系御曹司の餌食になりました」藍里まめ著 スターツ出版（ベリーズ文庫）2017年8月【現代】【挿絵なし】

「弁当屋さんのおもてなし [2]」喜多みどり著 KADOKAWA（角川文庫）2017年10月【現代】【肌の露出が多めの挿絵なし】

三重県＞伊勢市

「神様たちのお伊勢参り 2」竹村優希著 双葉社（双葉文庫）2017年11月【異世界・架空の世界】【肌の露出が多めの挿絵なし】

「神様の居酒屋お伊勢」梨木れいあ著 スターツ出版（スターツ出版文庫）2017年12月【現代】【挿絵なし】

宮城県

「おせっかい屋のお鈴さん」堀川アサコ著 KADOKAWA（角川文庫）2017年9月【現代】【挿絵なし】

「ティーンズ・エッジ・ロックンロール」熊谷達也著 実業之日本社（実業之日本社文庫）2017年10月【現代】【挿絵なし】

「ハイキュー!!：劇場版総集編 [3]」古舘春一原作;吉成郁子小説 集英社（JUMP J BOOKS）2017年9月【現代】【肌の露出が多めの挿絵なし】

ご当地もの

「ハイキュー!! : 劇場版総集編 [4]」古舘春一原作;吉成郁子小説 集英社(JUMP J BOOKS)
2017年9月【現代】【肌の露出が多めの挿絵なし】

山梨県＞南アルプス市

「スーパーカブ 2」トネ・コーケン著 KADOKAWA(角川スニーカー文庫) 2017年10月【現代】
【肌の露出が多めの挿絵なし】

テーマ・ジャンル別分類見出し索引

赤塚→ご当地もの＞東京都＞板橋区＞赤塚

悪魔祓い・怨霊祓い・悪霊調伏→ストーリー＞悪魔祓い・怨霊祓い・悪霊調伏

浅草→ご当地もの＞東京都＞台東区＞浅草

旭川市→ご当地もの＞北海道＞旭川市

芦屋市→ご当地もの＞兵庫県＞芦屋市

阿蘇市→ご当地もの＞熊本県＞阿蘇市

熱海市→ご当地もの＞静岡県＞熱海市

あやかし・憑依・擬人化→ストーリー＞あやかし・憑依・擬人化

安城市→ご当地もの＞愛知県＞安城市

アンティーク→文化・芸能・スポーツ＞文化・芸能＞美術・芸術＞アンティーク

イギリス→ご当地もの＞イギリス

異空間→ストーリー＞異空間

育成・プロデュース→ストーリー＞育成・プロデュース

池・沼→自然・環境＞池・沼

囲碁・将棋→文化・芸能・スポーツ＞文化・芸能＞囲碁・将棋

遺産・相続→ストーリー＞遺産・相続

出雲市→ご当地もの＞島根県＞出雲市

異世界転移・召喚→ストーリー＞異世界転移・召喚

異世界転生→ストーリー＞異世界転生

伊勢市→ご当地もの＞三重県＞伊勢市

一軒家→場所・建物・施設＞一軒家

岩手県→ご当地もの＞岩手県

飲食店・居酒屋・カフェ→場所・建物・施設＞飲食店・居酒屋・カフェ

インターネット・SNS・メール・ブログ→ストーリー＞サイバー＞インターネット・SNS・メール・ブログ

ウィーン→ご当地もの＞オーストリア＞ウィーン

ウエイトリフティング→文化・芸能・スポーツ＞スポーツ＞ウエイトリフティング

歌→文化・芸能・スポーツ＞文化・芸能＞音楽＞歌

宇宙・地球・天体→自然・環境＞宇宙・地球・天体

海・川→自然・環境＞海・川

裏稼業・副業→ストーリー＞仕事＞裏稼業・副業

映画・テレビ・番組→文化・芸能・スポーツ＞文化・芸能＞映画・テレビ・番組

AI→ストーリー＞サイバー＞AI

駅→場所・建物・施設＞駅

SF→ストーリー＞SF

江の島→ご当地もの＞神奈川県＞藤沢市＞江の島

絵本→文化・芸能・スポーツ＞文化・芸能＞絵本

MMORPG→ストーリー＞ゲーム・アニメ＞MMORPG

宴会場・パーティー会場→場所・建物・施設＞宴会場・パーティー会場

園芸・菜園→暮らし・生活＞園芸・菜園
演劇→文化・芸能・スポーツ＞文化・芸能＞演劇
怨恨・憎悪→ストーリー＞怨恨・憎悪
近江→ご当地もの＞近江
大阪市→ご当地もの＞大阪府＞大阪市
大阪府→ご当地もの＞大阪府
お菓子→暮らし・生活＞食べもの・飲みもの＞お菓子
岡山県→ご当地もの＞岡山県
お酒→暮らし・生活＞食べもの・飲みもの＞お酒
お正月→暮らし・生活＞イベント・行事＞お正月
落ちもの→ストーリー＞落ちもの
お茶会・パーティー→暮らし・生活＞イベント・行事＞お茶会・パーティー
尾道市→ご当地もの＞広島県＞尾道市
お花見→暮らし・生活＞イベント・行事＞お花見
お祭り→暮らし・生活＞イベント・行事＞お祭り
尾張→ご当地もの＞尾張
恩返し→ストーリー＞恩返し
音楽→文化・芸能・スポーツ＞文化・芸能＞音楽
音楽室→場所・建物・施設＞音楽室
温泉・浴室・銭湯→場所・建物・施設＞温泉・浴室・銭湯
カースト→ストーリー＞カースト
カードゲーム→ストーリー＞ゲーム・アニメ＞カードゲーム
外交→ストーリー＞政治・行政・政府＞外交
会社→場所・建物・施設＞会社
開拓・復興・再建→ストーリー＞開拓・復興・再建
香り・匂い→ストーリー＞香り・匂い
家具→暮らし・生活＞家具
革命・改造・改革→ストーリー＞革命・改造・改革
ガチャ→ストーリー＞ガチャ
楽器→文化・芸能・スポーツ＞文化・芸能＞音楽＞楽器
葛飾区→ご当地もの＞東京都＞葛飾区
合宿→暮らし・生活＞イベント・行事＞合宿
華道→文化・芸能・スポーツ＞文化・芸能＞華道
神奈川県→ご当地もの＞神奈川県
金沢市→ご当地もの＞石川県＞金沢市
歌舞伎→文化・芸能・スポーツ＞文化・芸能＞歌舞伎
鎌倉市→ご当地もの＞神奈川県＞鎌倉市
カルチャーセンター→場所・建物・施設＞カルチャーセンター
川越市→ご当地もの＞埼玉県＞川越市

監禁・軟禁→ストーリー＞監禁・軟禁

感染→ストーリー＞感染

カンニング→ストーリー＞勉強＞カンニング

記憶喪失・忘却→ストーリー＞記憶喪失・忘却

基地→場所・建物・施設＞基地

吉祥寺→ご当地もの＞東京都＞武蔵野市＞吉祥寺

着物→文化・芸能・スポーツ＞文化・芸能＞ファッション＞着物

虐待・いじめ→ストーリー＞虐待・いじめ

ギャンブル→ストーリー＞ギャンブル

救出・救助→ストーリー＞救出・救助

球場→場所・建物・施設＞球場

宮廷・城・後宮→場所・建物・施設＞宮廷・城・後宮

京都市→ご当地もの＞京都府＞京都市

京都府→ご当地もの＞京都府

金銭トラブル・貧困→ストーリー＞金銭トラブル・貧困

クエスト・攻略→ストーリー＞冒険・旅＞クエスト・攻略

草津町→ご当地もの＞群馬県＞吾妻郡＞草津町

郡上市→ご当地もの＞岐阜県＞郡上市

釧路市→ご当地もの＞北海道＞釧路市

熊本県→ご当地もの＞熊本県

クリスマス→暮らし・生活＞イベント・行事＞クリスマス

呉市→ご当地もの＞広島県＞呉市

群像劇→ストーリー＞群像劇

群馬県→ご当地もの＞群馬県

経営もの→ストーリー＞仕事＞経営もの

芸能界→文化・芸能・スポーツ＞文化・芸能＞芸能界

契約→ストーリー＞契約

ゲーム・アニメ→ストーリー＞ゲーム・アニメ

研究所・研究室→場所・建物・施設＞研究所・研究室

検視→ストーリー＞検視

恋人・配偶者作り・縁結び→ストーリー＞恋人・配偶者作り・縁結び

恋人・配偶者のふり→ストーリー＞偽装＞恋人・配偶者のふり

高校・高等専門学校・高校生・高専生→学校・学園・学生＞高校・高等専門学校・高校生・高専生

校則→学校・学園・学生＞校則

拘置所・留置場・監獄→場所・建物・施設＞拘置所・留置場・監獄

交通事故・ひき逃げ→ストーリー＞事故＞交通事故・ひき逃げ

香道→文化・芸能・スポーツ＞文化・芸能＞香道

神戸市→ご当地もの＞兵庫県＞神戸市

拷問・処刑・殺人→ストーリー＞拷問・処刑・殺人

小売店・専門店→場所・建物・施設＞小売店・専門店

国内問題→ストーリー＞国内問題

国防→ストーリー＞国防

孤児院・養護施設→場所・建物・施設＞孤児院・養護施設

古事記・日本書紀→文化・芸能・スポーツ＞文化・芸能＞文学・本＞古事記・日本書紀

コスプレ→文化・芸能・スポーツ＞文化・芸能＞ファッション＞コスプレ

古代遺跡→場所・建物・施設＞古代遺跡

古道具屋・リサイクルショップ→場所・建物・施設＞古道具屋・リサイクルショップ

コミックマーケット→暮らし・生活＞イベント・行事＞コミックマーケット

コメディ→ストーリー＞コメディ

再起・回復→ストーリー＞再起・回復

さいたま市→ご当地もの＞埼玉県＞さいたま市

サイバー→ストーリー＞サイバー

栽培・飼育→ストーリー＞栽培・飼育

裁判所→場所・建物・施設＞裁判所

左京区→ご当地もの＞京都府＞京都市＞左京区

サッカー→文化・芸能・スポーツ＞スポーツ＞サッカー

札幌市→ご当地もの＞北海道＞札幌市

茶道→文化・芸能・スポーツ＞文化・芸能＞茶道

サバイバル→ストーリー＞サバイバル

砂漠→自然・環境＞砂漠

死・別れ→ストーリー＞死・別れ

試合・競争・コンテスト・競合→ストーリー＞試合・競争・コンテスト・競合

試験・受験→ストーリー＞勉強＞試験・受験

事故→ストーリー＞事故

仕事→ストーリー＞仕事

自殺・自殺未遂・自殺志願→ストーリー＞自殺・自殺未遂・自殺志願

刺繍→文化・芸能・スポーツ＞文化・芸能＞美術・芸術＞刺繍

静岡県→ご当地もの＞静岡県

自然・環境一般→自然・環境＞自然・環境一般

自然・人的災害→ストーリー＞自然・人的災害

実験→ストーリー＞実験

失踪・誘拐→ストーリー＞失踪・誘拐

自転車・ロードバイク→乗り物＞自転車・ロードバイク

自動車・バス→乗り物＞自動車・バス

渋谷→ご当地もの＞東京都＞渋谷区＞渋谷

自分探し・居場所探し→ストーリー＞自分探し・居場所探し

島・人工島→場所・建物・施設＞島・人工島

使命・任務→ストーリー＞使命・任務
下北沢→ご当地もの＞東京都＞世田谷区＞下北沢
写真→文化・芸能・スポーツ＞文化・芸能＞写真
修学旅行→暮らし・生活＞イベント・行事＞旅行＞修学旅行
宗教→ストーリー＞宗教
就職活動・求人・転職→ストーリー＞仕事＞就職活動・求人・転職
修道院・教会→場所・建物・施設＞修道院・教会
集落→場所・建物・施設＞集落
修行・トレーニング・試練→ストーリー＞修行・トレーニング・試練
出版社→場所・建物・施設＞会社＞出版社
小学校・小学生→学校・学園・学生＞小学校・小学生
情報機関・諜報機関→ストーリー＞政治・行政・政府＞情報機関・諜報機関
植物・樹木→自然・環境＞植物・樹木
書店・古書店→場所・建物・施設＞書店・古書店
書道→文化・芸能・スポーツ＞文化・芸能＞書道
新婚旅行→暮らし・生活＞イベント・行事＞旅行＞新婚旅行
新宿区→ご当地もの＞東京都＞新宿区
人造人間・人工生命・クローン→ストーリー＞サイバー＞人造人間・人工生命・クローン
人体実験→ストーリー＞実験＞人体実験
神保町→ご当地もの＞東京都＞千代田区＞神保町
人類消滅・人類滅亡→ストーリー＞人類消滅・人類滅亡
進路→学校・学園・学生＞進路
水族館→場所・建物・施設＞水族館
スーツ→文化・芸能・スポーツ＞文化・芸能＞ファッション＞スーツ
スープ→暮らし・生活＞食べもの・飲みもの＞スープ
スキャンダル→ストーリー＞スキャンダル
頭脳・心理戦→ストーリー＞頭脳・心理戦
スポーツ一般→文化・芸能・スポーツ＞スポーツ＞スポーツ一般
相撲→文化・芸能・スポーツ＞スポーツ＞相撲
駿河→ご当地もの＞駿河
スローライフ→ストーリー＞スローライフ
生活用品・電化製品→暮らし・生活＞生活用品・電化製品
政治・行政・政府→ストーリー＞政治・行政・政府
青春→ストーリー＞青春
成長・成り上がり→ストーリー＞成長・成り上がり
生徒会・委員会→学校・学園・学生＞生徒会・委員会
性別→ストーリー＞偽装＞性別
西洋史→文化・芸能・スポーツ＞文化・芸能＞学問＞西洋史
戦車・戦艦・戦闘機→乗り物＞戦車・戦艦・戦闘機

前世→ストーリー＞前世

戦争・テロ→ストーリー＞戦争・テロ

専門学校・大学・専門学校生・大学生・大学院生→学校・学園・学生＞専門学校・大学・専門学校生・大学生・大学院生

葬儀場→場所・建物・施設＞葬儀場

捜査・捜索・潜入→ストーリー＞捜査・捜索・潜入

その他学校・学園・学生→学校・学園・学生＞その他学校・学園・学生

空・星・月→自然・環境＞空・星・月

体育祭・運動会→暮らし・生活＞イベント・行事＞体育祭・運動会

タイムトラベル・タイムスリップ・タイムループ・ワープ→ストーリー＞SF＞タイムトラベル・タイムスリップ・タイムループ・ワープ

脱出→ストーリー＞脱出

七夕→暮らし・生活＞イベント・行事＞七夕

食べもの・飲みもの→暮らし・生活＞食べもの・飲みもの

多摩市→ご当地もの＞東京都＞多摩市

誕生日・記念日→暮らし・生活＞イベント・行事＞誕生日・記念日

ダンジョン・迷宮→ストーリー＞ダンジョン・迷宮

ダンス・踊り→文化・芸能・スポーツ＞スポーツ＞ダンス・踊り

男装・女装→文化・芸能・スポーツ＞文化・芸能＞ファッション＞男装・女装

チア→文化・芸能・スポーツ＞文化・芸能＞チア

チート→ストーリー＞チート

千葉県→ご当地もの＞千葉県

千葉市→ご当地もの＞千葉県＞千葉市

茶・コーヒー→暮らし・生活＞食べもの・飲みもの＞茶・コーヒー

中学校・中学生→学校・学園・学生＞中学校・中学生

中国→ご当地もの＞中国

千代田区→ご当地もの＞東京都＞千代田区

ツーリング→暮らし・生活＞イベント・行事＞ツーリング

ディストピア→ストーリー＞ディストピア

邸宅・豪邸・館→場所・建物・施設＞邸宅・豪邸・館

デート→暮らし・生活＞イベント・行事＞デート

テニス・バドミントン・卓球→文化・芸能・スポーツ＞スポーツ＞テニス・バドミントン・卓球

デビュー・ストーリー→ストーリー＞デビュー・ストーリー

寺・神社・神殿→場所・建物・施設＞寺・神社・神殿

天気→自然・環境＞天気

転校・転校生→学校・学園・学生＞転校・転校生

天竺→ご当地もの＞天竺

電車・新幹線・機関車→乗り物＞電車・新幹線・機関車

転生・転移・よみがえり・リプレイ→ストーリー＞転生・転移・よみがえり・リプレイ

東京都→ご当地もの＞東京都

洞窟→場所・建物・施設＞洞窟
道場・土俵→場所・建物・施設＞道場・土俵
独裁→ストーリー＞独裁
図書館・図書室→場所・建物・施設＞図書館・図書室
鳥取県→ご当地もの＞鳥取県
トライアスロン→文化・芸能・スポーツ＞スポーツ＞トライアスロン
トラウマ→ストーリー＞トラウマ
中野区→ご当地もの＞東京都＞中野区
長野県→ご当地もの＞長野県
長野原町→ご当地もの＞群馬県＞吾妻郡＞長野原町
夏→自然・環境＞季節＞夏
夏休み・バカンス・長期休暇→暮らし・生活＞イベント・行事＞夏休み・バカンス・長期休暇
那覇市→ご当地もの＞沖縄県＞那覇市
奈良県→ご当地もの＞奈良県
西新宿→ご当地もの＞東京都＞新宿区＞西新宿
日常→ストーリー＞日常
日本文化一般→文化・芸能・スポーツ＞文化・芸能＞日本文化一般
妊娠・出産→ストーリー＞妊娠・出産
願い→ストーリー＞願い
練馬区→ご当地もの＞東京都＞練馬区
覗き見・盗撮・盗聴→ストーリー＞覗き見・盗撮・盗聴
乗り物一般→乗り物＞乗り物一般
呪い→ストーリー＞呪い
廃墟・廃校→場所・建物・施設＞廃墟・廃校
バイク→乗り物＞バイク
俳句・短歌・川柳・和歌→文化・芸能・スポーツ＞文化・芸能＞俳句・短歌・川柳・和歌
博多区→ご当地もの＞福岡県＞福岡市＞博多区
博物館→場所・建物・施設＞博物館
箱根→ご当地もの＞神奈川県＞足柄下郡＞箱根
バチカン市国→ご当地もの＞バチカン市国
発明→ストーリー＞発明
バトル・奇襲・戦闘・抗争→ストーリー＞バトル・奇襲・戦闘・抗争
花火→暮らし・生活＞イベント・行事＞花火
浜松市→ご当地もの＞静岡県＞浜松市
パラレルワールド→ストーリー＞パラレルワールド
パリ→ご当地もの＞フランス＞パリ
春→自然・環境＞季節＞春
バレーボール・バスケットボール→文化・芸能・スポーツ＞スポーツ＞バレーボール・バスケットボール

バレンタイン→暮らし・生活＞イベント・行事＞バレンタイン

パン→暮らし・生活＞食べもの・飲みもの＞パン

バンド・オーケストラ→文化・芸能・スポーツ＞文化・芸能＞音楽＞バンド・オーケストラ

東川町→ご当地もの＞北海道＞上川郡＞東川町

引きこもり・寄生→ストーリー＞引きこもり・寄生

飛行機→乗り物＞飛行機

美術・芸術→文化・芸能・スポーツ＞文化・芸能＞美術・芸術

美術館・ギャラリー・美術室→場所・建物・施設＞美術館・ギャラリー・美術室

秘密結社→ストーリー＞秘密結社

百貨店・デパート・スーパーマーケット・複合商業施設→場所・建物・施設＞百貨店・デパート・
スーパーマーケット・複合商業施設

病院・保健室・施術所・診療所→場所・建物・施設＞病院・保健室・施術所・診療所

病気・医療→ストーリー＞病気・医療

美容室→場所・建物・施設＞美容室

ビル→場所・建物・施設＞ビル

広島県→ご当地もの＞広島県

ファッション→文化・芸能・スポーツ＞文化・芸能＞ファッション

VR・AR→ストーリー＞サイバー＞VR・AR

VRMMO→ストーリー＞サイバー＞VRMMO

VRMMORPG→ストーリー＞サイバー＞VRMMORPG

フィギュアスケート→文化・芸能・スポーツ＞スポーツ＞フィギュアスケート

部活・サークル→学校・学園・学生＞部活・サークル

福井県→ご当地もの＞福井県

福岡市→ご当地もの＞福岡県＞福岡市

復讐・逆襲→ストーリー＞復讐・逆襲

舞踏会→暮らし・生活＞イベント・行事＞舞踏会

船・潜水艦→乗り物＞船・潜水艦

冬→自然・環境＞季節＞冬

ブラック企業→場所・建物・施設＞会社＞ブラック企業

プロファイリング→ストーリー＞捜査・捜索・潜入＞プロファイリング

文学・本→文化・芸能・スポーツ＞文化・芸能＞文学・本

文化祭→暮らし・生活＞イベント・行事＞文化祭

別荘→場所・建物・施設＞別荘

勉強→ストーリー＞勉強

変身・変形・変装→ストーリー＞変身・変形・変装

冒険・旅→ストーリー＞冒険・旅

ボート→文化・芸能・スポーツ＞スポーツ＞ボート

ボーリング→文化・芸能・スポーツ＞スポーツ＞ボーリング

牧場→場所・建物・施設＞牧場

撲滅運動・退治・駆除→ストーリー＞使命・任務＞撲滅運動・退治・駆除
北海道→ご当地もの＞北海道
ホテル・宿・旅館→場所・建物・施設＞ホテル・宿・旅館
ほのぼの→ストーリー＞ほのぼの
ホラー・オカルト・グロテスク→ストーリー＞ホラー・オカルト・グロテスク
魔装→ストーリー＞変身・変形・変装＞魔装
松本市→ご当地もの＞長野県＞松本市
マニラ市→ご当地もの＞フィリピン＞マニラ市
魔法・魔術学校→学校・学園・学生＞魔法・魔術学校
丸の内→ご当地もの＞東京都＞千代田区＞丸の内
漫画→文化・芸能・スポーツ＞文化・芸能＞漫画
マンション・アパート・団地→場所・建物・施設＞マンション・アパート・団地
万葉集→文化・芸能・スポーツ＞文化・芸能＞文学・本＞万葉集
身代わり・代役・代行→ストーリー＞身代わり・代役・代行
水着→文化・芸能・スポーツ＞文化・芸能＞ファッション＞水着
ミステリー・サスペンス・謎解き→ストーリー＞ミステリー・サスペンス・謎解き
港町→場所・建物・施設＞港町
南アルプス市→ご当地もの＞山梨県＞南アルプス市
宮城県→ご当地もの＞宮城県
武蔵野市→ご当地もの＞東京都＞武蔵野市
メカ・人型兵器→乗り物＞メカ・人型兵器
メルヘン→ストーリー＞メルヘン
森・山→自然・環境＞森・山
盛岡市→ご当地もの＞岩手県＞盛岡市
問題解決→ストーリー＞問題解決
野球→文化・芸能・スポーツ＞スポーツ＞野球
役所・庁舎→場所・建物・施設＞役所・庁舎
屋根裏→場所・建物・施設＞屋根裏
遊園地→場所・建物・施設＞遊園地
友情→ストーリー＞友情
郵便・郵便ポスト→暮らし・生活＞郵便・郵便ポスト
郵便局→場所・建物・施設＞郵便局
夢→ストーリー＞夢
欲望→ストーリー＞欲望
予言・予報→ストーリー＞予言・予報
横浜市→ご当地もの＞神奈川県＞横浜市
落語・漫才→文化・芸能・スポーツ＞文化・芸能＞落語・漫才
陸上競技・マラソン・駅伝→文化・芸能・スポーツ＞スポーツ＞陸上競技・マラソン・駅伝
寮→場所・建物・施設＞寮

料理→ストーリー＞料理
旅行→暮らし・生活＞イベント・行事＞旅行
ルームシェア・同棲→暮らし・生活＞ルームシェア・同棲
ルール・マナー・法律→ストーリー＞ルール・マナー・法律
霊界→ストーリー＞霊界
ロンドン→ご当地もの＞イギリス＞ロンドン
ワシントンD.C.→ご当地もの＞アメリカ合衆国 ＞ワシントンD.C.

付録：分類解説表

ストーリー

ストーリー＞悪魔祓い・怨霊祓い・悪霊調伏	呪いのような憑き物を落としたり、除霊が描かれた作品
ストーリー＞あやかし・憑依・擬人化	妖怪や人間の心の闇が具現化するなどの不思議な現象のあやかしに加え、憑依、擬人化が描かれた作品
ストーリー＞異空間	ブラックホールのような、異世界ではないが現代の中での不思議な空間が出てくる作品
ストーリー＞育成・プロデュース	主人公が先生やベテランの立場となり、誰かを育成・プロデュースしていく作品
ストーリー＞遺産・相続	遺産や相続が描かれた作品
ストーリー＞異世界転移・召喚	異世界に飛ばされて、異世界での活躍を描く作品
ストーリー＞異世界転生	元の世界で死を迎え、異世界で生まれ変わる作品
ストーリー＞サイバー＞インターネット・ＳＮＳ・メール・ブログ	インターネットやSNS・メール・ブログが題材になっている作品
ストーリー＞仕事＞裏稼業・副業	本業とは並行して仕事を営むことが描かれた作品
ストーリー＞サイバー＞AI	AI（人工知能）が描かれた作品
ストーリー＞SF	サイエンス・フィクションの略で、科学的な空想に基づいた作品
ストーリー＞ゲーム・アニメ＞MMORPG	大規模多人数同時参加型オンラインRPGのゲームが描かれた作品
ストーリー＞怨恨・憎悪	憎しみや恨みが描かれている作品
ストーリー＞落ちもの	予想外の突然の出会いが描かれている作品
ストーリー＞恩返し	恩返しが題材になった作品
ストーリー＞カースト	身分の序列があるような関係を描いた作品
ストーリー＞ゲーム・アニメ＞カードゲーム	カードゲームが題材になっている作品

ストーリー>政治・行政・政府>外交	外交が描かれた作品
ストーリー>開拓・復興・再建	世の中が開けて生活が便利になったり、建て直す様が描かれた作品
ストーリー>香り・匂い	香りや匂いがテーマになっているような作品
ストーリー>革命・改造・改革	革命・改造・改革が題材になった作品
ストーリー>ガチャ	ゲーム内で用いるカードや、仮想的な物品を購入する仕組みが描かれた作品
ストーリー>監禁・軟禁	監禁・軟禁が題材になった作品
ストーリー>感染	病原体が体内に侵入し、何らかのダメージを与える様を描いた作品
ストーリー>勉強>カンニング	試験などでカンニングする様が描かれた作品
ストーリー>記憶喪失・忘却	記憶をなくす記憶喪失や忘却が描かれた作品
ストーリー>虐待・いじめ	虐待やいじめが描かれた作品
ストーリー>ギャンブル	ギャンブルが描かれた作品
ストーリー>救出・救助	囚われた姫など、誰かを救出するような作品
ストーリー>金銭トラブル・貧困	借金などの金銭トラブルや貧困について描かれた話
ストーリー>冒険・旅>クエスト・攻略	探索や攻略などの目的を持った冒険・旅を扱った作品
ストーリー>群像劇	複数の主人公格のキャラクターが登場しているような作品
ストーリー>仕事>経営もの	主人公が経営者だったり、店を営むなど経営が描かれた作品
ストーリー>契約	契約が描かれている作品
ストーリー>ゲーム・アニメ	ゲーム・アニメが描かれた作品
ストーリー>検視	検視について描かれた作品
ストーリー>恋人・配偶者作り・縁結び	主人公、あるいはヒロインが恋人や配偶者を作ることを目的としたり、縁結びが題材になった作品

ストーリー>偽装>恋人・配偶者のふり	何らかの理由で、主人公と別のキャラクターが恋人や夫婦のふりをする作品
ストーリー>事故>交通事故・ひき逃げ	交通事故・ひき逃げについて描かれた作品
ストーリー>拷問・処刑・殺人	拷問・処刑・殺人が描かれている作品
ストーリー>国内問題	国内での反乱・デモや、食糧危機などの戦争とは違う国内問題が描かれた作品
ストーリー>国防	外敵の侵略から国家を防衛するような作品
ストーリー>コメディ	笑いを誘う要素が込められている作品
ストーリー>再起・回復	悪い状態から好転したり、病気が治るような様が描かれた作品
ストーリー>サイバー	情報技術が描かれた作品
ストーリー>栽培・飼育	何かを栽培したり飼育したりする作品
ストーリー>サバイバル	生き残りを懸けるための方法を考えたり、争いが描かれた作品
ストーリー>死・別れ	死や別れについて描かれた作品
ストーリー>試合・競争・コンテスト・競合	スポーツの試合や美少女コンテストなど、戦いが目的ではなく、力比べや優劣を決めることを描いている様や競合について描かれた作品
ストーリー>勉強>試験・受験	試験や受験などが描かれた作品
ストーリー>事故	事故について描かれた作品
ストーリー>仕事	仕事が物語の要素として大きい作品
ストーリー>自殺・自殺未遂・自殺志願	自殺・自殺未遂・自殺志願について描かれた作品
ストーリー>自然・人的災害	津波や地震などの自然災害だけでなく、放火などの人的災害を描いた作品
ストーリー>実験	実験について描かれた作品
ストーリー>失踪・誘拐	失踪や誘拐が描かれた話

ストーリー>自分探し・居場所探し	自分の目的を果たすために自分探しの旅に出たり居場所を求めるような作品
ストーリー>使命・任務	第三者から依頼されたことを遂行する設定がある作品
ストーリー>宗教	宗教の信仰や宗教問題について描かれた作品
ストーリー>仕事>就職活動・求人・転職	転職、求人など就職活動が描かれた作品
ストーリー>修行・トレーニング・試練	魔力を上げるために修行をするなど、鍛錬の様子だったり、試練を与えられるような作品
ストーリー>政治・行政・政府>情報機関・諜報機関	情報機関や諜報機関が描かれた作品
ストーリー>サイバー>人造人間・人工生命・クローン	人型ロボットが出てきたり、人間によって設計・作製された生命が描かれた作品
ストーリー>実験>人体実験	人体実験について描かれた作品
ストーリー>人類消滅・人類滅亡	人類消滅・人類滅亡が描かれた作品
ストーリー>スキャンダル	スキャンダルが描かれた作品
ストーリー>頭脳・心理戦	頭脳や心理を使って戦う作品
ストーリー>スローライフ	田舎などでゆったりと生活している様子が描かれた作品
ストーリー>政治・行政・政府	政治や行政が物語の要素として大きく関わっている作品
ストーリー>青春	学生同士の恋愛など、青春が描かれた作品
ストーリー>成長・成り上がり	主人公がストーリーの中で何かしらの成長を遂げる作品
ストーリー>偽装>性別	何らかの理由で、主人公と別のキャラクターが性別を偽る作品
ストーリー>前世	前世について描かれている作品
ストーリー>戦争・テロ	戦略・戦術のぶつかり合い、戦って活躍する場面などのシーンがある作品

ストーリー>捜査・捜索・潜入	捜査・捜索・潜入について描かれた作品
ストーリー>SF>タイムトラベル・タイムスリップ・タイムループ・ワープ	通常の時間の流れから逸脱し、過去や未来の世界に移動している作品
ストーリー>脱出	何らかの脱出が描かれている作品
ストーリー>ダンジョン・迷宮	地下世界や迷路に似た構造をもつ空間が描かれた作品
ストーリー>チート	無敵なキャラクターが出てくる作品
ストーリー>ディストピア	政治的・社会的など課題を抱え荒廃した世界を描いた作品
ストーリー>デビュー・ストーリー	何かに新しく挑戦するなどデビューする様を描いた作品
ストーリー>転生・転移・よみがえり・リプレイ	異世界に限らず、生まれ変わる、移動する、死と生を繰り返すといった設定がある作品
ストーリー>独裁	政治や会社など一人の人間が絶対的な権力を持った様が描かれた作品
ストーリー>トラウマ	精神的に負った傷が長引いているような様を描いた作品
ストーリー>日常	仕事ではなくプライベートな時間に主眼を置いた作品
ストーリー>妊娠・出産	妊娠や出産について描かれた作品
ストーリー>願い	願いが題材になった作品
ストーリー>覗き見・盗撮・盗聴	覗き見・盗撮・盗聴について描かれた作品
ストーリー>呪い	呪いが描かれた話
ストーリー>発明	発明について描かれた作品
ストーリー>バトル・奇襲・戦闘・抗争	戦いや、予期せぬ一方的な攻撃などが描かれた作品
ストーリー>パラレルワールド	現在の世界と並行して存在する世界が描かれた作品
ストーリー>引きこもり・寄生	他の生物から栄養をとって生活していたり、他人に依存していて生きている様が描かれた作品

ストーリー＞秘密結社	主人公が秘密結社に属して、使命をもって働くなど、政治的な役割ではない秘密組織を描いた作品
ストーリー＞病気・医療	病気や医療が描かれた作品
ストーリー＞サイバー＞VR・AR	VR（仮想現実）や、コンピュータを使ってさらに情報を加える技術のAR（拡張現実）が描かれた作品
ストーリー＞サイバー＞ＶＲＭＭＯ	近未来のバーチャルリアリティ空間で実行されるネットゲームが描かれた作品
ストーリー＞サイバー＞ＶＲＭＭＯＲＰＧ	アバターとして仮想現実空間にダイブし、アバターを通すネットゲームが描かれた作品
ストーリー＞復讐・逆襲	復讐や逆襲に転じる様が描かれた作品
ストーリー＞捜査・捜索・潜入＞プロファイリング	犯罪捜査の中でも科学的に犯人の特徴を推論する様を描いた作品
ストーリー＞勉強	学校の勉強だけでなく、資格など何らかの勉強が描かれた作品
ストーリー＞変身・変形・変装	動物に化けてしまう変身、身体の一部が変化するなどの変形、変装が描かれた作品
ストーリー＞冒険・旅	冒険や旅が描かれている作品
ストーリー＞使命・任務＞撲滅運動・退治・駆除	何かを撲滅したり、退治することを目的としているような作品
ストーリー＞ほのぼの	動物が出てくるなど癒される要素が入った作品
ストーリー＞ホラー・オカルト・グロテスク	幽霊、怪奇現象、超神秘、UFO、超自然現象、心霊現象などが描かれた作品
ストーリー＞変身・変形・変装＞魔装	武装が変わることで魔力や攻撃力が変わるなど、変身の一種を描いた作品
ストーリー＞身代わり・代役・代行	誰かの身代わりになったり代役を務めるような作品
ストーリー＞ミステリー・サスペンス・謎解き	事件や不思議な出来事を推理し、謎を解くような作品

ストーリー>メルヘン	昔話、童話、おとぎ話、伝説、神話、寓話が描かれた作品
ストーリー>問題解決	主人公やチームに何かしらの課題が与えられ、その解決を描かれた作品
ストーリー>友情	友情が描かれた作品
ストーリー>夢	寝ている間に見る夢や、将来的な願望である夢を描いた作品
ストーリー>欲望	生理的欲求や性欲など、人間活動で生じる欲望を描いた作品
ストーリー>予言・予報	何かを予言したり予報したりする様が描かれた作品
ストーリー>料理	料理人が主人公だったり、レストランが舞台になるなど料理が描かれている作品
ストーリー>ルール・マナー・法律	ルール・マナー・法律が描かれた作品
ストーリー>霊界	死後の世界が描かれた作品

乗り物

乗り物がストーリーの主要アイテムとして大きく関わるような作品に対して分類。

自然・環境

天気や自然、季節、宇宙などの天体がストーリー展開に大きく関わっている作品に対して分類。

場所・建物・施設

場所、建物、施設がストーリー展開に大きく関わる作品に対して分類。

学校・学園・学生

学校・学園・学生>高校・高等専門学校・高校生・高専生	高校・高校生・高等専門学校や高等専門学校生が登場する作品
学校・学園・学生>校則	学校での規則が描かれた作品

学校・学園・学生＞小学校・小学生	小学校・小学生が登場する作品
学校・学園・学生＞進路	進学先や就職先などが描かれている作品
学校・学園・学生＞生徒会・委員会	学校の生徒会や委員会が描かれている作品
学校・学園・学生＞専門学校・大学・専門学校生・大学生・大学院生	専門学校や大学、そこに通う学生が登場する作品
学校・学園・学生＞その他学校・学園・学生	勉学や技術を学ぶための施設やその場所に通う学生が題材になっている作品
学校・学園・学生＞中学校・中学生	中学校・中学生が登場する作品
学校・学園・学生＞転校・転校生	転校・転校生について描かれた作品
学校・学園・学生＞部活・サークル	部活動やサークル活動が描かれている作品
学校・学園・学生＞魔法・魔術学校	魔法や魔術を学ぶ学校が描かれている作品

文化・芸能・スポーツ

スポーツや、文化・芸能の内容がストーリー展開に大きく関わる作品に対して分類。

暮らし・生活

暮らし・生活、イベントの内容がストーリー展開に関わっている作品に対して分類。

ご当地もの

"実在する土地を対象とし、その土地ならではの要素が、ストーリー展開に大きく関わっている作品に対して「ご当地もの」として分類。

ご当地もの＞都道府県名（外国の場合は国名）＞市区町村名＞地名

としている。

テーマ・ジャンルからさがす
ライトノベル・ライト文芸2017.7-2017.12①

ストーリー/乗り物/自然・環境/場所・建物・施設/学校・学園・学生/
文化・芸能・スポーツ/暮らし・生活/ご当地もの

2019年8月27日　第1刷発行

発行者	道家佳織
編集・発行	株式会社ＤＢジャパン
	〒151-0053 東京都渋谷区代々木2-23-1
	ニューステイトメナー865
電話	03-6304-2431
ファクス	03-6369-3686
e-mail	books@db-japan.co.jp
装丁	ＤＢジャパン
電算漢字処理	ＤＢジャパン
印刷・製本	大日本法令印刷株式会社
制作スタッフ	後宮信美、小栗素子、加賀谷志保子、小寺恭子、菅有加里、
	竹中陽子、野本純子、古田紗英子、松本紋芽、
	三膳直美、武藤紀美、茂刈真紀子、森田香、山下愛

不許複製・禁無断転載
〈落丁・乱丁本はお取り換えいたします〉
ISBN 978-4-86140-057-5
Printed in Japan 2019